Tanja Riegel

SCHWERT DER HOFFNUNG

Tanja Riegel

Schwert der Hoffnung

Fackel der Zeit
Band 1

francke

Über die Autorin:
Tanja Riegel ist ausgebildete Physiotherapeutin und Schneiderin, hat aber schon immer davon geträumt, eines Tages als Autorin tätig zu sein. Mit »Schwert der Hoffnung« legt sie nun ihren ersten Roman vor. Zusammen mit ihrem Mann und ihrer Tochter lebt sie im Kanton Thurgau in der Schweiz.

Bibliografische Information der Deutschen Nationalbibliothek
Die Deutsche Nationalbibliothek verzeichnet diese Publikation in der Deutschen Nationalbibliografie; detaillierte bibliografische Daten sind im Internet über http://dnb.dnb.de abrufbar.

ISBN 978-3-96362-008-9

35037 Marburg an der Lahn
Umschlagbilder: © iStockphoto.com / DianaHirsch; Yuri-Arcurs; -M-I-S-H-A-
Umschlaggestaltung: Verlag der Francke-Buchhandlung GmbH / Christian Heinritz
Satz: Verlag der Francke-Buchhandlung GmbH
Printed in Czech Republic

www.francke-buch.de

SOLI DEO GLORIA

Orientierungskarten

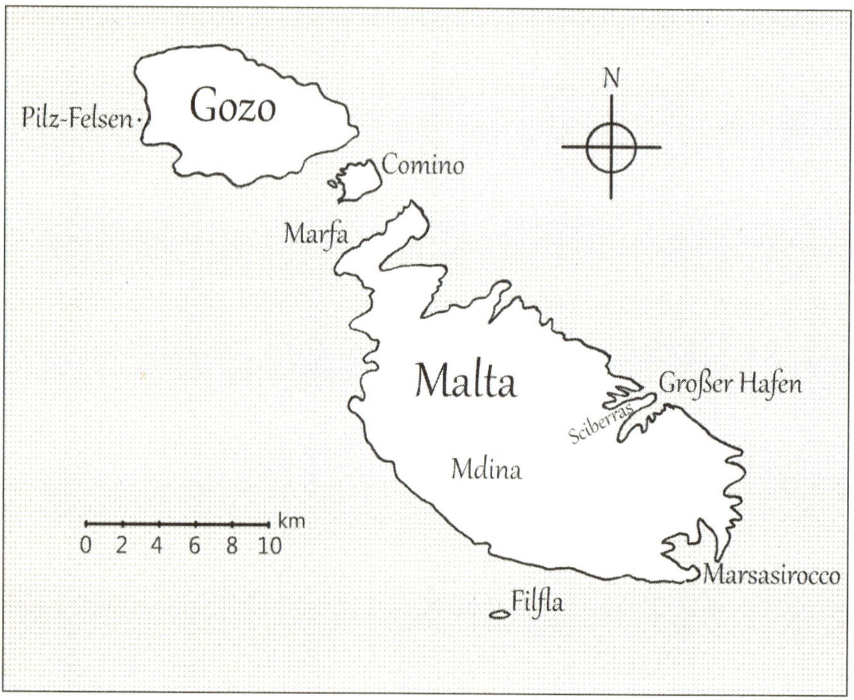

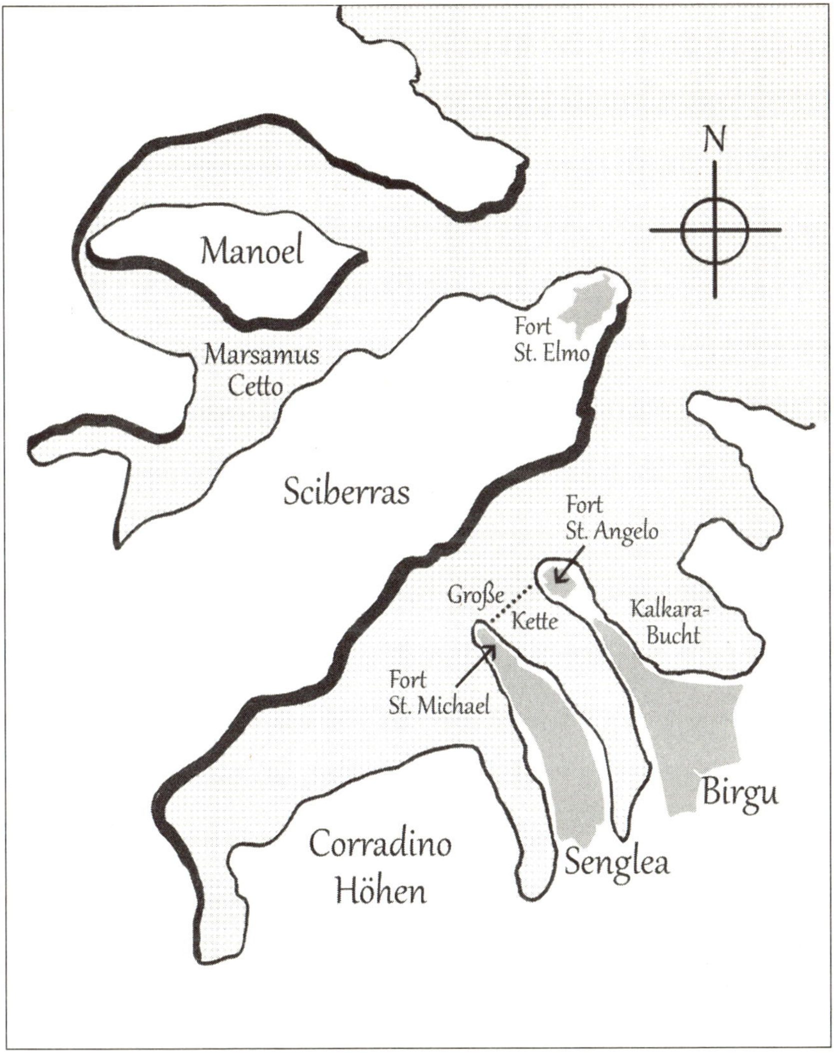
N
Manoel
Marsamus
Cetto
Fort
St. Elmo
Sciberras
Fort
St. Angelo
Große
Kette
Kalkara-
Bucht
Fort
St. Michael
Birgu
Senglea
Corradino
Höhen

KAPITEL 1

„Bist du dir sicher, dass das hier nicht gefährlich ist?“
Edward ignorierte Annas ängstliche Stimme, die dumpf durch die Luke über seinem Kopf drang.

Langsam ließ er sich am Seil in die Dunkelheit gleiten. Beim Räumen des alten Schuppens hatten sie die Öffnung im Boden unter einem Schrank entdeckt – kaum groß genug für einen Mann.

„Und wenn das ein Grab ist?“

Sie versuchte ihn offensichtlich aufzuhalten. Aber das würde sie nicht können. Nicht ihn.

Außerdem spielte es keine Rolle, ob er tot oder lebendig war. Wen kümmerte das schon? Er war so unbedeutend wie Millionen Menschen vor ihm.

Seine Turnschuhe berührten harten Lehmboden und moderiger, feuchter Geruch schlug ihm entgegen. Er ließ das raue Seil los und kramte sein Handy aus der Tasche seiner Lieblingsjeans.

„Edward, hörst du mich?“

Annas furchtsame Stimme war extrem nervig.

„Das ist bestimmt kein Grab, bloß ein weiterer Stauraum oder ein alter Bunker“, erwiderte er etwas unwirsch.

Er ließ das Licht seines Samsungs durch das Gewölbe gleiten. Dicke Bollersteine ragten aus den Wänden, doch das spärliche Licht konnte den Raum nicht ganz ausleuchten.

Eine Maus huschte erschreckt von der plötzlichen Helligkeit hinter einen Stein.

„Was siehst du?“

„Nicht viel, einen leeren Raum“, gab er zurück und bewegte sich tiefer in die Höhle hinein, weg von dem lästigen Mädchen, der Tochter des Gärtners, die nichts mit einem der zierlichen französischen Supermodels gemein hatte, die er aus englischen Zeitschriften kannte – nicht, dass sie hässlich war. Sie war einfach gewöhnlich. Nichts als gewöhnlich.

Er hatte bestimmt nicht darum gebeten, mit ihr zusammen den Schuppen seiner Großeltern zu entrümpeln. Überhaupt wäre er jetzt nicht in diesem gottverlassenen Kaff namens Onet-le-Château, wenn alles richtig gelaufen wäre.

Ein unförmiger Gegenstand tauchte an der hinteren Wand im Lichtkegel auf. Edward trat näher.

Es war eine hölzerne Kiste mit gewölbtem Deckel und Eisenbeschlägen, wie man sie aus Piratenfilmen kannte.

„Sieht aus, als hätte der Alte hier einen Schatz versteckt", rief er über die Schulter. Seine Stimme wurde von der Erde beinahe verschluckt, aber Anna schien ihn trotzdem gehört zu haben.

„Grandpère? Du machst Witze."

Edward verdrehte die Augen. Die Kleine hatte einen Narren an dem Alten gefressen, als ob es ihr eigener Großvater wäre. Dabei war er nur der Arbeitgeber ihres Vaters.

Er legte das Handy auf den Boden und versuchte, den Deckel anzuheben. Aber er saß fest.

„Mist!"

„Brauchst du Hilfe?"

Hilfe? Nein danke. Schon gar nicht von der grauen Maus. Er hatte es schon mit ganz anderen Sachen aufgenommen, wie jeder aus seiner Londoner Gang hätte bestätigen können. Nicht dass sie davon wusste.

Mit ganzer Kraft stemmte er sich gegen den Deckel. Umsonst.

Plötzlich landete Anna mit einem dumpfen Geräusch hinter ihm auf dem Höhlenboden. Offenbar konnte sie es nicht unterlassen, ihn weiter zu belästigen. Erstaunlich, dass der Hasenfuß es gewagt hatte, ihm in die „gefährliche Mission" zu folgen.

Edward wischte sich mit dem Unterarm über die nasse Stirn. Hier drinnen war es wenigstens angenehm kühl, im Gegensatz zur brütenden Sommerhitze draußen.

„Gibst du mir mal Licht? Ich will nicht hinfallen."

Ohne sich umzudrehen, leuchtete er über die Schulter nach hinten.

Kurz darauf kniete sie neben ihm und fuhr andächtig mit der Hand über das Holz.

„Die muss unglaublich alt sein. Und sie ist nicht einmal verschlossen."

„Du kriegst sie trotzdem nicht auf."

Die Jahre hatten ihr Werk vollbracht. Wie bei seinen Gefühlen. Sicher verwahrt. Unerreichbar.

„Das glaube ich nicht. Zusammen schaffen wir es."

So einfach würde das bestimmt nicht klappen. Aber er hatte auch keine Lust mehr, weitere Schränke und Berge von kaputten Stühlen in den Entrümpelungscontainer vor dem Schuppen zu werfen. Ein Versuch konnte daher nicht schaden.

Er legte das Handy auf einen der Steine, die aus der Wand herausragten, und stemmte sich gemeinsam mit Anna gegen den Deckel.

Schweiß mischte sich mit dem erdigen Geruch, aber Edward nahm es kaum wahr, da sich der Deckel tatsächlich mit einem Stöhnen und Ächzen hob. Allerdings ganz langsam, als sei er sich nicht sicher, ob er sein Geheimnis preisgeben wollte.

Etwas Goldenes blitzte auf. Ein überreich mit Edelsteinen besetzter Dolch! Er lag zusammen mit einem Gegenstand, der mit Leder umwickelt war, und einem halb verrosteten Schwert auf einem Haufen vergilbter Klamotten.

Keine Truhe voller Gold, aber immerhin ein wertvoller Gegenstand.

Edward griff nach dem Messer, aber Annas Hand hielt ihn zurück.

„Ich denke nicht, dass wir diese Dinge anfassen sollten."

Er verengte seine Augen und schüttelte ihre Hand ab.

„Ich habe die Kiste gefunden, somit gehört der Inhalt mir – oder doch zumindest meinem Alten."

„Trotzdem …"

Oh Mann, war das unscheinbare Ding immer so ein Feigling und so überkorrekt? Genau deshalb wollte er die Dinge allein machen – damit ihm niemand dreinreden konnte.

Er ging nicht weiter auf sie ein, sondern nahm den Dolch in die Hand, der sich erstaunlich schwer anfühlte, und zog ihn aus der mit roten und grünen Edelsteinen besetzten Scheide. Die Klinge war ebenfalls aus Gold und nicht wirklich scharf. Ein symbolisches Messer? Er steckte es zurück in die Scheide und schob diese in seinen Gürtel. Auch wenn es als Waffe nicht viel taugte, war es zweifellos ein Hingucker, der eines Gangleaders würdig war. Aber es würde auch jede Menge Aufmerksamkeit auf sich ziehen. Aufmerksamkeit, die er sich nicht leisten konnte. Was, wenn er dadurch wieder ins Visier der „Grauen Hoodies“ geriet?

Es war vielleicht besser, das Teil für eine hübsche Summe zu verkaufen.

Er legte es zurück in die Kiste.

„Persönliche Notizen Malta 1563.“

Er schielte zu Anna hinüber, die es nun auch gewagt hatte, sich zu bedienen, und aus dem Leder ein Buch ausgewickelt hatte.

Ihre wirren, braunen Haare verdeckten einen Teil ihres Gesichtes, als sie sich über das Fundstück beugte. Das uralte Pergament raschelte, als sie darin herumblätterte.

„Das neue Schwert, ein Rapier, ist von vorzüglicher Qualität. Ein Meisterstück von Raniero. Das war die 50 Scudos wert.“

Sie blickte auf und er konnte ihre Augen leuchten sehen. Sie spielte mit den Lederbändeln.

„Ein Tagebuch, das vor mehr als 450 Jahren geschrieben wurde! Ich habe noch nie ein derart altes Dokument in den Händen gehalten.“

Edward verzog spöttisch den Mund. Mit Büchern hatte er nichts am Hut.

„Ich ziehe das Schwert vor.“

„Das könnte einer deiner Vorfahren geschrieben haben!“ Anna schaute ihn vorwurfsvoll an.

„Und wer soll das bitte schön gewesen sein?“

Er hakte seine Daumen in den Schlaufen seiner Jeans ein und zog spöttisch eine Augenbraue nach oben.

Aber sie schien es nicht zu bemerken, sondern entzifferte weiter die Worte auf den vergilbten Seiten.

„Hier steht eine Widmung: Für meinen geliebten Bruder J. P. V. Vergiss mich nicht, G.“

„Ein geheimnisvoller Unbekannter, aber offensichtlich keiner aus der Linie der de la Martignières.“

„Ach komm schon, streng deine grauen Hirnzellen mal ein bisschen an. Es muss ja auch noch Menschen mit anderen Namen gegeben haben, die mit euch verwandt waren.“

„Ja bestimmt. Wie dieser Ritter ‚Jean Was-auch-Immer‘, von dem

Grandpère uns heute Abend mehr erzählen will.“ Seine Stimme triefte vor Sarkasmus. Dieser berühmte Mann sollte angeblich zu seinen Vorfahren zählen.

„Warum nicht? Das J würde jedenfalls schon mal stimmen. Ich wäre stolz, wenn ich eine so bekannte Persönlichkeit in meinem Stammbaum hätte.“

Sie strich sich eine Strähne hinter das Ohr.

„Tja, da sind wir eben verschieden. Ich lebe im Jetzt. Es kümmert mich nicht, ob irgendwann ein Ritter auf einer kleinen Insel gelebt hat. Solange er mir kein echtes Erbe hinterlassen hat, ist mir das egal.“

„Aber er war nicht nur ein Ritter, er war der Großmeister des Ritterordens der Johanniter!“

„Ganz toll, dieser Mönchsorden. Keuschheit, Armut und Gehorsam. Nein danke. Das mag ja gut für dich sein, aber ich kann mit dem religiösen Gequatsche nichts anfangen.“

Anna senkte verletzt den Blick. Aber das ließ ihn kalt. Warum sollten ihn ihre Emotionen kümmern? Schließlich nahm auch niemand auf seine Gefühle Rücksicht. Oder wie sollte er sich sonst den Umstand erklären, dass er einen Sommer lang bei den fast unbekannten Großeltern mitten im Nirgendwo für nichts schuften musste?

Anna wickelte sorgfältig das Leder wieder um das Buch.

„Ich werde es jedenfalls lesen, wenn Grandpère es mir erlaubt.“

„Verkriech du dich nur in Büchern. Echte Männer brauchen echte Schwerter!“

Edward nahm die Waffe in die Hand. Die Eisenringe um den Griff waren so gemacht, dass sie die Finger schützten. Sie war überraschend leicht. Die Klinge war schmaler als die der Schwerter, die er in Museen gesehen hatte. Nicht dass er da regelmäßiger Besucher gewesen wäre. Im Gegenteil.

„Und du meinst, du bist ein echter Mann?“, konterte sie.

Er fixierte sie mit diesem „Leg-dich-ja-nicht-mit-mir-an“-Blick, mit dem es ihm gewöhnlich gelang, jeden einzuschüchtern und zum Schweigen zu bringen.

Doch diesmal überraschte ihn die graue Maus.

Ihre Augen blitzten und hielten seinem Blick furchtlos stand. Steckte in ihr etwa doch mehr, als er vermutet hatte?

„Ich bin jedenfalls zwanzig, was man von dir sicherlich nicht behaupten kann. Und schon allein dieser Umstand macht mich zu einem Mann."

Er machte einen Ausfallschritt und richtete sein Schwert demonstrativ auf ihre Brust. Anna hob die Arme und wich zurück.

„Schon gut, krieg dich ein. Du bist ein paar Monate älter als ich. Aber ob dich das zu einem echten Mann macht, sei dahingestellt."

Er grinste siegessicher, als er plötzlich eine brennende Hitze in seiner Handfläche spürte. Es fühlte sich an, als würde seine Hand von einem Blitz durchbohrt.

Instinktiv öffnete er die Finger und konnte nur mit Mühe einen Aufschrei unterdrücken. Scheppernd fiel das Schwert zu Boden.

„Was ist los?"

Was war das eben gewesen? Hatte er halluziniert? Ein Schwert, das seit Hunderten von Jahren in dieser kalten Höhle vor sich hinrostete, konnte nicht heiß sein. Edwards Blick glitt auf seine schmerzende Hand. Augenblicklich lief ihm ein kalter Schauer vom Nacken bis zu den Füßen, der aber nicht im Geringsten dazu beitrug, seine Handfläche zu kühlen. Er ballte sie zu einer Faust und atmete tief ein, um seinen rasenden Herzschlag zu beruhigen.

„Meine Hand ... das Schwert ... etwas war plötzlich total heiß", brachte er schließlich hervor. Seine Stimme klang merkwürdig hohl.

Anna runzelte die Stirn. Sie hatte ihre Arme verschränkt und starrte ihn an.

„Ich hab doch gesagt, wir sollten nichts anfassen. Aber warm kann das Schwert unmöglich sein. Schließlich kann die Sonne es nicht aufgeheizt haben."

Er ignorierte sein Unbehagen und setzte wieder sein cooles Gesicht auf. Schließlich war er ein Meister darin, seine Emotionen zu verbergen. Nicht umsonst hatte John ihn zum Anführer der Gang bestimmt. So schnell konnte ihn ein komischer Gegenstand nicht aus der Ruhe bringen. Schon gar nicht vor dem Angsthasen.

„So viel weiß ich auch, Kleine. Aber was sagst du dazu?"

Er nahm das Handy in seine linke Hand und öffnete die Rechte, sodass sie im Schein der Lampe die roten Stellen deutlich sehen konnte, die sich schon zu Blasen ausbildeten.

Ihr Blick huschte unsicher von seinen Händen zum Schwert.

„Probier es doch selbst aus, wenn du mir nicht glaubst."

Anna zögerte einen Moment, doch dann griff sie nach dem Rapier, nur um ihn augenblicklich wieder fallen zu lassen. Sie rieb sich die Hand.

Trotz des dämmerigen Lichtes sah er, dass die Farbe aus ihrem Gesicht gewichen war.

Er verzog triumphierend den Mund.

„Es kann unmöglich warm sein, nicht wahr?", äffte er sie nach.

Sie starrte ihn wortlos an, so etwas wie Schock in ihren Augen.

„Was machen wir denn jetzt?" Ihre Stimme war nicht viel mehr als ein Piepsen. Definitiv eine Maus, die sich nun zitternd in ihre Höhle verkroch. Edward grinste bei dieser Vorstellung. Zum Glück war er längst nicht so leicht einzuschüchtern.

„Easy. Ich wickle mein T-Shirt um das Schwert und lege es wieder in die Kiste zurück."

Während er sein Lieblings-T-Shirt auszog, das dunkelblaue mit dem verwaschenen Gang-Emblem, bemerkte er, wie Anna sich peinlich berührt umdrehte und zum Schwert niederkniete.

„Noch nie einen nackten Männeroberkörper gesehen?"

„Das geht dich nichts an."

Er konnte ihr Gesicht nicht sehen, aber das leichte Schwanken in ihrer Stimme ließ ihn ungläubig die Augenbrauen heben. Die war doch beinahe so alt wie er? Hatte sie irgendwelche veralteten Moralvorstellungen oder was?

Edward verdrehte die Augen. Das konnte ja ein heiterer Sommer werden.

„Auf dem Schwert stehen die gleichen Initialen wie im Buch", sagte Anna.

Unterhalb des Knubbels konnte er tatsächlich den feinen Schriftzug „Jean P. V." erkennen.

Er hatte das T-Shirt ein paarmal gefaltet, sodass es nun wie ein Ofenhandschuh in seiner Hand lag. So geschützt griff er nach dem Schwert.

Die Hitze drang augenblicklich durch den Stoff hindurch und schien seine Hand auf das Rapier zu schmelzen, sodass er es nicht mehr loslassen konnte. Der Schmerz jagte seinen Arm hoch und raubte ihm beinahe den Atem. Ein Blitz erhellte die dunkle Höhle, als hätte jemand ein überdimensionales Streichholz angezündet, das nun immer heller leuchtete. Zugleich erfüllte ein Rauschen wie das eines Wasserfalls den Raum und ein Lufthauch wirbelte seine halblangen Haare durcheinander. Der Lärm war so groß, dass er Annas Schrei nur schwach wahrnahm. Sie hatte sich hinter seinen Rücken geflüchtet und klammerte sich an seine Schulter.

„Lass es los!“, hörte er ihre Stimme nahe an seinem Ohr.

„Es geht nicht!“

Das Licht war nun so hell, dass es selbst durch die geschlossenen Augen schmerzte.

„Bitte, versuch es!“

Was glaubte die denn, was er machte? Aber er war schlichtweg unfähig, seine Hand zu öffnen. Es war, als wäre sie mit dem Stahl verschmolzen. Mit aller Kraft schüttelte er seinen ganzen Arm.

Und dann war es plötzlich wieder dunkel und still. Benommen öffnete er die Augen und starrte auf seine Hand. Sie war leer.

Anna versuchte, ruhig ein- und auszuatmen. Warum nur war sie nicht oben in der Sicherheit des Schuppens geblieben? Die Enge in ihrem Hals nahm wieder zu. Nur ruhig. Einatmen. Ausatmen.

Sie zwang sich, den Blick von Edwards muskulösen Schultern abzuwenden. Sie hatte sich doch tatsächlich an ihn geklammert wie ein dreijähriges Kind an den Rockzipfel seiner Mutter, nur dass sie sich an seine – nackte! – Schulter gehängt hatte. Doch mehr als ihre unüberlegte Panikreaktion hatten ihr die vergangenen Minuten den Atem verschlagen.

Sie machte einen Schritt zur Seite und blickte Edward an, der wie versteinert auf seine Hände starrte.

Komisch, das Licht in der Höhle war nun heller. Was war passiert?

„Alles klar?“ Ihre Stimme klang kläglich.

„Hu, ähm, ja …“, erwiderte Edward, scheinbar unfähig, eine sinnvolle Antwort zu geben. Sie folgte seinem Blick auf die Hand, die immer noch vom T-Shirt umwickelt war. Ein leichter Brandgeruch stieg ihr in die Nase und ein schwarzes Loch zeugte von der großen Hitze.

„Bist du verletzt?“

Er hob die Schulter und wickelte den Stoff vorsichtig ab. Als ihr Blick von seiner Hand zu seinem Waschbrettbauch huschte, schoss ihr die Hitze in die Wangen. Warum nur fühlten sich ihre Beine plötzlich wie Wackelpudding an?

„Nein. Nur der Stoff ist verbrannt. Aber wo ist das Schwert?“

Er hob die Augen und sog scharf die Luft ein. Sie folgte seinem Blick, drehte sich um und keuchte auf. Hinter ihr war die Wand durchbrochen und Tageslicht stahl sich in die Höhle. Eine Höhle, die nun eine Nische war. Oder eine Muschel. Leicht geöffnet, um sie mit Haut und Haaren zu verschlingen. Nur nicht bewegen. Vielleicht würden sie dann nicht bemerkt.

„Wo sind wir?“

Edwards dunkle, etwas rauchige Stimme riss sie aus ihrer Starre. Die Muschel schnappte nicht zu. Logisch. Es war eine Höhle und sie verhielt sich einmal mehr einfach nur kindisch. Übervorsichtig, wie Dr. Mallet es genannt hatte.

Anna schielte in Edwards gut aussehendes breites Gesicht mit den markanten Wangenknochen. Gut aussehend war die Untertreibung des Jahrhunderts. Die dunkelblonden Haare hatte er an der Seite kurz geschnitten und das längere Deckhaar unterstrich seinen wilden Charme.

Nicht, dass so einer sie je beachtet hätte. Und eigentlich war ihr das auch ziemlich egal. Erste Priorität hatte das Medizinstudium, das sie demnächst beginnen würde, und eine Beziehung wäre dann ohnehin nur hinderlich. Außerdem wollte sie einen Mann, der Gott liebte, und das war bei ihm offensichtlich nicht der Fall. Und tanzen musste er können. Schwer vorstellbar bei Edward, der nur auf Machogehabe und Muskeln zu setzen schien anstatt auf Intelligenz und Freundlichkeit. Anna schüttelte diese Gedanken ab und folgte Edward zögernd zum Ausgang.

Der Vorplatz war klein und wurde von Felsen begrenzt, die steil in eine Bucht hinabfielen.

Auf der anderen Landseite erhob sich eine mächtige Burg, in deren Schatten sich unzählige flache Häuser bargen. Farbige Fischerboote tanzten auf dem graublauen Wasser am Ufer.

Anna schluckte und biss sich auf ihre Unterlippe, bis sie Blut schmeckte. Das war nicht das wunderschöne Landgut, auf dem sie ihr ganzes bisheriges Leben verbracht hatte.

Warum nur hatte sie Edward geholfen, diese Kiste zu öffnen? Sie hätte auf ihr Sicherheitsgefühl hören sollen, auf den Knoten in ihrem Magen, als er in der Luke verschwunden war, die sie unter einem uralten, schweren Schrank entdeckt hatten.

Ihr Blick wanderte nach rechts. Hier ragte eine Landzunge quer zu ihrer Bucht ins Meer, an deren Ende wiederum eine Festung stand. Die Sonne tauchte das Wasser und die hellen Felsen in flüssiges Gold.

Ihr Hals fühlte sich ganz trocken und eng an, ihre Beine schwach.

„Ich kenne diese Gegend nicht." Ihre Stimme war kaum mehr als ein Flüstern, als sie Edward endlich eine Antwort gab.

„Offensichtlich ein Geheimgang zum Meer. Willst du baden gehen oder weiter Schränke schleppen?" Sein Grinsen erreichte seine Augen nicht und seine linke Hand hielt die rechte so fest, dass die Knöchel weiß hervortraten.

„Gehen wir lieber zurück. Grandmère wollte uns doch noch Kuchen bringen." Als Anna sich umwandte, um zurück zur Luke zu gehen, beschlich sie jedoch eine dunkle Vorahnung.

Über ihnen wölbte sich die Decke ohne einen einzigen Hinweis auf eine Öffnung.

Sie fröstelte. Ihr blaues T-Shirt mit den Spitzensäumen, das sie früher so geliebt hatte, das nun aber zwecks unzähliger kleiner Löcher zum Arbeits-T-Shirt avanciert war, gab ihr kaum Wärme. Warum war es so kalt? Sie schlang die Arme um ihren Oberkörper.

Edward zog sich sein halb verbranntes T-Shirt über den Kopf und suchte die Wände nach der verschwundenen Öffnung ab.

Annas Kopf war leer. Auch wenn die „Muschel" eine Höhlennische war, hatte sie ihr dennoch alle klaren Gedanken geraubt. Sie ließ sich an der Höhlenwand nieder. Wie Tentakel kroch die kalte Feuchte durch die Kleider an ihren Rücken. Und vom Rücken zum Herzen, um es mit eiserner Hand zu umklammern.

Das Blut rauschte in ihren Ohren. Atmen. Ein. Aus. Wie sie es gelernt hatte.

Langsam lockerte sich der Griff um ihr Herz und die Gedanken kamen zurück.

Vielleicht war sie einfach in einen jener realistischen Träume hineingetappt, in denen man nicht weiß, dass man schläft, aber irgendwann aufwacht. Bestimmt würden sie gleich aus der Höhle klettern, aus dem Schuppen ins gleißende Sonnenlicht treten und zum herrschaftlichen Anwesen der Martignières hinüberblicken. Zu dem weißen Haus mit den dunkelgrünen Sprossenfenstern, der hellen Kiesauffahrt und den unzähligen üppigen Blumenbeeten, die ihr Vater mit viel Liebe hegte und pflegte. Und rechts zum kleinen Häuschen, das sich im Schatten einer Trauerweide an eine Mauer schmiegte und das sie zusammen mit ihren Eltern bewohnte.

Einfach atmen. Ein. Aus.

Sie verfolgte, wie Edward die Wände abklopfte, bevor er sich schließlich resigniert der ominösen Kiste zuwandte.

Ihre Mutter würde am Fenster stehen und ihr zulächeln …

„Vielleicht gibt es noch etwas in der Truhe." Edwards Stimme ließ das Bild verschwinden.

Einfach atmen. Gleich war es vorbei. Ein. Aus.

Er kramte eine Weile darin herum. „Komisch, der Dolch und das Buch sind auch weg. Nur die Kleider und ein kleiner Beutel mit Münzen sind hier."

„Vielleicht ist das alles nur ein Traum …"

Ein spöttisches Grinsen überzog sein Gesicht. „Dann kneif mich mal. Es wäre schön, daraus zu erwachen."

Doch sie war unfähig aufzustehen. Die Tentakel der Angst umklammerten ihr Herz wieder fester und wanderten hinauf zu ihrer Kehle.

Einfach atmen. Ein, aus, ein, aus, ein, aus.

Ihr Atem kam stoßweise, sie fürchtete zu ersticken. Die Welt begann, sich zu drehen. Sie hatte den Kampf gegen die Ohnmacht verloren. Sie schloss die Augen.

Zwei starke Arme packten sie an der Schulter und schüttelten sie.

„Anna! Hörst du mich?"

Sie war nicht fähig zu reagieren.

Ein Schlag ins Gesicht brachte sie wieder in die Wirklichkeit zurück. Sie atmete tief ein. Ihre Wange brannte. Entsetzt starrte sie den Engländer an, der vor ihr in die Hocke gegangen war. Er hatte sie geschlagen?!

Ein überlegenes Lächeln umspielte seine Mundwinkel.

„Zumindest wissen wir nun, dass es kein Traum ist."

Ihr Blick wanderte zur Höhlendecke hinauf, deren Steine und Erde immer noch keine einzige Öffnung freigaben.

Das Blut hatte ihr Hirn wieder erreicht.

„Du hast mich geschlagen!"

Warum nur erinnerten seine grau-grünen Augen sie an Bergseen? Das war nicht fair.

„Sorry, Kleine. Dachte, du kippst gleich weg."

„Nenn mich nicht immer Kleine." Sie verengte die Augen. Seine blöden Ausdrücke konnte er sich für seine Groupies in London aufsparen.

„Lass uns herausfinden, wo wir sind und wie wir wieder zurückkommen."

Anna rappelte sich auf und putzte ihre Hände an ihren heiß geliebten Jeans ab. Sie waren ebenfalls so zerschlissen, dass sie sie nur noch als Arbeitshosen trug. Wie heute. Sie stolperte hinter Edward den schmalen Pfad entlang, der vom Vorplatz wegführte, ihre Beine immer noch wackelig. Aber wenigstens hatte die Angst ihre Tentakel in der Höhle gelassen. Hoffte sie jedenfalls.

Der Weg schlängelte sich einige Meter über dem Wasser an der Küste entlang, bis die zwei Landzungen zu einer Fläche aus Gras und Felsen verschmolzen.

Ein Felsbrocken versperrte ihnen den weiteren Weg.

Edward blieb so abrupt stehen, dass sie gegen ihn stieß.

„Pscht", machte er und drängte sie zurück.

Anna runzelte die Stirn und schaute ihn fragend an. Sein Finger lag auf seinem Mund. Er stand so dicht bei ihr, dass sie seinen Duft riechen konnte. Thymian, etwas Maskulines und … Bevor sie noch weiter darüber nachdenken konnte, hörte sie Stimmen. Sie sprachen kein normales Französisch, sondern so, als würden sie ein altes Theaterstück aus einem anderen Jahrhundert aufführen.

Sie stellte sich auf die Zehenspitzen, um über Edwards Schultern einen Blick auf die Gestalten zu erhaschen. Der schmale Pfad, auf dem sie sich befanden, mündete in einen breiteren Weg, der links über die Höhen zur Landspitze führte und rechts zum Wasser in Richtung Dorf. Zwei Männer befanden sich auf dem Abstieg.

„England hat fürwahr keine Stellung bezogen?“

Sie trugen komische schwarze Kutten, auf denen vorne ein weißes, viereckiges, gezacktes Kreuz prangte. Darunter trugen sie eine Art Pluderhose und Stiefel. Schwerter, ähnlich demjenigen, das Edward in der Hand gehabt hatte, baumelten an ihren Hüften.

„Nein, mein Freund. Wie es auch Eurer Kenntnis entspricht, hat sich Königin Elisabeth dem Protestantismus zugewandt. Sie wird uns keinen Beistand entsenden.“

Der Mann, der geantwortet hatte, war um einiges älter. Er hatte grau melierte Haare, die über die Wangen in Locken zu einem spitzen Bart ausliefen, was seine gerade, prominente Nase betonte. Die etwas eingefallenen Wangen ließen darauf schließen, dass er bestimmt schon sechzig Jahre alt war.

„Warum setzen sich unsere Länder nicht mit uns für die gerechte Sache Gottes ein?“

Der junge Mann war von schlanker Statur, hatte glattes, dunkelblondes Haar und ebenfalls einen leichten Bart, der sein schmales Gesicht voller wirken ließ. Obwohl er einwandfrei Französisch sprach, hatte er einen ähnlichen englischen Akzent, wie Ed ihn hatte.

„Euer Land hat sich der neuen Lehre angeschlossen und mein Land sieht in uns nur noch ein Relikt aus alter Zeit. Aber Don García de Toledo hat versprochen, noch vor dem Winter hier zu sein.“

„Ihr glaubt, die Osmanen wagen es, vor den Herbststürmen anzugreifen?“

Die zwei Männer gingen an ihnen vorüber, die Stiefel knirschten auf den Steinen. Anna duckte sich hinter Edwards Schulter.

„Mitnichten, das bezweifle ich. Sie mögen das Meer und die Schiffe nicht.“

Sie musste sich nun anstrengen, um die Männer weiter zu verstehen.

„Die Ladungslisten verraten nur, dass sie sich fieberhaft vorbereiten. Wir sollten uns auf eine längere Belagerung einstellen. Wir müssen Vorkehrungen treffen, um …“

Die Stimmen wurden vom Wind davongetragen.

Edward drehte sich um und deutete mit einer Nickbewegung zur Höhle zurück. Leise und geduckt schlichen sie zurück.

Anna setzte sich auf einen Stein im Eingang der Höhle und starrte auf das Wasser. Was war das eben gewesen?

Wo um alles in der Welt befanden sie sich?

Sie blickte zu Edward hinüber, der lässig an der Wand lehnte, sich aber wieder an die rechte Hand fasste, so als hätte er noch Schmerzen.

„Irgendeine Erklärung?“

Wortlos schüttelte sie den Kopf.

„Eben doch ein Geheimgang zum Meer.“

Sie hob die Augenbrauen.

„Klar, das Meer ist bei uns ja auch grad mal um die Ecke. Zwei, drei Schritte und du fällst hinein.“

Anscheinend hatte Mister Ich-weiß-alles-besser keine Ahnung von französischer Geografie.

Er zuckte nur lässig mit den Schultern.

„Zu deiner Information: Das Landgut deiner Großeltern liegt zwar im Süden von Frankreich, genauer gesagt im Département Aveyron, aber das ist immer noch knappe 200 Kilometer vom Mittelmeer entfernt. Und noch weiter vom Atlantik. Außerdem, wie erklärst du dir diese Männer in ihrer Aufmachung und mit ihrer Sprache?“

Ein Windstoß zerzauste ihre halblangen Haare. Sie stand auf, strich sie sich hinter die Ohren und trat in die Sonne, in der Hoffnung, dort etwas Wärme zu finden. Tief unter ihr sah sie die weißen Schaumkronen unzähliger kleiner Wellen.

„Vielleicht drehen die grad einen Film, Frau Lehrerin.“

Edwards Augen blitzten gefährlich.

Frau Lehrerin? Nur weil sie es gewagt hatte, seine Theorie infrage zu stellen? Spiegelte sich sein attraktives Äußeres denn nicht einmal ansatzweise in seinem Inneren wider? Konnte er nicht wenigstens ein kleines bisschen nett sein?

Anna trat von einem Fuß auf den anderen. Vom Meer her näherten sich dunkle Wolken. Die Haare an ihren Unterarmen stellten sich auf und sie schlang ihre Arme um ihren Oberkörper, in der Hoffnung, etwas Wärme zu speichern.

„Wir waren in der Höhle, die auf dem Grundstück von Grandpère liegt, du hast das – heiße – Schwert angefasst, weil du es wieder in die Kiste legen wolltest, und wir sind dann durch Licht und Wind hier an diese Küste katapultiert worden, direkt auf ein Filmset? Ist es das, was du glaubst?"

Edward hatte sich von der Wand gelöst, sein Blick auf das aufgeschäumte Meer gerichtet, die Daumen in den Taschen seiner Jeans eingehängt.

„Hast du eine bessere Erklärung?"

Ein Vogel erhob sich mit einem heiseren Schrei von einem Felsen in der Nähe, schwang sich in die Lüfte und flog davon.

„Nein, aber ich frage mich, wo sie die ganzen Kameras versteckt haben."

Sie schaute dem schwarzen Vogel nach, der immer kleiner wurde, bis er mit dem Schwarz-grau des Himmels verschmolz.

„Noch nie was von Drehpausen gehört?"

Sein versengtes T-Shirt unterstrich das verwegene, etwas gefährliche Charisma, das von ihm ausging. Seine Bergseenaugen blitzten angriffslustig unter dem zerzausten Haar hervor.

„Das erklärt aber diesen Ort hier nicht."

Ihre Gegend kannte sie wie ihre eigene Hosentasche. Dort war sie aufgewachsen, hatte die Wälder durchstreift und die Landschaft mit dem Fahrrad in unzähligen Ferienwochen mit ihrer Freundin Melanie durchfahren. Es gab keine Küste und kein Meer.

„Eine täuschend echte Kulisse."

Sie schüttelte nur den Kopf und starrte auf die mächtige Burg. Das Meer rauschte zu ihren Füßen und ein salziger Windstoß wirbelte ihre Haare erneut hinter den Ohren hervor. Eine Kulisse mit Wind und Wasser? Nie im Leben. Sie kämpfte gegen die Übelkeit an wie ein kleines Boot gegen einen Orkan. Sie durfte nicht wieder in die Fänge der Angst geraten.

„Vielleicht finden wir in der Kiste einen Hinweis, wo wir sind", riss Edward sie aus ihrem inneren Kampf.

Sie folgte ihm zögerlich mit immer noch verschränkten Armen zurück in die Höhle und wagte einen Blick in die Truhe.

Etwas war anders. Aber was?

Das Buch, der Dolch und das Schwert waren weg, wie Edward schon bemerkt hatte. Dafür lag ein Beutel auf den Kleidern. Sie ließ den Blick über das Holz gleiten.

Der Rost. Er war weg! Die Scharniere der Truhe glänzten, als wären sie neu. Und auch die Kleider hatten kräftige Farben; waren nicht so vergilbt, wie sie sie in Erinnerung hatte.

Was war geschehen? War das Ding nicht uralt?

Edward nahm das olivgrüne Kleid hoch. Ein einfaches Gewand, aber mit ziemlich viel Stoff. Er legte es auf den Boden und hob ein weißes Kleid heraus, das einem Nachthemd ähnelte mit Rüschen und weitem Ausschnitt.

Seine Augenbrauen glitten spöttisch nach oben. „Mittelalterliche Reizwäsche?"

Sie schüttelte ihren Kopf. War der immer ein solcher Macho?

„Eher ein Unterkleid", mutmaßte sie.

Strümpfe und eine dunkelgrüne Pluderhose folgten einem weißen langen Hemd mit überdimensional breiten Ärmeln.

Als Anna sich über die Truhe beugte, erspähte sie nur noch zwei Paar flache Lederschuhe, die einen mit reichen Stickereien verziert und einem spitzen Ende versehen, die anderen einfach gehalten.

Sie blickte zu Edward, der sein Handy vom Vorsprung genommen hatte und wie gebannt daraufstarrte.

Langsam sah er auf. „Kein Empfang, kein Datum und keine Uhrzeit."

Anna schluckte. Die Angst schnürte ihr die Kehle einmal mehr zu.

„Wir müssen das Schwert finden", sagte Edward schließlich und steckte sein Samsung in die Hosentasche. „Das alles ist erst geschehen, als ich das Schwert angefasst habe. Vielleicht liegt es in der näheren Umgebung der Höhle."

Anna stand auf und klopfte sich den Schmutz von der Hose. Komisch, die Erde war viel lockerer.

Sie suchten eine ganze Weile schweigend die Umgebung ab, aber das Schwert blieb unauffindbar.

Die dunklen Wolken waren nun bedrohlich nahe und der Wind hatte aufgefrischt.

„Tragen wir mal zusammen, was wir wissen", fing Edward an, als sie wieder im Höhleneingang standen.

Anna setzte sich wieder auf den Stein vor der Höhle.

„Das Schwert war unnatürlich heiß und hat uns wahrscheinlich hierher gebracht", fuhr Edward fort.

Sie kratzte mit ihrem Finger an der fadenscheinigen Stelle über dem Knie.

„Oder es hat die Umgebung verändert, denn das Schwert ist unauffindbar, das Buch und der Dolch sind weg und alles sieht anders aus. Auch die Menschen", ergänzte sie, während sie weiter ihre Hose bearbeitete und es vermied, in sein Gesicht zu blicken.

„Dann hat uns das Schwert auf irgendeine Art und Weise an einen anderen Ort gebeamt."

Anna blickte auf. „Gebeamt?"

Edwards schiefes Grinsen erreichte seine Augen nicht und er zog etwas hilflos die Schultern hoch.

„Irgend so ein Zauberschwert?"

„Zauberschwert?"

Sie kam sich selbst albern vor, seine Worte zu wiederholen. Aber hatte er den Verstand verloren? Das gab es doch nur in irgendwelchen Märchen!

Doch zum ersten Mal war der überlegene Gesichtsausdruck aus seinem Gesicht gewichen und eine ungewohnte Ernsthaftigkeit lag in seinem Blick.

„Entweder es ist so etwas oder doch ein Filmset."

Sie hätte so gerne an das Filmset geglaubt, aber das Meer machte diese Theorie zunichte.

Ihre Gedanken rasten. Ein anderer Ort. Auch eine andere Zeit?

Die Jeans zerriss mit einem leisen Ratsch. Entsetzt starrte Anna auf das fünf Zentimeter große Loch, das sie unbewusst in ihre Hose gemacht hatte.

„Kennst du diese Gegend?", fragte sie, während sie geistesabwesend an den Fäden weiterzupfte.

Edward schüttelte den Kopf. „Nein. Ich weiß auch nicht, wer sich so kleiden würde und so redet. Es sei denn, wir sind nicht nur im Ort, sondern auch in der Zeit verrutscht."

Annas Hals wurde eng. Konnte er etwa Gedanken lesen?

„Die Männer haben was von Osmanen gesagt", fügte Edward nachdenklich hinzu.

„Hast du mitgekriegt, was die geredet haben?" Obwohl Edwards Mutter Französin war und auch er die Sprache recht gut beherrschte, war sie sich nicht sicher, ob er diese alten Worte verstanden hatte.

„Stell dir vor, Frau Lehrerin, das habe ich.“

Sein Gesicht hatte wieder den überheblichen Ausdruck, der sie zu bissigen Bemerkungen anstachelte.

„Kennst du die Osmanen?“

„Nicht persönlich.“

Er grinste schief und sie rollte mit den Augen, während ihre Finger sich in dem Loch verkrallten. Das war nun wirklich keine Situation, um Witze zu reißen.

„Die Osmanen lebten vor sehr langer Zeit und die gibt's heute nicht mehr, also können sie nicht mehr angreifen.“

„Legt die Theorie nahe, dass wir in der Vergangenheit an einem fremden Ort gelandet sind. Wo es Osmanen und diese Männer in den komischen Kostümen noch gab. Wo es Burgen gab“, er zeigte auf die Burg und die wehenden Fahnen auf der anderen Landseite, „Ritter und Schwerter.“

Annas Fingernägel schnitten ihr in den Oberschenkel, so sehr klammerten sich ihre Finger an den Rand des Risses.

„Mittelalter?“, brachte sie beinahe flüsternd hervor.

Oh Herr, bitte nicht. Das war eine so dunkle Zeit …

Sie blickte Edward entsetzt an, der sich nun mit den Fingern durch die Haare fuhr. Ein Sonnenstrahl, der durch die dunklen Wolken brach, ließ sie golden schimmern.

„Wenn das Schwert, das Buch und der Dolch weg sind, könnte es sein, dass sie zum jetzigen Zeitpunkt noch nicht existieren oder in Gebrauch sind. Das würde auch die veränderten Farben der Kleider erklären.“

Er hatte doch mehr Verstand, als sie gedacht hätte.

„Der erste Eintrag im Buch war 1563 …“, sie brach ab, als sie sich erinnerte.

„… und der Ort Malta, wenn ich mich nicht irre“, fügte Edward hinzu.

Einen Moment sahen sie sich schweigend an. Sein Blick ging ihr durch Mark und Bein und löste wieder dieses Magenkribbeln aus. Plötzlich drehte er sich um und verschwand in der Höhle, um gleich darauf mit dem Beutel zurückzukommen.

„Vielleicht finden wir hier noch einen Hinweis auf die Zeit.“

Er schüttete den Inhalt vor ihr auf den Boden. Es waren Münzen. Anna nahm eines der unförmigen, silbernen Geldstücke in die Hand.

„E-CLAUD-DE-LA-SENGLE-M-HOSP-H“, las sie laut und drehte die Münze dann um. Die andere Seite zeigte einen Mann mit einem Stab, der wie ein Kreuz aussah, und ein nicht ganz definierbares Tier zu seinen Füßen.

„PARATE UI AM DOMINI“, las sie die Prägung vor. „Auf der einen Seite wahrscheinlich ein Name eines Königs oder Herrschers, auf der anderen Seite was mit ‚fertig‘ und ‚Herr‘?“, kramte sie ihre Lateinkenntnisse hervor.

„Auf meiner Münze steht etwas anderes. F-IOANNES-DE-VALLETTA-M-HOSP-H und hinten IUSTITIA SANCT REDEMPTIO.“

„Gib mal her.“

Auf der einen Seite der Münze war ein Lamm zu sehen, das eine Fahne trug, auf der anderen Seite ein Wappen mit Kreuzen, Adlern und Löwen.

Ihr Herz klopfte, als sie den Namen um das Wappen noch einmal betrachtete.

„Wenn das ein Name ist, dann hieße dieser hier F. Johannes de Valletta. Wie hieß noch mal dein Vorfahre, der Großmeister, von dem dein Grandpère uns erzählen wollte?“

Edward runzelte die Stirn. „Jean Irgendwas. Ich kann mich nicht mehr daran erinnern.“

„Kann es sein, dass er Valletta hieß?“

Er schürzte die Lippen. „Kann sein, so ähnlich jedenfalls.“

„Diese Münze ist mit seinem Namen geprägt, wenn man die Aussprache des Namens Jean oder Johannes nicht so genau nimmt. Im Buch standen zumindest zwei seiner Initialen, das J und das V, und in das Schwert war der Name Jean P. V. eingraviert.“

„Du glaubst, dass das Buch und das Schwert einem Mann gehörten, der Jean Valletta hieß, und dass dieser der Großmeister ist, den mein Großvater erwähnt hat?“, fasste Edward zusammen und zog dabei zweifelnd die Augenbrauen zusammen.

„Möglich wär's.“

Sie ließ die Münze wieder in den schwarzen Lederbeutel gleiten.

Mit einem klingenden Geräusch warf Edward das restliche Geld ebenfalls zurück in den Beutel und zog ihn zusammen. „Angenommen, das Schwert gehörte tatsächlich diesem Großmeister und wir sind hier in seiner Zeit gelandet, dann müssen wir ihn nur ausfindig machen, ihn bitten, uns das Schwert zu leihen, und schon sind wir wieder zu Hause.“ Er grinste sie an.

War es so einfach? Anna blickte auf den langen Riss in ihrer Lieblingsjeans. Die könnte sie nun wieder tragen, denn das war doch modern … zumindest im Jahr 2017.

„Vielleicht ist es besser, wenn wir uns ebenfalls verkleiden. Keine Ahnung, was die damals mit komischen Leuten gemacht haben“, brachte Edward ihre abschweifenden Gedanken wieder zurück.

Sie schluckte. Ihr Hals war staubtrocken. Obwohl ihr Verstand der Argumentation von Edward recht geben musste, konnte es unmöglich wahr sein.

„1563 ist wahrscheinlich nicht mehr Mittelalter, aber alles, was fremd war, verbrannte man früher auf dem Scheiterhaufen. Als Hexen und so.“ Sie schauderte, als sie an das Referat dachte, das sie mit Melanie zu dem Thema gehalten hatte.

Edward war schon in der Höhle und warf ihr nun das weiße Unterkleid und den grünen Rock zu.

„Dann hoffen wir mal, dass dieses Zeug in diese Zeit passt.“

„Du willst diese Kleider einfach klauen?“

„Willst du lieber verbrannt werden?“

„Und wenn wir uns doch noch im Jahr 2017 befinden und das alles ein Filmset ist?“

„Dann sind wir auf dem Weg zu den Statisten.“

Sie seufzte. Wusste der immer auf alles eine Antwort?

Edward hob die Pluderhose hoch und verzog das Gesicht. Sie war riesig. Unwillkürlich grinste sie und wandte sich ab, um im hinteren Teil der Höhle Schutz zu suchen.

Als sie über die Schultern blickte, stand er immer noch mit seinen Kleidern über dem Arm bei der Kiste und blickte in ihre Richtung.

„Noch nie was von Privatsphäre gehört?“

Mit spöttischem Blick erwiderte er: „Auf diese Show soll ich verzichten?“

„Bitte.“

Sollte er sie doch für altmodisch halten, das war ihr egal. Sie hatte ihre Prinzipien und Grenzen und darüber ging sie nicht hinaus, egal wie gut Mister Ich-weiß-alles-besser aussah oder wie heftig die Schmetterlinge tobten. Außerdem ging ihr sein überhebliches Gehabe ganz schön auf die Nerven.

„Schon gut, ich drehe dir den Rücken zu und ziehe mich ebenfalls um."

Nachdem Anna sich vergewissert hatte, dass er sein Wort hielt, schlüpfte sie hastig aus ihrem T-Shirt, streifte sich das weiße Unterkleid über und schälte sich erst dann aus ihrer Jeans. Nur zur Sicherheit. Dann stieg sie in das grüne Kleid. Am Rücken befanden sich Bänder.

Mühsam versuchte sie, sie zuzuziehen, aber es gelang ihr nicht.

„Soll ich dir helfen?"

Sie wirbelte herum und hielt sich dabei das Kleid vorne über der Brust zusammen.

„Du hast geguckt!"

Ihr Atem geriet ins Stocken. Edward sah in seinen Kleidern noch um einiges attraktiver aus. Nein, edler. Wie ein Ritter mit seinem weißen Hemd, den grünen, pumpähnlichen Hosen, den Strümpfen und den Lederschuhen. Seine grün-grauen Augen blitzten voller Schalk. Sie biss sich auf die Lippen.

„Krieg dich ein, ich habe nichts gesehen. Soll ich dir nun behilflich sein?"

Sie nickte und kehrte ihm den Rücken zu. Während seine Hände sich an den Bändern zu schaffen machten, fuhr sie nervös mit ihrer Zunge über ihre trockenen Lippen.

„Fertig."

Sie drehte sich um. Es fühlte sich falsch und zugleich richtig an, in diesem fremden Kleid zu sein, das nach Lilien duftete. Das Unterkleid kratzte ein wenig – es war ein grober Stoff. Sie bückte sich, um in die flachen Lederschuhe zu steigen, die ihr Edward gebracht hatte. Sie waren – oh Wunder – nur ein wenig zu groß. Das Kleid raschelte, als sie sich wieder erhob. Sie strich darüber und straffte die Schultern.

Edward streckte ihr mit einer galanten Bewegung die Hand hin und bluffte: „Mylady, Ihr seht heute umwerfend aus. Darf ich?"

Nun gut, bis sie eine passende Erklärung für dieses ganze Phänomen gefunden hatten, konnte sie genauso gut mitspielen. Seine gespielte Freundlichkeit war immer noch besser als das überhebliche Macho-Getue. Sie legte ihre Hand auf die seine und seine warmen Finger umschlossen sie sachte. Hitze stieg in ihre Wangen. Noch nie hatte ein Mann ihre Hand gehalten. Peinlich, aber wahr.

Sie schüttelte den Gedanken ab. Das hier zählte ebenfalls nicht, denn es war nicht echt.

Sie atmete hörbar aus, als könnte sie damit die Schmetterlinge vertreiben und ihre Knie wieder fest werden lassen.

„Ihr, mein edler Herr, schaut aber auch nicht schlecht aus."

„Ich bin Edward de la Martignière aus Frankreich, habe aber längere Zeit in England gelebt. Ihr, edle Dame, dürft mich Ed nennen."

Sie rümpfte die Nase. Seit wann verwendete er den Nachnamen seiner Großeltern?

„Ed de la Martignière?"

„Meine Freunde nennen mich Ed und de la Martignière ist klangvoller als Crowe. Wie ist Euer Name, Mylady?"

„Ich bin Anna Ravin aus Frankreich."

Er ließ ihre Hand los und sie vermisste seine Wärme sofort.

„Wir sollten uns eine glaubwürdige Geschichte zulegen."

Sie trat vor die Höhle und ließ ihren Blick über das aufgeschäumte Meer gleiten. Hinter der Burg mit der roten Kreuzfahne drehte eine Windmühle ihre gemächlichen Runden.

Edward schritt vor ihr auf und ab.

„Warum kommt eine so junge, reizende Dame allein auf die Insel?"

Jung und reizend? Wollte er sie veräppeln?

„Keine Ahnung. Verwandte besuchen?"

Die Blätter der Windmühle waren breit und erinnerten sie an Hollands alte Mühlen. Vielleicht war das gar nicht Malta? Aber in Holland sprach man nicht Französisch … Aber auf der kleinen Mittelmeerinsel doch auch nicht, oder doch?

„Wie heißen deine Leute und wo wohnen sie?"

Sie zuckte mit den Schultern. „Ravin wie ich und sie wohnen irgendwo im Dorf. Weiß auch nicht genau wo."

„Und wenn es da keine Ravins gibt?"

„Tja …“

Sie schürzte die Lippen. Ed kickte einen Stein ins Wasser und drehte sich dann zu ihr.

„Wenn wir Geschwister oder ein Ehepaar spielen, dann können wir einigen unangenehmen Fragen aus dem Weg gehen.“

Ehepaar? Wellen von Hitze und Kälte wallten durch ihren Körper. Niemals!

„Geschwister.“

„Dann musst du aber mit einigen Verehrern rechnen.“

„Das bezweifle ich.“

Kein Junge hatte je mehr als einen loyalen Kumpel in ihr gesehen. Sie hatte nicht das „gewisse Etwas“, das Männer anzog. Aber zur Sicherheit fügte sie hinzu: „Außerdem sind wir in einigen Stunden wieder zurück.“

Ihre Augen trafen sich und in den seinen glitzerte etwas Undefinierbares.

„Ich will dir ja nicht die Hoffnung rauben, aber falls es länger dauert, bis wir wieder zu Hause sind, dann kann es durchaus sein, dass du dich mit Verehrern treffen musst, um nicht aufzufliegen. Und ein guter Bruder muss seine Schwester einem ehrbaren Ritter zur Frau geben.“

Im Ernst jetzt? Wollte sie mit fremden Männern in einem fremden Land ausgehen? Nein danke, dann doch lieber mit Edward …

„Okay, darauf kann ich verzichten.“

„Wir sind also ein Ehepaar?“ Seine Mundwinkel zuckten belustigt.

„Ja, aber wir spielen es nur.“ Sie betonte das Wort spielen.

„Das heißt?“

Im Gegenlicht hoben sich seine breiten Wangenknochen scharf ab und verstärkten sein attraktives Aussehen. Oh Mann, wie formulierte man das? Anna seufzte, kniff die Augen zusammen und verzog den Mund zu einer gequälten Grimasse.

„Ich kann mir nicht vorstellen, mit dir eine Ehe zu führen, ich meine so richtig, verstehst du?“

Sie blinzelte und sah, wie Ed mit seinem umwerfenden, breiten Grinsen dastand, seine Hände in die Seiten gestemmt.

„Du meinst, du kannst dir nicht vorstellen, Sex zu haben.“

Sie nickte und die Hitze in ihren Wangen verriet ihr, dass sie feuerrot war.

„Und“, sie räusperte sich, um die Enge in ihrem Hals frei zu bekommen, „auch nicht zu küssen.“

Sein Grinsen verstärkte sich.

„Eine edle, unantastbare Jungfrau als Ehefrau? Ich hoffe echt, dass wir nicht zu lange hier sind.“

Das sah ihm wieder ähnlich. Wahrscheinlich konnte Edward sich in London gar nicht retten vor Mädchen, die ihm zu Füßen lagen und alles tun würden, was er wollte. Aber sie war keine von denen.

Grandmère hatte ihr erzählt, dass Eds Arbeitseinsatz eine Art Therapie sei, um wieder auf die „richtige Bahn zu kommen“.

„Ich meine es ernst, Ed.“

„Schon gut. Deal.“ Er machte eine beschwichtigende Handbewegung.

„Und weshalb reist ein so edles Paar nach Malta?“, nahm er den Faden wieder auf.

Sie überlegte. „Wir machen eine Reise oder wollen hier wohnen.“

Der Wind zerrte an ihren Haaren. Wenigstens war ihr nicht mehr so kalt in diesen Kleidern.

„Gut. Woher kommen wir?“

„Woher wohl? Aus Frankreich.“

Welche Sprache sollten sie sonst sprechen?

„Und mein Akzent?“

Sie kräuselte die Nase. Tja, das stimmte. Er war zwar nicht so stark … Ein Satz aus dem Gespräch der beiden Männer fiel ihr wieder ein.

„Haben die Männer nicht etwas von der Reformation gesagt, die in England Fuß gefasst hat? Du könntest dort aufgewachsen sein, bist aber irgendwie in Bedrängnis geraten und als guter Katholik zu deinen Verwandten nach Frankreich geflüchtet.“

„Und dort haben wir uns kennengelernt, ich habe mich unsterblich in dich verliebt und wir haben geheiratet.“ Eds Augenbrauen bewegten sich hoch und runter.

Was? Flirtete er etwa mit ihr? Oder spottete er nur?

„Komm schon, hör auf.“ Das Ganze war ihr immer noch äußerst peinlich.

„Falls es hart auf hart kommt, können wir immer noch Englisch reden, in der Hoffnung, dass uns hier niemand versteht. Du kannst doch Englisch, oder?"

Sie nickte.

„Okay, dann lass mal hören, was du so draufhast."

Es war ungewohnt, ihn in seiner Muttersprache reden zu hören. Anna kramte ihre Englischkenntnisse hervor und sagte: „We don't speak about the future and our real lifes."

„Never." Er schüttelte den Kopf und seine Mundwinkel zuckten verräterisch.

„Was ist?"

„Du hast ein süßes Englisch. Mit Akzent."

Für einen kurzen Moment sah sie etwas Sanftes in seinen Augen aufblitzen. Ihr Herzschlag beschleunigte sich. Vielleicht versteckte sich hinter der coolen Fassade doch noch ein weicher Kern?

„Gehen wir nun?", versuchte sie abzulenken.

„Klar, Mylady. Doch zuerst müssen wir uns noch um die hier kümmern." Er zeigte in die Höhle auf die verstreuten Kleider.

Sie steckten die Jeans und T-Shirts in die Truhe und traten den Weg in Richtung Dorf an.

KAPITEL 2

Edward folgte dem Pfad bis ans Wasser in die Nähe der Häuser. Wie konnte man sich nur so unpraktisch kleiden? Die Pumphosen waren schwer, die Strümpfe hatte er mit Bändeln an die Hosen gebunden in der Hoffnung, dass er die vorhandenen Löcher und Bänder richtig interpretiert hatte. Doch sonst hätten die kratzigen Dinger nirgends gehalten. Sie waren weder elastisch noch besaßen sie ein Gummiband. Und erst die Schuhe! Er hatte Anna die kleineren überlassen und sich in die spitzen „Clownschuhe" gezwängt.

Wenn ihre Theorie stimmte – so unglaublich sie auch klang –, dann war er froh, dass er nicht im sechzehnten Jahrhundert geboren worden war, obwohl es eigentlich keine Rolle spielte, wann man lebte. Sterben musste man sowieso und danach war man vergessen. Für immer.

Außer man gehörte zu jener Handvoll Auserwählter, die die Geschichte beeinflussen konnten. Doch zu denen gehörte er offensichtlich nicht.

Ein stolperndes Geräusch hinter ihm ließ ihn zurückblicken. Anna konnte sich gerade noch auffangen.

„Alles okay?"

Sie nickte und lächelte etwas gequält. Dann strich sie den Rock glatt, als sei sie eine vornehme Dame. Ihre Verwandlung überraschte ihn immer noch. Sie sah in dem Kleid ganz anders aus.

Ein spitzer Stein pikste ihn durch die dünnen Sohlen seiner Lederschlappen und lenkte seine Aufmerksamkeit wieder auf den Weg vor ihm.

„Hoffen wir, dass dieser Weg um das Dorf herum führt."

Am besten, sie wurden von so wenigen Menschen wie nur möglich gesehen. Anna schwieg weiter, als sie das Dorf umrundeten und direkt zu einem Hafen kamen.

Auch hier zwängte sich das Meer ins Land und hatte eine weitere Halbinsel herausgefressen.

Edward stockte der Atem, als er Galeere an Galeere vor Anker liegen sah, vollgepackt mit alten Kanonen, gut bewacht von einer weiteren Burg, die sich gegenüber erhob.

Weit und breit keine Kameras. So viel zu seiner ersten Theorie.

Instinktiv duckte er sich hinter einen Busch. Anna kauerte sich wortlos neben ihn.

Niemand trug normale Klamotten. Der schmale Pfad zur Burg hoch war gespickt mit Männern in schwarzen Mänteln mit dem gezackten Kreuz. Darunter blitzten in allen Farben diese lächerlichen Pumphosen hervor.

Anna zupfte ihn an seinem überdimensionalen Ärmel, in den locker drei Arme reingepasst hätten. Ihre großen Rehaugen trafen ihn unvorbereitet. Warum waren sie ihm noch nie aufgefallen? Bisher war sie doch nur die graue Maus, die Tochter des Gärtners gewesen … Vielleicht lag es daran, dass er in der Höhle plötzlich Angst um sie gekriegt hatte, als sie beinahe ohnmächtig geworden war. Er war der Ältere, der Erfahrenere. Es war an ihm, sie zu beschützen, graue Maus hin oder her. So wie John ihn beschützt hatte. Damals war er auch ein Hasenfuß gewesen.

Sein Blick folgte ihrer Hand, die aufs Wasser zeigte.

Ein Dreimaster fuhr um die Burg in den Hafen. Männer saßen auf den Stangen mit eingerollten Segeln, andere standen an der Reling mit Seilen in den Händen, die sie nun den Kollegen an Land zuwarfen. Rufe und Befehle gingen hin und her. Immer noch keine Kameras und kein normaler Mensch, keine Schaulustigen, die das historische Spektakel mitverfolgten.

Anna biss sich auf die Lippen, in ihren Augen spiegelte sich die Angst.

„Wenn wir uns unter die Passagiere mischen, finden wir vielleicht etwas heraus und wir fallen nicht auf", flüsterte er in der Hoffnung, sie zu beruhigen. Aber ehrlich gesagt konnte er die Beruhigung selbst brauchen. Seit dem Tag, als sein Leben sich schlagartig verändert hatte, hatte er nie mehr solche Angst gehabt. In der Höhle hatte er gemeint, er müsse sterben, so sehr hatte sein Arm bis in seine Brust hoch geschmerzt, und als das Licht gekommen war, hatte er einen kleinen Moment lang gedacht, er sei gestorben.

Hastig schüttelte er die beunruhigenden Gedanken ab. Der Himmel – oder die Hölle – sah bestimmt nicht aus wie das hier.

Mit seinen Augen suchte er die Gegend ab, als Anna ihm zuflüsterte: „Wir könnten uns hinter den Fässern dort verstecken."

Das war eine gute Idee.

„Okay."

Geduckt rannten sie über den Weg, während er aus den Augenwinkeln die Menschen im Hafen beobachtete. Als sie es beinahe geschafft hatten, blickte ein junger Ritter mit schwarzen, glatten Haaren und bronzefarbener Haut herüber. Mit einem Sprung hechtete er in Deckung, dicht gefolgt von Anna.

Keuchend beobachtete er, wie der Mann noch eine Weile in ihre Richtung starrte, sich dann aber abwandte.

„Meinst du … meinst du, der hat uns gesehen?"

Er hob die Schultern. „Keine Ahnung. Hoffe nicht."

Während sich sein Puls wieder normalisierte, warf der Segler den Anker. Dann wurden Planken gelegt und Matrosen schleppten Holzkisten an Land.

Der Hafen füllte sich nun schnell. Händler bahnten sich den Weg zu ihren Waren und ihre Rufe erfüllten die Luft, aber er konnte die Worte nicht verstehen.

Edward wartete auf den passenden Moment, um sich unter die Leute zu mischen. Etwas, das er nicht zum ersten Mal machte. Sein Blick huschte einmal mehr zu Anna hinüber, die mit geschlossenen Augen an einem Fass lehnte. Ihre Brust hob und senkte sich mit jedem Atemzug.

Das Gewühl erstreckte sich immer weiter zu ihnen hin. Als ein großer Mann auftauchte, war der richtige Moment gekommen. „Gehen wir."

Sie folgten dem Unbekannten zum Schiff. Edward kam sich vor wie ein Zwerg hinter dem Hünen, der bestimmt einen doppelt so breiten Brustkasten besaß wie er.

„Ihr bringt uns die benötigten Waffen?"

Der Mann sprach Französisch, wenn auch in dieser alten Form. Aber immerhin. Nicht so wie viele kleinere, dunkelhäutige Männer um ihn herum, deren Worte er nicht einordnen konnte.

„So viele wir konnten. Der Rest wird im Frühling kommen."

Der Mann, mit dem der Hüne sprach, händigte ihm eine Pergamentrolle aus. Kein Papier.

Um nicht aufzufallen, ging Edward langsam, wenn auch widerstrebend an dem Hünen vorbei. Anna blieb dicht neben ihm. Die Menschen musterten sie mit einem abschätzigen Blick. Sah man ihnen an, dass sie Fremde waren?

Zu spät realisierte er, dass sie mit der Menschenmenge über die Brücke zur Burg hochschritten.

Auch gut, der Anführer, dieser Großmeister, wenn es denn einen gab, wohnte doch sicher in der Festung, oder? Fragte sich nur in welcher.

„Wohin des Weges, der Herr, die Dame?“ Eine der Wachen vor dem Haupttor richtete fragend die Augen auf ihn.

„Wir sind soeben mit dem Schiff gekommen und suchen eine Unterkunft.“ Besser, er fing harmlos an.

Der Mann, offenbar ein Ritter, runzelte die Stirn.

„Soweit ich weiß, waren keine Damen an Bord.“ Sein Blick blieb misstrauisch an Anna hängen. „Der Name?“

„Wir sind die de la Martignières. Schwierigste Umstände haben dazu geführt, dass wir das Schiff in letzter Minute bestiegen haben.“

Die Geschichte ging ihm mühelos über die Lippen. Wie so viele Lügen in den vergangenen Jahren.

„Die Herbergen sind in Birgu.“

Die Wache machte eine vage Handbewegung zum Dorf hin.

Er musste herausfinden, ob seine verrückte Theorie stimmte und sie wirklich in der Zeit von Rittern und Großmeistern gelandet waren. Und seit wann war er eigentlich ein Sprachgenie, das sich so gewählt ausdrücken konnte?

„Vielen Dank. Wir möchten zudem gerne mit dem Großmeister sprechen. Er sollte unsere Korrespondenz diesbezüglich bereits erhalten haben.“

„Er hat uns nichts von Eurer Ankunft gemeldet.“

Edwards Herz setzte einen Moment aus und er musste beinahe nach Luft schnappen. Nur jahrelanges Training half ihm, die Maske, die keine Emotionen durchließ, aufrechtzuerhalten. Konnte es wirklich, wirklich sein, dass sie in der Vergangenheit gelandet waren? Dann mussten sie umso dringender mit dem Anführer sprechen. Er blickte dem Wachmann in die Augen. Auch in dessen Gesicht spiegelte sich keine einzige Regung. Doch noch bevor er sich eine Strategie zurechtlegen konnte, hörte er Anna neben sich sagen: „Wie mein Gemahl schon sagte, die Umstände waren sehr schwierig. Wir wollten eigentlich erst nach dem Winter kommen, aber dann …“ Sie schloss die Augen und ihre Hand ging theatralisch zu ihrem Herzen, als wäre die ganze Geschichte so schrecklich, dass sie sie nicht zu Ende erzählen konnte. Oder gingen ihr die Ideen aus?

Die Augen des zweiten Wachmanns waren nun zwei Schlitze und starrten ihn unverwandt an. „Wenn das zu Eurer Linken Eure Gemahlin sein soll, warum kleidet sie sich dann so … unschicklich?“ Sein Blick blieb auf ihrem Kopf hängen.

Waren es die Haare? Waren die zu kurz, zu unbedeckt? Edwards Gedanken rasten. Nur nicht auffliegen. Anna begann zu schniefen. Nicht schlecht, ihre Schauspielkünste. Da konnte er mithalten. Bestand nicht sein Leben daraus, anderen etwas vorzumachen und seine wahren Gefühle zu vertuschen?

Er legte einen Arm um ihre Schultern und zog sie an sich, wie um sie trösten. Aber das hätte er vielleicht besser nicht getan, denn sie unterbrach ihre Vorstellung für eine Millisekunde, bevor sie weiteratmete. War das für ihre vorsintflutlichen Vorstellungen schon zu nahe? Doch zu seinem Erstaunen entspannte sie sich langsam und barg ihren Kopf sogar an seiner Schulter.

Er wandte sich wieder den Wachen zu.

„Meine Herren, was meine Gemahlin“, er betonte das Wort ausdrücklich, „Euch erzählen wollte, war, dass wir überfallen wurden. Nur mit Mühe und Not konnte ich sie vor den Barbaren retten und ihr weitere Schmach ersparen. Da uns der Landweg zu gefährlich erschien, entschlossen wir uns, mit dem Schiff weiterzureisen.“

Unglaublich – als hätte er einen Text aus einem mittelalterlichen Theaterstück aufgesagt.

„Was führt Euch nach Malta?“

Malta? Sein Herz setzte einen Moment aus. Stimmte auch dieser Teil der absurden Theorie?

„Wir suchen ein neues Zuhause“, fand er seine Stimme wieder.

Der blumige Duft, der von Anna ausging, lenkte ihn ab.

Der Mann mit den schwarzen Locken und einer langen, gekrümmten Nase trat dicht an ihn heran. Sein übel riechender Atem vertrieb Annas leichten Duft schlagartig. Mit grimmigen Augen und drohender Stimme sagte er: „Wir befinden uns in schwierigen Zeiten, falls Euch das nicht bekannt sein sollte. Wenn sich herausstellt, dass Ihr Spione seid – und glaubt mir, ‚edler Herr', wir sind gut darin, Verräter zu entdecken –, dann landet Ihr bestenfalls in der Guva. Haben wir uns verstanden?"

Anna versteifte sich an seiner Seite und hörte auf zu atmen. Was auch immer diese Guva war, es war bestimmt kein angenehmer Ort.

Mit Drohungen konnte man viele einschüchtern und sich vom Leibe halten. Der Ritter war zwar größer als der Anführer der „Grauen Hoodies", aber er hatte keine Knarre. Dafür ein Schwert.

„Wie ich schon sagte, sollte der Großmeister unsere Korrespondenz inzwischen erhalten haben. Wenn Ihr ihn über unser Eintreffen unterrichtet, wird er uns mit Sicherheit eine Audienz gewähren. Bei dieser Gelegenheit werde ich nicht versäumen zu erwähnen, was für vortreffliche Wachen in seinem Tor stehen." Edwards Ton war leise und beherrscht.

Sie starrten sich einen Moment an, dann wandte sich der Ritter ab.

„Wir empfehlen Euch die Herberge ‚Santa Anna' neben der Konventskirche. Folgt der Straße am Hafen entlang. Sie wird Eurem Stande gemäß sein, falls Ihr zahlen könnt. Ihr werdet Kunde erhalten, wenn der Großmeister Euch sprechen will."

Mehr war wohl im Moment nicht zu erreichen.

„Komm, meine Liebe."

Edward drehte Anna sanft um die eigene Achse, während sie sich mit der Hand über die Wange wischte und ein „Danke" in Richtung der Wachen hauchte.

Als sie außer Blickweite waren, nahm er seine Hand von ihren Schultern. Sie hatte so gut in seine Arme gepasst, dass sie sich nun leer anfühlten.

Oh Mann, was war nur mit ihm los? Seit wann war er ein Gefühlsdusel und konnte sprechen wie Shakespeare?

„Wir sind tatsächlich in Malta."

Er hätte sie beinahe überhört. Ihr Gesicht trug den Schock der vergangenen Minuten.

Sie blickte ihn an. So verletzlich, so verzweifelt, dass er sie am liebsten wieder in die Arme genommen hätte. Nur, damit sie sich beschützt fühlte. Etwas, das er nie mehr gefühlt hatte, nachdem John …

„Wir werden das Schwert auftreiben und zurück nach Hause gehen", lenkte er seine Gedanken laut von dem gefährlichen Pfad ab.

„Ja klar, kein Problem."

Er überhörte ihren Sarkasmus und wich einem roten Karren aus, der von einem Esel gezogen wurde.

„Das muss die Kirche sein." Anna zeigte auf ein Gebäude mit einer ovalen Kuppel, das ihn eher an eine Moschee als an eine Kirche erinnerte. Sie stiegen den kleinen Weg zum Gotteshaus hoch. In ihrem Schutz duckten sich ein paar einfache Häuser. Ein Holzschild mit einem verwitterten Schriftzug „Santa Anna" baumelte neben der Tür.

Edward zog am Seil und im Inneren ertönte eine scheppernde Glocke.

Kurz darauf erschien eine Frau in einem dunkelblauen Kleid mit hohem Kragen. Unter einem schwarzen Kopftuch, das ihr beinahe bis zu den Knien reichte, schimmerten grau melierte Haare hervor.

„Was wollen die Herrschaften?"

„Wir sind die de la Martignières und suchen eine Unterkunft. Man hat uns Eure Herberge empfohlen."

„8 Tari die Nacht. Könnt Ihr das zahlen?"

Tari? Nie gehört. Stand überhaupt eine Währung auf den Münzen? Edward kramte einige Münzen aus dem Beutel an seinem Gürtel hervor. Wappen oder Menschen auf beiden Seiten und am Rand die Inschriften. Nirgends einen Hinweis darauf, was für einen Wert diese Metalle besaßen.

„Madame, wir sind mit der Währung hier noch nicht vertraut. Könnt Ihr uns diese erklären?", half ihm Anna aus der peinlichen Situation.

Aus dem Augenwinkel sah er, wie Anna die Wirtin bittend anschaute. Diesen Hundeblick konnte man unmöglich ignorieren. Hatte sie Schauspielunterricht genommen?

Die Augenbrauen der Wirtin gingen nach oben, aber dann zeigte sie auf ein Silberstück. „Das sind 4 Tari. 12 Tari ergeben einen Scudo. Das ist die Goldmünze. 240 Grani ergeben einen Tari."

Konnte man das noch komplizierter machen? Er suchte ein weiteres 4-Tari-Stück hervor und drückte der Frau die zwei Münzen in die Hand.

„Die erste Nacht soll bezahlt sein."

Sie steckte die Münzen ein und bat sie herein.

Durch einen kleinen Innenhof mit Brunnen geleitete die Wirtin sie zu einer Treppe, die auf eine Art Galerie hochging.

Vor der ersten Tür blieb sie stehen. „Euer Zimmer. Solltet Ihr Bedarf an einer Wanne haben, lasst es mich wissen. Sie kostet 20 Grani. Das Essen wird im Raum neben dem Innenhof eingenommen um acht Uhr am Morgen, zwölf Uhr mittags und sieben Uhr abends."

Die Frau zog die Tür hinter sich zu und Anna ließ sich auf das große Bett fallen, das beinahe das ganze Zimmer ausfüllte.

Kein Sofa. Das versprach eine harte Nacht auf dem Boden. Obwohl – so viel unbequemer als die dünne Matratze im Gangquartier war es bestimmt nicht. Oder die unbequemen Pritschen im Knast. Er schlenderte am einfachen Waschtisch mit dem blinden Spiegel vorbei zum Fenster und starrte in den Hafen.

„Du hast das Geld einfach mitgenommen?"

Er beobachtete, wie der Hafen sich langsam leerte, die Karren in den Gassen verschwanden.

„Na und? Sagen wir, ich habe es mir geliehen." Für einen kurzen Moment hatte er vergessen, wie nervig genau sie alles nahm.

„Ausgeliehen, ja? Und wie gedenkst du es zurückzugeben?"

„Ich ‚gedenke' gar nichts zu tun. Das hier ist eine Notlage und erfordert kreative Lösungen."

Im Überleben war er gut. Das war seine Ausbildung, sein Beruf, obwohl seine Eltern diese Ansicht nicht teilten. Anscheinend ließ sich Anna doch überzeugen, denn sie fragte: „Meinst du, die haben uns das alles geglaubt?"

Ihr Ton klang plötzlich unsicher und verloren.

„Ich denke schon." Obwohl er seinen Worten selbst nicht wirklich glaubte, hatte seine Stimme den gewohnt lässigen Unterton. Bluff – das war wesentlich, um zu überleben.

„Du warst echt gut. Wo hast du das gelernt?"

„Was gelernt?" Er drehte sich zu Anna um und schaute sie an. Unruhig knetete sie ihre Hände auf ihrem Schoß.

„Ein mittelalterlicher Schauspieler zu sein."

„Die Sprache kam einfach so raus – keine Ahnung. Und das andere habe ich auf den Straßen Londons gelernt. Entweder du überzeugst oder du gehst drauf."

„Du hast auf der Straße gelebt?"

„Nicht wirklich." Eigentlich schon, aber das brauchte sie nicht zu wissen. Das würde das Landei zu sehr schockieren. Zum Glück bohrte sie nicht weiter nach.

„Was jetzt?" Ihre Stimme klang wieder piepsig.

Edward verschränkte die Arme und lehnte sich neben das Fenster. Der Stein in seinem Rücken fühlte sich kalt an. „Wie gesagt, wir versuchen eine Audienz bei diesem Großmeister zu bekommen und herauszufinden, ob es sich wirklich um meinen Vorfahren Jean Valletta handelt. Falls er es tatsächlich ist und er auch der Besitzer des Schwertes ist, müssen wir eine Möglichkeit finden, an die Waffe zu kommen."

„Du glaubst, wir können da einfach hineinspazieren nach dem Motto: Hallo, bist du mein Vorfahre, hast du ein Schwert, auf dem Jean P. V. steht, und dürften wir es uns zufälligerweise bitte ausleihen?"

Ihre Augen funkelten wieder. Gut so. Zorn war ihm lieber als dieses unsichere Piepsen. Da konnte er was dagegenhalten. „Hey, Kleine, mir wird schon was einfallen. Aber zuerst müssen wir dich besser tarnen."

Anna runzelte die Stirn. Er zeigte auf ihre Haare, die in weichen Wellen ihr Gesicht umspielten. Verlegen strich sie eine Strähne aus ihrem Gesicht.

„Stimmt, da scheint etwas nicht regelkonform zu sein. Trugen die Dirnen früher nicht kurze Haare?"

Er grinste. Sie, die Fromme, wurde mit einer Hure verwechselt?

„Keine Ahnung, aber ich erkundige mich bei der Wirtin."

Anna schaute ihn misstrauisch an und kaute auf ihrer Unterlippe, als überlege sie, ob sie ihm ihr Vertrauen schenken konnte. Klar, sie wusste nicht, dass er als Anführer einer Gang immer die Verantwortung für seine Mitglieder übernommen hatte und schon kompliziertere Dinge geregelt hatte. Zum Beispiel Denise aus dem Knast zu schlagen. „Hey, Kleine, glaub mir, ich hab schon viel taffere Dinge erlebt als das hier. Ich kann das regeln."

Okay, das war übertrieben. So etwas Abgefahrenes wie das hier war ihm noch nie begegnet. Aber er beherrschte die Kunst des Überlebens und die diente ihm überall und zu jeder Zeit.

Sie schnitt eine Grimasse. „Hör endlich auf, mich Kleine zu nennen!"

Das sagte man doch einfach so. Warum musste die auch alles auf die Goldwaage legen? Er rollte genervt die Augen, streckte ihr aber trotzdem seine Hand hin. „Mylady?"

„Vergiss es, lass uns die Wirtin suchen."

Anna ging die Treppe hinunter, dicht gefolgt von Ed, und versuchte, ihre flatternden Nerven zu beruhigen. Es brachte nichts, wenn sie sich über sein herablassendes Gehabe aufregte oder über seine kriminellen Tätigkeiten à la „kreative Lösungen". Bis auf Weiteres musste sie sich mit ihm arrangieren. Warum nur hatte sie sich in seiner Umarmung so sicher und geborgen gefühlt? Er hatte doch einfach nur mitgespielt.

Die Wirtin stand am Brunnen im Innenhof und drehte an einem Rad.

„Mylady, darf ich Euch im Vertrauen etwas fragen?", sprach Edward sie an.

Die Frau drehte sich um und musterte die beiden mit ihren dunklen Augen. Ed war das Selbstbewusstsein in Person und beglückte die Frau mit einem freundlichen Lächeln.

„Kurz bevor wir hierherkamen, wurden wir überfallen. Ich konnte meine Gemahlin nur mit knapper Not retten. Deshalb diese Sache mit ihren Haaren. Könntet Ihr uns da behilflich sein, sodass wir wieder auf die Straße treten können, ohne dass … Ihr wisst schon."

Das war schlau von ihm, obwohl er natürlich der Held in seiner erfundenen Geschichte sein musste. Die Wirtin schaute sie mitleidig an und Anna versuchte, eine traurige Miene aufzusetzen. Das war gar nicht so schwierig. Sie musste nur an ihre ausweglose Situation denken und schon wurden ihre Augen feucht.

„Ich will sehen, was ich für Euch tun kann. Madame, wenn Ihr mir bitte folgen wollt."

Sie ging hinter der älteren Frau in ein Nebenzimmer im Erdgeschoss. Aus den Augenwinkeln sah sie, wie Ed sich lässig an den Brunnen lehnte. Macho.

„Ihr habt Glück, dass Euer Gemahl Euch retten konnte." Die Frau kramte in einer Truhe, die neben einem einfachen Bett stand. Dann richtete sie sich auf und blickte auf ihre Haare. „Sie wollten Euch verkaufen?"

Verkaufen? Wohin denn? Anna ließ sich ihre Verwunderung nicht anmerken und antwortete: „Ich denke schon."

„Hier auf der Insel tragen wir eine Faldetta." Sie hielt ein schwarzes Tuch hoch, in das auf einer Seite eine Art gebogener Stab eingenäht war. „Setzt Euch auf meinen Stuhl."

Anna gehorchte. Die Frau öffnete die kleine Schatulle, die sich auf dem Schminktisch befand. Eine Handvoll Nadeln kam zum Vorschein.

„Das habe ich auch schon versucht, aber ich fürchte, in meinen Haaren hält das nicht." Vor drei Tagen, als sie mit ihren Eltern bei Grandmère und Grandpère eingeladen gewesen war, um Edward kennenzulernen, hatte sie wieder einmal erfolglos eine Hochsteckfrisur ausprobiert. Am Ende hatte sie es frustriert bleiben lassen. Und das waren moderne Klammern gewesen und nicht solche Nadeln, wie sie nun in der Schachtel lagen.

Die ältere Dame lächelte. „Céline weiß immer einen Rat."

Sie kehrte mit Stoffstreifen zurück und begann, Annas Haare darin einzuwickeln.

Anna beobachtete die geschickten Hände der Frau im Spiegel. Innerhalb kürzester Zeit rahmte das Stoffband ihr Gesicht ein und versteckte die kurzen Haare in einer Art eingewickeltem Pferdeschwanz. Dann legte Céline ihr das schwarze Tuch um den Kopf.

„Nun seid Ihr von den Einheimischen nicht mehr zu unterscheiden."

Anna betrachtete sich im Spiegel. Die Faldetta erinnerte sie an einen Poncho, nur dass dieser eine einseitige, überdimensionale Schirmkapuze enthielt. Nicht einmal ihre Eltern würden sie darin erkennen.

Die Enge legte sich wieder um ihren Hals, aber sie versuchte zu lächeln. Gänsehaut breitete sich auf ihren Armen aus und sie zwang sich, auf ihre Atmung zu achten.

„Beim Laufen fasst Ihr die Faldetta in der Mitte, dann rutscht sie Euch nicht herunter."

Super unpraktisch. Dann hatte sie ja nur eine Hand frei. Und das Hören war auch komisch. Auf der linken Seite war es durch das gewölbte Tuch deutlich lauter.

Als sie in ihrem neuen Aufzug wieder in den Hof trat, hielt sich Edward die Hand vor den Mund, schaute weg und hustete laut. Schlechter Schauspieler. Sie schnitt ihm eine Grimasse.

„Ich schulde Euch meinen Dank, Madame, dass Ihr Euch so um meine Gemahlin gekümmert habt", brachte er schließlich hervor.

„Nicht doch, das habe ich gerne getan. Kann ich Euch sonst noch behilflich sein? Wie ich vermute, besucht Ihr Malta das erste Mal?"

„Das stimmt."

„Ihr müsst unbedingt Mdina besuchen, das ist die Stadt auf dem Berg. Von dort aus genießt man einen herrlichen Blick auf das Meer und die besten Faldettas werden dort hergestellt. Hier in Birgu befinden sich vor allem die Aubergen der Ritter und Handwerker. Ich fürchte, das wird Euch langweilen."

Vielleicht war es ein wenig riskant zu fragen, aber die Frau schien ihnen wohlgesonnen zu sein. „Was genau sind Aubergen?"

„Das sind die Unterkünfte, in denen die Ritter leben. Sie sind getrennt nach Zungen, ihren Herkunftsländern."

Aus einem der nahen Räume erklang Gezeter. Die alte Frau seufzte. „Wenn Ihr mich bitte entschuldigen wollt, ich muss in der Küche nach dem Rechten sehen."

Sie verschwand in einem Raum, aus dem der verführerische Duft von frisch gebackenem Brot strömte. Anna trat mit Edward auf die Gasse. Ein Windstoß wirbelte ihre Faldetta durcheinander und sie hatte Mühe, sie zu halten. Ed blickte sie von der Seite an und prustete los.

„Haha, sehr witzig", erwiderte sie.

„Das sieht einfach zu komisch aus!"

„Meinst du, deine Babystrampelhosen sind irgendwie besser?" Warum nur war sie in seiner Gegenwart so scharfzüngig? In der Jugendgruppe oder in der Schule war sie eine ruhige und friedfertige Person. Aber er besaß eine Art, die sie auf die Palme brachte.

Einen Moment blickte Ed sie irritiert an, doch dann lachte er los. Zum Glück war die Straße leer. Sie ließ sich von ihm anstecken. Als sie sich wieder beruhigt hatten, fragte sie: „Was machen wir übrigens hier draußen?"

Sie war ihm einfach gefolgt wie ein kleines Küken.

„Statt zu warten, können wir doch unsere neue Umgebung erkunden."

Sehr schön. Für ihn war das vielleicht ein Abenteuer, aber sie wollte wieder nach Hause. Und zwar möglichst schnell. Sie blickte in den Himmel. Die dunklen Wolken schienen sich zu verziehen, aber vielleicht war das auch nur ein Trugschluss.

Sie straffte ihre Schultern. Immerhin war sie hier so etwas wie eine Adlige. Die Häuser standen dicht an dicht und ließen das Licht nicht in jeden Winkel der Gasse hinein, als sie sich nun aufmachten, das Dorf zu erkunden.

Ein guter, durchdachter Plan musste her, damit sie heute noch nach Hause gelangten. Auf keinen Fall wollte sie eine Übernachtung mit Ed in einem Zimmer mit nur einem – kleinen! – Bett riskieren. „Hast du eine Idee, was du dem Großmeister erzählen willst?"

„Nö, nicht wirklich. Das wird sich schon ergeben."

Nein danke, darauf wollte sie sich nicht verlassen. „Meinst du, wir können ihn einfach fragen, ob wir sein Schwert sehen dürfen?"

Edward schüttelte langsam den Kopf. „Eher nicht. Wenn der auch so ein misstrauischer Typ ist wie die anderen, dann müssen wir es anders angehen. Als Erstes müssen wir uns davon überzeugen, dass Jean P. V. wirklich seine Initialen sind. Und dann müssen wir uns irgendwie das Vertrauen dieses Ordens verdienen, sonst geben sie uns das Schwert niemals."

„Und wenn wir es entwenden?"

Ed blieb stehen und schaute sie mit gerunzelter Stirn an, als hätte sie den Verstand verloren. „Du meinst klauen?"

„Warum so entsetzt? Du scheinst dich ja bestens damit auszukennen."

Seine Augen wurden zu schmalen Schlitzen. „Vergiss es. Hast du die Ritter gesehen? Die haben das mit der Guva ernst gemeint. Sie verdächtigen uns bereits als Spione. Und wenn wir nun ein Schwert – nicht irgendeines, sondern das des Großmeisters! – ‚entwenden', dann zögern die nicht, kurzen Prozess mit uns zu machen."

Anna blieb stehen und verschränkte die Arme. So schnell gab sie ihren Plan nicht auf. „Man muss nicht gleich kriminell werden, um an das Schwert heranzukommen."

„Ach nein?" Seine Stimme triefte vor Sarkasmus.

„Nein, wir könnten uns als Diener oder so melden. Und das Schwert muss vielleicht mal geputzt oder gebracht werden."

„Und du meinst, die nehmen einfach ein dahergelaufenes Ehepaar in den Dienst?"

„Ein Versuch ist es doch wert, oder?"

Ed zuckte mit den Schultern und sie setzten ihren Weg fort.

Die Gasse mündete in einen großen Platz. Händler bauten Tische ab und luden ihre Waren auf Karren. Offensichtlich hatte gerade ein Markt stattgefunden.

„Es hat keinen Sinn, wenn wir einen Plan machen. Ich bin mir sicher, dass wir improvisieren müssen. Wir haben keine Ahnung von den Leuten und wie das hier läuft."

Da war sie anderer Meinung. Ihre Pläne hatten sie nicht nur bis zum Studium gebracht, sondern hatten sie auch vor vielen unangenehmen Situationen beschützt. Das funktionierte immer. Wenn man mal von nervigen Jungs in der Schule und so was wie einem Zeittunnel absah. Aber das war schließlich nicht beeinflussbar.

KAPITEL 3

Es war das erste Mal gewesen, dass Edward die stille Anna lachen gehört hatte, und es hatte ein komisches Kribbeln in seiner Magengegend ausgelöst. Die tanzenden Fältchen um ihre Augen hätten ihn beinahe sein Showgesicht vergessen lassen. Aber sie irrte sich gewaltig, wenn sie dachte, dass das Leben planbar war. Eine unvorhergesehene Situation und das Leben war nie mehr, wie es sein sollte. Auch nicht mehr planbar.

Das Klingen von Metall auf Metall unterbrach seine Gedanken.

Neugierig bog Edward in die Gasse ein, aus der die Geräusche zu kommen schienen. Das Gebäude zu seiner Linken zeigte die Inschrift *Infermeria* und die Gasse führte wieder zum Wasser. Auf der gegenüberliegenden Seite der Bucht konnte er die Höhle ausmachen.

„Lass uns umkehren, das klingt gefährlich."

In Annas Stimme lag Unsicherheit. Er unterdrückte die aufkommende Ungeduld. Wäre er allein hier, dann müsste er sich nicht mit ihren komplizierten Einwänden herumschlagen. Aber das ließ sich nun mal nicht ändern. Er seufzte innerlich. „Quatsch. Dann würden die hier doch nicht in Seelenruhe sitzen und ihre Netze flicken." Er machte eine Kopfbewegung zu den Fischern hin, die in ihren farbigen Booten saßen. Ihre Köpfe waren über ihre Arbeit gebeugt und sie ließen sich auch durch die Schreie nicht stören.

„Bitte schön, wenn du meinst."

Begeistert klang es nicht, aber sie folgte ihm. Als sie um die Ecke eines Hauses mit der Inschrift *Auberge de Castille* bogen, tat sich vor ihnen ein weitläufiger Trainingsplatz auf.

In nächster Nähe stand eine Gruppe von Jungs mit Holzschwertern. Ihr Lehrer wandte Anna und ihm kurz seine Aufmerksamkeit zu und ihre Blicke trafen sich. War das nicht der Typ, der sie am Hafen vielleicht bemerkt hatte? Edward hielt seinem Blick stand und ließ sich nichts anmerken.

Anna atmete hörbar aus, als der junge Ritter sich wieder seinen Schützlingen zuwandte. „Ed, lass uns verschwinden."

Er hatte nicht die Absicht, sich diese einmalige Gelegenheit entgehen zu lassen, sich eine echte mittelalterliche Ritterschule anzusehen. Außerdem gab es keinen Hinweis darauf, dass sie in irgendeiner Gefahr schwebten. Trotzdem entfernten sie sich langsam zum Ende des Feldes.

„Speerwerfen habe ich in der Schule auch geübt", sagte Edward mehr zu sich selbst, als er Männer mit Lanzen sah.

„Definitiv nicht meine Lieblingsdisziplin im Sport."

„Ich habe es geliebt." Er spürte noch die Spannung im Körper, die er aufgebaut hatte, und die Kraft, die seinen Speer immer weit nach vorne gebracht hatte.

„Da bevorzuge ich doch den Bogen."

„Echt? Du schießt Bogen?"

Er schaute sie von der Seite an. War sie doch nicht so gewöhnlich, wie er zuerst gedacht hatte? Keine langweilige graue Maus? Sie war zwar furchtsam, besaß aber auf eine rätselhafte Weise auch eine innere Stärke, die er nicht einordnen konnte. Und ihre funkelnden Augen lösten eine Sehnsucht in seinem chaotischen Herzen aus, die er nicht recht einordnen konnte.

„Ja, ich habe früher auch an Turnieren teilgenommen. Aber jetzt schieße ich vor allem dann, wenn ich Zeit zum Nachdenken brauche. Es ordnet meine Gedanken …" Annas Stimme verebbte und sie verbarg ihr Gesicht in dieser monströsen Kapuze. Schämte sie sich?

„Das scheint es hier leider nicht zu geben", lenkte er ab und ließ seinen Blick über den Platz schweifen.

„Bogenschießen war vor allem im Früh- und Hochmittelalter verbreitet, wurde dann aber vom Armbrustschießen abgelöst." Sie zeigte auf eine Gruppe Männer, die in einiger Entfernung übten.

Der Platz mündete in die Straße ein, die zum Hafen führte. Birgu war offensichtlich ein Minidorf, aber immerhin größer als Onet-le-Château.

Als sie die Unterkunft betraten, kam ihnen die Wirtin mit einem versiegelten Brief in der Hand entgegen. Edward nahm ihn dankend entgegen, öffnete ihn aber erst im Zimmer.

„Eure Eminenz, der Großmeister Jean de Valette, ist gewillt, Euch um

zwei Uhr nachmittags zu empfangen. Bitte nehmt dieses Schriftstück mit und meldet Euch im Großmeister-Palais.“

Er reichte das grobe Pergament an Anna weiter, die ihre Faldetta an einen Haken gehängt hatte, und ließ seine Gedanken zum gestrigen Abend zurückschweifen, als Grandpère begonnen hatte, ihnen von seinen berühmten Vorfahren zu erzählen. Unter anderem von diesem Jean de Valette, der zur Zeit einer Belagerung der Osmanen Großmeister war und dessen Enkelin einen de la Martignière geheiratet hatte. Von wegen keuscher Mönchsorden. Ein plötzlicher Wolkenbruch hatte den Alten daran gehindert, die Geschichte fertig zu erzählen.

„Es ist tatsächlich der Mann, von dem Grandpère gestern erzählt hat. Ist das nicht unglaublich?“

Das war es tatsächlich. Aber er ließ sich nichts anmerken. „Dann ist es also wirklich sein Schwert. Die Initialen stimmen, auch wenn wir noch nicht wissen, wofür das P steht.“

„Vielleicht gibt es noch andere Person mit dem Namen Jean.“

„Deren Nachname auch mit V anfängt und die mit uns verwandt sind? Denn warum sollten sich ihre Sachen sonst in unserem Familienbesitz befinden? Wohl kaum!“

Anna zuckte verlegen mit den Schultern und hatte ihre Unterlippe wieder zwischen die Zähne genommen. Anscheinend sah sie ein, dass er recht hatte. Etwas versöhnlicher fuhr er fort: „Wir werden die Wahrheit schon herausfinden. Aber jetzt müssen wir erst einmal wissen, wo sich dieses Palais befindet.“

„Vielleicht ist es die Burg. Hast du eine Uhr?“

„Schon vergessen, dass mein Handy aus der Zeit gefallen ist?“

Wie sie beide. Verloren in der Zeit.

Vom nahen Kirchturm erklangen vier helle Töne und ein dunkler schwerer Glockenschlag. Es erinnerte ihn an Big Ben. Wie unerreichbar weit weg der zu sein schien.

„Ein Uhr. Wir haben noch eine Stunde.“

Anna stand am kleinen Tischchen und begutachtete die Krüge. „Willst du auch was?“

„Was gibt’s denn?“

„Wasser und Wein.“ Sie goss sich ein Glas Wasser ein, verzog aber angewidert das Gesicht. Trotzdem trank sie den Becher leer.

Das Wasser schien nicht die beste Qualität zu haben. Er goss sich ein wenig ein, aber als er den bitteren, moderigen Geschmack auf der Zunge wahrnahm, kippte er den Rest in den Nachttopf unter dem Tisch. Er hatte keine Lust auf Durchfall. Und ein bisschen Wein würde nicht schaden. Er war Stärkeres gewohnt.

„Ich such mal diese Céline und frag sie nach der Residenz des Großmeisters."

„Okay. Macht es dir was aus, wenn ich mich kurz hinlege?"

War die etwa schon müde? „Nö, ich kann deine Schönheit auch im Schlaf bewundern." Seine Mundwinkel zuckten spöttisch.

Anna verdrehte die Augen und legte sich auf das große Bett. Offensichtlich hatte er seine wahren Gefühle gut hinter dem Spott versteckt. Denn eigentlich war sie wirklich attraktiv – wenn auch nicht im herkömmlichen Sinn und sie war gewiss nicht sein Typ.

Anna war nicht wirklich müde. Nur verzweifelt. Und sie brauchte einen Moment allein, um ihre Gedanken zu ordnen.

Ein Uhr. Es mussten ungefähr fünf Stunden vergangen sein. Ihre Eltern waren inzwischen bestimmt wieder zu Hause, dort war es bereits Abend. Hatten sie wohl die Luke in der Scheune schon entdeckt? Heimweh breitete sich wie ein schwerer Schmerz in ihrer Brust aus und raubte ihr beinahe den Atem. Sie fühlte sich plötzlich so verloren, so einsam auf dieser fremden Insel, so gefangen und abgeschnitten von allem, was sie bisher gekannt hatte. Dieses Gefühl war nichts Neues und laut Dr. Mallet rührte es daher, dass sie viel zu früh geboren worden war. Aber es war lange her, dass sie sich so allein und hilflos gefühlt hatte. Sie rollte sich auf der Seite zusammen und ließ den lang unterdrückten Tränen freien Lauf. Die Decke wurde nass, aber der Schmerz in ihrer Brust ließ nach. Als sie Schritte hörte, wischte sie sich schnell mit dem Ärmel über das Gesicht und stellte sich schlafend. Sie wollte nicht, dass Edward ihre Verzweiflung sah. Er würde nur einen seiner flapsigen Sprüche reißen. Aber auf seinen Spott konnte sie verzichten.

Ich verlass dich nie, niemals. Ich bin der Herr über Zeit und Raum.

Der Gedanke war plötzlich da, als die Tür sich mit einem leisen Knarren öffnete.

Sie kannte die vertraute Stimme ihres Gottes. Schon als kleines Kind hatten ihr ihre Eltern von dem wunderbaren Gott erzählt, der ihr Leben gerettet hatte. Schon als kleines Kind hatte sie gemerkt, dass dieser Gott ihr Freund sein wollte und dass er gut war. Daran hatte sich bis heute nichts geändert.

Vertraust du mir?

Blieb ihr etwas anderes übrig? Sie konnte sich im Selbstmitleid suhlen oder den Frieden wählen.

Ja, ich vertraue dir.

Ein tiefer Frieden breitete sich in ihrem Herzen aus. Als wäre nach Stunden des Sturms nun endlich wieder Ruhe eingekehrt.

Das Bett bewegte sich, als Edward sich auf der anderen Seite hinsetzte. Anna merkte, wie er sie anstarrte, und schlug die Augen auf. Etwas Sanftes in seinen Augen wich sofort wieder dem Unnahbaren.

„Sorry, ich wollte dich nicht wecken."

„Hab noch nicht geschlafen. Hast du was rausgefunden?"

„Die Burg heißt Fort Angelo, aber das Großmeister-Palais ist dort in der Nähe." Er stand auf. „Ich gehe dann noch einmal nach draußen."

„Pass auf dich auf." Sie hörte sich schon an, als wäre sie tatsächlich eine besorgte Ehefrau. Aber das war ihr egal. Wenn sie ihn verlor, hatte sie die letzte Verbindung zur Zukunft verloren.

Ed grinste überlegen. „Wenn ich etwas kann, Kleine, dann ist es, auf mich aufzupassen. Ich hole dich dann kurz vor zwei Uhr ab."

Anna nickte. Das Kissen unter ihrer Wange fühlte sich immer noch verräterisch feucht an. „Danke."

Ed verließ das Zimmer. Eine plötzliche Müdigkeit übermannte sie und noch ehe sie sichs versah, war sie eingenickt.

Vitellino Vitelleschi band sich den metallenen Hals-Nackenschutz um und stülpte sich die Brust-und Rückenplatte über den Kopf. Dann schnallte er die ledernen Riemen auf den Schultern enger, bis die Rüstung fest saß. Anschließend schlüpfte er in die Armschienen und befestigte die Pauldrons – den Schulterschutz – mit geübten Handgriffen. Zuletzt gürtete er das Rapier und steckte einen Dolch in seinen Waffengurt. Er war froh, dass das Wetter nun allmählich kühler wurde. Mit dem Helm unter dem Arm verließ er die Auberge d'Italy. Die Metallteile seines Oberschenkelschutzes klapperten bei jedem Schritt. Er liebte dieses Geräusch, das ihn an seine edle Bestimmung erinnerte.

Er grüßte vorbeigehende Brüder. Seine Familie seit nunmehr bald siebzehn Jahren. Ein Lächeln huschte über sein Gesicht, als er daran dachte, wie er als Junge seine erste Ausbildung im Orden erhalten hatte. Und nun war er es, der die Knaben trainierte. Heute würden sie das erste Mal mit der Rüstung üben. Er konnte sich noch lebhaft daran erinnern, wie er voller Euphorie den Panzer mithilfe seiner Freunde angezogen hatte. Es war ein warmer Tag gewesen und er hatte das Gefühl gehabt, endlich zu den Großen zu gehören.

Doch sein Hochgefühl war von kurzer Dauer gewesen, als er unter dem einengenden Gewicht Purzelbäume schlagen, rennen und kämpfen musste, bis er vor Erschöpfung kaum noch stehen konnte. Danach hätte er die Rüstung am liebsten nie mehr angerührt. Doch nun war sie ihm so vertraut wie eine zweite Haut.

Vitellino erreichte den Trainingsplatz. Die leuchtenden Augen der Jungen wetteiferten mit dem Glanz des Metalls, das in der Sonne reflektierte.

„Alle in einer Reihe aufstellen."

Die jungen Männer machten brav, was er ihnen sagte. Sie schauten zu ihm auf wie zu einem Helden. Sie waren alle um die zwölf, dreizehn Jahre alt. Die adligen europäischen Familien hatten sie in ihre Obhut gegeben, um aus ihnen fähige Soldaten zu machen. Nur wenige würden wahrscheinlich wie er das monastische Gelübde ablegen und ihr Leben im Orden verbringen.

„Nun setzt eure Helme auf! Dann nehmt die erste Position ein!"

Er repetierte mit ihnen die Grundzüge, die sie seit Wochen mit den Holzschwertern geübt hatten. Dann ließ er sie eine Strecke rennen, sich ducken und springen. Sie mussten mit dem Gewicht und der eingeschränkten Beweglichkeit der Rüstung vertraut werden.

Schließlich stellte er Zweierteams auf und ließ sie gegeneinander antreten. Noch hatten sie ihre Holzschwerter.

„Luca, achte auf deine Deckung!"

„Ariel, nicht so langsam!"

Aus den Augenwinkeln nahm er einen Mann wahr. Er lehnte lässig an der Wand des Waffenarsenals, ein Bein angewinkelt, die Arme vor der Brust verschränkt. Das war nun schon das dritte Mal an diesem Tag, dass er ihm begegnete.

Der Großmeister hatte sie gebeten, wachsam zu sein. Es konnte immer sein, dass Spione unter ihnen ihr Unwesen trieben. Dieser hier könnte einer sein, so aufmerksam, wie er sie beobachtete. Vitellino entfernte sich von seinen Schützlingen und ging zu dem Mann hinüber. „Kenne ich Euch?"

„Das bezweifle ich. Wir sind gerade erst heute mit dem Schiff gekommen."

Der Mann log, denn er hatte ihn doch am Hafen gesehen – bevor die Siciliana angelegt hatte. Aber er behielt diese Information für sich. „Was führt Euch hierher?"

„Ich und meine Gemahlin wollen dem Orden unsere Dienste anbieten."

War die Hure, mit der er sich versteckt hatte, plötzlich seine Gemahlin? Er musterte ihn genauer. Seine Augen schienen ehrlich zu sein, wenn sie auch ein wenig überheblich blickten. Doch das war er von Adligen gewohnt. Waren sie erst einmal eine Zeit im Orden, legte sich das meistens.

„Ich bin Vitellino."

„Ich bin Edward de la Martignière. Aber Ihr könnt mich Ed nennen."

Interessant, war das ein Verwandter seines besten Freundes?

„Nun, Ed, wollt Ihr Euer Können unter Beweis stellen?"

„Ich fürchte, da muss ich passen. Meine Umstände waren etwas kompliziert, sodass ich nicht behaupten kann, der Schwertkunst kundig zu sein."

„Habt Ihr schon mit dem Großmeister gesprochen?"

„Nein, aber er hat uns heute Nachmittag zu sich gebeten."

„Das ist gut." Eigentlich fand Vitellino den Mann sympathisch. Er schien ein paar Jahre jünger zu sein als er selbst. Aber er hatte offenbar ein Geheimnis. Und wenn das dem Orden entgegenwirkte, war es seine Aufgabe, es herauszufinden. Noch nie ein Schwert in den Händen gehabt? Das war ihm äußerst suspekt. Aber das konnte er ja testen. Nicht umsonst gehörte er zu den Besten seines Faches. „Wenn es der Großmeister erlaubt, werdet Ihr ab morgen in meiner Obhut sein. Deshalb lasst mich mal sehen, was Ihr so könnt."

„Wie ich schon sagte, ich hatte noch nie ein Schwert in der Hand."

„Dann wird es Zeit, dass Ihr es lernt."

Vitellino ging zu seinen Schützlingen. „Ihr könnt euch kurz ausruhen. Nehmt euren Helm ab und trinkt etwas." Erschöpft ließen sich die Jungen ins Gras plumpsen, ihre schweißnassen Haare klebten an ihren Stirnen. Zeit für eine Ermutigung. „Glaubt mir, ihr werdet noch dazu kommen, eure Rüstung wie eine zweite Haut zu lieben. Aber das braucht Zeit." Er warf Ed ein Übungsschwert zu, das dieser behände auffing. „Versucht, meine Schläge zu parieren und Euch nicht treffen zu lassen." Er kannte viele Techniken, um einen Mann zu entwaffnen. Aber das war nicht sein erstes Ziel. Er wollte ihn dazu bringen, ohne denken zu reagieren.

Sein Gegner hatte das Schwert vor sich gehoben und stand locker da. Vitellino griff an und Ed parierte seinen Schlag. In seinen Augen lag ein leicht gehetzter Ausdruck, auch wenn er ihn zu überspielen versuchte. Auch die nächsten, langsamen Schläge parierte er. Mit drei schnellen Abfolgen hintereinander entwaffnete Vitellino ihn. Keine Reflexe.

„Ich hab Euch doch gesagt, dass ich noch nie ein Schwert in der Hand hatte." Ed grinste schief.

Entweder war er ein sehr guter Schauspieler oder er hatte in dieser Sache die Wahrheit gesagt. „Fürs Erste war es nicht schlecht. Noch einmal." Aber auch die nächsten paar Male konnte er ihm keine Reflexe entlocken. Seine Bewegungen wurden langsamer, seine Hand zitterte leicht. Keine Ausdauer, dieser Bursche. Er hatte es wirklich mit einem Anfänger zu tun.

Als er ihn das fünfte Mal entwaffnet hatte, nahm er ihn beiseite, nachdem er seine Schützlinge gebeten hatte, ihre Helme wieder aufzusetzen und eine Runde zu rennen.

„Wie kommt es, dass Ihr noch nie ein Schwert in der Hand hattet?"

„Ich entstamme einer adligen Familie in England. Meine Eltern wurden umgebracht, als ich noch klein war, und nur meine Kindermutter konnte mit mir fliehen. Sie fand Arbeit als Dienerin auf einem Bauernhof und gab mich als ihren Sohn aus. Als ich älter wurde, half ich auf den Feldern mit und flüchtete schließlich nach Frankreich zu meinen Verwandten."

Ein plausibler Grund – oder aber auch eine gute Lüge.

Die nahe Kirchturmuhr schlug Viertel vor zwei.

„Bitte entschuldigt mich, wir müssen die Audienz um zwei Uhr beim Großmeister wahrnehmen."

Vitellino nickte Ed zu und blickte ihm nach, als er den Weg zum Hafen einschlug. Dann rief er einen der Jungen zu sich.

„Ariel, zieh deine Rüstung aus, lauf schnell zu Parisot und berichte ihm, dass ich ihm etwas Wichtiges mitzuteilen habe bezüglich Edward de la Martignière."

Der Junge nickte eifrig, befreite sich – sichtlich glücklich – aus seinem Metallkleid und rannte davon.

KAPITEL 4

Ed betätigte den massiven Türklopfer des Großmeisterpalastes. Aus den Augenwinkeln sah er, wie Anna das schwarze Tuch umklammerte. Unruhig verlagerte sie ihr Gewicht auf den anderen Fuß. War sie so nervös? Ein Diener erschien.

„Eure Namen?“

„Madame und Monsieur de la Martignière. Der Großmeister erwartet uns.“ Er zeigte ihm den Brief.

Der Diener bat sie herein und geleitete sie in eine Art Büro. Die roten Wandteppiche schluckten das wenige Licht, das durch zwei kleine Fenster an der linken Seite sickerte, und verstärkten die etwas düstere Atmosphäre. Es roch ein bisschen moderig und nach Stein – so ähnlich wie in einem Keller.

Die Gestalt hinter einem kleinen Tisch am Ende des Raumes winkte sie zu sich.

Vorbei an der großen Tafel und den Regalen mit Büchern gelangten sie vor das Oberhaupt des Ordens. Hinter ihm stand ein junger Ritter, der die Arme hinter dem Rücken verschränkt hatte.

Ed erkannte die zwei sofort wieder. Es waren dieselben Männer, denen sie bei der Höhle begegnet waren und deren Gespräch sie belauscht hatten. Die fliehende Stirn, umrahmt vom lockigen Haar, verstärkte de Valettes verwegenen Ausdruck. Seine Augen waren klar, beinahe kalt. Sicher keiner von der Sorte, mit denen man sich anlegen sollte. Wie nur kamen sie an sein Schwert?!

„Eure Eminenz, vielen Dank, dass Ihr uns empfangt.“ Er verbeugte sich leicht, froh zu sehen, dass die Anrede, die er dem Brief entnommen hatte, wohl die richtige gewesen war.

„Madame und Monsieur de la Martignière, seid willkommen. Setzt Euch.“

Anna und er ließen sich auf den dunklen Holzstühlen nieder, die vor dem Schreibtisch standen.

De Valette musterte sie mit seinen durchdringenden Augen.

„Man hat mir berichtet, dass Ihr versucht habt, mir Korrespondenz zu schicken. Diese habe ich leider nicht erhalten."

„Das ist sehr bedauerlich."

„Wie dem auch sei, was führt Euch hierher?"

„Eure Eminenz, wir möchten hier auf Malta gerne ein neues Leben beginnen und fragten uns, ob Ihr unsere Hilfe im Orden gebrauchen könntet."

„Was habt Ihr zu bieten?"

„Meine Gemahlin könnte Euch im Haushalt zur Hand gehen und ich bin des Schreibens und des Lesens kundig."

Ed wand sich innerlich unter dem stechenden Blick des Herrschers, dessen Hände über einem Pergamentpapier gefaltet waren.

„Woher kommt Ihr?"

„Ich bin in England aufgewachsen. Meine Eltern, beide von achtbarer Geburt mit Besitztümern, kamen bei einem erbitterten Kampf um ihre Burg um, als ich vier Jahre alt war. Meine Kindermutter konnte mich jedoch retten und versteckte mich auf einem Bauernhof. Sie lehrte mich Lesen und Schreiben. Leider genoss ich keine angemessene ritterliche Erziehung, da ich Feldarbeit erledigen musste. Vor einem Jahr floh ich nach Frankreich in der Hoffnung, dort mein Glück bei den Rittern zu finden. Doch dann lernte ich Anna kennen, eine de la Martignière, und wir heirateten. Da wir Kunde hatten, dass der Orden froh um jede Hilfe sei, zögerten wir nicht und kamen hierher."

Der junge Ritter hatte sich neben de Valette gesetzt und in ein dickes Buch geschrieben, während er erzählt hatte. Nun blickte er auf. Der Großmeister nickte bedächtig und strich sich über den grauen Bart. „Es ist ungewöhnlich, dass ein adliger Sohn den Namen seiner Frau annimmt."

„Wir erachteten es für sicherer, den Namen meiner Gemahlin anzunehmen, da die Feinde meiner Familie immer noch am Leben sind." Ed hatte keine Ahnung, ob diese Geschichte plausibel war, aber in seinen Ohren klang sie nicht schlecht.

Der Großmeister schürzte die Lippen, als ließe er sich seine Worte durch den Kopf gehen. Dann nickte er dem jungen Ritter zu.

„Sir, mein Name ist Oliver Starkey und ich bin der einzige Vertreter der englischen Zunge. Ihr kennt den Orden nicht?"

Der Mann hatte auf Englisch zu ihm gesprochen. War das ein Test? Den bestand er, ohne mit der Wimper zu zucken. In seiner Muttersprache erwiderte er: „Nein, ich fürchte nicht."

„Der Orden braucht keine Haushaltshilfen. Das erledigen die dienenden Brüder. Außerdem ist uns der Kontakt mit dem weiblichen Geschlecht untersagt."

Stimmt, das hatte er vergessen. Keuschheit. Die nahmen das wohl sehr ernst. Oder taten zumindest so. „Vergebt mir meine Unwissenheit. Obwohl mich meine Kindermutter vieles lehrte, vermied sie es, über Ritter zu sprechen. Sie hatte eine persönliche Abneigung gegen alle Ritterorden."

Die Männer schienen mit seinen Sprachkenntnissen zufrieden zu sein, denn Oliver tauchte die Feder in die Tinte und kritzelte weiter.

De Valette übernahm wieder die Führung: „Wie mein Freund sagte, können wir leider Euer Hilfsangebot für den Haushalt nicht annehmen. Doch wir erwarten eine Belagerung und da sind wir in der Tat sehr froh um jede helfende Hand. Könnt Ihr mit einem Schwert umgehen?"

„Nein, Eure Eminenz."

„Dann werdet Ihr es lernen. Morgen auf dem Waffenplatz könnt Ihr Euch bei Vitellino Vitelleschi melden, der die Knappen trainiert."

Ed beugte leicht seinen Kopf. „Ich danke Euch, Eure Eminenz."

Der alte Mann wandte seinen Blick zu Anna, die bisher stumm dagesessen hatte.

„Eure Hilfe können wir in der Infermeria gebrauchen."

„Mit Verlaub, Eure Eminenz, diesen Ausdruck habe ich noch nie vernommen. Was ist eine Infermeria?"

De Valette lächelte. Es war eine überraschend warme Geste, die ihm etwas Väterliches verlieh. „Es ist das große Hospital, das in der Nähe des Waffenplatzes liegt. Monsieur Paré und Schwester Maria werden Euch sicher gerne in die Heilkünste einführen."

„Ich danke Euch, Eure Eminenz. Es ist uns eine Ehre, Euch zu dienen."

Annas Stimme war höflich und weich, sie saß aufrecht, wie eine wirkliche Lady.

„Ihr wohnt in der Herberge ‚Santa Anna'?"

„Ja, Eure Eminenz."

„Dann wird Euch Céline behilflich sein, ein eigenes Haus zu finden. Sie ist sehr kundig, was Birgu angeht." Der alte Ritter verschränkte die Arme. „Habt Ihr noch weitere Fragen?"

Ed überlegte fieberhaft, wie er noch etwas über das Schwert herausfinden könnte. Hier im Raum sah er keine einzige Waffe. „Wo kann ich mir ein Schwert besorgen?"

De Valette hob eine Augenbraue. „Hervorragende Arbeit leistet Raniero, der Schmied. Mein neues Rapier, das ich letzte Woche machen ließ, ist ausgezeichnet. Aber bis Ihr so weit seid, wird Euch Vitellino eines ausleihen."

Raniero. War das nicht der Name, den Anna aus dem Buch vorgelesen hatte? Wenn er nun einfach fragte, ob er das Schmuckstück sehen konnte? Doch bevor Ed den Mund öffnen konnte, betrat ein Diener den Raum und flüsterte de Valette etwas ins Ohr.

„Es tut mir leid, Madame und Monsieur de la Martignière, aber ich werde anderweitig gebraucht. Es freut mich, dass Ihr unseren Orden des heiligen Johannes unterstützt. Wenn Ihr mich nun entschuldigen wollt."

Sie erhoben sich mit ihm, deuteten eine Verbeugung an und verließen das Zimmer.

Wortlos gingen sie zur Herberge zurück. Ed wagte es nicht, über das Gespräch zu reden. Überall trafen sie auf diese Ritter. Und die waren nochmals ein ganz anderes Kaliber als die Mitglieder einer verfeindeten Gang.

„Wir werden heute nicht mehr zurückgehen können, nicht wahr?", fragte Anna leise und verzweifelt, als sie endlich im Zimmer angekommen waren. Die Maus sickerte wieder durch.

Ed goss sich ein Glas Wein ein. „Ich fürchte nicht."

„Was machen wir denn jetzt?" Ihre Stimme klang verloren. So verloren, wie sie aussah, am Bettrand sitzend und auf ihre Hände starrend.

„Sieht so aus, als müssten wir uns hier einschleimen, um an das Schwert zu kommen. Wenn sie uns kennen, dann vertrauen sie uns vielleicht mit der ganzen Geschichte und geben uns die Waffe." Er starrte auf die weichen Wellen im Hafen. Das Unwetter hatte sich verzogen und das Licht ließ das Wasser wie silberne Sterne tanzen.

„Hoffentlich dauert das nicht zu lange. Meine Eltern und deine Großeltern machen sich bestimmt Sorgen. Außerdem beginnt mein Studium bald."

Sorgen? Wohl kaum. Eher unterstellte sie ihm eine kriminelle Handlung wie Flucht oder sogar die Entführung von Anna. Doch wenn er seine „einmalige Chance", wie es der Haftvollstrecker formuliert hatte, nicht verpassen wollte, dann mussten sie wirklich so schnell wie möglich zurückkehren. Beide.

„Lass uns die Stadt hier noch weiter entdecken. Das lenkt uns ab und könnte noch hilfreich sein."

Anna nickte. „Du hast recht. Besser, als hier herumzusitzen."

Als sie aufstand, bemerkte er, wie sie sich verstohlen eine Träne von der Wange wischte.

Sie verbrachten den Nachmittag damit, die kleinen Gassen zu erkunden, und fanden den Schmied, den Schneider, den Schuster und den Töpfer. Diese alten Handwerksberufe und ihre Geschäftsräumlichkeiten zu sehen, die eher Museen glichen, aber trotzdem in vollem Gebrauch waren, hatte etwas Interessantes, aber zugleich Beängstigendes an sich, weil es ihnen einmal mehr bewusst machte, dass das hier alles echt war. Am Ufer hinter der Infermeria legten sie einen Halt ein und ließen sich auf den Steinen nieder.

Anna packte das Brot aus, das sie bei Céline erstanden hatten. Erst jetzt merkte Ed, wie hungrig er war. Sie brach die Hälfte ab und reichte es ihm. Ein leichter Wind fuhr ihm durch die Haare und brachte den Duft von Salz und Algen mit sich.

„Was machst du eigentlich zu Hause, in London?"

Ihre Frage war wie ein Schlag in seine Magengegend. Zu Hause. Er hatte kein Zuhause. Nicht wirklich. Klar waren da seine Eltern, aber die kümmerten sich doch nur um ihre eigenen Sachen. Für die existierte er nicht. Und John, der Einzige, der ihm so etwas wie Geborgenheit gegeben hatte, war tot. Er setzte sein ironisches Lächeln auf und erwiderte: „Warum willst du das wissen?"

„Ich dachte, es könnte nicht schaden, wenn wir einander besser kennenlernen. Immerhin sind wir jetzt irgendwie aufeinander angewiesen."

Wollte sie sichergehen, dass er sie nicht verriet oder ohne sie abhaute? Er dachte an seine Gang. Das war seine Familie. Abgesehen davon, dass er im Moment nicht bei ihnen war, um für sie zu sorgen. Wer schlichtete nun den Streit zwischen Denise und Laila? Ob Little Joe seine Position übernommen hatte? Er hatte immer versucht, sich für Gerechtigkeit einzusetzen. Aber das alles konnte er Anna nicht sagen. Sie würde es nicht verstehen. Sie war in einer heilen Welt aufgewachsen. Ohne Drogen, ohne Kriminalität, ohne Gewalt.

Ein einsames Fischerboot fuhr aufs Meer hinaus. Das Rot und Blau des Bootes leuchtete in der Sonne. Die Paddelschläge des Ruderers hinterließen silberne Streifen auf dem Wasser.

„Ich mach mal dies und das." Gelogen war es nicht. Er hatte sich auch schon um Jobs bemüht, aber sie musste ja nicht wissen, dass er die letzten Monate im Knast gewesen war.

Anna blickte ihn an. „Also hast du dich noch nicht für einen Beruf entschieden?"

„Nein." Ed dachte an die Sitzungen, die er im Gefängnis gehabt hatte. Umgang mit Wut, Berufsorientierung. Aber er hatte sich nicht für eine Richtung entscheiden können. Außerdem konnte er seine Schützlinge nicht alleinlassen. Er war für sie verantwortlich.

„Ich werde Medizin studieren." Annas Worte rissen ihn aus seinen Gedanken.

Er schaute sie von der Seite an. Ihre dunklen Haare hatten sich trotz Célines Bemühungen gelöst und lugten vorwitzig unter dem Tuch hervor. Ihre Augen leuchteten.

„Das wollte ich schon immer. Nach den Sommerferien beginnt endlich das Studium."

Ihr Gesicht trug einen entschlossenen Ausdruck. Eine Streberin. Das hätte er sich denken können. Ein Argument mehr, sie auf Abstand zu halten.

„Du willst dich echt dafür aufopfern? Zwanzig-Stunden-Einsätze? Kein Privatleben?"

Sie zuckte mit den Schultern. „Manchmal braucht es eben Opfer, um seine Träume zu leben."

Was wusste die schon von Opfern? Aber ihre Feststellung nagte an ihm. Träume? Nein, die hatten in seinem Alltag keinen Platz. Da ging es schlicht und einfach ums Überleben. Aber Opfer kannte er – zu gut.

„Ich will jedenfalls nicht einfach herumsitzen und Däumchen drehen. Ich will etwas Sinnvolles machen."

Bezog sie das auf ihn? Wahrscheinlich sah sie in ihm den Versager, wie alle anderen auch.

„Dann bist du ja in der Infermeria am richtigen Platz. Erste Einführung in die Medizin."

Anna nickte und Ed meinte, ein unsicheres Flackern in ihren Augen gesehen zu haben. Doch dann wandte sie sich ab und starrte auf das Wasser.

„Und du freust dich auf das Waffentraining?", nahm sie den Faden nach einer Weile wieder auf.

„Ja klar – besser als herumsitzen. Und dieser Vitellino ist ein cooler Typ."

„Wer ist Vitellino?"

„Das ist der Ritter, der uns vielleicht gesehen hat."

„Und woher kennst du ihn?"

„Kleine, als du geschlafen hast, war ich noch mal auf dem Waffenplatz. Er hat mich gesehen und wir haben uns unterhalten. Er trainiert die Anfänger, die kleinen Jungs. Aber er meinte, falls der Großmeister es befürwortet, dann erklärt er mir das alles auch." Er unterließ es, ihr zu sagen, dass Vitellino ihn herausgefordert hatte.

Der dumpfe schwere Klang der Kirchturmuhr unterbrach ihre Gespräche. Es war sechs Uhr.

„Komm, lass uns in die Herberge zurückgehen. Da gibt's doch Essen." Ed stand auf und reichte Anna die Hand. Es war mehr eine Gewohnheitsgeste. Ihre Wangen färbten sich leicht rosa, als er sie auf ihre Füße zog.

Ihre leicht verklemmte Haltung war irgendwie süß. Zu seiner Überraschung löste ihr scheues, warmes Lächeln ein Kribbeln in seiner Magengegend aus. Aber davon würde er sich nicht beeinflussen lassen. Außer John hatte er sein Herz noch niemandem geöffnet und er hatte nicht vor, dies nun zu ändern. Er musste nur sichergehen, dass ihr nichts geschah und er sie heil in die richtige Welt zurückbrachte. Damit er nicht wieder im Knast landete.

Als sie in der Herberge ankamen, schlug ihnen schon ein würziger Duft entgegen. Anna folgte Edward in den schmalen kleinen Saal. Eigentlich war es eher ein größeres Zimmer mit einem Kamin. Sie setzten sich in die Mitte der langen Tafel.

„Ich bin Chantalle de la Castaignette.“ Eine mollige Frau, deren blonde Löckchen unter einem lose gebundenen Tuch vorwitzig hervorguckten, setzte sich neben sie.

Ihre runden, blauen Augen musterten sie mit einem hungrigen Blick nach Klatsch und Tratsch.

Anna stellte sich ebenfalls vor. Alexandre, Chantalle de la Castaignettes Mann, ließ sich schwerfällig neben Edward auf den Stuhl sinken. Seine braunen Haare und der üppige Bart vermochten sein ausgeprägtes Doppelkinn nicht zu verstecken. Er verschränkte seine Arme über dem runden Bauch und lächelte ihnen warmherzig zu. „Ihr seid heute zum ersten Mal hier?“

„Ja, wir sind heute angekommen.“

„Ah, dann seid Ihr mit der Siciliana gesegelt?“ Chantalles Stimme war hoch und ein wenig quäkend.

Anna nickte vage.

„Ihr müsst mir unbedingt alles über das Schiff erzählen. Wir werden in zwei Tagen mit ihr zurückkehren.“

Ihr Magen verknotete sich. Zum Glück brachte Céline just in diesem Augenblick eine Schüssel mit Suppe und Brot.

„Ach, immer diese Suppe …“, jammerte Chantalle leise, als die Wirtin außer Hörweite war.

Aus dem Augenwinkel sah Anna, wie Alexandre ihr einen tadelnden Blick zuwarf. Seine Frau machte eine Handbewegung, als wolle sie seinen unausgesprochenen Vorwurf wegwischen, und lehnte sich zu ihr hinüber.

„Ich kann gar nicht beschreiben, wie sehr ich mich auf unsere Festtafel zu Hause freue“, raunte sie ihr verschwörerisch zu.

„Was führt Euch hierher?“, fragte Anna und hoffte, dass Chantalle das Schiff vergessen hatte, denn sie hatte keine Ahnung, wie ein solches Mittelalterschiff von innen aussehen mochte.

„Unser ältester Sohn Amaury. Er wird dem Orden dienen.“

Ihr Sohn? Sie hätte die Frau auf höchstens fünfundzwanzig geschätzt. Wie alt mochte ihr Sohn sein? Zehn?

„Er macht seine Ausbildung zum Ritter und beginnt mit seinem Knappenjahr."

Anna nickte, als wäre das alles sonnenklar. „Ihr habt noch mehr Kinder?"

„Ja, der Herr hat uns reich gesegnet. Wir haben noch drei Knaben und zwei Mädchen." Sie kicherte wieder.

Sechs Kinder … Dann mussten die ja schon früh angefangen haben …

„Und Ihr? Wie viele Kinder habt Ihr?"

Entgegen ihrem Willen wurde Anna rot. „Wir sind noch nicht lange verheiratet."

Chantalles Augenbrauen gingen etwas missfällig nach oben. „Höchst ungewöhnlich, dass eine so schöne Frau wie Ihr so spät heiratet."

Anna verschluckte sich beinahe. Spät?! Sie war noch nicht mal zwanzig!

„Die Wege des Herrn sind unergründlich", murmelte sie und widmete sich den letzten Resten der Suppe in ihrer Schale. Es war ein dünnes bouillonähnliches Gebräu, in dem undefinierbares Gemüse schwamm. Sie brach sich noch ein Stück vom dunklen Brot ab, das köstlich schmeckte, und warf Ed einen kurzen Blick zu. Seine Mundwinkel zuckten verräterisch.

Während weitere Schüsseln mit Fleisch und Gemüse aufgetischt wurden, lieferte sich das Ehepaar einen verbalen Schlagabtausch über irgendwelche Banalitäten.

Anna bekämpfte das plötzlich aufkeimende Gefühl der Einsamkeit. *Herr, du hast versprochen, dass du mich nie alleinlässt. Du bist der Herr über Zeit und Raum. Bitte bring uns so schnell wie möglich wieder zurück.*

„Wenigstens hat jeder eine eigene Schüssel. Die Sauberkeit hier ist nicht zu verachten", schnappte sie einen Wortfetzen von Alexandre auf.

„Kommt Ihr mit uns zurück?", setzte Chantalle das Gespräch mit ihr fort.

„Nein, ich denke nicht." Heimlich beobachtete Anna, wie die anderen das Essen in ihre Schüssel füllten und dann mit Fingern und einem Messer aßen. Gabeln kannten sie offensichtlich noch nicht. Mit etwas Überwindung machte sie es ihnen nach. Das Essen war nicht so heiß, dass sie sich die Finger verbrannt hätte, aber es war durchaus gewöhnungsbedürftig. Sie hörte förmlich, wie ihre Mutter tadelnd sagte: „Anna, wozu hast du Gabel und Messer? Benutze sie auch!"

Sorry, Maman, das geht hier leider nicht. Ihr Hals wurde wieder eng und Traurigkeit übermannte sie.

„Aber man hat uns gesagt, dass es das letzte Schiff ist vor den Herbststürmen. Ihr wollt doch nicht hier überwintern?"

Anna konzentrierte sich wieder auf die redselige Frau neben sich, während sie an einem Hähnchenschenkel herumknabberte.

„Doch. Eigentlich wollen wir uns hier eine neue Existenz aufbauen."

Chantalles Augen weiteten sich und ihr Atem kam stoßweise. Hoffentlich fiel sie nicht in Ohnmacht! Die eine Hand drückte sie auf ihre Brust, mit der anderen fächerte sie sich Luft zu.

„Auf dieser unwirtlichen Insel?"

Anna zuckte mit den Achseln. Was kannte sie von diesem Fleckchen Erde schon? Außerdem würden sie hoffentlich in ein paar Tagen wieder zu Hause sein.

„Ihr müsst mir noch erzählen, wie die Schiffskammern sind. Sie sind bestimmt wundervoll, nicht wahr?"

Anna erstarrte. Wie sollten sie aus dieser Situation herauskommen, ohne sich in komplizierte Lügen zu verstricken?

„Sie sind ganz wohllöblich", sprang Edward ein.

Wohllöblich? Woher hatte er dieses Wort? Sie würgte eine Mohrrübe hinunter und versuchte, desinteressiert zu gucken.

„Beschreibt sie mir." Chantalle lehnte sich vertrauensselig zu ihr hinüber.

Anna erbleichte. Was, wenn die Leute dem Schiff morgen einen Besuch abstatteten und herauskam, dass ihre Beschreibung nicht passte? Der Großmeister würde sie bestimmt in die Guva stecken.

„Ich glaube, ich kann nicht." Sie legte sich theatralisch eine Hand auf ihren Magen.

Chantalles Augen fielen beinahe aus den Höhlen. Doch dann trat plötzlich ein merkwürdiges Lächeln auf ihr Gesicht, das Anna nicht recht deuten konnte.

„Wenn Ihr mich bitte entschuldigen wollt." Sie war selbst erstaunt über ihre dünne Stimme, die so klang, als müsste sie sich wirklich gleich demnächst übergeben. Wobei: Die Vorstellung, in einem mit Ratten und Kakerlaken verseuchten, dunklen Ort auf unbestimmte Zeit gefangen zu sein, weckte tatsächlich Übelkeit. Sie stand hastig auf und realisierte erst dann, dass Edward schon an ihrer Seite war, um sie aus dem Saal zu geleiten.

„Es war heute ein langer Tag. Bitte verzeiht uns unser vorzeitiges Verlassen“, sagte er zum Ehepaar gewandt, während seine Hand sich wie selbstverständlich in ihr Kreuz legte, um sie hinauszugeleiten. „Komm, meine Liebe.“

„Ich freue mich, Euch morgen zu sehen“, flötete Chantalle.

Anna hob einen Arm, als würde sie zustimmen, während sie ihre andere Hand auf ihrem Magen ruhen ließ. Gemeinsam gingen sie die Treppe in ihr Zimmer hoch. Öllampen tauchten den Raum in ein warmes Licht. Nachdem die Tür ins Schloss gefallen war, ließ sie sich aufs Bett fallen. „Uff, das war knapp.“

Ed grinste. „Deine Schauspielerei wird immer besser. Im ersten Moment dachte ich tatsächlich, dass du gleich kotzen musst.“

Sie sahen sich an und prusteten los. Im dunklen Schein der Lampen leuchteten Eds Augen wie nasse Kieselsteine in einem Bachbett, über die Schatten und Licht hinwegzogen.

Draußen war es schon fast dunkel. Eigentlich war sie noch nicht müde, aber sie wusste auch nicht, wie sie sich die Zeit bis zur Nachtruhe vertreiben sollte.

Edward schien ihre Gedanken erraten zu haben. „Hier gibt es wohl keine Bar, in der man abhängen kann.“

„Was ist mit der Schenke am Hafen?“

„Das stimmt. Aber ich weiß nicht, wie viel Wert unser Geld hier hat und wozu wir es noch brauchen werden. Keine Ahnung, wie man hier seine Brötchen verdient.“

Sie stutzte. Laut Grandmère musste Ed auf die richtige Bahn gebracht werden. Seine Gedanken klangen aber alles andere als unvernünftig.

Er nahm ein Kopfkissen und legte es auf den Fußboden. Wollte er tatsächlich auf dem eiskalten Steinboden übernachten? Anscheinend nahm er das Versprechen ernst, dass er ihr in der Höhle gegeben hatte.

Anna blickte unsicher auf das Bett. Es war nicht sehr breit und besaß nur eine Decke. Aber sie konnte unmöglich zulassen, dass er sich erkältete und womöglich den Tod holte. Starb man früher nicht an Kleinigkeiten, weil die medizinische Versorgung noch in den Kinderschuhen steckte?

„Das kannst du nicht machen, der Boden ist zu kalt."

„Und wie stellst du dir den heiligen Abstand im Bett vor?"

Sie blickte auf ihre Füße. „Irgendwie wird das schon gehen. Du am einen Rand und ich am anderen …"

„Bist du sicher?" Sein rechter Mundwinkel war leicht nach oben gebogen, aber seine Augen waren ernst. Bergseenaugen, die Vertrauen versprachen. Oder war sie einfach naiv?

„Du hast mir dein Wort gegeben."

Seine Mundwinkel zuckten spitzbübisch und ließen seine Augen tanzen. Konnte sie ihm tatsächlich vertrauen?

„Ich muss sagen, ich bin nicht unglücklich, wenn ich nicht auf dem Boden schlafen muss."

Sie lächelte zurück. Dann versuchte sie, die Bändel an ihrem Kleid zu lösen, aber er hatte am Morgen gute Arbeit geleistet. „Ähm – könntest du mir helfen, mein Kleid zu öffnen?"

„Immer gern, Mylady." Seine Augen hatten wieder das belustigte Glitzern. Sie versuchte es zu ignorieren. Was würde ihre Mutter sagen, wenn sie wüsste, dass sie mit einem Straßenjungen im gleichen Bett schlief?! Annas Magen hüpfte nervös, während Ed die schmalen Bänder aufknüpfte.

Dann stellte er sich kommentarlos ans Fenster und blickte hinaus, während sie schnell aus dem Oberkleid schlüpfte. Das leichte Unterkleid behielt sie an und kroch unter die Decke, die sie sich bis zum Kinn hochzog. Sie schloss die Augen, als sie hörte, wie Ed sich seiner Kleider entledigte, die Lampen ausblies und ebenfalls unter die Decke schlüpfte.

Sie fröstelte. Sommer war das hier nicht. Aber das Bett war bequemer, als sie gedacht hatte, obwohl alles ein wenig muffig roch. Sie starrte in die Dunkelheit.

„Ist es nicht komisch, ohne Zähneputzen ins Bett zu gehen?", brach sie nach einiger Zeit das Schweigen.

„Nö, warum? Ich mach das öfters."

„Echt? Das könnte ich nicht – dann fühle ich mich so schmutzig."

„Man gewöhnt sich daran. Morgen wirst du keine Dusche haben und wieder mit den Fingern essen müssen."

Sie seufzte. „Ich weiß. Wir sind tatsächlich in einer anderen Zeit."

„Offensichtlich."

Sie nahm Eds gleichmäßige Atemzüge neben sich wahr und merkte, dass sich seine Körperwärme trotz des Abstandes auszubreiten begann. Es war eine wohlige Wärme, die etwas Tröstliches hatte. Sie konnte das Erlebte immer noch nicht wirklich fassen. Sein angenehmer Duft, etwas Männliches, vermischt mit Thymian, wehte zu ihr hinüber. „Angenommen wir müssten eine Weile hierbleiben, was würdest du am meisten vermissen?"

„Keine Ahnung. Vielleicht meine Jeans? Männer und Strümpfe passen einfach nicht zusammen."

Sie lachte leise. „Meine Kleider find ich ganz okay."

„Was würdest du vermissen?"

„Meine Eltern und meine Freunde. Keine Dusche oder Essen mit den Fingern ist Gewöhnungssache. Aber meine Eltern und Freunde kann mir niemand ersetzen." Ihre Stimme war leise. Der Kloß in ihrem Hals meldete sich wieder schmerzhaft und ihre Augen begannen zu brennen. Ed schwieg.

„Vermisst du sie nicht? Deine Freunde?"

Das Schweigen am anderen Bettende ließ sie beinahe glauben, dass er eingeschlafen war.

„Nein." Seine Stimme war tonlos.

Hatte er keine Freunde oder waren sie ihm so egal? „Deine Freundin?" Anna konnte sich nicht vorstellen, dass ein so gut aussehender Typ keine Freundin hatte.

„Nein. Da gibt es keine."

„Das glaube ich dir nicht. Ich meine – auf dich fahren die Frauen doch sicher voll ab?" Sie biss sich auf die Lippe. Uups, da war ihr Mundwerk wohl schneller als ihr Verstand gewesen. Sie konnte sein ironisches Grinsen beinahe hören. Aber seine nächsten Worte überraschten sie.

„Für eine Beziehung braucht es immer zwei. Und bei dir? Gibt's da einen Freund, der dich vermisst?" Sein Ton hatte eine Färbung, die sie nicht interpretieren konnte.

„Nein. Ich bin nicht die Sorte Frau, auf die Männer stehen."

„Zu ehrgeizig und keine Zeit."

Sie schluckte, froh, dass es dunkel war. Ihre Augen füllten sich mit Tränen. Vielleicht stimmte es. Sie war ehrgeizig. Und sie hatte Angst. Angst, wieder in die falschen Arme zu laufen. Nur einmal hatte sie es gewagt, ihr Herz ein kleines Stück zu öffnen. Es war ihr aus den Händen gerissen und darauf herumgetrampelt worden. Was würde erst geschehen, wenn sie es verschenken würde?

„Gute Nacht", flüsterte sie und drehte sich mit dem Rücken zu ihm.

„Gute Nacht, Kleine."

KAPITEL 5

Vitellino betrat die Ordenskirche. Der gewohnte Duft von Weihrauch umhüllte ihn und das dämmerige Licht legte sich wie ein schützender Mantel um ihn. Er setzte sich in die Reihe der italienischen Zunge. Nur einige ältere Brüder leisteten ihm Gesellschaft. Auch er kam nicht oft zum Abendgottesdienst, der für die Ordensritter freiwillig war. Aber Parisot hatte ihn gebeten, seine Informationen bezüglich der de la Martignières nach der Messe mit ihm zu teilen.

Ein Ordensbruder betrat den Raum vor dem Altar, gefolgt von Ministranten, die ihm das Weihrauchgefäß reichten. Er schwenkte es vor dem Altar, verbeugte sich und murmelte halblaut lateinische Gebete.

Dann wandte er sich den Brüdern zu und Vitellino stimmte in die Lobgesänge ein, die ihren festen Lauf nahmen und die ihm schon so vertraut waren wie seine Rüstung. Obwohl er in jüngster Zeit eine neue Entdeckung gemacht hatte. Eine, die er sorgsam hütete, denn sie stimmte nicht mit der katholischen Lehre überein. Gott – Jesus – war nicht nur in der Kirche präsent, sondern überall und immer. Und das Beste: Er konnte überall mit ihm reden und zu ihm beten. Ein ketzerischer Gedanke für die katholische Kirche.

Vitellino lächelte, als er an dieses Gnadengeschenk dachte, und kniete sich mit den anderen auf die harte Bank, um weitere Gebete zu verrichten.

Das Holz war weich und rund von den vielen Händen, die sich über die Jahre an die Bank geklammert hatten. Dennoch roch man das Harz immer noch.

Die provenzalische Zunge belegte den vorderen linken Teil der Sitzplätze und er konnte von hinten das Profil des Großmeisters ausmachen. Die gewellten, grauen Haare flossen ihm über die Schultern. Sein Haupt hatte er gebeugt. Niemand der Ritter verrichtete den geistlichen Dienst so treu oder hielt die Ordensregeln so peinlich genau ein wie er. Er führte sie mit strenger Hand und erwartete die gleiche Haltung von ihnen, obwohl viele das geschickt zu umgehen wussten.

Nach der Messe wartete Vitellino draußen vor der Ordenskirche. Ein Wind war aufgekommen und er strich sich seine halblangen Haare hinter die Ohren. Bald würden die Herbststürme einsetzen. Dann war das Wetter nicht mehr so mild.

„Man hat mir berichtet, dass Ihr mir Informationen über die de la Martignières mitteilen wollt."

Der groß gewachsene Mann war zu ihm hingetreten. Sein schmales Gesicht stand im Gegensatz zu seinen ausgeprägten, breiten Schultern.

„Das ist richtig, Eure Eminenz."

Für einen jungen Ritter wie ihn ziemte es sich nicht, den Großmeister bei seinem Spitznamen zu nennen. Das war nur seinen engsten Freunden wie Oliver und wenigen anderen erlaubt.

De Valette machte eine einladende Handbewegung, dass er fortfahren solle.

„Ich wollte Euch davon in Kenntnis setzen, dass ich meine Zweifel habe, was die Geschichte der de la Martignières angeht. Sie haben sich hinter Fässern im Hafen versteckt, so als dürften sie nicht gesehen werden. Das war vor dem Anlegen der Siciliana."

„Ihr denkt, sie sind Späher?"

„Ich weiß es nicht. Der Mann hat offensichtlich keine Waffenkenntnis. Ich habe ihn getestet. Und die Frau trug keine Kopfbedeckung und ihr Haar war kurz, als ich sie am Hafen gesehen habe. Ich bin mir nicht sicher, ob sie womöglich eine Hure ist."

Jean de Valette schürzte die Lippen. „Sie haben offenbar ein Geheimnis. Wir müssen verhindern, dass sie die Insel verlassen oder eine geheime Nachricht abschicken können. Ich beauftrage Euch hiermit, sie zu beobachten. Setzt andere Männer ein, wenn Ihr es für richtig erachtet. Edward wird sich morgen bei Euch melden, um den Umgang mit dem Schwert zu erlernen. Behandelt ihn wie einen Freund. Wenn sie fürwahr gekommen sind, um uns zu dienen, dann wollen wir uns nicht noch mehr Feinde schaffen. Die Frau wird in der Infermeria arbeiten. Ich werde Maria darum bitten, ein Auge auf sie zu haben. Wenn Ihr mehr herausfindet, lasst es mich wissen.“ Er hielt kurz inne und strich sich über den Bart, bevor er fortfuhr: „Ich werde mich mit Pierre de la Martignière unterhalten. Er sollte doch eigentlich davon unterrichtet sein, dass seine Schwester oder Cousine mit Namen Anna hier aufgetaucht ist.“

„Mit Eurer Erlaubnis werde ich mit ihm reden. Er ist mein bester Freund.“

„So soll es sein. Erstattet mir Bericht, wenn Ihr mehr herausgefunden habt.“

Sie verabschiedeten sich voneinander und der alte Mann entfernte sich. Seine Schultern waren gestrafft, sein Gang aufrecht. Wenn Vitellino es nicht besser gewusst hätte, dann hätte er ihm die siebzig Jahre nie gegeben.

Vitellino folgte dem Großmeister in respektvollem Abstand bis zur Auberge d'Italy und ging in sein Zimmer. Es war eine Ehre für ihn, dass de Valette ihn mit diesem Fall beauftragt hatte, und er wollte ihn nicht enttäuschen. Vielleicht sollte er nach dem Abendessen einen Spaziergang machen, um sicherzustellen, dass die zwei Fremden schliefen.

Er setzte sich an seinen kleinen Tisch und kramte ein Pergament hervor. Schreiben gehörte nicht zu seinen Lieblingsbeschäftigungen. Aber seine kleine Schwester liebte es immer noch, seine Geschichten zu hören, auch wenn sie nun längst verheiratet war und zwei eigene kleine Kinder hatte. Ihr verdankte er seine großartige Erkenntnis. Er hob die lose Platte im Tisch an und nahm das in Leder gebundene Buch hervor. Es war eine absolute Kostbarkeit. Eigentlich durfte er es nicht behalten, denn er war an das Armutsgelübde gebunden. Aber er konnte sich nicht von diesem Geschenk trennen. Die Heilige Schrift. In seiner eigenen Sprache. Unverfälscht und rein. Zu gefährlich, um sie zu besitzen, denn sie barg das Potenzial, Lügen aufzudecken. Lügen wie den Ablasshandel.

Er lächelte, als er an seine kleine, temperamentvolle Schwester dachte, die sich mit den geheimen reformatorischen Gruppen traf. Lucia hatte schon immer einen Hunger nach der Wahrheit gehabt und einen Hang zum Abenteuer. Zwischen den offiziellen Zeilen hatte sie mit Zitronentinte ihre Geheimnisse geschrieben. Erst wenn er den Brief über die Kerze hielt, wurde die Schrift sichtbar.

Vitellino strich über das weiche Leder und nahm das Buch in die

Hand. Später würde er darin lesen. Nun war es an der Zeit, sich bei seiner Schwester dafür zu bedanken. Sie musste ein Vermögen dafür ausgegeben haben. Nicht einmal alle Priester besaßen die Heilige Schrift. Und wenn, dann nur in Latein, denn für die Katholiken war es nach wie vor ein Verbrechen, die Bibel in der Sprache des Volkes zu lesen.

Sorgsam legte er das Buch wieder in das Geheimversteck und tauchte die Feder in die Tinte.

‚*Liebe Lucia, ich grüße dich von Malta …*‘ Nach den üblichen Begrüßungsformeln und einigen Schilderungen aus dem Alltag nahm er die Zitrone und schrieb seine Erkenntnisse und tiefen Gedanken zwischen die Zeilen.

> ‚*Liebste Lucia, lange haben mich deine Worte über die Gnade bewegt und darüber, dass man Gott überall begegnen kann. Aber erst das kostbare Wort Gottes hat mir dafür wirklich die Augen geöffnet. Täglich staune ich über das Geschenk, dass Jesus sich für mich dahingegeben hat und mir dadurch alle Sünden vergeben sind. Es ist ein kostbarer Schatz in meinem Herzen. Ich kann dir nicht genug dafür danken, dass du mir dieses wertvolle Buch geschickt hast. Du fragst dich bestimmt, warum ich immer noch im Orden bin. Ich weiß, es ist meine Bestimmung, hier zu sein. Und meine Gelübde habe ich nicht nur vor dem Orden, sondern vor dem Allmächtigen selbst abgelegt. Hast nicht du mir nahegelegt, dass Gott überall ist? Wahrlich, er wird mit uns sein, bis an das Ende der Zeit. Auch hier in Malta. Liebste Lucia, ich sehne mich danach, dich wieder einmal zu sehen, auch wenn ich weiß, dass dieser Wunsch in nächster Zeit nicht erfüllbar ist. Wir rechnen mit einer Belagerung im nächsten Frühling. Und ich glaube, dass Gott uns damit beauftragt, die Ungläubigen zurückzudrängen, damit wir weiterhin den einen, wahren Gott anbeten können: Jesus Christus. Und wie Paulus sagte:* Denn sei es auch, dass wir leben, wir leben dem Herrn; und sei es, dass wir sterben, wir sterben dem Herrn. Und sei es nun, dass wir leben, sei es auch, dass wir sterben, wir sind des Herrn. *Was auch immer geschieht, meine geliebte Schwester: Du bist in meinem Herzen und meinen Gebeten und ich weiß, ich werde dich wiedersehen. Wenn nicht im Diesseits, dann im Jenseits. In Liebe, dein großer Bruder Vitellino.*‘

Ed starrte in die Dunkelheit. Annas gleichmäßige Atemzüge verrieten ihm, dass sie eingeschlafen war. Ihre Fragen hatten ihn zum Nachdenken gebracht. Waren die in der Gang seine Freunde? Nein, sie waren seine Schützlinge. Eine Freundin? Denise? Das Bild der kleinen, abgemagerten Frau tauchte vor seinem Inneren auf. Ihre schwarzen, kurzen Stoppelhaare standen in alle Richtungen ab, die dunklen Klamotten waren an mehreren Stellen zerrissen. Ihre Augen gerötet vom Kokain, die Lippen knallig geschminkt. Sie konnte ihn verführen und sie galt als seine Freundin. Aber was empfand er wirklich für sie? Jedenfalls nicht das seltsame Kribbeln, das er hatte, wenn Anna ihn anblickte. Denise würde ihn nicht vermissen. Sie hatte ihn im Knast nie besucht und sie war der Typ von Frau, der sich, ohne zu zögern, dem nächsten Leader in die Arme warf. Nicht dass es ihn gestört hätte – so lauteten die ungeschriebenen Regeln.

Und was war mit Laila? Ihre ellenlangen Beine, die sie unter ultrakurzen Miniröcken präsentierte, konnten einen Typen schwach machen. Aber sie war genauso wenig seine Freundin wie Denise, obwohl sie ihn anhimmelte.

Keiner seiner „Freunde" hatte ihn im Knast besucht und das hatte ihn mehr getroffen, als er zugeben wollte. Für sie war er bestenfalls ihr Beschützer, aber sonst war jeder damit beschäftigt, seinen eigenen Arsch zu retten.

Er drehte seinen Kopf zu Anna und sog ihren weichen blumigen Duft ein. Sie war so völlig anders als alle Frauen, mit denen er es bisher zu tun gehabt hatte. Sie benahm sich weder wie ein Spielzeug, das man schnell mal haben konnte, noch war sie oberflächlich. Mehr als einmal hatte „die graue Maus" ihn heute überrascht. Er konnte nicht leugnen, dass sie ihn neugierig gemacht hatte. Neugierig, was sonst noch in ihr stecken könnte. Neugierig auf eine andere Art von Frau.

Ed erahnte, wie sich ihre Schultern hoben und senkten. Er widerstand dem Drang, sie zu berühren, und drehte ihr seinerseits den Rücken zu. Das Bett knarrte unter seiner Bewegung.

Er hatte sie verletzt mit seiner Bemerkung über den Ehrgeiz.

Aber das war ihm einfach so rausgerutscht. Er ballte seine Hände zu Fäusten und öffnete sie wieder. Die Stille, die ihn umgab, war ungewohnt. In London war immer etwas zu hören gewesen. Autos, Sirenen, Flugzeuge, Streit aus einem geöffneten Fenster, das Plätschern der Themse, Gehupe, Bremsen, die quietschten. Aber hier hörte er nicht einmal einen Vogel.

Wie spät mochte es sein? Acht Uhr? Neun Uhr? Es war definitiv noch zu früh, um zu schlafen. Leise stand Ed auf. Anna rührte sich nicht. Er tastete nach seiner Pluderhose, zog sie so geräuschlos wie möglich an, nahm die Schuhe in die Hand und schlich aus dem Zimmer. Das mit den Strümpfen ließ er bleiben. Zu kompliziert, die anzuziehen. Außerdem – wer mochte ihm schon begegnen?

Der Mond beleuchtete den Innenhof nur schwach. Ed schlüpfte in die Schuhe.

Die Außentür war nicht verschlossen. Er trat in die Gasse hinaus und schlug den Weg zur hinteren Bucht ein. Die Abendluft war frisch und salzig. Er verfiel in einen schnellen Schritt und folgte dem Weg ein Stück Richtung Höhle, dann ließ er sich auf einem Felsbrocken am Ufer nieder. Der Wind blies seine Haare unordentlich in sein Gesicht.

Er stützte seine Ellbogen auf seine Knie und bettete sein Kinn auf seine Hände.

Wie oft hatte er zu Hause an der Themse gesessen und das Plätschern seine aufgebrachten Nerven beruhigen lassen.

„Was macht Ihr hier?"

Ed fuhr zusammen und drehte sich um. Vage machte er im Dunkeln die Gestalt von Vitellino aus. „Ich konnte nicht schlafen."

Der Ritter setzte sich neben ihn. „Wartet Ihr auf ein Boot?"

„Ein Boot? Warum?" Er schaute den Ritter an, der nun ein ernstes „Spiel-ja-nicht-mit-mir"-Gesicht zur Schau stellte, das ihn an das verfeindeter Gangleader erinnerte.

„Ich habe Euch am Hafen gesehen. Bevor das Schiff anlegte."

Oh, oh. Das war schlecht. „Tja, das stimmt. Wir kamen nicht mit dem Schiff. Aber weshalb sollte ich nun auf ein Boot warten?"

„Weil Ihr Späher seid?"

Es war mehr eine Feststellung als eine Frage. Späher?

„Nein, wir sind keine Spione."

„Seit wann seid Ihr auf der Insel?"

„Seit heute."

Der Ritter schaute ihn seltsam an. „Wenn Ihr nicht mit dem Schiff gekommen seid, wie seid Ihr dann hierhergekommen?"

Durch den Zeittunnel, durch die Luft? Eds Gedanken rasten.

„Ich weiß, das macht uns nun nicht gerade vertrauenswürdig, aber das kann ich Euch leider nicht sagen. Wir wollen dem Orden nur helfen und unser Bestes geben, glaubt mir."

Er schaute ihm dabei ernst in die Augen. Etwas an Vit – so nannte er ihn in seinen Gedanken – erinnerte ihn an John.

„Ich weiß nicht warum, aber ich will Euch Glauben schenken. Doch ich warne Euch. Sollte es sich herausstellen, dass Ihr Spione seid …"

„… dann landen wir bestenfalls in der Guva, ich weiß", beendete Ed den Satz.

„Ihr habt eine hübsche Gemahlin", wechselte Vitellino das Thema.

Ed lächelte. Hübsch? Na ja, eigentlich hatte er sich darüber noch keine großen Gedanken gemacht. Doch als ihr „Gemahl" musste er sie doch schön finden. „Ja, das ist sie. Sie ist eine außergewöhnliche Frau", antwortete er deshalb und versuchte, ein Leuchten in seine Augen zu legen, um dem Ritter nicht noch mehr Anlass für Misstrauen zu geben.

„Wie meint Ihr das?"

Was war an ihr „außergewöhnlich"? Ihre mahagonibraunen Augen oder ihr Lächeln?

„Sie ist mit Briefpapier und Feder so geschickt wie mit einem Bogen", sagte er schließlich. Nun, das wusste er zwar nicht genau, aber es klang gut.

Vitellinos Augenbrauen gingen skeptisch nach oben. „Sie kann einen Bogen bedienen?"

Uups, das war offenbar noch keine Frauensache. Doch Ed hatte schon so oft spontan Geschichten erfinden müssen, dass ihm die Worte einfach und leicht kamen. „Nun", sagte er gedehnt, „sie ist mit vier Brüdern aufgewachsen und ihr Vater war der Ansicht, dass sie das Gut auch verteidigen können muss. Er war viel unterwegs und ihre Mutter schon gestorben."

„Keine Ritter, die er für ihren Schutz angeheuert hat?“ Vitellinos Stirn zeichnete eine tiefe Falte.

„Nein, leider nicht.“

„Nun, dann kann sie sich doch glücklich schätzen, dass Ihr nun an ihrer Seite seid.“

Glücklich? Wohl kaum.

„Es würde mich trotzdem interessieren, wie geübt sie ist. Bei der Belagerung werden wir jede kämpfende Hand brauchen.“

Darauf war Ed auch neugierig. „Ihr werdet überrascht sein.“ Zumindest hoffte er das. Hatte sie nicht etwas von Turnieren gesagt?

„Trefft mich morgen um vier Uhr an der Auberge d'Italy. Ich werde mich darum kümmern, dass Eure Gemahlin ihre Künste unter Beweis stellen kann. Aber es darf niemand davon erfahren. Es ist nicht üblich, dass eine Frau schießen kann.“

Edward grinste. Wem sollte er schon etwas erzählen? Sie kannten hier niemanden. „Wir werden da sein.“

Der Mond warf tanzende Lichter auf das Wasser und die Wellen schlugen mit einem leisen Platschen auf die Felsen auf. Ed konnte die Umrisse eines Stockes ausmachen, der von den Wellen hin und her geschaukelt wurde. Wie gerne wäre er jetzt einfach allein gewesen, um seine Gedanken zu ordnen, um Licht in sein Herz zu bringen, das sich wie dieses Holzstück anfühlte – herumgewirbelt in den Wellen seiner Gefühle.

„Warum seid Ihr ein de la Martignière, wenn Euer Akzent Euch als Engländer verrät?“

Offenbar war er dazu verdammt, weitere Geschichten zu erzählen. „Ihr habt richtig geraten. Ich bin in England aufgewachsen. Meine Familie fiel Barbaren in die Hände. Ich konnte zu Verwandten nach Frankreich flüchten. Dort habe ich Anna kennengelernt und ihren Namen angenommen. Es erschien uns sicherer.“ Das Holzstück kam gefährlich nahe ans Ufer. Im fahlen Licht konnte er das Mahagonibraun ausmachen.

„Ihr seid immer noch auf der Flucht?“

„Wir hoffen, hier endlich Frieden zu finden.“

„Das hoffe ich ebenfalls für Euch.“ Der Ritter stand auf und verabschiedete sich. Seine Schritte knirschten auf dem Weg. Dann hüllte Edward wieder diese seltsame Mittelalterstille ein.

Er hob einen Stein auf und schmiss ihn ins Wasser. Mit einem Platschen versank er und zog Kreise. Sie trafen das Holzstück. Ed atmete langsam aus. Annas verzweifelte Stimme jagte ihn. Er musste einen Weg zurück finden. Nicht nur für sie. Auch seine Zukunft stand auf dem Spiel.

Der Stock schlug mit einem dumpfen Geräusch auf dem Felsen auf, als er aufstand und sich auf den Weg zurück zur Herberge machte.

Der Klang einer hellen Glocke holte Anna aus ihrer Traumwelt. Sie drehte sich auf den Rücken und stieß dabei an etwas Warmes, Weiches. Sofort zuckte sie zurück. Dabei wäre sie beinahe aus dem Bett gefallen. Ihr Herz setzte einen Moment aus. Doch dann fiel ihr alles wieder ein. Der Zeitsprung. Oder was auch immer das gewesen war.

Die erste Morgendämmerung vertrieb die Dunkelheit. Schwach konnte sie die Umrisse von Edward neben sich ausmachen. Er lag mit dem Rücken zu ihr und sein Hemd war verrutscht, sodass sie seine muskulöse Schulter sehen konnte. Sein Brustkorb hob und senkte sich. Sogar im Schlaf übte er eine unglaubliche Faszination auf sie aus. Sie ertappte sich dabei, wie sie sich vorstellte, in seine Arme eingekuschelt zu sein.

Leise schlug sie die Bettdecke zurück und stellte ihre nackten Füße auf den Boden. Die Kälte, die sie durchzuckte, vertrieb die letzten Träume und holte sie in die schockierende Realität dieses unwirklichen Ortes zurück.

Anna schnappte sich das grüne Kleid und stülpte es über ihren Kopf. Ach ja, es musste hinten geschnürt werden. Sie seufzte resigniert und schlüpfte in die flachen Schuhe. Ein erster Sonnenstrahl brach durch das Fenster und warf ein tanzendes Muster auf den Steinboden. Ihr Blick huschte zum Bett und ein warmes Gefühl breitete sich in ihrer Magengegend aus, als sie Eds Gesicht betrachtete. Feine Stoppeln begannen entlang seiner Wangenknochen zu sprießen und machten ihn nur noch attraktiver. War sie etwa dabei, sich zu verlieben? Der unerwartete Gedanke behagte ihr gar nicht. Das passte nicht zum Plan. Sie durfte sich nicht in einen ungläubigen Mann verlieben. Das gab nur Probleme und endlose Diskussionen, wie sie es bei Melanie und deren Roger miterlebte. Darauf hatte sie keine Lust. Sie wollte ein sicheres, planbares Leben. Und dafür war Edward ganz sicher nicht der Richtige. Außerdem war jetzt nicht die Zeit für Liebe. Ihre Mission war es, so schnell wie möglich einen Weg zurück zu finden.

Ed bewegte sich im Schlaf. Es sah süß aus, wie seine Augenlider flatterten, bis er seine unwiderstehlichen Augen aufschlug.

„Guten Morgen!"

„Morgen", nuschelte er zurück.

Anna stellte sich ans Fenster, während er sich anzog. Die Sonnenstrahlen brachen sich golden im Wasser. Vor bald vierundzwanzig Stunden waren sie hierhergekommen. Im Galeerenhafen war nicht viel los. Die großen, beeindruckenden Schiffe lagen ruhig da, als würden sie schlafen. Nur wenige Menschen waren unterwegs. Einige Ritter in ihren schwarzen Ordenskutten konnte sie ausmachen.

„Gut geschlafen?", fragte Ed, während er hinter sie trat.

Seine Nähe ließ ihr unwillkürlich einen Schauer über den Rücken laufen. „Ja." Eigentlich viel zu gut dafür, dass sie in dieser verzwickten Situation waren. Möwen kreisten um die Boote auf der Suche nach einem Landeplatz. Schließlich setzten sie sich auf ein langes Seil, das eines der Schiffe am Ufer hielt.

„Brauchst du wieder Hilfe?"

Sie blinzelte über die Schultern. Eds Gesicht war freundlich und offen – fast ohne den gewohnten Spott, der sich nur ganz leicht in einem Mundwinkel zeigte.

„Gerne. Ich muss irgendwie lernen, dieses Kleid auch ohne Hilfe anzuziehen."

Er zog die Bändel in Form und verknotete sie.

„Danke." Sie ging zum Schminktisch und machte sich mit den Tüchern zu schaffen, bis sie ihre kurzen Haare versteckt hatte. Es war nicht ganz so gut, wie Céline es ihr gemacht hatte, aber es musste reichen.

„Müssen wir wirklich diese Chantalle wiedertreffen?", ächzte sie. „Wenn die uns wieder ausquetscht, dann verstricken wir uns nur in weitere komplizierte Lügen."

Ed schürzte die Lippen, dann grinste er. „Dir war doch gestern schlecht, nicht wahr? Ich könnte doch etwas aufs Zimmer holen."

Anna lächelte ihn an. „Das wäre echt super."

Während Ed nach unten ging, um das Essen zu holen, nahm sie die Gelegenheit wahr, den Nachttopf zu benutzen. Es war sehr ungewohnt und hatte etwas Beschämendes, sich vorzustellen, dass Céline den Topf leeren musste. Aber damit musste sie sich wohl oder übel abfinden.

Kurze Zeit später kam Ed mit dem Frühstück. Brötchen, Datteln und warmes Porridge mit Honig. Er grinste. „Chantalle hat gefragt, wann es denn so weit sei."

Anna zog die Stirn in Falten. „Was soll wann so weit sein?"

„Sie hält dich für schwanger. Ich habe den Unwissenden gemimt."

Anna errötete. So weit hatte sie nicht gedacht.

„Sie hat gefragt, ob du es mir noch nicht gesagt hast", fuhr er fort, als er ihr die Schale mit dem Porridge reichte. „Daraufhin habe ich mich doof gestellt und sie gefragt, was du mir denn hättest sagen sollen." Er beugte sich ein wenig zu ihr hinunter und sagte mit gekünstelter hoher Stimme: „Ihr erwartet wahrscheinlich Euer erstes Kind."

Anna konnte sich ein Lachen nicht verkneifen. „Und was hast du gesagt?" Sie steckte sich einen Löffel des süßen Breis in den Mund und reichte ihm die Schale.

„Meint Ihr? Vielleicht ist es auch einfach eine Magenverstimmung. Dieses Wasser hier …" Er machte dazu einen unschuldigen Augenaufschlag und Anna lachte noch lauter. Sie hielt sich die Hand vor den Mund.

Als sie sich beruhigt hatte, sagte sie: „Ich bin ja so froh, dass du uns das Frühstück aufs Zimmer geholt hast. Ich weiß nicht, ob ich mich hätte beherrschen können."

„Immer zu Diensten, Mylady." Eds Augen funkelten.

Betreten schaute Anna weg. Sie musste ihr Herz auf jeden Fall hüten. Wenn es doch nur einfacher wäre, die Gefühle, die sie in seiner Gegenwart empfand, abzustellen. Das Dumme war nur, dass sie ihn umso attraktiver fand, je mehr sein Hochmut verblasste. Aber sie musste sich in Erinnerung rufen, dass er ohnehin der Falsche für sie war und sich zudem noch nie ein attraktiver Mann für sie interessiert hatte. Warum sollte das nun anders sein?

KAPITEL 6

„Es freut mich sehr, Eure Bekanntschaft zu machen, Anna.“ Die kleine drahtige Frau schaute sie warmherzig an. „Ich bin Schwester Maria und werde Euch hier in die Infermeria einführen.“

Wie mit dem Großmeister vereinbart, hatte sich Anna bei der Krankenstation gemeldet. Ed hatte sie begleitet. Seine Bergseenaugen hatten voller Vorfreude geglänzt, als er zum Trainingsplatz weitergegangen war. Sie konnte nicht behaupten, dass sie sich auf ihre bevorstehende Aufgabe freute. Mittelalterliche Medizin. Ein Schauer lief ihr den Rücken hinunter, als sie an mit Exkrementen versetzte Arzneien dachte.

„Kommt mit, ich zeige Euch das Hospital. Es ist das größte hier auf der Insel. Zwei weitere kleinere Einrichtungen befinden sich in der Dependance der italienischen Zunge und in Mdina.“ Maria war in ein schwarzes Kleid gehüllt und ihre Haare waren unter einem dunkelblauen Tuch versteckt. In dem langen Flur, den sie nun entlanggingen, kamen ihnen immer wieder Brüder entgegen in ihren typischen Kutten mit dem Kreuz. Sie trugen Tabletts mit Essen, grüßten sie und verschwanden in den Zimmern. In einem älteren Herrn erkannte Anna den Großmeister. Auch er trug ein Silbertablett mit Brot und Obst.

„Maria, Madame de la Martignière …“ Er nickte ihnen freundlich zu.

„Eure Eminenz“, erwiderte Maria den Gruß und Anna neigte ihren Kopf. Er verschwand ebenfalls in einem der Zimmer.

„Jeder im Orden hat die Pflicht, den Herren Kranken zu dienen, ungeachtet seiner Stellung“, erklärte Maria und öffnete einen Raum. Zehn Betten standen darin, jedes mit einem roten Baldachin im Kopfbereich und mit weißen Leinendecken bezogen. Eine sorgfältig zusammengelegte Wolldecke lag am Fußende. Dazwischen standen Stühle, auf denen Schaffelle lagen, und darunter standen ein paar Schuhe. An den Wänden hingen Wandteppiche, die biblische Szenen darstellten. Es sah in der Tat so ähnlich wie in einem Krankenhaussaal aus. Aber der Geruch erinnerte Anna an alte Kapellen.

„Das ist sehr beeindruckend“, sagte sie schließlich, als sie Marias leuchtendem Blick begegnete.

„Ich weiß, in Frankreich und anderen Ländern ist die Medizin noch anders. Wir richten uns nach den Lehren von Hippokrates und Galen. Wir achten auf Sauberkeit und Diätetik. Deshalb bekommt jeder Patient sein eigenes Bett und viel zu essen. Ihr müsst wissen, der Orden entstand in Jerusalem, um die Pilger zu pflegen. Das, was Ihr heute seht, ist das Herzstück des Ordens. Unsere Einrichtungen gehören zu den besten in Europa.“

Was die Lehren von Hippokrates und Galen wohl besagten?

„Die vorderen Zimmer sind die Säle für die Ritter. Dort dürfen nur die Brüder ihren Dienst tun. Hier hinten befinden sich die Betten für die Einwohner. Im linken Zimmer sind die Frauen, im rechten die Männer.“

„Weshalb dürfen wir nicht die Ritter pflegen?“

Maria senkte die Stimme und schaute sie mit ihren kleinen, dunklen Augen spitzbübisch an. „Damit die Herren Ritter nicht in Versuchung geraten. Wie Ihr sicherlich wisst, mussten sie ein Keuschheitsgelübde ablegen.“

Klar, das hätte sie sich denken können. Als ob sie als unscheinbare Kreatur je einen Reiz auf einen Mann ausüben könnte.

Maria steuerte auf den hintersten Raum zu. Auf einem großen Tisch in der Mitte standen unzählige Fläschchen und Töpfchen. Die Wände waren mit Regalbrettern gesäumt, auf denen noch mehr Medizin, Beutel, Schwämme und Werkzeuge ordentlich sortiert eingeräumt waren. Annas Blick glitt über die grob anmutenden Geräte. Operationsbesteck. Ein kalter Schauer lief ihr den Rücken hinunter, als sie sich diese Werkzeuge in Aktion vorstellte. In ihrer Zeit hätte sie sie eher einer Mechanikerwerkstatt zugeordnet als einem Krankenhaus.

„Dies ist der Ärzteraum. Hier mischen wir die Medikamente“, erklärte Maria.

Auf der rechten Seite erblickte Anna nun auch eine Nische mit einem Ofen, auf dem mehrere kleine Töpfe standen und vor sich hinblubberten. Vier Männer waren damit beschäftigt, die Medizin auf Tabletts bereitzustellen, und ließen sich von ihnen in ihrer Arbeit nicht unterbrechen. Ein älterer Herr, vielleicht um die vierzig, fünfzig Jahre alt, saß am Tisch und schrieb in ein Pergamentbuch.

„Monsieur Paré, dies hier ist Madame de la Martignière, sie wird uns in nächster Zeit unterstützen. Anna, das hier ist einer der besten Ärzte der Welt."

Der Arzt blickte auf. Sein rundes Gesicht mit den nahe stehenden Augen und der Stupsnase war Anna auf Anhieb sympathisch. Er trug keine übliche Ordenskutte. Mit seinen dünnen Lippen lächelte er sie warmherzig an. „Nicht doch, Maria, Ihr schmeichelt mir zu sehr. Madame de la Martignière, sehr erfreut, Eure Bekanntschaft zu machen. Kennt Ihr Euch aus in der Medizin?"

„Ich fürchte nicht sehr gut." Trotz ihres Praktikums im letzten Frühling im Krankenhaus in Toulouse wusste sie wahrscheinlich nicht viel Hilfreiches für diese Zeit.

„Maria wird Euch viel beibringen können, wenn Ihr gewillt seid zu lernen."

„Das bin ich und ich werde mein Bestes geben."

„Das höre ich gerne." Damit wandte er sich wieder seinen Studien zu. Ein anderer Mann füllte mithilfe eines Trichters eine braune Tinktur in eine kleine Flasche und stellte sie vor den Arzt hin. Er nahm sie und hielt sie gegen das Licht. Dann nickte er zufrieden.

„Kommt, ich zeige Euch noch die restlichen Räume."

Nachdem Anna auch die Küche und die Wäscherei gesehen hatte, war sie die nächsten Stunden damit beschäftigt, Maria zu assistieren. Sie wusch Behälter zum Aderlassen und rieb sie mit Alkohol aus und lernte das wichtigste Heilmittel kennen, den schwarzen Pilz, der nur auf der Nachbarinsel Gozo auf einem speziellen Felsen wuchs und zur Behandlung von Blutungen, Wunden und der Ruhr eingesetzt wurde. Er lagerte in einem großen, tönernen Behälter und war zu einem schwarzen Pulver zerstoßen.

„Zurzeit sind nur zwei Frauen hier und keine Männer. Genug Zeit also, Euch in die Heilkunde einzuführen. Wenn es zutrifft, was unsere Männer aus Konstantinopel berichten, sehen wir einer längeren Belagerung entgegeben. Darum ist es nötig, dass Ihr die wichtigsten Kriegsbehandlungen kennen lernt."

Während Edward lässig auf das Trainingsgelände schlenderte, hallte Annas helles Lachen in ihm nach. Er ertappte sich dabei, wie er sich wünschte, sie mehr lachen zu hören und ihre Augen funkeln zu sehen.

Er entdeckte Vitellino an derselben Stelle, an der er gestern schon trainiert hatte. Vor ihm lagen verschiedene Waffen ausgebreitet.

„Wie ich sehe, habt Ihr der Aufforderung des Großmeisters Folge geleistet."

„Wie könnte ich ein solch großzügiges Angebot ausschlagen? Ich fürchte, ich habe eine Menge zu lernen, wenn ich bei der Belagerung von Nutzen sein soll."

Vitellino warf ihm einen prüfenden Blick zu. „Die Knappen haben heute zuerst Mathematik, so habe ich Zeit für Euch. Habt Ihr schon einmal mit einer dieser Waffen gekämpft?" Er zeigte auf die Auswahl, die vor ihm lag. Dolche in verschiedenen Größen, ein Rapier, ein Kurzschwert, eine Lanze, eine Axt und eine Kugel mit ganz vielen spitzen Stacheln.

„Mit dem Messer kann ich recht gut umgehen", erwiderte Ed und zeigte auf einen kurzen Dolch. Unzählige Straßenschlachten hatte er mit einem Klappmesser geschlagen. Normalerweise war es sein ständiger Begleiter, aber wegen der Sicherheitsvorkehrungen im Flughafen London hatte er es zu Hause zurücklassen müssen.

Ohne das vertraute, kalte Gefühl des Stahls in seiner Hosentasche fühlte er sich nackt. Andererseits hatte er in Frankreich nichts zu befürchten gehabt. In Londons Straßen musste er immer alle Sinne wach halten. Auch wenn seine Gang nicht zu den Offensiven gehörte, waren die „bösen Jungs" oft nicht weit weg.

Ein Knall riss ihn aus seinen Gedanken. Er zuckte zusammen. Vitellino grinste und zeigte auf das Ende der Wiese. „Die Arkebusier. Sie üben heute ebenfalls. Aber es wird nicht lange dauern. Sie haben nur drei Schuss pro Mann. Parisot ist darauf bedacht, sparsam mit der Munition umzugehen." Er reichte ihm einen kurzen Dolch.

„Parisot?"

„So nennen wir den Großmeister in seiner Abwesenheit."

Das P in den Initialen. Der letzte Beweis, dass die gefundene Kiste und das Schwert tatsächlich dem Großmeister gehörten!

„Dann zeigt mir mal, wie Ihr mit einem Dolch umgehen könnt. Der Kampf ist beendet, wenn einer von uns Einhalt gebietet."

Edward nickte. „Verstanden."

Vitellino nahm ein Messer aus seinem Ledergürtel. Ohne Vorwarnung griff er an, doch Ed wich ihm geschickt aus. Sie umkreisten sich und Ed versuchte, den Ritter zu lesen. Aber das war schwerer als bei den Jungs auf der Straße, deren Reaktion meist von den Drogen verlangsamt war.

Plötzlich schlug Vitellino nach seiner Hand und das Messer flog davon. Ein überhebliches Lächeln glitt über das Gesicht des Ritters. Aber Ed ließ sich nicht irritieren. Er wollte nicht noch einmal eine Schlappe einstecken. Sein Gegenüber entspannte kurz und das war seine Chance. Er sprang auf ihn zu, packte mit beiden Armen seine Messerhand und verdrehte den Arm blitzschnell, sodass die Waffe ebenfalls im Dreck landete. Doch der Ritter hatte die Überraschung schnell weggesteckt, entwand sich seinem Griff und entzog ihm das Gleichgewicht. Doch Ed hatte ihn umklammert und er fiel mit ihm zu Boden. Nicht lange und Vit war über ihm. Instinktiv schnellten seine Hände um den Hals des Ritters und drückten zu.

Er fühlte die harten Muskeln, die der Mann sofort anspannte. Ungeachtet seiner Hände setzte er ihm das Messer an den Hals.

Ed lockerte seinen Griff.

„Verliert nie eure Waffe. Ich hätte Euch umbringen können." Vit stand auf und reichte ihm die Hand. Rote Striemen zogen sich über seinen Hals. Ed schluckte, als er sich seiner Kraft bewusst wurde. Wäre das ein Gegner aus seiner Zeit gewesen, hätte der kaum eine Chance gehabt. Aber die Konstitution dieser Männer musste eine ganz andere sein.

„Das war trotzdem nicht schlecht für den Anfang. Aus Euch können wir einen fähigen Kämpfer machen." Der Ritter bewegte seinen Kopf, eine Hand im Nacken, während er weiterredete. „Welche Taktik habt Ihr angewandt, als ich Euch das Messer aus der Hand geschlagen habe?"

„Keine Ahnung. Ich habe einfach reagiert."

„Ihr habt mich in einem unbedachten Moment überrascht.

Macht das Unvorhergesehene zu Eurem Freund und Ihr werdet länger überleben.“

Ed grinste. Das klang alles so abgedreht. Vitellino zog missbilligend die Augenbrauen hoch. „Habt Ihr etwas dagegen einzuwenden?“

„Nein, mitnichten.“ Er konnte ihm schließlich schlecht sagen, dass er längst wieder in Frankreich sein und dort weiter den Schuppen seiner Großeltern entrümpeln würde, bevor es hier zu irgendeiner Art Schlacht kam.

„Gut, dann wenden wir uns dem Rapier zu.“ Vitellino erklärte ihm die Haltung der Hand und der Schulter, lehrte ihn, die Bewegungen mit dem ganzen Körper auszuführen, und zeigte ihm verschiedene Stellungen und deren Vorteile.

Den weiteren Vormittag verbrachte Ed damit, zu üben und schneller zu werden, bis sein Hemd völlig durchnässt war.

Als die Kirche zwölf schlug, brach der Ritter ab und sie gingen gemeinsam zurück. Bei der Herberge verabschiedeten sie sich.

„Seid mit Eurer Gemahlin um vier Uhr vor der italienischen Auberge. Das letzte Haus vor Fort St. Angelo“, erinnerte ihn der Ritter, der nicht im Geringsten verschwitzt war.

„Wir werden da sein.“

„Pierre, kommst du auf eine Runde mit?“, fragte Vitellino seinen besten Freund nach dem Mittagessen.

Der Franzose mit den glatten, braunen Haaren und dem kantigen Gesicht grinste ihn an. „Immer gerne.“

Obwohl es nicht üblich war, dass die Brüder der verschiedenen Nationalitäten enge Freundschaften pflegten, war Pierre sein bester Freund geworden. Er mochte den draufgängerischen Franzosen, mit dem er lachen konnte und der ihn besser kannte als irgend jemand anderer.

Gemeinsam gingen sie zu den Ställen, wo sie eines ihrer Pferde sattelten und zu den Corradinohöhen ritten, die sich hinter Birgu befanden.

„Du bist ganz schön beschäftigt in letzter Zeit."

„Fürwahr. Die Knappen halten mich ganz schön in Atem. Aber bis zum Frühjahr werden sie noch viel lernen müssen." Der kühle Wind wehte den Duft von Pinien herüber und vermischte sich mit dem Geruch seines Pferdes. Sein kleiner, ausdauernder Braunner war gerade richtig für diesen Ausflug. Er war ein Geschenk seines Vaters gewesen zu seinem Eintritt in den Orden vor acht Jahren.

„Und was ist mit diesem neuen Mann, den du heute trainiert hast?"

„Edward. Du solltest ihn eigentlich kennen. Er ist auch ein de la Martignière."

Pierre starrte ihn an und runzelte die Stirn. „Ein de la Martignière?"

„Dies hat er zumindest behauptet. Obwohl, er hat den Namen seiner Gemahlin angenommen. Folglich müsstest du eigentlich jemanden mit Namen Anna kennen."

Auf der Höhe angekommen, sattelten sie auf einer großen Wiese ab und ließen ihre Pferde am spärlichen Gras knabbern. Vitellino setzte sich auf einen der zahlreichen Felsbrocken. Pierre hatte die Hände hinter dem Rücken gefaltet, seine Stirn in Falten gelegt und die Lippen geschürzt.

„Du weißt selbst, dass ich meine Familie schon seit Jahren nicht mehr gesehen habe. Aber ich kann mich nicht daran erinnern, eine Anna in meiner Verwandtschaft zu haben, die in unserem Alter ist. Sie sind doch nicht viel jünger als wir?"

Vitellino ließ seinen Blick über das graue Meer schweifen. Die Schleierwolken hoben sich nur wenig vom hellblauen Himmel ab. Der November nahte mit großen Schritten. Er blickte seinen Freund an, der nun vor ihm stehen geblieben war. „Edward ist vielleicht etwa vier, fünf Jahre jünger als wir. Laut seinen Ausführungen hatte Anna vier Brüder und ihr Vater konnte sich keine Ritter leisten zur Verteidigung seines Anwesens, sodass selbst Anna einen Bogen schießen kann."

Pierre schaute ihn mit gerunzelter Stirn an. „Eine solche Familie ist mir nicht bekannt."

„Du hast keine Korrespondenz erhalten?"

Pierre schüttelte den Kopf.

Genau das hatte Vitellino befürchtet. Er stützte die Hände auf dem Felsen hinter sich ab und seufzte.

„Du glaubst, sie sind Späher?"

„Ich weiß es nicht. Den Namen eines bekannten französischen Adelsgeschlechtes anzunehmen, wäre in diesem Fall nicht sehr klug. Außerdem erinnert mich etwas an Edward an dich. Parisot meinte, sie hätten ein Geheimnis, und hat mir die Aufgabe zugewiesen, sie zu beobachten und sicherzustellen, dass sie keine Nachricht absetzen oder die Insel verlassen."

Ein Schwarm Möwen gellte und flog dicht an ihnen vorbei aufs offene Meer.

„Was hast du beobachtet?"

„Nicht viel. Er kann nicht mit einem Schwert umgehen, dafür aber gut ringen." Vitellino kippte den Spitzenkragen seines Hemdes nach unten, sodass Pierre die roten Streifen sehen konnte.

Sein Freund pfiff durch die Zähne. „Der hat dich aber ordentlich zugerichtet."

„Es geht. Er hat Kraft, aber er kann sich nicht mit uns messen. Was mich vielmehr beschäftigt, ist die Tatsache, dass sie nicht mit der Siciliana gekommen sind, aber dennoch erst seit gestern auf der Insel sind. Ich habe sie beobachtet, als sie sich vor der Ankunft des Schiffes versteckt hatten, um sich dann unter die Leute zu mischen. Das ergibt für mich keinen Sinn. Anna hatte keine Kopfbedeckung und kurze Haare. Wozu sich verstecken, wenn sie sich so auffällig verhält?"

Die Möwen kehrten in einem weiten Bogen zurück.

„Das alles wirkt nicht gerade vertrauenerweckend."

„Du sagst es. Aber das ist noch nicht alles. Gestern Nacht bin ich Edward ans Ufer gefolgt und habe ihn zur Rede gestellt. Er betonte, dass sie nur dem Orden dienlich sein wollten, dass er aber nicht sagen könne, wie sie auf die Insel gekommen sind."

„Warum war er nachts draußen?"

„Er sagte, er könne nicht schlafen. Natürlich habe ich ihn beobachtet. Er ging tatsächlich nach einer Weile wieder in die Herberge. Ich behalte ihn auf alle Fälle weiter im Auge, aber ich muss mich morgen wieder um die Knappen kümmern. Könntest du dich seiner annehmen? Die Siciliana legt morgen früh ab. Dann sollte er beschäftigt sein, damit er nicht auf das Schiff gehen kann."

„Das kann ich gerne übernehmen. Vielleicht sagt er mir die Wahrheit, wenn er erfährt, dass ich ein de la Martignière bin."

Vitellino stand auf und streckte sich.

„Hoffen wir es."

KAPITEL 7

Erst im Zimmer prustete sie los und auch Edward stimmte mit ein. Das Mittagessen war gelinde gesagt eine Tortur gewesen. Es war ihr nur mit Mühe gelungen, ihre Maskerade aufrechtzuerhalten und die Unwissende zu spielen.

„Darf ich Euch gratulieren?“, ahmte sie Chantalle mit ihrem Augenaufschlag nach. Ed grinste breit, sodass sich kleine Lachfältchen um seine Augen bildeten.

„Wenn Eure Gemahlin in nächster Zeit etwas wehleidig ist oder schnell in Tränen ausbricht, dann gehört das dazu“, sagte er mit tiefer Stimme und einem verschwörerischen Glitzern in seinen Augen. Anna hielt sich die Hand vor den Mund, um ihr Lachen zu dämpfen.

„Ich bin froh, dass wir das nun geschafft haben.“

Ed stand lässig ans Fenster gelehnt da, seine Hände verschränkt, und sein unwiderstehliches, breites Grinsen überzog sein Gesicht. Anna atmete tief ein. Wenn sie ihn anblickte, waren die Schmetterlinge im Bauch nie weit weg. Sie versuchte, das Gefühl zu ignorieren.

Vor drei Tagen – waren es wirklich erst drei Tage? – hatte er auch so an ein Fenster gelehnt dagestanden, als sie ihn das erste Mal gesehen hatte. Sie hatte einen finsteren, tätowierten Typen erwartet, aber Edward hatte sich in seinen abgetragenen Jeans und dem graublauen Shirt umgewandt und sie mit einem Grinsen angesehen – unnahbar und spöttisch –, und trotzdem war sie von seinem Charisma unweigerlich angezogen worden. Es war einfach nicht fair, dass sie nun hier mit ihm festsaß und ihm nicht aus dem Weg gehen konnte, sondern sogar noch dieses alberne „Verheiratetsein-Spiel“ mitmachen musste.

„Heute treffen wir uns um vier Uhr vor der italienischen Auberge. Vit will deine Bogenkünste begutachten.“

Sie schaute ihn entgeistert an. „Vit?“

„Vitellino. Mein Trainer.“

„Und weshalb weiß der, dass ich Bogen schieße?"

Ed zuckte lässig mit den Schultern. „Ich habe es wohl erwähnt."

Anna verdrehte die Augen und seufzte. „Du weißt schon, dass ich eine Frau bin?"

Er legte einen Finger auf seine geschürzten Lippen, als denke er nach. „Tja, wenn ich es recht bedenke …" Sein spöttisches Grinsen meldete sich wieder zurück.

Sie bekämpfte den Drang, aufzustampfen oder etwas nach ihm zu werfen. „Dein Trainer hat das einfach so geschluckt?"

„Na ja, er fand es schon ein bisschen außergewöhnlich. Aber ich habe ihn dann mit einer Geschichte besänftigt."

Sie zog die Augenbrauen hoch. „Und die wäre?"

Während Ed sie auf den neusten Stand ihrer erfundenen Geschichte brachte, spürte Anna, wie sich ihre Fingernägel ins Fleisch ihrer Handballen bohrten. Ihr Herz klopfte unregelmäßig und sie konnte nicht mehr still sitzen. Wie ein Tiger in einem Käfig ging sie vor dem Bett auf und ab. Warum nur hatte Ed dem Ritter so etwas erzählt?

Als sie seinem Blick begegnete, waren seine Augen zwei schmale Schlitze. „Du kannst doch Bogen schießen oder war das gelogen?"

„Ja! Nein! Ich kann Bogen schießen, aber die Bögen hier werden ziemlich anders sein. Die Mittelalterbögen haben ein sehr viel höheres Zuggewicht als heutige Recurvebögen. Ich hoffe, ich kann die spannen."

Edward runzelte die Stirn. „Re-was für Bögen?"

„Recurvebögen sind flache Bögen, deren Enden in die entgegengesetzte Richtung gebogen sind. So braucht man weniger Kraft zum Spannen."

„Du scheinst dich ja wirklich auszukennen."

Anna seufzte und blieb vor ihm stehen, die Hände in die Seiten gestemmt. „Ich mache das seit acht Jahren. Aber ich weiß nicht, ob ich den Erwartungen hier gerecht werde."

„Du musst ihm ja nichts beweisen."

Sie schaute ihn ungläubig an. „Du meinst, er lädt uns einfach ein, um ein wenig Spaß mit uns zu haben?"

„Nö, er will dich testen, genauso wie mich, damit er weiß, was wir für Gegner sind, Kleine."

„Wir sind aber keine Feinde! Und es wäre besser, wenn wir hier gute Freunde hätten und das Vertrauen, von dem du gesprochen hast, aufbauen könnten!“

Edward stieß sich vom Fenster ab.

„Das werden wir. Sei einfach du selbst.“

Haha, sei einfach du selbst. Klar. Wenn sie erst sahen, wie gut sie als Frau schießen konnte – obwohl sie sich sicher war, dass sie nicht annähernd so gut war wie die Armbrustschützen hier –, wäre das sicher ein weiteres Indiz, dass Edward und sie eher Staatsfeinde als Freunde waren.

Anna hatte Mühe, sich auf die Ausführungen von Maria zu konzentrieren.

Immer wieder kehrten ihre Gedanken zu diesem ominösen Bogenschießen-Meeting zurück. Endlich war es kurz vor vier Uhr und sie machte sich auf den Weg zur Auberge d'Italy.

Ed und ein Ritter warteten bereits auf sie. Vage erinnerte sie sich an den jungen Mann, den sie am Hafen gesehen hatte. Seine Schultern wirkten im Gegensatz zu seinem schmalen Gesicht breit. Seine dunklen Augen fixierten sie.

„Madame de la Martignière, ich bin erfreut, Eure Bekanntschaft zu machen.“ Er verbeugte sich galant. Sein wohlklingender Tenor überraschte sie.

„Nennt mich doch Anna.“

„Ich bin Vitellino, Ritter der italienischen Zunge. Euer Gemahl hat mir berichtet, dass Ihr mit Pfeil und Bogen umgehen könnt?“

Sie fühlte sich unbehaglich unter seinem forschenden Blick.

„In der Tat. Aber ich weiß nicht, ob meine Fertigkeiten Euren Anforderungen genügen werden.“

„Wir werden sehen.“ Er wandte sich um und ging zu drei Pferden, die vor den Ställen angebunden waren. Sie folgten ihm. Mussten sie wirklich reiten? Annas Magen verknotete sich. Eines der Pferde war beladen mit Langbögen und Pfeilen. Es war mehrere Jahre her, seit sie mit einem ähnlichen Gerät geschossen hatte. Im Klub gab es einige Mittelalterfans, die nachgebaute Bögen besaßen. Zum Spaß hatte sie es ausprobiert, war aber schnell müde gewesen. Und Präzision konnte sie damit vergessen.

Vitellino gab ihr die Zügel eines gedrungenen Pferdes. Schon immer hatte sie Respekt gehabt vor diesen großen Tieren und ihre Nähe gemieden. Das Pferd schaute sie aus großen, dunklen Augen an. Die langen Wimpern strahlten etwas Weiches, Freundliches aus. Vielleicht war es doch nicht so gefährlich? Unschlüssig stand sie mit den Zügeln in den Händen da und beobachtete Edward unauffällig, der einen Fuß in den Steigbügel stellte und sich scheinbar mühelos auf das Tier schwang. Ob sie das mit diesem Rock auch so elegant hinkriegen würde? Sie nahm ihren Mut zusammen und stellte den Fuß in den Steigbügel. Wo sollte sie sich festhalten? An der Mähne? Und was machte sie mit den Zügeln?

„Ich kenne die Sitten in England nicht, aber hier helfen wir einer Madame in den Sattel."

Der scharfe Ton des Ritters ließ sie innehalten. Seine Augen drückten Missfallen aus, als er Ed auf seinem Ross anstarrte. Sie stellte ihren Fuß wieder auf die Erde.

„Es ist in der Tat ein wenig anders." Ed wirkte zerknirscht und warf ihr einen entschuldigenden Blick zu.

Vitellino umfasste ihren linken Knöchel und stellte ihn in den Steigbügel. Anna beschloss, die Zügel gehen zu lassen, während sie ihre Finger in die Mähne des Tieres krallte. Noch ehe sie sich Gedanken machen konnte, was als Nächstes geschehen würde, umfassten die Hände des Ritters ihre Taille und hoben sie mit einer Leichtigkeit in den Sattel, die sie sprachlos machte.

Als das Pferd sich hinter denen der Männer her in Bewegung setzte, schnappte Anna erschreckt nach Luft. Es war eine ruckartige Bewegung, bei der sie beinahe das Gleichgewicht verloren hätte.

Vit lenkte sein Pferd neben das ihre. „Ihr seid nicht oft geritten?"

„Ihr habt mich durchschaut. Ich zog es stets vor, zu Fuß zu gehen."

„Nehmt die Zügel in die Hand, setzt Euch aufrecht hin und gebt Euch einfach den Bewegungen des Tieres hin. Reiten ist nicht so schwer."

Anna lächelte gequält. Das konnte er so einfach sagen!

„Ihr macht das sehr gut."

Entweder war Ed ein Naturtalent oder er konnte reiten. Jedenfalls sahen seine Reitkünste nicht so steif aus, wie es sich bei ihr anfühlte.

Vitellino übernahm die Führung an der Spitze, als sie einen schmalen Küstenweg einschlugen. Dann bog er vom Pfad ab und führte sie einen kargen Hügel hinauf auf eine Ebene. Dort stoppte er und sprang elegant von seinem schwarzen Pferd ab. Ed tat es ihm gleich und beide kamen auf sie zu. Einen Moment starrten sie sich wie zwei Kontrahenten an, dann trat Vitellino taktvoll einen Schritt zurück.

Was war das denn gewesen? Hatte sie eben tatsächlich einen Moment lang im Zentrum männlicher Aufmerksamkeit gestanden?

Ed fasste sie um die Taille, als sie das rechte Bein über den Pferderücken schwang und absattelte. Seine Hände waren warm und fest und lösten ein Kribbeln aus. Unbewusst hielt Anna den Atem an.

Der Italiener hatte sich indes der Ausrüstung zugewandt. Er händigte ihnen die Bögen und Köcher aus.

Ed wehrte ab. „Ich kann das nicht."

„Dann werdet Ihr es lernen. Betrachtet es als eine Vorübung auf die Armbrust."

Edwards Gesicht verzog sich zynisch, aber er sagte nichts. Anna fuhr mit ihren Fingern über das dunkle Holz. Es war glatt. Sie testete die Sehne. Wie sie erwartet hatte, war das Zuggewicht einiges höher, als sie es gewohnt war. Der Ritter zeigte auf eine Baumgruppe, die in etwa zehn Metern Entfernung stand. Der Wind wehte den Geruch von Salz und Pinien herüber und Anna atmete tief ein.

„Auf den breitesten Baum!"

Sie legte den Pfeil auf die Sehne und zögerte kurz. Ihr Bogen zu Hause hatte ein deutliches Zeichen, wo sie den Pfeil aufzulegen hatte. Als sie das Holz näher begutachtete, erblickte sie die abgeschabte Stelle, an der die Pfeile vorbeigeflogen waren, legte ihren Pfeil auf die Sehne, zielte und ließ ihn fliegen. Er traf den Baum gerade noch knapp. Für den Anfang war das gar nicht schlecht.

Vitellino schenkte ihr ein anerkennendes Lächeln. Dann wandte er sich Ed zu und erklärte ihm die Grundtechnik. Eds Pfeile gingen weit daneben.

„Ich glaube nicht, dass der Bogen meine Disziplin ist", sagte er nach einer Weile frustriert.

„Es ist gut für die Kraft Eurer Arme und Schultern. Das kommt Euch beim Schwertkampf zugute."

Beim fünften Pfeil begannen Annas Arme zu brennen und ihre Schultern zitterten. Doch entgegen ihren Befürchtungen verfehlte sie den Baum nie. Sie begann sogar, den Bogen zu mögen. Es war, als wäre sie zu den Wurzeln ihres Lieblingssports zurückgekehrt. Die Einfachheit begeisterte sie und sie machte weiter, übte die Schnelligkeit.

Die zweite Serie genoss sie einfach und merkte, wie der Fokus zurückkam, wie sie ruhig wurde, bis es nur noch sie und den Bogen gab.

KAPITEL 8

„Meinst du, wir werden noch lange hier sein?“

Ed, der gerade in seine unbequemen Schuhe geschlüpft war, schaute auf. Anna stand am Fenster und die ersten Sonnenstrahlen des Tages tauchten ihr Gesicht in flüssiges Gold. Im Gegenlicht bemerkte er zum ersten Mal ihre langen, geschwungenen Wimpern. Ihre Hände waren ineinander verschlungen und bewegten sich unruhig. Unglaublich, wie sie mit ihren grazilen Fingern gestern den Bogen geschossen hatte. Während er kläglich gescheitert war, war sie die Ruhe in Person gewesen. Aufmerksam und konzentriert, als gäbe es nur sie und das Ziel. Nicht zu vergleichen mit dem Nervenbündel, das nun vor ihm stand.

Mit zusammengepressten Lippen starrte sie auf den Hafen. Er unterdrückte den Drang, zu ihr hinüberzugehen und sie in den Arm zu nehmen. Nicht, dass sie das jemals zugelassen hätte. Außerdem musste er sie nur heil zurückbringen. Für ihre Gefühlswelt war er nicht verantwortlich.

„Ich weiß es nicht. Meine Hoffnung ist, dass ich Jean de Valette auf dem Waffenplatz begegnen werde und ihm das Schwert irgendwie entlocken kann“, versuchte er sie dennoch zu beruhigen.

Anna sah ihn an. Unsicherheit flackerte in ihren Rehaugen. „Falls du es in die Hände kriegst und ich in der Infermeria bin – meinst du, ich komme dann ebenfalls zurück?“

Darüber hatte er sich noch nie Gedanken gemacht. Der Geruch seines verschwitzten Hemdes stieg ihm unangenehm in die Nase. Vielleicht könnte er heute eine Runde schwimmen. „Ich werde dich hier nicht hängen lassen, Kleine.“ Davon hing seine Zukunft ab. Und die der Gang.

Nicht mal der verhasste Spitzname konnte sie aus ihrer Angst holen. Sie biss sich auf die Unterlippe und blickte zu Boden.

„Ich werde dich rufen lassen oder ich komme dich holen. Ich werde das Schwert nicht ohne dich anfassen. Vertrau mir.“ Er legte seinen ganzen Ernst in seine Augen. Was hatte Anna nur an sich, dass er sich immer weniger hinter seinem Spott verstecken konnte?

Sie nickte und wandte sich ab, um das grüne Tuch um ihren Kopf zu binden. Mit einem etwas gezwungenen Lächeln fragte sie: „Bereit, ein letztes Mal Chantalle und Alexandre zu treffen?"

Ed verzog den Mund zu einer Grimasse. „Darauf könnte ich verzichten. Soll ich das Frühstück wieder holen? Hab gehört, dass die Schwangerschaftsübelkeit am Morgen am stärksten ist."

„Kann sein. Ich habe keine Erfahrung darin."

„Tja, da könnte man nachhelfen …", zog er sie auf.

Ihre Augen verengten sich und ihre Wangen bekamen rote Flecken. Irgendwie sah sie süß aus, wenn sie wütend war.

„Du bist so ein …!"

Er grinste breit und hob beschwichtigend die Arme. „Schon gut, war nur ein Witz."

Sie schüttelte resigniert den Kopf, als sei ihm nicht mehr zu helfen. Aber die Anspannung war aus ihrem Gesicht gewichen. Wut war immer besser als Angst.

„Ich hol uns dann mal Frühstück."

Céline war gerne bereit, ihnen ein Tablett zu richten. Die anderen zwei traf er nicht.

„Frühstück für Madame", redete er gegen die verschlossene Tür.

Anna öffnete ihm mit einem ehrlichen Lächeln, als sei er ein Held. „Ich muss schon sagen, der Zimmerservice hier ist nicht schlecht", scherzte sie.

Er grinste und stellte das Essen auf den kleinen Tisch.

„Ich habe mir gedacht, dass wir heute vielleicht einige Besorgungen machen müssen", sagte sie, während sie sich ein Stück Brot schnappte.

„Einkäufe?"

„Na ja, ich weiß, dass man hier andere hygienische Vorstellungen hat, aber willst du tatsächlich tagelang in denselben Klamotten rumlaufen?"

Klar, sein Hemd war nach dem gestrigen Tag nicht mehr frisch. Aber deswegen neue Kleider kaufen, wo sie doch sicher bald wieder zurückgingen? Da hatte er schon Schlimmeres erlebt. „Ich dachte daran, einfach im Meer schwimmen zu gehen – mit den Kleidern."

Er kaute auf dem trockenen Brot. Butter und Marmelade wären jetzt nicht schlecht. Und ein starker Kaffee.

Anna schaute ihn mit einem „Ich-weiß-es-besser"-Blick an. „Das würde ich dir nicht raten. Spätestens nach zwei Stunden willst du aus den Kleidern raus, weil das Salz auf der Haut juckt und sich alles fettig anfühlt."

Okay, darauf konnte er verzichten. Er nahm einen Schluck Wein. „Wir sind doch erst zwei Tage hier. Denkst du nicht, wir können diese Dinger noch etwas länger tragen?"

Sie verzog das Gesicht, als fände sie diese Vorstellung grässlich.

„Wir sind sicher bald zurück. Dann können wir wieder duschen und jeden Tag frische Klamotten anziehen."

Anna nickte, während sie auf die Schüssel mit Porridge starrte und gedankenverloren darin herumrührte.

„Du hast recht. Es ist nur so …", sie suchte nach dem richtigen Wort, „… ungewohnt. Ich fühle mich unwohl und schmutzig – und ich stinke wahrscheinlich auch." Sie lächelte entschuldigend.

„Dann sind wir schon zwei. Kann ich mal vom Porridge haben?"

Sie reichte ihm die Schüssel und er aß ein paar Löffel von dem süßen Brei. Nicht seine erste Wahl, aber war Hafer nicht gut für die Muskeln? Das konnte er nämlich brauchen. Alles schmerzte nach den ungewohnten Übungen von gestern. Und so wie er die Ritter einschätzte, kannten die keine Gnade mit dem Training.

Nachdem sie mit dem Frühstücken fertig waren und er Anna zur Infermeria begleitet hatte, schlug Ed den Weg zum Übungsplatz ein, vorbei an den Fischern, die stolz ihren Fang präsentierten. Die kühle, feuchte Morgenluft milderte den strengen Fischgeruch etwas.

Vit war schon da. Neben ihm stand ein etwa gleichaltriger Mann.

„Ed, darf ich Euch Pierre de la Martignière vorstellen?"

Eds Herz setzte einen Moment aus.

„Pierre, das ist Edward de la Martignière."

Er gab ihm die Hand. Sein Händedruck war fest, seine Augen etwas kühl. Aber er wies das typische breite Martignière-Gesicht auf. Wie krass war das denn, dass er hier tatsächlich jemanden traf, der den gleichen Nachnamen trug wie er. Ob er ein direkter Vorfahre war? Nein, das war so gut wie ausgeschlossen, denn die Ritter waren ja an das Keuschheitsgelübde gebunden. Obwohl – wenn die Enkelin des Großmeisters eine seiner Vorfahrinnen gewesen war, wie sein Großvater behauptet hatte, dann wäre es theoretisch auch möglich, dass dieser Mann in irgendeinem Verwandtschaftsverhältnis zu ihm stand.

„Pierre wird heute Euer Training übernehmen, da ich mich um die Knappen kümmern muss." Vit wandte sich der Schar von Jungs zu, während Pierre Ed ein Holzschwert zuwarf, das dieser im letzten Moment auffing. Hoffentlich würde Pierre keine Fragen stellen. Zumindest schien es ihn nicht aus der Fassung gebracht zu haben, einem unbekannten Verwandten gegenüberzustehen.

„Zeigt mir, was Ihr noch wisst."

Ed repetierte die Stellungen und Schläge, die er gestern gelernt hatte. Den Oberhau, indem er das Schwert von oben führte, als wolle er dem Gegner den Schädel zertrümmern, und den Unterhau, indem er es von unten her Richtung Kehle zog.

„Gut, dann lasst uns den Versatz üben."

Versatz, das wusste Ed von Vit, war der alte Begriff für parieren. Den ersten Oberhau blockte er locker, doch dann musste er seine ganze Konzentration aufbringen, um den schneller werdenden Schlägen entgegenzuwirken. Doch noch ehe er sichs versah, zielte die Holzspitze des gegnerischen Schwertes auf seine Kehle.

„Ihr seid ein toter Mann. Wie sagte Fiori? ‚Wer den Hieben nachgeht, darf sich seiner Kunst wenig freuen.' Ihr müsst den ganzen Körper einsetzen, nicht nur den Arm!"

Pierre zeigte ihm den Unterschied und beim zweiten Mal konnte er das Feld länger behaupten. Doch schon bald fand er sich mit dem Holzschwert an seiner Achsel wieder.

„Auch wenn Ihr eine Rüstung hättet, wäret Ihr nun tödlich verwundet."

„Dann schätze ich mich glücklich, dass Ihr ein Holzschwert habt."

Ed grinste, doch Pierre blieb ernst und verlagerte die Spitze des Schwertes auf seine Brust. Seine Augen waren nun zwei schmale Schlitze. „Sagt mir, ob ich recht handle, wenn ich Euch nicht umbringe. Ich kenne keinen Edward in meiner Familie."

Edward schluckte, während er versuchte, das Schwert von seiner Brust zu bekommen. Aber Pierre machte einen Satz nach vorne, sodass er rückwärts in den Sand fiel. Noch ehe er reagieren konnte, spürte er kaltes Metall an seiner Kehle.

Angstschweiß brach ihm aus, als er in Pierres wild funkelnde Augen blickte. „Ich habe den Namen meiner Frau angenommen – von Anna." Er hoffte – und betete? –, dass es eine Anna in seiner Familie gab.

„Ich kenne auch keine Anna."

Der Druck an seiner Kehle nahm zu und Ed merkte, wie ihm das Blut in den Kragen lief. Er schloss die Augen und überlegte fieberhaft. Dieser Ritter würde nicht zögern, ihn umzubringen. Und dann wäre Anna allein hier ... Die vierte Grundtechnik. Indes genannt. Finde die Schwäche des Gegners und nutze sie aus.

Was war Pierres Schwäche? Familienehre?

„Ihr wollt meinem Sohn eines Tages nicht ins Gesicht sehen und sagen müssen, dass Ihr seinen Vater ohne Grund umgebracht habt." Er legte seine ganze Entschlossenheit in seine Augen und starrte kalt zurück. Und dies schien Pierre tatsächlich einen Moment zu verunsichern. Für einen Bruchteil nahm der Druck an seinem Hals ab und Ed reagierte blitzschnell, indem er die Hand, die das Messer hielt, wegdrückte und sich gleichzeitig auf die Seite wälzte.

Pierre öffnete seine Hand, als Ed ihm den Arm verdrehte und sich mit voller Wucht auf ihn fallen ließ. Der Ritter schnappte nach Luft.

„Ich kann Euch die genauen Umstände leider nicht verraten, die mich zu einem de la Martignière gemacht haben. Wir wollen uns hier ein neues Zuhause aufbauen und werden bald eine Familie sein. Wagt es nicht, unser Leben hier zu zerstören. Ihr wisst, wozu ein Martignière fähig ist."

Er war selber erstaunt, wie gefährlich, selbstsicher und echt das aus seinem Mund herausgekommen war und wie gut es sich anfühlte, ein Zuhause und eine Familie zu erwähnen. Auch wenn es nur ein Traum war.

Mit einer schnellen, starken Bewegung warf Pierre Ed auf den Rücken. Er sprang auf, bereit, einen weiteren Angriff zu kontern.

Doch Pierre musterte ihn und Ed hielt seinem Blick stand. Ein schiefes Grinsen überzog das Gesicht seines Vorfahren. Er klopfte sich den Sand aus den Hosen.

„Ihr könnt Euch ganz gut verteidigen, wie es sich für einen echten Martignière gehört. Noch ein bisschen schwach, aber das wird schon werden."

Schwach? Er gehörte in London zu den Stärksten. „Dann bringt mir alles bei, damit ich bei der Belagerung überlebe und meinen Sohn sehe."

Das Grinsen in Pierres Gesicht wurde breiter. Er hatte richtig geraten mit der Familienehre.

„Nun denn, nehmt Euren Stand ein."

„Heute machen wir einen Hausbesuch in Mdina bei meiner Schwester." Maria packte im Ärzteraum eine Tasche, während Anna unschlüssig herumstand. Musste sie einmal mehr auf ein Pferd steigen?

„Ist sie krank?"

„Ihre Tochter Isabelle hat Fieber. Sie bat mich vorbeizukommen."

„Ich dachte, in Mdina gibt es auch ein Hospital?"

„Das stimmt, aber meine Schwester Gabriella ist ein wenig eigen. Sie vertraut nur wenigen Menschen." Maria führte sie durch den vorderen Ausgang in Richtung Meer. In einem kleinen Nebengebäude befanden sich mehrere Pferde. Ein Ordensbruder hatte zwei der Tiere für sie gesattelt und half ihnen auf.

„Wie lange reiten wir?"

„Wir müssen schon mit anderthalb Stunden rechnen."

Anna schluckte. Mehr als eine Stunde reiten. Sie konzentrierte sich darauf, die Bewegungen des Pferdes zu finden. Zum Glück schlug Maria einen gemächlichen Gang ein. Die Tiere suchten sich den Weg zwischen halb vertrocknetem Gras und Felsbrocken. Immer wieder kamen sie an kleinen Baumgruppen vorbei. Einmal konnte Anna in der Ferne die Häuser eines Dorfes ausmachen. Feiner Rauch kringelte sich in der Luft. Und immer wieder trafen sie auf Herden weidender Schafe und Ziegen. Hirten saßen vor kleinen Steinhäusern, die sie an Iglus erinnerten. Ihre Gesichter waren von der Sonne gegerbt, ihre zumeist schwarzen Haare zerzaust.

Nach einer Weile konnte Anna die gewaltigen Mauern einer größeren Stadt ausmachen. Das musste Mdina sein. Aber die klare Luft täuschte die Nähe vor. Erst eine geraume Zeit später ritten sie durch das mächtige Stadttor. Dahinter befand sich eine weitere, ebenso dicke Umwallung.

Im Inneren der Stadt reihten sich die Häuser dicht an dicht. Eine seltsam majestätische Atmosphäre umgab sie. Es schien, als hätte die Stadt auf dem Berg schon manches erlebt und gesehen, sodass sie nichts so schnell aus der Ruhe bringen konnte. Die Hufe klapperten über das Kopfsteinpflaster, als Maria ihr Pferd vor ein Haus in der Nähe des Stadttores lenkte. Es war so unscheinbar wie die anderen.

Eine große, schlanke Frau öffnete auf ihr Klopfen. Blondes Haar umrahmte ihr Gesicht, ehe das typisch dunkle Kopftuch die Haarpracht verschlang. Sie schien das Gegenteil ihrer kleinen, dunklen Schwester zu sein. Ihre Stimme war wider Erwarten tief. „Maria, komm herein."

„Gabriella, ich hoffe, es stört dich nicht, dass ich eine Schülerin mitgebracht habe. Sie wird mir zuschauen."

Die anmutige Frau streifte Anna mit einem kühlen Blick. „Nein, natürlich nicht."

Das Haus war ähnlich aufgebaut wie die Herberge. Doch im Gegensatz zur äußerlichen Schlichtheit des Gebäudes säumten prunkvoll aussehende Vasen und Amphoren die Wände und Teppiche dämpften ihre Schritte.

Anna erhaschte einen Blick in den Innenhof, als sie an einem Bogenfenster vorbei zum Zimmer der Tochter gingen. Mit seinen Bäumen und Büschen, Steinbänken und Springbrunnen erinnerte er sie an einen Park.

Gabriella öffnete eine Tür und gab ihnen den Vortritt. Als Anna an der Frau vorbeischritt, fiel ihr Blick auf das fein gearbeitete Collier, das sich mit dem warmen Goldton leuchtend vom Rot des Kleides abhob. Maria zog die schweren Damastvorhänge zurück, die das Zimmer verdunkelten. Das Licht fing die kleinen Staubpartikel auf, die im Zimmer tanzten.

Das schmale Gesicht der Patientin war unter den vielen Decken kaum zu erkennen.

Schweißperlen glänzten auf ihrer Stirn und schwarze Löckchen klebten ihr an den Schläfen. Maria befreite sie von den dicken Decken und befühlte ihre Stirn. „Isabelle, kannst du mich hören?“

Das etwa zwölfjährige Mädchen schlug die glasigen Augen auf und bewegte den Mund, aber es kam nur ein Krächzen heraus.

„Seit wann hat sie Fieber?“

„Seit zwei Tagen.“

„Hat sie Trank oder Speise zu sich genommen?“

„Nur sehr wenig.“

Marias Hände tasteten den zierlichen Körper ab, während sie ihrer Nichte zulächelte. „Tut dir etwas weh?“

„Der Hals“, krächzte die Kleine heiser.

Maria wühlte in ihrer Leinentasche und beförderte ein Säckchen und einen Salbentigel zutage. „Mach ihr täglich einen Krug Kamillentee und streiche ihre Brust mit dieser Salbe ein.“

Gabriella, die auf die andere Seite des Bettes getreten war, nahm die Arzneien entgegen. Liebevoll strich sie ihrer Tochter die schwarzen Haare hinter die Ohren, Sorgen in ihren blauen Augen. Wie kam es, dass Schwestern nur so unterschiedlich aussehen konnten?

„Beunruhige dich nicht. In ein paar Tagen wird sie wieder gesund sein.“ Maria verabschiedete sich von ihrer Nichte und sie verließen den Raum.

„Ich danke dir, dass du gekommen bist.“

„Das habe ich doch gerne gemacht.“

„Sag meinem Mann bitte nichts. Wenn es so ist, wie du sagst, dann gibt es keinen Grund, ihn zu beunruhigen. Er hat genug andere Sorgen.“

Was hatte Maria mit Gabriellas Mann zu schaffen?

Maria lächelte und nahm die Hand ihrer jüngeren Schwester. „Sei getrost. Lass es mich wissen, wenn ihr Gesundheitszustand sich verschlechtert.“

Als sie die Stadt hinter sich gelassen hatten und sich auf den langen Abstieg begaben, fragte Anna: „Wohnt ihr Mann nicht bei ihr?“

Maria lächelte. „Neugier ist eine gesunde Gabe. Aber sie hat ihre Grenzen. Ich bin nicht befugt, diese Sache mit Euch zu teilen.“

Wie seltsam. Ein geheimnisvoller Mann. Jetzt war Annas Neugier erst recht geweckt, aber sie wagte es nicht weiterzufragen. Der Duft der nächsten Ziegenherde stieg ihr in die Nase und lenkte sie ab. Die Tiere stoben auseinander, als sie die Pferde nahen sahen.

„Wie kommt es, dass Eure Schwester so anders aussieht?"

„Mein Vater war ein nordischer Seemann und kam eines Tages auf die Insel. Er hat sich in meine Mutter verliebt und ist einige Jahre geblieben, bis der Ruf des Meeres unwiderstehlich wurde. Wir haben ihn nie wiedergesehen. Gabriella ist sein Ebenbild, während ich unserer maltesischen Mutter treu geblieben bin."

Anna war froh, als sie endlich vom Pferderücken steigen konnte. Steifbeinig und mit knurrendem Magen folgte sie Maria in die Küche der Infermeria.

„Bedient Euch, es gibt genug." Die ältere Frau wies auf die dampfenden Töpfe und Anna entschied sich für den Fleischeintopf.

Im kleinen Ärztezimmer machte sie sich gierig darüber her. Maria hatte sich neben sie gesetzt und löffelte eine Suppe.

„Morgen bei Sonnenaufgang werdet Ihr mit Bruder Pietro nach Gozo gehen, um den Pilz zu sammeln. Es wird das letzte Mal in diesem Jahr sein, dass wir ihn holen können."

Mit etwas Glück würde sie morgen schon wieder zu Hause sein.

„Nehmt einen Umhang mit, die Nächte sind bereits recht kalt."

Anna schluckte. Handelte es sich etwa nicht nur um einen Tagesausflug? „Wie lange werde ich dort sein?"

„In der Regel werdet Ihr zwei Nächte bleiben müssen, je nach Wetter."

Ein unangenehmes Gefühl beschlich sie, als sie daran dachte, von dem einzigen Menschen getrennt zu sein, der sie mit der Zukunft verband. Gab es eine Möglichkeit, sich davor zu drücken? Aber noch ehe sie sich eine Geschichte einfallen lassen konnte, stürmte ein kleiner Junge in den Raum.

„Monsieur de la Martignière wünscht, dass seine Frau auf den Trainingsplatz kommt."

Anna stand hastig auf. Wenn das nicht ein Geschenk des Himmels war. Morgen würde sie tatsächlich nicht mehr hier sein.

KAPITEL 9

„Hol bitte Anna de la Martignière – sie arbeitet in der Infermeria. Sag ihr, dass ihr Gemahl sie am Trainingsplatz zu sehen wünscht“, raunte Ed einem kleinen Jungen zu, der am Rand der Wiese herumlungerte.

Der Kleine schaute ihn mit großen Augen an. Doch dann nickte er und rannte weg.

Pierre hatte das Training mit Ed unterbrochen, um einem Freundschaftskampf mit de Valette beizuwohnen. Auch andere hatten ihr Training unterbrochen und bildeten einen Ring um die zwei kämpfenden Brüder.

„Das ist Romegas. Er ist unser bester Schiffskommandant. Ein sehr erfahrener Mann“, raunte Pierre ihm zu.

Braune, glatte Haare waren sorgsam aus dem ovalen, ebenmäßigen Gesicht gekämmt. Zusammen mit dem Bart verlieh dies dem Mann ein väterliches Aussehen. Er schien jedoch deutlich jünger zu sein als der Großmeister. Die beiden Kontrahenten standen sich gegenüber und ließen sich nicht aus den Augen. De Valette griff als Erster an. Geschickt und schnell. Romegas war ihm ebenbürtig und wich flink aus, um dann zu einem kräftigen Gegenangriff auszuholen. Über sein Seebärengesicht glitt Entschlossenheit und Ed ahnte, dass er sich auch diesen Mann, mochte er noch so nett aussehen, nicht zum Feind machen sollte. De Valette parierte mit furchtlosem und verwegenem Ausdruck die Schläge seines jüngeren Gegners und strafte sein Alter Lügen. Ed versuchte die Stellungen und Schläge abzurufen, die er gelernt hatte, aber es ging alles so schnell, dass er nicht mitkam. Das Metall klirrte in der Luft, während die Ritter um ihn herum die zwei anfeuerten. Ein beengendes Gefühl machte sich in Eds Hals breit. Wenn der Feind auch nur annähernd so gut kämpfte wie diese Ritter hier, dann hatte er nicht die geringste Chance. Instinktiv berührte seine rechte Hand das neue Messer, das er beim Schmied erstanden hatte und mit dem er sich sicherer fühlte, auch wenn das lächerlich war angesichts dieser Kampfmaschinen.

„Ed, du hast mich gerufen?“

Anna riss ihn aus seiner Beklemmung.

„Ja, ich dachte, das musst du gesehen haben.“ Er legte eine tiefe Bedeutung in seine Augen und Anna nickte mit einem schwachen Lächeln auf den Lippen. Verstohlen betrachtete er sie von der Seite. Ihre Augen waren groß, als sie halb entsetzt, halb fasziniert auf das Kampfgetümmel starrte.

Nach einer Weile hatte de Valette Romegas besiegt. Schwer atmend standen sich die Freunde gegenüber und gaben sich die Hand.

Die Zuschauer bildeten für sie eine Gasse und gratulierten, als sie vom Platz gingen.

Ed lief dem Großmeister nach, dicht gefolgt von Anna und Pierre.

„Mit Verlaub, Eure Eminenz.“

„Monsieur de la Martignière.“ De Valette hob fragend eine Augenbraue.

„Ist dies das neue Rapier von Raniero, das Ihr erwähnt habt?“

„Ihr sagt es.“

„Darf ich es mal genauer betrachten?“

Es war eine riskante Frage, aber er musste es einfach versuchen, um das Schwert in die Finger zu kriegen. Aus den Augenwinkeln sah er, wie sich Romegas' Augen verengten und seine Hand sich um seine Waffe schloss.

Doch de Valette zog sein Schwert aus der Scheide und überreichte es Ed. Er nahm es in die Hand und strich ehrfürchtig darüber. Jean P. V. Dieselben Initialen an derselben Stelle. Derselbe Griff, dieselbe Klinge. Glänzender, aber ansonsten genau gleich. Ohne jeden Zweifel hatten sie den Schlüssel zurück in die Zukunft gefunden. Sein Puls beschleunigte sich und er hielt unwillkürlich die Luft an.

„Ein wunderschönes Rapier“, sagte Anna neben ihm und fasste ihn am Arm. Offenbar hatte sie die gleiche Entdeckung gemacht.

Ed ließ seine Hand in den Griff gleiten und wappnete sich für die sengende Hitze. Doch nichts geschah. Nur eine angenehme Wärme streichelte seine Haut. Vielleicht musste er einfach noch ein wenig warten?

„Es liegt gut in der Hand. Wie teuer ist ein solches Schwert?“, versuchte er, mehr Zeit zu schinden.

„50 Scudos müsst Ihr schon dafür bezahlen.“

„Das ist eine Menge.“ So genau konnte er das zwar noch nicht einschätzen, aber eine Übernachtung kostete nicht mal einen Scudo … Er getraute sich nicht, mit dem Schwert in der Luft herumzufuchteln, denn er wollte die Männer nicht verärgern und wegen versuchten Mordes in der Guva landen.

Noch immer geschah nichts. Keine sengende Hitze. Keine Sturmgeräusche. Kein Wind. Irgendwie schien es nicht zu funktionieren. Um das Oberhaupt nicht argwöhnisch zu machen, reichte er ihm das Rapier schließlich mit einem Dank zurück. Romegas' Gesicht entspannte sich und er lockerte den Griff um sein Schwert.

Langsam atmete Ed aus und versuchte gleichzeitig, seine Enttäuschung zu verbergen.

Über die harten Gesichtszüge de Valettes glitt ein Hauch eines Lächelns, als er das Rapier wieder in seinen Waffengurt steckte. „Macht Ihr Fortschritte in Eurer Ausbildung?“

„Ich denke schon. Vitellino und Pierre sind jedenfalls gute Lehrer.“

„Ist es nicht ein Segen, wenn man seinen eigenen Bruder trainieren kann, Martignière?“, sagte der Großmeister und warf Pierre einen prüfenden Blick zu.

Edward lief es kalt den Rücken hinunter. Annas Fingernägel bohrten sich in seinen Arm. „Wie ich Euch schon sagte, ist Anna mit den de la Martignières verwandt. Sie ist die Tochter des Bruders seines Vaters – so sind Pierre und ich nur Brüder im Herrn“, erklärte er rasch, bevor Pierre etwas sagen konnte.

„Ist das so?“ Das Gesicht des Großmeisters war nun eine undurchdringliche Maske. Ed bezweifelte nicht, dass der Mann ihn, ohne mit der Wimper zu zucken, einen Kopf kürzer machen könnte. Er setzte ebenfalls sein undurchdringliches Coolio-Gesicht auf und hoffte, dass niemand sein rasendes Herz hören konnte. Alles hing von Pierres Antwort ab. Hatte er genug Eindruck hinterlassen oder würde er sie verraten?

„Wir sind in der Tat Brüder im Herrn und es ist ein Segen, sie beide hier zu haben.“

Anna lockerte ihren Griff etwas.

„Nun, dann werdet Ihr sicher Euer Bestes geben, ihn angemessen zu unterrichten."

„Das werde ich, Eure Eminenz. Es ist mir eine Ehre."

Romegas und de Valette wandten sich ab und gingen ins Dorf zurück. Edward seufzte erleichtert auf. Er drehte sich zu Pierre um. Das Grinsen auf seinem Gesicht gefror. Die Augen seines zigfachen Urahns hatten sich zu zwei schmalen, gefährlichen Schlitzen verengt.

„Wenn Ihr mir nicht sofort Euer Geheimnis verratet, dann sehe ich keinen Grund, Euch nicht in die Guva werfen zu lassen."

In der Nähe prallten Schwerter aufeinander, das Schreien zweier Gegner war zu hören und der Knall eines Arkebusenschützen zerriss die Luft.

Eds Gedanken rasten. Was sollte er darauf erwidern? Es war, als wäre sein Kopf leer. Auch Anna schien nichts einzufallen, denn sie klammerte sich immer noch an seinen Arm und war still. Hielt sie etwa die Luft an? Pierre hatte ihn gerade gedeckt, konnte er es wagen ...? Nein. Die Geschichte war zu unglaubwürdig, zu märchenhaft, zu mysteriös.

„Nun? Ich höre." In Pierres Stimme lag Ungeduld.

Wenn er ihm und Vit vielleicht ihre Geschichte bewies – vielleicht, vielleicht würden sie ihnen glauben. Denn schließlich waren sie ihnen zugetan. Vermutete er jedenfalls.

Ed atmete tief ein. „Nun gut. Wir werden Euch und Vitellino unser Geheimnis anvertrauen. Dazu müssen wir Euch jedoch etwas zeigen. Können wir uns um vier Uhr vor der Herberge treffen?"

Das Klirren der Waffen stoppte, ein Windhauch brachte die salzige Meeresluft herüber und zerrte an seinen Haaren.

Pierre zögerte einen Moment und nickte dann. „Wir werden da sein. Aber ich warne Euch – keine versteckten Spiele mehr!"

Edward hob eine Hand, als würde er schwören. „Keine versteckten Spiele mehr. Doch auch ich warne Euch – unsere Geschichte ist ziemlich abgefahren."

„Abgefahren?!"

Ups, das war wohl ein neuzeitliches Wort.

„Kompliziert und schwierig zu verstehen."

Pierre bedachte Anna und ihn noch einmal mit einem langen, musternden Blick, ehe er sich umwandte und Edward bedeutete mitzukommen. Anscheinend wollte er ihn trotz allem weiter unterrichten. Das war bestimmt gut und vielleicht konnte er so mehr Vertrauen schaffen.

„Ich treffe dich kurz vor vier Uhr im Zimmer", raunte er Anna zu und beeilte sich, Pierre zu folgen.

„Du willst es ihnen wirklich sagen?" Obwohl sie sich hinter verschlossener Tür auf ihrem Zimmer befanden, sprach Anna mit gedämpfter Stimme. Nur für den Fall, dass jemand lauschen sollte.

Edward verzog zynisch den Mund. „Hattest du eine bessere Idee? Wenn ja, habe ich nichts gehört."

„Wusstest du, dass dieser Mann einer deiner Vorfahren ist?"

„Ja, er hat mich heute Morgen damit konfrontiert. Wir hatten daraufhin, sagen wir mal, eine kleine Auseinandersetzung, aber ich denke, ich konnte ihm klarmachen, dass ich ein Martignière bin, er mich aber nicht kennen kann."

Ed lehnte in seiner gewohnt lässigen Pose an der Wand, den Daumen in die Hose eingehängt. Sein Hemd war verdreckt, als hätte er sich im Staub gewälzt. Ein überlegenes Lächeln umspielte seinen Mund. Musste er immer den Macho raushängen? Sie wollte gar nicht wissen, was er mit „eine kleine Auseinandersetzung" gemeint hatte. Kopfschüttelnd wandte sie ihren Blick ab, unsicher, ob es eine gute Idee war, jemanden in das echte Geheimnis einzuweihen. „Zumindest habt ihr eine gewisse Ähnlichkeit." Ein Möwenschwarm vor dem Fenster zog ihre Aufmerksamkeit auf sich. Ihre weißen Flügel schimmerten silbern in der Sonne, als sie in den Hafen flogen.

„Darum hat er vielleicht mitgespielt."

Die Möwen machten einen Bogen und kehrten zurück. Anna nagte an ihrer Unterlippe, bevor sie ihren Blick wieder auf Ed richtete.

„Was willst du ihnen alles erzählen?"

„Ich glaube, wir können ihnen vertrauen. Sie scheinen uns zu mögen. Wenn wir ihnen die Höhle zeigen und unsere Kleider – und mein Handy –, dann werden sie uns vielleicht glauben. Und es ist sicher hilfreich, wenn wir hier Freunde haben, die wissen, wie der Hase läuft."

„Spinnst du? Wenn die das Handy sehen, dann werden wir gleich der schwarzen Magie verdächtigt und landen womöglich auf dem Scheiterhaufen!"

„Scheiterhaufen? Bist du dir sicher, dass wir in der Zeit sind, in der das schon existierte?"

Anna holte tief Luft, aber ihr hämmerndes Herz beruhigte sich dennoch nicht wirklich. „Ich weiß es nicht mehr so genau. Könnte sein, dass es noch zu früh ist."

„Haben wir denn eine andere Wahl?"

Sie trat zum Fenster und starrte schweigend hinaus. Die Möwen waren verschwunden. Die großen Galeeren bewegten sich nicht.

„Wenn du eine bislang verheimlichte, glorreiche Idee hast, nur zu. Ich bin ganz Ohr."

Sie schloss die Augen und versuchte, die bissige Bemerkung zu ignorieren. Den zwei Rittern zu sagen, dass sie aus der Zukunft kamen, war das eine. Dass das Schwert nicht funktioniert hatte, das andere. Das einengende Gefühl, das ihr vorher schon die Kehle zugeschnürt hatte, stellte sich wieder ein.

Rasch öffnete sie die Augen. Hier Freunde haben. Glaubte Ed, dass sie nie mehr zurückgehen könnten? Sie kämpfte gegen die aufsteigende Verzweiflung an.

„Glaubst du …" Ihre Stimme brach. „Glaubst du, dass wir nie mehr zurückgehen können?" Sie wagte es nicht, Ed anzusehen.

„Ich weiß es nicht. Das Schwert hat sich nur warm angefühlt. Vielleicht entwickelt sich die Kraft erst über die Jahre."

Jahre. Anna konnte keinen klaren Gedanken mehr fassen. Es war, als würde ihr der Boden unter den Füßen weggerissen. Wieder einmal. Sie stützte die Arme auf dem schmalen Fensterbrett ab und schloss die Augen.

„Willst du dich nicht besser setzen?" Ed nahm sie am Arm und sie folgte ihm widerstandslos zum Bett. „Atme ganz normal. Ich will dich nicht noch einmal schlagen."

Anna atmete tief ein und wollte etwas erwidern, aber die Worte blieben ihr im Hals stecken. Mit ihren Fingern drückte sie gegen ihre Augen, um die Tränen zurückzudrängen. Nur nicht in der Gegenwart von Ed heulen.

Sein Arm legte sich um ihre Schultern. Obwohl sie sich am liebsten in seine Umarmung gekuschelt hätte, blieb sie steif sitzen. Als wäre das Chaos nicht schon groß genug, verwirrten sie seine Stimmungsschwankungen. Im einen Moment spielte er den großen Bruder, im anderen Moment war sie seine Gegnerin, die es zu bekämpfen galt. So jedenfalls kam es ihr vor.

„Die Vorstellung, dass ich meine Eltern und meine Freunde nie mehr sehen werde und dass ich hier allein …“ Ihre Stimme brach ab und eine Träne brach sich trotz aller Mühe Bahn. Ed würde sie bestimmt für eine Heulsuse halten.

„Hey, du bist nicht allein. Ich bin auch noch da. Es wird bestimmt einen Weg zurück geben.“

Es war ein netter Versuch des Trostes.

Ein Leben lang gefangen in der Vergangenheit.

Obwohl sie es vermeiden wollte, spürte sie auf ihren Lippen die salzigen Tränen. Eds Hand wanderte ihren Rücken auf und ab und wider Willen entspannte sie sich.

Sie fühlte sich so sicher und geborgen in seinen Armen. Und er roch so sehr nach … Ed. Aber es durfte nicht sein. Es gehörte nicht zum Plan.

Rasch setzte sie sich wieder aufrecht hin und wischte sich mit dem Handrücken über die feuchten Wangen. Oberhalb seiner Brust zeichnete sich ein dunkler, nasser Fleck ab. Oh Mann, war das peinlich. „Sorry, ich wollte nicht … ich meine …“

Etwas Warmes kam ihr aus seinen Augen entgegen. Etwas, das ihr weiche Knie bescherte und ihr Herz zum Stolpern brachte. Umso mehr da der überhebliche Zug um seine Lippen fehlte.

„Ich wäre vielleicht auch so verzweifelt, wenn ich meine Leute vermissen würde.“

„Tust du nicht?“ Es war mehr eine Feststellung als eine Frage.

Ed schüttelte den Kopf und sein Blick war in die Ferne gerichtet. Sie spürte wieder das Unnahbare.

„Wüsste nicht, wen ich vermissen könnte.“

„Na, deine Eltern und …“ Sie brach ab, als sie sich an ihre Unterhaltung in der ersten Nacht hier erinnerte. Er hatte keine Freunde und keine Freundin.

Der sarkastische Zug um seinen Mund war zurück. „Meine Eltern waren nie für mich da.“

Anna kaute auf ihrer Unterlippe. Was wusste sie schon über ihn? „Aber deine Eltern kümmern sich doch um dich. Immerhin haben sie dich zu deinen Großeltern geschickt“, wagte sie vorsichtig einzuwenden.

Ed stand abrupt auf und stellte sich mit dem Rücken zu ihr ans Fenster. Die Arme hatte er vor der Brust verschränkt. Seine Nähe fehlte ihr plötzlich und ihre linke Seite fühlte sich auf einmal seltsam kalt an.

„Doch nur, damit die weiße Weste meines Vaters nicht beschmutzt wird und meine Mutter nicht wieder in eine Depression stürzt.“

„Aber warum solltest du ein schwarzer Fleck auf der Weste deines Vaters sein?“

Er drehte sich um und sah sie herausfordernd an. „Ich war im Knast und muss den Rest meiner Strafe bei meinen Großeltern abarbeiten. Es macht sich nicht gut, wenn der Sohn eines hochrangigen Militärpiloten im Gefängnis ist.“ Seine Augen blitzten, als wolle er ihre Reaktion prüfen.

Warum war er in den Knast gekommen? Vertraute sie ihm zu Unrecht?

Seine Hand, die tröstend über ihren Rücken strich, brachte sie nicht zusammen mit dem Bild eines Kriminellen.

„War es gerechtfertigt, dass du gesessen hast?“ Sie schaute ihm direkt in die Augen.

Sein Mund verzog sich spöttisch. „Klar, das geschieht, wenn du dich erwischen lässt, wie du Autos knackst, oder in eine Straßenschlacht verwickelt wirst.“ Seine Arme waren immer noch verschränkt und er strahlte so etwas Unnahbares und Hartes aus, dass es einfach gewesen wäre, in seine Selbstverurteilung und Ablehnung mit einzustimmen.

Aber etwas ließ sie nicht los. Unter all diesen Schichten schien dennoch ein Ed zu schlummern, der ein anderes Herz hatte. „Ich weiß ja nicht, wie es dazu gekommen ist, aber du scheinst mir nicht der Typ zu sein, der sein ganzes Leben auf der Straße zu verbringen gedenkt. Für mich bist du …“ Sie stockte. Ein umwerfender, faszinierender Mann, bei dem ich nicht mehr klar denken kann? „…echt ein guter Freund. Kein Krimineller“, beendete sie schließlich den Satz.

Eds Augen wurden schmal, dann wandte er sich wieder dem Fenster zu.

Eine Weile war es still. Hatte sie es etwa geschafft, ihn sprachlos zu machen?

„Ich hab einen Menschen umgebracht“, sagte er dann leise.

Annas Atem stockte einen Moment. Mord?

„Das glaub ich dir nicht.“

„Er starb, weil ich einen Fehler begangen habe.“

Sie kaute auf ihrer Unterlippe und sah ihre Hände auf ihrem Schoß an.

Hatte Jesus nicht dasselbe für sie getan?

„Das kenne ich“, murmelte sie leise.

Überrascht drehte er sich um. „Wie das?“

„Ich habe einen Freund, der wegen mir gestorben ist. Weil ich so viel verbockt habe.“

Ed schaute sie ungläubig an. „Dein Freund ist tot?“

Sie schüttelte unmerklich den Kopf. „Nicht wirklich. Er lebt – er ist auferstanden. Mein Freund ist Jesus.“

Spott überschattete seine Überraschung. „Ach so, das hätte ich mir denken können.“

„Egal, wie du zu Gott stehst, ich glaube, er hat dir das Leben geschenkt und möchte, dass du etwas daraus machst – egal, wie sehr du das Gefühl hast, es vermasselt zu haben.“

Er zuckte die Schultern und wandte sich ab.

Die nahe Kirchturmuhr schlug die vierte Stunde.

„Vit und Pierre warten auf uns.“

Anna nickte und der schale Geschmack des Versagens stieg in ihren Mund. Was sie immer an Jesus bewundert hatte, war seine Liebe zu schwachen Menschen, zu Menschen, die am Rand standen, die aus der Gesellschaft ausgestoßen waren. Zu denen, für die der Zug schon abgefahren schien. Zu Menschen, denen man keine Chance mehr gab. Wie ihr. Oder Edward. Aber wie sollte sie Ed das begreiflich machen?

Herr, es tut mir leid. Ich habe nicht die richtigen Worte gefunden. Bitte heile ihn und zeig ihm das Leben.

KAPITEL 10

Vitellino starrte Pierre ungläubig an. „Du hast es tatsächlich geschafft, dass sie uns ihr Geheimnis anvertrauen wollen?"

„Er hat es jedenfalls versprochen."

Vit ging schweigend neben seinem Freund her. Zur Sicherheit hatten sie ihre Waffen dabei. Er glaubte zwar nicht, dass Edward und Anna ihnen feindlich gesinnt waren, aber sich als Adlige mit einem bekannten Namen zu tarnen, machte sie nicht gerade vertrauenswürdig.

Sie trafen die beiden vor der Herberge.

„Wir wollen Euch etwas zeigen, das mit unserer Geschichte zu tun hat", begann Edward, sein Gesicht undurchdringlich. „Kennt Ihr die Höhle, die sich gegenüber dem Fort St. Angelo befindet?"

Vit verneinte und auch Pierre kannte sie nicht.

„Wir wollen sie Euch zeigen."

War das eine Falle? Wollten sie sie in eine Höhle locken und von ihren Komplizen überwältigen lassen? „Weshalb könnt Ihr uns Eure Geschichte nicht hier erzählen?"

„Ihr werdet sie uns nicht glauben. Aber in der Höhle befindet sich etwas, das unsere Geschichte beweist."

„Eine Handvoll osmanischer Hunde?" Pierres Stimme triefte vor Sarkasmus. Offenbar teilte er Vitellinos Befürchtungen.

„Nein, es sind Gegenstände", sagte Anna.

Vit blickte in ihre ernsten, ehrlichen Augen. Wenn ihn seine Menschenkenntnis nicht täuschte, sagte sie die Wahrheit. „Gut, lasst uns gehen."

„Bist du verrückt geworden?" Pierre hielt ihn zurück und seine Augen funkelten ihn wild an. „Es ist doch offensichtlich, dass dies eine Falle ist. Sie sollen ihre Geschichte hier erzählen, und wenn wir sie nicht glauben, können wir immer noch gehen."

Sein Freund stand breitbeinig vor ihm, die Hände vor seiner Brust verschränkt. Etwas an seiner Haltung ließ Vit innehalten.

Pierre war der Draufgänger, der sich vor keinem Abenteuer drückte, im Gegensatz zu ihm, der eher mal zur Vorsicht mahnte. Nicht dass er ein Feigling war, aber er war der Ruhigere, Besonnenere von ihnen beiden. Hatte er sich von Anna einlullen lassen?

„Ihr habt ihn gehört. Erzählt uns zuerst die Geschichte", lenkte er ein.

Pierre gab den Weg frei und ließ seine Arme wieder sinken, offensichtlich erleichtert, ihn zur Besinnung gebracht zu haben.

„Gibt es einen Ort, wo wir ungestört sind?"

Um diese Tageszeit war nicht mehr viel los im Galeerenhafen, aber einzelne Ritter und Malteser waren doch unterwegs.

„Ihr könnt sie uns auf dem Weg, der zur Höhle führt, erzählen. Die Straße zur anderen Halbinsel wird kaum benutzt."

Anna und Ed willigten ein. Sie setzten sich in Bewegung. Als sie Birgu umrundet hatten und in den Weg abbogen, der zur anderen Seite führte, ergriff Edward das Wort. „Zu Hause in Frankreich haben wir einen versteckten Keller entdeckt, in dem sich eine alte Truhe befand. Neben Kleidern, einem Tagebuch und anderen Dingen lag ein Rapier mit der Inschrift Jean P. V. darin. Ich nahm es in die Hand und es wurde ganz heiß. Dann geschah etwas, was wir selbst nicht verstehen. Das Versteck veränderte sich und wir befanden uns plötzlich hier auf Malta in der Höhle gegenüber von St. Angelo – und in der Vergangenheit."

Moment mal – in der Vergangenheit? Wollte er damit sagen … „Ihr wollt behaupten, Ihr kommt aus der Zukunft?"

Ed hatte die Lippen zusammengepresst und nickte.

„Um ehrlich zu sein, wissen wir nicht mal genau, welches Jahr man heute schreibt." Annas Augen baten ihn, ihnen zu glauben.

„Das kann ich Euch sagen. Wir schreiben das Jahr 1564." Er beobachtete, wie Annas Nase sich blass verfärbte, so als würde sie ihre eigene Geschichte nicht glauben.

„Welches Jahr schreibt man denn bei Euch?" Pierres Stimme klang spöttisch. Offensichtlich glaubte sein Freund ihnen ebenso wenig, wie er ihnen glaubte.

„2017." Annas Stimme war so leise, dass Vitellino sich anstrengen musste, sie über den Lärm der Wellen hinweg zu hören, die in unregelmäßigen Abständen an die Felsen klatschten.

„Lass uns umdrehen. Parisot wird wissen, was er mit ihnen zu tun hat“, sagte sein Freund und wandte sich wieder Richtung Birgu, während er ungläubig den Kopf schüttelte.

Aber nun war er es, der ihn zurückhielt. Etwas passte nicht zusammen. Die Geschichte konnte nicht stimmen – und doch würde sie für die vielen kleinen Andersartigkeiten der beiden eine Erklärung abgeben.

„Warte noch. Ihr habt gesagt, dass Ihr Beweise habt?“

Anna zog sich das Tuch vom Kopf, sodass ihre halblangen Haare in der Nachmittagsbrise um ihr schmales Gesicht flatterten. „Ihr habt mich am Hafen gesehen. Mit meinen kurzen Haaren. Ich trage sie nicht zum Zeichen der Hurerei, sondern weil es in der Zukunft üblich ist, dass Frauen die Haare kurz tragen.“

„Wir wissen oft nicht, was sich hier geziemt. Deshalb verhalten wir uns sicher ungeschickt. Ihr helft zum Beispiel einer Dame in den Sattel. Davon hatte ich keine Ahnung.“

Edwards Blick war undurchdringlich.

„Ich kann nicht reiten, weil man sich in der Zukunft anders fortbewegt. Nicht mehr viele Menschen reiten.“

Vitellino blickte von Edward zu Anna. Es war genau, wie er gedacht hatte. Die Geschichte war eine Ausrede für alle Dinge. Niemand konnte wissen, wie die Welt in 450 Jahren aussehen würde, und die beiden konnten somit alles behaupten.

„Deshalb könnt Ihr auch nicht mit dem Schwert umgehen, weil Ihr andere Waffen habt“, folgerte er laut.

„Genau.“

„Du glaubst das doch nicht, Vitellino?“ Pierre mischte sich mit zynischer Stimme ein. „Am Ende behauptet er noch, dass ich sein Ahne sei.“

Ed lächelte müde. „Wahrscheinlich sind wir tatsächlich irgendwie verwandt. Meine Mutter ist eine de la Martignière. Ihre Eltern wohnen in der Nähe von Toulouse. Keine Ahnung, ob es diese Stadt heute – ich meine hier – schon gegeben hat. Ihr habt die gleichen Wangenknochen wie ich, eine ähnliche Nase.“

Vit schaute von Edward zu Pierre. Ja, die Ähnlichkeit war auffällig. Sein Freund hatte ein wenig Farbe verloren, aber er gab sich nicht so leicht geschlagen. Ein de la Martignière eben.

„Wenn Ihr in mehr als 450 Jahren lebt, dann ändert sich doch bestimmt auch der Kleiderstil?“ Pierre hatte die Hände in die Seiten gestemmt und fixierte die beiden.

„In der Tat. Wie ich schon sagte, befanden sich in der Kiste diese alten Kleider. Sie sahen zu Hause sehr alt aus, aber nach dem Zeitsprung waren sie wie neu. Wir dachten, es errege weniger Aufmerksamkeit, wenn wir uns kleideten, wie Ihr es gewohnt seid. Oder was hättet Ihr mit einer Dame in engen blauen Hosen gemacht?“

Ed war schlagfertig, das musste er ihm lassen. „Und wo sind Eure Kleider nun?“

„Die liegen in der Kiste in der Höhle. Wir wollten sie Euch zeigen.“

Gehörte das alles zur Tarnung?

„Falls Eure Erzählung der Wahrheit entspricht, warum seid Ihr dann immer noch hier?“, fragte Pierre.

Sein Freund sprach wieder einmal seine Gedanken aus.

„Das Schwert war nicht mehr in der Höhle, weil es Jean de Valette gehört und er es gebraucht. Irgendwann, nach seinem Tod, kam es wohl in den Besitz meiner Familie. Wir dachten, es reiche, das Schwert anzufassen, damit es uns wieder zurückbringt …“

Pierre atmete hörbar ein und aus. „… aber das hat offensichtlich nicht funktioniert?“, beendete sein Freund den Satz dann spitz.

„Leider. Endlich hatte sich eine Gelegenheit ergeben. Das Schwert war zwar warm, aber nicht so sehr, dass es uns wieder zurückgebracht hätte. Wir wissen nicht, woran das liegt.“

Vitellino beobachtete Anna, die einen Punkt auf dem Meer fixierte. Ihre Lippen waren zu einem schmalen Strich zusammengepresst und sie blinzelte mehrmals. Was war die Wahrheit? War am Ende Magie im Spiel? Er tauschte einen Blick mit seinem Freund.

„Entschuldigt uns bitte einen Moment.“ Ohne die beiden aus den Augen zu lassen, entfernte er sich einige Schritte mit Pierre. Anna wischte sich über die Augen, Ed kickte einen Stein mit dem Fuß weg, der mit einem hellen Pling auf einen Felsen aufschlug. „Was hältst du von der ganzen Sache?“

„Ich weiß es nicht. Es passt alles zusammen. Er hat den Kampfgeist der de la Martignières, unsere grün-grauen Augen. Ich war erstaunt, wie aufgeregt Anna war, als er das Schwert in die Hand genommen hat. Hast du schon einmal eine Frau gesehen, die über ein Rapier entzückt gewesen ist? Und als er es dann Parisot zurückgab, wirkte sie enttäuscht, gebrochen. Trotzdem glaube ich die Geschichte nicht, es sei denn …"

„… sie stehen mit dem Teufel im Bunde", beendete er den Satz und Pierre nickte. „Aber wozu? Wollen sie dem Orden schaden?"

Pierre zuckte mit den Schultern, während sie die zwei Fremden aus dem Augenwinkel beobachteten.

„So wie sie es erzählen, sind sie in diese ganze Sache unwissentlich hineingeraten."

Vit merkte, wie er selbst nach einer Erklärung suchte, die es ihm ermöglichte, ihre Geschichte zu glauben, so absurd sie auch klang. Er konnte sich nicht vorstellen, dass sie etwas Böses im Schilde führten. Er spürte nichts Beunruhigendes. Vielleicht sollte er das Ganze mit Gott bereden. „Lass uns zur Höhle gehen und ihre Gegenstände betrachten. Dann entscheiden wir weiter", sagte er leise.

„Und wenn es doch eine Falle ist?"

„Wir nehmen Anna als Geisel, während Ed allein hineingeht und uns die Sachen herausbringt."

„Gut."

Sie näherten sich dem jungen Ehepaar.

„Eure Geschichte ist in der Tat sehr unglaubwürdig. Aber wir wollen uns die Gegenstände anschauen." Vit sah, wie in Annas Augen Hoffnung aufglomm. Auch Eds Schultern entspannten sich ein wenig. Gemeinsam schlugen sie den schmalen Pfad ein, der sie zur Anhöhe hinaufführte.

Doch statt ganz hinaufzugehen, schlug Ed einen wenig begangenen Weg ein, der um einen Felsbrocken herumführte.

Weiter vorne sah Vitellino, wie der Weg sich verbreiterte und links in eine Nische zu führen schien. Ein ideales Versteck für Menschen. „Anna bleibt hier. Sollte sich herausstellen, dass dies eine Falle ist, zögern wir nicht, sie umzubringen." Er hatte Annas Arm ergriffen und Pierre hatte es ihm auf der anderen Seite gleichgetan. Seine Schwerthand ruhte auf der Waffe.

Edward hob beschwichtigend die Hände. „Schon gut. Ich hole die Sachen, aber dann lasst Ihr Anna wieder gehen."

Vit konnte kein verdächtiges Geräusch aus der Höhle hören und auch die Umgebung schien verlassen zu sein. Sie warteten, bis Edward mit einem Stoffbündel auf dem Arm aus der Höhle trat. Er legte es vor ihre Füße und hob einen blauen Strumpf hoch. Zumindest hatte er eine ähnliche Form.

„Das ist eine Hose, die sich Jeans nennt. Anna besitzt ebenfalls eine." Ed hielt eine zweite, ähnliche „Hose" hoch.

Vit ließ Anna los und befühlte den dicken Stoff, verwundert über die Knöpfe. Das „Hemd", dessen Namen er nicht aussprechen konnte und das ihn an ein zu kurz geratenes Unterkleid erinnerte, war komisch bemalt und roch seltsam. Das Material war sehr weich und dehnbar.

Ed griff in eine der Ausbuchtungen seiner Hose und holte einen kleinen, viereckigen Gegenstand heraus. „Das hier ist ein Smartphone. Mit diesem Ding kann man mit jedem Menschen auf der Welt sprechen, der auch ein solches Gerät besitzt." Er reichte ihm das seltsame Ding.

War das ein magischer Gegenstand? Versündigte er sich, wenn er es in die Hand nahm? Zögernd nahm er es entgegen. Es war weder aus Eisen noch aus Stein oder Holz. Auf der einen Seite befand sich so etwas wie ein schwarzes Glas und eine runde Einbuchtung.

Er reichte es zurück. Edward drückte auf die Einbuchtung und das Glas wurde plötzlich voller Farben. Es zeigte Edward, wie in einem Bild.

„Ist das ein Spiegel?"

„Nein. Es ist sehr kompliziert zu erklären. Man kann Bilder damit machen – ähnlich denen, die Eure Maler machen."

Mit schnellen Fingern wischte er über das Gerät, dann hielt er es hoch und es machte ein komisches Geräusch. Anschließend drehte er es um und zeigte es ihnen.

Auf dem Glas waren er, Anna und Pierre zu sehen. Mit offenem Mund starrte sein Freund das Gerät an. Er selbst war nicht minder sprachlos. Wie konnte das sein? Doch Magie?

„Ihr sagtet, dass Ihr damit mit allen anderen Menschen reden könnt? Wie soll das gehen? Warum sollten die anderen Menschen hören, was ich hier rede?"

Edward drehte das Gerät in seinen Händen und starrte nachdenklich darauf. „Antennen geben Signale, die das übertragen …“ Seine Stimme brach ab.

Er hätte genauso gut eine andere Sprache sprechen können. War das eine Zauberformel?

Ein unsicheres Grinsen legte sich auf Edwards Gesicht. „Ich fürchte, ich kann es nicht so erklären, dass Ihr es versteht. Das Smartphone baut auf 450 Jahre Erfindungsgeschichte auf.“

Das war in der Tat eine lange Zeit für eine Menge Entdeckungen.

„Wer sagt mir denn, dass es nicht dieser Gegenstand ist, der Euch hierher gebracht hat?“, warf Pierre nun ein.

„Glaubt mir, dann wären wir spätestens nach einem Tag wieder nach Hause gegangen. Ich vermisse meine Familie. Sie wissen nicht einmal, dass wir hier sind“, antwortete Anna. Ihre traurigen Augen unterstrichen den erstickten Klang ihrer Stimme.

Obwohl Vit all die Gegenstände und die Geschichte nicht einordnen konnte, hielt ihn etwas davon ab, sie einfach der Hexerei zu beschuldigen.

Ed klaubte die Kleider vom Boden zusammen und wandte sich wieder der Höhle zu.

Vit folgte ihm hinein. Die Kiste, die Edward erwähnt hatte, stand an der Wand in einer Nische, sodass sie nicht sofort sichtbar war.

Pierre und Anna blieben im Eingang der Höhle stehen.

„Glaubt uns, wir wünschen uns nichts sehnlicher, als wieder nach Hause zurückzukehren. Das alles fühlt sich wie ein schlechter Traum an“, flehte Anna, während Ed den Deckel hob und die Kleider in der leeren Truhe verstaute.

„Wie wollt Ihr das anstellen?“

Ed zuckte mit den Schultern. „Wir wissen es nicht. Vielleicht entwickelt das Schwert erst mit der Zeit seine richtige Kraft.“

„Oder sie wird erst hier richtig entfesselt“, rutschte es Vitellino heraus, während seine Augen den unscheinbaren Ort absuchten. Es war mehr eine Nische als eine Höhle. Kein Gang, der in einen Stollen führte. Wenn sie es hier ausprobieren würden, könnten sie ihnen beweisen, dass ihre Geschichte falsch war, und sie einkerkern. Sie hätten keine Fluchtmöglichkeit.

Ed hielt inne. „Das ist fürwahr möglich. Was aber sollen wir Eurem Großmeister sagen? Dürfte ich mal kurz Euer Rapier ausleihen?

Ich weiß ja nicht viel über Eure Kultur, aber ich glaube, der gibt sein Schwert nicht einfach so heraus."

Sie traten wieder zu den anderen vor die Höhle. Die Sonne hatte sich dem Horizont genähert und warf ihre goldenen Strahlen auf das Wasser.

„Ihr erzählt ihm die Wahrheit."

„Und er wird uns einfach so glauben?"

„Das ist in der Tat unwahrscheinlich. Aber vielleicht lässt er sich dennoch auf einen Versuch ein."

Annas Gesicht hellte sich auf. Hoffnung flackerte einmal mehr in ihren dunklen Augen. „Ihr helft uns?"

„Das haben wir nicht gesagt."

Eine kühle Brise trieb die immer länger werdenden Schatten vor ihnen her, als sie sich auf den Rückweg machten.

„Wir sind jedenfalls nicht erpicht darauf, in dieser Guva zu landen, was auch immer das ist", sagte Anna.

Vit grinste. „Es gibt die Kerker für normale Gefangene und die Guva für schlimme Verbrechen. Es ist ein tiefes Loch in der Nähe des Meeres, das so tief ist, dass man nicht herausklettern kann. Je nach Strömung dringt Wasser ein und man steht bis zu den Knien im Schlamm." Er bemerkte, wie Annas Augen sich vor Entsetzen weiteten.

„Und wer entscheidet, ob wir dort landen?"

„Der Großmeister."

Einen Moment war es still. Nur das Knirschen der Steine unter ihren Sohlen war zu hören. Die ersten Häuser von Birgu kamen in Sicht.

„Ich werde mich morgen um ein Gespräch mit Parisot bemühen. Vielleicht kann ich ein gutes Wort für Euch einlegen."

„Das ist sehr freundlich von Euch. Maria bat mich allerdings, morgen mit Pietro nach Gozo zu fahren, um den Pilz zu sammeln. Sie will, dass ich schon bei Sonnenaufgang bereit bin."

Anna wollte die Insel verlassen? Alles in Vit ging in Alarmbereitschaft. Als er in ihre ehrlichen, etwas melancholischen Augen blickte, traf ihn unvorbereitet die Erinnerung an Angelika. Gozo. Er hatte es nie gewagt, nach seinem Gelübde noch einmal zur Schwesterinsel hinüberzusegeln. Warum sich in Versuchung bringen, wenn man es vermeiden konnte? „Wie lange werdet Ihr dort sein?"

„Maria sprach von zwei Nächten …" Ihre Stimme war dünn.

Sie passierten den Trainingsplatz und schlugen den Weg um das Dorf herum ein. Der Himmel begann sich orange zu färben.

„Wird Euch Edward begleiten?"

Wenn das ein Trick war, eine Nachricht herauszuschmuggeln, dann musste er das verhindern.

Edward drehte sich um. „Ich weiß nichts davon. Anscheinend hielt meine Gemahlin es nicht für nötig, mich darüber zu unterrichten." Seine Stimme hatte einen eifersüchtigen Unterton.

„Ich dachte, dass wir heute wieder zurück wären …", verteidigte Anna sich schwach.

Die Frau konnte keinen der Ritter allein überwältigen. Und sie war in Begleitung von Pietro. Er musste einfach zusehen, dass die Ritter sie überwachten und sie keinen Moment unbeaufsichtigt war.

„Dann müssen wir diese drei Tage noch abwarten, ehe wir Parisot aufsuchen."

Sie blieben vor der Herberge stehen. Die Sonne war kurz davor, wie ein Feuerball im Meer zu versinken. Anna hatte ihre Arme um ihren Oberkörper geschlungen. „Nochmals drei Tage hier? Gibt es keine andere Möglichkeit?"

„Ich fürchte nicht."

Resigniert atmete sie aus. Es schien ihr alles andere als leichtzufallen, noch weitere Tage hier zu verbringen. Ihr Lächeln war gezwungen, als sie sich verabschiedeten.

Pierre begleitete Vit zur italienischen Auberge.

„Was hältst du von ihrer Geschichte?", fragte ihn sein Freund.

Er seufzte. „Entweder entspricht ihre Geschichte der Wahrheit, was, wie wir beide wissen, ausgeschlossen ist, oder aber sie versuchen damit ihre wahren Beweggründe zu verschleiern, warum sie sich unbedingt in den Orden einschleichen wollen."

Sie gingen an den Ordensgaleeren vorbei, die alle vertäut für den Winter im Hafen lagen. Nur ganz Wagemutige fuhren jetzt noch auf dem Meer, obwohl die Herbststürme sich in diesem Jahr verspätet hatten.

„Oder aber sie stehen tatsächlich mit dem Teufel im Bunde."

„Und würden uns das erzählen? Jetzt, wo überall in Europa die Hexen verfolgt werden?“ Vitellino schüttelte den Kopf, während sie an den Ställen der italienischen Auberge vorbeigingen. „Wenn es so wäre, dann hätten sie sich besser eine andere Geschichte einfallen lassen und sich im Landesinneren versteckt. Warum sollten sie ausgerechnet etwas mit dem Orden, DER kirchlichen Instanz der Insel zu tun haben wollen, wenn sie anderswo von der Kirche verfolgt werden?“, führte er seine Gedanken weiter aus.

„Da muss ich dir recht geben. Trotzdem würde ich sie weiterhin streng beobachten.“

Sie blieben vor dem großen Tor zur Auberge stehen. Vit schaute seinen Freund an, in dessen Augen ein ungewohnter Ernst lag. „Auf jeden Fall. Sobald der geringste Verdacht besteht, dass sie dem Orden schaden, werden sie die Guva von innen sehen. Aber bis dahin können wir so tun, als würden wir ihre Geschichte glauben. Wenn sie denken, dass sie unser Vertrauen gewonnen haben, werden sie vielleicht unachtsam und wir kommen hinter ihr wahres Geheimnis.“ Und an diesem war er brennend interessiert.

„Möge Gott uns helfen, die Wahrheit herauszufinden.“

Sie verabschiedeten sich und Vit schaute seinem Freund nach, der sich zu seiner Auberge aufmachte, die sich neben der Infermeria befand. Einmal mehr dankte er Gott dafür, dass er die Lasten und Freuden mit ihm teilen konnte.

Wie in aller Welt hatte sie sich nur darauf einlassen können? Die dicke Luft, die daher rührte, dass sich zu viele Leute im kleinen Raum befanden, erdrückte sie beinahe. Es roch nach Schweiß und Bier. Sie war eingezwängt auf einer Bank zwischen Edward und einem anderen Typen mit einem schwarzen, zerzausten Bart und blutunterlaufenen Augen, der in sein Glas starrte.

Eine Frau mit tief ausgeschnittenem Dekolleté stellte einen großen Tonkrug mit Bier und Becher auf einen Tisch.

Ein Mann schlich sich von hinten an sie heran, umfasste ihre Taille und sagte mit einem anzüglichen Grinsen: „Ma Bella!“

Sie lachte, wand sich aus seiner Umarmung, gab ihm einen Klaps auf den Rücken und verschwand zum nächsten Tisch.

Es war Edwards Idee gewesen, in die Kneipe am Hafen zu gehen, um zu feiern, dass Vit und Pierre ihnen geglaubt hatten und sie unterstützen wollten zurückzugehen. Sie schwankte immer noch zwischen Hoffnung und Angst.

Vitellinos Vermutung, dass die Kraft des Schwertes ortsgebunden war, hörte sich vernünftig an. Was aber, wenn sich Eds Theorie bewahrheitete und sie erst Jahre später zurückgehen könnten? Oder niemals?

Sie nippte an ihrem Weinglas. Sie mochte kein Bier und Wasser gab es nicht.

Immer mehr Leute – Männer – drängten sich in die kleine Taverne. Wo kamen die alle plötzlich her?

„Wir sind hier als Ehepaar. Dir kann nichts geschehen", raunte Ed ihr ins Ohr, als hätte er ihr Unbehagen bemerkt.

Anna versuchte ein halbherziges Lächeln. Mit dem Finger strich sie über den oberen Rand ihres braunen Bechers. „Ich war noch nie in einer Kneipe."

Sie hatte vorsichtshalber Englisch gesprochen.

Er zog die Augenbrauen hoch. „Echt? Wie das?"

Sie zuckte mit den Schultern und vermied es, ihn anzusehen. „Es gab nie einen Grund. In der Jugendgruppe haben wir unseren eigenen Raum, in dem wir uns treffen. Dort ist es so gemütlich, dass ich und meine Freundinnen nie auf die Idee gekommen sind, in eine Bar zu gehen."

Weitere Gäste rückten auf die Bank und sie wurde noch näher an Ed herangedrückt. Ihre Oberschenkel berührten sich. Die Schmetterlinge in ihrem Bauch kämpften gegen den schwarzen Strudel der Angst. Sie nahm einen weiteren kleinen Schluck. Nicht dass sie vorhatte, das Glas leer zu trinken. Sie wollte nüchtern bleiben. Der Wein schmeckte süß, hinterließ aber eine pelzige Bitterkeit in ihrem Mund.

„Höchste Zeit also, dass ich dich eingeladen habe."

Anna zog die Augenbrauen hoch und schaute ihn zweifelnd an. „Dann erklär mir mal, was du daran so toll findest." Sie machte eine ausladende Bewegung in den überfüllten Raum.

„Zum Beispiel mit der schönsten Frau an einem Tisch zu sitzen?" Seine Augenbrauen wackelten und sie verzog ironisch den Mund. Klar, er hatte wohl schon ein bisschen zu viel Bier getrunken.

„Ihr seid aus England?" Ein Mann, der ihnen gegenübersaß, unterbrach ihr Gespräch. Überrascht sah Anna auf. Das braune Haar kringelte sich in der Mitte seiner Stirn zu einem wirren Busch. Der geschwungene Schnurrbart und das spitze Kinn gaben ihm das Aussehen eines verwegenen Seemanns.

„Ich bin dort geboren worden", antwortete Ed.

Ein Mann mit einem Bauch wie eine hochschwangere Frau ließ sich auf den letzten Stuhl an ihrem Tisch plumpsen. Er zog ein ehemals weißes Taschentuch aus seiner Hose und tupfte sich damit die Schweißtropfen von seiner Stirn, während er schwer keuchte.

„Dann sind wir Landsmänner. Gestatten, mein Name ist Francis Drake, Kapitän der Santa Maria."

Anna merkte, wie Ed stutzte. Dann begannen seine Augen zu leuchten.

„Edward de la Martignière. Und das ist meine Gemahlin Anna."

Seine Stimme klang plötzlich ganz eifrig. Was hatte er nur? Wieder einmal konnte sie sich keinen Reim darauf machen.

„Seid Ihr ein Kaufmann?"

„Nein, mitnichten. Wir wohnen hier."

Der dicke Mann ächzte und setzte sich in eine geradere Position. „Gestattet, mein Name ist Robert Angenou. Ich bin Kaufmann. Und wenn Ihr so freundlich wärt, in meiner Sprache zu sprechen …" Er warf Francis einen grimmigen Blick zu.

Dieser grinste. „Ich habe ihm schon immer gesagt, er solle Englisch lernen. Dann könnte er dort ebenfalls Handel treiben."

Anna musste bei dem ganzen Lärm genau hinhören, damit sie seine tiefe, von einem schweren, englischen Akzent geprägte Stimme verstehen konnte.

Ein weiterer Krug und Becher wurden auf den Tisch gestellt und der dicke Mann bediente sich.

„Woher kommt Ihr?" Ed hatte die Ellbogen auf dem Tisch abgestützt und musterte den Kapitän mit unverhohlener Neugier.

„Wir haben in Alexandrien eingekauft und sind auf dem Weg nach Nizza. Aber ich fürchte, wir müssen hier überwintern. Wir sind schon länger auf dem Meer gewesen, als es üblich ist. Die Herbststürme können jederzeit losbrechen."

Der Kaufmann tupfte sich erneut den Schweiß ab. „Ich hatte gehofft, dass wir es noch nach Nizza schaffen."

„Ihr könnt froh sein, dass wir heute Abend diesen Hafen anlaufen konnten." Francis Drake hatte einen grimmigen Gesichtsausdruck.

Daher kamen also die vielen Männer. Sie hatten das neue Schiff gar nicht bemerkt, als sie den Weg zur Kneipe gesucht hatten.

„Da draußen weht schon ein mächtiger Wind. Ich will die Ladung nicht riskieren. Es ist mein erstes Schiff."

„Ein Jammer, ein solcher Jammer ..."

Die Hitze und der Lärm wurden immer unerträglicher und krochen in Annas Schläfen. Oder war es der Wein, der ihr in den Kopf stieg?

„Arbeitet Ihr für England?", erkundigte sich Ed.

„Mitnichten, nein. Angenou hier hat mich angeheuert."

Anna hielt es nicht länger aus. Sollten die Männer sich doch unterhalten. „Ich brauche frische Luft."

Ed warf ihr einen kurzen, undefinierbaren Blick zu, gab seinem Nachbarn dann aber zu verstehen, dass er Platz machen sollte, und stand selbst auf. Sie rutschte von der Bank und zwängte sich an den vielen Menschen vorbei nach draußen. Tief atmete sie die kühle Luft ein und hob ihr Gesicht gen Himmel. Die salzige Feuchte legte sich wie eine wohltuende Erfrischung auf ihre Haut.

Der Halbmond erhellte den Hafen schwach und sie konnte nun das Handelsschiff ausmachen, das etwas abseits der Galeeren einsam auf die Rückkehr der Besatzung wartete, die die Angst vergangener Stunden in der Taverne ertränkte.

Ein kalter Windstoß löste Gänsehaut an ihren nackten Oberarmen aus. Anna verschränkte die Arme. Grandmères selbst gestrickte Kaschmirjacke wäre nun genau das Richtige. Als hinter ihr einige Seeleute aus der Kneipe torkelten, trat sie in den Schatten der Mauer. Doch die Männer hatten sie trotzdem bemerkt.

„Eine edle Madame, ganz allein", lallte ein kleiner, dürrer Mann und warf Anna einen gierigen Blick zu, der Übelkeit in ihr hochsteigen ließ und ihren Puls beschleunigte.

Die anderen vier Männer wandten ihre Köpfe und folgten seinem

Blick. Fieberhaft suchte sie nach einer Fluchtmöglichkeit. Die wilden Kerle standen in der Nähe des Eingangs. Aber wenn sie schnell war, konnte sie die Tür vielleicht vor ihnen erreichen.

Sie rannte los, aber ein Hüne von einem Mann schnitt ihr den Weg ab und packte sie grob am Oberarm. Er grinste sie an, die Zahnlücken wie schwarze, bodenlose Löcher. Seine Gesellen kamen näher.

Sie fühlte sich wie eine Gazelle, die von geifernden, wilden Wölfen eingekreist wurde. Hektisch versuchte sie sich aus dem Griff des Mannes zu befreien, aber gegen dieses stählerne Muskelpaket hatte sie keine Chance.

„Nicht so schnell, nicht so schnell. Ein elend Ding, dass so eine hübsche Dame nur einem Mann gehören soll, nicht wahr?“ Er spuckte aus und sein übel riechender Atem wehte ihr ins Gesicht.

Der kleine Dürre trat zu ihr und riss ihr das Tuch vom Kopf. Ihr kurzer Pferdeschwanz löste sich und ein ungläubiger Ausdruck trat in seine Augen. „Schaut her, eine Dirne.“

„Ich bin keine Dirne“, zischte sie. „Lasst mich los!“

„Sie ist keine Dirne“, äffte er sie nach und lachte schallend. Die anderen stimmten ein und klopften sich dabei auf die Oberschenkel.

Wie eine Katze, die mit ihrer Beute spielt, ließ der kleine Anführer seine schmutzigen Finger über ihr Schlüsselbein gleiten. Ein anzügliches Grinsen entblößte seine verfaulten Zähne. Er näherte sich ihrem Ohr: „Nun gehörst du mir. Ich habe dich zuerst entdeckt.“

Sie versuchte wegzurennen, aber das Muskelpaket verdrehte ihren Arm so schmerzhaft, dass sie aufschrie.

„Lasst mich gehen!“ Ihre Stimme war nun hoch und voller Panik. Sie hatte keine Zweifel, was diese groben Männer vorhatten. So viel zur mittelalterlichen Gentleman-Haltung.

„Lasst mein Weib los oder Euer Bruder stirbt“, erklang eine bekannte, wenn auch seltsam kalte Stimme aus dem Halbschatten neben Anna. Der Hüne drehte sich um und lockerte kurz seinen Griff. Sie riss sich los, aber der Anführer warf seinen Oberarm um ihre Brust, drehte sie blitzschnell mit dem Rücken zu sich und setzte ihr ein Messer an die Kehle. Sie wagte kaum zu atmen. Der übelste Körpergeruch nach Fäkalien, Schweiß und Alkohol stach ihr in die Nase. Der kalte Stahl ritzte ihre Haut auf.

„Nicht so schnell", knurrte ihr Kidnapper. „Sie ist nur eine billige Hure."

Der Hüne war zur Seite getreten und gab den Blick auf Edward frei, der einen der kleineren Männer in der gleichen Haltung, in der sie sich befand, vor sich hielt. Seine Augen verengten sich. „Sie ist meine Gemahlin. Wenn Ihr sie nicht sofort loslasst, dann stirbt er hier."

In den weit geöffneten Augen des anderen Gefangenen spiegelte sich ihre eigene Angst wider. Im fahlen Mondlicht erkannte Anna eine schmale Blutspur, die an seinem Hals entlang in sein zerrissenes Hemd floss.

Der Hüne rannte in Edwards Richtung, stolperte dann aber plötzlich und fiel hin. Seine Hand umklammerte ein Messer, das tief in seinem Oberschenkel steckte. Voller Entsetzen starrte Anna auf den Mann, dessen zerrissene Hose sich rasend schnell dunkel färbte. Ihr war so schrecklich übel, dass sie das Gefühl hatte, sich gleich übergeben zu müssen.

„Lasst Madame de la Martignère frei!", erklang die drohende Stimme von Vitellino aus der Dunkelheit. „Oder Ihr könnt die Nacht im Kerker verbringen."

Offensichtlich war ihrem Kidnapper seine Freiheit doch wichtiger, denn er ließ Anna frei. Sie rannte zu Ed.

Dieser hielt seine Geisel noch eine Weile fest, bis die Männer dem Hünen aufgeholfen hatten und in Richtung Schiff verschwunden waren. Dann ließ er ihn ebenfalls gehen. Wild stolperte er davon, als verfolgte ihn eine ganze Herde Wölfe.

Anna zitterte wie Espenlaub und ihre Knie gaben nach. Aber Ed fing sie im letzten Moment auf, und bevor sie denken konnte, fand sie sich in seiner sicheren Umarmung wieder. Sie spürte das Hämmern seines Herzens, das sich mit ihrem rasenden Herzschlag vermischte.

„Es ist vorbei", flüsterte er ihr leise ins Ohr. Nur langsam sank der Strudel der schwarzen Angst, der immer sehr dicht an der Oberfläche lauerte.

„Danke", hauchte sie in sein Hemd, als sie endlich ihre Sprache wiedergefunden hatte.

Edward löste seinen Griff erst, als eine bekannte Stimme sagte:

„Ich weiß nicht, wie das bei Euch ist, aber hier lässt man eine Dame nie allein in die Nacht hinausgehen."

Ed lächelte zerknirscht. „Danke für Eure Hilfe. In der Tat ist das wieder etwas, das bei uns anders ist."

Vielleicht auch nicht. Aber normalerweise hielt Anna sich nicht in solchen Kreisen auf.

Vit nickte grimmig. „Es scheint, dass ich Euch noch einiges beibringen muss – nicht nur im Umgang mit dem Schwert. Ich begleite Euch zurück."

Eds Arm blieb um ihre Schultern gelegt und stützte sie. Seine Hand fühlte sich warm an, und als er sie vor der Herberge wegzog, war die Kälte umso größer.

„Vielen Dank, Vitellino." Annas Stimme zitterte immer noch leicht.

„Es war mir eine Ehre. Eine gute Nacht Euch beiden."

Sie verabschiedeten sich ebenfalls und dann ließ Anna sich widerstandslos von Ed ins Haus schieben und in ihr Zimmer geleiten.

Wie hatte er nur so dumm sein können, Anna allein nach draußen zu lassen? Ed rieb sich über die Stirn. Langsam normalisierte sich sein Puls wieder. Das Mittelalter hatte mehr gemein mit dem Leben auf Londons dunklen Straßen, als er sich eingestehen wollte. Er hatte es nie gerne gesehen, wenn seine Ganggirls allein in der Nacht unterwegs waren. Zu schnell wurden sie das Ziel verfeindeter Banden. In ihrer Straße waren sie meistens sicher gewesen. Aber hier hatte er kein Revier und Anna galt dank ihrer mittellangen Haare als Hure. Freibeute.

Sie saß auf der Bettkante und zitterte immer noch. Er legte ihr eine Decke um die Schultern. „Sorry, ich hätte dich nie alleine gehen lassen dürfen."

„Nicht deine Schuld. Ich hätte es wissen müssen." Ihr Lächeln wirkte müde, zerbrechlich.

Sie schlüpfte aus den Schuhen, winkelte die Beine an und wickelte die Decke enger um ihre Schultern.

„Haben sie dir was getan?“

Sie schüttelte den Kopf, aber in ihrem Gesicht stand der Horror der vergangenen Minuten noch geschrieben. Waren es ihre reinen, unschuldigen Augen gewesen, die ihn vorhin im Restaurant zur Aussage über die „schönste Frau“ veranlasst hatten? Nun wirkten sie gebrochen.

Edward biss die Zähne zusammen. Es war doch seine Schuld. Wieder einmal hatte er es vermasselt. Er schloss die Augen und wandte sich ab.

Als könne Anna seine Gedanken lesen, sagte sie noch einmal: „Es war nicht deine Schuld. Und dank dir ist nichts passiert.“

Er ging zum kleinen Fenster und starrte in die schwarze Nacht. Vit war es zu verdanken, dass ihr nichts geschehen war. Alleine hätte er keine Chance gegen die fünf Männer gehabt. Doch der Ritter hatte sie dank seiner schnellen Reaktion und seines Status gerettet.

Als der Mann, der in der Kneipe neben Anna gesessen hatte, mit den Worten „schönes Weib“ aufgestanden war, hatte Ed eine dunkle Vorahnung gepackt. Er hatte sich bei Drake entschuldigt und war genau im richtigen Moment aufgetaucht. Ohne zu überlegen, hatte er sein neues Messer eingesetzt. Und dann hatte Vit – wo auch immer er plötzlich hergekommen war – ihnen beiden das Leben gerettet.

Der Glanz der Sterne und des Mondes spiegelten sich auf dem schwarzen Wasser und erinnerten ihn an Samt. Die Wellen leckten sanft die Uferböschung. Sein Blick fiel auf die Santa Maria. Unglaublich, er hatte tatsächlich eine Legende getroffen.

Er drehte sich um und blickte Anna an, die mit geschlossenen Augen den Kopf an die Wand gelehnt hatte. Vielleicht tat ihr etwas Ablenkung gut. „Sagt dir der Name Sir Francis Drake etwas?“

Sie sah ihn an, strich eine Strähne hinter ihr Ohr und schüttelte den Kopf.

Er setzte sich zu ihr auf das Bett. „Er war einer der berühmtesten Seefahrer der Geschichte! Ein Engländer, der sich dauernd mit den Spaniern anlegte und England zu Ruhm verhalf. Eine Art Pirat im Auftrag der Krone. Er entdeckte neue Länder und neue Seewege.“

Annas Augen wurden groß und verloren etwas vom vergangenen Horror. „Ich dachte, du interessierst dich nicht für Geschichte?“

„Nö, tu ich auch nicht wirklich. Hab da mal einen Film über ihn gesehen."

Little Henry war eines Nachts mit dem gestohlenen Film angetanzt und sie hatten spontan eine Kinonacht im Keller hingelegt.

„Dann kannst du das aber nicht alles für bare Münze nehmen."

„Die Details vielleicht nicht, aber in unserer Zeit ist er eine Legende! Und was Wahres wird schon dran sein."

Offensichtlich war seine Begeisterung ansteckend, denn Anna lächelte.

„Er sieht schon irgendwie nach einem Abenteurer aus."

„Ist das nicht irre – ich kenne den Helden leibhaftig! Ich bin der einzige Mensch in der Gegenwart, der wirklich weiß, wie er ausgesehen und gelebt hat. Zumindest in seinen frühen Jahren."

Annas Haarsträhne hatte sich wieder gelöst und hing ihr über das Auge, in dem nun Schalk aufblitzte. „Sorry, dass ich dich enttäuschen muss. Du wirst nicht ganz der einzige Mensch zu Hause sein, der ihn gesehen hat …"

Er grinste, froh, dass sie ihren feinen Humor wiedergefunden hatte.

Sie gähnte und schwang ihre Beine aus dem Bett. „Ich muss schlafen. Die erwarten mich morgen früh im Hafen."

„Echt? Du gehst da wirklich hin?"

„Was soll ich denn machen? Vit und Pierre glauben uns zwar, aber für die anderen müssen wir uns weiterhin unauffällig verhalten. Außerdem kann ich vielleicht was Sinnvolles lernen für mein Studium."

Ed blieb auf der Bettkante sitzen, während Anna sich hinter seinem Rücken umzog.

Ihr Lächeln echote in seinem Herzen und brachte eine Saite zum Klingen, die er noch nicht kannte. Er wollte sie beschützen, ihre blitzenden Augen sehen, sie in die Arme nehmen … Und vor allem wieder sicher nach Hause bringen, und das nicht nur, damit er nicht wieder im Knast landete.

Das Bett bewegte sich und die Decke raschelte. Edward stand auf, blies die Öllampe aus und zog sich in der Dunkelheit bis auf die Boxershorts und das Hemd aus. Der Boden unter seinen Füßen fühlte sich kalt an und er beeilte sich, ins Bett zu steigen, darauf bedacht, den „Sicherheitsabstand“ zu wahren. Annas unvergleichlicher blumiger Geruch umspielte seine Nase. Er drehte ihr den Rücken zu. Doch obwohl ihre leichten Atemgeräusche wie sanfte Musik waren, ließen die aufwühlenden Ereignisse ihn nicht schlafen. Schließlich zog Ed sich leise wieder an und schlich hinaus.

Ohne zu überlegen, schlug er den gleichen Weg ein wie am ersten Abend. Er fand „seinen“ Stein und setzte sich ans Ufer. Das Plätschern des Wassers beruhigte seine aufgekratzten Nerven ein wenig. Er hob einen kleinen Stein vom Boden auf und wollte ihn gerade ins Wasser werfen, als er ein Boot bemerkte, das nur wenige Meter entfernt anlegte. Leise stand er auf und duckte sich hinter einen größeren Felsen. Vit hatte ihn hier schon einmal entdeckt und geglaubt, dass er ein Spion sei. Und er wollte das Misstrauen der Ritter nicht noch mehr ankurbeln.

Eine Gestalt stieg aus dem Boot und zog es ganz an den Rand, in eine kleine Einbuchtung, wo die zweite Gestalt ebenfalls ausstieg. Sie hatten so etwas wie Helme auf dem Kopf, aber er konnte es in der Dunkelheit nicht ganz ausmachen. Die eine Gestalt beugte sich ins Boot, nahm etwas heraus und verschwand hinter einem Felsen, während die andere wartete.

Was machten sie da? Waren das Spione oder Schmuggler?

Wolken schoben sich vor den sichelartigen Mond, sodass Ed sich anstrengen musste, die Menschen von den Felsen zu unterscheiden. Schließlich kam die erste Person zurück. Er bemerkte, dass der „Helm“ weg war. Auch sonst schien die Silhouette anders zu sein.

Leise sprachen die beiden Personen miteinander, aber Ed konnte nicht mehr als ein Gemurmel ausmachen. Dann gab die zweite Person der ersten lange Gegenstände, etwas, das aussah wie eine Axt, stieg wieder ins Boot und verschwand in der Dunkelheit, während sich die erste Person Richtung Birgu bewegte.

Ed wartete noch eine Weile, dann folgte er ihr unauffällig. Er verbarg sich im Schatten der Häuser, wie er das in London immer gemacht hatte. Die Gassen waren nun menschenleer, nur das leise Schlurfen der mysteriösen Person war zu hören.

Vor der Kneipe blieb sie kurz stehen. Im Fackelschein erkannte er die Umrisse eines langen spitzen Bartes und einer Hakennase, bevor der Mann das Lokal betrat. Eds Herz klopfte, als er sich noch einmal in den schummrigen und muffigen Raum wagte.

Inzwischen saßen nur noch wenige Menschen an den Tischen. Sie waren zu betrunken, als dass sie noch richtig hätten gehen können. Francis und seine Kumpanen waren nicht zu sehen. Ed stellte sich ebenfalls betrunken und schwankte an den Tisch neben dem Fremden, dabei vermied er jeglichen Blickkontakt. Wenn der andere ihn für nicht zurechnungsfähig hielt, könnte er vielleicht etwas herausfinden.

„Bella“ kam an seinen Tisch. „Was darf es denn sein?“

„Bier“, sagte er und schleifte dabei den Ton, als sei er ebenfalls betrunken.

Die Frau verschwand und kam kurz darauf mit zwei kleinen Tonkrügen wieder, die sie dem fremden Mann und ihm hinstellte.

Der andere Mann beugte sich vor und hielt die Frau am Handgelenk fest. „Kann ich hier auch übernachten?“, fragte er in einwandfreiem Französisch. Seine Stimme war leise und beherrscht.

Ed sah noch ein wenig tiefer in seinen Krug, hatte aber die Ohren umso weiter geöffnet.

„Die Gästezimmer sind alle belegt“, erwiderte die Frau. „Ihr seid zu spät dran. Woher kommt Ihr?“

„Ich kam mit der Santa Maria, aber keine zehn Pferde bringen mich für eine weitere Nacht auf dieses schaukelnde Schiff.“

„Wie gesagt, Ihr hättet früher kommen sollen. Für heute Nacht sind alle Betten belegt. Vielleicht morgen wieder.“

Die Frau wand ihre Hand aus seinem Griff und drehte sich um.

„Ich kann es mir auch hier auf der Bank bequem machen“, versuchte der Mann es noch einmal.

„Wie Euch beliebt.“ Die Frau entfernte sich und der Fremde nippte an seinem Bier.

Was hatte der Mann vor?

Ed schielte zu ihm hinüber. An dem Sack, den er über der Schulter getragen hatte, baumelten ein Hammer und ein Meißel.

„Neu in der Stadt?“, lallte er in seine Richtung.

Der Mann blickte überrascht auf.

„Ja, hier soll es gute Arbeit geben.“ Er zeigte auf sein Werkzeug und dabei glitzerten seine Augen unheimlich.

Ed nahm einen Schluck und schaute dabei an ihm vorbei. „Steine gibt es hier jedenfalls genug."

Der Mann grinste. „Und Festungen auch, die verstärkt werden müssen, falls sie den Osmanen wirklich Widerstand leisten wollen."

Seine Mundwinkel zuckten spöttisch.

„In der Tat, in der Tat", gab Ed sich desinteressiert und widmete sich wieder seinem Bier. War dies ein Spion, der sich mithilfe seines Werkzeuges in die Festungen schleichen wollte?

Der Fremde leerte sein Bier in einem Zug, bevor er sich auf der Bank ausstreckte und dabei seinen Sack als Kopfkissen benutzte.

Ed nippte noch ein paarmal an seinem Krug, doch als der Mann anfing zu schnarchen, stand er auf, legte einen Tari auf den Tisch und ging zur Herberge zurück.

Er musste den Fremden unbedingt im Auge behalten. Wenn er ein Spion war und er ihn entlarven konnte, würden Vit und Pierre ihnen vielleicht endgültig glauben.

KAPITEL 11

Anna zog den geliehenen Umhang dichter um ihre Schultern. Bislang hatte die blasse Sonne den Kampf verloren, die kühle Morgenluft zu vertreiben. Die Ruderschläge der zwölf Männer waren rhythmisch und kräftig. Sie saß mit Bruder Pietro im Bug des langen Holzbootes. Seine hagere Gestalt hob sich dunkel im Gegenlicht ab. Er war ein dienender Bruder und somit für die geistlichen und medizinischen Belange des Ordens zuständig, wie er ihr erklärt hatte.

Die braunen Haare standen schütter und wirr von seinem Kopf ab und wurden vom ersten Grau durchzogen. Seine freundlichen Augen erinnerten sie an ihren Vater.

Ein Schmerz kroch in ihre Brust. Dies war nun schon der vierte Tag in der Vergangenheit. Ihre Eltern waren bestimmt in großer Sorge um sie. Noch nie war sie einfach ohne eine Erklärung abgehauen.

Sie verdrängte die Gedanken an zu Hause und konzentrierte sich auf Pietros heilkundige Ausführungen.

„Jetzt im November werden wir vorwiegend Wurzeln sammeln von Beinwell, Bibernelle, Blutwurz, Hauhechel und Liebstöckel, um damit Tinkturen anzusetzen. Und natürlich werden wir zum Pilzfelsen gehen. Das ist das Wichtigste."

Anna setzte sich so, dass sie seine leuchtenden Augen erkennen konnte. Sie hatte eine schnelle Auffassungsgabe und konnte sich Dinge einfach einprägen. Doch eine andere Information hatte ihre Aufmerksamkeit gefangen genommen. Es war November – nicht Juli wie zu Hause.

„Damit Euch nicht langweilig wird, habe ich mein Herbarium mitgebracht", fuhr der Bruder ungeachtet ihrer schockierenden Entdeckung fort und zog eine Art Ledermappe aus seinem Sack.

„Ein Herbarium?"

„Eine Sammlung aller Heilpflanzen, die ich kenne, mit ihren

Wirkungen." Pietro löste die Schnüre, die die großen Lederlappen zusammenhielten, und öffnete sie. Zum Vorschein kamen einzelne Pergamentblätter. Darauf klebte jeweils eine gepresste Pflanze und daneben befanden sich eine Zeichnung, der Name und die Wirkungsweise in einer feinen, geschwungenen Schrift. Er zeigte auf das erste Blatt. „Kennt Ihr diese Pflanze?"

Klar, das war einfach. „Kamille."

„Sehr gut. Kennt Ihr auch ihre Wirkungsweise?"

Anna überlegte einen Moment. Zu Hause musste sie bei Schnupfen damit inhalieren und Tee davon trinken, wenn ihr übel war. „Es ist entkrampfend und löst Schleim?"

„Sehr gut, Madame." Pietro blätterte einige Seiten weiter und zeigte dann auf eine Pflanze, die violett-blaue, glockenförmige Blüten trug und deren Blätter und Stängel feine Härchen aufwiesen. „Das ist Consolida oder auch Beinwell genannt", erklärte er in seinem väterlichen Ton weiter. „Sagt Euch der Name etwas?"

Sie schüttelte bedauernd den Kopf.

„Für uns ist dies eine der wichtigsten Pflanzen. Ihre Blätter heilen Wunden und die Salbe aus den Wurzeln hilft bei Knochenbrüchen. Bei Unterschenkelgeschwüren leistet sie unschätzbare Dienste."

„Unterschenkelgeschwüre?" Schon allein der Begriff verursachte bei ihr Magenflattern. Doch als angehende Ärztin durfte sie nicht so zimperlich sein.

„Ihr kommt vom Lande, nicht wahr, Madame?"

Anna runzelte die Stirn. Was war das denn für eine Frage? Hatte sie etwas nicht mitbekommen?

„Unterschenkelgeschwüre findet Ihr bei Seefahrern. Der häufige Kontakt mit dem Salzwasser und die mangelhafte Ernährung führen leicht zu dieser Hautveränderung. Aber die Consolida hat die Kraft, das Fleisch wieder zusammenzubringen. Der Orden ist mehr auf See als zu Land tätig. Wenn die Männer verletzt aus einer Seeschlacht heimkehren, dann muss immer genügend Beinwell vorhanden sein."

Der warme Tenor seiner Stimme war wie das sanfte Schaukeln des Bootes und besänftigte ihren inneren Aufruhr. „Und Ihr müsst immer nach Gozo fahren, um diese Heilmittel zu pflücken?"

Der Bruder schüttelte den Kopf. „Nein, wir pflanzen sie in Malta an. Nur den Pilz finden wir nicht auf unserer Insel. Doch Maria hat mich gebeten, Euch mit den wichtigsten Pflanzen vertraut zu machen, und deshalb werden wir nicht nur den Pilz sammeln, sondern auch andere Heilpflanzen."

Warum lag ihnen so viel daran, einer „dahergelaufenen" Frau eine derart fundierte Ausbildung zu ermöglichen? „Weshalb lehrt Ihr mich das alles?"

„Wenn die Osmanen uns nächsten Frühling belagern, werden wir Eure Hilfe nötig haben. Die Männer werden mit der Verteidigung beschäftigt sein und Eure Aufgabe wird es sein, die Verletzten zu betreuen. Je größer Euer Wissen ist, desto mehr Menschen können wiederhergestellt werden."

Anna nickte beklommen. Wieder sendete ihr Magen eindeutige Signale bei der Vorstellung, Schlachtwunden zu verarzten. Hoffentlich, hoffentlich musste sie das nie tun. Hoffentlich war sie in einigen Tagen wieder zu Hause. Hoffentlich ... Aber wenn sie Angst hatte vor Schlachtwunden, war sie dann überhaupt für den Beruf der Ärztin geeignet? Oder sollte sie sich besser eine Arbeit in einem Büro suchen, die ihr Sicherheit in der immer gleichbleibenden Routine versprach?

Gegen Mittag wurde die „kleine Insel", wie die Ruderer sie nannten, immer größer, bis sie schließlich am späten Nachmittag in Gozo anlegten.

Die Wellen des dunkelblauen Meeres klatschten an die Felsen und spritzten ihre weiße Gischt an Annas Beine, als sie vorsichtig über das schwarze, glitschige Gestein ans Ufer watete. Der Hafen bestand aus einem kleinen Wachturm, der sich kaum von den schroffen Felsen abhob. Wie smaragdene Juwelen leuchteten die moosbewachsenen Steine in der tiefs tehenden Sonne. Weit und breit waren keine Häuser oder Menschen zu sehen.

Pietro fing ihren fragenden Blick auf. „Die Dörfer befinden sich in der Mitte der Insel. Zu oft wurde sie schon überfallen. Das Dorf, in dem Roxani, unsere Gastgeberin, wohnt, ist in einem zweistündigen Marsch erreichbar."

Anna war froh, nach der langen Fahrt wieder festen Boden unter den Füßen zu spüren. Gozo war grüner als Malta, auch wenn sie das auf den ersten Blick nicht gedacht hätte. Der schnelle Marsch vertrieb endlich die klamme Kälte, die sich in ihren Knochen festgesetzt hatte und die weder die Sonnenstrahlen noch der Umhang hatten vertreiben können. Als die Sonne am Horizont das Wasser berührte, erreichten sie ihr Ziel. Die typischen Steinhäuser schmiegten sich aneinander wie verschreckte Schafe. Pietro klopfte an eines der ersten Häuser. Eine alte Frau öffnete die Tür. Ihre weißen Haare bildeten einen Kranz vor ihrem schwarzen Kopftuch.

„Bruder Pietro! Was für eine angenehme Überraschung!“ Ihre von der Arbeit gezeichneten Hände ergriffen die des Bruders und drückten sie herzlich.

„Kommt herein! Ich sehe, Ihr habt Besuch mitgebracht.“ Ihr Französisch hatte einen starken Akzent.

„Das ist Madame de la Martignière. Sie wird mir beim Sammeln des Pilzes behilflich sein.“

„Willkommen, Madame. Ich bin Roxani.“

Sie traten in die einfache Hütte ein. Rauch, vermischt mit einem Fischgeruch, ließ Annas Magen grummeln.

„Setzt Euch doch.“ Die alte Frau deutete auf zwei Stühle, die um den Tisch in der Mitte des Raumes standen. Ein grobes, blaues Leinentuch diente als Tischdecke. Sie legte ein Stück Holz in den steinbehauenen Ofen und rieb ihre Hände an der Schürze ab. „Sofia!“

Dann griff sie in einen geflochtenen Korb, der von der Decke hing, und warf getrockneten Fisch in einen Topf, der sich auf einem Gitter befand. Durch schmale Schlitze wärmte das Feuer das Gefäß.

Ein etwa zehnjähriges Mädchen stürmte in den Raum. Das dicke schwarze Haar der Kleinen wehte in Wellen hinter ihr her. Sie redete in einem fremden Wortschwall mit Roxani, die ihr ruhig antwortete. Dann wurde sie der Gäste gewahr. Immer noch etwas außer Atem stellte sie sich auf Französisch vor. Dann schnappte sie sich einen Eimer, den Roxani ihr entgegenstreckte, und verschwand wieder nach draußen.

Die alte Frau lächelte. „Ein Wildfang ist sie, ein richtiger kleiner Wildfang. Kann kaum still stehen. Ich weiß nicht, was aus ihr noch werden soll.“

„Ihr wisst, dass Ihr sie jederzeit dem Orden anvertrauen könnt.“

„Bruder Pietro“, sie schlurfte an den Tisch und stützte ihre Arme vor dem Mann ab, „sie ist alles, was ich habe. Solange es mir gut geht, bleibt sie hier." Ihre Augen strahlten Entschlossenheit aus.

„Ihr könntet sie begleiten."

Die Alte schüttelte den Kopf. „Einen alten Baum verpflanzt man nicht mehr. Ich werde hier sterben."

Der Mönch sagte nichts, während Roxani zum Ofen zurückhumpelte und eine Handvoll getrocknete Kräuter in das Essen hineinwarf.

Sofia kam mit dem Eimer zurück, der jetzt mit Wasser gefüllt war, und stellte ihn neben dem Eingang ab.

„Ihr könnt Euch glücklich schätzen, dass Manuele heute einen solch guten Fang gemacht hat."

Der Duft nach Fisch verstärkte sich und erinnerte Anna daran, dass sie länger nichts mehr gegessen hatte. Roxani füllte zwei Schüsseln mit dem Eintopf und stellte sie zusammen mit Brot auf den Tisch. Als sich alle gesetzt hatten, faltete die alte Frau die Hände, neigte ihren Kopf und murmelte ein lateinisches Gebet, in das Pietro und Sofia einstimmten.

Anna bewegte lautlos den Mund in der Hoffnung, dass es nicht auffiel, dass sie keine Ahnung vom Text des Gebets hatte. „Amen."

Verstohlen beobachtete sie, wie Sofia die Schüssel mit der alten Frau teilte und das Brot als „Löffel" benutzte.

Pietro schob ihr die zweite Schale mit einem auffordernden Blick zu. „Esst!"

Mit etwas Überwindung tauchte sie das Brot hinein. Von der heißen Suppe aufgeweicht, zerging es wie Pudding im Mund. Bald trieften ihre Finger von der Flüssigkeit. Servietten gab es keine, aber sie beobachtete, wie der Bruder seine Finger am Tischtuch abwischte. Es kostete sie einige Überwindung, es ihm nachzumachen. Dann tauchte sie ihr Brot wieder hinein und lud ein Stück Fisch darauf.

„Woher kommt Ihr?", unterbrach die helle Stimme des Kindes die andächtige Stille. Anna blickte in das bronzefarbene Gesicht mit den hohen Wangenknochen und der feinen, geraden Nase. „Bevor ich nach Malta kam, lebte ich in der Nähe von Toulouse."

„Wo ist das?" Sofia stützte das schmale Kinn auf eine Hand und blickte sie mit ihren dunklen Augen neugierig und wissensdurstig an.

„Das ist in Frankreich."

„Ist es da schön?"

Mit Wehmut dachte Anna an die blühenden Obstbäume, die Weite und die welligen Hügel, das üppige Grün und die Felder voller blauem Lavendel. Grandmère, ihre geliebte Schürze umgebunden, deren fröhliches Blumenmuster mit der üppigen Gartenbepflanzung um die Wette eiferte. Sogar der Duft ihres selbst gebackenen Apfelkuchens stahl sich in ihre Nase. Und zum hundertsten Mal in diesen Tagen fragte sie sich, ob sie ihr Zuhause je wiedersehen würde.

Sie schluckte den zähen Fisch hinunter. „Ja. Ja, es ist wunderschön dort."

„Schöner als hier?"

Roxani warf dem Mädchen einen ermahnenden Blick zu.

„Ja, es ist üppiger, es ist grüner. Aber hier ist man viel näher am Meer. Und das ist auch bezaubernd."

„Geht Ihr wieder zurück?"

„Es kommt nicht oft vor, dass wir Gäste haben", entschuldigte sich Roxani und wandte sich dann an das Mädchen. „Sofia, es ist nicht schicklich, unsere Gäste so viel zu fragen."

Anna lächelte. „Es ist schon gut. Mein Gemahl, der aus England stammt, und ich haben beschlossen, dass wir fortan auf Malta leben werden."

„Ist Euer Ehemann ein Ritter?" Sofias Augen waren groß und leuchteten in gespannter Vorfreude.

„Nein. Mitnichten." Obwohl – eine schlechte Figur würde Ed nicht abgeben als Ritter …

Sofias Unterlippe schob sich enttäuscht nach vorne. „Ich will später einmal einen Ritter heiraten."

Roxani schüttelte lächelnd den Kopf. „Wie oft habe ich dir schon gesagt, mein Dummerchen, dass das nicht möglich ist? Die Ritter des heiligen Johannes dürfen nicht heiraten."

„Das ist mir egal." Sofia schob ihr Kinn vor, um ihren Entschluss zu unterstreichen.

Pietro lächelte in seinen Bart.

Das Gespräch wandte sich nun den Neuigkeiten auf den beiden Inseln zu, und als die letzten Reste der nahrhaften Suppe aufgegessen waren, bat Roxani Sofia, den Tisch abzuräumen und das Geschirr zu spülen. Pietro ging zum Wassereimer und wusch sich die Hände darin. Anna folgte seinem Beispiel.

„Anna, könnt Ihr mir bitte mit den Betten helfen?"

Die alte Frau hatte eine Öllampe entzündet und Anna folgte ihr in den Stall. Zwei Ziegen und ein Esel schauten verwundert auf, als die späten Gäste ihre Ruhe störten.

„Füllt diesen Sack prall mit Heu, dann habt Ihr es bequemer."

Anna nahm vom duftenden Futter und stopfte es in den übergroßen Beutel, der sie an die Jutesäcke erinnerte, mit denen sie in früheren Jahren Sackhüpfen gespielt hatte. „Ist Sofia Eure Enkelin?"

„Ja, das ist sie in der Tat."

„Leben ihre Eltern nicht mehr?"

Roxani schaute nicht auf, aber der tadelnde Ton war unverkennbar. „Ihr seid genauso neugierig wie Sofia."

„Es tut mir leid, ich wollte Euch nicht zu nahe treten."

„Nein, nein. Das war nicht so ernst gemeint. Wir haben Eure Geschichte gehört, Ihr habt ein Recht, unsere Geschichte zu erfahren." Einen Moment war nur das Rascheln des trockenen Grases zu hören. Der Staub fing sich im kleinen Lichtkegel der Lampe.

„Als die Ritter vor bald 35 Jahren von Rhodos vertrieben wurden, folgten mein Gemahl und ich ihnen nach Malta. Wir hatten einen kleinen Sohn, Raimundo, der während der Fahrt an der Pest starb. Die Erinnerungen an ihn plagten uns in Malta, sodass wir beschlossen, hier in Gozo ein neues Leben anzufangen. Nach einer Weile wurden uns ein zweiter Sohn und später eine Tochter geboren. Vor zehn Jahren hat Angelika einen Fischer aus dem Nachbardorf geheiratet und Sofia wurde geboren, kurz nachdem mein Gemahl verstorben war. Vor fünf Jahren kamen die Piraten und überfielen die Insel. Sie haben Marcus, meinen Schwiegersohn, und meine Tochter mitgeschleppt. Die Leichen wurden später angeschwemmt. Sie waren zur Unkenntlichkeit entstellt, aber sie trug eine Halskette, wie Marcus sie Angelika geschenkt hatte ..." Die leise Stimme der alten Frau brach ab. Die Flamme der Lampe flackerte im kalten Lufthauch, der durch die Türe wehte, und warf gespenstische Schatten an die Wände.

„Junge Dame, Ihr müsst mehr stopfen, sonst schmerzen Euch morgen alle Knochen!"

Als Anna ihrem Blick begegnete, sah sie neben dem Schmerz eine Wärme und Dankbarkeit, die sie nur schwer verstehen konnte.

„Ich habe viel Glück in meinem Leben erfahren und ich möchte Sofia daran teilhaben lassen, solange ich lebe. Ich bin ihre einzige Familie. Vielleicht versteht Ihr, dass ich sie nicht gerne nach Malta ziehen lasse, obwohl sie dort eine Ausbildung haben könnte."

„Ja, ich denke schon."

Die alte Frau stopfte die letzten Reste des Heues mit ihren faltigen Händen in den Sack und klopfte sich die Grashalme vom Kleid. Anna beeilte sich ebenfalls, ihr Bett fertig zu stopfen. Mit dem strengen Geruch der Ziegen in der Nase folgte sie dem Lichtschein der Lampe, die die alte Frau wieder in die Hand genommen hatte. Die Flamme zitterte, aber sie erhellte den Boden vor ihr.

Zurück in der Hütte legten sie die „Matratzen" vor den Ofen.

„Sofia, es ist Zeit, ins Bett zu gehen!"

Die Kleine hüpfte von ihrem Stuhl herunter. „Erzählst du mir morgen weiter?"

Pietro schmunzelte. „Das werde ich, mein kleiner Schatz."

Sie verabschiedeten sich für die Nacht und dann verschwand Sofia mit Roxani in einer angrenzenden Kammer.

Das Heu kitzelte durch die groben Ritzen. Anna kuschelte sich in Célines Cape und lauschte dem Knacken des Feuers im Ofen. Es zeichnete durch den Gitterrost tanzende Muster an die Wände und ehe sie sichs versah, war sie eingeschlafen.

Das Boot mit Anna war weg. Ed verdrängte das ungute Gefühl in seiner Magengegend. Warum machte er sich Sorgen um sie?

Die Dämmerung war dem ersten Tageslicht gewichen und er hatte noch einige Zeit, bis Vit oder Pierre ihn zum Training erwartete. Wieder einmal suchten seine Hände vergeblich nach den Taschen, in denen er seinen Daumen einhängen konnte. Diese Hosen entsprachen definitiv nicht seinem Geschmack. Er atmete tief ein und drehte sich unschlüssig um, sodass der Hafen in seinem Rücken lag.

Mönche in ihren schwarzen Kutten mit dem Kreuz gingen zur

Messe in die Kirche, die einige Häuser neben der Kneipe lag, ansonsten war im Hafen noch nicht viel los. Die Matrosen schliefen ihren Rausch aus.

Gerade als er wieder zur Herberge zurückkehren wollte, bemerkte Ed eine wohlbekannte Gestalt, die aus der Kneipe kam und den Weg in Richtung Fort Angelo einschlug. Unauffällig folgte er dem Fremden vom Abend, blieb aber vor der Brücke stehen. Die Wachen am Tor ließen den Mann einfach passieren und er verschwand hinter den Mauern.

Sollte er etwas sagen? Doch die letzte Erfahrung mit den Rittern hinderte Ed daran. Er wollte keine Aufmerksamkeit erregen und ging deshalb langsam wieder zurück. Ab und zu warf er einen Blick über die Schulter, aber die Gestalt war nicht mehr zu sehen.

Er ging auf den Waffenplatz und bewegte dabei seine schmerzenden Schultern. Immerhin war der Muskelkater nicht so schlimm, wie er befürchtet hatte. Der Schwertkampf hatte seinen Ehrgeiz entfacht. Die Techniken, die er dabei lernte, konnte er auch in London gut gebrauchen.

Noch war der Platz leer. Er setzte sich an die Häuserwand des Waffenarsenals. Was Anna wohl machte? Hatte sie Gozo sicher erreicht? Es machte ihn ganz kribbelig, nicht zu wissen, wo sie war und was sie machte. Wie sonst konnte er sie beschützen? Sie hatte kein Handy, E-Mails gab es auch nicht … Er lächelte ironisch vor sich hin. Sie würde bestimmt sagen, dass Gott sie beschützte. Aber dieser Gott hatte John auch nicht bewahrt. Schutz und Sicherheit waren etwas, das er sich hart erkämpft hatte. Nicht nur in seiner Straße und seinem Gangquartier, sondern auch in seinem Herzen.

Die Jungen kamen steif in ihren Rüstungen dahergelaufen, Vit an der Spitze. Die Metallteile klapperten bei jedem Schritt. In Edwards Nähe hielt Vit die Kinder an und sagte: „Eure Rüstung ist Euer Schutz. Beginnt sie zu lieben, denn sie wird Euer Leben retten."

Oh ja, die Rüstung um sein Herz hatte ihn gerettet. Nicht irgendein Gott.

Vit winkte ihn heran. Ein weiterer Trainingstag hatte begonnen.

Später am Abend konnte Ed kaum noch den Löffel halten vor Schmerzen, als er alleine das Abendessen in der Herberge einnahm.

Seine Arme fühlten sich an, als gehörten sie nicht mehr zu seinem Körper.

Céline setzte sich nach dem letzten Bissen zu ihm. „Wie lange gedenkt Ihr noch hierzubleiben?“, fragte sie ihn.

„Es wird wohl noch eine Weile sein“, gab er ausweichend zur Antwort.

Die Wirtin sah ihn prüfend an. „Dann muss ich Euch um eine weitere Zahlung bitten.“

Er zog den Beutel hervor, den er stets an seiner Hose trug, zählte das Geld ab und legte es auf den Tisch.

Céline nahm es, bedankte sich und wünschte ihm eine angenehme Nacht, bevor sie wieder verschwand.

Ed stand ebenfalls auf und ging ins Zimmer hoch. Das Training war so anstrengend gewesen, dass er bestimmt gleich einschlafen würde.

Aber als er im Bett lag, wollte der Schlaf nicht kommen. Er starrte an die Decke. Das Zimmer wirkte eng und klein ohne Anna. Einsam und leer. Er wälzte sich zur Seite und versuchte, eine bequeme Stellung zu finden. Das Kissen neben seiner Nase roch nach Anna.

Er schloss die Augen. Was sie wohl machte? Langsam driftete er in einen unruhigen Schlaf, aus dem er wenig später mit klopfendem Herzen erwachte. Die Szene voller Blut stand ihm noch lebendig vor Augen. Warum kamen seine Albträume ausgerechnet jetzt zurück? An Schlaf war nun nicht mehr zu denken. Er stand auf, tastete sich zum Waschbecken vor und entzündete mit der schwach glimmenden Öllampe die anderen Lampen.

Dann nahm er von dem Wasser, goss es in die Waschschüssel und spritzte es sich ins Gesicht. Langsam wichen die Bilder zurück ins Unterbewusstsein.

Er ging zum Fenster und starrte in die sternklare Nacht hinaus. Das Wasser war ruhig und die Galeeren lagen unbeweglich auf dem stillen Wasser.

Was war das? Ed verengte seine Augen, um besser sehen zu können. Im Mondlicht blitzte etwas auf und er konnte eine Person sehen, die schnellen Schrittes zwischen den Häusern verschwand. Ein Mann mit einem spitzen Bart …

Schnell schlüpfte Ed in seine Kleider und machte sich auf den

Weg. Vielleicht ging der Fremde an dieselbe Stelle zurück wie letzte Nacht. Er verlangsamte seine Schritte, als er in die Nähe kam, und duckte sich wieder hinter denselben Felsen.

Tatsächlich. Wieder war das Boot da und der Mann mit der Hakennase gab seinem Komplizen eine Schriftrolle. Diesmal hörte er sie in einer fremden Sprache miteinander reden. Anschließend legte das Boot geräuschlos ab und der Mann begab sich wieder nach Birgu.

Was schmuggelten die? Papier? Oder waren es Informationen? Leise schlich Ed dem Mann nach und duckte sich dabei an die Hauswände. Schließlich verschwand der Mann wieder in der Kneipe. Offenbar hatte er dort Quartier gefunden.

Plötzlich legte sich eine Hand über Eds Mund und er wurde in einer blitzschnellen Bewegung an die Wand gedrückt. Er spürte den kalten Stahl eines Messers an seinem Hals und blickte in die schmalen Augen seines Vorfahren.

„Was macht Ihr um diese Zeit hier?“, raunte dieser.

Er versuchte, etwas zu sagen, aber die Hand hinderte ihn daran.

„Keinen Ton, bis wir in unserem Quartier sind“, sagte Pierre und nahm seine Hand von seinem Mund.

Ed schluckte. Sein Herz hämmerte vom Schock der vergangenen Sekunden. Widerstandslos ließ er sich in die Auberge bringen in eines der vielen Zimmer, die links und rechts eines schmalen Ganges abzweigten. In dem Zimmer befanden sich ein Bett, ein Stuhl und ein kleiner Tisch.

„Setz dich und rühr dich nicht vom Fleck.“

Musste der so arrogant sein? Ed schluckte sein Missfallen herunter und gehorchte. Wenn er kooperierte, konnte er zeigen, dass er dem Orden nicht schaden wollte.

Pierre ließ die Tür offen und klopfte an das gegenüberliegende Zimmer.

Ein verschlafener Ritter machte auf.

„Hol Vitellino, wir haben hier ein Problem.“ Pierre deutete mit einer Kopfbewegung zu Ed hinüber. Der Ritter nickte und verließ sofort das Gebäude. Ed fiel auf, dass der Mann offenbar in seinen Kleidern geschlafen hatte.

Pierre trat wieder ins Zimmer und schloss die Tür hinter sich. Er verschränkte die Arme und stand breitbeinig vor ihm. „Nur jemand, der finstere Absichten hegt, schleicht des Nachts auf diese Art und Weise herum."

Ed verschränkte ebenfalls die Arme. Wut stieg in ihm auf. Was blähte sich dieser Ritter so auf? „Dann solltet Ihr vielleicht besser den Mann in Augenschein nehmen, den ich beobachtet habe."

Pierres Augenbrauen gingen spöttisch nach oben. „Euer Komplize?"

„Ja, sicher verrate ich ‚meinen Komplizen'", erwiderte Ed in einem sarkastischen Ton.

„Warum nicht? Menschen machen alles, um ihre Haut zu retten." Pierres Augen wurden noch schmaler.

Ed kochte innerlich und hatte Mühe, seine Wut unter Kontrolle zu halten. Er war sowohl körperlich als auch örtlich im Nachteil. Wenn er nun weise handelte, dann gewann er Freunde, ansonsten konnte er es vergessen, Anna heil nach Hause zu bringen. Wie ironisch, dass ihn überall der Knast erwartete, sogar in der Vergangenheit.

Die Tür ging auf und Vit trat ein. Falls er geschlafen hatte, sah man ihm die Müdigkeit nicht an. Sein Blick war scharf wie immer. „Was geht hier vor?"

„Ich habe ihn auf frischer Tat ertappt", informierte Pierre seinen Freund triumphierend.

„Ich habe gar nichts gemacht", verteidigte sich Ed.

Vit bedachte ihn mit einem langen Blick, den er nicht deuten konnte. Unsicherheit kroch in ihm hoch. Gab es überhaupt eine Möglichkeit, dem Knast zu entfliehen? Oder war das womöglich sein unverrückbares Schicksal?

Vit wandte sich wieder seinem Freund zu und fragte: „Was genau hast du gesehen?"

„Er schlich in der Nacht herum, so als wolle er nicht gesehen werden."

Hatte er den Mann nicht gesehen, der in der Kneipe verschwunden war?

Vit fuhr sich durch die Haare und fixierte Ed wieder mit diesem ruhigen Blick. Väterlich war zu viel gesagt, dazu war er zu jung, aber unter seinen Augen konnte man nicht lügen. „Warum wart Ihr unterwegs?"

Ed atmete tief ein und erzählte die ganze Geschichte über den fremden Mann, den er der Spionage oder des Schmuggels verdächtigte.

„Das ist nur eine Ablenkung von den eigenen finsteren Machenschaften“, wandte Pierre überzeugt ein.

Doch Vit schürzte nachdenklich die Lippen. „Es ist einfach, Eure Aussage zu überprüfen“, setzte er an und schaute dabei abwechselnd ihn und Pierre an, als müsse er einen Streit schlichten. „Wir werden gemeinsam ab sieben Uhr morgens den Ausgang der Kneipe bewachen. Wenn der Mann herauskommt, werde ich ihm folgen. Pierre, du übernimmst die Bewachung von Edward. Er wird hier bei dir im Zimmer schlafen und du wirst ihn morgen im Auge behalten.“

Offenbar war Vit doch nicht gewillt, ihm zu glauben. Ed schluckte die aufkommende Verzweiflung hinunter. Was musste er noch tun, um die zwei zu überzeugen?

Pierre nickte, offenbar zufrieden mit seinem Auftrag. Nachdem Vit sich verabschiedet hatte, zeigte er auf den Boden. „Ich bedaure, dass ich Euch kein besseres Quartier anbieten kann.“ Seine Mundwinkel zuckten spöttisch.

„Wie könnte ich die Ehre ausschlagen, neben einem echten Ritter auf dem Boden zu schlafen?“, spottete Ed zurück und streckte sich auf dem kalten Steinboden aus. Unweigerlich kam ihm die erste Nacht in den Sinn, als Anna sich geweigert hatte, ihn auf dem Boden schlafen zu lassen. Im Gegensatz zu den Männern hier hatte sie ihm vertraut. Sie hatte seinem Wort geglaubt. Er konnte sich nicht erinnern, dass ihm je zuvor ein Mensch etwas Gutes zugetraut hätte.

In den Augen seines Vaters war er ein Versager und würde es immer bleiben. Seine Mutter kümmerte sich lieber um fremde Probleme als um ihren eigenen Sohn. Und für die Gang war es eine Selbstverständlichkeit, dass er sie beschützte und für sie stahl.

Pierre blies die Lampe aus und Edward hörte, wie er sich auf dem knarrenden Bett ausstreckte. Der Rauch der Lampe stieg ihm scharf in die Nase. Er verschränkte die Hände im Nacken und stellte sich auf eine lange, schlaflose Nacht ein.

„Da wächst unser legendärer Pilz.“ Pietro deutete mit seiner knochigen Hand auf einen Felsen etwa dreißig Meter vom Ufer entfernt. Ein grünes Hochplateau ging in einen Bogen über, der sich ins Meer ergoss. Das Gold des Morgens hatte sich im Verlauf des einstündigen Rittes in ein fahles Licht gewandelt. Der Himmel war bedeckt und die Wellen klatschten schäumend ans Ufer.

„Wie kommen wir dorthin?“

„Endres wird uns hinüberrudern.“

„Ich hole ihn!“, mischte sich Sofia ein, die nach einer kurzen Debatte mit ihrer Großmutter mitgekommen war. Sie trieb ihren Esel an und ritt mit wehenden Haaren und hüpfenden Bewegungen in das kleine Dorf hinunter, das sich in die flache Bucht schmiegte.

„Wir warten beim Boot!“, rief Pietro ihr nach und lenkte sein Pferd links den Abhang hinunter. Ein einsamer Kahn lag am Ufer in einer sandigen Bucht.

Pietro band die Pferde an einen Strauch, ließ ihnen aber genug Leine, dass sie das spärliche Gras abrupfen konnten.

Kurze Zeit später kam Sofia in Begleitung eines etwa sechzehnjährigen Jungen auf sie zugelaufen. Er war klein, drahtig gebaut und hatte dunkelbraun gewellte Haare. Sein Grinsen war Anna auf Anhieb sympathisch.

Sie begrüßten sich und Endres schob das Boot ins Wasser. Mit kräftigen Schlägen ruderte er zum imposanten und steil aufragenden Felsen.

Ausnahmsweise war Anna einmal froh über das Kopftuch. Es hielt ihre Haare davon ab, im starken Wind ein einziges Knäuel zu werden. Sie suchte eine Anlegestelle, konnte aber keine ausmachen.

Endres steuerte durch den Felsenbogen auf die andere Seite. Wasser klatschte vom Stein zurück und spritzte Anna ins Gesicht. Sie wischte sich mit dem Ärmel über die Wangen und schmeckte das Salz auf ihren Lippen.

„Wir sind gleich da!“ Pietro musste seine Stimme laut gegen das Getöse erheben.

Sofia saß mit leuchtenden Augen im Bug. Ihr schien diese Fahrt Spaß zu machen. Zielsicher steuerte Endres auf eine kleine Einbuchtung im Felsen zu. Und da erblickte Anna ein baumelndes Seil, das durch ein gemeißeltes Loch gezogen worden war.

Als sie in Reichweite waren, packte Pietro das Seil und kletterte auf einen kleinen Felsvorsprung hoch. Beim genaueren Betrachten erkannte Anna kleine, gehauene Tritte.

„Beeilt euch!“ Endres’ Augenbrauen waren zusammengezogen und die Muskeln an seinen Oberarmen arbeiteten auf Hochtouren. Er stabilisierte das Boot, während Anna zuerst Sofia hinaufhalf, bevor sie selbst den Strick ergriff. Als ihre Füße auf den nassen Steinen Halt suchten, war der Junge schon wieder auf dem Rückweg. Sie schluckte und versuchte, nicht daran zu denken, dass sie sich ungesichert auf einer wilden Klippe im Mittelmeer befand. Und das in einem wirklich unpraktischen Rock. *Herr, hilf mir!*

Sie klammerte sich an das raue Seil und hangelte sich Stück für Stück hinauf, bis Pietro ihre Arme ergriff und ihr auf den Vorsprung half.

Nach einer weiteren, nicht ganz so gefährlichen Kletterpartie erreichten sie das Hochplateau. Stacheliges Gras wechselte sich mit weichem Grün ab und dazwischen sprossen eine Art dunkelbraune Tannenzapfen hervor. Der Bruder nahm ein Messer aus seiner Tasche, kniete sich hin und schnitt eines der Gewächse ab.

„Das ist unser berühmter Pilz. Nirgends sonst ist er zu finden. Seine blutstillende Wirkung ist bemerkenswert. Wir füllen drei Säcke davon. Schneidet ihn direkt oberhalb des Bodens ab.“ Er reichte Sofia und Anna Messer und gemeinsam ernteten sie die Fläche ab. Der Mönch summte ein fröhliches Lied. Das Klatschen der Wellen war auch hier oben gut zu hören und der Wind zerrte an Annas Rock.

„Wie verwendet man den Pilz?“

„Er wird getrocknet oder zu einer Tinktur verarbeitet.“

Der erdige Geruch des Pilzes erinnerte sie an den Wald zu Hause. Hoffentlich war sie bald wieder zu Hause. Hoffentlich. Als die Säcke gefüllt waren, waren ihre Finger ganz braun von der Ernte des kostbaren Gutes. Weiße, tief hängende Wolken jagten sich mit großer Geschwindigkeit unter dem grauen Himmel.

Pietro machte den am anderen Ufer wartenden Endres mit großen Armbewegungen auf sich aufmerksam, ehe sie den Abstieg begannen. Auf dem Vorsprung angekommen, warteten sie, bis das Boot nahe genug am Felsen war.

Die Wellen waren nun noch höher und ungestümer. Sofia ließ sich als Erste am Seil nach unten gleiten und sprang ins Boot. Anna folgte ihr und fing die Säcke auf, die Pietro ihr zuwarf, bevor er selbst ins Boot sprang, das schon einige Meter vom Felsen entfernt war.

Schweiß rann die Schläfen des jungen Ruderers hinunter, während er versuchte, das Boot ruhig zu halten.

Die Wellen platschten dumpf an die Planken und erste Regentropfen klatschten auf das Wasser.

Anna klammerte sich an den Bootsrand und war froh, als sie endlich am Ufer angekommen waren.

„Dieses Unterfangen wird einmal böse enden", grummelte Endres vor sich hin, als er das Boot vertäute. Pietro belud die Pferde mit den Säcken.

„Ich weiß, der Weg ist äußerst riskant. Wir werden in Zukunft eine andere Lösung finden müssen."

Anna blickte zum Himmel auf und verzog das Gesicht. Die einzelnen Regentropfen verdichteten sich. Ein einstündiger Ritt im Regen würde sie bis auf die Haut durchnässen.

„Es ist besser, Ihr wartet den Regen in unserem Haus ab." Der Junge grinste sie an und Pietro nahm das Angebot dankend an. Kurz bevor sich das Wasser in Strömen auf das Land ergoss, erreichten sie Endres' warme und trockene Hütte.

Die Nacht war schon fortgeschritten, als sie Edward bei dessen Unterkunft verabschiedeten. Vitellino blieb mit seinem Freund vor dem Eingang der Herberge stehen und ließ den Tag Revue passieren.

„Sein Verhalten dem Orden gegenüber war heute loyal", begann er das Gespräch.

Pierre lehnte an der Hausmauer, seine Hand spielte geistesabwesend mit dem Rapier. „Ich frage mich, ob das alles nicht ein großes Ablenkungsmanöver ist."

Vitellino fuhr sich mit der Hand über sein Kinn, das voller Bartstoppeln war. „Du denkst, dass die ganze Spionagegeschichte zum Plan gehört? Dass er ‚Freunde' verrät, die nun im Kerker dahinsiechen?" Er dachte an die Ereignisse des vergangenen Tages. Wie sie den Mann tagsüber beobachtet hatten und ihn schließlich nachts bei der Übergabe der geheimen Burginformationen samt dem zweiten Mann geschnappt hatten. Gut getarnte Osmanen, die den Auftrag hatten, Festungsinformationen an den Sultan zu schicken, wie sie schnell gestanden hatten, wohl in der Hoffnung, dem Tod durch den Henker zu entkommen.

„Ich werde nicht schlau aus Edward und Anna und dieser Geschichte, die sie uns erzählt haben", seufzte Pierre.

Das brachte er auch nicht zusammen. „Angenommen, wir wüssten nichts über die Zukunftsgeschichte: Was würden wir dann von ihm halten?"

„Ein Jammer, dass er nicht dem Orden angehört", erwiderte sein Freund, ohne zu zögern.

„Da stimme ich dir zu. Er ist ehrlich, loyal, treu ergeben und eifrig im Lernen. In den wenigen Tagen hat er beachtliche Fortschritte gemacht."

„Und er ist gewiss kein Jammerlappen", fügte Pierre hinzu.

Auch das traf zu. Obwohl das Training für ihn sehr hart sein musste, hatte er nicht ein Mal geklagt oder sich davor gedrückt.

„Wenn wir ihn beide so einschätzen, warum glauben wir ihm dann die Geschichte mit der Zukunft nicht?" Vitellino verlagerte sein Gewicht auf sein rechtes Bein. Das linke schmerzte und wies eine tiefe Wunde auf, die er sich im Kampf mit den Spionen zugezogen hatte. Offenbar waren diese im Gegensatz zu Edward kampferprobt gewesen.

„Weil man sie einfach nicht glauben kann", erwiderte sein Freund.

Eine Böe riss an den Blättern des nahen Baumes und Rauschen erfüllte die Luft.

„Es gibt so vieles, das wir nicht erklären können und das trotzdem wahr ist", sagte Vit mehr zu sich selbst als zu seinem Freund. Wie die Wahrheit von Gnade und Erlösung. Gott war unsichtbar. Wie der Wind. Und trotzdem real. Ein Gedanke nahm ihn plötzlich gefangen. ‚An den Früchten werdet ihr sie erkennen', sagt doch die Heilige Schrift", sprach er ihn laut aus.

Pierre hielt in seinem Spiel mit dem Rapier inne und runzelte die Stirn. „Wie meinst du das?“

„Den Wind sieht man nicht, aber du hörst ihn im Rauschen der Blätter oder erkennst ihn an den Bewegungen der Äste.“ Vitellino wies mit seiner Hand auf den Baum, der sich unter dem Wind bog, bevor eine Wolke sich vor das Licht schob und die Umgebung wieder in Dunkelheit hüllte. „Wenn wir das ganze Bild betrachten, ergibt seine Geschichte vielleicht doch einen Sinn.“

Erste Regentropfen klatschten auf die Pflastersteine. Die Wolken jagten über den Himmel und in den kleinen Fetzen Mondlicht erblickte er das nachdenkliche Gesicht seines Freundes.

„Wenn ich es recht bedenke, dann kann ich auch nicht recht glauben, dass Edward und Anna gelogen haben“, gab Pierre nach einer Pause zu.

Der Regen prasselte nun heftiger. Hätte er doch nur seinen Umhang mitgenommen!

„Dann werden wir ein gutes Wort für sie bei Parisot einlegen?“, hakte er nach und war erstaunt, dass sich Erleichterung in seinem Herzen ausbreitete.

„Das werden wir.“

Sie verabschiedeten sich voneinander und Vit ging eilends zu seiner Auberge zurück. Als er dort ankam, war er völlig durchnässt. Die verspäteten Herbststürme hatten nun doch mit voller Wucht zugeschlagen.

KAPITEL 12

Anna versuchte, ihre geschwollenen Augen zu öffnen. Irgendetwas drückte unangenehm in ihre Wirbelsäule und ihre Arme fühlten sich gefühllos an. Der Geschmack in ihrem Mund war bitter. Sie fuhr sich mit der Zunge über die rissigen Lippen und schmeckte Blut. Vielleicht war es besser, einfach weiterzudämmern – hinein in die Gefühllosigkeit, in das dumpfe Vergessen. Doch das ächzende Knarren der Ruder und das Stöhnen von Gefangenen drängten unaufhaltsam in ihr Bewusstsein.

Sie schluckte die bittere Galle hinunter und zwang sich, die Augen zu öffnen.

Ihr Magen war nicht nur vom fehlenden Horizont und dem Geschaukel des Schiffes durcheinander. Sie hätte nie gedacht, dass sie auch nur eine Sekunde in diesem ekelerregenden Gestank aushalten könnte.

Es war ein Geruch nach Fäkalien, Fäulnis, Schweiß, Erbrochenem – und Tod.

Sie rutschte in eine aufrechtere Position, so gut das eben ging mit Händen, die hinter ihrem Rücken um einen Pfosten gefesselt waren. Dabei spürte sie die kleinen Hände Sofias an ihrer Wirbelsäule.

Das Licht im Schiffsbauch der großen Galeere war nur spärlich, trotzdem konnte sie die hagere Gestalt Pietros ausmachen, der mehr tot als lebendig über der Ruderstange hing. Mit eisernen Fußfesseln angekettet saß er zwischen zwei kahl geschorenen Leidensgenossen und bewegte mit ihnen zusammen eines der zwanzig Ruder auf seiner Seite.

Sie versuchte, die rhythmischen Trommelschläge auszublenden, die direkt auf ihre Schläfen einzuhämmern schienen. Was gäbe sie jetzt nicht alles für eine Kopfschmerztablette. Na ja, oder zumindest frische Luft und Bewegung. Sie hatte jedes Zeitgefühl verloren. Waren es Stunden oder Tage, die sie schon hier unten waren?

„Ruder stopp! Die Segel sind gehisst!“ Der rothaarige, wild aussehende Pirat drehte sich um und ging zusammen mit seinem Schützling – einem Jungen von etwa zwölf Jahren, der die Pauke bedient hatte – nach oben.

Die Männer sackten erschöpft in sich zusammen. Annas Blick wanderte wieder zu Pietro. Der Bruder – eindeutig nicht gemacht für eine solche Arbeit – hing gekrümmt über der Stange, sein Rücken voller blutender Striemen.

Ein erdiger Geruch stach ihr in die Nase und sie erinnerte sich daran, dass sie unter ihrem Umhang immer noch die Tasche voller Medizin trug. Beinwell, Kamille und den Pilz.

Der Mönch hatte sie ihr in die Hände gedrückt, kurz vor der aussichtslosen Flucht.

Sie schloss die Augen, als könnte sie dadurch die grässlichen Erinnerungen auslöschen. Aber unaufhaltsam wie ein Tsunami fluteten Bilder von Säbelhieben, Blutlachen und sterbenden Menschen ihre Gedanken.

Die Schreie verzweifelter Mütter, die ihre Kinder beschützen wollten, bevor sie ebenfalls abgeschlachtet wurden, hatten sich wie Brandwunden in ihr Gedächtnis gebrannt.

Wenn ihr Magen nicht schon längst alles hergegeben hätte, hätte sie bestimmt wieder erbrechen müssen. Sie zwang sich, an etwas anderes zu denken.

Die Tasche. Wenn sie nur nicht gefesselt wäre, dann könnte sie wenigstens den Beinwell auf Pietros Wunden legen. Bei den Pflanzen befand sich auch ein Messer. Das brachte sie auf einen anderen Gedanken.

„Sofia." Ihre raue Stimme klang fremd und war kaum mehr als ein Flüstern.

Das Mädchen bewegte sich hinter ihrem Rücken.

„In meiner Tasche befindet sich ein Messer. Vielleicht kannst du es greifen und meine Fesseln durchtrennen." Anna drehte sich so, dass die Stofftasche möglichst nahe am Pfosten zu liegen kam. Das schnürte die Seile zwar nur noch mehr in ihr Fleisch, aber das war egal. Sofia bewegte ihre Hände und tastete nach der Tasche. Doch ihre Fesseln waren so eng, dass sie nur einen kleinen Spielraum hatte. Anna bemerkte, wie sie den Stoff Stück für Stück zu fassen bekam. Zu dumm, dass die Tasche unter dem Umhang war.

Ab jetzt bin ich deine große Schwester. Ihr eigener Satz hallte in ihr nach, als sie die Verzweiflung, das Entsetzen und die schier unerträgliche Pein in den Augen des Mädchens gesehen hatte. Sie hatte alles verloren. Alles.

Anna merkte, wie der harte Stahl des Messers ihre Seite streifte. Doch dann polterten Schritte die Treppe hinunter und das Messer plumpste an seine alte Stelle zurück. Sofias Hände drückten wieder an ihrer Wirbelsäule. Sie biss die Zähne zusammen.

Bitte Gott, hilf uns! Bring uns hier raus! Und nach Hause …

Die Narbe quer über seinem Gesicht und die harten, kalten Augen spotteten jeden Film-Piraten eine billige Nachahmung. Sein Grinsen entblößte seine schwarzen Zähne, als er sich vor ihr aufbaute. „Der große Dragut will euch sehen."

Mit einem Dolch durchtrennte er Annas Fesseln und ihre Arme fielen kraftlos nach unten. Der Mann schritt zu den anderen jungen Frauen und Mädchen und befreite sie ebenfalls. Dann befahl er ihnen, die schmale Treppe hinaufzuklettern.

Anna sog die Luft tief ein, als wäre sie eine Ertrinkende. Es war ein düsterer Tag. Die Wolken hingen dunkel über dem Meer, der Wind zerrte an ihrem Kleid. Sofia drängte sich nahe an sie heran, ihre dunklen, großen Augen voller Angst. Mit einem schmerzhaften Kribbeln wich die Taubheit aus Annas Händen. Sie umfasste Sofias Hand, als könnte sie das Mädchen dadurch trösten. Aber vielleicht brauchte sie auch selbst etwas, an das sie sich klammern konnte, um nicht in Hoffnungslosigkeit zu versinken.

Der rothaarige Pirat stieß sie nach vorne. Auf einer leicht erhöhten Plattform saß ein stattlicher Mann. Ein schwarz-goldenes Wams endete kurz über seinem gewaltigen Bauch. In dem goldenen Tuch, das darum geschlungen war, steckten mehrere Säbel und Messer. Das weiße Haar flatterte im Wind. Aber es waren nicht die Waffen, die Anna das Blut in den Adern gefrieren ließen, sondern seine harten Augen, die unter seinen noch nicht ergrauten buschigen Augenbrauen dunkel hervorstachen. Dieser Blick duldete keinen Widerspruch und schreckte vor keiner Grausamkeit zurück. Tiefe Falten auf seiner Stirn unterstrichen die Grimmigkeit. Die Luft wurde plötzlich dünn und Anna hatte Mühe zu atmen.

Jesus … Ein anderes Gebet brachte sie nicht zustande.

Er musterte die kleine Schar abschätzig, dann sagte er etwas zu einem Mann, der an seiner rechten Seite stand. Sein blonder Gefährte erinnerte sie an einen Wikinger. Er erwiderte etwas, das dem Befehlshaber nicht ganz zu passen schien, denn seine Augen verengten sich und er ließ seinen Blick über die Gefangenen schweifen, bevor er an ihr hängen blieb. „Euer Name?"

Sein Französisch hatte einen starken Akzent und seine Stimme war scharf. Anna schluckte hart und versuchte, seinem stechenden Blick standzuhalten. „Ma… Madame de la Martignière." Ihre Stimme war nicht viel mehr als ein Piepsen. Rasch blickte sie zu Boden.

Er schürzte die Lippen und ein „Ts, ts" verließ seinen Mund, während er den Kopf schüttelte. Aus den Augenwinkeln sah sie, wie er sich mit seinen fleischigen Händen an den kunstvoll geschnitzten Lehnen seines Stuhles abstützte und sich emporhievte. Mit wenigen Schritten war er bei ihr.

Er hob ihr Kinn, sodass sie gezwungen war, ihn erneut anzusehen. Sein Griff war hart und unnachgiebig. Mit einem Ruck ließ er sie wieder los und riss ihr das Tuch vom Kopf. Ein Raunen ging durch die schweigende Menge, als ihr kurzes Haar im Wind wehte. Anna schloss die Augen und versuchte, ihre aufkommende Panik zu verbergen.

Der rothaarige Pirat riss ihr den Umhang und die Tasche vom Leib. Sie schlang ihre nackten Arme um ihren Oberkörper.

Dragut schien zu gefallen, was er sah. „Sehr schön." Er strich um sie herum, als sei sie eine Statue, die es ausführlich zu betrachten galt. Hin und wieder strich er ihr über den Körper. Sie starrte geradeaus. Ihr Herzschlag donnerte in ihren Ohren.

Als er seinen Kopf nahe zu ihrem Ohr neigte, bekämpfte sie den Drang, seinem heißen Atem auszuweichen und ihm eine runterzuhauen. Bewegungslos fixierte sie die Reling hinter dem Stuhl.

„Außergewöhnliche Zeiten verlangen außergewöhnliche Opfer." Er täuschte Bedauern vor, während er seine Hände hinter dem Rücken faltete und vor ihr auf und ab ging. „Ich verzichte auf Euch, um dem Sultan ein großzügiges Geschenk zu machen."

Seine Untertanen, die einen Kreis um die Gefangenen gebildet hatten, begannen schleimig zu grinsen. In der Ferne grollte ein Donner.

Worte, die sie nicht verstand, flogen zwischen den Piraten hin und her. Doch die gierigen Augen und Finger, die auf einzelne Frauen zeigten, sprachen eine überaus deutliche Sprache.

Draguts Blick blieb an Sofia hängen. Auch sie begutachtete er ausgiebig. Er nickte zufrieden, nahm sie am Arm und stellte sie ein wenig abseits.

Annas Augen weiteten sich, ihr Puls raste. Nicht Sofia. Sie hatte doch schon alles verloren. Und sie war erst zehn!

„Was habt Ihr mit ihr vor?" Ihre Stimme gellte und Draguts Augen verengten sich. Der rothaarige Pirat schlug ihr ins Gesicht, sodass ihre Lippe aufplatzte und das Blut in ihren Mund sickerte. Ihre Wange brannte, doch sie hielt dem hämischen Blick des Piratenoberhauptes stand.

Mit Widerstand kam sie nicht weiter, aber vielleicht konnte sie sich einschleimen. Sie verabscheute das zwar, aber sie sah keine andere Möglichkeit. Also straffte sie die Schultern und versuchte, höflich und würdevoll zu klingen. „Mit Verlaub, Monsieur Dragut, ich möchte Euch bitten, meine Schwester nicht von mir zu trennen."

Sein kaltes Grinsen blieb unverwandt auf seinem Gesicht und seine Miene verriet nichts von seinen Gedanken.

„Sie wäre doch eine gute Ergänzung zu Eurem Geschenk an den Sultan", versuchte Anna es noch einmal. Wie sie es hasste, so zu sprechen.

„Stellt Euch zu ihr!", befahl er herrisch.

Sie ging zu Sofia, nicht wissend, ob sie alles verspielt oder Sofia herausgeschlagen hatte. Die Hand des kleinen Mädchens suchte die ihre und klammerte sich an ihr fest. Sie zitterte. Ihre schwarzen Haare ließen ihr blasses Gesicht beinahe gespenstisch wirken. Anna erwiderte den Händedruck und starrte in den schwarzen Himmel.

Eine Windböe wirbelte ihr die Haare ins Gesicht. Ein Blitz zuckte in der Ferne, gefolgt von einem Donnergrollen, das lange über dem aufgepeitschten Wasser nachhallte.

Ed verdrängte das mulmige Gefühl, nahm seine Position ein und konzentrierte sich auf Vits Lektion. Er schalt sich selbst einen Narren, dass er sich Sorgen um Anna machte. Die drei Tage und Nächte ohne sie waren seltsam einsam und kalt gewesen.

Vit machte einen Ausfallschritt und er parierte ihn. Dann hängte sein Lehrer eine seiner schnellen Abfolgen dran und er brauchte jede Konzentration und Willenskraft, um seine schmerzenden Muskeln zu bewegen. Doch wie üblich gelang es dem Ritter mit Leichtigkeit, ihn zu entwaffnen.

„Du bist heute nicht konzentriert."

Ed wischte sich den Schweiß von der Stirn und atmete schwer, als er sich nach dem Schwert bückte. Er mochte es, dass Vit nun zum Du gewechselt hatte, wie es unter Freunden üblich war. Kam Anna heute zurück? Trotz des besseren Wetters war auch heute kein Boot eingetroffen und der Tag neigte sich schon dem Ende zu.

Anna sollte sich besser beeilen, schließlich waren sie schon eine Woche weg. Wenn Grandpère sein Verschwinden der Polizei meldete, war seine zweite und letzte Chance verspielt.

Falls die Zeit zu Hause gleich schnell lief wie hier. Falls sie wieder in die Gegenwart zurückkehrten. Falls, falls, falls.

Ed verstaute seine aufgewühlten Gefühle und kratzte den letzten Rest Konzentration zusammen, als er sich Vit gegenüber erneut aufstellte und ihn angriff. Sollte er versuchen, ohne Anna in die Gegenwart zurückzukehren, um seine Haut zu retten? Was aber, wenn ihr etwas zugestoßen war?

Ein kräftiger Unterhau seines Freundes entwaffnete ihn.

Der Ritter zog fragend die Augenbrauen hoch. „Was ist los?"

Edward seufzte und wischte sich über die Augen. „Ich mache mir Sorgen um Anna. Sie ist gestern und auch heute nicht gekommen."

Vitellino stellte sich breitbeinig vor ihn. „Die haben wahrscheinlich ihre Kräuterstudien ausgedehnt."

Doch auch der feste und zuversichtliche Blick des Ritters vertrieb das ungute Gefühl nicht ganz. Nun ja, mit Sicherheit herrschte in dieser Zeit eine andere Vorstellung von Pünktlichkeit und offensichtlich sah der Ritter keinen Anlass zur Beunruhigung.

Dennoch wünschte Ed sich wieder einmal, er könnte sein Handy zücken und ein kurzes SMS tippen: *Hey, Süße, wie läuft's? Keine Lust auf Zukunft?*

Als er später noch einmal im Hafen stand und den Horizont absuchte, war weit und breit kein Boot zu sehen.

Die nächsten zwei Tage stürmte es wieder.

Am dritten Tag ging die Sonne in einem fulminanten Feuerwerk von orangen, gelben und roten Zungen unter – ohne Anna.

Die Insel wurde immer kleiner. Vitellino stand an der Reling der Santa Maria, den Wind im Gesicht. Die mächtigen Segel bauschten sich in der starken Brise. Angelika. Der Kampf gegen die schrecklichen Bilder der vergangenen Stunden ließ seine Finger unruhig auf die Reling trommeln. Er hatte schon manche Seeschlacht erlebt, schon manchen Toten gesehen, aber die Grausamkeit, der sie auf Gozo begegnet waren, ließ auch ihn nicht kalt. Es war, als hätten die Piraten noch einmal ein Exempel statuieren wollen, mit wem es die Ritter bald zu tun haben würden. Dragut hatte schon immer ein freundschaftliches Verhältnis zum Sultan gehabt und es war wahrscheinlich, dass er ihn bei der Belagerung unterstützen würde. Gischt spritzte Vit ins Gesicht, aber er ignorierte es.

Edward trat neben ihn und stützte die Hände auf der Brüstung ab. Seine kurzen, strähnigen Haare umrahmten das breite, bleiche Gesicht. Er zollte ihm Respekt, dass er mitgeholfen hatte, die Leichen zu verbrennen, obwohl er sich immer wieder übergeben hatte.

Die wenigen Überlebenden, die sie auf der Insel vorgefunden hatten, waren damit beschäftigt gewesen, die Leichen aufzuschichten und zu verbrennen, um die Gefahr von Seuchen einzudämmen. Sie waren die ganze Insel abgeritten und hatten die Überlebenden nach Anna und Angelika gefragt.

„Sie drangen während des Regens in die Häuser ein und metzelten alles nieder, was sich bewegte, oder machten Gefangene. Ich habe mich gewehrt und wurde niedergeschlagen. Als ich wieder erwachte, lag ich in meinem eigenen Blut – eine Platzwunde am Kopf. In der Entfernung das Piratenschiff. Ein kleines Boot brachte

Anna, Sofia und Pietro mit anderen Menschen hinaus." Die Worte des jungen Fischers Endres waren abgehackt gewesen, seine Augen glasig, seine Wunde notdürftig versorgt. Stumm hatte auch er geholfen, die Leichen zu verbrennen. Darunter die seiner Eltern.

„Meinst du, wir sind auf dem richtigen Kurs?"

Edwards Frage riss Vitellino aus seinen Grübeleien. Sein neuer Freund klammerte sich so stark an die Reling, dass seine Knöchel weiß hervortraten.

„Ich hoffe es. Wenn sie in Tunis sind, wird es viel schwieriger, sie zu befreien."

Gozo versank am Horizont. Genau wie seine Hoffnung, Angelika je wiederzusehen. Keiner aus ihrer Familie hatte überlebt.

Eine Alte, die sich in einem Trauer-Singsang vor- und zurückbewegt hatte, hatte ihnen Auskunft geben können. „Nicht heute, aber vor vielen Jahren fiel sie den Piraten zum Opfer …"

Vitellino versuchte den Kloß in seinem Hals zu minimieren, indem er mit seinen Zähnen mahlte und seine Hände zu Fäusten ballte. Schuld zerrte an seiner Brust. Hätte er sie geheiratet, dann würde sie noch leben. Zumindest bildete er sich das ein.

Aber das Zeichen, um das er damals gebetet hatte, war nie eingetroffen. Warum nur schmerzte es ihn dann so sehr, sie niemals wiederzusehen? War es die Endgültigkeit? Er hatte mit diesem Kapitel doch schon lange abgeschlossen. Sein Weg war ein anderer. Ebenso wie ihr Weg ein anderer gewesen war. Sie hatte den Fischer geheiratet. Es gab nichts mehr, was sie zusammenhielt – außer der Erinnerung an die süße, erste Liebe.

Eine Seefahrt mit Sir Francis Drake in die Metropole Konstantinopel. Auf einem alten – echten – Kauffahrtsschiff. Das war so abgefahren, dass es ihm keiner glauben würde. Ed starrte nach Gozo, nun ein kleiner Punkt, der gerade über den Rand des Horizonts kippte. Der Wind hatte aufgefrischt und die Wellen peitschten gegen den hölzernen Bug. Sie kamen gut voran. Das mussten sie auch, wenn sie Anna und Pietro befreien wollten.

Vor zwei Tagen waren sie in einem kleinen Ruderboot auf Gozo gelandet. Sein Herz hatte beinahe ausgesetzt, als er damit gerechnet hatte, sie unter den Toten zu finden. Aber Endres hatte ihnen Hoffnung gemacht. Und es gab nur zwei Orte, an die die Piraten die Gefangenen bringen konnten. Nach Tunis in ihr Piratenversteck oder zum Sultan nach Konstantinopel.

Zurück auf Malta hatte Ed plötzlich gewusst, dass er Anna nicht einfach ihrem Schicksal überlassen konnte. Er konnte nicht allein zurückgehen und seinen Großeltern und Annas Eltern sagen: „Hey, tut mir leid, Anna und ich sind in der Vergangenheit gelandet, leider wurde sie von Piraten gekidnappt …“ Niemand würde ihm glauben und er würde wieder im Knast landen.

Und wenn er ganz ehrlich war, ließ ihn etwas an Anna nicht los. Obwohl sie ihm mit ihrer Ängstlichkeit auf die Nerven gehen konnte, faszinierte ihn eine innere Stärke, die aufgeblitzt war, als sie dieses Kleid angezogen und plötzlich einen aufrechten Gang gehabt hatte. Die aufgeblitzt war, als sie den Bogen in den Händen gehalten hatte. Die aufgeblitzt war, als sie sich dem Unausweichlichen gestellt hatte und nach Gozo aufgebrochen war. Die „graue Maus“, die es irgendwie immer wieder geschafft hatte, ihn zu überraschen, die an ihn glaubte – sie war im Begriff, ihm unter die Haut zu gehen.

Alleine hier in der Vergangenheit zu bleiben, machte keinen Sinn. Er würde sich wahrscheinlich immer als Fremder fühlen. Also blieb nur noch eines: alles daranzusetzen, Anna zu finden und zu befreien.

Vit hatte mit einer Ordensgaleere und einem Trupp Soldaten ausrücken wollen, aber der Großmeister hatte nicht eingewilligt. Er wollte nicht „grundlos“ Männer und Schiffe in den Herbststürmen oder in einer Seeschlacht verlieren. Die drohende Belagerung verlangte eine andere Prioritätensetzung. Und einen einzelnen Ordensbruder und eine Frau zu retten, stand definitiv nicht oben auf seiner Agenda.

In einer Nacht-und-Nebel-Aktion hatte Ed Francis aufgesucht und überzeugen können, mit ihnen nach Konstantinopel zu reisen. Er hatte an seinen Abenteurersinn und seinen Stolz als Seemann appelliert und es hatte funktioniert. Schwieriger war es gewesen,

Angenou zu überzeugen. Er hatte Angst um seine Fracht gehabt, aber die Aussicht, in der Metropole weitere Geschäfte machen zu können, hatte ihn schließlich umgestimmt.

Pierre trat zu ihnen. „Es geht nichts über frische Seeluft."

Er grinste und strich sich die hellbraunen Haare aus dem Gesicht. Der Himmel war dunkel, Regen lag in der Luft. In der Ferne grollte der erste Donner. Vit hatte ihm von den gefürchteten Herbststürmen erzählt, die schon so manchen tapferen Mann das Leben gekostet hatten.

Gott, wenn es dich gibt, dann bring uns sicher an Land und lass mich Anna finden.

Seit wann betete er? Das musste wohl an der hier allgegenwärtigen Religion liegen. Wer besprengte denn schon ein Schiff mit „heiligem Wasser" und murmelte unverständliche Gebete? Als würde das den allmächtigen Gott dazu bringen, ihr Unterfangen mit Erfolg zu krönen. Aber der da oben war weit weg. Oder etwa doch nicht? Anna hatte ihn als einen Freund bezeichnet. Wenn das stimmte, dann kümmerte er sich vielleicht wirklich um sie und erhörte sein Gebet.

„Eine kleine Ablenkung würde uns guttun." Vit löste sich von der Reling und drehte sich um, eine Hand an seinem Rapier. Als er ihn zu einem Freundschaftskampf aufforderte, war er nur zu gerne bereit.

Die Zeit des Holzschwertes war vorbei. Ed griff nach seinem Rapier, das in einem ledernen Waffengurt steckte. Es hatte ihn ein kleines Vermögen gekostet, aber Vit hatte darauf bestanden, dass er sich ausrüstete. So befanden sich neben dem Schwert auch zwei Messer. Und beinahe kein Geld mehr in dem Beutel.

Das Klingen von Metall auf Metall mischte sich mit dem Brausen des Sturmes und dem Knattern der Segel. Ed presste die Lippen zusammen und schmeckte das Salz in seinem Mund. Ganz nach seinem Meister legte er eine schnelle Abfolge von Oberhauen hin, so als könnte er damit jedes gruselige Bild von verstümmelten Menschen und die Angst um Anna in Stücke hauen.

Vit grinste anerkennend.

Ein Blitz zuckte über den Himmel und das Schiff schwankte. Erste Regentropfen fielen mit einem dumpfen Platschen auf den Bretterboden. Zeit, sich zu verkriechen.

Anna wusste nicht, was sie geweckt hatte. Mit geöffneten Augen starrte sie in die Schwärze und rieb sich die immer noch schmerzenden Handgelenke. Sie spürte Sofias Wärme an ihrem Rücken. Mit einem Fetzen ihres Unterkleides hatte sie für sich und das Mädchen den ekelerregenden Boden gesäubert, damit sie einen trockenen Platz zum Schlafen hatten.

Nun lauschte sie in die Dunkelheit. Das Schnarchen und gelegentliche Stöhnen der Gefangenen waren die einzigen Geräusche. Sie sehnte sich nach dem Himmel, nach frischer Luft. Aber die Piraten hatten ihnen die Fesseln nur unter der Bedingung abgenommen, dass sie unten blieben. Sie drehte sich auf den Rücken, um ihre schmerzende Schulter zu entlasten.

Jesus, wo bist du?

Ein Gebet tief aus ihrer Seele stieg hinauf in den Himmel. Sie wusste, dass Gott immer bei ihr war, auch wenn sie es nicht fühlte. Trotzdem sehnte sie sich nach seinem Frieden. Nach einem Zeichen.

Die Wellen schlugen an das Schiff. Sofias unruhige Atemzüge waren dicht bei ihrem Ohr. Kein Wort hatte ihren Mund verlassen, seitdem sie erfahren hatte, dass ihre Großmutter gestorben war. Links von ihr schlief Manuele, der kleine Fischerjunge, nicht älter als Sofia. Angekettet an die Galeerenbank.

Jesus, wo bist du?

Sie waren nun schon seit neun Tagen unterwegs. Irgendwo in ihrem Herzen hatte sie immer geglaubt, dass die Ritter sie schon herausholen würden; das waren doch Helden, die Frauen in Not retteten. Aber heute hatte sie den Stimmen gelauscht, die sich dicht über der Luke ereifert hatten. Der Steuermann und Dragut. Seltsamerweise hatten sie französisch gesprochen.

„Die Herbststürme haben sich dieses Jahr Zeit gelassen, trotzdem sind wir viel zu spät dran! Aber Ihr wolltet ja nicht auf mich hören!"

„Wir sind keine solchen Weichlinge wie die Johanniter. Ein kleines bisschen Sturm überstehen wir schon." Draguts Stimme war gefährlich leise gewesen.

„Monsieur Dragut, ich weiß, dass Ihr schon viele Stürme überlebt habt. Aber wir sind auf der Höhe der Klippen. Wenn die Sicht weiterhin so schlecht ist, laufen wir Gefahr, unser Schiff zu verlieren – und damit unsere wertvolle Fracht."

Die Herbststürme. Und da hatte sie es gewusst. Die Ritter würden niemals ihre Männer und Schiffe riskieren, um sie zu retten. Nicht, wenn die Belagerung bevorstand. Ed würde es vielleicht versuchen, aber er hatte keinerlei Möglichkeiten. Kein Schiff, keine Kenntnisse … Sie würde beim Sultan landen, außer es gelänge ihr, zu fliehen und auf dem Landweg zurückzukehren.

Jesus, wo bist du?

Eine Welle brach krachend an die Wand und das Schiff neigte sich zur Seite, sodass Anna nach rechts rollte. Aber schlimmer als die Übelkeit, die sie erfasst hatte, war die Hoffnungslosigkeit. Eine Zukunft im Harem. Ungeliebt, missbraucht, eingesperrt. Das konnte doch nicht Gottes Wille sein?

Kein Medizinstudium, keine Liebeshochzeit mit einem gläubigen Traummann, keine Kinder (na ja, vielleicht ja doch, aber dann wären es die Kinder des Sultans …), kein Häuschen mit Garten. Alle ihre Träume lagen in Schutt und Asche. Keiner ihrer Pläne hatte mehr Bestand.

Heiße Tränen rannen Annas Wangen hinunter. Sie drehte sich auf die Seite, zog ihre Knie eng an sich und umschlang sie mit ihren Armen, als wollte sie sich selbst Schutz geben. Lautlos weinte sie ihren Ärmel voll, bis die Tränen endlich versiegten. Keine Schulter, die sie tröstete, keine starken Arme. Nur das Gefühl der Leere. Sie vermisste Ed, ihre Eltern, ihre Freunde, ihr Zuhause, so sehr, dass es schmerzte.

Vertraust du mir?

Gott vertrauen? Auch jetzt, weit weg von allem Menschenmöglichen? Sage Gott ab und stirb, hatte die Frau zu Hiob gesagt. Anna erinnerte sich an den Abend in der Jugendgruppe, an dem sie darüber gesprochen hatten. Ihr Pastor hatte sie mit glühenden Augen angeschaut: „Wie stark ist euer Glaube? Sagt ihr Gott ab, wenn etwas nicht nach Plan läuft, oder habt ihr Glauben an Gottes Treue und seine Barmherzigkeit, auch wenn es schwierig wird? Glaubt ihr der Stimme des Feindes, die euch Gott abschwören lassen will, oder hängt ihr euch mit allem, was ihr habt, an diesen Gott? Und vertraut auf seine Freundschaft?"

Nie hätte sie sich vorstellen können, in Versuchung zu geraten, Gott abzuschwören. Doch hier im schwarzen, ekligen Schiffsbauch lauerte die Verlockung. Mit zischender Stimme flüsterte sie ihr Hoffnungslosigkeit ins Herz. Keine Hoffnung auf eine Zukunft, keine Hoffnung auf eine Rückkehr, keine Hoffnung auf die Erfüllung einer ihrer Pläne. Keine Hoffnung auf Liebe.

Eine weitere Woge prallte ans Schiff und es geriet in ein komisches Schlingern. Oben wurden Stimmen laut, eine Person polterte die Treppe hinunter. Der Schein einer Fackel erleuchtete den vorderen Teil des Schiffes.

„Rudern!"

Anna hörte, wie die Männer sich bewegten, und mit dem ersten Trommelschlag setzten sich die großen, knarrenden Ruder in Bewegung. Die Fackel tanzte im schwankenden Rhythmus des Schiffes.

Vertraust du mir?

Gottes ruhige Stimme war lauter als das Zischen der Resignation. Gehörte nicht Beharrlichkeit dazu, Ziele zu erreichen? Konnte sie sich nicht mit derselben Ausdauer an Gott hängen, mit der sie ihre Pläne verfolgt hatte? Ihm vertrauen, dass er alles in der Hand hielt?

Es war, als würde sie ihr Herz in die Hand nehmen, es diesem mächtigen Gott hinstrecken, und seiner Liebe vertrauen, als sie flüsterte: „Ich verlasse mich auf dich."

Das Schiff schlingerte hin und her. Eds Magen hatte schon lange alles hergegeben. Er klammerte sich an den Masten, als eine neue Welle über das Schiff hereinbrach, und versuchte, im Dämmerlicht der hereinbrechenden Nacht den Horizont auszumachen. Aber alles, was er sah, war eine tiefgraue Wand. Wasser, Himmel? Er konnte es nicht mehr unterscheiden.

Er schnappte sich den nächsten Eimer, den Vit ihm entgegenstreckte, und kippte ihn über Bord. Sie hatten zwei Teams gebildet, die gegen das Wasser, das den Rumpf knietief füllte, ankämpften, indem sie eine Schlange bildeten und sich die Eimer reichten.

Edward blickte kurz zum Steuermann hinüber, der sein Steuer eisern mit zusammengezogenen Augenbrauen umklammert hielt und versuchte, den Matrosen im Ausguck durch das Tosen des Sturms hindurch zu verstehen. Dann kippte er einen weiteren Schwall Wasser über Bord und reichte den leeren Eimer an Pierre weiter. Seine Arme schmerzten und seine Beine waren wund vom Wasser.

Eine ruckartige Bewegung des Schiffes entzog ihm den Boden unter seinen Füßen. Das Boot neigte sich zur Seite und er rutschte in rasendem Tempo auf das schwarz brodelnde Meer zu. Verzweifelt suchten seine Hände Halt auf den glitschigen Planken. Vergebens.

KAPITEL 13

Die Trommelschläge wurden kontinuierlich langsamer, bis sie verstummten. Anna stand am Treppenaufgang, bereit, den dunklen Bauch des Schiffes zu verlassen.

Das raue Seil schnitt ihr ins Handgelenk, doch sie ignorierte es. Nach drei Tagen und Nächten im Sturm und fast zwei Wochen an Bord endlich wieder frische Luft zu atmen und festen Boden unter den Füßen zu spüren, kam dem Paradies gleich. Wie schnell man seine Ansprüche anpasste …

„Vorwärts!" Eine grobe Hand stieß sie nach vorne.

Anna stieg die Treppe hinauf ins gleißende Sonnenlicht und blinzelte. Vor ihr lag eine Art Palast. Hinter einer mächtigen Mauer, die durch kleine spitze Türme unterbrochen war, türmten sich riesige Kuppelgebäude auf.

Dragut näherte sich der Gruppe. „Darf ich vorstellen: Euer zukünftiges Zuhause. Der Yeni Saray."

Anna schwieg und starrte geradeaus. Der Piratenhäuptling trat einen Schritt auf sie zu. Sie hielt den Atem an, als er sich nahe an ihr Ohr beugte und eine Wolke von Alkohol und übel riechenden Gerüchen ihre Nase quälten.

„Es gibt Schlimmeres, als den Luxus des Harems zu genießen. Wenn Ihr fröhlich und hübsch ausseht, kann ich ein gutes Sümmchen herausschlagen trotz Eures hohen Alters. Falls nicht …", er unterbrach sich und ließ seinen Blick wieder musternd an ihrem Körper entlanggleiten, „werde ich eine andere Verwendung für Euch finden."

Daran hatte sie keinen Zweifel. Sie hielt ihren Blick auf das große Tor gerichtet, das in der Nähe des Hafens durch die dicke Mauer führte, und bekämpfte die aufsteigende Übelkeit.

Die Anker platschten ins Wasser, Männer in bunten Turbanen winkten, riefen, fingen Taue auf, befestigten das Schiff und legten Ladungsplanken.

Vorsichtig setzte Anna Fuß um Fuß auf das schmale, wacklige Brett. Eine Welle fremder Gerüche schlug ihr entgegen. Fisch, aber auch Anis, Fenchel und etwas Scharfes, das sie nicht einordnen konnte. Als sie über die Schulter schaute, erhaschte sie einen Blick in Sofias große traurige Augen, die furchtsam auf die Mauer gerichtet waren. Aber ihr fehlten tröstende Worte. Verängstigt umklammerte sie das Seil, das sie mit ihr zusammenband, so fest, dass ihre Knöchel weiß hervortraten.

Dragut bellte seinen Handlangern etwas zu und führte ihren kleinen Gefangenentrupp grinsend zum ersten Durchgang. „Das großherrschaftliche Tor." Er zeigte mit dem dicken Finger auf die arabische Schrift, die im Torbogen eingemeißelt war.

Sie betraten einen Hof, der rechts und links von Gebäuden gesäumt war. Der helle Lehmweg fühlte sich hart und kalt an unter ihren dünnen Sohlen. Dragut führte sie direkt zu zwei großen Türmen, in deren Mitte ein weiteres Tor prangte.

In einer Ecke kämpften Jungen in Sofias Alter gegeneinander auf einer Wiese mit Stöcken. Sie trugen eigenartige lange Filzhüte und waren mit ihren Pluderhosen und Hemden einfach gekleidet, im Gegensatz zu vielen Männern, die reich bestickte rockartige Übergewänder zur Schau stellten.

Von allen Seiten wurden sie begafft, aber man hielt respektvoll Abstand. Die Wachen vor dem hinteren Tor verbeugten sich vor Dragut und ließen ihn mit seiner Fracht passieren.

Das Plätschern eines gewaltigen Springbrunnens nahm Annas Aufmerksamkeit gefangen. Er thronte inmitten einer wunderschönen Parkanlage mit verschlungenen Wegen und versteckten Sitzgelegenheiten. Im Gegensatz zum ersten Hof war es hier viel ruhiger.

Obwohl ihr immer noch leicht übel war, begann ihr Magen wider Willen zu knurren, als ihr orientalische Essensdüfte entgegenwehten. In den letzten zwei Wochen auf See hatte sie nicht viel gegessen.

Vor einem Haus auf der linken Seite blieb der Pirat stehen und wechselte einige Worte mit den Wachen. Dann wandte er sich ihnen zu und löste ihre Fesseln.

Anna rieb sich die schmerzenden Handgelenke, während sie zum Tor zurückschaute. Es hatte keinen Sinn zu fliehen. Überall standen grimmige Wachen. Die „Schätze“ des Sultans wurden gut bewacht. Einmal drin – immer drin, schien hier die Devise zu sein.

Ein großer schwarzer Mann erschien in der Tür. Die goldenen Stickereien seiner reich verzierten Robe glitzerten im Sonnenlicht. Sein roter Turban war schwindelerregend hoch und wackelte, wenn er redete. Er rümpfte die Nase, als er mit Dragut sprach. Wahrscheinlich stanken sie entsetzlich, auch wenn sie selbst das nicht mehr wahrnahm.

Anders als die Piraten musterte der Schwarze sie nicht mit anzüglichen Blicken. Und seine hohe, heisere Stimme erinnerte Anna an eine weitere Grausamkeit der Vergangenheit. Sie hatte es hier wohl mit einem Eunuchen zu tun.

Die Herren lieferten sich eine heftige Debatte, aber schließlich wurden sie sich über den Preis einig und Dragut ließ einen Sack voller Münzen in seinem Gewand verschwinden. Dann drehte er sich um und ging zum Tor hinaus, ohne sie auch nur eines weiteren Blickes zu würdigen.

„Meine Damen, ich darf Euch im Haremspalast willkommen heißen. Mein Name ist Agha und ich bin der Aufseher über die Frauen, die hier leben.“

Schwer atmend hielt Ed sich am Mast fest. Sein Herz raste.

„Geht's dir gut?“ Vits Stimme versuchte, den Sturm zu übertönen. In letzter Sekunde hatte er ihn gerettet, indem er ihm ein Seil zugeworfen hatte.

Ed nickte, unfähig zu antworten. Er sah die schwarzen Wassermassen noch vor sich, die ihn beinahe verschlungen hätten. Ein Blitz zuckte über den Himmel und tauchte die Dunkelheit der Nacht für einige Sekunden in gleißendes Licht. Die Wellen türmten sich nun haushoch auf und die Schaumkronen zischten gierig, als suchten sie ein neues Opfer.

„Binde dich mit dem Seil an den Pfosten!“

Mit klammen Fingern gehorchte Edward. Dann nahm er den nächsten Eimer entgegen, während das Schiff sich auf die andere Seite neigte. Er würgte, als Übelkeit in ihm aufstieg, aber sein Magen war leer. Seine Beine fühlten sich wie Wackelpudding an und seine Hände zitterten. Ob vor Kälte, Erschöpfung oder Seekrankheit, konnte er nicht sagen.

Die nächste Welle, die krachend über ihn hereinbrach, entriss ihm den Eimer. Das kalte Salzwasser lief ihm in den Mund und in kleinen Bächen den Rücken hinunter.

„Zurück!", brüllte Francis.

Die Männer zogen sich ins Unterdeck zurück. Das Wasser stand immer noch knietief.

„Luken schließen!"

Schwarze Dunkelheit hüllte sie ein. Ed tastete sich zu einer Bank, ließ sich darauf nieder und lehnte sich mit angezogenen Beinen an die feuchte Holzwand.

Sie waren alle erschöpft. Es war nun schon die zweite Nacht, in der dieser Sturm tobte. Zuerst hatten sie die empfindliche Fracht, wie die kostbaren Gewürze, an die Decke gehängt, damit sie nicht ganz durchweicht wurden. Danach hatten sie ununterbrochen Eimer geleert. Die Matrosen hatten sich im Ausguck abgewechselt, bis sie vom Schreien heiser gewesen waren. Sie fürchteten die Riffe in der Nähe und Drake wollte nicht auflaufen. Meistens war er selbst am Steuer, die Augen zusammengekniffen, das kantige Gesicht scharf im Wind. Ed schloss die Augen. So was wie Schlaf oder ein Bett könnte er nun gut gebrauchen.

Ein lautes Splittern und Krachen verhinderte, dass sich die ersehnte Ruhe einstellte. Was war das gewesen? Brach das Schiff auseinander?

Er lauschte angestrengt. Das Knarren der alten Bretter und die Wellen, die über Bord brachen, wechselten sich in einem eigenartigen Singsang ab. Fahles Morgenlicht schimmerte durch die Luke, als ein Matrose sie aufstieß, um nach dem Rechten zu sehen. „Der Mast ist gebrochen! Helft mir, Drake zu bergen!"

Vit und Pierre waren im Nu auf den Beinen. Ed versuchte zu folgen, aber die Seekrankheit hatte ihn immer noch voll im Griff und er stolperte. Pierre fing ihn auf. „Bleib du hier!"

Ed leistete keinen Widerstand und ließ sich wieder auf die Bank sinken. Er zog die Beine an und umschlang sie mit seinen Armen, um das Zittern zu unterdrücken. Würden sie bald alle in diesem wilden Meer umkommen? Hineinsinken in den Strudel des Vergessens? Er schloss die Augen und versuchte, die Übelkeit und den bitteren Gallegeschmack in seinem Mund zu ignorieren. Das war einfacher, als die nagende Schuld zu verdrängen. Schuld, wieder einmal die falsche Entscheidung getroffen zu haben. Schuld, diese Männer in Lebensgefahr gebracht zu haben. Schuld, ihnen nicht zu helfen. Und das alles, weil er Anna unbedingt retten wollte. Obwohl die Aussicht gleich null war, sie zu befreien.

Die Männer trugen den bewusstlosen Drake nach unten und legten ihn auf eine Bank. Im dämmerigen Licht konnte Ed nur seinen seltsam verdrehten Arm ausmachen. Ein Matrose verband ihm den Arm und den Kopf. Francis gab keinen Mucks von sich. Was, wenn er starb? Würde aus ihm nie eine Legende werden und England nie zur Blüte kommen? Hatte er die Macht, die Geschichte zu verändern? Oder war seine Gegenwart hier, als wäre er nie da gewesen? Er schob die verwirrenden Gedanken beiseite, während er zusah, wie sie den bewusstlosen Kapitän mit Seilen auf die Bank banden, damit er nicht herunterrutschte.

Der Sturm tobte immer noch unvermindert weiter. Den ganzen Tag und die ganze Nacht.

Erst am vierten Morgen brachen die Wolken endlich auf. Und Drake erwachte.

Annas Magen flatterte nervös, als Agha sie in das Gebäude winkte. Was kam nun auf sie zu? Die Schönheit und Ruhe im Eingangsbereich hatten sie überrascht. Die Wände waren über und über mit blauen, türkisen und weißen Rankenmotiven verziert. Blumen, Schwäne und sonderbare Zeichen vervollständigten das kunstvolle Mosaik.

„Der Yeni Sarai besteht aus mehreren Häusern, die aber alle in der gleichen Ordnung gebaut sind.“ Agha führte sie in ein Atrium. Er zeigte auf die Torbogen, die die kleine Rasenfläche wie Zaunpfähle einrahmten. „Alle Zimmer führen auf den Innenhof. Gleich dort drüben befindet sich die Treppe in das Obergeschoss. Eure Schlafkammer befindet sich hier im Erdgeschoss.“

Während sie den Innenhof zu einer weiteren Tür durchschritten, zeigte er ihnen den Speisesaal.

Im zweiten Hof saßen viele Mädchen schwatzend und lachend auf den Bänken. Sie waren in rote, gelbe, orange und grüne Gewänder gehüllt. Auf dem Kopf trugen sie Tücher oder eine schleppenartige Mütze. Ihre Augen waren schwarz geschminkt, ihr Teint wirkte hell und zerbrechlich. Scheu und neugierig zugleich musterten sie die Neuankömmlinge.

Agha hielt ihnen eine Tür auf, die in einen weiteren mosaikbestückten Raum führte.

„Im nächsten Haus befinden sich die Gemächer der Odalisken, der Kadin und der Valide."

Anna runzelte die Stirn, da sie sich unter diesen verschiedenen Begriffen nichts vorstellen konnte, und betrat den warmen Raum. Aghas Augen trafen die ihren und sie meinte, für einen Moment Mitleid darin zu erkennen.

„Die Odalisken sind diejenigen Mädchen, die eine Nacht mit dem Sultan verbracht haben", fuhr er mit seinen Erklärungen fort. „Sie haben Anspruch auf ein eigenes Gemach mit Dienerinnen. Die Kadin sind die Frauen, die schon geboren haben, die eigentlichen Ehefrauen des Sultans. Die höchste Frau ist die Valide, die Mutter des Sultans. Sie sucht die Frauen für ihren Sohn aus und sie bestimmt, wann ihr zu Odalisken werdet. Sie ist die Einzige, die ungehinderten Zutritt zum Sultan hat."

Annas Kopf brummte. Wie war das noch mal? Das war ihr echt zu schnell gegangen.

Der Eunuch bemerkte ihre Verwirrung und lächelte milde. „Keine Angst, meine Damen, Ihr werdet im Hofprotokoll und anderen Künsten unterrichtet, sodass Ihr die Hierarchie im Harem schnell verstehen werdet. Für heute ist wichtig, dass Ihr wisst, dass Ihr zu keinem der anderen Höfe Zutritt habt."

Anna blickte sich in dem Raum um. Vor tiefblauen Wänden standen einfache Steinbänke und in der Mitte plätscherte ein Springbrunnen sein fröhliches Lied.

Durch die Scheiben der hohen Kuppel über ihr fiel das Licht golden in den Raum und verlieh ihm etwas von einer Unterwasserlandschaft; ein Eindruck, der durch die Blumenranken und Bäume auf dem Boden und an den Wänden unterstrichen wurde.

„Ihr braucht als Erstes ein Bad. Ich schicke Euch zwei Mädchen, die sich um alles Weitere kümmern werden.“ Der Aufseher verließ sie und sie warteten auf den Steinbänken.

Die wunderbare Wärme kroch langsam in Annas klamme Zehen. Ein Duft nach Orangen und Minze verwöhnte ihre Nase. Als Sofia zu schniefen begann, legte sie einen Arm um ihre Schulter. Die anderen beiden Mädchen starrten leer vor sich hin.

Sofia legte ihren Kopf an ihre Brust und weinte sich die Seele aus dem Leib.

Anna schluckte und drängte ihre eigenen Tränen zurück. „Gott verlässt uns nicht. Und ich verlasse dich auch nicht, das verspreche ich dir. Wir werden einen Weg hier herausfinden.“ Sie kaute auf ihrer Unterlippe, während sie Sofia über den Rücken strich. Wieder einmal waren ihre Worte schneller gewesen als ihre Gedanken.

„Niemand, der im Harem war, kommt je wieder heraus“, sagte das ältere der Mädchen tonlos.

Anna weigerte sich, diese Tatsache anzunehmen. Es musste eine Möglichkeit geben. Sie wollte nicht an diesem Ort und in dieser Zeit alt werden. Auf gar keinen Fall.

„Erst nehmen wir alle ein Bad, dann fühlen wir uns sicher schon sehr viel besser“, versuchte sie sich selbst und die anderen aufzumuntern.

Sofia wischte sich mit der Hand über die Augen und setzte sich auf.

Zwei Mädchen betraten den Raum, in ihren Armen Kleider und Tücher.

„Willkommen im Harem“, begrüßte sie die Größere der beiden in akzentfreiem Französisch. „Ich bin Aylin und das ist Selin. Wir werden Euch helfen.“

„Ich bin Anna und das ist Sofia.“

„Ofra und Raja.“

Aylin lächelte. Sie war hübsch und hatte hellbraune Augen, die einen Kontrast zu ihrem hellen Teint bildeten. Ihre Haare waren unter Tüchern verborgen.

„Eure Namen werden Euch noch gegeben werden. Hier beginnt ein neues Leben.“

Anna starrte sie irritiert an. „Du meinst, wir dürfen unsere Namen nicht behalten?“

„Nein. Ihr gehört nun dem Sultan und er kann mit Euch machen, was er möchte."

Annas Entsetzen löste ein helles, warmes Lachen bei Aylin aus.

„Keine Angst. Es wird noch eine Weile dauern, bis Ihr ihn zu Gesicht bekommen werdet. Erst warten einige Wochen Arbeit auf Euch. Der Sultan hat bereits seine Lieblingsfrauen. Meist gibt es für die restlichen von uns nicht viel zu tun, wenn Ihr versteht, was ich meine."

War das ihre Zukunft? Eine Nacht mit dem Sultan und den Rest des Lebens eingesperrt in diesen Mauern? Sie konnte sich nicht vorstellen, hier auch nur ein annähernd erfülltes Leben zu führen. Langeweile und Zickenkrieg. War es das, was sie erwartete?

Selin bat sie, ihre Kleider auszuziehen, was Anna erst ein wenig peinlich fand. Aber die Erschöpfung und die Sehnsucht, endlich wieder einmal sauber zu sein, ließen sie dieses Gefühl schnell vergessen.

Als Aylin ihre kurzen Haare erblickte, war sie es, die sie mit Entsetzen anstarrte. „Bist du eine Dirne?"

„Nein. Ich wurde überfallen und man wollte eine Dirne aus mir machen. Aber bevor …", Anna stoppte. „Ich konnte fliehen, bevor die Männer mir etwas antun konnten."

Aylin wirkte erleichtert. Sie reichte jedem Mädchen ein blaues Tuch. „Bindet das um Eure Körper."

Anna fühlte sich gleich sicherer, als sie das Tuch oberhalb ihrer Brust feststeckte. Es war sauber und duftete nach Orangen. Zügig folgte sie den anderen in den nächsten Raum. Der heiße Dunst nahm ihr fast den Atem. Sie blinzelte und konnte durch den Nebel eine große, niedrige Steinplatte ausmachen, die in der Mitte des Raumes prangte. Die Wärme legte sich wie ein dicker Mantel um sie und gab ihr ein wohliges Gefühl. Zugleich fühlte sie sich unglaublich schmutzig. Ihre strähnigen, fettigen Haare klebten im Nu an ihren Schläfen und ihre Kopfhaut juckte.

„Legt Euch auf die Platte."

Sie stieg die zwei Stufen hinauf und legte sich vorsichtig auf die heiße Unterlage. Sofia hielt sich dicht neben ihr. Anna merkte, wie sie die Wärme mit allen Poren aufsog. Sie schloss die Augen und langsam begannen sich ihre Muskeln zu entspannen.

Die blasse Sonne versuchte die Schleierwolken zu vertreiben. Eds Kleider trockneten nur langsam. Wie sehr sehnte er sich nach einem geheizten Raum oder einem Bad. Die Kälte hing klamm in seinen Knochen und die schmerzenden Unterschenkel waren immer noch wund vom Salzwasser.

Wieder einmal waren sie damit beschäftigt, das Unterdeck vom Wasser zu befreien. Ed war froh, dass Francis lebte. Er blickte zum Kapitän, der auf einem Stuhl saß, den Blick auf den Horizont gerichtet. Sein schmerzverzerrtes Gesicht hatte beinahe die gleiche Farbe wie das Blassgrau des Himmels. Er folgte seinem Blick und konnte in der Ferne einen braun-schwarzen Strich ausmachen.

Hatten sie es bald geschafft? Hoffnung flackerte in seinem Herzen auf. Mit dem lädierten Schiff kamen sie nur langsam voran, aber sie hatten großes Glück gehabt, dass es noch fahrtüchtig war und sie alle lebten. Fast. Das gierige Meer hatte den Matrosen auf dem Ausguck verschlungen, als der Mast heruntergekracht war.

„Der letzte Eimer! Wir haben es geschafft!"

Ed erwiderte Vits Grinsen und kippte den Inhalt des letzten Kessels theatralisch über die Reling. Pierre gesellte sich zu ihnen und gemeinsam gingen sie zu Drake.

„Scheint, als hätten wir es bald geschafft."

Francis' Gesicht verfinsterte sich. „Wenn mich nicht alles täuscht, ist das Sizilien."

„Sizilien? Aber das liegt doch in der Nähe von Malta?!"

Der Kapitän nickte grimmig. „Genau. Wir müssen im Sturm den Kurs verloren haben und stark abgedriftet sein."

Der Lotse, der neben Francis stand und bisher geschwiegen hatte, ergriff das Wort: „Lasst uns nach Malta umkehren und dort den Winter abwarten. Einen weiteren Sturm überleben wir nicht."

Ed presste die Lippen zusammen und blickte weiter auf das kleine Stück Land am Horizont. Malta lag so nah und Konstantinopel war so weit weg – falls Anna überhaupt dort war … Aber er würde das Leben dieser Männer nicht noch einmal in Gefahr bringen.

„Warum nicht in Konstantinopel?“ Die etwas nasale Stimme des Kaufmanns mischte sich ein.

„Wir sind vom Kurs abgekommen und nähern uns Sizilien.“

„Na und? Wir kehren nicht nach Malta um.“

Überrascht drehte sich Ed zu Angenou um. Der beleibte Kaufmann hatte ebenfalls unter starker Seekrankheit gelitten und deshalb erstaunte es ihn umso mehr, dass er weiterfahren wollte.

„Henry hat recht. Einen weiteren Sturm werden wir wahrscheinlich nicht überleben. Und mit nur einem Mast kommen wir nicht weit“, wiegelte Drake ab.

„Dann lasst uns nach unten gehen und die Karten studieren. Vielleicht können wir einen Hafen anfahren, um das Schiff auf Vordermann zu bringen.“ Angenous Stimme klang entschlossen.

Die drei Männer verschwanden.

Ed starrte weiter auf das Meer, das nun ruhig und glatt dalag, als hätte es nie sein hässliches Gesicht gezeigt. Tief atmete er die salzige, frische Luft ein. Wenigstens war ihm nicht mehr übel.

„Es ist besser, wir drehen um. Ich bringe euch nur in Gefahr.“ Hoffnungslosigkeit durchdrang sein Herz wie das Salz durch seine Kleider.

„Nur weil wir ein wenig Gegenwind haben, geben wir doch nicht auf!“ Pierre lachte bitter. „Außerdem ist sie deine Frau. Du kannst sie nicht hängen lassen.“

„Ja, aber vielleicht sollte ich alleine gehen. Ein anderes Schiff kapern oder den Landweg benutzen.“

„Was weißt du über den Sultan?“ Vits ruhige Stimme war in den letzten Tagen so etwas wie ein Anker für seine Seele gewesen.

„Nichts.“

„Siehst du. Suleiman hat ein riesiges Reich aufgebaut. Er hat unseren Orden vor vierzig Jahren auf Rhodos besiegt. Er war damals noch sehr jung. Wie de Valette. Willst du einfach hineinspazieren und sagen: ‚Entschuldigt mich, Eure Hoheit, ich will meine Frau zurück.‘? Wenn ihm etwas gehört, dann gibt er es nicht mehr her. Falls die Piraten ihm Anna verkauft haben, dann hat er gut dafür bezahlt.“

Ed schwieg.

„Wenn eine Frau einmal in seinem Harem ist, dann ist sie sein Eigentum. Der Harem ist ein Gefängnis. Sicherlich ein angenehmes. Aber keine Frau hat es je geschafft, daraus zu entkommen."

Ed schwieg weiter. Der weiche Wind streichelte seine Wangen.

„Ohne unsere Hilfe wirst du es nicht schaffen." Pierre stupste ihn kameradschaftlich in die Seite.

Wie er das hasste – auf die Hilfe anderer angewiesen zu sein. Als sei er ein Schwächling.

„Kennst du Davids berühmte Krieger?" Vit hatte wieder das Wort ergriffen und strich dabei gedankenverloren über das glatte Holz der Reling.

„Meinst du den David aus der Bibel?"

„Genau. Seine drei berühmtesten Krieger, Jischbaal, Eleasar und Schamma, konnten alleine je ein ganzes Heer in die Flucht schlagen. Aber sie taten sich zusammen, um David ein Glas Wasser aus dem Brunnen im Feindeslager zu holen. Sie wussten, wann sie alleine kämpfen konnten und wann sie zusammen stärker waren. Und in diesem Fall bist du mit uns stärker."

Das dämpfte sein Minderwertigkeitsgefühl etwas. Trotzdem … „Ihr habt sicherlich recht. Aber es fällt mir schwer, eure Hilfe in Anspruch zu nehmen. Ihr lebt in einer anderen Zeit, und wenn euch wegen mir etwas zustößt – es fühlt sich einfach falsch an."

„Unser Leben wird nicht von dir bestimmt, sondern von Gott. Er bestimmt über unser Ende. Und wenn es sein Wille ist, dann werden wir unser Leben lassen, damit ihr gerettet werdet."

Das konnte er nicht zulassen. Schon Johns Leben war zu viel gewesen. Er war es nicht wert.

„Oder dafür, dass auch nach uns noch Brüder in Malta und unserem Orden eine Heimat finden", ergänzte Pierre.

Die zwei Männer waren seine Freunde geworden. Ihre Loyalität und ihr Glaube gaben ihm Halt. In ihrer Gegenwart fühlte er sich wichtig und ernst genommen, auch wenn das mit dem Glauben an Gott immer noch eine fremde Sache war. „Die Entscheidung liegt bei Drake und Angenou. Es ist ihr Schiff."

Pierre grinste. „Ich weiß nicht weshalb, aber ich beginne, diesen Kaufmann zu mögen. Dachte nicht, dass der so ausdauernd ist."

Schritte knarrten hinter ihnen. Die drei Freunde drehten sich um.

Francis Drake schlurfte mühsam zu ihnen hinüber, sein Gesicht grimmig, aber entschlossen. Er zeigte mit seinem gesunden Arm auf das Land.

„Wir werden Messina anlaufen. Dort werden wir das Schiff instand setzen, ich kann einen Arzt aufsuchen und in zwei Tagen sollten wir weitersegeln können."

Eine zweite Chance, um Anna zu retten. Erleichterung breitete sich in Ed aus und verdrängte die Schuldgefühle. Nicht er hatte sie dazu verpflichtet. Sie selbst hatten seine Sache zur ihrigen gemacht. „Wie lange werden wir brauchen, bis wir in Konstantinopel sind?"

„Etwa zehn Tage, wenn wir gut vorankommen und nicht wieder in einen Sturm geraten. Damit müssen wir jedoch rechnen. Aber ich habe schon manchen Sturm erlebt und ich will zu den Besten meines Faches gezählt werden."

Du wirst eine Legende sein. Noch in 450 Jahren erzählt man Geschichten über dich … Ed biss sich auf die Lippen und unterdrückte den Satz. Stattdessen sagte er: „Ich bin Euch zu großem Dank verpflichtet."

Seine Freunde hatten ein breites Lächeln auf dem Gesicht, von dem er sich anstecken ließ. Die Sonne durchbrach die graue Wolkenschicht vollends und ihre Strahlen wärmten nun endlich auch sein Gesicht.

Die Wärme, der Duft und die Stille waren so entspannend, dass Anna eingenickt war und zusammenzuckte, als jemand ihre Hand berührte.

Ein junges Mädchen in orientalischer Kleidung kniete neben ihr. Aylin erklärte, dass sie nun bewegt würden.

Nach einer Prozedur, die sie an eine chiropraktische Behandlung erinnerte, wurden sie gebeten aufzustehen.

Langsam setzte Anna sich auf. Trotzdem konnte sie nicht verhindern, dass sich alles drehte. Sie atmete tief durch. Der feuchte Orangenblütenduft erfüllte ihre Lungen. Langsam stabilisierte sich ihr Kreislauf und sie folgte der Dienerin zu einem der marmornen Waschbecken, die an der Wand entlang standen und ihr bisher durch den Dampf nicht aufgefallen waren.

Das Mädchen stülpte sich einen Fellhandschuh über, während sie Anna mit Gesten zu verstehen gab, dass sie sich des Tuches entledigen sollte. Dann begann sie, Anna mit dem Handschuh abzurubbeln. Das war Anna mehr als peinlich. Sie konnte sich doch selbst waschen. Aber ein Blick zu ihren Leidensgenossinnen bestätigte ihr, dass das hier wohl so üblich war.

Bald hatte sie das Gefühl, kaum noch Haut zu besitzen. Ein Schwall Wasser wurde ihr über den Rücken gegossen, der sich in schmutzig braunen Wirbeln um ihre Füße sammelte und gurgelnd in ein Loch abfloss. Wenigstens war sie jetzt sauber. Sauberer als vielleicht jemals zuvor in ihrem Leben. Wenigstens äußerlich.

Es war ein seltsames Erlebnis und Anna dachte an ihre wellnessverrückte Freundin, die ihr einmal von einem türkischen Hamam vorgeschwärmt hatte. Ob diese raue Behandlung heute als Peeling durchging? Das musste sie ihr unbedingt erzählen ... Der Schmerz traf sie unerwartet und sie schnappte nach Luft. Heute war 450 Jahre früher ... Vielleicht würde sie Melanie nie mehr wiedersehen ...

Sie hielt den Kopf nach hinten, während das Mädchen ihr die Haare wusch. Seife und Wasser flossen ihr in kitzligen Rinnsalen die Wangen und Schläfen hinunter. Sie schloss die Augen.

Ihre Mutter hatte ihr stets einen Waschlappen in die Hände gedrückt, um ihre Augen vor dem brennenden Shampoo zu schützen, als sie noch klein gewesen war. Sie versuchte die Gedanken an zu Hause abzuschütteln, aber je mehr sie es versuchte, desto weniger gelang es ihr.

Bitte, Gott, hilf mir!

Da war er wieder, dieser Schrei aus der Tiefe ihrer Seele.

Rette mich! Bring mich wieder nach Hause!

Wenn es jemanden gab, der sie nun noch retten konnte, dann war es Gott. Ihm war nichts unmöglich. Immer und immer wieder hatte sie das gehört. Und sie selbst war der lebendige Beweis, wie ihre Eltern stets liebevoll betonten.

Das Mädchen hatte die Prozedur beendet und führte sie wieder auf die erhöhte Platte zurück, wo sie mit einem duftenden Orangenöl eingecremt wurde. Ihre wunde Haut sog es auf, wie ausgetrockneter Boden lang ersehntes Wasser aufnahm. Dann gab ihr das Mädchen wieder ein Tuch und sie folgte ihm in den dunkelblauen Vorraum zurück, wo Aylin und Selin sie erwarteten.

Aylin zeigte auf die vier Kleiderhaufen. „Wir helfen Euch mit den Kleidern. Zuerst müsst Ihr in die weißen Pluderhosen steigen."

Anna legte das blaue Tuch ab und zog die federleichte Hose an.

„Darüber zieht Ihr das langärmlige Seidenkleid an."

Ihres war aus einem satten Grün und reichte ihr fast bis zu den Knöcheln. Es erinnerte sie an ein Nachthemd – wenngleich es sicher als Luxusvariante durchging, so weich und leicht, wie der Stoff sich anfühlte.

Danach kam ein kurzärmeliges Jäckchen, das kurz über der Taille aufhörte. Eine Art ärmellose, hellgrüne Tunika, die vorne geschnürt wurde, bildete den Abschluss der Kleiderordnung.

Ihre nassen Haare wickelte Anna in ein ebenfalls grünes Tuch. Diese Kleider waren sehr viel praktischer als der schwere Rock, den sie in Malta kennengelernt hatte. Sofia trug die gleiche Kombination in Orange, was ihre dunklen Haare zum Leuchten brachte. Im Gegensatz dazu waren ihre Augen stumpf. Anna schluckte. Konnte sie dem Mädchen irgendwie helfen?

Gemeinsam traten sie in den Sonnenuntergang hinaus. Das kleine Stückchen Viereckhimmel über ihnen war rosa gefärbt, unterbrochen von weißen, lang gezogenen Wolken.

Sie folgten Aylin und Selin in den anderen Hof zurück. Ein helles Bimmeln drang an Annas Ohr.

„Die Glocke ruft uns zum Essen."

Aylin und Selin führten sie in eine Nische in der Nähe der ebenerdigen Bogenfenster.

Die reich bestickten und farbigen Kissen waren bequem. Annas Blick glitt zum Fenster hinaus. Eine kleine Grünfläche schmiegte sich an die riesige Mauer, umrahmt von Büschen, die vielleicht über das Gefängnisfeeling hinwegtäuschen sollten. Aber im Dämmerlicht der hereinbrechenden Nacht standen die Äste bizarr und knochig ab und verstärkten das hoffungslose Gefühl, gegen das Anna ankämpfte.

Sofia saß dicht neben ihr im Schneidersitz, die Hände im Schoß gefaltet, den Blick auf den Boden gerichtet.

Viele Frauen – nein, Mädchen – füllten nach und nach den Saal. Lachend, schwatzend. Die jüngsten sechs, sieben Jahre alt, die meisten um die zehn, zwölf Jahre. Wut begann in Anna zu brodeln, als sie daran dachte, dass diese Kinder bald dem Sultan gehören sollten. In ihrer Welt bezeichnete man das als Kindesmissbrauch.

Sie erspähte nur zwei weitere junge Frauen in ihrem Alter. Langsam dämmerte ihr, was Dragut gemeint hatte, als er sie mit „alt" betitelt hatte.

Zwei weitere Mädchen näherten sich ihnen und setzten sich auf die freien Kissen.

„Ich bin Aybüke und das ist Gül", stellte sich die Ältere in Französisch vor.

Ein Schwarm von Dienerinnen schwirrte herein und stellte Tabletts mit Essen auf die kleinen Sockel, die zwischen den Kissen standen. Andere zündeten Kerzen in großen, mit Ornamenten und Gold verzierten Leuchtern an, die sie mit einem Haken von der Decke herunterließen.

Irgendwie erinnerte sie das Ganze an die orientalische Geburtstagsparty, die eine Freundin aus der Jugendgruppe veranstaltet hatte. Das Thema war Esther aus der Bibel gewesen. Esther ... War sie nicht an einem ähnlichen Punkt? Gekidnappt und mit vielen anderen Frauen dazu auserwählt, dem König Lust zu bereiten? Könnte es sein, dass Gott auch ihr hier eine besondere Aufgabe zugedacht hatte?

„Seid Ihr schon lange hier?" Ofras Frage riss Anna aus ihren Grübeleien.

„Ich bin seit einem Jahr hier, Aybüke erst ein paar Monate", antwortete Gül.

Ein Klatschen ließ die hellen Stimmen verstummen.

Der Eunuch – stattlich und ernst – stand in der Mitte des Raumes und hielt gebieterisch eine Hand in die Luft. Dann wandte er sich ihnen zu.

„Meine Damen, ich werde Euch gleich den anderen vorstellen." Er zeigte auf Ofra. „Ihr werdet ab jetzt Bahar heißen."

„Ihr werdet Açela heißen", er schaute Raja an, bevor sein Blick zu Sofia und dann zu Anna wanderte. „Azita und Hayat. Eure alten Namen dürft Ihr unter Strafandrohung nicht mehr erwähnen."

Dann begann er in einer anderen Sprache zu reden, von der Anna nur mitbekam, dass er auf ihre kleine Schar zeigte und die Namen wiederholte.

Hayat. Was für ein hässlicher Name.

Sein Gesicht zeigte keine Gefühle, als der Eunuch in seinen komischen, spitzen Schuhen den Raum verließ. Der Schein der tanzenden Flammen widerspiegelte sich in den silbernen und goldenen Gefäßen und warf tanzende Schatten an die Wand.

„Das Essen hier ist vorzüglich. Lasst es Euch schmecken", sagte Aybüke, während sie einen Löffel in eine kleine silberne Schale tauchte.

Der Duft von Hühnerbrühe stieg Anna nun verführerisch in die Nase. Üppig sah das zwar nicht aus, aber es war die erste warme Mahlzeit seit Wochen. Sie nahm einen der weißen, glatten Löffel in die Hand und war überrascht, wie schwer er sich anfühlte. Wahrscheinlich war er aus Elfenbein. Sie unterdrückte den aufkeimenden Ekel, als sie an die armen Elefanten dachte. Die Suppe, warm und köstlich, glitt ihre durstige Kehle hinunter. Als sie einen weiteren Schluck nehmen wollte, raunte Aylin ihr zu: „Den Löffel darfst du nur auf der rechten Seite bis zur Hälfte in die Schüssel tauchen. Dann nimmst du ihn in die linke Hand und trinkst die Suppe von der linken Seite, niemals von vorne."

Anna zog die Augenbrauen hoch. Hier schien man etwas von Hygiene zu verstehen. Immerhin tauchten mehrere ihre Löffel in dasselbe Schälchen. Bereitwillig fügte sie sich dem Hofprotokoll.

Diese Methode zwang sie, langsam zu essen, was sicher nicht das Übelste war für ihren ausgehungerten Magen. Die heiße, salzige Flüssigkeit brannte ein wenig in ihrer Kehle.

Sie blickte zu Sofia, die ihren Löffel unschlüssig in der Hand hielt.

„Du musst etwas essen, meine kleine Schwester. Das wird dir guttun."

Sofias große Augen begegneten den ihren. Die Traurigkeit, die daraus schien, ging Anna ans Herz. Sie legte ihre Hand auf die Hand des Mädchens.

„Bitte – iss etwas. Für mich."

Sofia nickte und tauchte den Löffel auch in die Schale.

Anna riss ein Stück des hellen Fladenbrotes ab. Heimlich beobachtete sie die anderen Mädchen, die ihr Brot mit Butter bestrichen und Kümmel und andere Gewürze darüberstreuten. Sie tat es ihnen nach und widerstand dem Drang, die Augen zu schließen und die Köstlichkeit zu genießen. Es schmeckte wie das Baguette von zu Hause.

Sie schluckte hart gegen die Enge in ihrem Hals an.

Nur nicht weinen. Hatte sie sich nicht entschieden, Gott zu vertrauen? Warum nur war das so schwer?

Endlich wieder auf See. Edward stand an der Reling und schaute zu, wie Siziliens Küste langsam am Horizont verschwand.

„Wie hast du Anna eigentlich kennengelernt?"

Pierre hatte sich mit seinen Unterarmen auf das Geländer gestützt und beobachtete die hellen Streifen, die das Schiff im Meer hinterließ. Vit stand daneben, lässig mit dem Rücken an die Brüstung gelehnt, und beobachtete die Matrosen, die Seile in Ordnung brachten.

„Wir haben uns auf dem Landgut meiner Großeltern getroffen. Ihr Vater ist der Gärtner und ein guter Freund von ihnen. Sie bewohnen ein kleines Haus auf dem Grundstück. Ich wohne in England und hatte das Gut über zehn Jahre nicht mehr gesehen. Anna und ich sind meinem Großvater zur Hand gegangen und haben gemeinsam einen alten Schuppen ausgeräumt."

„Dann seid ihr gar nicht verheiratet?"

Vits Stimme hatte einen Unterton, den Ed nicht ignorieren konnte. Er merkte, wie seine Wangen heiß wurden. Was war das denn? Seit wann kümmerte ihn die Meinung anderer zu seinen Frauengeschichten?!

„Nein, wir kannten uns erst seit zwei Tagen, als wir hierherkamen. Doch wir dachten, es sei sicherer, wenn Anna sich als verheiratete Frau ausgibt."

Pierre zog einen Mundwinkel hoch. „In der Tat. Da habt ihr richtig geraten."

Ed äugte zu Vit, der ihn immer noch mit undurchdringlicher Miene musterte und nun fragte: „Liebst du sie?"

„Nein." Seine Antwort kam zu schnell. Er wandte seinen Blick auf das blassblaue glitzernde Meer. Anstelle des Landes bildete nun ein silberner hellblauer Streifen den Horizont.

Er glaubte nicht an die Liebe.

Gischt spritzte ihm ins Gesicht und er schloss die Augen. Anna, ängstlich und unsicher, aber doch voller innerer Stärke, die sie vielleicht selbst nicht wahrnahm. In ihrer Nähe fühlte er sich wohl, unbefangen. Als könnte sie direkt in sein Herz blicken. Ja, sie war religiös, aber auf eine angenehme Art und Weise. Und sie hatte so perfekt in seine Arme gepasst …

Der spitze Ellbogen, der ihn in die Seite stach, riss ihn aus seinen Erinnerungen. Er blickte direkt in das spöttische Gesicht seines Vorfahren.

„Du liebst sie nicht, willst sie aber unbedingt retten und verlierst dich in Tagträumen?"

„Ich will sie nur heil in ihre Welt zurückbringen", verteidigte er sich, doch es hörte sich mehr wie eine Ausrede an.

„Mhmm, mhmm …", machte Pierre und grinste mit hochgezogenen Augenbrauen, so als glaubte er ihm kein Wort.

„Sie ist nur eine gute Freundin." Das war nicht gelogen. Trotz seiner Knastgeschichte hatte sie ihn nicht verurteilt. Und das machten echte Freunde, oder etwa nicht?

Vitellino hielt es nicht länger aus. Er ging ans andere Ende des Schiffes. Lange unterdrückte Gefühle stiegen wieder in ihm auf. Liebe. Er wusste, wie es sich anfühlte, eine Frau zu lieben und sich gleichzeitig einzureden, sie nicht zu lieben. Angelika mit ihren schwarzen langen Haaren, die leicht im Wind wehten, tauchte vor seinem inneren Auge auf. Ihr Lächeln, das einst seine Welt bedeutet hatte. Ihre leuchtenden Augen, heller als jeder Stern am Nachthimmel. Wie sehr hatte er sie geliebt. Vielleicht zu sehr.

Pierre hatte es einfacher. Er hatte nie eine Frau geliebt. Aber Vit hatte die süße Liebe geschmeckt und manchmal verfluchte er sich dafür. Die Sehnsucht nach Angelika schien ihn von innen aufzufressen. Langsam. Unsichtbar.

Aber Angelika war tot.

Er atmete tief ein und starrte auf das tiefblaue Wasser. War es diese ungestillte Sehnsucht, die eine Faszination für Anna hervorgerufen hatte? Bisher hatte er sich eingeredet, dass es ihn nichts anging, wie Ed sich Anna gegenüber verhielt, weil er ihr Mann war. Aber er war es nicht. Noch nicht.

Doch er hatte die Anzeichen der Liebe bei Ed gesehen. Das unsichere Flackern in seinen Augen, die vorschnelle Antwort, die leichte Röte in seinen Wangen. Er erinnerte sich an seine Niedergeschlagenheit nach dem Sturm, an seine Entschlossenheit, Anna zu Hilfe zu eilen.

Vit atmete erneut tief die salzige Luft ein, die sich mit den Gerüchen von Essen mischte. Der Koch schien wieder einmal einen seiner guten Tage zu haben. Das sanfte Schaukeln beruhigte seine flatternden Nerven. Schiffe waren schon immer seine zweite Heimat gewesen.

Widerstehe der Versuchung.

Die Worte des Priesters, als er vor dem Ordensgelübde seine Beichte abgelegt hatte, klangen in seinen Ohren wider.

„Eine Runde Training gefällig?“

Die Stimme seines Freundes riss ihn aus seinen Grübeleien. Er zwang sich zu einem Lächeln und nickte. Das würde ihn fokussieren auf das wahre Leben. Es brachte nichts, seiner toten Geliebten hinterherzutrauern oder sich an der Faszination für Anna zu ergötzen. Er hatte das Leben eines Ritters gewählt. Deshalb würde er Ed helfen, seine Freundin zu retten, und sich mit ihm freuen, wenn er sie heiraten konnte.

Er zog sein Rapier und begegnete dem Schwert seines Freundes mit Entschlossenheit.

KAPITEL 14

Offensichtlich war die Suppe nur die Vorspeise gewesen. Anna wusste nicht, wohin sie blicken sollte, als die Dienerinnen Schalen voller Köstlichkeiten auf den Sockel stellten. Der Duft von Melone und Zimt stieg ihr von einem bunten Reisgericht in die Nase, das Blauschwarz der mit Hackfleisch gefüllten Auberginen leuchtete wie Samt im goldenen Licht. Kleine Teigtaschen – ähnlich wie Strudel – ließen ihr das Wasser im Mund zusammenlaufen. Fisch, Fleisch, Meeresfrüchte – sie wusste nicht, womit sie anfangen sollte.

Selin nahm eine schwarz glänzende Muschel, klaubte den Inhalt heraus und tauchte ihn in eine ölig-nussige Soße, die in süßen kleinen Schalen angerichtet war. Sie schloss genüsslich die Augen. „Mhmm, von der Tarator kann ich nicht genug bekommen", schwärmte sie und leckte sich die ölige Soße von den Fingern.

Anna entschied sich, eine der Teigtaschen zu probieren. Als sie ihre Hand danach ausstreckte, schüttelte Aylin den Kopf und lächelte. „Hier isst man nur mit der rechten Hand."

Mann, dieses Hofprotokoll schien aber auch jede Bewegung zu diktieren.

Der säuerliche Geschmack von Ziegenkäse und die etwas lederartige Konsistenz von Spinat hinterließen in ihrem Mund ein Feuerwerk der Geschmäcker. Leider erinnerte sie sich zu spät daran, dass der Reichtum in dieser Zeit unter anderem in der üppigen Verwendung von Gewürzen zur Schau gestellt wurde. Und des Sultans Vermögen war offensichtlich beträchtlich, denn es schien, als hätte ihre Kehle Feuer gefangen. Ihre Augen wurden groß und sie griff nach einem mit Sesam bestreuten Fladenbrot, denn Getränke konnte sie nirgends entdecken. Langsam ließ das Brennen nach.

„Das ist sehr scharf", warnte sie Sofia – nun Azita – heiser und nach Luft japsend, als sie ebenfalls nach einem Ministrudel greifen wollte.

Gül lächelte und reichte ihr eine andere Rolle, die etwas kleiner und schmaler war.

„Diese hier ist mit Gemüse gefüllt und nicht scharf."

Annas Mund fühlte sich ganz taub an. Vorsichtig biss sie in die Rolle und war erleichtert, dass das Mädchen recht gehabt hatte. Langsam machte sich Erschöpfung in ihr breit. Sie war sauber und ihr Magen füllte sich. Ihr Körper sehnte sich nach Ruhe, aber ihre Umgebung glich mehr einem Bienenstock. Überall wurde gequasselt. Aylin, Selin, Gül und Aybüke plauderten über ihre Unterrichtsstunden und kicherten über die Lehrer. Doch sie war zu müde, um aktiv an dem Gespräch teilzunehmen. Außerdem verfielen die vier immer wieder in eine andere Sprache. Wahrscheinlich die, die man hier sprach. War das Osmanisch?

Als der Nachtisch aufgetragen wurde – Melonen, Trauben, Granatäpfel, Orangen und so etwas wie Pudding und frittiertes Gebäck – konnte ihr Magen nichts mehr aufnehmen.

Ihr Gaumen fühlte sich pelzig an. Sie war durstig, aber während des ganzen Essens waren keine Getränke serviert worden.

Sie wollte sich schon danach erkundigen, als Dienerinnen Tabletts mit verschiedenen Krügen hereinbrachten.

„Das hier ist Wasser mit Rosenessenz und hier sind die verschiedenen Scherbetts", begann Gül zu erklären.

Als sie Annas verständnislosen Blick auffing, fuhr sie fort: „Scherbett ist ein Saft, der mit Honig vermischt wird." Sie schaute in einen Krug. „Hier ist es Aprikosensaft, dieser dort ist mit Äpfeln und Pfefferminze. Und heute gibt es sogar Hosaf!" Ihre Augen leuchteten, als sie sich Letzteres einschenkte. Es war ein dickflüssiges, braunes Mus, das wenig appetitlich aussah.

„Was ist das?"

„Rosenwasser, gekochte Rosinen und vergorener Honig", erwiderte Gül und leckte sich die Lippen.

Vergorener Honig? Nein danke. Anna entschied sich für Rosenwasser und probierte ein wenig vom Scherbett aus Äpfeln und Pfefferminze. Es schmeckte köstlich, war ihr aber zu süß.

Nach und nach verließen die Mädchen in kleinen Gruppen den Raum. Die Gespräche wurden vertraulicher und der Lärmpegel nahm ab. Die Müdigkeit legte sich wie ein schwerer Mantel über

Anna. Sie blickte zu Sofia, die ihre Augen ebenfalls kaum noch offen halten konnte.

„Dürfen wir nun zu Bett gehen oder müssen wir noch irgendetwas tun?“

„Nach dem Mahl sind wir frei, wenn auch die meisten schlafen gehen, denn jeder Tag hat wieder seine eigenen Anstrengungen.“

Anstrengungen? Baden und Essen? Oder die Langeweile aushalten?

Gemeinsam verließen sie den Speisesaal.

Der kleine viereckige Himmel im Innenhof war übersät mit unzähligen Sternen – viel mehr, als sie zu Hause in Frankreich je gesehen hatte. Anna dachte an ihre Eltern, an Grandmère und Grandpère. Sahen sie den gleichen Sternenhimmel wie sie? Wo Ed wohl war? Hatte er es geschafft, wieder nach Hause zu gehen?

Ed hatte die Arme hinter seinem Kopf verschränkt und starrte in den Himmel. Unzählige helle Punkte – silbern, blau und golden schimmernd – durchbrachen die schwarze Decke. Die Klarheit der Nacht brachte aber auch eine empfindliche Kälte mit sich. Zumindest hatte der Sturm nun aufgehört. Er war nicht so heftig gewesen wie der erste und hatte viel weniger Regen mit sich geführt. Er drehte sich auf die Seite und zog seine Beine an. Die Planken unter ihm knarrten und ächzten. Was Anna wohl gerade machte? Sein Herz wurde warm, als er an ihr Lächeln dachte. Eine unbekannte Sehnsucht ergriff ihn. Wie schön wäre es, mit ihr zusammen die Sterne anzuschauen.

Liebst du sie?

Vits Frage hallte in ihm nach. War das Liebe oder nur sein ausgeprägter Beschützerinstinkt?

Das Schaukeln des Schiffes hatte eine einschläfernde Wirkung. Er gähnte und hörte dem Schnarchen der anderen Männer zu.

Noch zwei Tage – nach Drakes Angaben – und dann sollten sie endlich Konstantinopel erreichen.

Sie hatten es tatsächlich geschafft. Konstantinopel empfing Ed mit fremden Gerüchen und einem lauten Markt. Nachdem sie sich von Drake und Angenou verabschiedet hatten, war Vits erstes Ziel, sie neu einzukleiden.

In einer Herberge zogen sie sich um. Ed hatte nichts gegen die leichte Pumphose, aber auf den Turban hätte er gerne verzichtet. Doch Vit und Pierre bestanden darauf.

Während er die farbenprächtigen Kuppelbauten bewunderte, versuchte er, seine Freunde im Gewühl des Marktes nicht aus den Augen zu verlieren. Zielstrebig führte Vit sie in eine ruhigere Gasse. Die Häuser standen dicht an dicht und der feine Geruch von orientalischen Gewürzen war einem starken Uringestank gewichen. Nachdem sie kreuz und quer durch das Labyrinth der Straßen gewandert waren, klopfte Vit dreimal kurz und zweimal lang an eine unscheinbare Türe. Ein großer Mann in typischer Landeskleidung öffnete die Tür. Vit zeigte ihm das Malteserkreuz, woraufhin dieser sein Kreuz ebenfalls unter dem Hemd hervorholte. Er bat sie hinein. Nachdem sie sich vorgestellt hatten, fragte er: „Was für dringende Angelegenheiten führen Euch so spät im Jahr hierher?“ Er holte einen Krug und vier Gläser und setzte sich zu ihnen an den Tisch.

Das Steinhaus war dunkel und roch feucht. Es gehörte zur einfacheren Variante ohne Bogenfenster und Kuppel. Ein halb offener Ofen, über dem ein Kessel hing, ein Bett und eine Truhe waren die einzige Ausstattung des Raumes.

Ed begegnete dem intensiven Blick Juans. Er war um die vierzig Jahre alt und hatte dunkle Augen, die unter buschigen Augenbrauen seine ganze Umgebung scharf zu beobachten schienen. Der Mann trug einen spitzen Schnurrbart und schwarze Haare kringelten sich unter seinem Turban hervor. Er gehörte zur aragonischen Zunge der Ritter, wie Pierre ihm erklärt hatte.

„Wir haben Euch eine Botschaft von de Valette mitgebracht“, sagte Vit und überreichte Juan eine kleine Rolle. Dieser brach das Siegel, öffnete sie und überflog sie. Dann lächelte er grimmig und nickte.

Ed nippte an seinem undefinierbaren Getränk, dann faltete er die Hände in seinem Schoß und knetete sie. Am liebsten hätte er sofort den Yeni Sarai gestürmt, sich Anna geschnappt und wäre mit ihr nach Malta durchgebrannt. Aber laut Vit und Pierre war das nicht so einfach, weil dort auch die beste Garde der Osmanen trainiert wurde und alles strengstens bewacht war. Sie brauchten die Hilfe Juans, der mehr darüber wusste.

„Ihr seid nur hierhergekommen, um mir diese Botschaft zu überbringen?" Die Stimme des Ritters klang ungläubig.

„Nein, nicht nur. Eigentlich sind wir hier, weil meine Gemahlin von Piraten gefangen genommen wurde und es möglich ist, dass sie zum Sultan gebracht wurde."

Die drei Männer waren übereingekommen, dass es besser war, Anna in der Öffentlichkeit weiterhin als Eds Gemahlin zu bezeichnen.

Juan musterte ihn wieder scharf.

„Ihr gehört nicht dem Orden an?"

Ed schüttelte den Kopf.

„In der Tat ist ein Piratenschiff gekommen – aber das ist nun gut drei Wochen her. Sie hatten Frauen an Bord. Die einen wurden als Sklavinnen verkauft, aber vier davon wurden in den Serail gebracht. Ich habe Kontakte zum Serail und kann herausfinden, ob sich Eure Frau dort befindet. Könnt Ihr sie mir beschreiben?"

„Sie heißt Anna, ist ein wenig kleiner als ich, spricht Französisch und ein wenig Englisch. Sie ist zwanzig Jahre alt und ihre dunklen Haare wurden kürzlich von Barbaren gekürzt." *Ihr Lächeln erhellt die Welt und sie besitzt die seltsame Eigenschaft, dass ich verrückte Dinge für sie tun würde, die ich sonst nicht machen würde. Zum Beispiel anderen vertrauen.*

„Ed?"

„Oh, ähm … ja?"

Er musste einen klaren Kopf bewahren, wenn er sie retten wollte.

Vit fixierte ihn. „Juan fragt dich, ob es sonst noch etwas gibt."

Ed schüttelte den Kopf. Nichts, was sie äußerlich unterscheiden würde von anderen Frauen. Aber ihr Herz … *Bleib bei der Sache, Ed!*

„Gut, ich werde mich umhören. Es sollte nicht so schwierig sein.

Nur selten werden solch alte Frauen in den Serail gebracht. Wahrscheinlicher ist, dass wir sie unter den Sklaven suchen müssen. Zufälligerweise ist mein Freund Jacques le Moreau französischer Sprachlehrer im Harem. Er ist auch einer von uns."

Eine Sklavin oder eine Haremsdame. Was war wohl schlimmer? Bis aufs Blut geschunden zu werden oder missbraucht zu werden? Ed schauderte bei diesen Gedanken.

„Habt Ihr Zutritt zum Harem?", versuchte er sich mit organisatorischen Überlegungen von den grausigen Gedanken abzulenken.

Juans Augen nahmen einen mitleidigen Glanz an. „Nein, ich arbeite in der Küche. Außer den Lehrern hat niemand Zutritt zum Harem. Und auch sie dürfen die Gemächer nicht oft verlassen. Aber wir haben eine Art der Kommunikation gefunden." Er zwinkerte.

„Könnt … könnt Ihr auch herausfinden, ob der Sultan sie schon zu sich hat bringen lassen?" Seine Stimme klang klein und verloren.

Über Juans Gesicht glitt ein breites Grinsen. „Ihr liebt sie sehr, nicht wahr?"

Ed spürte die Blicke der Freunde auf sich und nickte. Dann räusperte er sich. „Wir sind noch nicht lange verheiratet."

„Aber sie erwartet ein Kind", fiel Pierre ein.

Diese Lüge hatte er vergessen. Aus den Augenwinkeln sah Ed, wie Vit überrascht seine Augenbrauen hob.

In Juans Blick trat Entschlossenheit. Er beugte sich zu Ed und schaute ihm direkt ins Gesicht. „Ich werde alles in meiner Macht Stehende tun, um Euch zu helfen. Wir werden jedoch einen guten Plan brauchen, wenn sie dort drin ist. Der Harem ist ein Gefängnis, aus dem keiner so leicht entkommt. Aber – wie gesagt: Vielleicht ist sie auch als Sklavin verkauft worden – dann wird es einfacher sein, sie zu retten."

Das hoffte er auch. Für Anna. Sie scheute sich nicht, sich die Hände schmutzig zu machen, das hatte er bei seinen Großeltern gesehen. Sie konnte hart arbeiten. Das musste für sie weit weniger schlimm sein, als im Harem gefangen zu sein.

Juan stand auf und reichte ihnen die Hand. „Morgen Abend wieder hier."

Nachdem sie sich verabschiedet hatten, begaben sie sich zurück zur Herberge.

„Anna erwartet ein Kind?!“ Vits Worte klangen drohend.

„Nein, das war Teil der Geschichte.“

„Aber du hast gesagt …“ Jetzt war es Pierre, der ihn verwirrt anblickte.

„Glaubt ihr wirklich, ich würde mit einer Frau zusammenliegen, die ich erst ein paar Tage kenne? Anna ist … So etwas würde ich nie tun.“ Ed schüttelte den Kopf. In dieser Welt schien so etwas undenkbar zu sein, in seiner Welt gehörte es dazu. Aber das mussten seine Freunde ja nicht wissen.

Sie waren stehen geblieben und musterten ihn.

Ed seufzte. „Da war dieses Paar in der Herberge, das uns immer mit Fragen gelöchert hat. Als Anna keine Antwort mehr wusste, täuschte sie vor, dass ihr übel war, und um ihnen nicht mehr zu begegnen, holten wir das Essen am Morgen danach ins Zimmer. Damit stand für die Frau fest, dass Anna ein Kind erwartete, und wir spielten mit. Als Pierre mich dann herausforderte, hab ich das wohl erwähnt.“

Pierre grinste. „Auf Juan jedenfalls hat meine Aussage Eindruck gemacht.“

Vit nickte. Die Erleichterung stand ihm ins Gesicht geschrieben. „Allerdings. Auf ihn können wir uns verlassen.“

Anna hätte nicht sagen können, was sie geweckt hatte. Der Mond schien hell durch die hohen Bogenfenster und erleuchtete den Schlafsaal mit seinem kalten, bleichen Licht. Neben ihr lag Sofia auf der Seite, ihre Knie bei der Brust, ihre Arme nahe an ihrem Gesicht.

Ein anderes Mädchen bewegte sich im Schlaf und die Seidenkleider raschelten. Anna drehte sich auf den Rücken und starrte durch die Scheiben in den schwarzen Himmel. Nun waren sie beinahe drei Wochen hier und sie hatte immer noch keinen Fluchtweg gefunden. Unzählige Varianten hatte sie in ihrem Kopf durchgespielt, die alle damit endeten, dass sie und Sofia erschossen wurden. Okay, nicht erschossen – aber gehängt oder geköpft oder was auch immer man hier sonst für grausame Methoden hatte, dem Leben ein Ende zu setzen.

Der orientalisch-süße Duft hing schwer in der Luft. Vielleicht musste sie sich auch einfach damit abfinden, hier für immer gefangen zu sein. Wie Königin Esther. Sie hatte Sofia die Geschichte erzählt und gehofft, dass das Mädchen seine Stimme wiederfinden würde. Aber die Kleine schwieg. Kein Wort hatte ihren Mund seit der Entführung verlassen. Das schmerzte Anna mehr, als sie zugeben wollte.

Sie seufzte und stand auf. Schlafen würde sie nun sowieso nicht mehr können. Sie schnappte sich das Jäckchen und zog die flachen Ballerinas an. Dann schlüpfte sie leise aus dem Zimmer.

Ich weiß wohl, was für Gedanken ich über euch habe: Gedanken des Friedens und nicht des Leides, dass ich euch Zukunft und Hoffnung gebe.

Die vertraute Stimme hallte in ihrem Inneren wider. Das war es, woran sie sich klammerte, dieser Vers aus dem Buch Jesaja, wenn die Verzweiflung überhandnehmen wollte.

Das Gefühl des Eingesperrtseins kroch erneut bis in ihre Fingerspitzen. Sie kribbelten und ihr Herz begann vor Sehnsucht zu brennen, endlich wieder einmal in die Weite zu blicken, herumzurennen oder Bogen zu schießen.

Sie durchquerte den leeren Speisesaal und öffnete leise die Flügeltür.

Das Stück Gras war hier nicht so attraktiv wie der Garten im Atrium, aber sie war ungestört. Die kalte Luft trieb ihr beinahe Tränen in die Augen. Sie tigerte an der Wand entlang. Eine weitere Mauer, die beinahe so hoch wie die Außenmauer selbst war, trennte ihre Welt von der der Odalisken und des Sultans.

„Und Ihr versprecht mir, meine Amme zu befreien?“ Die helle Frauenstimme war durch die Mauer gedämpft, aber Anna konnte die Dringlichkeit darin dennoch hören.

„Sodann sie noch lebt, verspreche ich es.“ Die Männerstimme war tief und etwas kratzig.

Anna schlich noch einige Schritte näher an die Mauer. Eine plötzliche Neugierde hatte sie ergriffen. Es kam ihr nun zugute, dass sie sich in den letzten drei Wochen intensiv mit der osmanischen Sprache auseinandergesetzt hatte. Monsieur le Moreau hatte sich über ihren Eifer gefreut, aber er wusste nicht, dass sie das nur machte, um sich abzulenken. Lernen, um sich nicht mit unangenehmen Gedanken auseinanderzusetzen. Das war ihre Strategie. Schon immer gewesen.

„Meint Ihr, dass sie die Gefangenschaft überlebt?" Die erste Stimme klang nachdenklich.

„Deine Amme ist eine wertvolle Gefangene, die gut gegen einen dieser Ritter ausgetauscht werden kann. Sie werden ihr sicher Sorge tragen. Und glaub mir, mein liebes Kind, wenn diese Hundesöhne erst einmal von ihrem Eiland vertrieben sind, wird Admiral Piali höchstpersönlich dafür sorgen, dass deine geliebte Amme befreit und zurückgebracht wird."

Die erste Stimme klang irgendwie vertraut – war das nicht Mirhimah, die Tochter der verstorbenen Lieblingsfrau des Sultans? Sie tauchte selten bei den Mädchen auf, aber ab und zu überwachte sie die Fortschritte. Sie war eine Frau in den Vierzigern mit einem ovalen Gesicht, das durch den langen, kunstvollen Schleieraufbau auf ihrem Turban noch verstärkt wurde. Sie war zweifelsohne eine Schönheit – aber ihre Augen waren berechnend und kalt.

Wenn es tatsächlich Mirhimah war, dann war ihr Gegenüber niemand anderes als Sultan Suleiman höchstpersönlich.

„Laufen die Vorbereitungen zu Eurer Zufriedenheit?"

„Das kann man wohl sagen. Die 130 Rudergaleeren sind bereits fertiggestellt und unsere Gießerei arbeitet Tag und Nacht, um die 80.000 Kanonenkugeln bis zum Frühling fertigzustellen. Die Schreiben an die 5000 Soldaten sind auf dem Weg und sie sollten im Frühling hier eintreffen."

Annas Herz stockte für einen Moment und sie wagte sich nicht zu rühren.

„Meint Ihr nicht, dass Ihr die Ritter überschätzt?" Mirhimahs Stimme war nun ganz leise und sie musste sich anstrengen, um dem Gespräch weiter zu folgen. Offenbar hatten sie sich von der Mauer entfernt.

„Meine liebe Tochter – im Alter von 27 Jahren habe ich gegen sie auf Rhodos gekämpft. Sie sind äußerst zäh und vergleichbar mit unseren Janitscharen."

„Weshalb schickt Ihr dann nicht diese?“
„Das werde ich auch. Die 5000 Soldaten sind nur Verstärkung. 6300 der besten Janitscharen – die Hakenbüchsenschützen – werden die Spitze der Truppe sein. 9000 Saphis und 4000 Iayalaren verstärken das Heer zusätzlich.“
Anna hörte das Blut in ihren Ohren rauschen. Wollte der wirklich fast 25.000 Männer gegen Malta in den Krieg schicken?! Sie schlang ihre Arme um ihren Brustkorb, um das Zittern zu unterdrücken. Nebel stieg aus dem Gras auf und verstärkte die gespenstische Atmosphäre des kalten Mondlichts.
„Das sind aber eine Menge Leute.“
„In der Tat. Aber wir wollen nicht riskieren, dass diese Christensöhne weiter das Mittelmeer und Europa beherrschen, nicht wahr? Nach der Einnahme werden wir dort unseren Stützpunkt haben und dann das ganze Abendland erobern.“
„Ich verstehe. Die vielen Truppen werden auch noch andere Länder erobern?“
Der Nebel kletterte an der Trennmauer hoch und Anna bewegte ihre Füße lautlos auf der Stelle. Die Kälte schlich sich unter ihre dünne Jacke.
„Ja, wenngleich wir sicher noch Verstärkung schicken werden für die Eroberung der anderen Länder. Aber die Schiffe brauchen Platz zum Landen und das ist auf dieser Insel nicht ganz einfach, denn der Haupthafen wird von den Rittern besetzt.“
„Schickt Ihr Dragut mit?“
„Natürlich. Er wird auch ein Auge auf meine beiden Offiziere haben.“
„Ihr nehmt nicht selbst am Angriff teil?“
„Nein, nein, mein Kind. Meine Knochen schmerzen. In dieser kalten Jahreszeit mehr denn je. Außerdem muss ich von hier aus die verschiedenen Feldzüge planen und Aufständen zuvorkommen. Dabei, meine Liebe, kannst du mir wie bisher eine große Hilfe sein.“
„Mein lieber Vater, seid versichert, das werde ich. Ihr seid ein exzellenter Herrscher und ich erachte meine Brüder nicht für so fähig, wie Ihr es seid. Vor allem Selim, der nichts außer Opium und Wein im Kopf zu haben scheint.“

Opium?! Die hatten damals schon Drogen?!

„Sei nicht so hart zu ihm. Er ist noch jung. Such ihm eine Frau aus. Ich habe gehört, dass uns Dragut wieder neue Mädchen gebracht hat. Vielleicht ist eine Passende darunter. Deine Mutter hat mein Herz erobert und ich war nicht mehr derselbe. Wenn du eine wie sie findest, könnte Selim zur Vernunft kommen."

„Das versuche ich. Aber es ist nicht einfach, ein Mädchen zu finden, das ihn wirklich betören kann. Ich werde mein Bestes tun."

„Das weiß ich, meine Liebe, das weiß ich. Lass uns hineingehen. Meine Knochen brauchen ein wenig Wärme."

„Soll ich Euch auch ein Mädchen besorgen?"

„Ich weiß nicht, mein Kind." Seine Stimme klang müde.

„Vater, ein wenig Ablenkung würde Euch guttun."

„Vielleicht hast du recht. Aber sie soll nicht zu jung sein. Ich fühle mich immer sehr alt in der Gegenwart dieser Mädchen."

„Aber gewiss doch, Vater."

Das Klicken einer Tür hallte durch die dunkle Nacht. Anna schlich zurück. Nicht nur die Kälte ließ sie zittern. 25.000 Männer.

Und sie sollte nicht zu alt sein. Die Worte des Sultans hallten in ihr nach. Außer ihr gab es nicht viele, die infrage kamen. Waren ihre Tage mit Sofia im äußeren Harem gezählt?

Anna schluckte, um ihren trockenen Hals zu befeuchten, und schlüpfte in den Speisesaal. Die letzte Glut glomm im Ofen vor sich hin. Sie stellte sich vor den schwachen, orangefarbenen Schein, um sich aufzuwärmen.

Gab es einen Weg, die Ritter zu warnen? Dann hätte sie wenigstens etwas mehr aus ihrem Leben gemacht, als nur eine Nacht mit dem Sultan zu verbringen.

Helles Sonnenlicht flutete das Zimmer. Ed blinzelte. Wahrscheinlich war es schon Mittag. Pierre, der das Zimmer mit ihm teilte, schlief noch. Außer den zwei einfachen Betten war der Raum kahl. Nur in einer Ecke lag ihr „Gepäck". Eine Rolle, geformt aus einer Decke, darin eingewickelt ihre Kleider, ein Becher und ein Löffel. Und darunter versteckt eigentümliche Werkzeuge: ein Hammer, mit Tuch umwickelt, ein flaches Metallstück und Metallschaber.

Ed setzte sich auf und stellte seine nackten Füße auf den Boden. Die Sonne vermochte trotz des Dezembers noch ganz schön zu wärmen. Er streckte sich und bewegte seine schmerzenden Hände. Es war nun schon die dritte Nacht gewesen, die sie an Annas Fluchtweg gearbeitet hatten.

Er schlüpfte in seine weiten osmanischen Pumphosen und legte sich das leuchtend rote Stoffstück als Gürtel über seiner Taille.

Pierre stöhnte und drehte sich auf die Seite. „Schon Morgen?“ Er blinzelte und schlug seine Decke zurück.

„Mehr als das“, grinste Ed, ohne aufzublicken, während er sich die Schuhe band.

„Irgendwann müssen wir ja Schlaf finden. Aber ich hoffe, heute Nacht schaffen wir den Durchbruch.“

Ja, das hoffte er auch. Das Loch in der Außenmauer war gerade so groß, dass man hindurchkriechen konnte, wenn man sich klein machte. Gestern wären sie beinahe ertappt worden. Es war ein riskanter Plan, so dicht bei den Gemächern des Sultans einen Durchgang zu buddeln, aber es ging nicht anders.

Die Wachen vor dem Harem waren unbestechlich. Die Wachtürme schützten die Mauer, sodass keiner ungesehen darüberklettern konnte. Also blieb nur der Weg am Boden entlang. Durch die Mauer. Während der Wachablösung schlichen sie sich jeweils in den Schutz der Büsche und blieben dort bis in den frühen Morgen. Zwei bearbeiteten den harten Stein und einer hielt Wache.

Nach einem einfachen Frühstück traten die drei Freunde in die Sonne hinaus. Heute mussten sie noch Pferde besorgen und ein Boot. Aber zuerst gingen sie zu Juan.

Er begrüßte sie und bat sie hinein. „Ihr seid spät, meine Freunde.“

„War eine lange Nacht.“

Sie grinsten sich an.

„Jacques hat mir das hier gegeben.“

Er überreichte Vit eine kleine Rolle, deren Siegel gebrochen war. Halblaut las er vor: „An meinen geliebten Mann Edward de la Martignière. Ich vermisse dich sehr – doch ich muss dich vergessen, denn nun bin ich am Hof des Sultans und werde darauf vorbereitet, seine Frau zu werden.

Der Herrscher ist ein mächtiger Mann und so werde ich – wenn Allah es will – bald die Gattin eines Mannes sein, dem Europa und weite Teile der Welt gehören.

130 Schiffe schickt er in die Feldzüge, 25.000 Soldaten, 80.000 Kanonen. Zum Glück wird er mich nicht verlassen, sondern zwei seiner fähigsten Offiziere und Dragut, der Pirat, werden in die Schlacht ziehen, denn mein zukünftiger Mann wird hier die Fäden in der Hand halten müssen. Du siehst, mein Geliebter, ein neues Leben hat für mich begonnen, aus dem es kein Zurück gibt. Das Schicksal hat entschieden. Versuch, mich zu vergessen … Ich wünsche dir, dass du mit einer anderen Frau glücklich wirst und viele Kinder hast. In meinem Herzen wirst du immer Mein sein. In Liebe, deine Anna."

Warum schlug sein Herz schneller?

„Sie hat sich Jacques anvertraut mit der Bitte, diesen Brief nach Malta zu schicken. Natürlich hat er ihn gelesen und mir zukommen lassen. Merkt Euch die Informationen, denn ich werde den Brief vernichten müssen."

Was sollte er sich davon merken? Dass er in ihrem Herzen immer der Ihre sein würde?

Pierre beugte sich über das Schriftstück. „Ich hoffe nur, García konnte eine Menge Ritter und Soldaten aufbieten." Seine Augenbrauen waren zusammengezogen.

Mann, hatte er eine lange Leitung! Anna hatte die Spionagebotschaft als Liebesbrief getarnt! Wie clever. Und wie schade, dass ihre Worte an ihn nicht echt waren …

„Könnt Ihr nichts dagegen unternehmen, dass sie erst gar nicht auslaufen? Oder wenigstens nicht so viele?", versuchte er seine Konzentration auf die wahre Absicht des Briefes zu lenken.

Juan schüttelte bedauernd den Kopf. „Der Sultan lässt seine Schiffe und jeden Ort, der mit der Belagerung zu tun hat, Tag und Nacht bewachen. Den Schmied, die Pulverhersteller, alles. Suleiman ist sehr klug. Er überlässt nichts dem Zufall. Wir sind hier zu wenige, als dass wir etwas ausrichten könnten."

Das Schweigen hüllte die Männer ein.

„Wie steht es um den Fluchtweg?“, erkundigte sich Juan.

„Wir hoffen, den Durchbruch heute zu schaffen. Das heißt, wir können sie in der darauffolgenden Nacht retten.“

Juan strich sich nachdenklich über den Bart. „Das ist gut. Morgen Abend sind Feierlichkeiten geplant. Jacques hat mir erzählt, dass Anna dann dem Sultan zugeführt werden wird.“

Für einen Moment setzte Eds Herz aus. Er hatte immer gedacht, dass sie viel Zeit hätten. „Werden wir sie früh genug retten können?“

„Ich habe mir Folgendes überlegt: Jacques wird ihr einen Brief zustecken, der besagt, dass der Sultan sie im Vorgarten empfangen möchte – vor dem offiziellen Empfang.“

„Wann wird das sein?“

„Nach dem Essen. Die Frauen essen für sich und werden danach zum Sultan und den Prinzen gebeten.“

Ed schluckte die aufsteigende Wut hinunter. Zum Sultan UND den Prinzen ... Noch vor einiger Zeit hätte er Verständnis für eine solche Orgie aufgebracht, auch wenn er nicht mitgemacht hätte. Aber nun ... diese Zeit veränderte ihn irgendwie schneller, als er es je für möglich gehalten hätte.

„Wann sollen wir uns bereithalten?“

„Bei Anbruch der Dunkelheit. Ich werde die Wachen ablenken.“ Juan lächelte schelmisch.

„Wie werdet Ihr das anstellen?“ Ed war neugierig geworden.

„Sie lieben den Wein mehr, als sie eine Rüge des Sultans fürchten. Ich habe sie in den letzten Jahren immer wieder mit dem Gebräu versorgt – damit es nicht auffällt, wenn wir es einmal wirklich brauchen. Ich werde ihnen die bitteren Wachstunden versüßen, während die anderen bei den Feierlichkeiten sind.“

Ed stimmte in sein Grinsen mit ein.

Während Juan das Pergamentpapier über der Kerze in Flammen aufgehen ließ, verabschiedeten sie sich und traten wieder auf die einsame Gasse hinaus.

KAPITEL 15

Die Wärme des Steins wollte ihr Herz nicht erreichen. Zusammen mit Sofia unterzog sie sich nun dem Braut-Hamam, dem Edelbad vor der Hochzeit. Die gefühllose Stimme Mirhimahs klang ihr noch in den Ohren, als sie ihnen vor drei Tagen ihren schrecklichen Plan offenbart hatte. Noch grausamer als sie gedacht hatte. Insgeheim hatte sie gehofft, dass eine andere zum Sultan geholt würde. Eine, die schon länger hier war. Und keinesfalls hatte sie damit gerechnet, dass Sofia zu den „Auserwählten" gehören würde.

„Azita", hatte Mirhima gesagt, „du bist ungewöhnlich schön. Ich hoffe, du kannst meinen Bruder, den Prinzen Selim, zur Vernunft bewegen. Deine Inselschönheit könnte da von Vorteil sein, aber es wäre einfacher, wenn du endlich deinen Mund aufmachen würdest. Hayat, du bekommst die außerordentlich hohe Ehre, meinem Vater, dem Sultan selbst, zu dienen. In drei Tagen werdet ihr zu den Festlichkeiten mein Geschenk an sie sein."

Annas Herz schmerzte jetzt noch bei dem Gedanken an die heißen Tränen, die Sofia in jener Nacht geweint hatte. Sie, die immer einen Ritter hatte heiraten wollen, sollte nun von einem vierzigjährigen Mann geehelicht werden, der dazu noch ein Alkohol- oder Drogenproblem hatte. Das Mitleid mit dem kleinen Mädchen lenkte sie von ihrer eigenen Angst ab. Von der Nacht mit dem Sultan, der ihr Großvater hätte sein können.

Sie blickte zu Sofia hinüber, die mit geschlossenen Augen auf der Steinplatte lag. Regungslos und schmal, als wäre sie selbst in Stein gemeißelt.

„Denke an Esther, meine kleine Schwester."

Sofia blinzelte. Ihr Gesicht war übersät mit perlenartigen Silbertropfen.

„Vielleicht kannst du den Prinzen zum Reden bringen und alles, was du über die Belagerung erfährst, schreibst du auf und gibst es Monsieur le Moreau. Ihm können wir vertrauen."

Anna lächelte, als sie daran dachte, wie der kleine Französischlehrer ihr ein Pergament mit einem kleinen geprägten Malteserkreuz gegeben hatte, als sie darum gebeten hatte, ihrem Gatten einen Brief schreiben zu dürfen.

Seine Augen hatten verschwörerisch geblitzt. Wer hätte gedacht, dass der untersetzte Lehrer mit den lustigen Augen ein Ritter war? Oder zumindest mit ihnen sympathisierte?

„Es wird in die richtigen Hände kommen", hatte er gesagt und warm gelächelt.

Sofia nickte.

Anna versuchte ein zuversichtliches Lächeln. „Gib den Glauben nicht auf, zumindest sind wir immer noch beisammen." Sie brauchte diese Worte genauso sehr wie ihre Freundin. Ohne Sofia an ihrer Seite wäre sie in ihrem Selbstmitleid sicherlich schon lange ertrunken. Aber so hatte sie eine Aufgabe, eine Ablenkung von ihrer eigenen Angst.

Dienerinnen kamen mit kostbaren Ölen herein, die nach Pinien und Minze rochen.

Sofia lächelte scheu zurück und ihr Mund formte ein lautloses „Danke".

Am liebsten hätte Anna die Zeit angehalten. Doch die Ölbehandlung und das Einkleiden waren schneller vorbei, als ihr lieb war.

Die Metallplättchen, die überall an ihrem Hochzeitskleid hingen, klimperten in einem hellen Klang, so als präsentierten sie ihre Trägerin stolz. Sie nahm Sofia an der Hand und gemeinsam betraten sie den kleinen Saal, in dem sie den Abschied ihres Jungfrauendaseins mit ihren Freundinnen feiern würden.

Viele kleine Kerzen tauchten den Raum in goldenes Licht. Rosenblätter und Orangenblüten in Schalen verströmten ihren betörenden Duft. Die farbigen Kissen waren mit Goldornamenten bestickt und die Schalen waren ebenfalls aus dem kostbaren Edelmetall.

Strahlende Mädchenaugen erwarteten sie bereits.

Aybüke, Selin, Aylin und Gül sowie Açela und Bahar erhoben sich und bestaunten ihre Kleider mit vielen Ahs und Ohs. „Ihr seid wunderschön!" Sie befühlten den feinen, durchsichtigen Stoff des roten Untergewandes. Die Ärmel waren geschlitzt und der Ausschnitt ließ einen tiefen Blick ins Dekolleté zu. Zu Hause hätte Anna das nie getragen. Sie fühlte sich regelrecht nackt darin.

Das goldgewirkte Jäckchen war mit Perlen und Pailletten kunstvoll bestickt. Auf das Übergewand wurde verzichtet und statt der üblichen Pluderhosen trugen sie eng anliegende Leggins.

„Ihr tragt einen wunderbaren Schmuck!" Gül befühlte die Perlenkette um Annas Hals und betastete ihre goldenen Fußkettchen.

„Der Sultan muss ein sehr reicher Mann sein. Ich wünschte, ich wäre an Eurer Stelle."

Das wünschte sie sich auch. Die Dienerinnen trugen die Vorspeise auf und sie setzten sich auf die bunten Kissen. Der orange-rote Schimmer des Sonnenuntergangs spiegelte sich in den nassen Tropfen am Gras vor dem Fenster. Wie gerne würde sie nun auf das Meer hinausschauen, den Wind im Gesicht – oder den Regen auf ihren Wangen spüren. Die Wärme und die dicke Luft verengten ihren Brustkorb und raubten ihr den Appetit.

Lustlos tauchte sie den Löffel in die Suppe.

„Freust du dich denn nicht?" Açela blickte sie vorwurfsvoll an. Sie und Bahar waren nicht wiederzuerkennen. Im Gegensatz zu Sofia schienen sie in vollen Zügen in das neue Leben eingetaucht zu sein und ihrer alten Heimat in Gozo nicht nachzutrauern.

„Ich wäre lieber zu Hause." Ja, mit jeder Faser ihres Herzens. Wirklich ganz zu Hause.

Aylin, mit fünfzehn die Nächstältere der Gruppe, schaute Anna still an. „Es könnte uns weitaus schlechter gehen. Wir leben hier in großem Wohlstand, haben immer genug zu essen und genügend zu kleiden. Dazu bekommen wir eine umfassende Ausbildung. Das haben viele Menschen nicht. Und wir haben einander. Wir sind nicht alleine."

Es war nur gut gemeint, aber Anna konnte den Frust über die erlebte Ungerechtigkeit nicht länger unterdrücken. „Ja, das haben wir alles. Aber wir sind wie eingesperrte Vögel in goldenen Käfigen, wie Löwen an Leinen. Was wir brauchen, ist die Freiheit! Das Recht, selbst einen Mann zu wählen und unser Leben zu gestalten!"

Sie war zu laut gewesen. Das sah sie an den entsetzten Blicken der Mädchen. Außerdem war dieses Gedankengut ihnen zu fremd, zu unbegreiflich.

„Habt ihr nie davon geträumt, euch in einen Mann zu verlieben und ihn zu heiraten?" Sie versuchte es noch einmal.

„Doch, schon, aber diese Freiheit erleben die wenigsten Mädchen. Wir sind dazu da, Kinder zu kriegen und den Männern zu dienen und somit ihren Stand und ihre Berufe zu festigen", erwiderte Aybüke leise, den Blick gesenkt. „Und deshalb ist es hier nicht so schlecht, wie Aylin schon sagte. Wahrscheinlich lässt man uns hier sogar noch mehr in Ruhe als anderswo."

Anna bestrich nachdenklich ihr Brot mit Butter. Vielleicht war es besser, die anderen in ihrem Glauben zu lassen. Sie hatten sich damit abgefunden und würden wahrscheinlich auch dann nicht die Freiheit wählen, wenn sie es könnten. In dieser Zeit war der Yeni Sarai wohl wirklich das Paradies, auch wenn der Himmel nur ein kleines Viereck war.

Einen Moment war es still, nur das Rascheln der Seide war zu hören. Die verstohlenen Blicke ihrer Freundinnen brannten sich in Annas Herz.

Aylin rettete sie, indem sie eine alte Geschichte von Monsieur Moreau zum Besten gab. Bald umgab sie wieder das fröhliche Lachen der Mädchen, aber in ihrem Herzen blieb es leer.

Sofia zupfte sie am Ärmel. Ihre großen dunklen Augen waren wie zwei riesige Höhlen in ihrem weißen Gesicht, die roten Lippen wie Blut. In ihre schwarzen Haare waren Blumen, Perlen und Metallplättchen geflochten. Sofia breitete ihre Arme aus und mimte einen Vogel, Sehnsucht in den Augen. Anna lächelte. Sie verstand es. Sofia würde die Freiheit wählen, nicht den goldenen Käfig.

Ich weiß wohl, was für Gedanken ich über euch habe: Gedanken des Friedens und nicht des Leides, dass ich euch Zukunft und Hoffnung gebe.

Anna nahm einen tiefen Atemzug, als inhalierte sie diese Wahrheit. Sie hatte sich entschieden, Gott zu vertrauen. Und er war hier.

Langsam beruhigten sich ihre flatternden Nerven ein wenig. Dennoch zitterte ihre Hand, als sie ein Stück des süßen Halwa abbrach. Diese Spezialität hatte sie erst einmal gegessen, denn sie wurde nur zu ausgewählten Gelegenheiten gemacht. Der Fladen aus gepressten Sesamsamen und Honig zerfloss in ihrem Mund zu einem unwiderstehlichen süßen Brei. Doch er hinterließ einen bitteren Nachgeschmack.

Eine Dienerin betrat den Raum, knickste vor ihr und überreichte ihr eine kleine Schriftrolle. „Das lässt Euch Monsieur le Moreau überbringen. Seine Glückwünsche zu Eurem Einzug bei den Odalisken. Er wünscht, dass Ihr es sofort lest.“

Anna nahm das Schriftstück verwirrt entgegen. Weshalb hatte er ihr das nicht heute Morgen im Unterricht gegeben?

„Meine liebe Hayat, trefft mich heute gleich nach dem Essen, denn ich begehre Euer Gesicht zu sehen, bevor die anderen es erblicken. Ich erwarte Euch an der Mauer zu den Sultansgemächern auf der Wiese vor dem Speisesaal. Lasst dies niemanden wissen und kommt alleine. Der Sultan, Euer Geliebter, Euer sicheres Geleit zum Friede.“

„Was steht dort geschrieben?“

Gül neigte sich zu ihr und sie verbarg die Rolle schnell in ihrem Gewand.

„Es sind einige persönliche Worte der Ermutigung. Nichts Aufregendes.“

Gül machte ein enttäuschtes Gesicht.

Anna nahm eine Orange und begann sie zu schälen, während ihre Gedanken rasten. Der Brief kam von Moreau. Würde der Sultan ihm etwas diktieren? Würde er so etwas nicht selbst schreiben oder wenigstens in seinem Namen überbringen lassen?

Lasst es niemanden wissen und kommt alleine …

Konnte es sein, dass der Lehrer ihr eine Gelegenheit zur Flucht verschafft hatte? Annas Herz begann bei diesem Gedanken wild zu schlagen. Sie blickte heimlich zu Sofia, die Kerne aus einem Granatapfel puhlte. Sie würde ihre Freundin nicht im Stich lassen.

Vit kauerte im Loch in der Mauer. Auf der einen Seite sah er durch die Zweige die kleine Wiese und den Speisesaal, in dem eine Menge Frauen ihr Mahl einnahmen, und auf der anderen Seite blickte er auf das Meer und den Feuerhimmel, der das Wasser in brennende Flammen zu verwandeln schien. In der Nähe des Wassers versteckte sich Ed hinter einem Baum, während Pierre sich in einem Busch auf halbem Weg verborgen hielt, wo er die beiden Wachtürme im Blick hatte.

Sein Rücken schmerzte langsam, aber er wagte nicht, sich zu bewegen. Wolken verdrängten die Farben. Er hoffte, dass es nicht regnen würde. Wobei – vielleicht wäre das zu ihrem Vorteil.

Der Ruf eines Käuzchens ließ ihn aufhorchen. Pierre. Die Luft war rein. Die Nacht war hereingebrochen und er verließ das Loch und kauerte sich in den Busch im Hof, der den Fluchtweg verbarg. Er lehnte sich an die Mauer und zog die Knie an. Es konnte noch eine Weile dauern, bis Anna kam. Oh, er hoffte, dass alles klappte. Er hörte seinen eigenen Herzschlag in den Ohren, während er die erhellten Fenster des Speisesaals betrachtete. Die Mädchen verließen nach und nach das Zimmer, bis nur noch ein paar Dienerinnen die Kissen in Ordnung brachten und die Reste wegräumten. Da nahm er eine rote Gestalt wahr. Das Jäckchen betonte ihre rundlichen Hüften und die Beine waren deutlich durch den durchsichtigen Stoff zu sehen. Vits Wangen begannen zu brennen, er presste seine schweißnassen Hände zusammen und zwang seine Augen auf ihr Gesicht. War das wirklich Anna? Er konnte es in der Distanz nicht ganz ausmachen, aber die rote Gestalt sagte etwas zu der Dienerin und trat dann nach draußen. Sie huschte im Schatten des Gebäudes nach vorne. Helles Geklimper begleitete ihren Weg, als wäre sie mit Glöckchen behangen.

Dann warf sie einen Blick zurück und wartete, bis sich niemand mehr im hell erleuchteten Raum befand.

Sie näherte sich seinem Versteck.

„Anna?“, flüsterte er leise. Die Gestalt wirbelte herum und starrte unsicher in die Dunkelheit. „Psst … hier unten.“

Sie bückte sich und er streckte seine Hand aus und zog sie in den Busch.

„Vit!“ Ihre Stimme war nur ein Flüstern, ihre Augen waren riesengroß.

„Ed wartet unten auf dich, komm mit.“ Er drehte sich zum Loch um.

„Wartet. Ich kann nicht mit Euch kommen.“

Er erstarrte. Sein Herz setzte einen Moment aus. „Warum nicht?“

„Ich muss Sofia holen. Ich habe es ihr versprochen.“

Sie hatten nicht für zwei Frauen geplant. „Das geht nicht."

„Es muss einfach. Sie ist erst zehn Jahre alt und soll diesem Selim zur Frau gegeben werden. Sie … Ich kann sie nicht im Stich lassen."

Vit blickte über ihre Schulter zum Saal zurück. Die Dienerinnen hatten die Öllampen gelöscht, nur der schwache Schein des Ofens glomm in der Dunkelheit.

„Kannst du sie ungesehen herausbringen?"

„Ich denke schon. Bitte, lasst es mich versuchen."

„Das Risiko ist groß. Wir haben nur diese eine Chance."

„Ich werde es schaffen."

Dem entschlossenen Ausdruck in ihren Augen konnte er nichts entgegensetzen, auch wenn er sah, wie sie zitterte.

Schließlich nickte er und sie verschwand wieder.

Mit einem „Vaterunser" auf den Lippen starrte er ihr nach und versuchte, das ungute Gefühl zu verdrängen.

Bitte allmächtiger Gott, lass diese Sache gelingen.

Anna hatte es gewusst. Dies war ihre Chance zur Freiheit. Aber sie konnte einfach nicht ohne Sofia gehen.

Leise ging sie zurück in den kleinen Saal.

„Azita, ich möchte mich gerne noch von dir alleine verabschieden. Kommst du mit in unser Gemach?"

Die anderen blickten verwundert auf, aber Sofia nickte, stand auf und folgte ihr. Im Schlafzimmer flüsterte sie ihr ins Ohr: „Wir können fliehen. Ritter sind hier, um uns zu befreien."

Sofias Augen begannen zu leuchten.

Sie reichte ihr einen Umhang und zog selbst einen über, denn die Nacht war kalt und in den durchsichtigen Gewändern wollte sie den Rittern nicht entgegentreten.

Eine Vorfreude kribbelte in ihrem Magen.

Sie öffnete die Tür und spähte nach rechts und links. Als sie niemanden sah, schlüpfte sie schnell heraus, dicht gefolgt von ihrer kleinen Freundin.

Sie wollten gerade in den Speisesaal treten, als eine Stimme ihr das Blut in den Adern gefrieren ließ.

„Meine Damen, kann ich Euch behilflich sein?“

Agha.

Sollte sie rennen oder reden?

Noch bevor Anna eine Entscheidung treffen konnte, war er bei ihr und packte sie so unsanft am Arm, dass die Rolle, die sie im Gewand versteckt hatte, herausfiel.

„Wir wollten nur etwas frische Luft“, quiekte sie.

Ohne sie loszulassen, bückte sich der Eunuch und nahm die Rolle vom Boden. „Und das hier?“

„Eine Einladung des Sultans.“ Vielleicht funktionierte das.

Der Aufseher las den Brief und runzelte die Stirn, dann sah er über seine Schulter.

Anna spürte das Zittern Sofias, die sich dicht an sie gepresst hatte.

Seine Augen waren nur schmale Schlitze, als er das Pergament zerknüllte und auf den Boden warf. „Ihr kommt mit mir mit.“

Sein Griff war eisern, als er sie an dem kleinen Saal vorbeizerrte, in dem ihre Freundinnen feierten. Sofia folgte wortlos.

Agha öffnete die „verbotene“ Tür zu den Gemächern der Odalisken, als eine Stimme befahl: „Halt!“

Anna drehte sich um und erkannte ihren Französischlehrer.

„Warum sollte ich?“ Der Eunuch hatte sich ebenfalls umgewandt und blickte Monsieur le Moreau furchtlos in die Augen.

In zwei Schritten war der Lehrer bei ihm und hielt ihm einen Dolch an die Brust.

Überrascht ließ der Aufseher sie los.

„Lauft!“, rief le Moreau. Anna packte Sofia an der Hand und rannte zurück.

„Wachen!“, hörte sie Agha rufen.

Noch bevor sie die Tür zum Garten erreicht hatten, erklangen hinter ihnen die Schritte der Wachen. Sie rannten durch den Garten zur hinteren Mauer. Vit kam ihnen entgegen, in der Hand ein gezücktes Schwert.

„Schnell, durch die Mauer!“, sagte er und stieß sie hinter sich, ehe er die Wachen aufhielt.

Anna ließ sich auf die Knie sinken und krabbelte durch den

Busch zur Mauer, immer noch dicht gefolgt von Sofia. Die Mauer war mehr als einen Meter dick und das Loch klein, aber sie zwängte sich hindurch.

In der Dunkelheit konnte sie nicht viel erkennen, aber das Rauschen des Meeres war ganz nah und ihr schlug eine steife Brise ins Gesicht. Sofia griff nach ihrer Hand und sie hielt sie fest. Unsicher tastete sie sich an der Mauer entlang.

Wohin sollte sie gehen?

Aus dem Nichts tauchte vor ihr eine Gestalt an der Wand auf. Im letzten Augenblick konnte Anna einen Schrei unterdrücken. Es war Pierre.

„Folgt mir!“ Seine Stimme war mehr ein Zischen.

Sie packte Sofias Hand fester und gemeinsam rutschten und stolperten sie die Felsen hinunter. Über ihnen auf der Mauer hörte Anna aufgeregtes Rufen.

Trotz der Dunkelheit konnte sie das Weiß der Schaumkronen ausmachen, die tosend auf das Gestein schlugen. Pierre zog sie hinter einen knorrigen, dicken Baum.

Ed!

Sie hätte ihn mit Turban kaum erkannt, wenn nicht sein typisches, charmantes Grinsen gewesen wäre.

„Versteckt euch in der Nähe der Pferde – wir treffen uns dort. Ich helfe Vitellino“, hörte sie Pierre zu Ed sagen und dann war er verschwunden.

Sie starrte in Eds Gesicht und hätte sich am liebsten auf der Stelle in seine Arme geschmissen und geheult. Aber dazu war keine Zeit.

„Wir rennen in den Wald“, flüsterte Ed. „Jetzt!“ Er drehte sich um und rannte los.

Anna warf einen Blick über ihre Schulter zur Mauer. Viele tanzende Fackeln erhellten eifrig hin und her rennende Männer. Sie beeilte sich, Ed das letzte Stück ans Wasser zu folgen. Ein Nieselregen hatte eingesetzt und die Steine waren rutschig. In ihren Seidenballerinas hatte sie keine Chance. Sie rutschte aus und landete hart auf ihrem Hintern. Sofia zog sie mit sich. Ed drehte sich um und konnte sie gerade noch stoppen, bevor sie im kalten Wasser gelandet wären.

Er reichte Anna die Hand und zog sie hoch. Sein Händedruck

war fest und er ließ sie nicht mehr los, als er halb gehend, halb rennend in der Dunkelheit einen Weg über die Steine suchte.

Ed ließ ihre warme nasse Hand nicht mehr los. Sein Herz hämmerte in seiner Brust. Etwas musste schiefgelaufen sein. Warum war Anna nicht allein? Wo waren Vit und Pierre?

Aus der Ferne hörte er Rufe. Sie mussten es bis zum Wald schaffen. Anna rutschte immer wieder aus. Wahrscheinlich waren ihre Schuhe nicht gerade geeignet für diese Kletterpartie. Er hätte sie beinahe nicht erkannt. Ihr Gesicht war seltsam weiß und die Augen waren dick geschminkt.

Das Rufen hinter ihnen wurde lauter.

„Schneller!", feuerte Ed Anna an und suchte die Deckung der wenigen niedrigen Büsche zwischen den Steinen.

Endlich hatten sie die Bucht erreicht. Über den Kiesstrand konnten sie rennen. Nur noch einige Meter, dann hatten sie den Wald erreicht. Warum konnten sie nicht schneller rennen?

Das kleine Mädchen stolperte. Auch wenn es sich gleich wieder aufrappelte, verloren sie kostbare Sekunden. Wer war das überhaupt?

Hufgetrappel war zu hören und er machte Pferde aus, die auf einem schmalen Weg, der senkrecht in die Bucht mündete, daherkamen.

„Schnell in den Wald!" Er ließ Annas Hand los, die das Mädchen weiter mit sich zog und in den Wald rannte, und hob einen faustgroßen Stein hoch. Mit ganzer Kraft schleuderte er ihn zwischen die Beine des ersten Pferdes.

Es stolperte und der Reiter fiel herunter, die anderen kamen ins Stocken, ein Chaos brach auf dem kleinen Pfad aus.

Ed rannte Anna hinterher in den Wald. Schnell hatte er sie eingeholt und übernahm wieder die Führung. Wenn sie dem Pfad bis zu dem Baum folgten, dessen Äste auffallend weit nach unten ragten, und dann rechts ins Unterholz abzweigten, würden sie zur versteckten Höhle kommen.

Aber sie waren zu langsam, weil das Mädchen nicht mehr konnte. Ed zweigte links vom Pfad ab und trieb sie weiter in die Dunkelheit. Äste schlugen ihm ins Gesicht, doch er ignorierte es.

„Hier … hinauf!“

Die Soldaten würden sicher den ganzen Wald durchkämmen, aber vielleicht suchten sie nicht in den Bäumen.

Sie standen vor einer großen Tanne, deren erste Äste erst in etwa zwei Meter Höhe begannen.

„Ich … Das schaff ich nicht“, keuchte Anna.

„Ich helf dir, steig auf meine Schultern.“ Ed kniete sich hin und sie tat wie geheißen, wobei sie sich gleichzeitig am Baum abstützte. Er ergriff ihre Knöchel und stand auf. Anna ergriff den Ast, der für sie nun auf Brusthöhe war, und er half ihr, sich hinaufzuziehen, indem er ihre Knöchel festhielt und nachschob. Sie setzte sich rittlings darauf.

„Gib mir Sofia“, raunte sie ihm zu.

Das kleine Mädchen war federleicht, als er ihm beim Hochklettern behilflich war. Als es bei Anna war, half diese ihm, weiter hinaufzuklettern.

Ed ging zum nächsten Baum, dessen Äste tiefer hingen, schwang sich auf den untersten Ast und versteckte sich ebenfalls.

Er atmete tief ein und aus und lauschte auf die Pferde und das Geraschel im Unterholz, während kalte Tropfen von den nassen Blättern in seinen Nacken liefen.

Gott, wenn es dich gibt, lass sie uns nicht finden.

„Hierhin!“ Pierres Stimme war nur ein Flüstern, aber Vits Sinne waren so geschärft, dass er sie hören konnte. Schnell glitt er auf allen Vieren durch das Loch. Seine Augen identifizierten den kaum wahrnehmbaren Schatten an der Mauer als seinen Freund. Sein Blick glitt unruhig über die Felsen zum Meer.

Waren die Frauen in Sicherheit? Hatte er ihnen genügend Vorsprung verschaffen können? Die beiden Wachen hatte er mühelos überwältigt. Sie waren nicht auf einen kämpfenden Mann vorbereitet gewesen.

Über ihnen wurden Stimmen laut, er hörte, wie die Wachen auf der Mauer herumgingen und mit den Fackeln die Dunkelheit zu durchdringen versuchten.

„Dort! Jagt ihnen nach!", hörte er eine Stimme rufen. Sein Blick glitt zum Wasser. Drei Schatten suchten sich einen Weg über die Steine. Warum suchte Ed nicht mehr Deckung?

Er hörte, wie die Tore in der Mauer sich öffneten, und reagierte blitzschnell. Er löste sich aus dem schützenden Dunkel des Mauerfußes.

„Wir setzen ihnen nach!", rief er in einwandfreiem Osmanisch und rannte ihnen nach, dicht gefolgt von Pierre.

Dank ihrer Turbane waren sie gut getarnt. Kamen die echten Wachen jedoch zu nahe an sie heran, würden sie auffliegen.

Die Steine waren glitschig, aber sie kamen viel schneller voran als Ed mit den Frauen. Er sah die drei gerade im Wald verschwinden, als sie die Bucht erreichten.

Reiter setzten Ed und den Frauen nach, aber im Fackelschein der Soldaten sah Vit auch ein umgestürztes Pferd und Soldaten, die sich aufrappelten.

Hinter sich hörte er die Wachen heranrücken.

„Weiter", drängte Pierre atemlos.

Sie rannten noch schneller. Hoffentlich wurden sie nicht entdeckt.

Die Soldaten beim umgestürzten Pferd kamen auf sie zu.

„Sie sind in den Wald!", rief er ihnen zu in der Hoffnung, dass sie nicht zu nahe kommen würden.

„Das ist einer von ihnen!", rief der nächste Soldat. Woran hatten sie sie erkannt?

Vit zog sein Rapier und stellte sich mit dem Rücken zu Pierre, als sie in Sekundenbruchteilen eingekreist wurden. Wie oft hatten sie das zusammen geübt. Sie gaben sich so gegenseitig Rückendeckung. Schlag um Schlag stellten sie sich den Gegnern, bis sie endlich eine Bresche in den Ring geschlagen hatten, doch neue Wachen strömten von den Felsen herbei. Gegen diese Überzahl hatten sie keine Chance. Er merkte, wie Pierres Kraft nachließ. „Ins Wasser!"

Gemeinsam rannten sie durch die Bresche ins eiskalte Wasser. Pfeile schossen an ihnen vorbei, als sie immer weiter nach draußen wateten. In einiger Entfernung vom Ufer waren Felsen im Wasser. Wenn sie es dahinterschafften, waren sie gerettet.

„Tauchen!“, rief er seinem Freund zu und ließ sich fallen.

Die Kälte raubte ihm beinahe den Atem. Er versuchte, sie zu ignorieren, und schwamm weiter nach draußen, bis seine Hände den Felsen berührten. Dann tauchte er auf, um Luft zu holen, und versteckte sich auf der vom Ufer abgewandten Seite. Heftig atmete er die kalte Luft ein, während der Regen ihm das Salz vom Gesicht wusch.

Wo war Pierre? Er konnte fast nichts erkennen, aber er erinnerte sich an sein hartes Training in der Dunkelheit und spürte Pierres Präsenz ganz in der Nähe. Seine Augen nahmen eine kleine Bewegung hinter dem nächsten Felsen wahr.

Vit atmete nochmals tief ein, tauchte ab und schwamm zu seinem Freund hinüber.

Die Muscheln und Seepocken schnitten ihm in die Hand, als er sich an den Stein klammerte. Hier war das Wasser so tief, dass er keinen Boden mehr unter den Füßen spürte. Seine Beine begannen taub zu werden, und er konnte nur mit Mühe verhindern, dass seine Zähne klapperten.

Hier waren sie sicher. Die Osmanen mieden das Wasser wie die Pest. Es war ihnen zu unheimlich. Im Gegensatz zu ihm und Pierre, die schon als Jungen schwimmen gelernt hatten und deren zweite Heimat das Meer war.

Es war ruhig geworden. Vorsichtig spähte er hinter dem Felsen hervor.

Noch tanzten einige Fackeln am Strand.

„Ganz schön … kalt … hier“, sagte Pierre und seine Zähnen klapperten aufeinander.

„Nicht … mehr lange …“, versuchte Vit eine Ermutigung. Wo waren ihre Freunde? Er hoffte, dass Ed die zwei Frauen in Sicherheit gebracht hatte. Sie mussten sie so schnell wie möglich suchen.

Noch zwei Fackeln am Strand.

„Wir … schwimmen … zum Wald“, raunte er Pierre zu. Sie waren zu weit im Wasser, als dass die Fackel sie erhellen konnte. Pierre nickte und gemeinsam schwammen sie zum nächsten Stein, versteckten sich dahinter und spähten wieder zum Ufer. Nichts hatte sich verändert. Die einsamen Wachen warteten auf die Rückkehr ihrer Kollegen oder wollten sichergehen, dass er und Pierre nicht wieder auftauchten.

Sie schwammen von Stein zu Stein, bis sie in einem Bogen den Wald erreichten.

Vits Hände waren gefühllos und er konnte seine Beine kaum mehr bewegen, als sie ans Ufer krochen.

Während sie sich möglichst leise einen Weg durch das Unterholz bahnten, kam das Blut langsam in seine kalten Glieder zurück. Die Kleider klebten an seinem Körper und wogen schwer, als er die Richtung einschlug, in der er den Pfad vermutete.

Wenig später befanden sie sich auf dem Weg.

Hoffentlich hatten Ed und die Frauen es auch geschafft.

Anna kauerte zusammen mit Sofia im hinteren Teil der Höhle neben Ed. Sie wusste nicht, wie lange sie in dem Baum gesessen hatten, aber als Ed ihnen beim Herunterkommen behilflich gewesen war, waren ihre Kleider völlig durchnässt gewesen.

Ed hatte sie zu den Pferden geführt und ihr zur Tarnung Männerkleidung gegeben. Sofia hatte er entschuldigend seine Wechselwäsche angeboten, die ihr aber viel zu groß war. Dennoch hatte sie sie mit einem scheuen Lächeln entgegengenommen.

Nun warteten sie auf Vit und Pierre. Anna hoffte – und betete –, dass die zwei es auch geschafft hatten.

Sie hatten sich an die Wand gelehnt. Obwohl Ed ihr nicht so nahe war, konnte sie seine Wärme spüren. Er hatte sie gerettet. Langsam sickerte die Erkenntnis in ihr Herz. Sogar in seinem lächerlichen orientalischen Kostüm sah er gut aus.

Ein anderes Gesicht drängte sich aus ihrer Erinnerung auf. Nicht ganz unähnlich dem von Ed. Der bestaussehende Junge der Schule. DER Schulschwarm. Doch der Ausdruck auf seinem Gesicht ließ keinen Zweifel daran, dass sie niemals gut genug für ihn sein würde.

Sie schluckte. In der Dunkelheit konnte sie Eds Gesicht nicht ausmachen. Hätte er sie auch gerettet, wenn sie nicht einen Zeitsprung gemacht hätten? Wohl kaum.

Sie war froh, dass die Höhle trocken war. Die Pferde wurden unruhig.

Ein Ast knackte. Sie schlang ihre Arme um ihren Oberkörper, als könnte sie sich damit vor der Kälte und dem Unvorhergesehenen schützen.

Waren das Schritte?

Ed stand leise auf, sein Schwert gezückt. Ein Käuzchenruf erklang und Ed antwortete.

Anna atmete aus. Sie hatte gar nicht gemerkt, dass sie den Atem angehalten hatte. Erleichtert stand sie ebenfalls auf.

Nach einer kurzen Begrüßung sagte Vit: „Wir ziehen uns etwas Trockenes an, dann reiten wir weiter." Sie drehte den Männern den Rücken zu, während sie sich umzogen, bis Ed ihr seine Hand auf den Arm legte und sie zu einem Pferd zog.

Als sie in den Steigbügel stieg, spürte sie seine kräftigen Hände, die sie um die Taille fassten und ihr in den Sattel halfen.

Vit setzte Sofia auf sein Pferd und schwang sich dann vor sie.

Bald darauf galoppierten sie durch den Wald. Anna hoffte und betete inständig, dass die Wachen die Verfolgung aufgegeben hatten.

Immerhin war es nicht sehr angenehm, bei diesem Wetter draußen zu sein, denn der Nieselregen hatte sich in einen kräftigen Dauerregen verwandelt.

Vitellino verringerte das Tempo, um die Pferde zu schonen. Seine Kleider waren schon wieder nass und er sehnte sich nach einem warmen Feuer. Ein Glück, dass er die Kleine auf sein Tier genommen hatte. Sie hatte ihre zierlichen Hände um seine Taille geschlungen und den Kopf an seinen Rücken gelehnt und teilte ihre wenige Wärme mit ihm. Ihre Gegenwart löste ein Gefühl in ihm aus, das er nur schwer einordnen konnte. War es ein Beschützerinstinkt?

Sein braves Pferd, ein Schwarzer, den sie auf dem Markt erstanden hatten, war das Geld wert gewesen. Beständig und sicher fand er seinen Weg im Wald und nun auf dem kleinen Weg.

Er blickte über die Schulter zu Anna und Ed. Ihre Gesichter konnte er kaum ausmachen.

„Meinst du nicht, es ist Zeit für eine Pause?“, flüsterte Pierre ihm zu, obwohl sie schon seit Stunden keinen Verfolger gesehen oder gehört hatten. „Ich glaube, die Kleine ist eingeschlafen. Nicht, dass sie vom Pferd fällt“, fügte er hinzu und deutete mit einer Kopfbewegung hinter Vits Rücken.

„Wir nehmen die nächste Gelegenheit, die sich uns bietet, um uns auszuruhen.“

Pierre nickte und galoppierte zurück. Vit hatte ihm die Aufgabe zugewiesen, immer wieder ein Stück zurückzureiten, um zu überprüfen, ob sie nicht verfolgt wurden.

Vit legte eine seiner Hände über die des Mädchens, damit er sie halten könnte, sollte sie vom Pferd fallen. Ihre Hand war klein. So klein. Angelika hatte auch so feine Hände gehabt, viel zu zart, um die grobe Arbeit einer Fischersfrau zu bewerkstelligen. Die Wärme von Sofias Hand kroch seinen Arm hinauf und berührte eine einsame Stelle in seinem Herzen.

Der Regen hatte endlich aufgehört. Die erste Dämmerung war angebrochen und tauchte die Landschaft in ein mystisches Hellgrau. Der immer schwächer werdende Mond ließ die kahlen Äste der Bäume silbern schimmern.

Der Wald wurde zunehmend lichter, bis sie auf einer weiten Wiese standen.

Pierre ritt neben ihn.

Kleine Atemwölkchen stiegen wie Nebel aus den Nüstern der Tiere empor.

„Niemand folgt uns.“

Anna und Ed schlossen auf. Ihre Gesichter zeigten Spuren der Erschöpfung und Anna saß verkrampft und schief auf dem Tier. Stimmt, sie waren es nicht gewohnt zu reiten. Zeit, eine Pause einzulegen. In der Ferne erkannte Vit einen Hof. „Wir werden die Menschen dort um ihre Gastfreundschaft bitten und uns dann ein paar Stunden ausruhen.“

„Ist das nicht zu gefährlich?“

„Wir werden sie bezahlen."

„Und die verraten uns nicht?" Annas Stimme konnte ihre Furcht nicht ganz verbergen.

„Ich denke nicht. Die Bevölkerung ist in diesen Teilen recht arm und froh um jedes Goldstück mehr. Außerdem …", er legte eine Pause ein und grinste sie an, „… seid ihr schwer als Bräute des Sultans zu erkennen."

Obwohl dies der sicherste Weg war, sie zu verkleiden, sträubte sich alles in ihm, eine Frau wie einen Mann einzukleiden.

Anna versuchte ein gequältes Lächeln. „Das hoffe ich doch."

Als die ersten blassen Sonnenstrahlen die Wolken durchbrachen, waren sie beim Hof angelangt.

Vit hob das Mädchen, das aufgewacht war, von seinem Sattel. Es lächelte schlaftrunken. Er wies die Frauen an, im Hintergrund zu bleiben, und klopfte.

Eine dicke, ältere Frau öffnete die Tür. Neugierige, schmutzige Kindergesichter lugten hinter ihr hervor.

„Wir sind in einem dringenden Auftrag des Sultans unterwegs nach Venedig und die ganze Nacht über geritten. Hättet Ihr etwas zu essen für uns und dürften wir im Stall kurz rasten?" Die langweiligen und schwierigen Sprachstunden waren nun von Nutzen. Seine Ausbildung hatte nicht nur den Umgang mit den Waffen und Mathematik beinhaltet, sondern auch verschiedene Sprachen. Wie die des Feindes. Er griff in seine Tasche und streckte ihr ein Fünfguldenstück entgegen.

Ihre Augen gierten danach. Sie nickte und ließ das Geld in ihrer Tasche verschwinden. „Seid unsere Gäste. Ich bringe Euch eine Mahlzeit in den Stall."

Sie führten die Pferde hinüber und banden sie beim Heu an.

„Ich kann kaum noch laufen", klagte Anna und verzog das Gesicht, während sie in den dunklen Stall humpelte.

„Wem sagst du das?" Ed hielt sich den unteren Rücken und stapfte ihr nach.

Vit lächelte nachsichtig. „Die ersten drei Tage sind schmerzvoll, aber danach werdet ihr euch daran gewöhnen."

Sie ließen sich in das Stroh plumpsen.

Der Stall war geräumig für die vier Ziegen, einen Ochsen, drei

Esel und zwei Pferde. Durch die Ritzen der Bretter strömte Tageslicht. Wenigstens würden sie es hier trocken haben.

Nach kurzer Zeit kam die Frau mit zweien ihrer Kinder und stellte ihnen Brot, Oliven, Käse sowie einen Krug mit Wein und eine Schüssel Wasser hin. Sogar einige Tücher, um sich zu waschen, überließ sie ihnen.

Erst jetzt merkte Vitellino, wie hungrig er war. Sie waren noch nicht ganz außer Gefahr, aber sie konnten es schaffen.

Das Mädchen stürzte sich auf die Oliven und auch die anderen langten tüchtig zu.

Nach dem Essen befreiten die Frauen ihre Gesichter von den Resten der Schminke.

„Ah, nun siehst du wieder wie Anna aus", witzelte Ed. „Ich hatte mir schon Sorgen gemacht, ob du auch die Richtige bist."

Sie grinste ihn an. „Nun – ich musste auch zweimal schauen, ob du wirklich mein Gemahl bist, mit dem Turban und so."

Vitellino fing ihren kurzen Blick auf. Sie konnte nicht wissen, dass Ed ihnen alles erzählt hatte. Aber noch bevor er etwas sagen konnte, erklärte Ed:

„Sie wissen, dass wir nicht verheiratet sind."

Erleichterung flackerte über ihr Gesicht. Vits Blick huschte zu dem Kind hinüber, das mit angezogenen Beinen im Stroh saß und Anna mit großen Augen anblickte. Ihre Zähne klapperten aufeinander. Er wandte sich dem Mädchen zu. „Ist dir kalt?"

Sie nickte und zeigte auf ihre Füße.

Der Schuster musste kräftig gespart haben, so dünn wie die Schlappen aussahen. Kein Wunder, dass sie fror. Vit zog ihr die dünnen Schuhe aus, nahm ihre eiskalten Füße in seine Hände und rieb sie so lange, bis sie sich röteten. Dann nahm er eine Decke von seinem Pferd und wickelte sie darin ein.

„In der nächsten Stadt bekommst du schöne warme Stiefel."

Die Augen der Kleinen leuchteten auf und er ahnte, dass sich hinter dem Schweigen ein lebenshungriges Mädchen verbarg. Er kannte diese Sehnsucht, diese Leidenschaft, auch wenn sie schon lange durch die strenge Disziplin des Ordens abgelöst worden war. Aber damals mit Angelika … Er schob den Gedanken bewusst beiseite. Es brachte nichts, dauernd an seine Liebe zu denken, die nun vom Himmel auf ihn herabschaute. „Schlaft ein bisschen. Wir reiten bald weiter.“

Anna legte sich dicht neben das Mädchen, um ihm Wärme zu geben. Ed und Pierre hatten sich in der Nähe eine bequeme Stelle gesucht.

Vit ließ sich nahe dem Eingang an der Scheunenwand nieder. Die Tür stand einen Spalt offen, sodass er das Haus im Blick hatte. Es konnte nicht schaden, wenn er Wache schob.

Doch ehe er sichs versah, war auch er weggedöst.

KAPITEL 16

„Anna, wach auf! Wir müssen weiter! Sie haben uns gefunden!“ Eine eindringliche, leise Stimme weckte sie aus dem Tiefschlaf. Sie blinzelte und brauchte einen Moment, um sich zu erinnern, wo sie sich befand. Flucht, Scheune, Ed. Er stand neben ihr und hielt ihr seine Hand hin. Es war kein Traum.

Sie ergriff sie und schnellen Schrittes waren sie bei den Pferden und sie saß wieder im Sattel. Ihre Oberschenkel und der Rücken protestierten laut, aber sie biss die Zähne zusammen.

Vit stand am Eingang und spähte hinaus. In der einen Hand hielt er die Zügel. Sofia war schon aufgestiegen. Auch Pierre und Ed saßen bereits auf ihren Tieren. Eine Ziege blökte und ihre großen Augen guckten sie neugierig an. Sie merkte die Spannung. Der Ochse jedoch ließ sich nicht beirren und fraß genüsslich sein Heu weiter.

„Jetzt!“ Vit schwang sich auf den Schwarzen und sie galoppierten über den Hof, vorbei an den wartenden fünf Pferden mit den Schabracken in den Farben des Sultans. Eine Frau keifte und zornige Männerstimmen antworteten, als sie am Haus vorbeidonnerten. Die Tür flog auf.

Anna klammerte sich an die Mähne und versuchte, im Sattel zu bleiben, während sie hinter Vit in einen Wald hineinpreschte. Matsch von den Hufen des Vorderpferdes spritzte ihr ins Gesicht. Kleine Äste rissen Löcher in ihr Hemd. Ihr Pferd schnaubte laut, die Ohren gespitzt.

Wusch …

Ein Pfeil flog dicht an ihr vorbei und blieb in einem Baum stecken. Vit trieb sie tiefer in den Wald, das Dickicht wurde undurchdringlicher und die Pferde wurden langsamer.

Schließlich kamen sie an einen Bach und folgten ihm im Wasser stromaufwärts. Der Dreck in Annas Gesicht vermischte sich mit dem Wasser zu einer einzigen klebrigen Schmutzschicht.

Als ein großer Felsbrocken in Sicht kam, führte sie Vit aus dem

Bach hinter den Felsen. Er war mit Moos bewachsen und kleine Büsche und Dornen umwucherten ihn.

Der Boden unter ihren Füßen fühlte sich weich an, als Anna sich die Beine vertrat. Ihr ganzer Körper schien aufzuatmen, endlich vom Reiten befreit zu sein.

Pierre hatte ein Bündel von seinem Pferd genommen und verteilte Lederwämser. Wenn die Situation nicht so gefährlich gewesen wäre, hätte sie ihres befühlt und daran gerochen. Sie mochte Leder. Das Wams war dick und fest und erinnerte sie an Schwimmwesten im Flugzeug.

„Wozu dient das hier?“ Sie zog es über den Kopf und band die Bändel an der Seite zusammen. Sie hatte definitiv nicht die Bodybuilderstatur eines Mittelalter-Ritters und so schlotterte das Teil um ihren Oberkörper.

Pierre zog sarkastisch die Augenbrauen hoch. „Das Wams hält Pfeile und Schwerthiebe ab. Oder dämpft sie zumindest. Damit ist eure Überlebenschance höher.“

Der Knoten in ihrem Magen verdichtete sich. „Haben wir sie nicht abgehängt?“

„Vielleicht. Aber sicher ist sicher.“

Pierre spähte vorsichtig um den Felsen herum. Aber außer ihren Atemgeräuschen war es seltsam still. Kein Vogel pfiff sein Lied, keine Maus huschte über den mit Tannennadeln übersäten Boden. Die Feuchtigkeit und der erdige Geruch hingen satt in der Luft.

Vit händigte ihr einen Bogen und Köcher aus. Sie streifte sich den Behälter mit den Pfeilen über den Kopf und prüfte die Sehne. Es war ein leichter, kleiner Reiterbogen.

„Klettere auf den Felsen, aber halte dich nah daran. Sie sind uns fast zwei zu eins überlegen. Wenn du zwei oder drei treffen könntest, wäre das nicht schlecht. So können wir sie überraschen, bevor sie richtig begreifen, wo wir uns verstecken.“

Sie nickte und begann, den unförmigen Felsen zu besteigen, während Vit Sofia etwas zuwisperte und sich dann zu Ed begab, der um die andere Ecke des Felsens spähte.

Anscheinend glaubte er nicht wirklich, dass sie sie abgehängt hatten.

Sie rutschte immer wieder auf dem feuchten Moos aus, aber dann war sie endlich oben. Sie legte sich so flach wie möglich hin. Das Herz hämmerte an ihre Rippen und das Blut rauschte in ihren Ohren. Und dann hörte sie es: das Brechen von Ästen, die Hufe der Pferde.

Ihre Hände waren nass, als sie einen Pfeil aus dem Köcher zog und ihn auf die Sehne spannte. War sie wirklich bereit, auf einen Menschen zu schießen?

Sie schluckte die aufsteigende Galle hinunter.

Wenn wir sie nicht töten, werden wir getötet.

Pierres Worte während des Essens in der Scheune gingen ihr durch den Kopf.

Es ist nur Selbstverteidigung. Auch wenn du zuerst angreifst? Der Richter in ihr hatte eine spöttische Stimme.

Der erste Mann preschte auf der anderen Bachseite durch das Unterholz und zögerte kurz, während er hektisch in alle Richtungen schaute. Sie zielte und ließ los.

Die massive Eisenspitze durchbohrte seine Brust. Er stürzte vom Pferd und blieb bewegungslos liegen.

Sie hatte getroffen. Ein Würgereiz bemächtigte sich ihrer.

Stell dir einfach vor, du wärst auf einem 3-D-Parcours.

Sie versuchte, sich selbst zu beruhigen, doch ihre Hand zitterte verdächtig, als sie zum zweiten Mal zielte. Die anderen Soldaten waren abgesprungen und blickten sich hektisch um. Vit, Pierre und Ed preschten hinter dem Felsen hervor.

Sie schoss auf den Mann mit dem Bogen in der Hand.

Der Pfeil traf ihn in den Bauch. Seine Hand umschloss das Geschoss und er stürzte in die Knie. Die anderen hatten sich mit ihren Krummsäbeln in den Kampf gestürzt. Sie bewegten sich zu schnell und waren zu dicht beieinander. Sie konnte keinen weiteren Schuss riskieren, ohne ihre Freunde zu gefährden.

Anna glitt am Felsen hinunter zu Sofia. Ihr war speiübel. Zwei Männer. Vielleicht hatten sie Familien, Frauen, die sie liebten, Kinder, die auf sie warteten. Und sie hatte sie umgebracht.

Bitte Gott, lass meine Freunde leben.

Aber das Gebet war sauer in ihrem Mund. Sie hatte zwei Männer umgebracht und flehte um das Leben ihrer Freunde? Gott würde sie nicht hören. Sie hatte getötet. Gesündigt.

Das Zittern breitete sich auf ihren ganzen Körper aus, als sie die Schlachtgeräusche hörte. Die schrecklichen Szenen von Gozo kamen wie Blitze in ihre Erinnerungen zurück und zündeten ein Feuer der Wut in ihr an. Die Piraten hatten unschuldigen Frauen und Kindern die Bäuche aufgeschlitzt und den Kopf abgetrennt.

Sie war in einer anderen Zeit. Hier redete man nicht miteinander, hier ließ man das Schwert sprechen.

Sie atmete ein paarmal tief ein, um gegen die Übelkeit anzukommen. Dann stand sie entschlossen auf, legte einen Pfeil auf die Sehne und spähte um den Felsen. Vielleicht konnte sie ihre Freunde doch noch unterstützen.

Ed kämpfte gegen einen Mann, der einen Kopf größer war als er. Mutig und entschlossen parierte er jeden Schwerthieb. Vit und Pierre schienen stärker als ihre Gegner zu sein. Aus den Augenwinkeln sah sie, wie Vits Gegner auf die Knie ging. Aber ihre Augen klebten an Ed. Der Säbel verfehlte nur knapp seinen Hals. Doch dann machte er eine Rolle nach rechts, stand blitzschnell auf, und noch ehe der verdutzte Gegner sich gefangen hatte, rammte er ihm sein Schwert in die Brust. Mit einem gurgelnden Stöhnen fiel der Mann in die aufgeweichte Erde, seine Augen weit aufgerissen.

Anna drehte sich um und erbrach ihr Essen.

Ed schloss die Augen, aber die Erinnerung an jenen schrecklichen Moment wurde dadurch nur noch lebendiger. Das Entsetzen in den Augen seines Gegners, das Blut, das gurgelnde Geräusch, das aus seinem Mund gekommen war, als er vor seinen Augen gestorben war.

Er starrte in das Halbdunkel der Höhle. Pierre und Vit schliefen, Sofia und Anna lagen dicht beieinander. Das kleine Mädchen zitterte, obwohl es zwei Decken hatte.

Ed setzte sich auf und lehnte sich an die kalte Felswand.

Es war ein Glück, dass sie dieses Versteck hinter einem Wasserfall stromaufwärts gefunden hatten. Es war nicht nur eine einfache Nische, sondern es schien ein weitverzweigtes Höhlensystem zu sein.

Hier, wo sie ihr Lager errichtet hatten, hörte man das Rauschen des Wassers nur noch sehr gedämpft.

Ed legte ein neues Stück Holz auf das glimmende Feuer und schaute zu, wie die Glut weißer wurde, bevor der Stock mit einem leisen Zischen eine Flamme entzündete.

Eigentlich könnte er stolz darauf sein, seinen ersten richtigen Gegner geschlagen zu haben. Aber er fühlte sich innerlich hohl, ausgebrannt, leer.

Er war dankbar, dass Vit und Pierre sich um die Toten gekümmert hatten, damit sie nicht gefunden wurden.

Das Stück Holz stand nun in voller Flamme, die ein unruhiges Flackerspiel an die Wand warf. Ed musterte seine Freunde nachdenklich. Sein Blick blieb am schmalen, bronzenen Gesicht von Sofia hängen. Irgendwie kam sie ihm bekannt vor – auch wenn er wusste, dass er sie nie zuvor gesehen haben konnte. Hohe Wangenknochen, dunkle Augen und die schwarzen Haare – vielleicht erinnerte sie ihn an jemanden, den er von zu Hause kannte? Er überlegte einen Moment, kam aber nicht darauf. Auch egal.

Beim Essen in der Scheune hatte Anna endlich Zeit gehabt, sie einander vorzustellen. Sofia war mit ihr entführt worden und er konnte sich dunkel an die Worte des Jungen aus Gozo erinnern, der sie erwähnt hatte. Damals hatte er ihr keine große Bedeutung zugemessen, da nur Anna wichtig gewesen war. Aber als er nun gehört hatte, dass sie alles verloren hatte und Anna jetzt „ihre große Schwester" war, hatte ihn das seltsam berührt. Er wusste, was es hieß, einen „großen Bruder" zu haben. Er wusste, was es hieß, seine Familie zu verlieren.

Ed stand auf und schlich sich um die Ecke in den vorderen Teil der Höhle. Das Rauschen des Wasserfalls war hier laut. Der Mond schien durch den silbernen Vorhang und tauchte die Nische in ein fahles Licht. Er setzte sich auf einen Vorsprung und starrte auf das fließende Wasser. Die Feuchtigkeit war erfrischend und belebend.

Seine Gedanken glitten zu seiner Gang. Sein altes Leben schien Milliarden von Jahren zurückzuliegen. Er nahm einen spitzen Stein in die Hand und kritzelte in den Felsen.

War es gerechtfertigt, jemanden umzubringen, um sein eigenes Leben zu retten?

Lebe … dein … Leben … weiser … als ich.

Die Erinnerung an die letzten Worte von John, die er so tief vergraben hatte, traf ihn unvorbereitet mit voller Wucht. Und sofort war er wieder da. Ein überdachter Hauseingang. Ein ausgedientes, rostiges Blumenrankgitter. Er spürte noch die Kälte des Eisens an seinen Fingern, als er sich daran klammerte und um die Ecke spähte.

„Dein Kleiner hat es vermasselt. Wir haben gesehen, wie er den Stoff in die Themse geschmissen hat."

John stand mit dem Rücken zur Wand in einer Sackgasse, umringt von drei Männern, alle in grauen Hoodies, die Kapuzen über ihre kahl geschorenen Köpfe gezogen.

Zwei standen mit gezückten Messern in einigem Abstand zu ihm, während der Dritte ihn mit der Hand am Kragen gegen die besprayte Betonwand presste.

Die weit entfernte Straßenlampe vermochte die hinterste Ecke dieser trostlosen Gasse nicht zu erhellen. In der Ferne heulte eine Sirene, ein Gezeter im Haus nebenan drang schwach zu ihm hinüber. Er konnte Johns Gesicht nicht ausmachen, aber seine Stimme klang furchtlos, was ihn nur noch stolzer auf seinen „großen Bruder" machte.

„Dann wisst ihr sicher auch, dass die Bullen hinter ihm her waren."

„Na und? Das ist kein Grund, den Stoff verschwinden zu lassen."

„Keine Sorge, ich werde euch das Geld besorgen."

Wo wollte er so viel Geld auftreiben?

Die Männer lachten schmutzig und ließen ihn los. Durch die Gitterstäbe hindurch beobachtete Ed, wie sich John mit einer Hand an den Hals griff.

„Du hast noch nicht alle Schulden bezahlt. Wir schlagen dir folgenden Deal vor: Du lieferst uns den Jungen aus und wir vergessen die ganze Geschichte."

„Nie im Leben. Ich werde euch das Geld ersetzen."

John beschützte ihn. Eine Welle des Stolzes und der Liebe überrollten ihn. John war besser als sein Vater. Viel besser.

„Wir lassen keinen Verräter ungestraft davonkommen, das solltest du wissen."

Er erwiderte nichts.

Und dann blitzte im schwachen Licht etwas auf und Ed wusste ohne jeden Zweifel, dass John ein Messer am Hals hatte.

„Du lieferst uns den Jungen aus oder du bist tot."

John war kein Feigling. Und ein exzellenter Kämpfer. Schneller als der Messermann denken konnte, hatte er ihm die Waffe aus der Hand geschlagen und ihn zu Boden gerungen. Er duckte sich und rannte zwischen den anderen hindurch.

Eds Augen waren auf John gerichtet. Da war sein Held. Unverwundbar.

Ein Schuss knallte durch die Nacht. Sein Beschützer stürzte. Noch ein Schuss.

Die anderen flohen und Ed duckte sich in den Schatten des Hauseingangs.

Er nestelte sein Handy aus seiner Jeans und wählte die Notrufnummer 999.

Dann rannte er zu seinem Freund, der mit dem Gesicht am Boden lag.

„John!"

Zwei immer größer werdende Flecken bildeten sich auf seinem Rücken. Vorsichtig drehte er ihn auf die Seite.

„John!" Seine Stimme war voller Panik, sein Hals so eng, dass er kaum atmen konnte. Sein Held sah ihn an. Schmerz und Freundschaft lagen in seinem Blick.

„Lebe ... dein ... Leben ... weiser ... als ich ..." Seine Stimme war nur ein leises Flüstern.

„John, bleib da, stirb nicht!" Er merkte, wie Tränen über seine Wangen liefen, aber es kümmerte ihn nicht. John öffnete den Mund, als wolle er noch etwas sagen, aber es kam nur ein gurgelndes Geräusch hervor, seine Augen brachen und seine Hand erschlaffte.

„John ... nein!" Und dann schluchzte Ed los, wie er noch nie im Leben geweint hatte. Wie ein kleines Kind. Den Rest nahm er nur noch verschwommen war. Notärzte deckten seinen väterlichen Freund mit einem Tuch zu, Polizisten interviewten ihn. Aus seinem Mund kamen leblose, oberflächliche Worte, die nicht zu ihm zu gehören schienen. Ob er die Männer gekannt hatte. Nein. Das Lügen ging aalglatt. Wenn er sie verpfiff, würden sie ihn finden.

Etwas Nasses, das seine Wangen hinunterrann, holte ihn wieder in die Gegenwart zurück. Mit dem Handrücken wischte er sich die Tränen ab.

Lebe dein Leben weiser als ich.

Der Schmerz war auch nach all der Zeit so frisch wie damals. John war seine Familie gewesen, sein Zuhause.

Lebte er sein Leben weiser als er? Töten, um zu leben. Leben, um zu töten. Zu Hause hatte er immer versucht, diesem Dilemma aus dem Weg zu gehen. Aber hier war er voll drin. Hier konnte er nicht mehr ausweichen. Nein, er lebte sein Leben nicht weiser als John.

Schritte ließen ihn aufschauen. Vit bog um die Ecke.

„Schlaflos?"

Er nickte, unfähig zu sprechen.

Vit stellte sich mit dem Rücken zu ihm und starrte durch den nassen Vorhang in das Dunkel des Waldes.

„Es war das erste Mal, dass du getötet hast."

Es war mehr eine Feststellung als eine Frage.

„Ja."

Vit drehte sich um und schaute ihn mit diesen ruhigen Augen an, die tief in seine Seele blicken konnten. Seine Silhouette hob sich breit und stark von dem Wasserfall ab. „Die Bilder werden mit der Zeit schwächer und du kannst wieder schlafen." Er machte eine Pause, bevor er weitersprach. „Durch deinen mutigen Einsatz hast du Anna und Sofia gerettet."

Hatte er das? Ed massierte seine Stirn mit dem Daumen und dem Zeigefinger.

„Ich weiß einfach nicht … das macht doch alles keinen Sinn … Hätten wir nicht reden können?"

Vit verzog sarkastisch den Mund und setzte sich neben ihn.

„Wenn du wartest, um zu reden, bist du schon tot. Augustinus selbst hat gesagt, dass jeder gerechte Christ das Recht hat, sich zu verteidigen, wenn er angegriffen wird, ohne dass er dabei sündigt. Er darf auch geraubtes Gut zurückholen und zu diesem Zweck Krieg führen. Wir haben Anna und Sofia zurückgeholt und uns verteidigt. Wir haben nichts Schlechtes gemacht."

War das eine Rechtfertigung? Sollte er darin Trost finden? Ed fühlte nichts davon. „Warum bist du Ritter geworden?" Er wusste nicht, woher seine Frage kam. Vielleicht brauchte er einfach eine

Ablenkung von all dem religiösen Zeug, das er nicht einordnen konnte.

„Ich liebe das Meer und die Schiffe."

„Weshalb Ritter und nicht Seefahrer oder Kaufmann?"

„Für mich gibt es nichts Größeres, als für Gott selbst zu kämpfen. Bonizo von Sutri hat einst gesagt: ‚Wenn es erlaubt ist, für den irdischen König Krieg zu führen, sollte man dann nicht auch für den Himmelsfürsten zur Waffe greifen dürfen? Wenn für den Staat, dann nicht für die Gerechtigkeit?' Als Ritter setze ich mich für Gerechtigkeit ein, als Handel treibender Seefahrer diene ich hingegen dem Geld. Darin erkenne ich keinen Sinn."

„Mmhmm."

Für die Gerechtigkeit. Machte er nicht dasselbe? Rechtfertigte er seine kriminellen Taten nicht auch damit, dass er sie im Namen der Gerechtigkeit beging? Er besorgte Geld und stahl, damit es seinen Leuten in der Gang gut ging. Wenn die reichen Menschen etwas mehr teilen würden, dann müsste er es schließlich nicht tun.

Vit schlug ihm brüderlich auf den Rücken. „Versuch zu schlafen. Wenn die grässlichen Bilder hochkommen wollen, versuche an etwas Schönes zu denken. Zum Beispiel an Anna."

Er zwinkerte ihm zu, stand auf und ging wieder zurück.

Ed atmete tief ein, dann schaute er auf das Gekritzel im Felsen. John. Unbewusst hatte er seinen Freund verewigt.

Lebe dein Leben.

Vielleicht war es an der Zeit, sein Leben in die Hand zu nehmen und etwas daraus zu machen.

Der Schmerz in ihrer Schulter weckte Anna. Auf dem harten Steinboden hatte sie sich total verkrampft. Was sie nun bräuchte, wäre eine aufblasbare Campingmatte. Sie drehte sich auf die andere Seite. Sofia lag zitternd wie Espenlaub vor ihr. Beruhigend strich sie ihr über den Rücken. Das Mädchen glühte.

Anna stützte sich auf ihren Unterarm und befühlte Sofias Stirn.

Die Hitze, die ihre Handfläche traf, ließ nur einen Schluss zu: Das Mädchen hatte Fieber. Sie musste sich im Regen erkältet haben.

Womit konnte sie ihr helfen? Annas Gedanken wanderten nach Hause. Ihre Mutter hatte ihr in solchen Fällen immer Essigsocken gemacht.

Essig hatte sie zwar keinen, aber vielleicht tat es auch einfach kaltes Wasser. Sie stand auf. Die Kühle der Nacht ließ sie frösteln, als sie den Schutz ihrer Decke verließ. Das Feuer glomm vor sich hin. Sie nahm das Messer, das Ed ihr gegeben hatte, aus dem Gürtel und schnitt ein Stück ihrer Decke ab. Dann nahm sie den Stoffstreifen und verließ leise die Höhle.

Die Männer schliefen. Ed lag zusammengekrümmt auf der Seite, seine Hände zu Fäusten geballt, sein Atem unruhig, als kämpfe er noch im Schlaf.

Es musste noch ganz früh am Morgen sein, denn durch den Wasservorhang drang nur ganz schwaches Licht. Die eiskalte Nässe, die über Annas Hände floss, als sie die Stoffstreifen befeuchtete, raubte ihr beinahe den Atem und vertrieb auch den letzten Schlaf.

Zurück in der Höhle rüttelte sie Sofia sanft an der Schulter. Aber die Kleine erwachte nicht. Also schlug sie die Decke zurück und wickelte die Lappen um ihre Unterschenkel. Dann packte sie sie wieder warm ein und legte sich neben sie.

Sofia war wie ein wärmender Ofen.

Anna lauschte den regelmäßigen Atemgeräuschen der anderen und dem gelegentlichen Wimmern neben ihr. Die Wärme begann sich in ihr auszubreiten und sie wurde schläfrig.

Ein Knistern weckte sie erneut auf.

Vit stand am Feuer, legte neues Holz auf und blies in die Glut. Ein Funkenregen erhellte die Höhle. Er lächelte ihr zu. Ed und Pierre waren nicht zu sehen. War sie doch noch einmal richtig eingeschlafen?

„Gut geschlafen?"

„Es geht." Sie gähnte und setzte sich auf. Langsam bewegte sie ihre steifen Schultern und verdrängte die Erinnerungen an die Albträume.

Ihr Blick fiel auf ihre immer noch zitternde Freundin. Sanft rüttelte sie an ihrer Schulter. „Sofia!"

Aber sie rührte sich nicht. Vit warf ihr einen fragenden Blick zu.

„Sie hat Fieber."

Seine Augen wurden ernst und er kam zu ihr hinüber.

„Sofia, es ist Zeit aufzustehen!" Er rüttelte sie ebenfalls an der Schulter, aber das Mädchen wimmerte nur leicht.

„Was können wir tun?"

Anna hob die Decke und wickelte die Tücher von ihren Unterschenkeln. Sie waren ganz heiß geworden. „Ich versuche, mit kaltem Wasser das Fieber zu senken." Sie wiederholte die Prozedur von letzter Nacht. Die Frische des Wasserfalls machte ihr erst die rauchige Luft in der Höhle bewusst.

Als sie an einer Nische vorbeikam, stach ihr etwas ins Auge. Sie ging näher hin. John.

Es schien, als hätte jemand den Namen ganz frisch eingeritzt. Seltsam.

Als sie erneut die hintere Höhle betrat, lehnte Vit an der Wand.

„Wo sind Ed und Pierre?"

„Die besorgen uns Frühstück."

Sofia zuckte leicht zusammen, als die eiskalten Stoffstreifen ihre Beine berührten.

„Kennst du die Eltern des Mädchens?"

Die Frage traf Anna unvorbereitet. Sie begann, die Decke dicht um das Mädchen festzustopfen. „Nein. Sie lebte bei ihrer Großmutter Roxani, weil ihre Eltern vor einigen Jahren bei einem Piratenüberfall ums Leben gekommen waren. Auf dem Schiff haben wir von einem Jungen erfahren, dass Roxani beim Angriff gestorben ist. Seither hat sie nicht ein Wort gesagt." Sie hatte Sofia fertig eingepackt und schaute auf. Alle Farbe war aus Vits Gesicht gewichen. „Hast du sie gekannt?"

Langsam nickte er. Seine Stimme war seltsam leise. „Ich war in meinen Ausbildungsjahren oft bei Roxani, weil ich die dienenden Brüder nach Gozo gerudert habe."

„Dann hast du Sofias Mutter bestimmt gekannt."

Abrupt stand er auf. „Ja."

Dann verließ er mit großen Schritten die Höhle, ohne auch nur ein weiteres Wort zu verlieren.

Sie lief ihm nach. „Wo gehst du hin?"

„Ich suche Pierre und Ed. Vielleicht brauchen sie meine Hilfe." Aber seine Stimme klang gepresst, weit entfernt.

Anna blieb allein hinter dem fließenden Vorhang zurück. Die Strahlen der Morgensonne spielten mit dem Wasser wie mit einer Harfe und entlockten ihr eine Sinfonie von schillernden Farben.

Vit setzte sich auf einen umgestürzten Baum. Sein Herz hämmerte gegen seine Brust und er atmete schwer. Seine Stiefel waren über und über mit Schlamm bespritzt von seinem schnellen Lauf. Er stützte den Kopf in seine Hände. Angelika ... Sie war tot! Wenn er sich damals anders entschieden hätte, wäre vielleicht alles anders gekommen. Er hätte sie beschützen können. Er hätte sie retten können, sie würde leben.

So vieles an Sofia hatte ihn an seine Geliebte erinnert, aber er hatte es auf seine Schuldgefühle geschoben, auf die unerfüllte Sehnsucht. Ihre Augen, die grazilen Bewegungen, ihre zarten Hände und Füße ...

Vits Blick fiel auf eine schwarze Pfütze zu seinen Füßen. Die Sonne schien hell durch die Bäume und reflektierte sie im Wasser. Sein Gesicht starrte ihm entgegen. Die Augen gerädert, hohes, schmales Gesicht, geradlinige Nase. Nicht unähnlich dem Sofias ...

Wenn er sich anders entschieden hätte, dann hätte er vielleicht auch ein Mädchen. Ein Mädchen wie Sofia.

Sein Herz setzte einen Moment aus, während er sein Spiegelbild anstarrte. Die Ähnlichkeit ...

Eine Erinnerung schob sich vor seine Augen. Eine Erinnerung, die er in den Tiefen seines Herzens versenkt hatte. Es war das letzte Mal gewesen, dass er Angelika getroffen hatte. Es war, als wäre er wieder dort auf der Anhöhe in Gozo, von der man einen herrlichen Blick auf den Hafen hatte.

Die leichte Brise spielte mit Angelikas Haaren, die sich aus ihrem Zopf gelöst hatten und ihr blasses Gesicht rahmten. Ihre Augen blickten in Richtung Malta, sie schien mit ihren Gedanken weit weg zu sein. Ihre Hand legte sich auf ihren Magen und ihre Lippen pressten sich zu einem schmalen Strich zusammen.

„Ist alles in Ordnung?"

Sie nickte. „Ich glaube, es war der Fisch von heute Nachmittag. Vielleicht war er verdorben.“

In der Nähe knackte ein Ast und holte Vit wieder in die Gegenwart. Er blickte sich um, konnte aber nirgends etwas Verdächtiges sehen.

Verdorbener Fisch? Er hatte auch davon gegessen und nie auch nur einen Hauch von Übelkeit verspürt. Warum war ihm das damals nicht aufgefallen?

Er verlor sich weiter in der Erinnerung.

„Bitte – du musst deinem Traum folgen.“ Angelikas nächste Worte waren kaum mehr als ein Flüstern.

Er hatte lange mit sich gerungen. Sein Traum oder die Liebe seines Lebens. Er hatte Gott um ein Zeichen angefleht, aber er hatte keines bekommen. Und die Zeit wurde knapp. Der Großmeister erwartete am nächsten Tag seinen Entscheid. Waren die Worte aus Angelikas Mund das lang ersehnte Zeichen?

„Es ist dein Leben, deine Berufung“, hatte sie hinzugesetzt.

„Aber wir … du“, versuchte er sein inneres Dilemma in Worte zu fassen.

Sie winkte ab. „Mir geht es gut. Es wird niemand von uns erfahren.“

Von uns. Von ihrer Liebe. Ihrer Sünde.

So ganz wohl war ihm dabei nicht. Er nahm sie in seine Arme. Aber sie war seltsam steif. Seltsam distanziert. Es musste sie alles kosten, ihn loszulassen.

Er küsste sie ein letztes Mal und spürte ihre weichen Lippen, das Salz darauf, die Haare, die seine Wangen kitzelten. „Ich werde dich nie vergessen.“

Sie wischte sich die Tränen aus den Augen. „Ich dich auch nicht.“

Und dann drehte er sich um und stieg hinunter zum Schiff. Der Kloß in seinem Hals war dick und sein Magen fühlte sich wie ein Klumpen an. Vor allem, nachdem er einen Blick zurückgeworfen hatte. Einsam stand sie da. Das blaue Kleid flatterte im Wind. Die Hände waren vor ihrem zierlichen Leib verschränkt. Verloren. Verlassen.

Ein Tropfen fiel von einem Blatt in die Pfütze vor ihm und riss Vit erneut aus der Erinnerung. Er verbarg sein Gesicht in seinen Händen und ein Stöhnen entwich seiner Kehle.

Die Blässe, die Übelkeit – war das wirklich der Fisch gewesen? Oder war sie am Ende … schwanger gewesen?

Seine Kehle war wie ausgetrocknet. Das konnte nicht sein. Sie hatten nur einmal … Sofia war bestimmt die Tochter des Fischers, den Angelika kurz darauf geheiratet hatte. Nur einige Wochen später. Und etwas mehr als ein halbes Jahr später hatte er von der Geburt gehört. Zu früh sei das Kind gewesen. Aber wohlauf.

Er war zwar überrascht gewesen, als er davon gehört hatte, hatte aber nicht weiter darüber nachgedacht.

War sie womöglich wirklich schwanger gewesen und hatte nur deshalb so schnell geheiratet, um Wort zu halten, damit niemand etwas davon erfuhr? Nicht einmal er selbst?

Hatte er ein eindeutiges Zeichen von Gott übersehen? Übersehen wollen?

Vit stampfte mit seinem Stiefel in die Pfütze, als könnte er damit den ungeheuren Verdacht und die Ähnlichkeit mit dem Mädchen in der Höhle auslöschen. Sofia – seine Tochter?

Eds Magen knurrte, als der Duft gebratenen Hasens die Höhle erfüllte. Sie waren erfolgreich gewesen. Nun ja, eigentlich war es Pierre gewesen, der den Hasen geschossen, enthäutet und ausgenommen hatte.

Er war froh gewesen, dass ihnen weit und breit keine Menschenseele begegnet war.

Langsam drehte er den Stock mit dem Hasen über dem Feuer, während er Anna beobachtete, die sich um Sofia kümmerte.

Das Mädchen war noch nicht erwacht, aber das Zittern hatte aufgehört.

Pierre kam mit einem Kessel Wasser herein. Anna hatte darauf bestanden, aus den Knochenresten anschließend eine Suppe für das Mädchen zu kochen.

Vit war noch nicht aufgekreuzt.

„Ich muss mal für kleine Mädchen“, entschuldigte Anna sich und schlüpfte aus der Höhle.

Das Feuer knisterte, das Fleisch surrte gelegentlich und zischte ab und zu, wenn Fett in die Glut fiel.

Pierre hatte sich inzwischen seinem Schwert zugewendet und polierte es. Eds Gedanken wanderten zu Vit. Anna hatte ihnen von ihrem seltsamen Gespräch berichtet und seiner schnellen Flucht. „Meinst du, Vit geht es gut?"

„Mhmm, denke schon. Ich glaube, er hat die Tochter von Roxani geliebt, Sofias Mutter. Er wollte sie sogar heiraten. Aber das war vor seiner Profess."

„Profess?"

„Das ist das Gelübde, das wir abgelegt haben als Ritter. Keuschheit, Armut, Gehorsam."

Ed brachte die Glut ein wenig näher zusammen. Eine einzelne kleine Flamme züngelte aus der Hitze empor und leckte am Hinterbein des Hasens. „Hattest du eine Freundin vor deiner Profess?"

Pierre zögerte kurz, dann widmete er sich dem Griff. „Nein, aber beinahe. Doch bevor es so weit kommen konnte, bin ich nach Malta gegangen und – nun, du weißt, dass wir das Gelübde nicht brechen dürfen."

„Was passiert, wenn ihr es übertretet?"

„Je nachdem gibt's Boden schrubben, Guva oder Ausschluss aus dem Orden."

Ed hob die Augenbrauen.

„Und wer entscheidet das?"

„Der Rat und der Großmeister. Und de Valette ist nicht zimperlich. Er verlangt die volle Einhaltung der Gelübde, auch wenn es Gemunkel gibt, dass er es selber nicht immer eingehalten hat."

„Glaubst du das?"

Pierre schüttelte den Kopf. „Seine Disziplin ist vorbildlich. Ich kann es mir nicht vorstellen."

„Was ist mit deiner Beinahe-Freundin geschehen?"

Pierre schaute auf und begegnete seinem Blick. Über seinem Gesicht lag ein Schatten. „Sie hat das gemacht, was sie immer wollte: Sie hat meinen Bruder geheiratet."

Die Sonnenstrahlen, die durch die Bäume sickerten, wärmten Anna nicht wirklich. Sie schloss die Augen und hielt ihr Gesicht dem Licht entgegen. In der Nähe des Wasserfalls hatte sie einen umgestürzten Baumstamm gefunden und sich daraufgesetzt. Die Enge der Höhle hatte sie beinahe erdrückt. Sie atmete tief den erdigen, feuchten Duft ein. Das Rauschen des Wassers erfüllte die Luft und neben ihr schmetterte hoch oben in einem entlaubten Baum ein kleiner Vogel sein Loblied. Die Erde war mit braunen Blättern bedeckt und ab und zu entdeckte sie eine dunkle Pfütze. Grünes Moos überzog ihren Baumstamm wie eine Schicht Frühlingshoffnung.

Aber in ihr war alles winterlich kalt und still.

Sie stützte ihren Kopf in die Hände. Ihre Schläfen pochten, ihr Rücken schmerzte und ihre Beine wollten mehrere Wochen keinen Pferderücken mehr besteigen. Aber schlimmer als das war ihr schweres Herz. Sie hatte zwei Menschen umgebracht. Und dabei zugesehen, wie Ed einen Mann ins Totenreich befördert hatte.

Die ganze Nacht hatte sie unruhig geschlafen. Das Wimmern von Sofia hatte sie immer wieder geweckt, Ed war einmal aufgestanden, Vit war ihm gefolgt. Die Schreie der Männer, das Stöhnen und das Entsetzen in ihren Augen hatten sie die ganzen Träume hindurch verfolgt. Mehr als einmal war sie schweißüberströmt und mit rasendem Herzen aufgewacht. Kein Wunder, dass sie nun Kopfschmerzen hatte.

Sie massierte den harten Muskelstrang in ihrem Nacken, während sie vor sich hin auf den Boden starrte.

War sie eine Mörderin? Oder galt das als Notwehr?

Mit ihren Fingern massierte sie mit kleinen Kreisen ihre Schläfen.

Doch die Spannung blieb.

Keiner ihrer Freunde hatte eine Bemerkung gemacht, als sie das Erbrochene gesehen hatten. Vits verständnisvolle Augen hatten sie mitleidig gemustert, Pierre hatte sich um Sofia gekümmert und Ed hatte nur blass dagestanden – völlig neben den Schuhen wie sie selbst. Ein Indiz mehr, dass er in seinem tiefsten Inneren einer von den Guten war. Ganz egal, was er in London getan hatte.

Vit hatte sie schnell weitergeführt – bachaufwärts, wo sie diese Höhle entdeckt hatten.

Das Pochen in ihrem Kopf war hartnäckig.

„Anna?“

Sie hatte Ed nicht kommen hören.

Ihr verräterisches Herz machte einen Sprung beim Anblick seines Lächelns.

„Alles okay? Du bist so bleich.“

Sie nickte und versuchte ein Lächeln.

„Ich habe schlecht geschlafen und nun habe ich Kopfschmerzen. Und leider habe ich grad kein Aspirin zur Hand.“

„Soll ich deine Schultern massieren?“

Verblüfft schaute sie ihn an.

„Manchmal, wenn meine Mutter Kopfschmerzen hatte, bat sie mich – oder wenn er ausnahmsweise mal zu Hause war, meinen Vater –, sie zu massieren. Ich habe es zwar schon lange nicht mehr gemacht, aber ich glaube, ich weiß noch, wie es geht.“

Anna kaute auf ihrer Unterlippe. Sie sehnte sich nach einer Berührung von ihm, aber andererseits hatte sie auch Angst davor, ihr Herz gänzlich an ihn zu verlieren.

Ed lachte leise. „Ich beiße nicht. Lass es mich versuchen.“

Sie nickte wortlos und er trat hinter sie. Mit weichen, ruhigen Bewegungen knetete er ihre Schultern. Sie schloss die Augen und versuchte, sich zu entspannen. Die Wärme seiner Hände schien direkt in ihr kaltes Herz zu fließen, an die einsamen Plätze.

„Warum hast du mich gerettet?“, durchbrach sie schließlich die Stille.

Ed hielt einen kurzen Moment inne, bevor seine Hände die Bewegungen wiederaufnahmen.

„Ich habe dir versprochen, dass ich dich nicht alleinlasse.“

Seine Berührung war entspannend und zugleich elektrisierend. Die Angst pochte im Gleichtakt mit ihrem Kopf. Sie war nicht die Art von Frau, für die sich ein so gut aussehender Draufgängertyp wie Ed interessierte. Ihre Tagträume konnten nur in einer Enttäuschung enden. Wie damals.

„Ich weiß, dass ich das schon einmal gesagt habe, aber ich bin so froh, dass ihr gekommen seid – und dass wir wieder zusammen sind.“ Ups. Hatte sie das echt gesagt? Das klang ja, als wollte sie etwas von ihm. „Ich meine … wir kommen aus der gleichen Zeit und das … das macht uns doch zu so etwas wie Verbündeten, oder?“

Warum nur ging er ihr so unter die Haut? Warum konnte sie ihn nicht einfach auf Distanz halten, warum nicht einfach nur Freunde sein? War es sein liebevoller Blick oder waren es die Daumen zwischen ihren Schulterblättern, die das angstvolle Klopfen in die Schranken wiesen und ihr eine Gänsehaut bescherten? Sie wusste es doch besser. Wie konnte sie ihr Herz nur schützen?

Sie konnte Ed beinahe grinsen hören.

„Klar, wir sind Freunde. Und ich bin auch froh, dass wir wieder zusammen sind."

Eine Weile war es still. Nur das Vogelgezwitscher war zu hören.

„Deine Mutter kann froh sein, dass sie dich hatte", nahm Anna das Gespräch wieder auf.

„Ohne mich hätte sie wieder zurückgehen können."

„Zurück wohin?"

„Sie wuchs in Onet-le-Château auf, verliebte sich in meinen Vater, einen Engländer, und zog zu ihm, da er ja schlecht seine Anstellung beim Militär wechseln konnte. Dann kam ich auf die Welt und sie stürzte in eine tiefe Depression. Sie hatte Heimweh."

Eds Bewegungen waren ruckartiger geworden. Das musste ein hartes Leben gewesen sein. Einen Vater zu haben, der selten zu Hause war, und eine Mutter, die zwar physisch anwesend war, ihm aber nicht das geben konnte, was er gebraucht hätte.

„Darum sagtest du, dass deine Eltern sich nie um dich gekümmert hätten."

„Ja, schon damals haben sie mich in Kindertagesstätten abgeschoben …" Seine Stimme verebbte und er nahm seine Hände von ihrer Schulter, die sie sofort vermisste. „Besser?" Er trat um sie herum und schaute sie wieder mit diesem unwiderstehlichen Blick an. Tief, intensiv.

„Ja, danke."

Die Schmerzen waren tatsächlich weniger geworden. Im Gegensatz zum Geflatter in ihrem Magen.

„Lass uns zurückgehen. Der Hase ist bestimmt fertig."

Er streckte ihr die Hand entgegen. Ihre schmalen Finger waren sicher in seiner kräftigen Hand, als gehörten sie dahin. Ihr Herz pochte laut, als sie wie ein Liebespaar zurückschlenderten. Nur Verbündete. Weil Ed sehr loyal war. Erst kurz vor der Höhle ließ er sie los.

Seine Hand brannte dort, wo Annas Handfläche die seine berührt hatte. Er hatte nur nach ihr gesucht, weil er sie nicht wieder hatte verlieren wollen. Man konnte nie sicher sein.

Doch als er sie so einsam auf diesem Baumstamm hatte sitzen sehen, war etwas in seinem Herzen weich geworden. Wie oft hatte er selbst einsam im Park auf einem versteckten Baum gesessen.

Er unterdrückte ein Grinsen, als er an Annas rosa Wangen dachte, während sie ihm gestanden hatte, dass sie froh war, wieder mit ihm zusammen zu sein. Schwer zu verstehen. Sie kannte seine Geschichte und genoss seine Freundschaft offensichtlich trotzdem. Oder sie war einfach froh, aus den Fängen des Sultans entkommen zu sein. Das musste es sein.

Er biss ein Stück vom zähen Fleisch ab. Das Feuer knisterte leise vor sich hin und warf seinen Schein auf das kranke Mädchen, das immer noch nicht aufgewacht war.

Sein Blick glitt zu Vit, der sich neben sie gesetzt hatte und ein Stück Brot kaute.

„Wird sie … wird sie es überstehen?"

Was war mit seinem Freund los? Seine Stimme klang dick und belegt – so als sorge er sich ernsthaft um das Kind.

„Ich denke schon. Das Fieber ist gesunken, sie zittert nicht mehr. Wir müssen einfach weiter die Wadenwickel machen und vielleicht ist es morgen überstanden." Annas Stimme klang tröstlich.

Ed musterte Vit von der Seite. Seine Augen waren rot und sein Gesicht blass. Er hatte den starken Ritter noch nie so außer Fassung gesehen.

Pierre schien auch ein wenig beunruhigt zu sein, denn er fragte ihn: „Alles in Ordnung mit dir?"

Vit nickte vage.

Ed musterte den Ritter, dann glitt sein Blick zu dem Mädchen. Die Ähnlichkeit! Hatte sie ihn an Vit erinnert?

„Ist Sofia eine Verwandte von dir?" Die Frage war ihm rausgerutscht, ehe er genauer darüber nachgedacht hatte. Hatte Vit nicht die Mutter des Mädchens gekannt?

Röte stieg in die Wangen des Ritters. „Kann sein.“ Seine Stimme war kaum mehr als ein Flüstern.

Und da raffte er es. Eine peinliche Stille trat ein, als alle realisierten, was Vit gerade gesagt hatte. Ed schluckte das zähe Stück Fleisch hinunter und griff nach seinem Becher. Pierres Kinnlade war nach unten geklappt und Annas Augen waren geweitet.

„Wie kann das sein?“ Pierre hatte seine Sprache als Erster wiedergefunden.

„Das war alles vor der Profess. Ich habe Angelika geliebt, aber ich wusste nicht, dass sie ein Kind erwartete. Sie drängte mich, die Gelübde abzulegen und meiner Berufung zu folgen. Nur wenige Wochen später hat sie einen Fischer geheiratet. Ich weiß also nicht mit Sicherheit, ob Sofia mein Kind ist.“

Oh Mann, das war dicke Post. Sein Freund hatte eine Tochter?!

„Bitte erzählt es niemandem. Auch nicht Sofia. Es ist nur eine Vermutung.“

„Und wie hoch schätzt du die Wahrscheinlichkeit ein, dass die Vermutung der Wahrheit entspricht?“, fragte Pierre und seine Stimme ließ keinen Zweifel daran, dass er sie für extrem hoch hielt.

Vit legte ein Stück Holz nach und schnitt noch einmal etwas Fleisch ab. Er seufzte.

„Als Angelika mich wegschickte, da war sie blass und sie kämpfte mit Übelkeit. Sie sagte zwar, dass sie schlechten Fisch gegessen habe, aber mir war nie übel und ich hatte mehr davon gegessen als sie. Wie ich nun aber von meinen Freunden hier weiß, kann Übelkeit ein Zeichen für eine Schwangerschaft sein. Sie hat so schnell geheiratet, dass ich das gar nicht begreifen konnte. Ich weiß, dass sie ihn nicht geliebt hat. Und dann sind da die frühe Geburt und die Ähnlichkeit …“

Pierre kratzte sich am Bart. „Tja … Die Wege des Herrn …“

Vit verzog das Gesicht, verdrehte die Augen und schüttelte den Kopf.

„Doch, es stimmt“, mischte Anna sich ein. „Ist es nicht ein Wunder, dass du sie kennengelernt hast? Ich meine, sie könnte auch tot sein oder für immer in des Sultans Gemächern.“

Ed nahm den Topf vom Feuer und legte seinen Knochen hinein. Dann reichte er den Topf an die anderen weiter. Es war eine unglaubliche Geschichte. Aber gleich Gott dahinter zu vermuten?

„Du musst es ihr sagen – sie hat sonst niemanden mehr! Alle ihre Verwandten sind tot!“, sprach Anna eindringlich weiter. „Sie wird vielleicht wieder reden können, wenn sie weiß, dass ihr richtiger Vater noch lebt.“

Ed blickte zu Sofia. Ihr Kopf war auf ein Kleidungsstück gebettet, ihre schwarzen Haare klebten ihr an der Stirn und der Schläfe.

„Ich werde es ihr zu gegebener Zeit sagen. Ich muss mich erst an den Gedanken gewöhnen. Aber ihr habt schon recht, es ist ein Wunder Gottes.“

Ed stand auf und stellte den Topf mit den Knochenresten zurück auf das Feuer. Ein Wunder Gottes? Er schürte das Feuer, sodass ein Funkenregen zur grauen Felswand emporstieg.

Nach seinem Gebet und all den Ereignissen der letzten Tage konnte er die Existenz eines Gottes nicht mehr leugnen. Und wenn er ehrlich war, hatte er das in der Tiefe seines Herzens auch nie gemacht. Dass dieser Gott etwas mit ihm zu tun haben wollte, daran zweifelte er noch immer. Er hatte zu viel Mist gebaut. Aber Anna musste ihm schon sehr am Herzen liegen, denn warum hätte er sonst sein unbeholfenes Gebet erhören sollen? Vielleicht sollte er ihm dafür danken?

Ed schielte zu Anna hinüber. Ihre Gesichtszüge waren weich, als sie sich zu dem Mädchen hinunterbeugte und ihm die nassen Haare aus der Stirn strich. Ja, er war mehr als froh, dass ihre Mission geglückt war.

Danke.

Vielleicht war es gar nicht so übel, den Allmächtigen zu kontaktieren. Zumindest, wenn es um Anna ging.

KAPITEL 17

Anna streckte sich und stand leise auf. Sie wollte die anderen nicht wecken. Es war früher Morgen. Sie ging zum Wasserfall und hielt ihre Hand unter das eiskalte Wasser, dann spritzte sie es sich ins Gesicht. Die Kälte erfrischte sie und vertrieb die letzte Müdigkeit.

Die vergangenen zwei Tage hatten sich in die Länge gezogen. Doch inzwischen war Sofia aufgewacht und das Fieber war gesunken. Sie würden heute weiterreisen.

„Guten Morgen!"

Vits tiefe, warme Stimme ließ Anna aufschauen.

Er bediente sich ebenfalls am Wasser und fuhr sich dann mit den Fingern durch die tiefschwarzen Haare, sodass sie glänzten.

„Hast du es ihr schon gesagt?"

„Nein. Ich habe noch keine Gelegenheit gefunden."

Dieser Ritter, so unnahbar er auch manchmal wirkte – er hatte etwas Faszinierendes an sich. Und seine Hilflosigkeit im Umgang mit seiner neu gefundenen Tochter weckte in ihr den Wunsch, ihm zu helfen.

„Sie hat immer davon geträumt, einen Ritter zu heiraten."

„Das hat sie dir erzählt?" Ein Lächeln umspielte seine Mundwinkel.

„Ja, sie ist – oder war – ein sehr aufgewecktes, fröhliches Mädchen mit vielen Ideen. Sie schlug sogar vor, in einem Korb in der Luft zum Pilzfelsen hinüberzugleiten. In unserer Zeit gibt es das tatsächlich. Man nennt es eine Seilbahn."

Vit lächelte und strich sich gedankenverloren über die Wange. „Sie ist ihrer Mutter so ähnlich …"

„Und dir."

„Inwiefern?"

„Sie hat ein kämpferisches Herz. Niemand außer uns wollte im Harem den Reichtum gegen die Freiheit tauschen."

Der Ritter starrte nachdenklich durch den Wasservorhang. Annas Blick folgte dem seinen. Das Sonnenlicht ließ die Tropfen wie regenbogenfarbene Diamanten schimmern. „Ja, die Freiheit ist etwas Kostbares. Ich hoffe, ich kann sie ihr weitergeben."

„Wie meinst du das?"

„Die bevorstehende Belagerung wird nicht einfach werden. Du hast es selbst gehört und weitergeleitet. Monsieur le Moreau hat uns deinen Brief gezeigt. Wir brauchen ein Wunder, um siegreich daraus hervorzugehen. Aber ich werde mein Leben geben, wenn Sofia dadurch weiterhin die Freiheit hat, in einem christlichen Land aufzuwachsen."

Anna schwieg. Er war ein Krieger mit einem sensiblen Herzen, der alles für diejenigen tat, die ihm wichtig waren. Kein Wunder, dass diese Angelika ihr Herz an ihn verloren hatte.

Vit wusste, dass er Sofia die Wahrheit schuldete. In den letzten Tagen hatte er ihren Anblick regelrecht in sein Gedächtnis eingesogen. Die feine Nase, die hohen Wangenknochen, das schmale, bronzene Gesicht, das von ihren welligen, schwarzen Haaren umrahmt wurde. Tief in seinem Inneren war er zur Überzeugung gelangt, dass sie seine Tochter war. Er hatte Angst gehabt, sie durch das Fieber zu verlieren, aber es schien, dass Gott ihm trotz seiner Sünde gnädig war. Das war es doch, was er im Buch gelesen hatte. Gott gedachte seiner Vergehen nicht mehr, wenn er Buße getan hatte.

Sofias kleine Hände umklammerten seine Taille, ihr Kopf lehnte an seinem Rücken.

Obwohl sie ihr in der Zwischenzeit ein eigenes Pferd besorgt hatten, war sie in den letzten Tagen noch zu schwach gewesen, um selbst reiten zu können. Doch etwas später wollte er versuchen, sie auf ihr eigenes Pferd zu setzen.

Die Sonne vermochte sogar den bevorstehenden Winter in Schach zu halten, als sie nun aus dem Wald ritten. In einiger Entfernung machte Vit die Via Egnatia aus, die Handelsstraße, der er bis Durrës folgen wollte. Doch zur Sicherheit ritten sie am Waldrand entlang, den Weg immer im Blick. Bis jetzt schienen sie nicht verfolgt zu werden.

Er scheute sich, ihr die Wahrheit zu sagen. Konnte er die Konsequenzen dessen tragen? Der Orden könnte ihn exkommunizieren, was sehr unwahrscheinlich war, so kurz vor der Schlacht, aber dennoch bestand die Möglichkeit. Und was würde er dann machen? Zurückkehren in den Schoß seiner Familie? Er war der zweite Sohn und erbte keines der Besitztümer.

Die Sonne spiegelte sich im Nebel, der zwischen den Bäumen aufstieg. Auf der Straße unten rasselte ein frühes Fuhrwerk seines Weges.

So oder so würde er bei der Verteidigung von Malta mithelfen. Er wollte seine Freunde nicht im Stich lassen. Was würde der Orden ohne Malta machen? Und was würden die Osmanen machen, wenn ihnen die Insel gehörte? Sie war ein gutes Zwischenlager, um die anderen Länder zu erobern. Frankreich, Italien, vielleicht sogar Deutschland.

Er wandte seine Gedanken wieder dem Mädchen hinter sich zu. Die Kleine wärmte nicht nur seinen Rücken, sondern auch sein Herz. Es hatte etwas Schönes, sie hier zu wissen, wenn Angelika im Jenseits auf ihn wartete. Wäre es denn nicht auch tröstlich für Sofia zu wissen, dass er ihr Vater war?

„Sofia, bist du wach?"

Er merkte, wie sie bejahend ihren Kopf an seinem Rücken rieb.

„Ich habe deine Mutter sehr gut gekannt."

Es war doch schwerer, als er gedacht hatte. Sie drückte ihre Hände in seine Seiten, als wolle sie ihn ermutigen weiterzureden.

„Und ich habe auch deine Großmutter gekannt. Früher, als ich ein wenig älter war als du, habe ich die Brüder zur Insel gerudert, damit sie den Pilz holen konnten. Wir haben damals schon bei deiner Großmutter und deiner Mutter übernachtet. Ich habe deine Mutter – Angelika – sehr geliebt."

Ihr Bild tauchte vor seinem inneren Auge auf: ihr Lächeln, fröhlich, einladend, verführerisch. Er atmete tief ein.

„Ich stand vor der Wahl, sie zu heiraten oder Ritter zu werden. Für alle im Orden war klar, dass ich ein Ritter war, denn ich war der Beste in meinem Alter. Aber ich liebte deine Mutter. Ich bat um ein Zeichen von Gott, aber ich bekam keines. Das dachte ich damals jedenfalls. Es war mein Fehler, dass ich deine Mutter nicht nach einem Zeichen gefragt habe."

Sie hätte es auch nie gesagt. Nicht Angelika. Sie hatte ihm die freie Entscheidung lassen wollen. Und wenn er es gewusst hätte, hätte er keine Wahl gehabt. Sein Ehrgefühl hätte das nicht zugelassen. Und sie musste das gewusst haben.

„Sie war eine unglaublich mutige Frau. Sie wollte mir nicht im Weg stehen, obwohl sie dich unter ihrem Herzen trug. Sofia ...", Vit hielt inne und holte tief Luft, „du bist meine Tochter. Ich bin dein richtiger Vater."

Er merkte, wie sich ihre kleine Gestalt versteifte und ihre Hände sich in sein Gewand krallten.

„Ich bin dankbar, dass es dich gibt, und es ist ein Geschenk Gottes, dass wir uns begegnet sind."

Ihr Körper lehnte sich schwer gegen den seinen. Er hörte, wie sie schniefte, und merkte, wie sie bebte. Er schwieg, denn er fand keine weiteren Worte. Sie würde ihm nicht antworten können, wenn er fragte, was sie bewegte. Nach einer Weile beruhigte sie sich.

„Du bist mein Vater?"

Ihre Stimme war leise und zerbrechlich und ließ sein Herz für einen Moment aussetzen, bevor es in doppeltem Tempo weiterstolperte.

„Ja."

„Und mein Vater, Marcus?"

Der gleiche Akzent wie der von Angelika.

„Ich weiß nicht, ob er es gewusst hat. Ich denke, er hat geglaubt, dass du sein Kind bist."

„Er hat mich geliebt."

„Das ist wunderbar." Er machte eine Pause, ehe er hinzufügte: „Ich liebe dich auch."

Wie gut sich diese Worte anfühlten. Der Wald war zu Ende und eine Ebene erstreckte sich vor ihnen. Sie mussten sich nun der Gefahr der Straße aussetzen.

„Bist du bereit, auf dein eigenes Pferd zu steigen?"

„Ja."

Vit brachte sein Tier zum Stehen und stieg ab, um seiner Tochter zu helfen. Ihr Gesicht war gerötet, aber ihre Augen leuchteten. Warum nur hatte er gezögert, ihr das zu sagen? „Du bist wunderschön. Wie deine Mutter.“

Sofia lächelte etwas scheu. Er nahm sein Gepäck vom anderen Tier und machte es bei sich am Sattel fest.

„Machen wir eine Pause?“

Die hoffnungsvolle Stimme von Anna ließ ihn hochschauen. Die anderen hatten sie eingeholt.

„Noch nicht. Sofia besteigt nur ihr eigenes Pferd.“ Er grinste, als er in Annas und Eds enttäuschte Gesichter blickte. Aber noch bevor sie etwas sagen konnten, rannte Sofia zu ihrer Freundin.

„Anna, ich kann wieder reden!“ Sie drehte sich im Kreis und lachte.

Anna klammerte sich an die Zügel und machte große Augen, doch dann fing sie sich. „Sofia, das ist wunderbar! Ich freu mich so!“

„Hast du gewusst, dass Vitellino mein Vater ist?“

Sie nickte und lächelte. „Ja, er hat es uns erzählt.“

„Ich habe einen Vater!“

Sofia drehte sich im Kreis. Er fing sie ab und setzte sie mit einem Schwung auf das andere schwarze Pferd. Sie lachte und nahm die Zügel auf. „Hoja!“ Und dann preschte sie mit wehenden Haaren davon.

Vit ahnte die grinsenden Gesichter seiner Freunde mehr, als dass er sie sah, während er dem Mädchen, das sich gerade in einen kleinen Wildfang verwandelt hatte, hinterherjagte.

Anna staunte noch immer über das Wunder. Sofia war nicht wiederzuerkennen. Sie lachte und scherzte mit Vit, wenn sie sich unbeobachtet fühlte, und sie lieferten sich kleine Rennen, bei denen Vit Sofia meistens gewinnen ließ. Auch in seinen Augen strahlte ein Glanz, den sie zuvor nicht wahrgenommen hatte.

Mehrere Wochen waren sie nun schon unterwegs.

Niemand hatte sie erkannt, alle hielten sie für fünf Knechte auf dem Weg nach Rom oder wohin auch immer.

Männer mit Turbanen sah man immer seltener. Deshalb hatte Vit sie gestern gebeten, die anderen Kleider anzuziehen, die er vorsorglich eingepackt hatte, und die osmanischen Kleider zu verbuddeln. Anna mochte die breiten, braunen Hosen und das weiße Hemd mit dem Spitzenkragen. Ein Baumwolltuch hielt ihre Haare wie ein Stirnband zurück. Leider hatten nun auch Sofias schöne, lange Haare dran glauben müssen, da sie sie nicht mehr unter dem Turban verstecken konnte.

Der Morgen war frisch, als sie auf der noch menschenleeren Via Egnatia weiterritten.

Aus den Nüstern der Pferde stiegen kleine weiße Wölkchen auf und vermischten sich mit den Nebelschwaden, die aus den kahl abgeernteten Feldern aufstiegen.

Die Straße fiel leicht ab und gab plötzlich eine weite Sicht auf das azurblaue Meer frei, das sich unter einem weiß geflockten Himmel ausbreitete. Der Anblick war überwältigend.

Vit hatte sein Pferd angehalten und Anna schloss zu den anderen auf. Eine kleine Stadt mit roten Türmen schmiegte sich ans Wasser und die Via Egnatia schlängelte sich in kleinen Windungen direkt auf sie zu.

„Das ist Durrës", erklärte der Ritter. „Hier werden wir übernachten. Meine Hoffnung ist, ein Schiff zu finden, das uns mit hinüber nach Brindisi nimmt. Das erspart uns mehrere Wochen Reise."

„Fahren hier die Schiffe trotz dieser Jahreszeit?", fragte Ed.

„Ja, es ist nur eine Tagesreise. Die ist gut zu planen, wenn man das Wetter einschätzen kann."

Ein erstes Fuhrwerk kroch den Weg hoch. Sie setzten sich wieder in Gang, den gewundenen Weg hinunter. Je näher sie der Stadt kamen, desto belebter wurde die Straße.

Esel und Ochsen zogen Karren, die vollbepackt waren mit Waren für den Markt. Gackernde Hühner in Holzkäfigen, Fässer und Kisten mit Kohl, Gemüse und anderen Waren stapelten sich auf den einfachen Wagen.

Sie ritten durch das Stadttor zur erstbesten Herberge.

Vit betrat das Gasthaus, während sie mit den Pferden draußen warteten. Von oben hatte Durrës größer ausgesehen. Jetzt schienen sich viel zu viele Leute in die engen Gassen zu drängen. Nach der wochenlangen Einsamkeit und Stille war der Lärm kaum zu ertragen.

Vit kam kopfschüttelnd aus der Unterkunft. „Alles besetzt. Morgen ist Weihnachten. Viele Leute sind auf der Durchreise.“

Annas Herz stolperte kurz. Schon Weihnachten. Seit Monaten war sie nun schon von zu Hause weg. Die Festtage ohne ihre Eltern, ohne Grandmère und Grandpère konnte sie sich nicht vorstellen.

Sie kämpfte gegen die aufsteigenden Tränen an, während sie das nächste Gasthaus aufsuchten. Das Gewühl der Menschen wurde noch dichter. Lautes Marktgeschrei drang an ihre Ohren, obwohl sie die Stände noch nicht sehen konnte.

Bei der zweiten Herberge hatten sie Glück und ergatterten noch zwei Zimmer. Sie stellten die Pferde in den angebauten Stall, rieben sie trocken und gaben ihnen Heu und Hafer.

„Wird hier auch Weihnachten gefeiert?“, fragte sie Pierre, als sie das Gepäck auf die Zimmer brachten.

„Unwahrscheinlich. Durrës steht zurzeit unter osmanischer Herrschaft, aber es gibt hier sicher noch viele Christen. Sie werden versteckt feiern. Aber zu Hause in Malta finden nun die großen Gottesdienste statt. Die Kirchen sind geschmückt und in Mdina werden die Leute das Krippenspiel aufführen.“ In seiner Stimme klang Wehmut mit.

Das erinnerte Anna an ihren eigenen Schmerz. Sie öffnete die schlichte Tür zu ihrem Zimmer. Zwei einfache Betten standen an der Wand, ein Regalbrett darüber, ein Nachttopf und ein kleiner Tisch mit einem Krug Wasser. Sie setzte ihr Bündel mit der Decke, dem Proviant und dem wenigen Kochgeschirr ab, dicht gefolgt von Sofia.

Die Männer richteten sich im Zimmer nebenan ein und kamen nach einer Weile in ihr Zimmer.

„Ich werde nach einem Schiff Ausschau halten, das uns mitnimmt. Zum Mittagessen treffen wir uns wieder hier.“ Vit lehnte mit verschränkten Armen und entschlossener Miene am Fenster.

Pierre runzelte die Stirn. „Allein?“

„Ja. Ich muss einen Freund aufsuchen, den mir Juan empfohlen hat. Je weniger wir sind, desto weniger Aufsehen erregen wir.“

Pierre zuckte die Achseln. „Dann werden wir uns um den Proviant kümmern.“

Gemeinsam verließen sie das Zimmer und traten hinaus auf die laute Gasse. Sie folgten den Menschenmassen und erreichten eine Straße weiter den großen Markt.

Während Vit sich auf den Weg zum Hafen machte, drängte sich Anna mit Sofia durch das Gewusel, Ed und Pierre immer im Blick.

Viele verschiedene Marktstände säumten den Platz in der Mitte der Stadt. Nun ja, „Stadt“ war vielleicht ein wenig hoch gegriffen. Eigentlich waren es mehr ein Burghof und kleine Steinhäuser, die darum herum gebaut worden waren. Eine große Baustelle und ein noch nicht vollendeter Kuppelbau deuteten darauf hin, dass die Osmanen die Herrschaft übernommen hatten.

„Beste Hühner, beste Hühner!“, pries ein Bauer in der Nähe seine Ware an.

Anna vermochte nicht mehr vieles zu verstehen. Nur vereinzelt hörte sie Osmanisch. Es klang vielmehr nach Italienisch.

Sofia zupfte sie am Ärmel und wies auf eine Reihe von Pferden. „Sind diese Tiere nicht wunderschön?“

Anna ließ sich von ihr zum Gatter zerren und bestaunte mit ihr die seidenen Felle der tiefschwarzen Tiere.

„Sucht ihr die besten Pferde für euren Herrn? Dann kann ich euch welche bieten zu einem einmaligen Preis!“

Anna senkte die Stimme und machte ein hartes Gesicht. „Die Pferde sind wirklich schön, aber wir haben keinen Bedarf.“

„Ihr könnt eure alten Mären auch zum Tausch geben, falls ihr welche habt“, versuchte der Händler es noch einmal, aber sie drehte sich um und zog Sofia mit sich mit.

Als sie nach Ed und Pierre Ausschau hielt, konnte sie sie nirgends mehr entdecken. Anna atmete tief durch. Den Weg hatte sie sich gemerkt und in ihren Kleidern waren sie als „Männer“ ziemlich sicher.

Sie hätte Sofia gerne an die Hand genommen, aber das schickte sich für Knechte nun mal nicht. Und Männer zu imitieren, hatten sie in den letzten Wochen genug geübt.

Stände mit Pilzen und einem rübenähnlichen Gemüse folgten auf duftendes Brot und Eier.

Das Scheppern eines Kesselflickers war so laut, dass sie Sofias Worte kaum verstand. Das Mädchen deutete auf einen Stand mit Stoff. Davor drängten sich die Frauen und feilschten um die Wette.

„Wir dürfen da nicht hin – wir sind keine Frauen“, flüsterte sie ihr bedauernd ins Ohr. Sofia machte ein enttäuschtes Gesicht, folgte ihr aber weiter durch das Gewühl.

Ein Schuhmacher zog Annas Aufmerksamkeit auf sich. Konzentriert saß er auf einem Hocker und besserte einen Stiefel aus. Vor ihm standen weitere Schuhe in allen Größen. Mit einem Hammer und einem Nagel stanzte er Löcher in das dicke Leder und nähte es mit einer Nadel und Lederschnur zusammen. Der Tisch vor seiner Werkstatt war übersät von Leder, Nägeln und allerlei Spezialwerkzeugen.

Als ihr Blick über die neuen Schuhe glitt, kam ihr plötzlich ein Gedanke. „Sofia, wir könnten den anderen Weihnachtsgeschenke kaufen!“

Das Mädchen starrte sie fragend an. „Was ist das?“

„Dort, wo ich herkomme, schenkt man sich etwas zu Weihnachten.“

„Warum beschenkt man sich in Frankreich nicht am St. Nikolaustag?“

Anna zögerte kurz. Verdiente Sofia nicht die ganze Wahrheit, nach allem, was sie zusammen durchgemacht hatten?

Außerdem würde sie es früher oder später doch herausfinden, da auch Vit und Pierre davon wussten. Sie zog ihre „kleine Schwester“ etwas vom Schuster weg.

„Ed und ich kommen aus der Zukunft“, sagte sie mit gedämpfter Stimme.

„Aus der Zukunft?“ Sofia starrte sie an. Doch mit dem kindlichen Glauben und der Begeisterung einer Zehnjährigen sog sie ihre Geschichte auf.

„Wir feiern Weihnachten – die Geburt von Jesus – indem wir einander Geschenke machen“, beendete sie ihre Ausführungen.

„Ich habe noch nie davon gehört, dass man in der Zeit reisen kann“, erwiderte Sofia mit lechtenden Augen.

„Glaub mir, das habe ich vor diesem Erlebnis auch nicht.“

„Lass uns Geschenke kaufen!“ Sofia wandte sich wieder zum Stand um.

Anna lächelte über den kindlichen Übermut. Doch dann hielt sie inne und fasste Sofia am Arm. „Sofia, du darfst unsere Geschichte keinem erzählen. Außer Vit und Pierre weiß niemand davon. Es könnte uns sonst das Leben kosten."

Das Mädchen nickte ernst. „Ich werde euch nicht verraten."

Anna lächelte. „Danke. Dann lass uns die anderen überraschen."

Doch als ihre Augen erneut die Schuhauslage studierten, türmte sich ein anderes Problem vor ihr auf. Womit sollte sie bezahlen oder tauschen? „Nun ja, da haben wir nur das kleine Problem, dass wir nichts zum Bezahlen haben."

„Wir haben doch den Schmuck, weißt du nicht mehr?"

Den hatte sie glatt vergessen. Die wertvollen Perlenketten hatte sie in ihre Decke eingenäht für Notfälle. Vit hatte eigens dafür eine Nadel und Faden aufgetrieben, damals in der Höhle hinter dem Wasserfall.

„Was schenkst du Ed?", wollte die Kleine wissen, als sie sich den Weg zurück zur Herberge bahnten.

Eine Vorfreude blubberte in Annas Brust, die ihr etwas von der Wehmut, nicht zu Hause zu sein, nahm. „Ich schenke ihm ein paar neue Stiefel. Seine alten haben nämlich Löcher." Und waren nie so schön gewesen wie die, die sie beim Schuster gesehen hatte. Aber das behielt sie für sich.

„Und ich schenke meinem Vater ein Pferd." Sofias Augen leuchteten.

„Das ist eine schöne Idee und Vit hätte bestimmt große Freude daran. Aber ich bezweifle, dass wir das Tier mit auf das Schiff nehmen können."

Sofia machte ein enttäuschtes Gesicht. Sie betraten das Zimmer und Anna trennte ihre Decke mit dem Messer auf, das sie immer bei sich trug. Sie ließ die Perlenkette und das goldene Fußkettchen in ihre Tasche gleiten und stand auf. „Wir werden bestimmt etwas anderes finden."

„Wir haben sie verloren!" Eds Augen suchten den Markt nach den zwei Mädchen in Männerkleidern ab. Aber er konnte sie nirgends entdecken.

„Mach dir mal keine Sorgen, wir werden sie sicher in der Herberge wiedertreffen." Pierre wandte sich dem Verkäufer zu und erstand zwei Brote.

Angst kroch in Ed hoch. Was, wenn sie nun wieder entführt worden waren? Dann wäre die wochenlange Flucht umsonst gewesen …

Als hätte Pierre seine Gedanken gelesen, sagte er leise zu ihm: „Sie sind Männer. Sie sind sicher."

Sie waren Wochen weit weg von Konstantinopel, und obwohl in den Wirtshäusern viel über den Sultan und seinen Hof getratscht wurde, war ihnen nie auch nur das leiseste Gerücht über das Verschwinden zweier Damen zu Ohren gekommen.

Entweder schienen sie die Suche aufgegeben zu haben oder sie hatten sie nie ernsthaft gestartet, um dem Sultan die Schmach zu ersparen. Oder aber sie war so geheim, dass niemand davon wusste. Ed atmete gegen das einengende Gefühl in seiner Brust, als sein Blick an einem Tisch mit Schmuck hängen blieb. Haarnadeln, Ringe und Ketten in orientalischem und italienischem Design standen vor dem Schneidergeschäft.

Weihnachten.

Ein plötzlicher Gedanke durchzuckte ihn. Er hielt Pierre am Ärmel fest, der schon weitergehen wollte. „Schenkt ihr euch nichts zu Weihnachten?"

Pierre schaute ihn mit gerunzelter Stirn an und schüttelte den Kopf. „Ich habe gehört, dass dies ein reformatorischer Brauch sein soll. Bei uns bekommen die Kinder an Nikolaus Geschenke."

„Bei uns beschenken sich alle, egal ob katholisch oder reformiert, ob Kinder oder Erwachsene."

Pierre grinste. „Dann hat das neue Gedankengut wohl Wurzeln geschlagen."

Ed zuckte die Schultern. „Jedenfalls möchte ich Anna etwas mitbringen." Er steuerte auf einen Tisch mit Schmuck zu. Ohrringe, Fingerringe und kurze sowie ganz lange Ketten zierten die Auslage. Ein besonderer Ring sprang ihm ins Auge. Er zeigte zwei Hände, die sich hielten. Brauchte Anna nicht einen Ring, um mit ihm als verheiratet zu gelten?

Pierre musterte ihn mit hochgezogenen Augenbrauen, als er auf das Stück deutete. Obwohl Ed sich ziemlich sicher war, dass niemand sie verstehen konnte, sagte er: „Unser Herr wünscht doch einen Ring für seine Angebetete. Dieser hier wäre eine schöne Wahl."

Die Mundwinkel seines Freundes zuckten unmerklich. „Gut, dann werde ich das mal verhandeln."

Der Verkäufer, ein kleiner untersetzter Mann mit einem Stirnband und einem roten, breiten Stoffstück um den runden Bauch, gestikulierte wild und ließ seine Augen theatralisch rollen, als Pierre mit ihm um den Preis feilschte.

„Was will er dafür haben?" Ed hatte seinen Beutel gezückt.

„Ich werde bezahlen. Du hast die falsche Währung." Pierre händigte dem grummelnden Händler eine Handvoll Münzen aus und dieser packte das Schmuckstück in ein Tuch und reichte es ihm.

Als sie außer Hörweite waren, raunte Pierre: „Du hast nur Scudi, nicht wahr?"

Ed zuckte die Schultern. „Das, was man in Malta kennt. Scudi, Tari …"

„Diese Währung kennt man nur in Malta. Wenn du damit gezahlt hättest, dann wüssten alle, woher wir kommen. In unserem Aufzug wäre das viel zu verdächtig gewesen. Einfache Leute reisen nicht so weit."

„Könnten wir nicht die Knappen eines Ritters sein?"

„Ja, eines weltlichen Herrn. Aber diese befinden sich nicht in Malta."

„Ich werde dir das Geld zurückzahlen, wenn ich es denn vermag." Ed zog die Augenbrauen hoch und zückte seinen Beutel.

Pierre nickte und grinste. „Ich habe ordentlich gehandelt. Mit zehn Tari bist du dabei."

Ed klaubte die Münzen zusammen. Viel blieb nicht mehr übrig. Ein Scudo und ein paar Münzen. Wäre es nicht besser gewesen, sparsam zu sein?

„Es dient der Tarnung. Nicht, dass sie wieder entführt wird", sagte er mehr zu sich selbst als zu Pierre, als er ihm die Münzen in die Hand drückte.

„Ja klar." Das amüsante Grinsen seines Vorfahren sagte mehr als tausend Worte. „Nimm die Gelegenheit wahr und erobere deine Braut, damit du sie wirklich heiraten kannst", fügte er hinzu.

Eds Gesicht wurde heiß. Er war froh, dass sie sich weiter den Weg

Richtung Herberge bahnten. „Es ist nur zu ihrem Schutz, nichts weiter."

Pierre wandte seinen Kopf und blickte ihn an. „Entführe sie an einen ruhigen Platz und bitte sie, deine Frau zu werden."

Sein Gesicht brannte noch mehr. Das würde er nie tun. Sie hatte ihm zu Beginn klargemacht, dass nicht einmal ein Kuss drin war, geschweige denn mehr. Und für eine Heirat waren sie einfach viel zu jung. Wer konnte sich denn schon mit zwanzig entscheiden, die nächsten sechzig, siebzig Jahre mit derselben Frau zu verbringen? „Stell dir mal vor, wir werden gesehen. Ich gebe einem anderen Mann einen Ring?!"

Pierres Augen funkelten. Er ließ sich von seiner Idee nicht abbringen. „Dann geh mit ihr auf den Hügel hinter der Stadt bei Sonnenuntergang. Da ist niemand mehr unterwegs. Wir können in Italien oder Malta bestimmt einen Priester auftreiben, der euch ehelicht."

War sein Hemd wirklich so eng? Ed griff in den Kragen, um die Bändel zu lockern, die in den oberen Teil eingelassen waren. Der Duft von Fisch stieg ihm in die Nase und glasige Augen verschiedener Exemplare starrten ihm aus Körben entgegen, als warteten sogar sie auf eine Antwort.

„Ich erwarte nicht, dass du das verstehst, aber wir heiraten erst mit dreißig Jahren oder so. Sicher nicht mit zwanzig."

„Warum heiratet ihr erst im Alter von Großeltern?"

„Ich glaube, weil die meisten Leute viel älter werden. Achtzig, neunzig Jahre alt."

Langsam gingen sie mit der Masse weiter.

Am nächsten Stand flocht eine junge Frau Körbe. Kleine und große, runde und eckige Gefäße stapelten sich auf dem Tisch und dem Boden vor ihr. Sie lächelte ihm zu.

„Du willst deswegen wirklich zehn Jahre warten, sie zu heiraten?"

„Na ja, ich weiß ja nicht einmal, ob ich sie liebe und ob ich mit ihr mein ganzes Leben lang zusammen sein will." Er kaute auf seiner Unterlippe. Sie waren nicht oft allein gewesen in den vergangenen Wochen, aber er hatte sie beobachtet und kannte jedes Detail ihres Gesichtes. Das Grübchen am Kinn, die schwungvollen Augenbrauen, den Glanz in ihren Augen, wenn sie ihn anlächelte. Und erst die Lippen. Wie es wohl wäre, sie zu küssen?

Sein Freund wedelte mit seiner Hand vor seinem Gesicht herum. „Ed, bist du noch da? Ich verstehe von all diesen Dingen ja nicht viel, aber wenn du mit einem verklärten Lächeln stehen bleibst, in die Weite starrst und nicht ansprechbar bist, dann weiß ich auch nicht, was das sein soll, wenn nicht Liebe."

Erwischt. Ed atmete geräuschvoll aus. Vielleicht musste er einfach aufhören, seine Gefühle zu verleugnen. Aber was, wenn Anna nicht dasselbe empfand wie er? Was, wenn er auch in ihren Augen nur ein Versager war?

„Das heißt aber nicht, dass ich sie auch gleich heiraten muss", versuchte er, sich der peinlichen Situation zu entziehen.

Pierre runzelte die Stirn und schüttelte den Kopf, während sie sich weiter durch den Markt kämpften. Ein Mann rempelte Ed so heftig an, dass er beinahe das Gleichgewicht verloren hätte. Fest umklammerte er das Päckchen mit dem Ring.

„Du willst sie aber nicht um ihre Ehre bringen und sie dann sitzen lassen, nicht wahr?"

„Nein, sicher nicht. Deshalb bitte ich sie auch nicht, mich zu heiraten. Und abgesehen davon weiß ich nicht, ob sie dasselbe für mich empfindet."

Zwei bullige Männer versperrten ihnen den Weg. Lautstark feilschten sie mit dem Pferdehändler um den Preis.

Sie blieben stehen und Pierre blickte ihn ungläubig an. „Bist du blind? Das sieht doch ein jeder, dass sie dich mag. Und nicht nur ein bisschen. Wenn sie denkt, dass niemand sie beobachtet, schaut sie dich an und hat dabei das gleiche abwesende Lächeln wie du auf dem Gesicht. Und wenn du etwas Nettes sagst, bekommt sie rosa Wangen."

Die Männer vor ihnen wurden sich einig und besiegelten den Handel mit einem Handschlag. Dann traten sie zur Seite und ließen Ed und Pierre passieren.

Ed fuhr sich mit der freien Hand durch die Haare. Das Paket in seiner Hand fühlte sich plötzlich an wie eine glühende Kohle. Wenn er noch weiter mit Pierre darüber redete, dann würde er seine verrückte Idee noch in die Tat umsetzen. Und dann würde es erst recht kompliziert werden.

Ein Stand mit bunten Tüchern nahm seine Aufmerksamkeit gefangen. „Wäre das etwas für Sofia?“ Er zeigte auf einen leuchtend gelben Schal.

„Warum nicht?“

Sein Freund ließ sich auf die Ablenkung ein und wenig später bogen sie in die Straße zur Unterkunft ein, in den Händen Geschenke und den Proviant für die nächsten Tage.

So hatte Anna noch nie Weihnachten gefeiert. Nach dem Mittagessen waren sie alle am Strand spazieren gegangen und sie hatte die Geschenke verteilt. Zuerst war Vit sehr zurückhaltend gewesen.

„Bist du reformatorisch?“

Sie war etwas verwirrt über die Frage gewesen, bis sie herausgefunden hatte, dass Luther das Geben von Geschenken auf Weihnachten verlegt hatte, statt es wie üblich am Nikolaustag stattfinden zu lassen, weil er die Heiligen nicht anbeten wollte.

Aber als sie Vit erklärt hatte, dass „alle“ das so machten in ihrer Zeit, hatte er sich sehr über den Gürtel gefreut, den seine Tochter ihm ausgesucht hatte, und hatte sie seinerseits mit einem Schal beglückt, den Ed ihm mit einem Blinzeln hinter Sofias Rücken zugesteckt hatte.

Ed hatte über die Stiefel gestaunt, die ihm wie angegossen passten. Mit den Worten „Dein Geschenk kriegst du erst heute Abend“ hatte er sie ganz kribbelig gemacht. Aber nun ging allmählich die Sonne unter und Ed führte sie den schmalen Pfad hinter der Stadt den Hügel hinauf. Die warmen Lichtstrahlen fielen orange-golden durch die wenigen Bäume auf den Weg.

Sie hatten sich in den vergangenen Wochen nie so weit von den anderen abgesondert.

Oben angekommen, breitete sich eine kleine, kaum bewaldete Ebene vor ihnen aus.

Eine schützende Mauer zäunte eine Herde Schafe ein, die sich durch ihre Anwesenheit nicht stören ließ und sich an dem spärlichen Gras gütlich tat.

Anna stemmte sich auf die halbhohe Trockenmauer und ließ ihre Beine gegen die Steine baumeln. Die Aussicht war fantastisch.

Die Burg hob sich dunkel vor dem golden-roten Meer ab. Die Masten der Schiffe im Hafen ragten wie Zahnstocher in den blassen Himmel, der sich langsam dunkel färbte.

„Wunderschön ist es hier."

„Ja, das ist es."

Überrascht von Eds heiserer Stimme blickte sie ihn an. Er stand neben ihr, das Glitzern des Meeres in seinen Augen.

„Das ist dein Geschenk." Er hielt ihr ein unauffälliges Tuch hin.

Plötzlich fühlte sie sich befangen und ein Kribbeln in ihrem Bauch machte ihr das Atmen schwer.

Vorsichtig wickelte sie den Stoff ab. Was mochte das sein? Warum hatte er ihr sein Geschenk nicht in der Gegenwart der anderen gegeben?

Als sie die letzte Schicht zurückschlug, setzte ihr Herz einen Moment aus, dann stolperte es geradewegs in das Gold des Sonnuntergangs. Ein feiner, silberner Ring mit zwei ineinander verschlungenen Händen kam zum Vorschein.

Annas Gedanken rasten, überschlugen sich. Sie versuchte sie einzufangen, aber es gelang ihr nicht.

Ihre Blicke kreuzten sich. Der Glanz seiner Augen war wie beruhigendes Öl auf dem tobenden Kampf in ihrem Inneren zwischen Angst, Hoffnung, Freude und Verzweiflung.

„Darf ich?"

Sie nickte, unfähig zu antworten. Er nahm ihre Hand und steckte ihr den Ring an den Finger. Er passte.

Ohne ihre Hand loszulassen, grinste er sie an. „Damit bist du in Malta besser geschützt."

Dieser Satz holte Anna schlagartig in die Realität zurück. Es war nur ein Spiel, nichts Ernstes. Sie zog ihre Hand zurück.

Das Orange spiegelte sich in seinen Augen wider und nahm sie trotzdem gefangen.

„Danke, er ist wunderschön."

Der Ring fühlte sich perfekt an. So, als wäre er schon immer an ihrem Finger gewesen. Sie hielt ihn in die untergehende Sonne und die bronzenen Hände fingen das Licht auf, als würden sie die Illusion einer Liebe für immer halten wollen.

Eine Wolke schob sich über einen Teil des Orange. Hinter ihr blökte ein junges Schaf seine Sehnsucht heraus.

Vielleicht würde sie nie zu denen gehören, die einen Mann wie Ed zum Freund haben konnten, aber hatte Gott ihr nicht versprochen, sie nie zu verlassen?

Sie sah die Bewegung, aber als Eds Hände sich um ihr Gesicht legten und es sanft hochhoben, um ihrem Blick zu begegnen, war es, als würden heiße Blitze durch ihren Körper fahren.

Sein Kopf beugte sich zu ihr hinunter. Mit seinem Daumen strich er ihr über die Wangenknochen. Sie versank im See seiner intensiven Augen, die so viel mehr sagten als seine Worte.

„Hat dir schon jemals jemand gesagt, wie wunderschön du bist?"

Sie schüttelte den Kopf. „Ich entspreche keinem dieser französischen Schönheitsideale." Uups, da war ihr Mundwerk wieder mal zu schnell gewesen, obwohl es der Wahrheit entsprach. Für eines dieser umwerfenden Models war sie zu klein und ihre Hüften waren zu kurvig, ihre Schultern zu breit.

Die Sanftheit in Eds Augen, gepaart mit dem schelmischen Funkeln, raubte ihr den Atem.

„Eine Schande, denn du bist eine wirklich seltene und wunderschöne Frau." Seine Stimme war ein heiseres Flüstern.

Anna starrte auf seine Lippen, die sich nun den ihren näherten, und ihr Herz stolperte unbeholfen auf ihn zu. Doch dann machte er einen Schritt zurück, legte eine Hand in seinen Nacken und atmete tief ein. „Sorry … ich …"

Die Wolke verdeckte nun fast die ganze Sonne, die hereinbrechende Dunkelheit ließ die Burg undeutlich erscheinen und die Schatten wurden länger und streckten ihre Finger nach ihrer Seele aus.

Anna atmete ihre Anspannung aus und ihre Sicht verschleierte sich. Ed lehnte sich neben sie an die Mauer, die Hände verschränkt.

Warum hatte er sie nicht geküsst? Warum hatte sie ihr Herz nicht besser geschützt vor der Enttäuschung? Sie hätte es doch wissen müssen.

Frommschleicher, hast du echt gedacht, ich fände was an dir?

Worte, die sich in ihr Gedächtnis eingebrannt hatten.

Die Scham der öffentlichen Bloßstellung durch den beliebtesten Jungen in ihrer Schule brannte immer noch wie Feuer. Wieso hatte sie auch nur ihrer „Freundin“ von ihrer heimlichen Schwärmerei erzählt?

Meinst du, ich will mir das Leben verderben lassen durch deine Religion? Schau dich doch an, was sie aus dir gemacht hat: eine langweilige, graue Maus. Mach Platz, denn dieser Tisch gehört mir.

Sie schlang ihre Arme um ihren Oberkörper. Der Schatten hatte seinen Verbündeten, den Wind, mitgebracht, der ihr mit seinen kalten Fingern über die Arme strich.

Herr, es ist nicht fair. Ich will einen Mann, der dich auch liebt, weil ich dir mit ihm zusammen dienen will. Das letzte Mal, als ich mit ihm über dich gesprochen habe, hat er das Zimmer verlassen. Ich weiß nicht, was er von dir hält und wo er steht. Bitte nimm mir diese Gefühle für Ed und hilf mir, standhaft zu sein und auf den richtigen Mann zu warten.

Eds Räuspern riss sie aus ihrem Gebet.

„Sorry, ich wollte dir nicht zu nahetreten, ich habe es dir doch versprochen.“

Die Burg verschwamm vor ihren Augen zu einem unkenntlichen schwarzen Flecken, der sich mit dem letzten Orange des Meeres zu einem bizarren Farbklecks vermischte.

Wollte er ihr gerade erklären, dass er sie gerne geküsst hätte?

Sie, die graue Maus?

Nein, das konnte nicht sein. Das Versprechen, das sie ihm vor Monaten abgerungen hatte, war sicherlich nur eine willkommene Ausrede.

Anna blinzelte, senkte den Kopf und starrte auf ihre Füße. Die spitzen Steinchen piksten sie durch die dünne Sohle. Aber der Schmerz lenkte sie ein wenig ab von ihrer inneren Wunde. Eine Träne fiel ins Dunkel und hinterließ einen schwarzen Fleck auf ihrem hellen Lederschuh.

„Es ist okay. Du bist mir nicht zu nahe gekommen“, schaffte sie schließlich zu sagen.

Warum tat es nur so weh? Warum war es ihr nicht egal, was Ed für sie empfand?

Die Wolke hatte sich an der Sonne vorbeigeschoben und die Andeutung der einstigen Herrlichkeit versank langsam im Meer, Streifen voller Rot und Orange hinterlassend.

Beinahe hätte er sie geküsst und damit sein Versprechen gebrochen. Beinahe hätte er sie enttäuscht.

Aber dieses Mal wollte er es nicht vermasseln. Anna war keine schnelle Nummer oder eine Vorzeigefreundin, die man nur zum Schein hatte, wie das unter den Gangbossen üblich war.

Anna war anders. Sie lebte nach dem Prinzip alles oder nichts. Das faszinierte ihn. Was sie anpackte, machte sie mit ganzem Herzen. Sie kümmerte sich um Sofia, als wäre sie wirklich ihre Schwester. Sie hatte diese Pflanzen auswendig gelernt, sich in die Medizin hineingekniet, als würde sie wirklich die nächsten Jahre in der Infermeria arbeiten. Alles oder nichts.

Aus den Augenwinkeln sah er für den Bruchteil einer Sekunde etwas im letzten Sonnenlicht aufblitzen und zu Boden fallen. Weinte sie etwa?

Er schloss die Augen und blies langsam die Luft aus, während seine Fingernägel sich in seine Handflächen gruben. Alles oder nichts. Sie würde auch die Beziehung zu ihm so leben. Einerseits sehnte er sich danach, andererseits hatte er auch Angst davor. Würde er ihr gerecht werden?

Er sah sie von der Seite an. „Ich habe dir versprochen, dich nicht zu küssen."

Sie nickte, den Kopf immer noch gesenkt. Mit einem Fuß scharrte sie im Dreck. Das Schaf begann, sein Leid erneut zu blöken, ein anderes stimmte mit ein.

„Du hast dein Versprechen gehalten. Du musst dich nicht entschuldigen." Ihre Stimme war leise, ihre Augen konnte er nicht erkennen.

Er sah ihre Verblüffung noch vor sich, als sie den Ring erspäht hatte. Das Verlangen, die Hoffnung, aber auch die Furcht.

Hatte sie Angst vor ihm? Weshalb weinte sie?

Er trat wieder vor sie und umfasste ihre Schultern. „Anna, schau mich an. Was ist los?"

Sie blickte ihn an, Schmerz in ihren dunklen Augen, der seine Brust zusammenzog.

Als sie nicht antwortete, hakte er nach: „Habe ich etwas Falsches getan?“

Sie schüttelte vehement den Kopf. „Nein, ich bin …“, sie kaute auf ihrer Unterlippe und blickte an ihm vorbei. „Ich bin ein Dummkopf.“ Sie verschränkte die Arme vor ihrem Oberkörper. Eine Möwe flog kreischend über ihrem Kopf in das Dunkel der Bäume.

„Wie kommst du auf so etwas?“

Trotz der Dämmerung konnte er sehen, wie sie errötete. Er ließ ihre Schultern los. Die letzten Himmelfarben spiegelten sich in ihren braunen Augen wider. Sie atmete tief ein. „Ich habe gesagt, dass du mich nicht küssen sollst …“

„Und was soll daran dumm sein?“

„Weil …“ Eine Träne kullerte über ihre Wangen und sie wischte sie ärgerlich weg. Und da fiel es ihm wie Schuppen von den Augen und Vorfreude begann sich in seiner Brust wie ein ganzer Schwarm Schmetterlinge auszubreiten.

„… weil du das Verbot nun aufheben willst?“, half er ihr mit einem spitzbübischen Grinsen weiter.

Ihre Wangen nahmen das Feuerrot des Meeres auf, als sie kaum wahrnehmbar nickte.

„Das ist gut, denn ich kann im Moment an nichts anderes denken, als die schönste Frau auf dieser Erde zu küssen.“ Und dann nahm er ihr schmales Gesicht einmal mehr in seine Hände, und als sich ihre Lippen berührten, war es, als würde ein kleines Feuerwerk in seinem Inneren explodieren. Sie schmeckte ein wenig nach Salz, nach Pferd, nach Abenteuer und Heimat.

Er vergrub seine Finger in ihren Haaren, als sie ihre Hände um seinen Nacken legte und den Kuss erwiderte.

Nur widerwillig löste er sich von ihr, ergriff ihre Hand und ließ sich von ihren Rehaugen mit den goldenen Lichtern entführen. „Ich … mag dich. Sogar sehr.“ Er hatte es gesagt. Entgegen allen Warnungen in seinen Gedanken, hatte er sein Herz offengelegt. Und es hatte sich gut angefühlt. Befreiend. Echt.

Annas intensiver Blick raubte Ed den Atem und ihr Strahlen

durchdrang die hereinbrechende Dunkelheit heller, als es die Sonne je gekonnt hätte.

„Ich mag dich auch sehr. Du bist einfach unglaublich."

Sie sah ihn. Sah ihn wirklich. Wer er sein wollte. Und weil er nicht mehr sprechen konnte, neigte er seinen Kopf, um sie erneut zu küssen.

Und er legte all seine Sehnsucht, all seine Wünsche, all sein Ringen, seine Hoffnung und seine Verzweiflung in diesen Kuss. Alles oder nichts.

„Meinst du, Xerxes hat sie geliebt?"

Sofia saß im Schneidersitz auf ihrem Bett, den Kopf an die Wand gelehnt. Wieder einmal hatte sie ihr die Geschichte von Esther erzählen müssen.

„Ja, ich denke schon. Sonst hätte er sie nicht zur Königin gemacht."

„Hat sie ihn geliebt?"

Gute Frage. Sie war gefangen gewesen und hatte keine Wahl gehabt, aber sie hatte nicht aufgegeben. Sie war sich selbst treu geblieben. Ihrem Glauben treu geblieben – auch wenn ihr Mann den nicht mit ihr teilte.

Ich muss ihm jedenfalls die Chance geben, Gott zu finden. Ich kann ihn nicht einfach nicht lieben. Das wäre, als wenn ich mein Herz aus mir herausreißen müsste. Und wer weiß – vielleicht braucht es meine Liebe, um ihn zu Gott zu bringen? Meine Liebe, die ihm Gottes Liebe zeigt?

Melanies Worte klangen in Annas Kopf nach – eine der zahlreichen Diskussionen um das Für und Wider eines ungläubigen Freundes. Doch sie hatte nur den Kopf geschüttelt. Wie konnte man nur so emotional sein und seinen Verstand so ausschalten? Für sie würde es nichts anderes geben als einen gläubigen Partner. Hatte sie damals gedacht. Und wo war sie nun gelandet? Hatte sie gerade den größten Fehler ihres Lebens gemacht und ihren ersten Kuss verschenkt? Ihre Lippen brannten, als sie sich an Eds Kuss erinnerte, der geprägt war von Leidenschaft, aber auch Behutsamkeit. Ja, in seiner Gegenwart fühlte sie sich sicher, angenommen, geliebt.

Gott hatte ihr die Gefühle für Ed nicht weggenommen, im Gegenteil. Ob Melanie recht hatte? Brauchte es ihre Liebe, um Ed Gottes Liebe zu zeigen? Ed hatte sich so verändert. Es war, als würde sein wahres Ich immer mehr an den Tag treten. Vielleicht war Gott in ihm am Werk? Oder suchte sie gerade nur nach einer Rechtfertigung, ihren Gefühlen nicht widerstehen zu müssen?

„Anna?"

Sofias Stimme schreckte sie auf. „Ähm, was hast du gefragt?"

Das Mädchen rieb sich die schmale, feine Nase und fixierte sie mit seinen dunklen Augen. Dann begann es zu kichern. Ein leichtes, helles Lachen. Es hielt sich die Hand vor den Mund und die Fältchen um seine Augen tanzten. „Du liebst ihn!"

Anna errötete. „Was, wen?"

„Ed. Du liebst ihn!"

„Nein."

„Doch! Ich sehe es an deiner Nasenspitze!"

Anna lachte mit. „Siehst du nicht!"

„Du liebst ihn, du liebst ihn!" Ihre Stimme hatte einen neckischen Singsang.

„Pscht. Ja, vielleicht. Ein wenig."

„Ein wenig gaaaanz viel!"

Die Kleine lachte immer noch, dann hüpfte sie auf Annas Bett und lehnte sich an sie. „Du bist doch meine große Schwester. Und Schwestern erzählen sich alle Geheimnisse."

Sie grinste und stupste das Mädchen mit ihrer Schulter an. „Das hättest du wohl gerne. Aber sie sagen auch, wenn es Zeit zum Schlafen ist. Und das ist jetzt. Morgen müssen wir nämlich früh auf das Schiff." Sie stand auf und zog ihre kleine Freundin von ihrem Bett.

Diese legte sich den Zeigefinger an die Nasenspitze und sagte langsam: „Ich glaube, Esther mochte Xerxes auch. Vielleicht nicht zu Beginn, aber nachher schon. Sie hat seiner Liebe vertraut. Sonst wäre sie nicht unaufgefordert vor seinem Thron erschienen."

Konnte sie Eds Liebe vertrauen? „Viele haben auch dafür gebetet, als sie ihr Anliegen vorbrachte."

„Meine Großmutter hat immer dafür gebetet, dass ich den richtigen Mann heirate und ganz viele gesunde und starke Kinder bekomme."

„Das wirst du bestimmt. Irgendwo da draußen wartet dein Ritter auf dich. Aber vielleicht tarnt er sich auch als Fischer."

Und mein Traummann „tarnt" sich als Edward.

Der Gedanke ließ Anna die Luft anhalten. Ed entsprach in vielem nicht ihren Vorstellungen von einem Traummann. Aber wer sagte denn, dass ihre Vorstellungen richtig waren?

Hastig drückte sie Sofia einen Kuss auf die Stirn. „Schlaf schön, meine kleine Schwester, und träum von deinem Ritter."

„Und du von Ed …" Die Kleine kicherte wieder.

Anna blies die Öllampe aus, tappte zu ihrem Bett und verkroch sich unter ihre Decke.

Sie fuhr sich mit der Zunge über die Lippen. Ihr Herz hätte beinahe aufgehört zu schlagen, als sein Kuss ihren Mund geöffnet hatte, zuerst fein und zart, dann intensiver, leidenschaftlicher. Sie berührte mit ihren Fingern ihren Mund, als könne sie den Kuss bewahren. Für immer. Denn irgendwann würde er herausfinden, dass sie nichts anderes als gewöhnlich und langweilig war. Und dann würde er gehen. Traummann hin oder her.

KAPITEL 18

Die letzten Wochen waren sie durch Italien nach Kalabrien geritten. Tief hatte Vit die vertraute Atmosphäre in sich aufgesogen. Statt Kuppelmoscheen erhoben sich nun Kirchen und Kapellen. Sie waren endlich wieder auf sicherem Boden.

Auf dem aufgeweichten Weg passierten sie eine der zahlreichen Nischen mit einer Statue von Maria, in ihren Armen das Jesuskind. Mild lächelte sie auf die verwelkten Blumen zu ihren Füßen.

Er blickte wieder auf die Straße. Die Stunde der Wahrheit kam immer näher. Seine Heimatstadt war in der Ferne schon zu sehen.

Tropea war auf einer Klippe direkt am Meer gebaut wie eine uneinnehmbare Festung. Trotz des dicken Hemdes und des Wams fröstelte Vit. Das beklemmende Gefühl nahm zu, als sie den gewundenen Pfad hochritten, der zum mächtigen Stadttor führte. In wenigen Minuten würde er sich und seine Freunde, vor allem aber Sofia, seinen überraschten Eltern präsentieren müssen.

Als hätte Anna seine Gedanken lesen können, fragte sie neben ihm: „Wie stellst du uns vor?"

„Wie in Malta. Ihr seid das verheiratete Martignière-Paar."

In den Wochen, die sie nun bereits miteinander unterwegs waren, war er immer mehr zum Entschluss gekommen, dass ihre Geschichte – so unglaublich sie auch klang – wahr sein musste. So viele Details, die sie immer wieder erfragten. Das konnte nicht gespielt sein.

„Aber ich sehe nicht wirklich aus wie eine Frau …", riss Anna ihn aus seinen Gedanken.

„Ich werde ihnen die Sache mit den Kleidern und der Frisur schon erklären."

Seit Weihnachten war etwas geschehen zwischen Anna und Ed. Vit versuchte, großzügig über die liebevollen Blicke und das Händchenhalten hinwegzusehen, aber er konnte nicht verhindern, dass sich ein spitzer Stachel der Eifersucht in sein Fleisch bohrte und Zweifel an seiner Bestimmung als Ritter zu nagen begannen.

„Dann muss ich euch aber unbedingt ins Bild setzen über unsere Familie, damit ihr auch unbequeme Fragen der Gesellschaft beantworten könnt", mischte sich Pierre ein.

Vit nickte. „Das ist sicher sinnvoll."

„Was für eine Gesellschaft?", fragte Ed.

„Die Johanniterritter entstammen den Adelshäusern Europas. Ihr werdet in den nächsten Monaten sicher einige Leute kennenlernen, die wiederum andere kennen. Kann gut sein, dass die de la Martignières auch darunter sind."

„Die nächsten Monate?" Annas Stimme war ganz dünn. Entsetzen überzog ihr Gesicht.

„Ja, jetzt ist Ende Januar. Die ersten Schiffe fahren im März."

Schweigend passierten sie das Stadttor.

Vit hatte immer noch keine Ahnung, wie er seinen Eltern beibringen sollte, dass er eine Tochter hatte. Er konnte den Zorn seines Vaters förmlich riechen.

„Sofia, du bist vorerst einfach eine Freundin von Anna. Ich muss eine gute Gelegenheit abwarten, meine Eltern über die Neuigkeiten in Kenntnis zu setzen."

Sie runzelte die Stirn und dabei kräuselte sich die Haut über ihrem Nasenrücken süß. Dann nickte sie, erwiderte aber nichts.

Stolz wallte in seiner Brust auf. Das war seine Tochter. Süß und doch stark. Wie seine Angelika.

Der fröhliche Trubel einer Stadt, die sich in Sicherheit wiegte, begrüßte sie und nahm seine Aufmerksamkeit gefangen. Viele vornehme Bürger säumten die Straßen, Männer wie Frauen in kostbaren Kleidern nach der neuen italienischen Mode mit Hüten und riesigen Kragen, in denen die Köpfe wie kleine Stecknadeln hervorguckten.

„Da vorne ist unser Haus." Vit zeigte auf ein großes Gebäude.

„Das nennst du Haus?", erklang Eds ungläubige Stimme hinter ihm.

Er drehte sich um. „Auch ich entstamme dem Adel."

„Ach so, habe ganz vergessen, dass Eure Wenigkeit in einem Palast aufwachsen musste."

Der spaßige Sarkasmus von Ed ließ ihn grinsen.

Nachdem sie abgesattelt hatten, betätigte Vit den schweren Türklopfer. Ein alter, buckliger Mann erschien und musterte sie misstrauisch. In den einfachen Kleidern sahen sie nicht gerade vertrauenserweckend aus. Normalerweise traute sich niemand in einem derartigen Aufzug vor eine Tür der Oberschicht.

„Mauro, ich bin es, Vitellino."

Die Augen des Dieners wurden groß und sein Gesicht hellte sich auf, als er ihn erkannte. „Heilige Mutter Maria, ich werde gleich Euren Eltern Bericht erstatten. Kommt herein."

Der Vorraum war mit prächtigen Wandteppichen geschmückt, wie er es in Erinnerung hatte. Im Zimmer dahinter brannte ein Feuer im Kamin.

Kaum waren sie alle im Haus, rauschte seine wunderschöne Mutter in einem ausladenden Kleid neuester Mode mit einem dieser seltsamen weißen Kragen die Treppe herunter. Die Zeit schien spurlos an ihr vorübergegangen zu sein. Sie sah immer noch genauso aus, wie er sie in Erinnerung hatte.

„Vitellino, mein Junge! Was für eine Überraschung!"

Und noch ehe er sie formell begrüßen konnte, hatte sie ihn in ihre Arme geschlossen, als wäre er immer noch ein fünfjähriger Junge. Sie war kleiner als er und ungeschickt legte er seine Arme um ihren Rücken.

Dann hielt sie ihn ein Stück von sich weg und musterte ihn. „Gut siehst du aus, mein Junge, groß bist du geworden!"

Dass sie ihn „Junge" nannte, war ihm äußerst unangenehm. Aber vielleicht waren Mütter einfach so. Würde er Sofia auch immer noch als kleines Mädchen sehen, wenn sie längst erwachsen war?

Er zwang sich zu einem Lächeln.

Sie schniefte und wischte sich mit dem Ärmel über die Augen.

„Mutter, das sind meine Freunde, Pierre, ebenfalls ein Ritter des Ordens, Ed und Anna –"

Seine Mutter schlug sich eine Hand vor den Mund. „Eine Frau?"

„Seine Gemahlin. Wir waren auf der Flucht, deshalb ist sie nicht ihrem Stande gemäß gekleidet. Und das ist ihre Freundin Sofia."

Sofia knickste ordentlich und auch seine Freunde deuteten eine Verbeugung an. Seine Mutter hatte etwas von ihrer Gesichtsfarbe verloren, als er die Flucht und das zweite Mädchen erwähnt hatte.

Schritte waren auf der Treppe zu hören, und als Vit sich umdrehte, starrte er in das schmale, aristokratische Gesicht seines Vaters. Die unverkennbare gerade Vitelleschi-Nase verlieh ihm einen Hauch von Unnahbarkeit. Seine Augen ließen auf keinerlei Gefühlsregung schließen. Distanziert nickte er ihm zu. „Willkommen in meinem Haus. Was führt dich zu uns, mein Sohn?"

„Das ist eine längere Geschichte ..."

„Nun lass sie doch erst einmal ankommen. Sie sind bestimmt hungrig und brauchen ein Bad und neue Kleider."

Ja, das war seine Mutter. Während sie die Diener rief und anwies, alles vorzubereiten, übersetzte er ihren Redeschwall für seine Freunde.

„Meine Mutter bittet die beiden Damen, ihr unverzüglich zu folgen, um ihnen weitere Schmach zu ersparen." Vit gab sich Mühe, seine Belustigung zu verbergen, wusste er doch, dass es alles andere als eine „Schmach" für Anna gewesen war, Hosen zu tragen.

„Und was bedeutet das genau?"

„Sie wird euch in ein Bad stecken und euch neu einkleiden."

Während Anna und Sofia mit seiner Mutter ins Obergeschoss gingen, wandte sich sein Vater mit undurchdringlichem Gesicht ihnen zu: „Ihr könnt das Herrenbad benutzen. Es ist immer noch am gleichen Ort. Deine Mutter wird auch für euch Kleider bereitlegen lassen."

„Vielen Dank."

„Ein Bad kann ich echt gut gebrauchen", bemerkte Ed.

„Und anständige Kleider sind auch nicht schlecht." Pierre grinste.

Der Geruch des Hauses war immer noch derselbe, wie er ihn in Erinnerung hatte. Ein bisschen muffig, ein bisschen nach Weihrauch, ein bisschen nach den Zitronen- und Orangenbäumen, die im Garten und im Atrium wuchsen. Aber seltsamerweise fühlte er sich trotzdem fremd. Sein Zuhause war Malta geworden, seine kleine, einfache Kammer. Das war sein Zuhause.

Jetzt fehlte nur noch eins, um fertig zu sein für die Kostümparty des Jahres.

Anna stand vor dem Schminktisch des Zimmers, das sie mit Ed teilen sollte.

Im Spiegel erblickte sie das dunkle, prunkvolle Himmelbett mit den dicken, dunkelblauen Vorhängen, die zurückgezogen waren und den Blick auf ein Meeresbild freigaben, das am Kopfende in einem goldenen Rahmen prangte.

Sie griff nach dem Ring, den Ed ihr geschenkt hatte, und steckte ihn an ihren Finger.

Dann hielt sie die Hand etwas weiter zurück und betrachtete ihn. Perfekt.

Jetzt war sie die wohlhabende Gattin eines Edelmannes. Ihr dunkelrot-goldenes Kleid glitzerte im Schein der vielen Kerzen, die im Zimmer verteilt waren.

Sie wusste nicht, wie oft sie sich nun schon im Spiegel betrachtet hatte, aber der Anblick war jedes Mal überwältigend.

Die kunstvolle Frisur mit einem künstlichen Haarteil und hineingeflochtenen Bändern, das weiß gepuderte Gesicht, der kostbar verschnörkelte Schmuck mit roten Steinen und das Kleid machten aus ihr eine andere Person.

Das dunkelrote Kleid, das sie trug, hatte einen tiefen Ausschnitt, der bis zur Taille ging und den Blick auf eine goldene, reich bestickte Platte freigab, die kurz oberhalb der Brust aufhörte und so ihre natürlichen Rundungen flach drückte und sie in der Bewegung stark einschränkte.

Aber wahrscheinlich musste eine Frau ihres Standes nicht viel anderes machen als lächeln, sitzen und würdevoll-langsam gehen.

Sie straffte die Schultern, wandte dem Spiegel den Rücken zu und übte den aristokratischen Gang bis zum Tischchen mit den zwei Sesseln.

Bei jedem Schritt raschelte das Kleid und der golden-grüne Unterrock kam zum Vorschein, da der Rock ab Taillenhöhe vorne geschlitzt war.

Anna machte auf dem Absatz kehrt und marschierte wieder zurück, den Blick starr geradeaus auf das unwirkliche Spiegelbild gerichtet.

Ihr Kopf schien viel kleiner zu sein, aber das lag sicher an der Weite des Kleides und am vielen Stoff an den Armen.

Statt eines Ärmels hatte sie an jedem Arm drei Stoffstücke umgebunden, die den Blick auf das weiße Unterhemd freigaben, das dazwischen herausgezupft war.

Das Geräusch der sich öffnenden Tür ließ sie herumfahren.

Einen Moment starrten sie sich sprachlos an.

„Anna?“

Eds breiter Oberkörper wirkte in dem pompösen weißen Spitzenhemd und dem grün-goldenen Wams noch größer. Seine Beine steckten in goldenen Pumphosen, die braun geschlitzt waren, und eine Spitzenborte zierte den oberen Rand der Stiefel.

Doch die Meeraugen, die sie nun verwundert anstarrten, waren immer noch die seinen.

„Ed?“

Er grinste sie an. „Anna? Hab dich kaum erkannt. Du siehst … ich bin sprachlos.“

Sie betrachtete seine moderne Frisur. Nur das Deckhaar war lang geblieben, das nun keck über die kurzen Seiten fiel. So hatte sie ihn zu Hause kennengelernt. „Deine Frisur – wie hast du das hingekriegt?“

„Hab ihnen gesagt, dass das in England der letzte Schrei sei.“

Sie zog die Augenbrauen hoch.

„Na ja, nicht mit diesen Worten … Aber sie haben es mir abgekauft und mir meinen Wunsch erfüllt. Fühlt sich gut an. So normal. Wären da nur nicht diese unförmigen Kleider.“

Sie verzog das Gesicht. „Wem sagst du das? Ich fühle mich, als würde ich eine Tonne mit mir herumtragen.“

Ed schloss die Tür und trat auf sie zu. Ihr Herz begann wild zu klopfen. Seit Weihnachten waren sie nie mehr allein gewesen. Und außerdem hatte sie immer einen Mann spielen müssen.

„Ohne das weiße Puderzeug gefällst du mir besser, aber keine Farbe der Welt könnte deine Schönheit verstecken.“

Ihre Wangen fühlten sich auf einmal heiß an. Er beugte sich zu ihr und seine intensiven Augen fragten sie um Erlaubnis, bevor ihre Lippen sich fanden. Ein frischer Zitronenduft umwehte sie, als sie seinen Kuss erwiderte. Er zog sie in seine Arme – und stutzte.

„Was hast du da drunter an?“

Anna lachte, als sie seinem verwirrten Ausdruck begegnete. „Grapsch-Schutz."

„Bitte was?!"

Sie klopfte sich auf den Oberkörper und ein hohler Ton ertönte. „Ist eine Art Platte. Keine Ahnung. Soll wohl die Körperform betonen oder was auch immer."

Eds Mund verzog sich zu einem Grinsen. „Betonen? Na ja …"

Ein Klopfen an der Tür unterbrach ihn.

„Kommt ihr?" Dumpf erklang Vits Stimme im Flur.

„Darf ich die Dame nach unten geleiten?" Ed bot ihr galant den Arm an, den sie nur zu gerne ergriff. Ein freudiger Schauer rann durch ihren Körper, als sie daran dachte, dass sie nun wieder ganz offiziell ein Ehepaar spielen durften.

Ed lauschte Annas regelmäßigen Atemzügen. Er erahnte, wie ihr dunkles, seidiges Haar ihr Gesicht umrahmte, und widerstand dem Drang, seine Hand darübergleiten zu lassen.

Er drehte sich auf den Rücken und starrte an die Decke.

Die Mahlzeit im Kreis der Vitelleschis war anstrengend gewesen, die Atmosphäre steif und verhalten, auch wenn das Essen ein Traum gewesen war.

Nun teilte er in seinem lächerlichen Unterkleid, das wie ein Frauennachthemd an ihm hing, dieses mittelalterliche Himmelbett mit Anna.

Sie war so müde gewesen, dass sie schon beinahe eingeschlafen war, als er das Licht gelöscht hatte. Gerne hätte er sie noch einmal geküsst, aber vielleicht hätte das zu mehr geführt. Anna hatte nichts gegen Küsse, aber er war sich nicht sicher, wie weit sie gehen wollte. Komisch, solche Gedanken hatte er sich noch nie zuvor gemacht.

Mädchen waren für ihn bisher eine Art „Spielzeug" gewesen oder Trophäen. Es war immer darum gegangen, was er wollte. Plötzlich schämte er sich für den Umgang mit ihnen.

Ed nagte an seiner Unterlippe. Mit Anna wollte er es nicht vermasseln. Sie war etwas Kostbares und eigentlich verdiente er sie nicht. Männer wie Vit oder Pierre verdienten Frauen wie Anna.

Ein komischer Laut von ihr ließ ihn aufhorchen. Es klang wie ein Schluchzer. Dann bewegte sie sich unruhig. „Nein, nein! Nicht … ich …"

Er drehte sich zu ihr und rüttelte sanft ihre Schulter. „Schhh, Anna – wach auf, es ist nur ein Traum."

„Ja …", flüsterte sie leise und umklammerte seine Hand. Ihre war kalt und nass.

„Willst du erzählen?"

Eine Weile war es still und er wusste nicht recht, ob sie wach oder schon wieder eingeschlafen war. Doch dann begann sie mit ihrer melodiösen Stimme zu erzählen: „Ich träume immer wieder von diesen Männern, die ich erschossen habe. Sie verspotten mich wie Lucien, laufen auf mich zu und wollen mich umbringen. Aber ich bin unfähig zu reagieren – und dann spritzt plötzlich überall Blut, und …"

Er hörte, wie sie scharf einatmete, und drückte ihre Hand. „Ich kenne das. Am Anfang konnte ich kaum schlafen, aber es wird besser."

„Es ist nicht nur das. Die Köpfe … der Spott hört nicht auf."

Er musste genau hinhören, um ihr abgehacktes Flüstern zu verstehen. „Worüber spotten sie denn?"

Anna roch nach Vanille und Orangen und ihre Haare waren wunderbar weich. Er widerstand dem Drang, sie nah an sich zu ziehen.

„Sie nennen mich Frommschleicher und graue Maus – wie Lucien."

Nun war er hellwach. Graue Maus? „Wer ist Lucien?"

„Er ist ein Junge, für den ich vor ein paar Jahren geschwärmt habe. Als er das erfuhr, nannte er mich öffentlich eine Frommschleicherin und graue Maus."

„Was ist denn das für ein Wort? Frommschleicherin?"

„Ich habe meine Werte und meinen Glauben in der Klasse in verschiedenen Diskussionen erwähnt. Er dachte wohl, dass ich mich für etwas Besseres halten und mich mit meiner Art einschleimen würde."

Worte, die verletzten. Das kannte er nur zu gut. Verletzten und prägten. Schuldgefühle überkamen ihn, als ihm bewusst wurde, dass er sie anfangs insgeheim ebenfalls als graue Maus bezeichnet hatte. Warum jetzt nicht mehr? War es die Liebe, die sie verändert hatte? Oder die ihn selbst verändert hatte?

Sie löste ihre Hand aus der seinen. Zurück blieb die Leere.

„Denkst du das auch von mir? Dass ich zu fromm bin?" Die Unsicherheit in Annas Stimme war unüberhörbar.

„Nein. Bisher jedenfalls wäre mir das nicht aufgefallen. Jeder glaubt doch irgendwie an etwas."

So wie er. Gott hatte für ihn schon immer existiert. Dass er sich für Menschen, für Anna, interessierte, das hatte er bisher allerdings nicht gewusst.

„Und was ist, wenn ich dir sage, dass ich keinen Sex vor der Ehe haben will? Magst du mich dann immer noch?"

War es nicht das, was er geahnt hatte? Und was ihn instinktiv zurückgehalten hatte, das kleine L-Wörtchen auszusprechen? Anna teilte den alten Glauben mit den Leuten hier. Warum, wusste er nicht so recht.

Eds Fuß stieß hart gegen die metallene Bettflasche. Schnell zog er ihn wieder zurück, um sich keine Verbrennung zu holen. War er dabei, sich die Finger an Anna zu verbrennen? Würde sie ihn fallen lassen wie Vanessa, wenn er einen Fehler machte? Er schob die Gedanken gewaltsam beiseite. „Das ändert doch nichts an meinen Gefühlen für dich. Trotzdem verstehe ich nicht, was an Sex so schlimm sein soll."

Anna drehte sich zu ihm um, ihr Gesicht war dem seinen nun ganz nahe. „Es ist nicht ‚schlimm', im Gegenteil. Ich glaube, Sex ist ein wunderbares Geschenk – aber er gehört in die Ehe. Zwei Menschen teilen ihr ganzes Leben miteinander, Geist, Seele und den Körper. Alles. Und ich will dieses Geschenk einem Mann geben, von dem ich weiß, dass er es achtet und mich nie wegwerfen wird – egal, wie daneben ich bin. Wenn zwei Menschen bereit sind, ein Leben lang zusammen zu sein, und das vor Gott und den Menschen bezeugen, dann ist das ein Rahmen, eine Sicherheit, die es erlaubt, einander dieses Geschenk zu geben."

Das war Anna. Alles oder nichts. Ihre Worte forderten ihn heraus, seine Sichtweise zu überdenken. In ihren Augen hatte er also mit dem „Geschenk“ achtlos hausiert. Er war ihrer nicht wert. Sie verdiente einen Mann, der ihren Glauben teilte, der heil und rein war wie sie. Nicht so kaputt wie er.

Andererseits wäre er so gerne dieser Mann. Heil und ganz. Jemand, dem sie vertrauen konnte, der sie achtete.

„Ich werde dich nicht dazu überreden“, sagte er schließlich leise und hoffte dabei, dass er seine eigenen Gefühle im Zaum halten konnte. Er war schließlich auch nur ein Mann …

„Danke.“

Ihre Finger suchten sein Gesicht und fuhren den Konturen seiner Wangenknochen nach. Ein wohliger Schauer durchfuhr ihn.

„Fragst du dich manchmal auch, warum ausgerechnet wir hierher katapultiert wurden?“ Ihr warmer Atem streifte seine Wange.

Er strich ihr eine weiche Strähne hinter das Ohr. „Vielleicht können wir hier Erfahrungen sammeln, die wir zu Hause nicht machen könnten.“

„Glaubst du? Verändert uns diese Zeit?“

„Sie macht uns offener für Dinge, die wir in unserer Zeit nicht beachtet hätten.“ Zum Beispiel dich. Oder Gott.

„Mhmm-mhmm.“

Er nahm ihre Hand und küsste ihre Fingerspitzen. Sie waren so weich. Die Decke war auf einmal so schwer, so erdrückend heiß. Oder war es schlicht ihre Gegenwart, die ihn um jeden anderen Gedanken brachte? Wie sollte er es nur schaffen, die nächsten Wochen mit ihr das Bett zu teilen, ohne ihr zu nahe zu kommen?

Ed drehte sich auf den Rücken und schlug die Bettdecke zurück. Eine angenehme Kühle strich über seine nackten Unterschenkel und er atmete tief durch.

Anna saß mit Ed, Vit und Pierre am Strand und schaute Sofia zu, die mit ihren Cousinen eine Burg in den Sand baute. Ihre kleine Freundin genoss die Zeit mit ihrer neuen Familie und hatte ihre alte Unbeschwertheit fast gänzlich wiedererlangt.

Sie residierten nun seit einer Woche bei den Vitelleschis. Der ganze Prunk, die Dienerschaft und die Hofsitten waren Anna immer noch sehr fremd. Heute saß sie in einem blauen Kleid im Sand. Etwas, das sich für eine Dame überhaupt nicht schickte. Sie vermisste die ungezwungenen Stunden mit ihren Freunden auf dem Pferd, in der Natur. Sticken mit Carina – Vits Mutter – und ihren Freundinnen zählte nicht zu ihren Leidenschaften. Das Glück in Carinas Gesicht über den Besuch ihres Sohnes löste in Anna eine tiefe Sehnsucht nach ihren eigenen Eltern aus. Sie war seit Monaten weg. Sie mussten sich Sorgen machen, verzweifelt sein. Sie war Papas Prinzessin. Mamas Wunder. Hatten sie die Hoffnung schon aufgegeben, sie jemals wiederzusehen? Wenn sie ihnen doch nur wenigstens eine Nachricht schicken könnte.

Herr, es tut so weh. Bitte tröste mich und meine Eltern.

„Morgen ist ein großes Essen mit Tanz geplant. Sämtliche wichtigen Leute der Stadt und Verwandte sind geladen", unterbrach Vit ihre trüben Gedanken.

„Oh nein …"

Bisher hatten sie sich dank Pierres und Vits Hilfe gut geschlagen. Aber es war anstrengend, immer auf der Hut zu sein, um mögliche Fettnäpfchen zu vermeiden.

Sie nahm eine Handvoll Sand und ließ ihn durch die Finger rieseln. Der leichte Wind wehte ihn davon.

„Ihr werdet die Pavane lernen müssen."

Ed strich sich eine Strähne aus dem Gesicht. „Die was?"

„Die Pavane ist ein Tanz, den alle adligen Leute kennen – auch wenn sie aus Frankreich stammen."

Anna nahm eine weitere Handvoll Sand, während sie die jungen Männer beobachtete und sich vorstellte, in Eds Armen durch den prunkvollen Saal zu schweben.

Aber über das Gesicht ihres Freundes zog ein dunkler Schatten. „Nie im Leben. Keine zehn Pferde bringen mich zum Tanzen." Seine Stimme war drohend, so als würde er einem Feind gegenüberstehen.

Pierre zog ungläubig die Augenbrauen hoch. „Das ist nicht so schwer."

„Nein. Nie. Anna kann ja mit euch tanzen." Seine Stimme duldete keinen Widerspruch.

Da – er schob sie ab, er ließ sie fallen, wies sie ab. Wie Lucien. Annas Herz zog sich zusammen. Eine Windböe blies ihr Sand ins Gesicht.

„Es ist zwar etwas ungewöhnlich, dass der Gatte nicht mit seiner Gemahlin tanzt, aber du könntest eine Verletzung oder so etwas vortäuschen."

Vit der Diplomat. Anna vergrub ihre Hände im Sand und spürte, wie die Körner sich unter die Fingernägel schoben.

„Aber zumindest Anna muss es lernen. Sie könnte von einem der anderen Männer aufgefordert werden."

Kaum. Wer tanzte schon mit einer unscheinbaren komischen Tante? Der Sand brannte in ihren Augen. Ihre Hände waren ganz steif und kalt.

„Wir treffen uns nach dem Abendessen vor den Zimmern. Ich weiß einen Ort, an dem wir dir das ungestört beibringen können."

Sie blinzelte, um das Brennen in ihren Augen zu verdrängen.

„Willst du es nicht doch versuchen?" Sie blickte in das harte, undurchdringliche Gesicht von Ed. Seine Kiefermuskeln arbeiteten und seine Hände waren zu Fäusten geballt. Warum war er plötzlich wieder so unnahbar?

„Nein. Ich habe Besseres zu tun. Pierre und ich werden weiterüben. Ich muss noch eine Menge lernen und kann mich nicht mit so etwas Unnützem wie Tanz abgeben."

Sie erhaschte den überraschten Blick seines Vorfahren. Doch er schwieg.

Obwohl sie ihre feuchten Handflächen aneinanderrieb, weigerten sie sich, warm zu werden. Anna stand auf und schlang ihre Arme um den Oberkörper. Der Wind löste einige Haare, die ihre Wange kitzelten. „Ich glaube, Carina wartet auf mich." Das war zwar gelogen, aber der Schmerz in ihrer Brust war so groß, dass sie es nicht mehr aushielt. Ihre Füße sanken im weichen Sand ein, als sie zum Haus zurückhastete, schnurstracks in ihr Zimmer ging, sich auf das Bett warf und weinte, während ihr großer Traum vom perfekten Tanz zerrann.

Vanessa. Der Name pulsierte in seinem Kopf im Gleichtakt mit den beginnenden Kopfschmerzen.

Der Wind war stärker geworden und brachte erste Tropfen mit sich. Vit und Pierre hatten sich mit Sofia und den Kindern ins Haus geflüchtet, aber er war geblieben. Weiß schäumende Wellen brachen sich unregelmäßig am flachen Strand.

Sein dickes Wams schützte ihn vor der Kälte, aber nicht vor dem Eis in seinem Herzen.

Vanessa. Seine erste Flamme. Seine erste – und letzte – Tanzpartnerin.

Eine nasse Windböe klatschte Ed Regen ins Gesicht, aber er ignorierte es. Er legte das Kinn auf die Knie und starrte auf das ungezähmte Meer hinaus.

Dieser Tanz hatte sein Leben ruiniert, hatte ihn so bloßgestellt, dass er sich geschworen hatte, nie mehr zu tanzen. Er konnte es einfach nicht. Nicht einmal für Anna.

Ein kleines Mädchen rannte über den Strand in Richtung Stadt. Ihre blonden Haare flatterten hinter ihr her. Und da tauchte das engelhafte Gesicht Vanessas vor ihm auf. Ihre goldenen Locken tanzten ihr schmeichelhaft um die Wangen. Ihre blauen Augen blitzten, als er sie zum Tanz aufforderte. Der Duft von Kokosnuss umwehte sie.

Mit zwölf Jahren war er endlich alt genug, seine Eltern zu einer dieser Militärpartys zu begleiten. Sie fand in Vanessas Garten statt, denn ihr Vater war ein hochrangiger Pilot mit zig Auszeichnungen.

Er nahm ihre Hand und führte sie auf die Tanzfläche. Sein Herz klopfte wild und er konnte nicht mehr klar denken. Die Schritte, die er zu Hause mit seiner Mutter geübt hatte, waren plötzlich wie weggeblasen. Verachtung und Ungläubigkeit überzogen ihr makelloses Gesicht. Ein Schritt nach vorne und er landete auf ihrem weißen Lackschuh. Ein Schrei, ein entsetzter Blick auf den schwarzen Fleck. Und dann war Ted da. Mister Perfect. Vanessa schmolz in seinen Armen dahin. Er hatte ihr den Tanz gerettet.

Am nächsten Tag war Ed das Gespött der Schule, der Versager, mit dem nun erst recht niemand mehr etwas zu tun haben wollte. Und Ted der Held.

Er wischte sich mit der Hand über das Gesicht, als könnte er die Erinnerungen auslöschen. Regen prasselte nun in Fäden auf seinen

Kopf. Seine Haare klebten nass an seinen Schläfen. Er stand auf und trottete über den harten Sand zum Haus.

Anna war verletzt. Aber besser so, als sie vor der ganzen Gesellschaft zu blamieren. Außerdem war es nur eine Frage der Zeit, bis sie herausfand, dass er immer noch ein totaler Versager war.

„Als Kind bin ich oft hierhergekommen, habe mir die Sterne angeschaut und mir vorgestellt, wie es sein muss, sie von einem Schiff aus zu sehen."

Anna stand in der Dunkelheit neben Vit auf dem flachen Dach des Herrschaftshauses seiner Eltern. Die Wolken waren einer sternklaren Nacht gewichen. Im fahlen Mondlicht konnte sie sein Gesicht sehen. Augen, die mit einer Bestimmung und Sehnsucht auf das Wasser starrten. Sein Wochenbart unterstrich seinen ritterlichen Charme. Sie konnte nachvollziehen, weshalb Angelika ihm verfallen war. Seine feinen Gesichtszüge standen im Gegensatz zu den breiten Schultern.

Er streckte seine Hand aus. „Darf ich bitten?"

Sie fühlte sich ertappt und errötete. „Wenn Ihr wünscht, mein Herr. Es wäre mir eine Ehre."

Sein Lächeln wurde breiter. „Als Erstes erweist man sich die Ehre." Er verbeugte sich vor ihr, aber der Kopf blieb erhöht, sodass seine nachtschwarzen Augen ihren Blick hielten. „Du knickst und deine Hände heben den Rock ein wenig."

Ein aristokratisches Gefühl schlich sich in Annas Herz. Als gehörte sie wirklich zum Adel.

„Wunderschön." Dann nahm er ihre Hand und stellte sich neben sie. „Nun dasselbe noch vor den Zuschauern."

Sie knicksten Richtung Meer.

„Die Pavane ist ein langsamer Tanz. Er besteht aus zwei Schritten, dem Simple und dem Double. Simple rechts meint, dass du einen Schritt mit dem rechten Fuß nach vorne machst."

Nebeneinanderstehend machten sie einen Schritt nach vorne.

„Simple links." Sein linker Fuß machte einen Schritt nach vorne.

„Dann Double rechts."

Er begann mit dem rechten Fuß und machte zwei Schritte nach vorne.

Anna schaute auf den Boden und versuchte zu folgen.

„Den Blick nach vorne. Da sitzen viele Leute und schauen dir zu."

Sie schluckte. „Ich weiß nicht, ob ich das kann."

„Du machst das wunderbar."

Vits Hand fühlte sich warm an, sicher und kräftig.

„Wir probieren es noch einmal. Nun beginnen wir links. Simple links, Simple rechts, Double links."

Diesmal ging es schon einfacher.

„Jetzt schließ die Augen, ich führe dich. Bleib einfach bei diesen Schritten."

Anna konzentrierte sich auf die einfachen Folgen und schloss die Augen. Das Meer rauschte leise vor sich hin und die Luft roch nach Regen und Sand. Sie ließ sich blindlings von Vit führen. Sie tanzte mit einem echten Ritter! Dieser plötzliche Gedanke löste ein seltsames Kribbeln in ihrem Bauch aus.

„Wenn ich deine Hand loslasse, dann machen wir einen Kreis und drehen uns, sodass wir in die andere Richtung schauen, und lassen das Paar, das hinter uns war, nach vorne. Kreis zurück."

Sie öffnete die Augen. Sein Lächeln war echt und ansteckend.

„Und von vorne."

„Wo hast du das gelernt?"

„Meine Mutter ist eine begeisterte Tänzerin und hat mich seit meinem fünften Lebensjahr in den Tänzen unterrichtet."

„Es gibt noch mehr Tänze?"

„Oh ja. Die Galliarde zum Beispiel."

Vit ließ ihre Hand los und machte einige Hüpfbewegungen mit gestreckten Füßen nach vorne. Es sah sehr elegant und zugleich lustig aus, wie sein Oberkörper ruhig blieb und die Beine zappelten.

„Das sieht schwierig aus."

Er lächelte und schüttelte den Kopf. „Es ist einfacher, als es aussieht."

Anna probierte es, aber es misslang ihr. Eine kühle Brise war aufgekommen, aber sie bemerkte es nicht, als er ihr das „Gehüpfe" weiter beibrachte, bis sie außer Atem war.

„Du machst das großartig. Meine Mutter wird nicht merken, dass du aus einer anderen Zeit kommst."

„Ich habe einen guten Lehrer."

Vit nahm ihre beiden Hände und stand jetzt dicht vor ihr. Viel näher als der Keuschheitsabstand der Tänze. Sein Blick war intensiv, dunkel und ein Duft von Lavendel ging von ihm aus. Er war nicht im Geringsten atemlos und lachte leise. „Ich gebe mein Bestes, aber ich muss gestehen, dass ich ein wenig außer Übung bin."

„Wann war das letzte Mal, dass du getanzt hast?"

Er ließ ihre Hände los und drehte sich zum Meer. Sein Gesicht war im Schatten.

„Das war mit Angelika. An unserem letzten Abend."

Seine Stimme war leise und schwer und sie bereute, gefragt zu haben.

Herr, es muss schwer für ihn sein, eine Tochter zu haben, die ihn immer wieder an seine Freundin erinnert. Bitte tröste du ihn.

„Das tut mir so leid mit Angelika."

Vit drehte sich wieder zu ihr um. Breitbeinig mit verschränkten Armen stand er vor ihr, sein Blick so intensiv, dass sie weiche Knie bekam. Verwirrung schlich sich in ihre Seele. Er hatte keine Bergseenaugen, aber sie könnte sich genauso gut darin verlieren. Sie stopfte alle aufkeimenden Gefühle tief in eine Box in ihrem Innersten. Sie war keins dieser Mädchen, das sich jedem an den Hals warf. Sie hatte sich für Ed entschieden, auch wenn dieser seine Entscheidung offensichtlich bereute. Oder wie sollte sie sich sonst erklären, dass er nicht mit ihr tanzen wollte? Das hatte sie nun davon, dass sie sich wider besseres Wissen auf ihn eingelassen hatte.

„Es ist eine lange Zeit her, dass ich sie gesehen habe. Und ich habe alles gemacht, um sie zu vergessen."

„Aber du liebst sie immer noch."

„Sie ist tot."

Vits Blick glitt in die Ferne. Der kühle Wind schlich sich in die Falten ihres Umhangs und ließ Anna frösteln.

„Lass uns zurückgehen. Ich bin gewiss, dass du das morgen gut machen wirst." Er hatte wieder ein Lächeln auf dem Gesicht, auch wenn es seine Augen nicht mehr erreichte.

KAPITEL 19

Ed nahm einen Schluck Wein aus seinem Becher. Es war stickig im Raum. Oder vielleicht lag es auch einfach an seinen Kleidern. Über einem roten Hemd trug er ein schwarz-goldenes Wams und darüber eine Art Jacke mit extrabreiten Schultern. Sie war nach der neuesten Mode geschlitzt, sodass roter Samtstoff dazwischen hervorblitzte. Die dicken Strumpfhosen kratzten wie üblich und die Schuhe waren unangenehm hart und hatten eine auslaufende Spitze. Er musste sorgfältig darin gehen, wollte er nicht über seine eigenen Füße stolpern.

Seine Augen suchten Anna, die in der Menge tanzte. Mit Vit.

Der ganze Abend erinnerte ihn eher an ein klassisches Konzert mit Geigen, Flöten, einer Art Gitarre und Trommeln als an eine Party. Obwohl der Lärmpegel es ohne Probleme mit dem in einer Disco aufnehmen konnte. Eine Frau in einem überdimensionalen Gewand stolzierte an ihm vorbei. Der Blick, den sie ihm dabei zuwarf, sollte ihn wohl dazu bewegen, sie zum Tanz aufzufordern. Doch zum Glück übernahm ein anderer Edelmann seine Aufgabe. Wie dieser in seiner nicht minder warmen Kleidung so herumhüpfen konnte, ohne dabei einen Hitzschlag zu erleiden, war ihm ein Rätsel.

Ed hatte sich mit Pierre in eine ruhigere Ecke zurückgezogen.

„Ist deine Herzensdame immer noch am Tanzen?“ Sein Freund hatte eine schwere Zunge und etwas glasige Augen.

„Sie ist nicht meine Herzensdame.“

Der Franzose hob nur die Augenbrauen und bedeutete einem Diener, sein Glas neu zu füllen. „Sie sieht heute entzückend aus.“

Ed hatte Anna kaum wiedererkannt, nachdem sie den ganzen Nachmittag damit beschäftigt gewesen war, sich für diesen Abend zurechtzumachen. Nicht, dass sie das gewollt hätte, aber ihr war keine andere Wahl geblieben, als die Dienerinnen sie im Auftrag Carinas mitgeschleppt hatten.

Sie trug ein dunkelgrünes Kleid, das mit Goldornamenten bestickt war. Es war bis in die Taille eng geschnitten und die Brustplatte ließ ihren Oberkörper viel breiter erscheinen. Der Rock war mittels eines Gestells weit ausgestellt. Ihre Haare waren kaum zu erkennen unter den Haarnetzen und Perlen, die eine Art Hochsteckfrisur andeuteten.

Nein, sie sah irgendwie nicht nach Anna aus. Nicht nach der Frau, die er kannte – oder meinte zu kennen. „Mir gefällt sie besser, wenn sie einfach gekleidet ist."

Pierre zog einen Mundwinkel nach oben. „Du meinst so einfach wie in einem Untergewand?"

Nein, sondern in Jeans und T-Shirt, ein Lächeln im ungeschminkten Gesicht, die viel zu großen Arbeitshandschuhe von Grandpère an ihren Händen …

Ed schloss die Augen und schüttelte den Kopf. „Vergiss es. Denk du an dein Keuschheitsgelübde."

„Was meinst du, was ich mache?"

Ed beobachtete Anna. Ihre Augen tief in denen von Vit, ganz in den Tanz versunken, ein elegantes Vor- und Zurückgehen, ein Spielen, ein Flirten auf Distanz. Die Hitze wurde unerträglich. „Kommst du mit nach draußen – hier ist es so heiß."

Pierre erhob sich schwankend.

Der große Ballsaal lag im Erdgeschoss. Ed steuerte auf den kleinen Hinterausgang zu, der in den dahinterliegenden Garten führte.

Die kalte Nachtluft war wie eine erfrischende Dusche. Ed sog den Sauerstoff tief in seine Lungen und knöpfte die Jacke auf.

Die kahlen Äste der Büsche wehten im leichten Wind, die Wellen des Meeres waren in der Ferne zu hören. Die Stadtmauer hinter dem Garten hob sich schwarz vom dunklen Himmel ab und das schwache Licht aus dem Tanzsaal fiel in den Garten.

Pierre ließ sich auf die Steinbank plumpsen, offenbar nicht mehr ganz imstande zu stehen. Die Daumen im Bund seiner Hosen eingehakt, tigerte Ed unruhig vor seinem Freund auf und ab.

„Geht's dir gut?" Die Stimme seines Freundes war ein wenig lallend. Er hatte den Kopf auf seine Hände gestützt und schaute ihn schräg an.

„Ja klar. Alles bestens." Seine Antwort kam zu schnell und klang zu flach.

„Eine Runde Rapier?“

Ed schüttelte den Kopf. „Ich glaube kaum, dass du ein Schwert halten kannst.“

„Für dich würde ich das machen – dann hast du nachher vielleicht wieder einen klaren Kopf.“

„Danke, aber ich glaube, den hab ich auch so. Im Gegensatz zu dir.“

„Auch wieder wahr.“

Seit der Sache mit dem Tanzen verhielt sich Anna so anders. Irgendwie distanziert. Und heute Abend hatte sie ihn kaum angesehen.

Er kickte einen Stein zur Seite. Sie schien nur Augen für Vit zu haben. Hatte sie erkannt, dass er ein Versager war? Dass sie eben doch einen Ritter verdient hatte – einen, der keine kriminellen Taten verübt hatte und außerdem fromm war? Einen, der nicht dauernd eine Sache nach der anderen verbockte?

„Weshalb hast du nicht mit ihr getanzt?“

Die Stimme seines Freundes riss Ed aus seinen düsteren Gedanken.

„Ich kann das nicht, okay?“

Pierre hob abwehrend die Hände. „Du hättest es aber lernen können.“

Wolken schoben sich vor den Halbmond.

„Ich habe einmal mit einem Mädchen getanzt und mir danach geschworen, es nie wieder zu tun.“

Pierre runzelte die Stirn. Die Kühle tat ihm offensichtlich gut, denn seine Augen waren wieder etwas klarer.

„Ich mochte sie und hatte extra die Schritte gelernt. Doch dann trampelte ich auf ihre Füße, habe uns beide blamiert, und das war's dann“, erklärte er und fuhr sich seufzend mit den Fingern durch die Haare.

„Der Tanz ist das eine, das Bett ist das andere. Immerhin teilst du das Bett mit ihr.“ Pierre schaute ihn mit einem glitzernden Blick an. Anscheinend regte der Alkohol die Fantasie seines Freundes gehörig an.

Ed schüttelte nur den Kopf. „Bist du sicher, dass du dein Gelübde nicht brichst, wenn du immer nur an das Eine denkst?“

„Was? Willst du mir etwa weismachen, dass du nicht –“

„Nein, habe ich nicht. Wie du weißt, spielen wir diese Ehe. Ich habe nicht vor, Annas Ehre zu verletzen.“

Das war zwar einfacher gesagt als getan und ehrlich gesagt wusste er nicht, wie er das noch weitere Wochen lang aushalten sollte, aber mit dieser Kälte zwischen ihnen war es nun bestimmt einfacher.

„Gratuliere. Du benimmst dich sehr ritterhaft.“ Ein bewundernder Ausdruck war in Pierres Gesicht getreten.

„Ehrlich gesagt, weiß ich nicht, wie ich das aushalten soll. Ich meine, ich bin auch einfach nur ein Mann.“

Pierre grinste. „Nun, da gibt es ein paar Tipps. Mönchsblättertee, Training, Rennen.“

Nun war es Ed, der ihn verwundert anstarrte.

„Ich bin auch nur ein Mann.“

„Na gut, aber du musst nicht jede Nacht dasselbe Bett teilen, unter derselben Decke schlafen.“

„Vielleicht kannst du dir eine Matte ausleihen und auf dem Boden schlafen? Und sie tagsüber verstecken?“

„Ja, vielleicht.“

Das würde es zwar einfacher machen, aber Ed wusste schon jetzt, dass er Annas Nähe und Wärme vermissen würde.

Die Wolken waren am Mond vorbeigezogen und der Garten erstrahlte in einem silbernen Schein. Er blickte hinüber zum Tanzsaal. Vit und Anna tanzten immer noch, nun nahe am Fenster, um gleich wieder von den anderen Paaren umringt zu werden und in die Choreografie mit hineingenommen zu werden.

„Warum bist du Ritter geworden? Ich meine, du könntest eine Familie haben und ein Leben im Reichtum führen.“

Pierre zupfte einen Grashalm zu seinen Füßen ab und drehte ihn in seiner Hand. „Nein. Ich bin der dritte Sohn in der Erbfolge. Der Erste erbt alles, die anderen nichts. Die müssen für sich selbst sorgen. Außerdem habe ich den Ruf Gottes gespürt.“

Ed zog die Augenbrauen hoch. „Den Ruf Gottes?“ Er knöpfte seine Jacke gegen den stärker werdenden Wind wieder zu. Ließ dieser Gott ihn denn nie in Ruhe?

„Ja, ein Johanniterritter ist nicht irgendein Ritter. Wir verteidigen den Glauben. Wir beschützen die Gläubigen. Wir reiten nicht einfach umher und ziehen von einer Schlacht in die nächste, um ein wenig Geld zu verdienen. Da war diese Nacht, in der ich träumte, dass mir ein alter Mann einen Mantel umlegte. Einen mit dem Johanniterkreuz. Er schaute mir in die Augen und sagte: ‚Ich bin stolz auf dich.' Und da wusste ich, wo mein Platz ist."

Ed kaute auf seiner Unterlippe. Sein Freund war einfach einem Traum gefolgt? „Und das war der Ruf Gottes?"

„Ja, so kann man es nennen."

Dieses Gott-Ding musste eine starke Sache sein, wenn Menschen alles stehen und liegen ließen, um ihm nachzufolgen. Oder dem, von dem sie sagten, dass es Gott sei.

„Was hat es eigentlich mit dem Kreuz auf sich?"

„Die vier Zacken stehen für Mut, Gerechtigkeit, Ausdauer und Enthaltsamkeit. Die acht Spitzen stehen für die acht Zungen des Ordens und für die Seligpreisungen."

„Die Seligpreisungen?"

„Jesus erwähnt, wer alles selig ist: diejenigen, die erkennen, dass sie ihn brauchen, diejenigen, die traurig sind, die Freundlichen, die Bescheidenen, diejenigen, die nach Gerechtigkeit hungern, die Barmherzigen, diejenigen, die ein reines Herz haben, und die, die sich um Frieden bemühen."

War es nicht seltsam, dass Gott die Menschen glücklich nannte, die sich um diese Dinge bemühten? Wenn er tatsächlich ein Gott wäre, der sich nicht kümmerte, wäre es ihm denn nicht gleichgültig, wie die Menschen miteinander umgingen? Und wenn er dies in der Bibel der ganzen Menschheit sagte, schloss ihn das dann nicht auch mit ein? Vielleicht. Vielleicht aber auch nicht, denn er hatte versagt. Unwiderruflich, unwiederbringlich, unverzeihlich versagt.

„Das Kreuz soll uns immer an diese Tugenden erinnern und uns zum Nacheifern bewegen."

Sein Freund schaute ihn nachdenklich an, als er nichts erwiderte.

„Ist das mit Gott in eurer Zeit anders?"

Ed zuckte mit den Schultern. „In gewisser Weise schon. Die meisten Menschen glauben nicht mehr mit dieser Ernsthaftigkeit an Gott oder sie zweifeln sogar an ihm."

„Und sie werden nicht als Ketzer verfolgt?" Pierres Augen weiteten sich.

Ed schüttelte den Kopf. „Nein."

„Nun, dann bin ich froh, dass ich in dieser Zeit lebe. Ohne Gott zu leben, muss schrecklich sein."

Konnte er das auch von sich behaupten, dass er froh war, in seiner Zeit zu leben, im Jahr 2017 – oder war er hier glücklicher? Er konnte sich nicht entscheiden.

Endlich hatten sie eine ruhige Minute gefunden. Vit hatte sich von Anna verabschiedet, als diese früh zu Bett gegangen war, und seine Schwester Lucia gebeten, mit ihm einen Spaziergang zu machen. Sie war extra für den Abend angereist und es war ungewiss, wie lange sie bleiben konnte.

Sie war wie immer eine Augenweide mit ihren schwarzen Locken, die zu einer kunstvollen Frisur hochgesteckt waren. Das Dunkelblau des Kleides unterstrich ihre Anmut und Eleganz trotz ihres kleinen Wuchses.

Sie hatten die Stadt über die schmale Treppe verlassen und spazierten nun am Strand entlang. Das Wasser plätscherte vor sich hin. Lucia ergriff als Erste das Wort. „Ich danke dir für deinen Brief."

„Gerne. Da wusste ich noch nicht, dass wir herkommen würden."

Ihre Schritte waren auf dem Sand nicht zu hören. Der schwere Duft von Sandelholz, den seine Schwester schon immer geliebt hatte, wehte zu ihm herüber.

„Diese Anna scheint eine nette Frau zu sein. Und Sofia ist allerliebst. Aber erzähl, was hast du auf dem Herzen?"

Vit lächelte in die Dunkelheit, während seine Schwester sich bei ihm – ganz undamenhaft – einhakte. Er bedeckte ihren Arm mit seiner Hand. Wie üblich durchschaute sie ihn.

Geschwister und beste Freunde.

„Sofia ist meine Tochter."

Bei Lucia brauchte er keine Ausreden zu suchen oder Umschweife zu machen. Sie hielt inne. Im fahlen Mondlicht konnte er die Überraschung auf ihrem Gesicht erkennen.

„Wie kommt das denn?"

„Das solltest du doch selbst wissen, du hast auch Kinder." Es tat so gut, mit Lucia zu scherzen.

Sie lachte leise und stieß ihn an. „Ich meine, du bist ein keuscher Johanniter. Keusch."

In wenigen Sätzen fasste er seine Geschichte zusammen.

Mit langsamen Schritten waren sie der vom Mondlicht gesäumten Meereskante gefolgt. Seine Schwester hörte einfach zu und unterbrach ihn nicht.

„Wissen Mama und Papa davon?"

„Nein, noch nicht. Aber ich will es ihnen erzählen. Sofia kann es nicht erwarten, sie Poppo und Nana zu nennen. Und ich wollte sie bitten, sie bis nach der Belagerung zu beherbergen."

„Und was dann?"

„Keine Ahnung. Niemand weiß, ob wir überleben oder vertrieben werden. Bisher sind wir zehn zu eins unterlegen. Hier hat sie wenigstens eine Familie. Ich werde veranlassen, dass sie Waisenunterstützung bekommt. Aber mehr kann ich ihr nicht versprechen."

„Dir ist schon klar, dass das nicht einfach für das Mädchen wird? Ihren Vater schon wieder aufzugeben, den sie gerade erst kennengelernt hat?"

Sie schlugen den Weg zurück am Rand des Pinienwaldes ein. Vit seufzte.

„Ja, ich weiß. Bitte versprich mir, ein Auge auf sie zu haben, falls ich sterbe."

„Das werde ich. Mach dir deswegen keine Gedanken."

„Falls ich lebe und wir siegreich sind, werde ich versuchen, sie nachkommen zu lassen, oder mich um ein Priorat in der Nähe bemühen."

Der Wind rauschte in den Nadelbäumen – ein Geräusch, das er seit seiner Kindheit liebte und schon lange nicht mehr gehört hatte. Tief sog er den würzigen Piniendufit ein.

„Sie braucht eine Mutter", sagte Lucia leise.

„Das wünschte ich ihr auch."

„Dann heirate."

Er lachte leise. „Schon vergessen, ich bin ein keuscher Johanniter. Keusch."

Seine Schwester blieb stehen und blickte ihm ernst in die Augen.

„Meinst du, Gott hat sie dir auf so wunderliche Weise zugeführt, nur damit du sie nun wieder im Stich lässt? Meinst du nicht vielmehr, dass du dafür bestimmt bist, für sie zu sorgen und dafür vielleicht sogar das Rittertum aufzugeben?"

Ihr Blick ging ihm durch und durch und ließ ihn zutiefst erbeben. Er schwieg.

Seine Schwester blieb vor der Treppe stehen, hob ihr Kinn und Bestimmung blitzte in ihren Augen auf. „Was ist mit Anna? Ist sie wirklich verheiratet?"

Er zögerte. Dieses Geheimnis konnte er nicht verraten.

„Ja." Seine Stimme war mehr ein Hauch.

„Das klingt mir aber nicht ganz danach und es sah auch nicht so aus. Ein Gemahl, der seine hinreißende Frau den ganzen Abend mit einem anderen tanzen lässt?"

Vit wich ihrem Blick aus und fuhr sich mit der Zunge über seine trockenen Lippen. Lucia verschränkte die Arme unter ihrem Umhang.

„Mein lieber Vitellino, du konntest vor mir noch nie etwas verbergen."

Das stimmte. „Ich brauche deine absolute Verschwiegenheit."

„Die ist dir gewiss."

Er holte tief Luft, während er seiner Schwester den Vortritt auf der Treppe ließ.

„Sie liebt Edward, aber sie sind noch nicht verheiratet."

„Dachte ich's mir doch. Dann wirb um sie, heirate sie. Nach dem zu urteilen, was ich heute gesehen habe, lieben die beiden sich überhaupt nicht."

Das konnte sie so leicht sagen. Sie kannte die zwei nicht. Vit wusste, dass sie sich liebten, auch wenn sie sich seit gestern verhielten, als würden sie einander nicht kennen.

„Ich muss zugeben, dass sie sich heute merkwürdig verhielten, aber sonst sind sie wie zwei Turteltäubchen."

Lucia war etwas atemlos vor ihm auf einer Stufe stehen geblieben und drehte sich nun zu ihm um. Auch so war sie noch kleiner als er.

„Warum sind sie denn nicht verheiratet, tun aber so und teilen sich ein Zimmer?" Missfallen stand über ihr ganzes Gesicht geschrieben.

„Ich bin nicht befugt, darüber zu reden. Aber frag sie doch selbst."
Sie nickte heftig. „Das werde ich ganz bestimmt."

Anna nahm das Garnende in den Mund und befeuchtete es, um es dann durch das feine Nadelöhr zu ziehen. Sie saß mit Lucia im kleinen Salon. Carina, Vits Mutter, hatte sie vor einer Weile verlassen, um einige Erledigungen zu tätigen.

Die jüngere Schwester von Vit hatte darauf bestanden, noch einige Tage zu bleiben. Obwohl sie Lucia erst gestern während des Balls kennengelernt hatte, spürte Anna eine Verbundenheit mit ihr. Sie mochte die quirlige, fröhliche Art der kleinen Frau und ihre aufgeweckten Augen.

„Es ist einfach herrlich, in Ruhe sticken zu können. Ohne den Streit der Kinder."

Anna wusste, dass sie eine Tagesreise weit auf dem herrschaftlichen Sitz ihres Mannes lebte, aber allein gekommen war, um ihren Bruder zu sehen.

„Wie viele Kinder hast du?"

Lucia schaute auf und schürzte theatralisch die Lippen: „Lass mich mal rechnen … Da wären die älteren zwei Jungs und mein kleines Mädchen, diesen Racker hier", sie tätschelte sich den Bauch, der unter dem großen Gewand versteckt war, „nicht mitgezählt."

Anna grinste, bevor sie sich wieder auf die mühsame Arbeit konzentrierte und die Nadel schräg in den groben Stoff steckte.

„Hast du auch Kinder?"

„Nein, wir sind noch nicht lange verheiratet."

„Du kannst ruhig ehrlich zu mir sein. Vit hat mir erzählt, dass ihr nicht verheiratet seid."

Anna pikste sich mit der Nadel in den Finger. Ein kleiner Blutstropfen bildete sich an der Spitze. Sie leckte ihn ab und musterte Lucia, die innehielt und ihren Blick erwiderte.

„Warum hat Vit dir das erzählt?" Es war der erste Gedanke, der ihr in den Sinn gekommen war. Es war schon eigenartig, dass ihr Freund ihr Geheimnis preisgab.

„Ehrlich gesagt hatte ich meine Zweifel, dass ihr verheiratet seid, weil Edward nicht mit dir getanzt hat und ihr euch kaum angesehen habt."

Das schmerzte immer noch. Auch die kalte Wand zwischen ihnen. Sie vermisste Eds Nähe, sein Lachen und seine Meeraugen mehr, als sie sich eingestehen wollte. Auch heute Morgen hatten sie kaum miteinander geredet und nun war er mit Pierre und Vit wieder am Üben.

„Wir hatten eine kleine Auseinandersetzung."

„Worüber denn, wenn ich fragen darf?"

Anna nuckelte an ihrem Finger. Der stechende Schmerz ließ langsam nach. Auch Lucias Arbeit ruhte. Sie nahm eine Tasse mit Tee und trank daraus, während sie Anna unvermindert anschaute.

„Es ist zu kompliziert, das zu erklären."

„Ich weiß, wir kennen uns noch nicht lange, aber du kannst mir vertrauen. Wer weiß, vielleicht hat Gott uns zusammengebracht, damit ich dir helfe?"

Anna blickte auf ihre unvollendete Stickarbeit. Sie sehnte sich danach, mit einer Frau zu reden, ihre Fragen und Gedanken zu teilen.

„Edward kann nicht tanzen. Und er wollte es nicht lernen."

Lucia schürzte die Lippen. „Lass mich raten. Er ist kein Edelmann und deine Eltern wollen dich in bessere Kreise verheiraten?"

Wenn es nur so einfach wäre.

„Nein – ja. Edward ist kein Edelmann, aber ich weiß nicht, warum er nicht mit mir tanzen wollte."

Als eine Dienerin hereinkam und weiteren Tee und Gebäck brachte, wandten sich die beiden Frauen wieder ihrer Stickerei zu. Der Duft der frischen Plätzchen erfüllte den Raum und Anna griff nach dem warmen Gebäck.

„Liebst du Edward?", nahm Lucia den Faden auf, nachdem sie wieder allein waren.

Beinahe hätte sie sich an dem süßen Teilchen verschluckt. „Wie bitte?"

Lucia lächelte sie warm an. „Du hast mich schon verstanden. Liebst du Edward?"

Anna leckte sich den Zucker von den Lippen. Die direkte Frage forderte sie heraus.

„Ich mag ihn sehr, aber ich weiß nicht, ob es wirklich Liebe ist. Eine Liebe, die für ein Leben gedacht ist. Wenn es so wäre, hätte er dann nicht alles daran gesetzt, mit mir zu tanzen, mich glücklich zu machen?"

„Du zweifelst daran, ob er dich liebt?"

Anna zuckte die Schultern. „Er hat gesagt, dass er mich mag, und er hat mich geküsst. Aber er hat nie gesagt, dass er mich liebt." Sie schluckte den letzten Rest der trockenen Masse hinunter, der Zucker bitter in ihrem Mund.

Lucias Augen waren voller Mitleid. „Hat er gesagt, weshalb er nicht mit dir tanzen will?"

Anna schüttelte stumm den Kopf. Ihre neue Freundin griff sich auch etwas Süßes und lachte leise, während ihre Augen blitzten.

„Jetzt verstehe ich. Vielleicht war dein guter Mann nur eifersüchtig auf Vitellino, weil er ein Edelmann ist und tanzen kann. Weißt du, Männer sind manchmal schwer zu durchschauen. Vielleicht ging es hier einfach um eine Frage der Ehre."

„Eine Frage der Ehre?"

„Er traut es sich nicht zu, den Tanz zu lernen, will aber seine Ehre als Mann vor seinen Freunden nicht verlieren. Frag ihn nach dem Grund. Ich denke, es hat gar nichts mit dir zu tun oder damit, dass er dich nicht liebt."

„Meinst du?"

Lucia goss sich Tee ein. Die dampfende Flüssigkeit vernebelte die Sicht. „Ja, das glaube ich."

Konnte es so einfach sein? Anna steckte die Nadel in die nächste Position und zog den Faden hindurch.

Ein neuer Mut hatte sie erfasst, ein Friede ihr Herz erfüllt. Wie oft war sie mit einem Problem zu ihrer Mutter gegangen, nur um am Schluss herauszufinden, dass es eine einfache Lösung dafür gab, die sie bisher nicht gesehen hatte. Dankbarkeit erfüllte ihr Herz. Gott hatte ihren unausgesprochenen Wunsch nach einer „Mutter", einer Freundin, erfüllt, mit der sie reden konnte. Sie fühlte sich seltsam getröstet.

Den restlichen Morgen unterhielten sie sich wie zwei alte Freundinnen und lachten viel. Als die Glocke für das Mittagessen erklang, war die Zeit viel zu schnell vergangen.

Die Siesta wurde wie üblich im Zimmer verbracht. Ed hatte sich seinem Rapier zugewandt und behandelte es mit Öl.

Anna hatte sich auf den Stuhl gesetzt, die Hände im seidenen Stoff des Kleides vergraben, froh, dass sie im Alltag ohne das große Gestell auftreten durfte.

„Warum wolltest du nicht mit mir tanzen?"

Ed polierte heftig weiter. „Meine Sache."

Ging es tatsächlich um eine „Frage der Ehre", wie es Lucia genannt hatte? Anna nagte an ihrer Unterlippe und entschloss sich dann, Ed ihr Herz auszuschütten. Wenn sie begann, würde er vielleicht dasselbe tun.

„Weißt du, mein Leben lang habe ich immer davon geträumt, mit meinem Freund zu tanzen. Über das Parkett zu schweben und den perfekten Tanz hinzulegen. Ich weiß, das klingt albern, aber das habe ich mir immer vorgestellt. Darum hat es mich so verletzt, dass du mich abgewiesen hast."

„Sorry. Wie gesagt, ich kann nicht tanzen. Und schon gar nicht perfekt. Ich habe nur deine Ehre gerettet."

Ging es doch um Ehre? Um ihre Ehre?

Anna stand auf und setzte sich neben Ed im Schneidersitz auf den Boden. Er schaute nicht auf. „Warum tanzt du nicht?"

Er seufzte. „Kannst du mich nicht einfach in Ruhe lassen damit?"

„Nur, wenn ich dir egal geworden bin. Ich mag dich immer noch sehr, aber diese Kälte zwischen uns macht mich fertig."

Er ließ seine Hände resigniert sinken.

„Meine Liebe zu dir ist doch nicht abhängig von einem Tanz."

Seine Liebe? Empfand er doch Liebe? Eine Wärme durchflutete sie und kitzelte ihre Zehen.

„Nein, aber ich will verstehen, weshalb du nicht mit mir tanzt."

Ed starrte an ihr vorbei auf das Bett und mahlte mit den Zähnen, während er das Tuch in seiner Hand zerknüllte. Der Raum war von dem Duft des Olivenöls erfüllt.

„Okay. Wenn du es genau wissen willst …" Er schaute sie an und sein Blick wechselte zwischen Verletzlichkeit und Undurchdringlichkeit. „Ich wollte dich nicht verlieren."

Anna runzelte die Stirn. „Warte. Da komme ich nicht mit. Weshalb solltest du mich verlieren, wenn du mit mir tanzt?"

„Weil ich dich blamieren könnte. Dir zum Beispiel auf den Fuß treten oder so."

Lucia hatte recht gehabt. Männer tickten anders und sie verstand es nicht.

„Und du dachtest echt, dass ich dich weniger liebe, wenn du mir auf den Fuß trittst?" Sie hatte es ebenfalls gewagt. Indirekt jedenfalls hatte sie ihm auch ihre Liebe gestanden.

Er schien es bemerkt zu haben, denn er schaute sie mit einem zerknirschten Grinsen an. „Nicht?"

„Ich weiß nicht, wie du auf solche verqueren Gedanken kommst, aber nein. Im Gegenteil, es wäre ein Beweis deiner Liebe, wenn du trotzdem mit mir tanzen würdest – weil es mir etwas bedeutet."

Er begann wieder, sein Rapier zu polieren. „Es gab da mal ein Mädchen, als ich zwölf war, dem war das ganz und gar nicht egal."

Anna legte ihre Hand auf die seine und er hielt in seiner Tätigkeit inne.

„Dann war sie sehr dumm."

Die Liebe, die sie in seinen Augen wahrnahm, brachte ihr Herz zum Überfließen. Sie lehnte sich nach vorne und küsste ihn sachte. Er erwiderte den Kuss. Die kalte Mauer hatte keine Chance mehr. Sie stürzte in sich zusammen. So einfach.

KAPITEL 20

Vit stand an der Reling des Schiffes und blickte in den Hafen, als die Anker gelichtet wurden. Seine Eltern winkten, aber von Sofia war weit und breit keine Spur zu sehen. Er versuchte, den kleinen stechenden Schmerz zu ignorieren. Sie hatte sich heute Morgen gefasst von ihm verabschiedet. Ganz anders als in dem Gespräch, das er vor einer Woche mit ihr geführt hatte. Unweigerlich stiegen die Erinnerungen in ihm auf.

„Nein, ich will mit dir mitkommen, bitte, Papa!" Sofia hängte sich an seinen Arm und schaute ihn flehentlich an. Es war das erste Mal, dass sie ihn Papa nannte, und das löste in ihm unbekannte Gefühle aus. „Sofia, in Malta bist du nicht sicher. Wir wissen nicht, ob wir der Belagerung standhalten. Und wenn die Osmanen gewinnen, dann wirst du wieder verschleppt oder sogar getötet." Und er würde sie nicht beschützen können. Nicht, wenn er tot oder ein Galeerensklave war.

„Aber Anna kann doch auf mich aufpassen."

„Du weißt selbst, dass sie so schnell wie möglich zurückgeht. Du bleibst hier. Wenn ich lebe, lasse ich dich nach der Belagerung holen."

Sofias große Augen glitzerten. Sie schlang ihre zierlichen Arme um seine Taille und verbarg ihren Kopf an seinem Brustkorb. Schluchzer ließen ihren Körper erbeben.

Er strich ihr hilflos über den Rücken, unfähig, Worte des Trostes zu finden.

Die Erinnerung verblasste und Vit atmete tief die salzige Luft ein. Seine Augen suchten das Ufer ab. Dass Sofia jetzt nicht hier war, schmerzte mehr, als er zugeben wollte. Papa. Aber es war das Beste für sie. Auf Malta hätte sie keine Zukunft. Vorläufig jedenfalls nicht.

Der Hafen wurde immer kleiner, bis die Stadt nur noch ein herausragender Punkt am Horizont war.

Das Leben auf dem Schiff war langweilig. Das hier war keine Kapernfahrt, um den Osmanen empfindlich zu schaden und Beute zu machen. Vit hielt sein Gesicht in die steife Brise und ließ die Gischt seinen Schmerz kühlen. Pierre spielte mit Anna und Ed eines dieser neuartigen Spiele.

Das Gezeter des Kochs drang aus dem Unterdeck zu ihnen hinauf. Vit lächelte mitleidig. Hatte der Schiffsjunge wieder einmal etwas fallen lassen? Doch das Gekeife wurde lauter, sodass er sich schließlich umdrehte.

Sein Herz setzte einen Moment aus, als er das junge Mädchen erblickte, das der Koch unsanft am Arm neben sich herzerrte.

„Sofia?!"

„Sie behauptet, zu Euch zu gehören."

Seine Tochter blickte ihm trotzig in die Augen und schwieg. Darum hatte sie sich am Morgen so gefasst verabschiedet. Darum war sie nicht am Hafen gewesen.

„Sie hat sich in einem der Vorratsfässer versteckt. Ihr werdet für sie bezahlen müssen!"

„Ja, das werde ich."

Der Mann stampfte davon und ließ Sofia bei ihm stehen.

Die Aufregung war keinem auf Deck verborgen geblieben. Seine Freunde umringten ihn. Seine Tochter! So stur wie ihre Mutter, so mutig wie er selbst.

„Du schuldest mir eine Erklärung!"

„Ich habe doch erst meinen Vater gefunden, ich will ihn nicht schon wieder verlieren. Und die Vorstellung, dass ich dich vielleicht nie mehr sehe …" Ihre Stimme war leise und ihre Unterlippe zitterte.

Vit atmete tief ein. „Du hast gewählt. Wir können nicht mehr umdrehen und du weißt, was dich erwarten könnte. Ich werde mit den Vorbereitungen zu tun haben und nicht viel Zeit für dich haben."

Sofia nickte und schlang ihre Arme um ihn, während ihre Tränen sein Wams nässten. Er drückte sie fest an sich. Eigentlich sollte er zornig auf sie sein – aber er war stolz. Papa eben.

Ed lehnte gegen die niedrige Holzwand des Schiffes, die Beine lang gestreckt, das Gesicht der milden Frühlingssonne entgegengestreckt. Anna saß dicht neben ihm. Ihr Duft nach Orangen vermischte sich mit der salzigen Meeresluft. Er blinzelte zu ihr hinüber. Ihr feines Profil war von der Sonne hell erleuchtet und er konnte sogar einige Sommersprossen erkennen. Ihre Hände lagen entspannt in ihrem Schoß, ihre Augen waren geschlossen. Er berührte sie sachte. „Freust du dich auf zu Hause?"

„Ja, sehr. Ich war noch nie so lange weg." Ein halbes Jahr waren sie nun schon in dieser verrückten Zeit.

„Echt jetzt?"

Sie öffnete ein Auge und grinste zerknirscht.

„Tja, ich bin das, was die meisten einen Stubenhocker nennen würden. Ich liebe mein Zuhause, ich brauche das ganze Abenteuerzeug nicht."

Er strich mit seinem Daumen über ihren vom Salz feuchten Handrücken. Es musste schön sein, etwas zu haben, das man sein Zuhause nennen konnte. „Deine Alten vermissen dich sicher auch." An seine Eltern wollte er erst gar nicht denken.

„Meinst du, bei ihnen ist auch ein halbes Jahr vergangen?"

Darüber hatte er sich noch nie Gedanken gemacht. Er zuckte mit den Schultern. „Keine Ahnung. Warum meinst du?"

„Na ja, wenn wir wirklich so lange weg waren in unserer Zeit, dann habe ich mein erstes Semester verpasst."

Ihre Schuhe hatte sie ausgezogen und die Zehen guckten vorwitzig unter dem Rock hervor. Sie machten ihren eigenen Tanz, als freuten sie sich an der Freiheit.

„Ist dir das ganze Studium echt so wichtig? Ich meine, hier leben die Leute auch ohne eine monströse Ausbildung und sind glücklich."

Die wirklich wichtigen Dinge waren doch nicht in einer Ausbildung oder sozialem Status zu finden, die wirklich wichtigen Dinge waren doch eine Herzensangelegenheit. Das Unangenehme daran war, dass sie kein Geld abwarfen, und ohne Geld konnte man in der Zukunft nicht leben.

Ihre Zehen hielten einen Moment inne, ehe sie die Zappelbewegung wieder aufnahmen. „Vielleicht. Aber ich denke nicht, dass ich nur auf der Welt bin, um Kinder zu kriegen. Ich will das Potenzial, das Gott mir gegeben hat, ausschöpfen."

„Und das ist vom Studium abhängig?"

Sie versteckte ihre süßen Knubbelzehen unter ihrem Rock, als sie die Beine anzog.

„Na ja, in unserer Zeit schon, denke ich. Hast du keine Träume, wer du einmal sein willst?"

Er ließ ihre Hand los, um eine wilde Strähne unter das Tuch zu stecken, das er in einer Art Stirnband um seinen Kopf geschlungen hatte. Da war sie wieder, die unangenehme Frage nach seinen Träumen, die so tief begraben waren, dass er nur den Schutt sah. Er zuckte mit den Schultern.

„Ich glaube, Gott hat dir auch etwas gegeben."

Anna lehnte ihren Kopf an seine Schultern. Eine Geste, die ihn berührte. Sie liebte ihn, sie glaubte an ihn. Niemand außer John hatte je an ihn geglaubt. Ihm etwas Einzigartiges zugetraut.

„Wie weiß ich, was Gott mir gegeben hat?" Wenn er ihm denn überhaupt etwas gegeben hatte. Die Frage war Ed herausgerutscht, bevor er darüber nachgedacht hatte.

Anna strich das Muster auf seinem Wams nach.

„Ich denke, wenn du tief in dein Herz schaust und darüber nachdenkst, was dir wichtig ist und was du wirklich willst, dann bist du auf der richtigen Spur. Aber letztlich kann nur Gott dir das sagen. Er hat dich gemacht, er hat dich gewollt und er hat einen Plan für dich."

Gott wollte ihn? Ihn, der nun schon zwei Menschen auf dem Gewissen hatte? Vielleicht hätte er ihn früher gewollt. Aber jetzt?

Egal, wie du zu Gott stehst, ich glaube, er hat dir das Leben geschenkt und möchte, dass du etwas daraus machst.

Die Worte, die Anna vor langer Zeit gesprochen hatte, kamen ihm wieder in den Sinn. Sie hob den Kopf und ihr Gesicht war dem seinen so nahe. Irgendwann musste er sich damit auseinandersetzen, ob Gott wirklich an ihm interessiert war. Es schien die Grundlage von Annas Leben zu sein. Es schien ihr unendlich wichtig zu sein. Wenn er eine Zukunft mit ihr haben wollte, musste er sich dieser Frage stellen.

„Land in Sicht!"

Das Gejohle der Matrosen ließ sie auf die Beine kommen. Zusammen schauten sie über den Schiffsrand. Anna klammerte sich mit beiden Händen an seinen Arm, als sie den kleinen Streifen am Horizont ausmachten. Malta.

Anna hatte alles gesagt, was sie am Hof des Sultans gehört hatte, und Vit hatte einige zusätzliche Informationen ergänzt, die die Spione ihm mitgeteilt hatten. Oliver Starkey, der Sekretär, hatte alles fein säuberlich aufgeschrieben.

Erst gestern waren sie angekommen und hatten sofort um eine Audienz beim Großmeister gebeten.

Der Großmeister saß auf seinem Stuhl, die Hände vor sich auf dem Tisch gefaltet, sein Gesicht undurchdringlich, aber seine Augen sehr aufmerksam.

„Ich danke Euch für Euren Dienst. In den nächsten Wochen werden weitere Schiffe auslaufen, mit denen Ihr Euch in Sicherheit bringen könnt. Ich würde es jedoch begrüßen, wenn Ihr uns unterstützen könntet."

Das konnte Anna sich denken, nachdem sie jetzt eine Ahnung von der Übermacht bekommen hatte, die Malta bedrohen würde.

„Eure Eminenz, wir danken für das großzügige Angebot. Darf ich Euch um einen anderen Gefallen bitten?"

Eds Worte rissen sie aus ihren Gedanken und ihr Herz begann, aufgeregt zu pochen.

„Nur zu." De Valette machte eine einladende Handbewegung, dass er fortfahren solle.

„Ich möchte Euer Rapier kaufen."

Die Augen des Großmeisters verengten sich. „Was ist es nur, dass Ihr einen solchen Narren an meiner Waffe gefressen habt? Ich bin mir sicher, Raniero kann Euch ein ebenso gutes Rapier machen."

Der dunkle Raum schien sie beinahe zu erdrücken. Ihre sorgfältig zurechtgelegte Strategie hatte nicht funktioniert. Mussten sie wirklich mit der Wahrheit herausrücken und Gefahr laufen, in der Guva zu verschmachten?

„Das Schwert hat eine Geschichte. Wir sind ihm schon einmal begegnet“, begann Ed zögerlich.

De Valette runzelte die Stirn. „Wie kann das sein, wenn ich es erst seit einem knappen halben Jahr besitze?“

Pierre räusperte sich. „Eure Eminenz, unsere Freunde hier haben eine unglaubliche Geschichte. Wir haben sie geprüft und für wahr befunden.“

Anna bemerkte, wie Pierre Ed einen aufmunternden Blick zuwarf.

„Bevor wir hierher nach Malta kamen, haben wir in einem Keller eine Kiste gefunden. Darin waren Kleider, etwas Geld, ein Dolch, ein Notizbuch und ein Rapier mit der Gravur Jean P. V. Die Truhe befand sich auf dem Hof der de la Martignières in Frankreich – und Euer Schwert war 450 Jahre alt.“

„Ich verstehe nicht.“

„Wir kommen aus dem Jahre 2017. Als wir Euer Schwert aus der Kiste hoben, wurde es plötzlich heiß und eine Art Sturm kam auf. Als er sich beruhigt hatte, befanden wir uns plötzlich in einer Höhle auf der anderen Landzunge. Hier in Malta. Und 450 Jahre zurückversetzt. Seither versuchen wir verzweifelt, wieder zurückzugelangen. Wir glauben, dass wir das nur mit Eurem Schwert können. Darum habe ich Euer Rapier in den Händen gehalten. Aber aus einem uns unbekannten Grund hat es nicht funktioniert. Vielleicht klappt es, wenn wir mit dem Schwert in die Höhle gehen.“

Anna hielt die Luft an.

Herr, bitte, lass es ihn glauben.

Die stechend klaren Augen des Mannes musterten sie lange. „Warum sollte ich Eure Geschichte glauben?“

Herr, bitte.

Ein Gedanke schoss ihr durch den Kopf, und noch ehe sie ihn richtig zu Ende denken konnte, sagte sie: „Das Buch, das wir gefunden haben, enthielt Eure persönlichen Notizen aus dem Jahre 1563. Ich hatte keine Zeit, es zu lesen. Doch die Widmung stammte von Eurer Schwester G. und lautete: Für meinen geliebten Bruder J. P. V. Vergiss mich nicht. Einen kurzen Eintrag habe ich über Euer Rapier gelesen.“

Man hätte eine Nadel fallen hören können, so still war es.

Der Großmeister erhob sich langsam.

„Das ist eine äußerst heikle Angelegenheit und ich möchte nicht, dass sie jemandem zu Ohren kommt. Ihr habt Euch unabhängig voneinander dem Orden loyal erwiesen. Einmal, indem Ihr einen Spion entlarvt habt, und einmal, indem Ihr uns über die Anzahl der zu erwartenden Osmanen unterrichtet habt. Darum werde ich Euch mein Schwert ausleihen, aber Pierre und Vitellino werden Euch begleiten. Sollte es nicht gelingen, werdet Ihr mir das Schwert zurückbringen."

Langsam wich die Spannung aus ihrer Schulter.

Danke, danke, danke Gott!

Der Großmeister verließ den Raum, um die Waffe zu holen. Annas Herz klopfte unregelmäßig. Sie rieb ihre kalten Hände aneinander. Wenn alles klappte, waren sie in einer halben Stunde wieder zu Hause. Ed legte seine Hand auf ihren Rücken. Sie atmete tief ein und schaute ihn an. Er erwiderte stumm ihren Blick.

„Mein neustes Schwert. Das einzige, welches die erwähnte Gravur hat", sagte das Ordensoberhaupt, als er mit dem Rapier zurückkam.

Er gab es Vitellino in die Hände, der es in seinen Waffengurt steckte.

„Ihr werdet es ihnen erst in der Höhle geben und mir wieder zurückbringen."

„Das werde ich, Eure Eminenz."

„Ich kann Euch jedoch nicht versichern, dass es nicht auch zurückkommt durch die Zeit mit uns. Ich weiß es nicht", wandte Ed ein.

De Valette nickte nachdenklich. „Es ist nicht mein einziges Rapier, aber in der Tat eine hervorragende Arbeit. Ich verliere es nur ungern."

„Wir danken Euch sehr für Eure Großzügigkeit." Anna knickste und wandte sich dann mit den anderen zum Gehen.

„Einen Moment noch." Die helle Stimme des Sekretärs ließ sie innehalten.

„Wenn Ihr aus der Zukunft kommt, dann könnt Ihr uns sicher etwas über die Belagerung berichten."

„Leider wissen wir darüber nicht viel. Mein Großvater wollte uns die Geschichte am Abend erzählen – aber da waren wir schon hier", erwiderte Ed.

Der Großmeister strich sich bedächtig über den Bart.

„Ist Frankreich in Eurer Zeit ein christliches Land?“

„Ja, auch Italien, Deutschland und viele andere Länder.“

„Wisst Ihr etwas über das Osmanische Reich?“

„Nur, dass es sehr groß war, aber unsere Länder nicht erfasst hat.“

De Valette tauschte einen vielsagenden Blick mit Oliver aus, dann entließ er sie mit den Worten: „Nun, es liegt in Gottes Hand. Ich danke Euch für Eure Hilfe.“

Sie verbeugten sich abermals und gingen hinaus.

Der Himmel erstrahlte in einem tiefen Blau, so als würde er das Meer spiegeln, das sich zu ihren Füßen sanft bewegte. Sofia schloss sich ihnen vor dem Gebäude an und gemeinsam schlugen sie den Weg zur Höhle ein.

Vorfreude blubberte in Anna hoch, gemischt mit Furcht, sodass sie keinen klaren Gedanken fassen konnte. Ed schien ihre Nervosität zu spüren und nahm ihre Hand. Wie konnte er nur so ruhig sein?

Die fünf Freunde blieben in der Sonne vor der Höhle stehen, deren Dunkelheit Anna einmal mehr an eine Muschel erinnerte, bereit, zuzuschnappen, sobald sie sie betraten.

Der Abschied fiel ihr nun doch schwerer, als sie gedacht hatte. Sofia hielt sie besonders lange in den Armen.

„Ihr geht wirklich in die Zukunft?“

„Ja, meine kleine Schwester, so Gott will. Vergiss nicht, deinen Ritter zu heiraten!“ Sie zwinkerte ihr zu.

Ed legte seinen Arm um ihre Schulter und zog sie in die Höhle. Vit trat hinzu und überreichte ihm das Schwert.

„Es funktioniert! Es wird heiß!“

Ein Rauschen erfüllte den Raum und das Licht wurde grell. Anna schloss die Augen.

Seine Hand verschmolz wie beim ersten Mal mit dem Schwert. Ed biss die Zähne zusammen, als er den brennenden Schmerz auf seiner Haut spürte.

Und dann ging alles rasend schnell: ein Schrei, eine Gestalt, die er im hellen Licht nicht zuordnen konnte, ein dumpfer Knall und das Schwert war weg.

Seine Augen brauchten eine Weile, bis sie sich wieder an die Dunkelheit der Höhle gewöhnt hatten.

Anna riss sich mit einem Schrei los. „Nein!"

Sie waren immer noch in Malta. Vor dem Eingang hatten Vit und Pierre eine dritte Person in der Mangel. Etwas flog durch die Luft und über die Klippen.

Seine Beine kamen nun ebenfalls in die Gänge und er rannte hinter Anna her. Sie kniete sich hin und spähte über die Klippe.

„Nein!"

Ed folgte ihrem Blick. Die kleinen Kreise, die der Gegenstand hinterlassen hatte, wurden von den Wellen aufgenommen und verliefen sich.

Annas entsetzte, große Augen trafen die seinen. Doch noch bevor er fragen konnte, hörte er die Stimme, die einen schweren Akzent hatte: „Ihr seid Hexen!"

Es war ein kleiner Mann mit dicken, schwarzen, kurzen Haaren, einem Schnauzer und muskulösen Schultern. Wahrscheinlich ein Malteser.

Ed hatte ihn noch nie gesehen.

Vit versetzte ihm einen Hieb.

„Ihr wisst gar nichts. Aber Ihr werdet Euch vor dem Großmeister verantworten müssen, dass Ihr sein bestes Rapier ins Meer befördert habt!"

Langsam setzten sich die Puzzleteile in Eds Gehirn zu einem Bild zusammen. Der Mann musste sich unbemerkt in der Höhle aufgehalten haben. Er glaubte, ein gutes Werk getan zu haben, indem er das Rapier – das „Hexeninstrument" – unschädlich gemacht hatte.

Anna kniete immer noch am Rand der Klippe.

„Hey, alles okay?"

Sie schüttelte den Kopf. Alle Farbe war aus ihrem Gesicht gewichen und in ihren Augen spiegelte sich blankes Entsetzen. „Wie kann es okay sein, wenn ich gerade alles verloren habe?" Ihre Lippen waren schmal und zitterten, ihre Hände waren zu Fäusten geballt.

Ed ließ seinen Blick über die schwarzen Klippen gleiten, an denen sich das Wasser in kleinen, weißen Wellen brach. Vielleicht war das Schwert nicht so tief gesunken und man konnte es bergen?

Er wollte Anna gerade beruhigen, als sie blitzschnell aufstand und auf den unbekannten Mann zuging, den die Ritter in einem festen Griff zwischen sich hielten.

Sie packte ihn am Kragen und zischte: „Ich werde dafür sorgen, dass Ihr in die Guva kommt, darauf könnt Ihr Gift nehmen!" Dann wandte sie sich ab und stapfte davon.

Ed war sprachlos. So hatte er sie noch nie erlebt.

Pierre gab ihm mit einem Kopfnicken zu verstehen, dass er ihnen folgen sollte. Zusammen mit Sofia schloss er sich dem Trupp Richtung Birgu an.

Das Mädchen schaute ihn mit seinen dunklen Augen fragend an.

„Lass sie mal. Sie wird sich schon wieder beruhigen."

„Was hat sie damit gemeint, alles verloren zu haben?"

Er ließ Anna nicht aus dem Blick, während er Sofias Frage beantwortete: „Es ist ungewiss, ob wir ohne das Schwert zurückkehren können. Sie wird ihre Familie vielleicht nie wiedersehen."

Weiter vorne wischte sich Anna mit dem Ärmel über das Gesicht. „Bleib du hier, ich will sehen, ob ich ihr helfen kann."

Sofia nickte, und als der Weg breiter wurde, schloss er zu Anna auf, aber sie beachtete ihn nicht, im Gegenteil, sie zog das Tempo an.

„Vielleicht können wir das Schwert bergen. Immerhin wissen wir die ungefähre Stelle." Ed wusste selbst, dass es ein schwacher Trost war, aber ganz ausgeschlossen war es nicht.

„Ja bestimmt. Hast du die Felsen gesehen und das tiefe Meer?"

„Wenn wir Glück haben, liegt es nicht so tief, sondern auf den Steinen."

„Mhmm-mhmm. Und derjenige, der es bergen will, zerschellt an den Felsen. Super."

Sie ging noch ein wenig schneller und er übernahm ihr Tempo schweigend. Aus den Augenwinkeln sah er ihre Tränen. Am liebsten hätte er sie in den Arm genommen, aber er war sich nicht sicher, ob sie sich trösten lassen wollte.

Schnurstracks gingen sie zum Großmeister. Doch dieser war gerade in einer wichtigen Sitzung und würde sie erst am Abend wieder empfangen können. Vit wechselte ein paar Worte mit einer der Wachen vor der Tür. Diese nahm den um sich schlagenden und keifenden Gefangenen in Gewahrsam und führte ihn ab.

„Lasst uns zu den Höhen reiten und besprechen, wie es weitergehen könnte."

Vit war wie immer der praktisch Denkende.

„Gute Idee."

Anna war in eine Teilnahmslosigkeit gefallen und ließ sich widerstandslos zu den Ställen ziehen.

Als sie außerhalb des Dorfes waren, wandte Ed sich an seinen Vorfahren-Freund: „Was geschieht nun mit uns?"

„Wenn wir euch nicht kennen würden, würden wir euch auch der Magie bezichtigen. Ich meine, das Licht und das Rauschen …" Pierres Stimme ebbte ab. In seinem Gesicht stand immer noch die Fassungslosigkeit über das Erlebte geschrieben.

„Das stimmt allerdings. Doch Parisot ist gewillt, euch zu glauben. Dieser Mann darf nicht reden und Leute gegen euch aufhetzen. Solange ihr hier seid, wird er im Kerker bleiben." Vit, dessen Pferd vor Eds ging, hatte den Kopf gedreht, um an dem Gespräch teilzunehmen.

„Woher kam er überhaupt?" Annas Stimme hinter ihm klang dünn. Der Weg war zu schmal, als dass sie alle nebeneinander hätten reiten können.

„Ich glaube, er war in der Höhle und wir haben ihn nicht gesehen. Vielleicht hat er die Kiste entdeckt oder das Versteck für andere Zwecke genutzt."

Pierre bestätigte seine Vermutungen.

„Und wir waren so fassungslos, so sprachlos, als ihr beide plötzlich nicht mehr zu sehen wart und das Schwert einfach in der Luft hing, dass wir nicht sofort reagierten, als der Malteser die Waffe ergriff. Und dann wart ihr plötzlich wieder da und das Rapier im Wasser."

Eds Pferd schnaubte und schüttelte unruhig den Kopf. Der schmale Weg öffnete sich in die Hochebene und sie lenkten die Pferde nebeneinander. „Wir waren weg?"

„Allerdings. Ich weiß nicht genau, ob es das helle Licht war, aber ich meine, ich habe gesehen, wie ihr verschwunden seid."

„Ja, das habe ich auch gesehen!“, mischte sich Sofia ein.

„Was meint ihr, ist es möglich, das Rapier herauszuholen?“

Sie ritten auf eine kleine Baumgruppe zu. Ein leiser Wind bewegte das erste zarte Grün.

„Die Stelle dort ist sehr gefährlich, aber es handelt sich um das neue Rapier de Valettes. Wenn einer es kann, dann ist es Toni Bajada. Er ist der beste Schwimmer Maltas.“

Sie sattelten im Schatten der Bäume ab und banden die Pferde an langen Seilen an, damit sie grasen konnten.

Anna hielt es nicht mehr aus. „Bitte entschuldigt mich.“

Zu Hause würde sie sich in Shorts und T-Shirt stürzen und rennen, bis der Schmerz in den Lungen den Herzschmerz verdrängte. Doch hier war sie gefangen in dem roten Kleid, das Vits Mutter ihr zum Abschied geschenkt hatte. Klar war es hübsch und sicher eines von der einfacheren und praktischeren Sorte, damit sie sich gut darin bewegen und in der Infermeria arbeiten konnte. Dennoch war es mit den vielen Schichten dazu gedacht, sich damenhaft zu bewegen.

Die Wut hatte sich noch nicht gelegt und eigentlich wusste sie nicht so recht, woher sie kam. Dieser Malteser – woher nahm er sich das Recht, ihr Leben zu zerstören? Bis jetzt hatte sie immer noch geglaubt, dass es ein Zurück gäbe. Nun ja, abgesehen von damals, als die Piraten sie gefangen genommen hatten. Damals hatte sie ebenfalls keinen Ausweg mehr gesehen.

Und dann rannte sie los. Trotz des Kleides. Über die Ebene mit dem halbhohen Gras, vorbei an den Büschen, während sie das Kleid hochhob, damit sie nicht darüber stolperte.

„Anna, warte!“ Eds Stimme rief ihr hinterher.

„Lass mich allein!“

Das Grün mit den lila Blüten verschwamm vor ihren Augen. Für ihn war es nicht so schlimm, hier zu leben, er war keine Frau ohne Perspektiven. Wahrscheinlich machte es keinen großen Unterschied für ihn, ob er hier lebte oder auf den Straßen Londons kämpfte.

Ärgerlich wischte sie sich über die Augen. Ihre Seite begann zu stechen. Kein Wunder, hatte sie doch in den letzten Monaten nichts anderes gemacht als gegessen, gelächelt und versucht, in den starren Kostümen nicht ohnmächtig zu werden.

Sie sah den Stein zu spät und fiel hin. Ein stechender Schmerz durchfuhr ihr Knie. Sie ignorierte ihn, rappelte sich auf und rannte weiter.

Ihre Lungen begannen zu brennen.

Als sie das nächste Mal fiel, blieb sie liegen und atmete heftig ein und aus, während laute Schluchzer in ihr aufstiegen. Die Verletzung verdrängte die Wut in ihrem Inneren. Nach einer Weile wandte sie sich ihrem Knie zu. Eine große, hässliche Wunde voller Schmutz starrte ihr entgegen.

Die Möwen kreischten und der leichte Wind streichelte die Gräser um sie herum. Weit und breit war kein Mensch zu sehen. Anna legte ihren Kopf auf das unverletzte Knie und schluchzte. Sie weinte, wie sie noch nie in ihrem Leben geweint hatte.

Er war ihr trotzdem gefolgt. Nun verbarg er sich hinter einem Busch. Immerhin wollte sie niemanden sehen. Und nun weinte – nein, schluchzte – sie herzzerreißend.

Sollte er zu ihr gehen oder war es besser, sie allein zu lassen? Was konnte er schon tun gegen die Tränen?

Nach einer Weile beruhigte sie sich ein wenig.

Ed zögerte noch einen Moment, doch dann ging er das letzte Stück zu ihr hoch. Sie hatte den Kopf auf ihrem Knie vergraben. Doch als sie ihn hörte, schaute sie auf und zischte: „Geh weg!"

Doch er setzte sich einfach wortlos neben sie. Er würde sie nicht im Stich lassen.

„Hast du keine Ohren? Geh weg!" Ihre Augen waren rot vom Weinen.

Er ignorierte ihren giftigen Tonfall und fragte stattdessen: „Bist du verletzt?"

Sie schüttelte stumm den Kopf, aber sein Blick fiel auf das Knie, das nicht vom Rock bedeckt war. Das Blut lief ihr von einer schmutzigen Wunde das Schienbein herunter.

„Ich glaube, da hinten ist ein Bach. Lass uns die Schürfung auswaschen."

Sie bewegte sich nicht. Wo war die Anna, die er kannte? Die sich nicht so leicht unterkriegen ließ? Nun, dann würde er das Wasser eben zu ihr bringen. Hatte sie nicht gesagt, dass die meisten in dieser Zeit an Blutvergiftung und Infektionen starben? Er würde sie nicht hier sterben lassen – nicht, wenn er es verhindern konnte.

„Bin gleich wieder da." Damit stand er auf und suchte den Bach, den er vorhin gehört hatte.

Er war ihr gefolgt – obwohl sie ihn abzuwimmeln versucht hatte. Anna wischte sich mit dem Rockzipfel über die laufende Nase. Die Ärmel hatte sie heute Morgen nicht angezogen. Dafür war es zu warm.

Vertraust du mir?

Da war sie wieder, die Frage, die Gott immer stellte, wenn sie im dunklen Tal war. Der Lichtblick, der sie daran erinnerte, dass sie bis jetzt immer herausgekommen war, wenn auch anders, als sie es sich vorgestellt hatte.

Sie fühlte sich innerlich ganz leer. Der Zorn war nur noch eine glimmende Kohle. Ein gelber Schmetterling setzte sich auf eine lila Blüte und trank begierig aus dem Kelch.

Jesus, ich versuche es ja. Aber es fühlt sich nicht so an, als ob es gut kommen wird, als ob ich jemals nach Hause gehen kann. Warum war nur dieser Mann dort? Warum haben wir ihn nicht gesehen? Hättest du das nicht verhindern können?

Sie wusste, dass die Anklagen gegen Gott sie nicht weiterbrachten. Aber sie musste sie einfach loswerden. Gott sah sowieso in ihr Herz und vor ihm versteckte sie nichts.

Vertraust du mir dennoch? Auch wenn du es im Moment nicht verstehst? Auch wenn du dich im Moment nicht danach fühlst?

Sie atmete tief ein. Damals, beim Sultan, hatte sie auch gedacht, dass es keinen Ausweg geben konnte. Und sie war freigekommen.

Sie atmete aus.

Okay, ich vertraue dir, dass ich wieder nach Hause komme oder dass es gut wird.

Hoffentlich konnte sie wieder nach Hause gehen. Hoffentlich …

„Darf ich?"

Sie hatte ihn wieder nicht kommen gehört. Ed hatte einen nassen Lappen in der Hand, der wohl von seinem Hemd stammte. Die golden-braunen „Slops", wie Carina die Hosen genannt hatte, entblößten seine muskulösen Waden. Für Strumpfhosen und Wams war es heute zu heiß. Sie begegnete seinem besorgten Blick und nickte.

Als der Lappen die Wunde berührte, biss Anna die Zähne zusammen. Obwohl Ed vorsichtig war, rannen ihr die Tränen ungefragt über die Wangen.

„Ich glaube, es wäre erträglicher, wenn du das Bein direkt ins Wasser halten könntest." Eds Stimme war leise, fast flehentlich. Er streckte ihr die Hand hin, um ihr aufzuhelfen.

Der Schmerz, der sie durchfuhr, als sie ihr Knie belastete, schien sie beinahe umzuhauen. Der Schmetterling flog erschreckt auf, als sie zu gehen versuchte.

„Halt dich an mir fest."

Anna zögerte einen Moment, doch dann schluckte sie ihren Stolz hinunter und legte ihre Hand auf Eds starke Schulter.

Er hielt sie um die Taille und half ihr zum Bach. Der letzte Funke Zorn erlosch unter seiner sicheren Berührung.

Sie krempelte ihren Rock beinahe bis zur Hüfte hoch und ließ das Bein flach in den Bach hineingleiten. Das kalte Wasser wusch die Wunde aus. Sie atmete heftig ein und aus, aber die Kälte stumpfte den Schmerz schnell ab.

„Vielleicht ist es besser, wenn du es selbst auswäschst." Ed hielt ihr den blutverschmutzten Lappen hin.

„Danke." Anna nahm ihn und entfernte die letzten hartnäckigen und tief sitzenden Schmutzklumpen.

Mit Gottes Hilfe würde sie es schaffen, so lange hier auszuharren, wie es sein musste. Sie hoffte nur sehnlichst, dass sie bald wieder zurückgehen konnte. Für immer hier zu sein, war ein unerträglicher Gedanke. Sie konnte sich einfach nicht vorstellen, dass das gut sein sollte. Der Schmetterling war ihr gefolgt, ein zweiter hatte sich zu ihm gesellt und gemeinsam vollführten sie einen Tanz.

Hieß es nicht, dass Gott in den Schwachen mächtig war? Also würde er es auch irgendwie mit ihr schaffen. Denn sie fühlte sich gerade elendiglich schwach. Ohnmächtig. Wieder einmal.

„Besser?“

Anna nickte wortlos und schämte sich plötzlich für ihren Ausbruch. Eds Blick war in die Ferne gerichtet, während er am Ufer kauerte.

„Als John gestorben war und ich vom Revier freigelassen wurde, rannte ich stundenlang durch die Straßen.“ Er legte ihr eine Hand auf die Schulter.

Sie tauchte ihre Hände in das kalte Wasser und legte sie an ihr Gesicht. Die Kühle ordnete ihre Gefühle, leiser Frieden schlich sich in ihr Herz. Gott war bei ihr und er war derselbe in dieser Zeit wie in ihrer Zeit. Und Ed war auch hier. Die Schmetterlinge erhoben sich in den blauen Himmel. Zwei kleine gelbe Punkte.

„Die anderen warten bestimmt schon“, versuchte sie die Peinlichkeit zu überbrücken.

„Dann lass sie warten. Wir gehen erst zurück, wenn du dich danach fühlst.“

Sie ergriff seinen Arm. „Wenn du mir aufhelfen könntest, wäre ich bereit.“

Er lächelte. „Immer gerne, meine Gemahlin.“ Seine Augenbrauen tanzten und ein kleiner Schmetterling erwachte tief in ihrem Bauch wieder zum Leben.

KAPITEL 21

Anna trat aus dem Haus neben der Infermeria in die warme Morgensonne hinaus. Neben ihr hüpfte Sofia summend hin und her.

Fünf Wochen waren seit jenem schicksalhaften Tag in der Höhle vergangen. Vit hatte es fertiggebracht, den Malteser allein in einer der Zellen schmoren zu lassen, damit er keine Gerüchte verbreiten konnte, und der Großmeister hatte den besten Malteser Schwimmer, Toni Bajada, beauftragt, das Schwert zu bergen.

Ihr Knie zeichnete nur noch ein kleiner Schorf und in ihrem Herzen hatte sich wieder Hoffnung breitgemacht.

Große Schiffe, vollbeladen mit Getreide, Öl, Wein und Munition, kamen täglich aus Sizilien. Das kleine Dorf schien aus allen Nähten zu platzen. Ritter aus allen Ländern waren angereist.

Der Ansturm auf Célines Zimmer war groß, sodass sie Anna und Ed gebeten hatte, sich nach einer anderen Lösung umzusehen. Sie hatte ihnen Mdina empfohlen.

Doch Pierre hatte Ed angeboten, sich bei ihm einzunisten, und Anna hatte daraufhin Maria gefragt, ob sie noch einen Platz mehr in ihrer kleinen Wohnung hätte, bis Ed und sie endlich ein gemeinsames Häuschen ihr Eigen nennen konnten. Obwohl Maria bewusst war, dass dies erst nach der Belagerung der Fall sein würde, hatte sie sie herzlich willkommen geheißen. Sofia hatte sich sehr gefreut, wohnte sie doch schon seit ihrer Ankunft bei Maria.

Nach dem Bad, das sie sich nun in ihrem neuen Heim gegenüber der Infermeria gegönnt hatte, fühlte Anna sich richtig sauber. Ein Privileg, das sie zu schätzen gelernt hatte.

„Mal schauen, was es heute Gutes auf dem Markt gibt", sagte sie zu dem quirligen Mädchen, als sie mit einem Korb in der Hand zum Marktplatz spazierten.

Der Tag versprach heiß zu werden, die Hitze flimmerte schon über dem Wasser.

Die große Geschäftigkeit dieses kleinen Fleckchens Erde überraschte sie immer wieder. Osmanische Sklaven, an deren Anblick sie sich erst noch gewöhnen musste, transportierten schwere Steinblöcke zu den Häusern, um sie zu verstärken, und errichteten neue Gebäude. Aufseher bellten Befehle. Niemals hätte sie gedacht, dass sie die Sklaverei einmal so hautnah miterleben würde. Es war grauenhaft. Als sie vor einigen Tagen Vit gegenüber eine Bemerkung darüber hatte fallen lassen, hatte dieser sie nur verständnislos angesehen.

„Dasselbe machen die Osmanen mit unseren Leuten."

Gefangene hier, Gefangene da.

Sie erreichten den Marktplatz und kämpften sich durch die Menge zu einem bestimmten Fischstand durch, den Maria ihnen empfohlen hatte.

Zusammen mit Sofia suchte Anna eine Anzahl Fische aus, die sie nachher zubereiten würde.

„Darf ich meine wunderschöne Tochter heute überraschen?"

Eine leise Stimme ließ sie aufhorchen. Vit war hinter Sofia geschlichen und hatte seine Hände auf ihre Schultern gelegt.

Die Kleine drehte sich um und schaute ihren Vater mit leuchtenden Augen an. „Ja, gerne!"

Vit warf Anna einen fragenden Blick zu und sie lächelte ihn an. „Klar, nimm sie nur mit. Sofia, du weißt ja, wo du uns finden kannst. Wir werden wie gewöhnlich die Medikamente aufstocken."

Vit nahm Sofias Hand und führte sie Richtung Galeerenhafen. Anna kaufte noch etwas Gemüse, bevor sie mit dem Einkauf in ihrem Korb zurückging.

Der typische, etwas muffige Gestank des Hauses empfing sie. Die Zimmer, die sie sich mit Maria und Sofia teilte, befanden sich im Erdgeschoss. Auch tagsüber war es nicht sehr hell in der Küche. Der Raum hatte nur zwei kleine schmale Fenster zur Gasse hinaus.

Anna stellte den Korb mit dem Fisch und dem Gemüse auf den einfachen Holztisch in der Mitte und griff nach einem Messer, um den Fisch auszunehmen. Heute war sie damit an der Reihe, das Mittagessen zuzubereiten und Brot zu backen, während Maria schon in der Infermeria arbeitete. Sie öffnete die Tür zum Hinterhof und warf die Innereien den Hühnern zu, die sich federstiebend um die Leckereien stritten.

Dann nahm sie einige Zweige aus dem Hängekorb und zündete damit den Ofen an. Nun ja, sie hätte das typisch maltesische Kochgerät eher als eine Herdplatte oder noch besser als ein Teestövchen bezeichnet, aber Maria bestand darauf, es einen Ofen zu nennen.

Klar, es war ein bisschen größer als Grandmères Teestövchen und statt der Teekanne stellte man einen Topf darauf. Anna schob noch einige lang brennende dickere Äste in das Loch, in dem zu Hause die Kerze stehen würde.

Dann füllte sie den Topf mit Wasser, gab den Fisch und das Gemüse hinein und stellte ihn auf den Ofen.

Zur Mittagszeit würde die Mahlzeit bereit sein.

Anna stützte die Arme auf das raue Holz des Tisches und atmete tief durch. Das Heimweh und die bohrende Ungewissheit überkamen sie oft in solch stillen Momenten wie diesen. Und sie vermisste Ed. Sie sahen sich nicht mehr so oft, da sie beide sehr beschäftigt waren. Hastig drückte sie ihre Finger auf ihre Augen, um die aufkommenden Tränen zu unterdrücken.

Es brachte nichts, sich in Selbstmitleid zu suhlen. Anna atmete tief ein und wandte sich entschlossen dem Leinensack mit den Körnern zu.

Während sie das Rad der Handmühle drehte, um das Mehl für das Brot herzustellen, wanderten ihre Gedanken zu Toni.

Er war der beste Schwimmer in Malta, klein und stämmig, Anfang dreißig. Er leitete einen Trupp mit anderen Schwimmern und hatte die Suche des Rapiers zu einem Training gemacht für die Belagerung.

Sie fügte etwas von dem Sauerteig zum Mehl hinzu und knetete es mit dem Wasser zu einem Teig. Klar konnten die Frauen keinen anderen Beruf erlernen, wenn man für die Hausarbeit so viel Zeit benötigte. Sie legte den Teig in eine Tonschüssel und deckte ihn mit einem feuchten Tuch ab.

Gerade als sie sich die Hände von den Resten des Teiges säuberte, polterte es an der Tür. Noch mit klebrigen Fingern öffnete sie und starrte in das strahlende Gesicht von Toni. Einige Männer, kaum älter als sie selbst, drängten sich um das Objekt ihrer Begierde.

Er hielt ein schon etwas rostiges Rapier hoch, in dem noch die Reste von Algen hingen. „Wir haben es gefunden!“

Annas Herz begann, wild zu klopfen. „Ihr seid die Besten! De Valette wird sicher sehr erfreut sein!“

Sie hatte die Schwimmer „rein zufällig“ kennengelernt und Toni gebeten, ihr Bescheid zu geben, wenn sie das Schwert tatsächlich finden sollten. Er wusste nichts von ihrer Verbindung zu dem Gegenstand.

„Ich habe Euch doch gleich gesagt, dass unseren Künsten und Augen nichts entgeht. Es war ziemlich eingeklemmt und versteckt zwischen den Felsen. Aber gemeinsam haben wir es geborgen.“

„Ich bin beeindruckt.“

Die Männer johlten und rannten die Gasse hinunter zum Großmeisterpalast – oder dem, was davon noch übrig war, denn das Gebäude musste weichen, um Platz für den Kampf zu schaffen.

Anna schloss die Tür und konnte sich ein Grinsen nicht verkneifen, während sie die Teigreste in dem kleinen Waschbecken von ihren Fingern klaubte. Heute oder morgen würde sie zu Hause sein und das Mehl wieder aus der Tüte in eine Plastikschüssel kippen und sich unter fließendem Wasser die Hände waschen können. Oder auch erst übermorgen, denn der Großmeister war sehr beschäftigt. Aber was machten zwei Tage mehr oder weniger schon aus?

Sie konnten jederzeit kommen. Die Flotte hatte schon vor Tagen in Konstantinopel abgelegt. Und Vit wollte es nicht verpassen, seine Tochter vorher noch einmal zu sehen. Die bevorstehende Belagerung sah nicht rosig aus, auch wenn das Verhältnis auf eins zu vier gesunken war. Ihre Streitmacht betrug ungefähr achttausend Mann, davon nur siebenhundert Ritter. Und die der Osmanen belief sich nach den neusten Berichten zwischen 30.000 und 40.000 Mann.

Vit führte seine aufgeregte Tochter durch das Labyrinth der Gassen, während in ihm die Worte nachklangen, die de Valette am Sonntag in der Kirche gesprochen hatte.

„Es ist die große Schlacht zwischen Kreuz und Koran, in die wir nun ziehen. Ein gewaltiges Heer von Ungläubigen steht im Begriff, unsere Insel zu belagern. Wir sind die auserwählten Soldaten des Kreuzes, und wenn der Himmel das Opfer unseres Lebens verlangt, kann es keine bessere Gelegenheit geben als diese. Lasst uns also, meine Brüder, zum heiligen Altar eilen. Dort wollen wir unsere Gelübde erneuern und durch die Kraft unseres Glaubens an die heiligen Sakramente jene Todesverachtung erlangen, die allein uns unbesiegbar machen kann."

„Wo gehen wir hin?" Sofia holte ihn aus seinen Grübeleien. Sie tänzelte neben ihm und schaute ihn mit diesen leuchtenden Augen an, als wäre er ihr Himmel auf Erden.

„Mach die Augen zu."

Sie gehorchte ihm und kicherte. Vertrauensvoll legte sie ihre kleine Hand in die seine und er führte sie sicher zu einem Haus hinter dem Galeerenhafen.

Er spürte noch die Kraft, die in ihm aufgestanden war bei den Worten de Valettes, aber noch viel mehr, nachdem er die heilige Kommunion empfangen hatte. Ein Friede hatte sich unter den Brüdern breitgemacht, den er so nicht kannte. Die adligen Feindseligkeiten hatten aufgehört und sie waren fokussiert darauf, einander zu helfen – und gemeinsam gegen den Feind zu stehen. Gemeinsam Malta zu verteidigen. Gemeinsam ihre Heimat zu verteidigen. Gemeinsam das zu verteidigen, was ihnen wichtig war. Ihr Glaube.

Vit klopfte an die Tür eines unscheinbaren Hauses.

Eine alte Frau öffnete in der typischen schwarzen maltesischen Tracht.

„Seid gegrüßt, Irina."

„Seid gegrüßt, Vitellino. Sie warten schon auf Euch."

„Darf ich nun die Augen öffnen?" Sofia zappelte ungeduldig von einem Bein auf das andere.

„Noch nicht." Er führte sie in das Haus. Als sie den Innenhof betraten, sagte er: „Nun darfst du gucken!"

Sofia öffnete ihre Augen und ein Erstaunen glitt über ihr Gesicht. Sie ließ seine Hand los und kniete sich auf den Boden. „Oh, sind die süß!"

Um sie herum sprangen fünf kleine Welpen, die von ihrer Mutter genau beobachtet wurden. Sie beschnupperten Sofia und einer versuchte sogar, an ihr hochzuklettern. Vit ging neben ihr in die Hocke. „Du darfst dir einen aussuchen."

„Ist das wahr?" Ihre Augen leuchteten und sie fiel ihm um den Hals und drückte ihn fest. Er hielt sie einen Moment. Seine Tochter. Ein Geschenk des Himmels.

Danke, dass ich sie kennenlernen durfte.

„Ich weiß gar nicht, welchen ich nehmen soll."

Die kleinen Welpen waren alle unterschiedlich. Der Kleinste war hell und hatte an einer Pfote einen dunklen Fleck. Dann gab es zwei, die braun und hell gescheckt waren, einen, der schwarz-braun war, und einen, der beinahe ganz schwarz war, nur um das linke Auge herum erstreckte sich ein heller Fleck. Letzterer schien auch der Neugierigste zu sein. Er hatte es endlich geschafft, auf Sofias Schoß zu klettern, und versuchte, ihr Gesicht abzulecken.

Sie nahm ihn in die Hand und knuddelte ihn und lachte dieses glockenreine Lachen, das in ihm den Wunsch auslöste, alles für sie zu tun.

„Na du Kleiner. Du bist aber ein Süßer."

Dann setzte sie ihn ab und nahm den Hellen hoch. Er zog den Schwanz ein und ließ die Ohren hängen und sobald seine Pfoten wieder Boden berührten, wuselte er schnell zu seiner Mutter, während der Schwarze mit dem hellen Auge schon wieder im Begriff war, auf ihre Beine zu klettern.

„Es scheint, als wolle dieser hier einfach bei dir bleiben."

Sofia strahlte und streichelte den Welpen hinter dem Ohr. Er rollte sich auf die Seite. Die anderen schienen das Interesse an dem fremden Mädchen verloren zu haben und trollten sich davon.

„Schau, er mag mich!" Sie kicherte, als er ihre Finger schleckte.

„Das ist ein Weibchen." Die alte Frau war hinzugetreten.

Vit stand auf und verhandelte mit ihr den Preis, während seine Tochter den kleinen Hund auf ihrem Arm liebevoll kraulte.

Als sie aus der Tür traten, sagte Sofia: „Das ist das schönste Geschenk, das ich je bekommen habe!"

Der kleine Welpe schaute Vit mit neugierigen Augen an, als dieser sachte über das weiche Babyfell strich. „Du brauchst noch einen Namen für sie."

„Vita. Sie soll Vita heißen. Das heißt doch Leben und es klingt so ähnlich wie dein Name.“

Er lächelte und strich ihr über die Haare, während er die Wehmut zu verdrängen versuchte, die ihn überkommen hatte.

„Hey Vitellino! Ihr werdet auf dem Trainingsgelände gebraucht!“ Ein Ritter winkte ihm zu.

„Ich werde gleich kommen!“

Er begleitete Sofia bis zu Marias Tür. Dort kniete er sich vor sie hin. „Sofia, ich weiß nicht, wann die Osmanen kommen. Aber wenn sie kommen, bin ich in St. Elmo drüben. Erinnere dich immer daran, dass du eine mutige Mutter hattest, die dich geliebt hat, und ich liebe dich auch. Du bist wunderschön und wirst eines Tages ebenfalls eine gute Mutter sein. Bis dahin kannst du Vita eine Mama sein.“

Sofias Augen ruhten ernst auf ihm. „Ich liebe dich, Papa. Danke für dieses tolle Geschenk.“ Sie trat näher zu ihm und er umarmte sie sanft, damit Vita zwischen ihnen nicht zu Schaden kam.

„Ich liebe dich, Sofia.“ Er ließ sie los und stand auf. Schnell wandte er sich um, damit sie seine feuchten Augen nicht sah.

Eds Hände schmerzten. Wenn er die Augen schloss, konnte er die Steine in seiner Hand spüren, die spitzen Kanten, die seine Handflächen zerschnitten. Seine Muskeln schmerzten von der ungewohnten Beschäftigung. Er streckte seine Finger und schüttelte sie aus, während er auf den letzten Karren wartete.

Er hörte das Rattern der Holzräder auf der unebenen Steinstraße schon von Weitem, bevor er den müden Maulesel erblickte, der mit hängendem Kopf von einem Malteser angetrieben wurde.

„Dieser Staub ist unglaublich!“ Abel, mit dem klangvollen Nachnamen de Bridiers de la Gardampe, ebenfalls ein provenzalischer Ritter, klopfte sich die gelbe Schicht vom Hemd.

Pierre grinste. „Damit wirst du nicht viel Erfolg haben!“

Ed wischte sich mit dem Handrücken über seine nasse Stirn und lehnte sich an eine Mauer. Abel war durch und durch Adliger und auf den Aufruf des Großmeisters hin nach Malta gekommen. Trotz seiner Schnöseligkeit mochte er ihn. Die verzweifelten Bemühungen des jungen Mannes, seine Kleider wieder in einen ordentlichen Zustand zu bringen, waren zum Schreien komisch. Ed konnte sich das Lachen kaum verkneifen. „Versuch es doch mit Wasser."

Abel warf ihm einen misstrauisch-prüfenden Blick zu.

Pierre brach in schallendes Gelächter aus und boxte ihn in die Schulter. „Mein lieber Freund, ich leihe dir morgen gerne andere Kleider, die weniger aufwendig zu pflegen sind."

Abel schüttelte missbilligend den Kopf. „Ihr versteht nichts von Mode. Der Mann von heute muss seinem Stande gemäß gekleidet sein."

„Nicht hier, Freundchen. Hier zählen deine Muskeln, dein Verstand und deine Kampftüchtigkeit. Zu Hause kannst du dich dann wieder um deine Mode kümmern."

Abel seufzte tief.

Ed stimmte in Pierres Lachen ein.

„Ihr habt wohl recht – aber eure Kleider … Die sind vom letzten Jahrhundert", sagte Abel und rollte dabei mit den Augen.

Ed schaute an sich herunter. Seine braunen Hosen waren nicht nach neuster Mode geschlitzt, sondern einfach und aus grobem, festen Stoff und reichten ihm bis über die Knie, statt nur bis zur Mitte der Oberschenkel. Die feinen Strumpfhosen trug er schon lange nicht mehr und das einfache Hemd ohne Spitzenkragen und Tatütata hatte er hochgekrempelt. Letztes Jahrhundert? Wenn die wüssten …

Der Karren hielt ächzend an. Der Maulesel ließ die Ohren hängen, während der Malteser sich einen Schluck aus einem Krug genehmigte.

Ed biss die Zähne zusammen, als er einen neuen Quader ablud und ihn zur Mauer schleppte, die verstärkt werden sollte. Er arbeitete gemäß seiner angeblichen Herkunft im Abschnitt der Provenzalen.

„Der letzte Stein!" Pierre verdrehte theatralisch die Augen und klopfte sich den Staub aus der Hose, als er abgeladen war.

Ed atmete tief aus. Wieder ein Tag geschafft. „Wartet nicht auf mich – ich besuche heute Anna."

Pierre grinste und Abel nickte.

Die Sonne stand schon tief und das Gold mischte sich mit dem langen Schwarz der Schatten, als Ed sich auf den Weg zur Infermeria machte. Seine Hände waren aufgerissen und bluteten.

Als er durch die große Flügeltür trat, schlugen ihm eine Kühle und eine Stille entgegen, die ihn an ein Kloster erinnerten.

Er traf Anna, Maria und Sofia wie üblich im Ärzteraum an, wo sie Salben abfüllten. Maria schaute auf, als er hineintrat. „Seid gegrüßt, Edward."

„Maria, Anna, Sofia …" Er nickte ihnen zu.

„Ed, schön dich zu sehen!"

Anna kam auf ihn zu und er hätte sie am liebsten umarmt, aber sie mieden Zärtlichkeiten in der Öffentlichkeit, wie es der Gepflogenheiten entsprach.

„Kann ich dich kurz allein sprechen?"

Sie klang aufgeregt.

„Klar."

Ihr Lächeln ließ ihn die Arbeitsmühen des Tages vergessen. Sie wischte sich die Hände an der Schürze ab, die sie über dem roten Kleid trug, trat in den Gang und zog die Tür hinter sich zu.

„Ich muss dir was Unglaubliches erzählen."

Es war süß, wie ihre Beine kaum still stehen konnten und ihre Augen leuchteten. Das konnte eigentlich nur eines bedeuten.

Doch noch bevor er fragen konnte, sprudelte es aus ihr heraus: „Toni hat das Rapier gefunden und der Großmeister erwartet uns morgen Nachmittag. Stell dir vor: Wir sind morgen wieder zu Hause!"

„Das ist ja fantastisch."

„Ich bin so froh, dass wir diese Belagerung nicht miterleben müssen."

Ed war auch erleichtert, obwohl er es genossen hatte, von den Rittern unterrichtet zu werden. Er hatte sich in den vergangenen Wochen zu einem hervorragenden Schützen entwickelt. Etwas, das ihn mit Stolz erfüllte.

Er wollte Anna über die Wange streichen, aber als seine Hände in ihre Nähe kamen, ergriff sie sie und Entsetzen füllte ihre Augen.

„Was ist mit deinen Händen geschehen?"

„Ausbesserungen am Mauerwerk. So etwas wie Arbeitshandschuhe kennen die hier noch nicht."

„Ich dachte, das machen die Sklaven?"
„Nicht nur. Jede Hand wird jetzt gebraucht."
„Spielst du meinen ersten Patienten?"
Ed grinste schief. „Wohl kaum, das ist doch nicht weiter schlimm."
„Na ja, aber ich könnte üben und du hättest morgen weniger Schmerzen."
„Wozu willst du üben, wenn wir morgen zu Hause sind?"
Anna zuckte mit den Schultern und schaute ihn keck an. Ein Blick, dem er nicht widerstehen konnte. Er nahm sie in den Arm und küsste sie sanft, nachdem er sich vergewissert hatte, dass niemand in der Nähe war.
„Ich kenne da noch eine andere Methode, um Schmerzen zu vergessen."
Sie kicherte süß und stieß ihn von sich. „Nichts da. Komm mit."
Damit zog sie ihn wieder in den Raum.
„Maria, ich behandle meinen ersten Patienten."
Die ältere Frau saß über Pergamentblättern und schrieb. Sie stellte den Federhalter zurück und erhob sich. „Dann lasst mich mal sehen."
Er streckte ihr die Hände entgegen. Sie hob die Augenbrauen. „Diese Kratzer willst du behandeln? Die heilen von selbst."
„Siehst du, das habe ich dir gleich gesagt."
Doch Anna ließ sich nicht beirren. „Angenommen, es wären tiefe Wunden …"
„… Verbrennungen von Feuerwaffen?" Maria schaute immer noch skeptisch.
„Ja, zum Beispiel. Dann würde ich eine Salbe machen aus Salix alba, Myrrhe, Lavendel und dem Pilz."
Sie ging zielstrebig zu den Regalen und entnahm ihnen mit sicheren Handgriffen einige Tontöpfe. Über Marias Gesicht huschte ein Ausdruck von Stolz.
Die alte Frau nickte. „Sehr gut gewählt."
Anna gab die Zutaten in einen Mörser und vermahlte sie.
„Was ist Salix-was-auch-immer?"
Sie lächelte ihm zu und ihre glänzenden Augen ließen sein Herz schneller schlagen.
„Salix alba ist Silberweide und hat eine schmerzlindernde und auch fiebersenkende Wirkung." Sie füllte einen Topf mit Wasser

und stellte ihn auf den Herd, nachdem sie das Feuer kontrolliert hatte. „Ich gebe die Mischung in warmes Öl und mache einen Umschlag. Aber zuvor wasche ich die Stelle natürlich."

Maria lächelte anerkennend. „Anna, du bist so weit. Die Osmanen können kommen, wir haben eine zuverlässige Hand mehr hier. Du hast schnell gelernt."

Anna wandte sich schnell ab, aber er hatte es gesehen, Freude – und Schuldgefühle. Denn morgen würde sie nicht mehr hier sein.

Sie goss das warme Wasser in eine Schüssel, kippte aus einer Tonamphore etwas Öl in den Topf und stellte ihn zurück auf den Herd, nachdem sie die Kräutermischung beigegeben hatte.

Mit der Schüssel in der Hand kniete sie sich vor ihn hin. „Dein Waschbecken. Nicht ganz, was du gewohnt bist, aber es sollte reichen."

„Yes, Ma'am", flüsterte er, damit Maria diesen neuzeitlichen Ausdruck nicht hörte. Und – oh ja – er konnte ihr ein Grinsen entlocken.

Die Wärme des Wassers war wohltuend. Er rieb seine Handflächen aneinander, bis die Flüssigkeit den gleichen Farbton wie die Tonschüssel angenommen hatte.

„Tapferer Soldat, das könnte nun ein wenig schmerzen."

Ihre Hände fühlten sich weich und warm an und ihr Kopf war ihm nahe, als sie den letzten Schmutz aus den tiefen Kratzern entfernte. War das der Duft von Lavendel, der von ihr ausging?

„Solange ich in Euer Gesicht blicken kann, ist mir keine Wartezeit zu lang, kein Schmerz zu groß."

Anna wurde ein wenig rot und schüttelte grinsend den Kopf.

Sofia lächelte hinten, wo sie Tigel aufstapelte. Maria saß wieder über ihren Pergamentblättern und ließ sich nichts anmerken. Nun ja, immerhin galten sie als Ehepaar.

Als Anna mit ölgetränkten weißen Tüchern kam, setzte sie ein gespielt dienstbeflissenes Gesicht auf. „Nun, ich fürchte, ich muss Euch enttäuschen. Ich habe noch andere Patienten, um die ich mich kümmern muss."

Er machte ein langes Gesicht und sie gluckste, wobei kleine Grübchen ihre Augen umspielten.

Geschickt wickelte sie seine beiden Hände ein und zeigte ihr Werk dann Maria, die sie wieder lobte.

„Bitte entschuldigt uns. Ich will meiner Gemahlin noch den wunderschönen Sonnenuntergang zeigen.“ Mit diesen Worten ergriff Ed Annas Hand, so gut das mit dem Verband eben ging, und zog sie mit sich in das golden-pinkfarbene Licht hinaus. Den letzten Abend allein mit ihr in dieser verrückten Zeit wollte er sich nicht entgehen lassen. Denn morgen würde er die unbeschwerte Vergangenheit gegen die verzwickte Zukunft eintauschen.

KAPITEL 22

Ein Kanonenschuss riss Ed aus einem friedlichen Schlaf. Er war so laut, dass er kerzengerade in seinem Bett saß. Sein Herz hämmerte wild gegen seine Rippen. Pierre war schon auf den Beinen und machte sich an seiner Rüstung zu schaffen.

Eine weitere Detonation aus St. Angelo, dann eine dritte.

Ed sprang aus dem Bett. „Was bedeutet das?"

Pierre hatte sein dickes Schutzwams bereits angezogen und sah ihn mit einem seltsamen Blick an. „Der Feind ist gesichtet worden. Am besten ziehst du deine Rüstung an."

Nach ihrer Rückkehr aus Konstantinopel und dem misslungenen Versuch, nach Hause zurückzukehren, hatten Pierre und Vit ihn dazu überredet, sich auch eine Rüstung anzuschaffen. Mit dem letzten Geld aus dem Beutel und einem Zuschuss der beiden Ritter hatte er den Waffenschmied bezahlt – stundenlang hatte er in der Werkstatt gestanden, bis die Rüstung passte.

Es war ein komisches Gefühl gewesen, in Metall gekleidet zu sein, doch Vit und Pierre hatten ihn nicht geschont mit dem Training. „Dir nützt die beste Rüstung nichts, wenn du nicht gelernt hast, dich darin zu bewegen und zu kämpfen."

So rannte er nun in voller Montur, den Helm in der Hand, hinter seinem Freund her zur Bastion. Die ganze Mauer um Birgu herum war in Abschnitte eingeteilt worden, die von den einzelnen Zungen verteidigt wurden. Gemeinsam mit den Rittern aus der Auvergne und den Franzosen verteidigten sie das landseitige Bollwerk.

Die Sandsteinmauern im Inneren der Bastion waren angenehm kühl. Die schmale Treppe zum Dach wimmelte von Soldaten in ihren glänzenden Rüstungen und das Scheppern des Metalls setzte in Ed einen Adrenalinschub frei. War es nicht total abgefahren, dass er hier als Ritter auf eine Festung rannte, um einen – seinen? – Platz einzunehmen?

Links führten immer wieder mal Türen in Räume, die sie während der Belagerung als Schlaf- und Essensräume nutzen würden. Die einen waren fensterlos, die anderen hatten Schießscharten.

Auf der Plattform herrschte der gleiche rege Betrieb. Ed ließ seinen Blick über das hügelige Land und die schroffen Felsen schweifen, während er hinter Pierre wartete. Ein langer Menschenzug kroch den Hügel hinunter.

„Was machen die alle hier?"

Pierre drehte sich zu ihm um. „Der Großmeister hat die Anweisung gegeben, dass die Bevölkerung der kleinen Dörfer in Birgu und Mdina Zuflucht suchen soll, sobald die drei Kanonenschüsse ertönen."

Ed ließ seinen Blick über die Menschen gleiten. Maulesel zogen vollbeladene Karren, Kinder rannten nebenher und sammelten Dinge auf, die auf dem holperigen Weg heruntergefallen waren. „Aber Birgu ist doch schon mehr als voll."

Pierre zuckte mit den Schultern.

„Eure Namen?"

Ed wandte den Blick von der Straße ab zu einem breitschultrigen Mann mit einem schwarz melierten Bart. Über seiner Rüstung trug er den roten Waffenrock mit dem weißen Kreuz. Sein Gesichtsausdruck war streng, fast grimmig. Sein Kommandant.

„Pierre de la Martignière und mein Cousin Edward de la Martignière."

Cousin? Er musste sich beherrschen, um nicht belustigt die Augenbrauen nach oben zu ziehen.

Der alte Ritter warf einen Blick auf eine Rolle in seiner Hand und nickte dann.

„Gut. Die Flotte ist gesichtet worden auf der Suche nach einem Landeplatz. Sie werden sicherlich nicht vor morgen angreifen. Wir haben den Befehl, die Brunnen und Quellen um die Marsa zu verunreinigen. Schließt Euch ihnen an."

Er wies auf eine Gruppe Ritter, die auf der anderen Seite des Daches wartete.

Es lagen eine Aufregung und Erwartung in der Luft, die Ed anstachelten. War das nicht seine Chance zu beweisen, dass mehr als ein Versager und Kleinkrimineller in ihm steckte? Zum ersten Mal in seinem Leben fühlte er sich als richtiger Mann mit einer Bestimmung. Unentbehrlich. Er straffte die Schultern und ging neben den anderen her zu den Ställen.

Wieder einmal hatten sich Annas Hoffnungen in Luft aufgelöst. Die Trommeln im Dorf und der Ruf „Zu den Waffen!“ verstärkten das schmerzhafte Pochen in ihren Schläfen.

Sie saß am Tisch und wartete, bis das Wasser im Topf kochte. Maria hatte darauf bestanden, dass sie ganz normal frühstückten. Sie würden in den kommenden Tagen kaum mehr dazu kommen.

Anna stützte den Kopf in die Hände und massierte ihre Schläfen. Sofia war mit ihrem kleinen Hund Vita draußen und Maria war kurz in die Infermeria hinübergegangen.

Etwas an dieser Frau faszinierte sie. Sie strahlte eine Ruhe, ein Vertrauen, eine Stärke aus, die sie auch gerne gehabt hätte. Sie war das pure Gegenteil. Und emotional, wie sie war, musste sie immer wieder um den Glauben und das Vertrauen ringen. Sie schloss ihre Augen, während heiße Tränen ihre Wangen nässten.

Okay, Gott. Ich weiß nicht, weshalb ich immer noch hier bin. Ich hatte so gehofft und geglaubt, dass ich vor der Belagerung wieder zu Hause bin. Du weißt, ich wollte nie Teil eines Krieges sein. Bitte hilf mir und schütze uns alle. Ed, Vit, Pierre, Sofia, Maria und mich. Und wenn es irgendwie geht, dann lass uns doch noch vorher nach Hause gehen.

Das Blubbern des Wassers zwang sie aufzustehen. Sie nahm den Topf vom Herd und warf eine Handvoll getrockneter Kräuter hinein, die in einem Stoffbeutel an der Wand hingen.

Während sie das Brot, Ziegenkäse und Oliven auf den Tisch stellte, betrat Maria den Raum. Ihre Wangen waren leicht gerötet, als wäre sie schnell gelaufen.

„Wir haben sicher noch einen Tag. Die Osmanen suchen einen Ankerplatz. Wir dachten, sie würden im Marsasirocco lagern, aber offensichtlich wollen sie in den Windschatten der Insel fahren.“

„Wo ist der Marsasirocco?“

„Das ist die Bucht hinter St. Elmo. Ein ähnlicher Hafen wie hier. Ich weiß zwar nicht, wo sie sonst ihre zweihundert Schiffe unterbringen wollen, aber solange sie nach einem anderen Ankerplatz suchen, gibt uns das wertvolle Zeit."

Anna hatte immer gehofft, sie könne diesen Teil der Geschichte überspringen. Wieder in die Gegenwart – beziehungsweise Zukunft – zurück, ihre Nase in die Geschichtsbücher stecken und entdecken, dass die ganze Story halb so wild gewesen war. Dass der größte Teil der Flotte der Osmanen gesunken, der Sultan gestorben oder irgendein Wunder geschehen war, weshalb die ganze Belagerung erst gar nicht stattgefunden hatte. Aber das war es nicht, was sie in Grandpères ernstem, feierlichem Blick erahnt hatte. Ein Blick, den sie nicht so schnell vergessen konnte, weil er etwas enthielt, das sie selten gesehen hatte. Hochachtung, Bewunderung, Ehrfurcht.

De Valette kämpfte in einer der wichtigsten und größten Schlachten der Geschichte mit.

So viel zu „keine Belagerung". Annas Kehle verengte sich und sie biss nervös die Zähne zusammen. Ihr Magen kribbelte ungewohnt und ihre Hände waren kalt – so als stünde ihr eine wichtige Prüfung bevor, eine, die sie unter keinen Umständen verhauen durfte. „Hast du … hast du keine Angst?"

Maria entfernte die Kräuter mit einem Löffel und füllte die Tassen. Sie lächelte mit solcher Zuversicht, dass sich Annas flatternde Nerven ein wenig beruhigten.

„Nein. Unser Leben ist in Gottes Hand. Er bestimmt über Sieg oder Niederlage."

Sie strich sich mit den Daumen und Fingern über die gerunzelte Stirn. Trotz der Massage hatte das Pochen nicht aufgehört, im Gegenteil.

„Kopfschmerzen?"

Sie nickte.

Maria ging in ihr Zimmer, das neben der Küche lag, und kam mit einem kleinen Salbentigel zurück. Sie öffnete ihn und ein süßer Duft breitete sich in der Küche aus.

„Veilchensalbe hilft immer." Die alte Frau massierte ihr das Heilmittel in die Stirn und die Schläfen ein. „Hab Glauben. Gott ist auf unserer Seite. Wenn Gott für uns ist, wer kann gegen uns sein?"

Tausende von Osmanen? „Woher weißt du, dass Gott auf unserer Seite ist?"

„Unsere Situation erinnert mich immer wieder an die Belagerung von Dotan. Die Aramäer umzingelten die Stadt, in der der Prophet Elisa wohnte. Als sein Diener die vielen Feinde sah, hatte er Angst. Doch Elisa betete, dass der Herr ihm die Augen öffnen möge. Und er sah die himmlischen Streitwagen und Pferde. Ich denke, genauso ist Gott auf unserer Seite und wir brauchen keine Angst zu haben."

Sie kannte die Geschichte. Elisa betete, dass die Feinde blind würden, und führte sie dann zum König. Der speiste sie mit Brot und Wasser und schickte sie nach Hause. Krieg beendet.

„Aber in jener Geschichte musste niemand sterben." Das war keine Schlacht mit Blutvergießen gewesen.

„Wir werden Gottes Eingreifen mehr denn je brauchen. Das Gebet wird entscheidend sein. Doch unser Leben ist in Gottes Hand. Den einen ist es bestimmt zu sterben, den anderen zu leben."

„Können wir nicht mit dem Sultan verhandeln?"

Marias Hände waren warm auf ihrer Stirn.

„Das wäre schön. Aber sie verhandeln nicht. Wenn wir uns nicht verteidigen, verlieren wir alles. Hab Glauben. Glauben an Gott. Wenn du an ihn glaubst, wirst du leben, auch wenn du stirbst."

Anna verspürte die leise Ahnung, dass diese außergewöhnliche Frau mehr wusste – mehr glaubte – als viele andere. „Woher kennst du diese Schriftstellen?"

Marias Hände hielten einen Moment inne, ehe sie die Salbe weiter in kleinen Kreisen einmassierte. „Sagen wir mal so, der Hunger nach Gott, nach der Wahrheit, hat mich suchen lassen. Und ich habe gefunden."

Die Reformation. Die Sache, über die hier keiner ein Wort verlieren durfte.

Sofia stürmte zur Tür herein, dicht gefolgt von ihrem schwarzen Schlabberohrenhund.

Maria beendete die Massage und schaute sie mit ihren dunklen Augen gütig an. „Hab Glauben."

Anna versuchte ein Lächeln.

Vertraust du mir?

Was blieb ihr anderes übrig, als noch einmal eine Runde zu vertrauen? Egal, wie sie sich fühlte? Ihrem inneren, zitternden Ja folgte ein süßer Frieden. Sie würde leben. So oder so.

„Ich habe Hunger!“ Sofia saß bereits am Tisch, ihre Beine zappelten hin und her. Zu ihren Füßen wuselte das kleine Tier herum, die Nase dicht am Boden, jeden Krümel fressend.

„Dann greif zu, damit du groß und stark wirst.“ Maria zwickte sie in die Wange und setzte sich ebenfalls.

Sofia steckte sich eine Olive in den Mund und sagte kauend: „Jedem, der das Leben in dieser Belagerung lässt, wird voller Ablass gewährt.“

Anna nahm ihre Tasse und nippte am heißen Gebräu.

Marias Gesichtsausdruck wurde ernst, ja beinahe hart. „Jesus allein vergibt Sünden. Dazu musst du nicht das Leben lassen. Tue Buße über deine Schuld und empfang die Gnade. Und bleibe am Leben, denn Gott hat noch viel vor mit dir, kleines Mädchen.“

Definitiv Reformation.

Anna schnitt ein Stück des bröckeligen Ziegenkäses ab. Sie mochte den strengen Geruch nicht wirklich.

„Hast du die Hühner schon versorgt?“

„Ja, und sie haben fünf Eier gelegt!“

Maria lächelte. „Das ist gut. Dann backen wir heute einen Kuchen.“

Kuchen – vor einer Schlacht?! Anna runzelte die Stirn.

„Du deckst mir den Tisch im Angesicht meiner Feinde. Ein Psalmwort, das wir heute zelebrieren.“ Maria zwinkerte ihr zu.

Sofias Augen leuchteten schon. „Oh ja, das machen wir!“

Sie ritten auf die Corradinohöhen zu, während sie in jede Quelle und jeden Bach, dem sie begegneten, bittere Kräuter, Hanf, Flachs und Pferdeäpfel, Hühnermist und Ziegenkot hineinwarfen.

„Davon werden sie ganz ordentlich Bauchschmerzen bekommen!“ Abel trug eine prächtig verschnörkelte Rüstung mit goldenen Verzierungen.

„Wir überlassen ihnen kein Feld und keinen Schluck sauberes Wasser. Wenn wir sie nicht eigenhändig niederstrecken oder vertreiben, sollen sie sich selbst vergiften oder verhungern.“ Auf Pierres

Statement folgte ein einstimmiges „Yeah“ in Mittelalterversion und Ed ließ sich vom Jubel anstecken. Sie trieben die Pferde an und jagten auf die Höhe.

„Seht, der Feind!“

Die ersten Ritter hielten ihre Pferde an.

Der ganze Horizont war übersät mit prächtigen Schiffen. Die Segel blähten sich im lauen Frühsommerwind und die farbigen Banner und Wimpel erinnerten ihn an die bunten Budenstände am Strand von Brighton. Nur dass das hier nichts mit einem fröhlich ausgelassenen Auftritt zu tun hatte. Die Wand aus Galeeren kam Stück für Stück bedrohlich näher.

„Für das Kreuz!“, unterbrach nun die frenetische Stimme eines jungen Ritters die entsetzte Stille.

„Für das Kreuz!“, stimmten die anderen ein und hoben ihre Faust in die Luft.

Dann preschten sie weiter über die vom Klee purpurnen Wiesen.

Erst am Nachmittag hatten sie ihre Aufgabe erfüllt und kehrten nach Birgu zurück.

Eds Hemd war unter seiner Rüstung nass geschwitzt und er sehnte sich danach, die schweren Eisenplatten auszuziehen und zu duschen.

Als er das Pferd in die Box neben Pierre gestellt hatte, fiel ihm plötzlich ein, dass der Großmeister sie für heute zu sich gerufen hatte – um ihnen das Schwert auszuleihen.

„Meinst du, de Valette gibt uns immer noch sein Rapier?“

Pierre schaute ihn wieder mit diesem seltsamen Blick an und schüttelte leicht den Kopf. „Jeder muss auf seinem Platz bleiben. Ich denke, er wird Anna eine entsprechende Nachricht gesandt haben.“

Langsam sickerte die Realität in Eds Bewusstsein. Er würde bei der Belagerung dabei sein. Seine Rüstung war nicht nur eine Requisite. Seine Waffe kein Sportgerät. Sein Training nicht nur einfach Spaß. Er schluckte leer, als sie auf die Gasse hinaustraten. War er wirklich bereit für eine Schlacht mit Verwundungen, Schmerzen und Tod? Konnte man dazu überhaupt jemals bereit sein? Und doch spürte er tief in sich dieses Kribbeln, diesen Tatendrang. Selten zuvor hatte er sich so lebendig gefühlt. Wichtig gefühlt. Am richtigen Platz gefühlt. Er war nur ein kleines Puzzleteil im Großen, aber er war sich sicher, dass jeder Mann – er eingeschlossen – gebraucht wurde.

Ein eigenartiges Geräusch ließ ihn nach St. Angelo blicken. Sklaven, nur mit einem Lendenschurz bekleidet, legten sich mit aller Kraft in ein riesiges Rad am Ufer der Festung.

Pierre war seinem Blick gefolgt und erklärte: „Das ist das Ankerspill für die große Kette."

„Was für eine Kette?"

„Es ist die Absperrung der Hafeneinfahrt. Sie geht bis nach St. Michael und man sagt, dass jedes Kettenglied zehn Scudi gekostet hat."

Ed pfiff durch die Zähne und zog die Augenbrauen hoch. „Das glaubst du?" Nach seiner Einschätzung und Erfahrung entsprachen zehn Scudi etwa einem Monatseinkommen eines Durchschnittsbürgers.

„Die Eisenglieder wurden speziell gefertigt und sind sehr groß. Du wirst es gleich selbst sehen."

Viele farbige Malteserboote mit kleinen Flößen im Schlepptau näherten sich den Landenden. Langsam hob sich das Metall aus dem Wasser, als das Rad sich weiterbewegte. Die schweren Eisenglieder durchbrachen die Wasseroberfläche mit einem Platschen, bis sie einige Zentimeter über dem Wasser schwebten.

Pierre zeigte auf die Holzflöße, die die Malteser in kleinen Abständen an der Kette festbanden.

„So bleibt sie schön an der Wasseroberfläche und hängt nicht durch."

Algen hingen von den unterarmlangen Kettengliedern und spielten mit den kleinen Schaumkronen der Wellen. Ed konnte sich nicht vorstellen, dass dieses schwarze Vermögen, das vom Grund des Meeres heraufgeholt worden war, in irgendeiner Art und Weise durchbrochen werden konnte.

KAPITEL 23

„Ist es tatsächlich so schlimm?", fragte Pierre grinsend.
Abel sah an sich herunter und seufzte theatralisch. „Praktisch ist es bestimmt, aber mit der Mode hat das nichts zu tun …"

Ed schmunzelte vor sich hin. Seine Freunde hatten ein Spiel daraus gemacht, sich gegenseitig mit Sprüchen über Mode hochzunehmen.

„Was sagst du dazu, Ed?"

Er hob seine beiden Hände und schüttelte den Kopf. „Keine Meinung dazu."

Pierre grinste. „Siehst du, er findet die Mode auch überflüssig."

Im Gegensatz zu Abel wusste sein Freund, dass er Mühe hatte mit dieser alten Kleidung.

„Das hat er nicht gesagt." Abel zog sein Rapier, aber Pierre war genauso schnell wie er. Im Nu hatte sich ein Ring um die zwei gebildet, die sich geschickt duellierten.

Sie waren zwei ebenbürtige Gegner, doch dieses Mal ging sein „Cousin" als Verlierer hervor. Die zwei Freunde gaben sich die Hand. „Ich … habe … recht. Er getraut sich nur nicht … seine Liebe zur Mode zu … gestehen."

Pierre schüttelte den Kopf und grinste schief, zu atemlos, um zu antworten.

„Da! Sie kommen!"

Der Ruf ließ sie alle zum Rand der Bastion stürmen.

Drei Tage waren seit der Ankunft der Osmanen vergangen. Drei Tage, in denen sie noch versucht hatten, mit de Valette zu reden. Aber er hatte ausrichten lassen, dass er das Rapier leider nicht mehr entbehren könne und er keine Zeit für unnütze Gespräche habe. Das war auch nicht verwunderlich, denn die Flotte war, statt direkt in den Marsasirocco einzulaufen, um die Insel gefahren. Man musste einen Angriff auf das schwach verteidigte Mdina erwarten. Doch der Ankerplatz im Norden schien für die vielen Schiffe nicht auszureichen, sodass sie dann doch zurück in den Marsasirocco gefahren waren. Ed kniff die Augen zusammen, um den Feind zu sehen, aber alles, was er erblickte, war ein unregelmäßiges Blitzen. Mehr und mehr entpuppte sich das aber als eine Reflektion der Sonne in den glanzvollen Rüstungen und Säbeln.

Farbenprächtige Banner wehten im Wind und die Pferde waren ebenso bunt behangen. Die Anzahl der Krieger war schwer abzuschätzen, aber sie kamen über den ganzen Horizont. Es mussten mehrere Tausend Männer sein, die sich in den letzten Tagen formiert hatten.

Erst war Ed sich nicht sicher, aber dann hörte er es ganz eindeutig: Musik. Tamburine, Trommeln, Flöten. War das ein Umzug oder ein Krieg?

Aufregung entstand auf der Bastion. „Ihnen entgegen!"

Die jungen Ritter stürmten die Treppe hinunter, eine Hand am Rapier, die andere in der Luft. Ed ließ sich vom Strom mitreißen.

Doch eine tiefe, gebieterische Stimme durchschnitt das Geschrei vor dem Tor. „Zurück! Zurück! Schließt das Tor!"

Er erkannte die Stimme de Valettes und die mächtige Pforte schloss sich mit einem Knarren.

„Es bringt nichts, sich ihnen entgegenzustellen. Sie sind uns in der Zahl weit überlegen. Jeder zurück auf seinen Platz!"

Pierre und Abel gingen wie geschlagene Hunde zurück auf die Bastion. Ed folgte ihnen schweigend.

Sein Kommandant kam ihm entgegen. „Ihr seid einer meiner besten Schützen. Nehmt Euren Platz ein, aber schießt nur, wenn Ihr sicher seid, nicht unsere Leute zu treffen."

Ed ging zu einem Platz an der Mauer, an dem eine der großen Arkebusen lehnte. Das komplizierte Teil schien zwar eine Art Vorläufer der heutigen Jagdgewehre zu sein, war mit diesen aber nicht zu vergleichen. Vor allem war man sehr langsam damit und Treffsicherheit war hier ein dehnbarer Begriff.

Er streifte sich den Munitionsgürtel über die Schulter. Das Pulver zum Laden der Arkebuse war in kleine Fläschchen verteilt. Er blies das Rohr aus und schüttete das Pulver hinein, wie er es gelernt hatte. Dann stampfte er es mit einem Stahlrohr zusammen, öffnete die Pfanne, das Ding am Ende der Feuerwaffe, schüttete ebenfalls

Pulver darauf und legte die Lunte über den Haken, sodass sie über der Pfanne baumelte.

Dann legte er die Waffe auf die Stützgabel und suchte mit den Augen das Schlachtgetümmel zu seinen Füßen ab.

Die Ritter, die vor dem Schließen des Tores nach draußen gestürmt waren, prallten in ihren Rüstungen und Rapiers auf die leichteren Osmanen, die runde Schilde trugen und mit Krummsäbeln kämpften. Ein Ritter stach einem der Osmanen sein Schwert ins Herz, bevor er sich dem nächsten zuwandte. Ein anderer lag mit einem halb durchtrennten Unterschenkel bewusstlos am Boden. Ed kämpfte gegen die Erinnerung an das gurgelnde Geräusch des Mannes an, den er umgebracht hatte, und schluckte die aufkommende Übelkeit hinunter. Eine Salve flog über die Brüstung und traf einen der Soldaten mitten in die Brust. Er stürzte lautlos zu Boden. Ed war unfähig, sich zu bewegen, während Pierre und einige andere sich um den Mann kümmerten. Sie trugen ihn weg. Nur eine Blutlache bezeugte noch die Stelle, wo er gewesen war.

De Valette stand stoisch in seiner Nähe und beobachtete die Schlacht. Ed biss sich auf die Zähne und zwang seine Augen, wieder nach unten zu blicken. Unaufhörlich rückten die Osmanen in geschlossenen Schlachtreihen näher. Doch sie waren zu weit weg für seine Arkebuse. Und das Getümmel zu seinen Füßen war zu wild, als dass er nur den Feind getroffen hätte.

Ein weiteres Geschütz flog zu ihnen hinauf und der Mann neben de Valette schrie auf und hielt sich den Hals. Blut sickerte durch seine Finger.

De Valette zeigte auf Ed. „Edward, bringt meinen Pagen in die Infermeria."

Er verließ seinen Platz an der Arkebuse und half dem Mann – oder eher dem Jungen, denn er war um einiges jünger als er selbst – die Stufen der Bastion hinunter.

Das Knattern und Donnern der Arkebusen und Kanonen mischte sich mit dem Metallgeklirr der Schwerter und Schreie der Männer.

Angst lag im Blick des jungen Soldaten, der seine Hand immer noch an den Hals drückte.

„Ihr werdet es schaffen, kommt", versuchte Ed, ihn zu ermutigen. Dieser Junge lebte. Noch. Und er würde alles tun, um ihm die benötigte Hilfe zuteilwerden zu lassen. Das war er John schuldig. Ihm hatte er nicht mehr helfen können. Aber er könnte dieses Mal sein Leben weiser leben und diesem Jungen helfen.

Er zog ihn durch die Tür der Bastion und ging mit ihm zur Infermeria. Noch nie hatte sich der Weg bis ins Krankenhaus wie eine Ewigkeit angefühlt. Der Junge neben ihm war still. Zu still? Er warf ihm einen Seitenblick zu. Das Gesicht war weiß wie ein Laken. Er hielt sich den Hals und Blut quoll zwischen seinen Fingern hindurch und lief in den weißen Spitzenkragen seines Hemdes, das unter der Rüstung hervorstach.

Monsieur Paré empfing sie und führte den Pagen in ein Behandlungszimmer.

Ed blickte kurz in den Ärzteraum in der Hoffnung, Anna zu sehen, aber sie war nicht da. Wie gerne hätte er ihre tröstenden Arme um sich gespürt. Eine Versicherung, die ihm sagte, dass alles gut werden würde. Es war albern, das wusste er, denn niemand konnte ihm versichern, dass alles gut werden würde. Auch nicht Anna.

Mit einem flauen Gefühl im Magen kehrte Ed wieder zurück zu seiner Arkebuse.

Die Nacht war schon lange hereingebrochen. Seit Stunden kämpfte Anna gegen die immer wieder aufsteigende Übelkeit an. Sie säuberte eine tiefe Wunde an einem Bein eines Ritters. Die musste mit Sicherheit genäht werden.

Sie warf dem Mann einen kurzen Blick zu, der seine blauen Augen stoisch auf einen imaginären Punkt an der Wand gerichtet hatte. Er war kaum älter als sie und dem Aussehen nach ordnete sie ihn der deutschen oder französischen Zunge zu.

Sie verband die Wunde mit etwas Druck und bat ihn dann aufzustehen. „Bitte geht in den nächsten Raum, dort kümmert sich Monsieur Paré um Eure Beinwunde. Sie muss genäht werden."

Er nickte und humpelte davon. Sie folgte ihm zur Tür.

Es gab so viele Verletzte. Längst war die Regel, dass Frauen nur Frauen behandeln durften, außer Kraft gesetzt worden. Nachdem de

Valette nach einer sechsstündigen Schlacht zum Rückzug geblasen hatte, kamen die Männer alle auf einmal ins Hospital und säumten den langen Flur. Dienende Brüder versorgten sie mit Wasser und Essen und teilten sie den einzelnen Behandlungszimmern zu.

Ein Mönch in seiner braunen Kutte mit dem weißen Kreuz brachte ihr einen älteren Ritter, der seine rechte, blutüberströmte Hand hielt.

Sie versuchte, nicht zu den Schwerverletzten zu schielen, die vor Monsieur Parés Zimmer lagerten. Menschen am Rande des Todes. Weiß wie ein Leinentuch und blutüberströmt.

Sie schluckte wieder einmal gegen die aufsteigende Übelkeit und bat den Ritter herein. Er versuchte ein Lächeln, aber es artete mehr in eine Grimasse aus.

„Bitte setzt Euch auf den Stuhl."

Sie wies auf eine der vier Sitzgelegenheiten, die in dem kleinen Raum standen. Das war ihr „Behandlungstisch".

Es gab nur zwei Betten und die waren für die bewusstlosen Patienten gedacht.

Im Vorbeigehen schnappte sie sich eine saubere Schüssel mit Wasser, die auf dem Tisch in der Mitte des Zimmers stand, und stellte sie auf den Hocker neben dem Verletzten.

Sofia brachte ihr Verbandszeug und Salben. Sie lächelte ihr zu.

„Vielen Dank."

„Brauchst du noch etwas?"

Ihre kleine Freundin war eine unersetzliche Hilfe. Zuständig für das Material, füllte sie immer wieder die Schüsseln mit sauberem Wasser und entsorgte die schmutzigen Tücher, brachte Salben und frisches Leinen. Unglaublich, wie sie den Anblick all dieser Verletzten wegsteckte. Das lag bestimmt daran, dass sie in ihren jungen Jahren schon so viel Entsetzliches durchgemacht hatte. Im Gegensatz zu ihr. Dankbarkeit erfüllte Anna, wenn sie an ihre behütete Kindheit dachte. Aber jetzt war nicht die Zeit, sich darüber Gedanken zu machen. Sie blickte Sofia an, die immer noch abwartend dastand. „Ich denke nicht. Ich schau mir mal die Hand genauer an."

Die Hand blutete immer noch. Ein tiefer Schnitt zog sich vom Zeigefinger durch die ganze Handfläche. Ein Teil der Fingerspitze war weg.

Sie schmierte Salbe auf das Leinen und begann die Hand einzuwickeln, als ein ekelerregender Geruch ihr beinahe den Atem raubte. Sie hielt inne und starrte entsetzt zu Bruder Angelo, der mit einem glühenden Eisen eine Bauchwunde versorgte. Es zischte, als er das Fleisch traf, und eine kleine Rauchwolke stieg empor. Sie hustete und würgte, als der Geruch von verbranntem Fleisch sich intensivierte.

„Noch nie eine Kauterisation gesehen?" Angelo hob die Augenbrauen, während er das Eisen wieder ins Feuer hielt. Anna schüttelte den Kopf.

„Das stoppt Blutungen."

Sie versuchte, den Geruch zu ignorieren, und wandte sich wieder ihrem Patienten zu.

„Man gewöhnt sich daran", flüsterte ihr der ältere Ritter mit zusammengebissenen Zähnen zu.

Eigentlich sollte sie diejenige sein, die ihm Mut machte. Sie versuchte ein halbherziges Lächeln. Luft. Sie brauchte dringend frische Luft. In Windeseile verband sie die Hand und atmete dabei nur oberflächlich. Noch bevor der Ritter aufstand, war sie aus dem Raum geflohen, an den Reihen der Verletzten vorbei zur Tür hinaus.

Draußen sog sie tief die kühle, frische Luft ein. Die Sterne blinkten am schwarzen Himmel und auf der anderen Halbinsel konnte sie Feuerstellen erkennen.

Das sanfte Plätschern des Wassers gegen die Steine beruhigte ihren Magen allmählich. Sie sehnte sich nach Eds starken Armen, wollte ihren Kopf an seiner Schulter bergen. Wie es ihm wohl ergangen war? Sie hatte ihn nicht unter den Verletzten gesehen. Konnte er schlafen oder starrte er wie sie in den Himmel? Wie viele Nächte war sie aufgewacht in Tropea, weil er sich auf seiner Matte hin und her gewälzt, gestöhnt und wirres Zeug geredet hatte.

Sie hatte so sehr gehofft, vor der Belagerung wieder zu Hause zu sein und die Zeit mit Ed so richtig zu genießen. Ihn besser kennenzulernen, Händchen zu halten, etwas Schönes zu unternehmen – kurz und gut das tun, was Verliebte taten. Stattdessen befanden sie sich mitten in einer Schlacht, in der Liebe keinen Platz hatte und sie sich Sorgen um sein Leben machte.

Schritte näherten sich.

„Geht's wieder?“ Maria war neben sie getreten und berührte mütterlich ihren Arm.

Anna nahm noch einmal einen tiefen Atemzug der salzigen Luft. „Ich denke schon. Mir war so übel, dass ich dachte, ich müsste mich gleich übergeben.“

„Man gewöhnt sich daran. Halte noch ein wenig durch.“

Sie folgte Maria wieder in den Raum zurück, wo schon ein weiterer Ritter auf ihre Behandlung wartete.

Es war weit nach Mitternacht, als sie die blutverschmierte Schürze auszog, sich aus ihrem Kleid schälte und auf die Matte sank. Doch auch der Schlaf brachte nicht die erwünschte Erholung. Sie träumte von verstümmelten Männern, Ed taumelte mit nur einem Arm und schmerzverzerrtem Gesicht über ein leeres Feld und alles war voller Blut, Blut, Blut. Schweißüberströmt wachte sie auf und es gelang ihr nur mit Mühe, wieder einzuschlafen.

Ein Rütteln an seiner Schulter weckte ihn. Ed öffnete mühsam die Augen. Ein junger Ritter stand neben ihm. „Deine Wache.“

Er rappelte sich hoch und versuchte, durch den Nebel seines Dämmerzustands zu denken. Seine Beine und Arme fühlten sich wie Blei an und sein Rücken schmerzte vom harten Boden. Sie hatten die bequemen Betten in der Auberge eingetauscht gegen dünne Matten in der Bastion. Jeder hatte auf seinem Platz zu bleiben.

Er streckte sich und erklomm die Treppe aufs Dach. Drei weitere Wachen patrouillierten auf der Mauer. Der Nachtwind kühlte seine schweißnasse Stirn. Er nahm einen tiefen Atemzug. Alles schien ruhig zu sein.

Er übernahm den rechten Abschnitt und ging auf und ab, während er den Horizont im Auge behielt.

In der Mitte traf er auf Pierre. „Meinst du, die greifen mitten in der Nacht an?“

„Unwahrscheinlich. Außerdem habe ich gehört, dass der erste Schlag gegen Elmo fallen soll.“

„Erster Schlag?"

„Na ja, das Scharmützel gestern war mehr ein Test. Die Stärke des Gegners mal genauer unter die Lupe nehmen."

Ed schluckte leer. Wenn die Schlacht gestern ein „Test" war, wie würde dann erst ein „richtiger" Angriff aussehen?

Sie blieben nebeneinander stehen und blickten aufmerksam über die Landschaft.

„Woher weißt du das?"

„Gestern kamen zwei christliche Renegaten."

Ed runzelte die Stirn und fragte, ohne seinen Blick vom Horizont abzuwenden: „Was sind Renegaten?"

„Wo kommst du denn her?", witzelte sein Freund, erklärte dann aber: „Diese Männer sind Christen, die zum islamischen Glauben übergetreten sind, um ihre Haut zu retten. Einer hat in der Leibwache des Paschas gedient und hat das Gespräch im Kriegsrat verfolgt, als entschieden wurde, zuerst Elmo einzunehmen. Anscheinend haben die Männer ihre Feigheit überwunden und sich zu uns durchgeschlagen."

„Und du glaubst, dass das stimmt?"

Pierre zuckte mit den Schultern. „Parisot hat mit ihnen gesprochen. Die Osmanen bringen die Kanonen auf dem Sciberras, dem Hügel oberhalb Elmos, in Stellung. Sollten sie gelogen haben, dann geschieht ihnen mit Sicherheit dasselbe wie Rivière."

Ed erschauerte, als er an die Geschichte des tapferen Ritters dachte, der vor drei Tagen in den Händen der Osmanen einen grausamen Foltertod gestorben war, weil er sie mit seiner Aussage in die Irre geführt hatte. Früher hätte er die Straßenwelt von London als grausam bezeichnet. Oder die Anforderungen seines Vaters an ihn. Aber das waren heile Welten im Vergleich zu dem, was er hier erlebte.

In einiger Entfernung bewegte sich ein Busch und Ed kniff die Augen zusammen, um besser sehen zu können. Aber es war nur ein streunender Hund, der nach einer Weile das Weite suchte. „Ist nicht Vit in Elmo?"

„Mhmm-mhmm."

Pierre setzte sich wieder in die entgegengesetzte Richtung in Bewegung und Ed patrouillierte seinen Bereich.

Seine Gedanken wanderten einige Tage zurück, als er mit Pierre und Vit abends am Ufer des Meeres zusammengesessen hatte.

Zum Abschied hatte Vit die Hand auf seine Schulter gelegt und gesagt: „Es kann sein, dass wir keine Zeit mehr haben, uns zu verabschieden. Eine Belagerung ist immer eine ungewisse Sache und wir müssen den Befehlen unserer Kommandanten sofort Folge leisten. Denk an das, was wir dich gelehrt haben, und bleib am Leben."

Er hatte nur schief gegrinst. „Euer Wunsch sei mir Befehl."

Doch Vit hatte nicht gelacht und der Ernst in seinen Augen hatte ihm einen Knoten im Magen verursacht.

War es das letzte Mal gewesen, dass er ihn lebend gesehen hatte?

Der Wind war nun stärker geworden und in der Ferne hörte er die Wellen gegen die Felsen klatschen. Er hatte nicht vor zu sterben.

„Die Bresche verstärken!" Der alte Kommandant wies Vit und einige andere Ritter an, eine Mauer hinter dem bröckelnden Fort zu bauen.

Schon seit drei Tagen wurden sie vom Sciberras aus mit den kniehohen Steinkugeln beschossen. Das Fort glich einer Sandburg, über die Welle um Welle strich und dabei die obersten Schichten abnagte.

Vit nahm einen herausgebrochenen Stein und reichte ihn an den Ritter vor ihm weiter. Schweiß rann ihm unter dem Helm die Schläfen herunter. Es war nun Ende Mai und die Sonne brannte schon am frühen Morgen erbarmungslos nieder.

Eine weitere Detonation ließ Schutt auf sie hinunterregnen.

„Schneller!" Die forsche Stimme Broglias, des Kommandanten, durchschnitt eine kurze Feuerpause.

Während der schon siebzigjährige, stählerne Mann mit dem grauen Bart hinter der Brüstung stand und den Feind beobachtete, hechtete Vit zu einem Steinhaufen und zerrte die größten Brocken hervor. Eine Männerschlange hatte sich gebildet und sie gaben sich die Steine in die Hände.

Seine Abteilung befand sich in einer der Spitzen des sternförmigen Forts, die gegen das Landesinnere gerichtet war. Er äugte aus der Bresche zum Feind hinauf, der sich über ihnen auf dem Hügel eingerichtet hatte. Die schwarzen Kanonenrohre des Feindes ragten wie spitze Zähne zwischen den eilig aufgeschütteten Wällen in den stahlblauen Himmel. Er hörte die Zündung einer Kanone in der Nähe und sah der Kugel nach, die zielsicher auf einem Wall landete und einen der schwarzen Zähne zerstörte. Ein Triumphgefühl erfüllte ihn, als er seinen Blick abwandte und nach einem gleichförmigen Stein Ausschau hielt.

Sollten sie sich doch hier ihre Zähne ausbeißen. Elmo würde nicht so schnell fallen.

Eine weitere Detonation ertönte und er blickte in die Luft. Aber er war nicht schnell genug. Ein Steinsplitter donnerte an seinen Helm und es wurde schwarz um ihn.

Die ersten Sterne funkelten am blau-schwarzen Himmel. Es konnte nicht mehr lange dauern, bis das allnächtliche Schiff mit den Verletzten aus Elmo kam.

Anna saß mit Sofia im kühlen Innenhof von Marias Wohnung.

„Vita, pfui!" Sofia schalt ihre Hündin, die fröhlich bellend hinter den Hühnern herjagte, als gäbe es keinen Krieg. Mit einem ertappten Blick legte diese sich zu den Füßen ihrer Herrin. Doch ihr Schwanz zuckte unruhig, während sie ihre Spielkameradinnen weiter beobachtete, und ihre Schnauzhaare zitterten aufgeregt.

Anna steckte sich etwas Brot in den Mund. Es war angenehmer, hier draußen zu essen.

In der Ferne hörte sie das Grollen von St. Elmo. Es erinnerte sie an ein Gewitter, nur mit dem Unterschied, dass es nicht einfach vorüberzog.

„Hast du etwas von meinem Vater gehört?" Sofia langte nach einer Olive und warf Vita etwas Brot hin.

„Es geht ihm gut." Das hatte sie zumindest gestern in Erfahrung gebracht. Doch heute schien es schlimmer als je zuvor zu sein. Das Donnern war beinahe den ganzen Tag ununterbrochen zu hören gewesen.

Die Ritter, die sie gepflegt hatte, hatten Bedenken geäußert, ob das Fort noch lange standhalten konnte.

Anna lehnte den Kopf an die warme Wand und schloss die Augen. Zum Glück war Ed hier in Sicherheit. Immer wieder mal schlüpfte er aus der Bastion, um sie zu treffen. Für einen Moment verlor sie sich in der Erinnerung an seine Umarmung, an seine Stärke.

„Meinst du, er überlebt es?"

Die Frage war so leise, dass sie sie beinahe überhört hätte.

„Ich weiß es nicht, aber ich bete dafür." Der Gedanke, dass Vit mit seiner ruhigen, sicheren Art oder Pierre mit seinem Schalk in den Augen oder erst Ed einfach sterben könnte, war unerträglich.

„Hörst du die Kirchenglocken?" Sofia war dicht neben sie gerutscht.

Tatsächlich, ein heller Klang war durch das Dröhnen der Kanonendonner zu hören. Wie ein Zeichen, dass Gott sie nicht vergessen hatte. Sie nahm Sofias Hand und schaute in die ängstlichen Züge ihrer kleinen Freundin. „Egal, wie das hier ausgeht – vergiss nie, dass Gott dich liebt und einen Plan mit dir hat."

Sie musste diese Worte selbst hören.

Ein Lächeln hellte Sofias Gesicht auf. „Und er kann aus den schwierigsten Lagen heraushelfen."

War es nicht so? Sie hatte es immer wieder erlebt. Doch das hier war bei Weitem das angsteinflößendste, erschreckendste Erlebnis, das sie in ihrem Leben je gehabt hatte. Es forderte alles von ihr, auch jetzt Gott zu vertrauen. „Ja, das tut er."

Andächtig lauschten sie den Glocken, bis sie verklungen waren. Als sie wenig später die Infermeria betraten, schlug ihnen der gewohnte Geruch von Weihrauch entgegen, der Desinfektion des Mittelalters.

Mehrmals am Tag schwängerte ein Priester die Zimmer mit dem Rauch aus Harz und Gewürzen. Anfangs war Anna dabei schwindlig geworden, aber nun war sie froh über den starken Geruch, der den Kauterisationsgestank aus den Räumen verbannte.

Sie betrat das leere Behandlungszimmer und suchte gemeinsam mit Sofia die benötigten Utensilien zusammen. Wenn die Verletzten kamen, musste alles schnell gehen.

Sie entzündete das Feuer im Kamin.

Gestern hatte sie das erste Mal kauterisiert. Es hatte sie große Überwindung gekostet, dem italienischen Ritter solch entsetzliche Schmerzen zuzufügen. So etwas wie eine Narkose kannten sie hier zwar schon, die wurde aber nur für große Operationen eingesetzt. Zum Glück war der Mann nach der Hälfte in Ohnmacht gefallen.

Anna zog sich die weiße Schürze über ihr rotes Kleid und öffnete die Fenster, die zum Meer hinauszeigten.

In der Ferne sah sie drei kleine Boote kommen, die schnell größer wurden. Einige Brüder eilten mit Tragen die Treppe hinunter direkt zur Anlegestelle, um die Verletzten in Empfang zu nehmen.

Die Tür öffnete sich und Maria trat in den Raum. Man sah der älteren Frau die Erschöpfung nicht an, obwohl sie kaum schlief.

„Bereit?"

Anna drehte sich um, woraufhin die salzige Brise vom Meer ihr Haar verwirbelte, obwohl sie versucht hatte, es unter ein Tuch zu stecken. „Ja."

Sie bezweifelte, dass sie sich jemals an die von Erschöpfung und Schmerz gekennzeichneten Gesichter gewöhnen würde, geschweige denn an die grässlichen Verletzungen. Zum Glück war sie nur für die kleineren Verwundungen zuständig. Das reichte ihr völlig.

Maria stellte sich zu ihr ans Fenster und blickte zu den herannahenden Booten.

„Herr, hilf uns, weise Entscheidungen zu treffen und Leben zu retten."

Anna fand Trost im Gebet ihrer Lehrerin. Sie waren nicht allein.

Als sie die ersten Schreie, das Stöhnen und das Klappern rennender Schuhe auf dem Steinboden hörte, schloss sie die Fenster.

Philipp und Adrien, zwei dienende Brüder, die mit ihnen den Behandlungsraum teilten, brachten die ersten Verletzten herein, deren aschfahle Gesichter von wenig Schlaf und dem nervenzehrenden Bombardement der letzten achtundvierzig Stunden zeugten.

Ein italienischer Ritter, der kaum noch gehen konnte, ließ sich schwer auf Annas Stuhl fallen. Sein rechtes Hosenbein war voller Blut. Eine Oberschenkelverletzung. Sie lächelte dem Mann zu, versuchte, ihm Hoffnung zu geben. „Ihr müsst die Hosen ausziehen und die Unterkleider über die Wunde hochkrempeln." Beziehungsweise das, was noch davon übrig war. Sie reichte ihm ein Tuch und drehte sich um. Inzwischen hatte sie gelernt, dass es für die Ritter peinlich war, wenn eine Frau sie in ihren „Shorts" sah, obwohl die leinenen Unterkleider fast bis zum Knie reichten.

„Fertig", grummelte der Ritter.

Anna drehte sich um, nahm ein Tuch und säuberte sein Bein. Die tiefe Fleischwunde zog sich über die ganze Breite.

„Es ist nur ein Kratzer, aber mein Kommandant schickt mich trotzdem hierher."

Anna erwiderte nichts. Ein Kratzer. Klar. Als ob sie ihr dauernd klarmachen müssten, dass sie Helden waren.

Die Blutung hörte nicht auf. Sie blickte dem Ritter ins Gesicht. „Seit wann habt Ihr diese Verletzung?"

„Seit heute Morgen."

Die Blässe in seinem Gesicht zeugte vom großen Blutverlust.

„Wenn Ihr wieder zurückgehen wollt, muss ich kauterisieren."

Der Mann biss die Zähne zusammen und nickte. Er mochte um die dreißig sein. Sein Bart kringelte sich um sein breites Gesicht. „Ich gehe auf jeden Fall zurück. Sie brauchen jeden Mann dort. Aber ohne zusätzliche Verstärkung werden wir das Fort nicht mehr lange halten können."

Anna wählte ein schmales Eisen und hielt es mit einer Zange über das Feuer.

Sie bemerkte, wie die Pupillen des Mannes leicht größer wurden, als sie sich ihm mit dem glühenden Stab näherte, aber sonst ließ er sich seine Angst nicht anmerken. Sein Gesicht zeigte Spuren tiefer Kratzer und sein schwarzer Bart war mit einem weißen Puder durchsetzt. Wahrscheinlich Steinstaub.

„Ich zähle auf drei. Eins …" Dann drückte sie es drauf. Sie hatte gelernt, dass das Überraschungsmoment die erste Schmerzwelle verringerte.

Es zischte und sie hielt den Atem an, damit der Dampf und der Geruch des versengten Fleisches ihr nicht zu sehr in die Nase stachen.

Als sie es zum zweiten Mal ansetzte, schrie der Ritter auf. Sie tupfte die Stelle mit dem Tuch ab. „Ihr habt es überstanden."

Der Ritter zitterte und hielt die Augen geschlossen, während sie ihn mit Wundsalbe und einem Verband verarztete.

Anna nahm zwei Krücken, die an der Wand standen, und hielt sie ihm hin.

„Nun ruht Euch aus, bevor Ihr wieder nach Elmo geht."

„Danke."

Sie öffnete ihm die Tür und ein weiterer Bruder geleitete ihn zu einem Zimmer. Sie wusch sich gerade die Hände, als Sofia hereingestürmt kam, in ihrer Hand eine halb leere Schüssel mit Wasser, ihre Wangen weiß, in ihren dunklen Auge das blanke Entsetzen.

„Anna … mein Va… Vit …" Sofias Hand glitt an ihren Mund, ihre Augen vor Schreck weit geöffnet.

Annas Herz setzte einen Moment aus.

„Sofia, was ist los mit ihm?" Sie umfasste die Schultern des Mädchens und hätte sie am liebsten geschüttelt.

Ihre Augen füllten sich mit Tränen, unfähig, eine Antwort zu geben.

„Wo ist er?"

Sie deutete mit zitternder Hand in den Flur.

Vits Kopf dröhnte und er kämpfte gegen die Bewusstlosigkeit an. Er musste am Leben bleiben. Für Sofia.

Mit geschlossenen Augen, den Kopf an die Wand gelehnt, saß er mit anderen Verletzten im langen dunklen Gang und wartete. Wie war er nur hierhergekommen?

Luigi Broglia, dieser alte Bär, musste dafür gesorgt haben, dass er mit dem Boot in der Infermeria gelandet war.

„Vit!"

Mühsam öffnete er die Augen, aber er hatte Mühe, die Gestalten vor ihm zu erkennen. Es war, als würde er durch einen dicken Nebel alles verschwommen wahrnehmen. Sofia und Anna?

Mir geht es gut. Nur ein kleiner Kratzer. Aber als er seinen Mund bewegen wollte, gehorchte er ihm nicht.

„Kannst du gehen?"

Er versuchte zu nicken, aber der Schmerz in seinem Kopf war so stechend, dass er die Augen wieder schloss. „Ja." Seine Stimme erkannte er selbst kaum, so dumpf klang sie, als wäre er unter Wasser. Doch als er sich hochstemmen wollte, schrie er auf. Sein linker Arm hing schlaff nach unten. Jede noch so kleine Bewegung fühlte sich an wie tausend Messerstiche in seine Schulter.

Jemand fasste ihn unter dem rechten Arm und zog ihn hoch. Er ließ sich in ein Zimmer auf einen Stuhl schleppen.

„Wo hast du Schmerzen?"

Die Nebelschwaden wurden stärker. Es wäre so viel einfacher, sich in die Schwärze sinken zu lassen, aber eine scharfe Stimme hielt ihn davon ab.

„Vit, bleib hier. Sag mir, wo du Schmerzen hast."

Er fuhr sich mit der Zunge über die trockenen Lippen. „Mein Kopf, meine linke Schulter und mein Fuß. Glaube ich …" Seine Sicht wurde wieder etwas klarer und er konnte Anna nun beinahe scharf erkennen.

„Ich muss dir den Helm vom Kopf nehmen, das wird etwas schmerzen."

Er versuchte ein Lächeln und ihr Gesicht stand ihm plötzlich doppelt vor Augen. Er wollte die Kinnbändel öffnen, aber als er aus Versehen seine linke Hand bewegte, stöhnte er vor Schmerzen auf.

„Lass das, ich mach das schon."

Er biss sich auf die Zähne, während sie ihm mit kleinen Bewegungen seinen Schutz abnahm.

„Da muss dich etwas getroffen haben. Der Helm ist ganz verbeult. Ich habe es gleich."

Erleichterung breitete sich in ihm aus, als das schwere Ding weg war. Der Schmerz war gleich erträglicher und er konnte klarer sehen. Zumindest so weit, dass er ihr forciertes Lächeln wahrnahm und die Angst in ihren Augen. So schlimm konnte es doch nicht sein, oder?

„Du hast eine ganz ordentliche Platzwunde am Kopf und einen Bluterguss."

Vit schloss die Augen und lehnte den Kopf an die Wand, während Anna ihn versorgte. Er war so müde, doch die Schmerzen hielten ihn davon ab, einfach wegzudösen.

„Kannst du den Arm heben?"

Er öffnete die Augen und versuchte es, aber es ging beim besten Willen nicht. „Nein."

„Wahrscheinlich ist die Schulter ausgerenkt." Sie kniete sich hin. „Ich ziehe dir den Stiefel aus, um deinen Fuß genauer zu untersuchen. "

Sofia näherte sich, ihre kleinen Hände umklammerten einen Becher, den sie ihm reichte. Ihre Augen waren feucht. „Etwas Wein zur Stärkung."

Er nahm ihn entgegen und merkte erst jetzt, wie durstig er war.

„Es wird alles gut", murmelte er ihr zwischen zwei Schlucken zu. „So eine kleine Verletzung wird mich nicht umhauen." Er sah, wie Hoffnung in ihren Augen aufflackerte. Dennoch wich sie nicht von seiner Seite. Irgendwo stöhnte ein Mann auf.

„Die Wunden hier sind nicht allzu tief. Wir müssen nicht kauterisieren. Aber deine Schulter muss eingerenkt werden. Das macht Monsieur Paré."

Wieder wartete er im Flur, Sofia dicht neben ihm.

Hände stützten ihn, geleiteten ihn in einen anderen Raum. Ein Mann, der seinen linken Arm hochhob, ein Schmerz, der ihm den Verstand raubte, ein Schrei – war das seiner? Und dann die gnädige, sanfte Dunkelheit.

Als er erwachte, befand er sich in einem Bett. Über ihm ein dunkelroter Baldachin. Das Stöhnen vom Nachbarbett und leises Gemurmel vom anderen Ende des Raumes bestätigten seine Befürchtungen. Statt wieder in Elmo zu sein, war er in der Infermeria. Sein Kopf hämmerte immer noch, war aber längst nicht mehr so schlimm. Und seine Schulter – hielt da jemand seine Hand?

Vit drehte sich vorsichtig zur Seite. Sofia. Seine Familie. Dieser Gedanke wärmte ihn in seinem tiefsten Inneren. Zusammengesunken saß sie am Bettrand. Ihr Kopf lag auf seinem Bett und ihre kleine Hand umklammerte die seine. Ihre Schultern hoben und senkten sich gleichmäßig. Ein Lächeln glitt über sein Gesicht und er strich ihr mit der rechten Hand über den Kopf. Sie reagierte nicht, sondern schien tief und fest zu schlafen.

Nun gehörte er also zu den „Herren Kranken", deren Aufgabe es war, zu beten.

Segne, segne Herr du den Orden! Dir zur Ehre will er dienstbar sein. Sei ihm gnädig, hilfreich immer, steh ihm bei im Kampf zum Heil. Stärk den Glauben an den Heiland, der zu Ehren das Kreuz gebracht, wehr den Bösen, hilf zum Guten, den Schwachen hilf, treu zu sein. Den Schwachen hilf! Herr, höre uns!

Das Ordensgebet kam lautlos über seine Lippen. Seit Jahren hatte er es täglich zweimal gebetet. Es war, als wäre es ein Teil seines Selbst geworden. Doch jetzt in dieser Stunde schienen die Worte eine andere Bedeutung zu haben.

Steh ihm bei im Kampf zum Heil.

Ja, damit das Kreuz den Sieg davontrüge, damit die Schwachen in Gottes Kraft stärker wären und alle Welt die Größe Gottes erkennen möge.

Schritte näherten sich seinem Bett.

„Sofia, komm, du musst in dein Bett gehen." Annas erschöpftes und müdes Gesicht flackerte im Schein der Öllampen. Sie rüttelte Sofia sanft an der Schulter. Dann kreuzten sich ihre Blicke. „Du bist wach?"

Sie flüsterte und er sah Erleichterung über ihr Gesicht huschen. Seine Tochter hatte einen tiefen Schlaf und rührte sich immer noch nicht.

„Wie geht es dir?"

„Besser. Ich denke, morgen kann ich wieder zurückgehen."

Sie schüttelte den Kopf. „Ich verstehe euch nicht. Bei uns müsstest du mindestens eine Woche im Bett bleiben."

Er lächelte. „Es geht um den Glauben. Es geht um unseren Herrn. Wenn wir nicht für ihn streiten, wer dann?"

„Es gibt noch andere Ritter hier."

„Wir sind viel zu wenige. Es braucht jeden und Elmo geht es schlecht. Wir brauchen mehr Männer, wenn wir das Fort länger halten wollen."

„Sei unbesorgt. Juan de la Cerda spricht gerade mit dem Großmeister. Er wird bestimmt Verstärkung schicken, und wenn es dir besser geht, kannst du wieder gehen. Aber jetzt musst du schlafen und dich ausruhen."

Sofia hob schlaftrunken den Kopf. Doch als sie sah, dass er wach war, kam Leben in sie. „Papa, ich bin so froh, dass es dir besser geht."

Sie hatte geflüstert, sodass nur er es hören konnte, und ehe er sichs versah, landete ein feuchter Kuss auf seiner Wange. Ihre Augen glitzerten. Vit hoffte nur, dass die anderen schliefen oder so benommen waren, dass sie nichts davon mitbekamen.

„So schnell bringt mich ein Stein nicht um. Schlaf gut, meine Kleine."

Er schaute ihnen nach, als sie das Zimmer verließen. An der Tür drehte sich seine Tochter noch einmal um und winkte ihm voller Freude zu.

KAPITEL 24

„Da ist etwas eingraviert." Ed reichte Pierre den goldenen Armreif weiter, der im Inneren eine arabische Schrift trug. Jean de Morgut, ein Navarreser Ritter, hatte ihn einem osmanischen Offizier, den er getötet hatte, vom Arm gestreift.

Pierre verengte die Augen, um im fahlen Licht des anbrechenden Tages die Inschrift zu lesen. Sie frühstückten mit mehreren anderen Männern im selben Raum, in dem sie auch schliefen.

„Ich … komme … nicht … nach Malta …", Pierre drehte den Ring und las stockend weiter, „… um Reichtum oder Ehre … zu erwerben … sondern um meine … Seele zu retten."

„Die werden nicht abziehen, bis sie unsere Insel besitzen." Abel lehnte neben Pierre an der Wand. Seine goldene Rüstung reflektierte einen Sonnenstrahl, der durch eine Schießscharte in den Raum brach.

„Das sehe ich auch so", erwiderte Pierre und reichte den Ring an einen alten Ritter weiter.

„Erinnert mich an die Geschichten von Rhodos", murmelte dieser.

„Rhodos?", hakte Ed nach.

Der alte Ritter blickte auf. „Damals wohnten wir noch auf Rhodos. Ich erinnere mich noch an die grüne Insel, die üppige Vegetation." Er seufzte. „Nichts im Vergleich zu der kargen Insel hier. Auch wenn sie ihre Vorteile hat. Wie dem auch sei, de Valette und ich und einige andere der älteren Generation kämpften damals schon gegen die Osmanen. Leider erfolglos. Jetzt greifen sie uns wieder an. Wenn Ihr mich fragt, geht es ihnen nicht allein um mehr Land oder Macht, sondern darum, unsere Länder mit dem Islam zu überschwemmen. Darum die Inschrift dieses Mannes. Sterben oder das Land für den Islam erobern."

Ed sah den alten Ritter an. Sein wettergegerbtes Gesicht drückte Entschlossenheit aus. De Valettes Worte kamen ihm wieder in den Sinn. Eine Schlacht um Kreuz oder Koran.

„Dann kennen sie uns nicht. Wir sterben ebenso für unseren Glauben, ehe wir unser Land preisgeben.“ So entschlossen Abel für die Mode kämpfte, so unnachgiebig war er in der Ausübung seiner religiösen Pflichten. Ed sah ihn oft beten oder sogar die Kirche besuchen, wenn er nicht zur Wache eingeteilt war. Jetzt trug sein Gesicht wieder diesen energischen Ausdruck.

Die Entschlossenheit seiner Freunde beeindruckte Ed, aber er konnte sich nicht mit ihrer Motivation identifizieren. Gott musste ihnen sehr viel bedeuten, wenn sie für ihn sterben wollten.

Abel stand auf und holte einen Krug. Er nahm einen Schluck, dann reichte er ihn an Ed weiter. Er trank von dem Wein und gab ihn Pierre. Mit seinem Ärmel wischte er sich über den Mund. War es nicht egal, welche Religion ein Land aufgebrummt bekam? Konnte nicht jeder für sich entscheiden, was er glauben wollte?

Die kräftige Stimme seines Kommandanten unterbrach seine Gedanken. Breitbeinig und mit verschränkten Armen stand er da – ein bewährter Mann um die vierzig Jahre. „Es werden 50 Freiwillige gesucht, die das umkämpfte Fort Elmo unterstützen! De Valette lässt euch ausrichten, dass Fort Elmo der Schlüssel zu Malta ist. Es ist kein Ort für Feiglinge wie Juan de la Cerda, der nun im Gefängnis schmachtet.“

Ein Tuscheln entstand unter den Rittern. Ed lehnte sich zu Pierre und flüsterte: „Wer ist de la Cerda?“

„Das ist der spanische Hauptmann, der die Garnison in Elmo mit seinen Männern verstärkt hat.“

„Warum wurde er verhaftet?“ Abels Stimme schallte durch den Raum und verfehlte seine Wirkung nicht.

Der Kommandant fixierte den jungen Ritter einen Moment. Dann blickte er in die Runde. „De la Cerda behauptet, dass das Fort am Ende ist und es keinen Sinn hat, es weiter zu halten. De Valette glaubt nicht, dass es hoffnungslos ist. Wir Ritter des heiligen Johannes geben niemals – und ich betone es: niemals – auch nur einen Fuß dieses Landes her. Eher sterben wir für unsere Insel, unseren Orden und unseren Herrn. Mit neuer Verstärkung werden wir das Fort noch länger halten können. Diese Schlüsselstellung braucht die besten und mutigsten Kämpfer aus unseren Reihen. Feiglinge wie de la Cerda sind dort nicht zu gebrauchen. Sie verbreiten nur

Unmoral. Es werden Freiwillige gesucht, die unsere Brüder in St. Elmo unterstützen."

Nun kam Leben in die Besatzung. Viele standen auf und scharrten sich um ihren Anführer. Pierre und Abel waren ebenfalls auf ihren Beinen.

„Wir brauchen die besten Arkebusen-Schützen!" Die Augen des Kommandanten trafen die seinen. Langsam erhob Ed sich. Das mit dem Kämpfen für den Glauben brachte er nicht auf die Reihe, aber er konnte seine Freunde nicht im Stich lassen. Sie hatten ihm geholfen, Anna zu befreien, nun half er ihnen bei ihrer Sache. Er würde Vit wiedersehen, und wenn er siegreich zurückkam, war er endlich ein Held, der ein Mädchen wie Anna verdient hatte.

Pierre grinste ihn breit an und begrüßte ihn mit erhobenem Handschlag.

Abel streckte seine Faust in die Luft. „Denen zeigen wir es. Dieses Land gehört Christus!"

„Für Christus!", echote es kehlig aus unzähligen Mündern zurück.

Der Kommandant ließ ein Pergament herumgehen, auf dem sie sich alle einschrieben. „Nächste Nacht, wenn es dämmert, sehe ich Euch am Hafen bei der Infermeria."

Es war später Nachmittag und Maria hatte sie „nach Hause" geschickt, um sich vor der Nacht auszuruhen. Anna ging den Flur zum Hintereingang entlang, als sie den gestickten Wandteppich bemerkte.

Obwohl sie täglich mehrere Male daran vorbeiging, war es, als sähe sie ihn zum ersten Mal. Er stellte die Szene von David und Goliat dar. Furchtlos und entschlossen blickte der kleine Hirtenjunge dem Feind ins Gesicht. Eine Hand griff dabei in die Tasche mit den Steinen, in der anderen Hand hielt er die Steinschleuder. Goliat in seiner Prunkrüstung, riesig und furchterregend, lachte verächtlich.

Gebannt schaute sie auf die nächste Szene. Der Riese lag in einer Blutlache, seine Augen leer, der Mund offen, als könne er seinen eigenen Tod nicht fassen. David hatte sein Gesicht zum Himmel erhoben und ein heller Glanz umgab ihn. Kein Triumph, kein Hochmut. Seine Augen strahlten Dankbarkeit aus. Im Himmel prangte ein Banner mit der Aufschrift: *Soli Deo gloria.* Gott allein die Ehre.

Nachdenklich schlenderte sie über die Gasse in die Wohnung. Sie schnappte sich einen Kanten Brot und setzte sich in den kühlen Innenhof auf die Steinbank. Das war ihr Lieblingsplatz geworden. Sie lehnte den Kopf an die Wand und genoss die Kühle mit geschlossenen Augen. Das Donnern in St. Elmo hatte endlich aufgehört. Im Hinterhof war nur das Scharren und Gackern der Hühner zu hören.

„Anna?"

Ihr Herzschlag beschleunigte sich. Sie öffnete die Augen und stand auf, als Ed auch schon den Innenhof betrat.

„Maria hat mich hierhergeschickt." Er schloss sie in seine Arme.

Der Geruch nach Mann, nach Schweiß, aber auch nach Meer und Gewürzen stieg ihr in die Nase. Ed.

Es schien Wochen her zu sein, dass sie ihn zuletzt gesehen hatte.

„Ich habe dich so vermisst", sagte sie endlich und blickte in sein Gesicht.

Etwas in seiner Haltung und seinem Ausdruck war anders, aber sie konnte es nicht benennen.

„Du siehst müde aus", sagte er, als sie sich nebeneinander auf der Bank niederließen.

„Das bin ich auch. Die vielen Verletzten aus Elmo ... Ich bin so froh, dass du nicht dort bist. Es muss die Hölle auf Erden sein."

Eines der schwarzen kleinen Hühner scharrte sich ein Bett im staubigen Untergrund, plusterte seine Federn auf und setzte sich dann hin, um den wenigen Schatten zu genießen.

Sie blickte zu Ed. Wieder trug sein Gesicht diesen Ausdruck, den sie nicht deuten konnte. „Wie geht es dir? Habt ihr viel zu tun?"

Er schüttelte den Kopf. „Wir warten eigentlich nur. Aber die Kameradschaft ist gut. So gute Freunde hatte ich seit Johns Tod nicht mehr." Seine Stimme verlor sich und sein Blick war auf das halb vertrocknete Olivenbäumchen gerichtet, das den Hühnern kaum Schatten spendete.

Ein anderes Huhn kam hinzu und machte dem ruhenden Tier das

kleine Schattenplätzchen streitig. Es plusterte sich auf und bewegte sich unruhig.

„Hast du noch etwas von de Valette gehört?"

„Nein. Aber die Höhle ist nun sowieso von den Osmanen besetzt. Wir müssen wohl oder übel die Belagerung abwarten. Ich hoffe nur, dass du nicht zu nahe an die Schlachtlinien gerätst …" Aus dem Augenwinkel sah Anna, dass das Huhn vertrieben worden war. Aufgeregt gackerte es herum auf der Suche nach einem neuen Platz.

Sie ließ das Huhn Huhn sein, als Eds intensive Augen ihren Blick gefangen hielten. Als würden sie um Verzeihung bitten. Sie sah, wie seine Kiefermuskeln arbeiteten.

„Ich … Heute Nacht …" Er blickte weg.

Ihr Puls beschleunigte sich. Was war los? So unsicher kannte sie ihn nicht.

Er räusperte sich, bevor er sie wieder anschaute. „Ich habe mich mit Pierre und Abel freiwillig gemeldet, St. Elmo zu verstärken. Wir werden heute Nacht hinüberfahren."

Ihr Herz setzte einen Schlag aus.

Er legte eine Hand an ihre Wange und sah sie entschuldigend an.

„Nein!" Sie stand so heftig auf, dass die Hühner alle erschrocken durcheinanderliefen. „Das kannst du nicht machen!"

„Mir wird schon nichts geschehen. Vit ist auch dort und …"

„Nein, das ist es eben. Vit ist hier mit einer Kopfverletzung und einem ausgerenkten Arm, ganz zu schweigen von den vielen Wunden an seinen Beinen."

Hilflos ließ sie ihre Arme sinken. Wenn schon Vit, der erfahrene Ritter, so verletzt aus dieser Festung kam, wie würde es dann erst Ed ergehen? Sie kämpfte gegen die Tränen. Warum war sie nur so nah am Wasser gebaut? „Kannst du das nicht rückgängig machen?"

Ed kam einen Schritt auf sie zu und wollte sie in den Arm nehmen, aber sie wich rückwärts an die Wand.

„Nein, es ist eine beschlossene Sache."

Anna sah seine traurigen Augen, sein Flehen um Verständnis. Aber sie wollte keines aufbringen. „Bedeute ich dir so wenig?" Ihre Stimme war nur ein Flüstern. Ihre Hand hatte sie auf den Mund gelegt, um nicht laut zu schluchzen.

Als er sie in seine Arme zog, wehrte sie sich nicht mehr.

„Es ist das erste Mal in meinem Leben, dass ich das Gefühl habe, kein Versager zu sein. Dass mein Leben Sinn und Ziel hat."

„Indem du es opferst?" Sie konnte ihr Schluchzen nicht mehr unterdrücken.

„Nein, das habe ich nicht vor."

„Du hast nicht die Menschen gesehen, die halb tot aus den Trümmern kamen …" Ihre Stimme brach und sie vergrub ihren Kopf an seiner Brust.

Einen langen Moment weinte sie einfach und er hielt sie in seinen starken Armen und strich über ihren Rücken.

Bitte Gott, lass ihn leben!

„Anna, egal was passiert, du sollst wissen, dass ich dich liebe. Noch nie habe ich für ein Mädchen so empfunden wie für dich."

Eds Stimme war heiser und sie spürte, wie sein Herz schneller schlug. Sie blickte auf. Und noch bevor sie etwas erwidern konnte, küsste er sie. Mit einer Leidenschaft, die ihr den Atem raubte, mit einer Sehnsucht, die sie erwiderte und in der die Wehmut des Abschieds lag.

Das Tuch, das Ed sich um Mund und Nase gebunden hatte, war im Nu schweißgetränkt. Er nahm einen Holzlöffel und füllte die stinkende, klebrige Flüssigkeit in die Tonamphore. Abgesehen von den Kanonieren waren sie alle dafür eingeteilt, griechisches Feuer, Trompeten, Feuerreifen, und wie die Geschosse auch alle hießen, herzustellen. Es war nur eine Frage der Zeit, bis der erste Sturmangriff stattfinden würde.

Er schob das Gefäß zu Abel weiter, der die Öffnung mit einem Leinentuch verstopfte, das zuvor mit Schnüren umwickelt worden war. Vier Fäden ließ er heraushängen, damit man das Geschoss anzünden konnte.

Trotz des Tuches stieg ihm der beißende Gestank der geheimen Salpetermischung in die Nase, als er erneut eine dünnwandige Vase befüllte.

„Die Gewänder der Janitscharen werden damit lichterloh brennen", grinste Abel neben ihm.

„Janitscharen?"

„Sag bloß nicht, du hast noch nie von ihnen gehört?" Abel starrte ihn ungläubig an.

„Vergiss nicht, dass er in England als Bauernsohn aufgewachsen ist." Die dumpfe Stimme Pierres kam Ed zu Hilfe. Er schützte seinen Mund und seine Nase ebenfalls mit einem Tuch, während er Schnüre in kochenden Schwefel tauchte.

„Janitscharen sind die besten Truppen des Sultans", begann Vit mit einer Erklärung. Er war in derselben Nacht mit ihnen wieder nach Elmo gefahren. Er nahm Pierre die Schnüre aus der Hand und präparierte sie mit einem Stück Leinentuch zu einem Verschlussstück, während er mit seiner Erklärung fortfuhr. „Alle fünf Jahre findet im gesamten Osmanischen Reich eine Musterung aller siebenjährigen christlichen Knaben statt. Diejenigen, die sich geistig und körperlich eignen, werden in verschiedene Ausbildungsstätten geschickt, in denen sie das Kriegshandwerk lernen und zu Moslems bekehrt werden."

Die Fackel an der Wand des kleinen, fensterlosen Raumes flackerte wild, als eine der großen Kanonenkugeln mit ohrenbetäubendem Lärm einschlug und der ganze Raum erzitterte. Blitzschnell griff Abel nach den gefüllten, aber noch nicht fertiggestellten Flaschen und hielt sie fest.

Als der Lärm verklungen war, fuhr Pierre fort: „Sie dürfen nicht heiraten, aber auch sonst keine Beziehungen pflegen, außer ihrer Gemeinschaft. Sie sind beim Sultan hoch angesehen und haben einige Privilegien. Ihr einziges Ziel besteht darin, ihre Tapferkeit und Einzigartigkeit im Kampf zu beweisen, indem sie sich in die gefährlichsten und schwierigsten Aufgaben stürzen."

Ed sammelte die fertigen Vasen und stellte sie sorgfältig in eine hölzerne Box, bevor er weitere leere Flaschen holte. „Warum werden sie zu Moslems bekehrt?"

„Damit sie ihrer Sache dienen."

„Aber dafür könnten sie doch auch die eigenen Leute nehmen."

„Ihr Ziel ist es, dass alle Menschen Allah dienen. Die christlichen

Jungen locken sie mit den versprochenen Privilegien und dem Ansehen im Volk, sodass sie ihre Herkunft für gering achten. Außerdem sind ihnen die eigenen Leute zu schade."

„Und was ist mit den Iayalaren?"

Pierre legte einen Packen präparierter Schnüre auf den Tisch. Ed sah ihn fragend an.

„Im Gegensatz zu den Janitscharen dienen sie von Geburt an Allah. So sehr, dass sie überall hingehen, um für ihn zu sterben, auch wenn sie keinerlei Kampfausbildung besitzen."

„Aber die könnt ihr doch vergessen", mischte sich Abel nun wieder ein. „Wegen ihres Rauschkonsums sind sie langsam und können es nicht mit uns aufnehmen."

„Das mag stimmen, aber wenn sie uns in der Zahl überlegen sind, dann werden sie trotzdem gefährlich."

Vit band die letzten Schnüre um die Pfropfen.

Ed kratzte den Rest des Salpeter-Schwefel-Pech-Ammoniaksalz-Harz-Terpentin-Gemisches vom Boden des Topfes zusammen und befüllte eine weitere Flasche.

„Hoffen wir einfach, dass diese Geschosse sie zu Tausenden verbrennen und kampfunfähig machen, bevor sie uns zu nahe kommen", sagte Pierre und nahm den Kessel vom Feuer.

Ed schwieg. Wieder einmal war er sich der Surrealität dieses Augenblicks bewusst. Er stellte mittelalterliche Handgranaten her und musste gegen abgerichtete Kampfmaschinen und drogensüchtige Spinner kämpfen, gegen Fanatiker, deren einzige Ehre darin zu bestehen schien, zu sterben? Das mulmige Gefühl, das ihn schon beim Abschied von Anna beschlichen hatte, meldete sich zurück. Hatte er einen gewaltigen Fehler gemacht, als er sich freiwillig gemeldet hatte?

Er konnte immer noch nicht ganz fassen, dass er ihr gestanden hatte, dass er sie liebte. Noch immer spürte er ihren Kuss auf seinen Lippen, der ihn mit aller Kraft bat, lebend wieder zurückzukommen.

Beinahe wäre er bei ihr geblieben.

Aber er war es seinen Freunden schuldig, sie zu unterstützen. Sie hatten auch ihre Zukunft, ihr Leben riskiert, um ihm zu helfen. Damit konnte er wenigstens etwas Gutes in seinem Leben tun. Sein

Leben weiser leben. Anderen helfen. Andere retten. So furchterregend das auch im Moment aussah – er fühlte sich lebendig, wichtig. Zu Hause – wenn Anna und er überhaupt jemals wieder nach Hause kamen – erwartete ihn nur der Knast. Bedeutungslosigkeit. In den Augen der Zukunft war er ein Versager. In den Augen der Vergangenheit hatte er die Chance, sich als Held zu beweisen. Und sich Anna als würdig zu erweisen.

Bald war sie am Ziel ihrer jahrelangen Odyssee. Sie fühlte sich nackt in ihren aufreizenden Kleidern. Für ihre Tochter. Der Gedanke an ihr kleines Mädchen hielt sie am Leben. Sie ging in die stinkenden Zelte, um die Verwundeten zu pflegen. Am liebsten hätte sie ein Messer genommen und ihnen allen die Kehle durchtrennt. Stattdessen zwang sie sich zu einem Lächeln und ließ sich begrapschen. Der Gürtel aus Metallplättchen, der den orange-durchsichtigen Rock notdürftig zusammenhielt, klimperte bei jedem Schritt. Den musste sie unbedingt hierlassen, wenn sie sich ungehört davonschleichen wollte.

Nur noch ein paar Stunden. Noch nie war sie ihrer Tochter so nahe gewesen. Nur ein paar Stunden Fahrt über das Meer bis zu ihrer kleinen Insel, ihrer Heimat.

Sie trat aus dem Zelt ins gleißende Sonnenlicht. Das Donnern der Kanonen ließ den Boden bis hierher erzittern. Sie wagte es nicht, in den Himmel zu schauen, aber ein leiser Seufzer entwich ihrem Herzen.

Herr, lass es wohl gelingen. Für meine Tochter.

Nicht, dass sie glaubte, dass Gott sie wirklich hören würde. Sie war so tief in Sünde gesunken, dass sie nichts mehr wert war.

Aber das war ohnehin egal. Ihr Leben war schon vorher ein einziger Trümmerhaufen gewesen. Ihre große Liebe hatte sie selbst aus ihrem Leben gestoßen. Ihre süße Tochter war die einzige Erinnerung an die glücklichen Tage. Und Marcus war tot.

Schwarzer Rauch quoll aus der Ferne in den Himmel und verdunkelte die Sonne.

„Was stehst du da rum? Hast du nichts zu tun?“

Sie duckte ihren Kopf in das nächste Zelt. Nur noch ein paar Stunden.

Anna war erst gerade eingeschlafen, als Maria sie schon wieder weckte. Zumindest kam es ihr so vor. Nun war es schon eine Woche her, dass Ed nach Elmo gegangen war. Die Angst und die Ungewissheit nagten an ihr. Tag für Tag fürchtete sie eine schlimme Nachricht oder einen ihrer Freunde verstümmelt im Flur vorzufinden.

Sie rieb sich die Augen und stand auf. Maria hatte einen stärkenden Tee gebraut und es gab sogar noch Eintopf. Wahrscheinlich hatte sie ihn von der Infermeria-Küche mitgebracht.

Ein eigenartiger Rhythmus hatte sich bei ihnen eingestellt. Morgens standen sie zwischen zehn und zwölf Uhr auf. Den Nachmittag verbrachten sie damit, Verbände zu wechseln und Salben herzustellen. Gegen Abend aßen sie etwas und hatten meist eine kleine Pause, bevor sie sich wieder um die Patienten kümmerten. Um Mitternacht kamen dann die neu Verwundeten aus Elmo, die sie bis in die frühen Morgenstunden behandelten.

Sie setzte sich zu Maria an den Tisch und tauchte den Löffel in den Eintopf, bestehend aus Gemüse und Fleisch. Es war nicht ihr Lieblingsfrühstück, aber es tat gut, wieder einmal eine warme Mahlzeit zu haben. Die gab es äußerst selten.

„Was Neues aus Elmo?“ Sie flüsterte, um Sofia, die im selben Raum schlief, nicht zu wecken. Vita strich um ihre Beine.

„Nein. Sie werden weiterhin bombardiert, aber sie konnten bisher nichts einnehmen. Die Osmanen scheinen noch keinen Versuch unternommen zu haben, das Fort zu stürmen, sonst hätten wir mehr Verletzte.“

Noch mehr Verwundete? Anna kaute auf dem zähen Fleisch. Wahrscheinlich Hase.

„Wir können uns glücklich schätzen, dass sie sich bis jetzt nur auf Elmo konzentrieren.“

Anna schluckte und hörte, wie in der Ferne das Bombardement

weiterging. Sie hatte sich schon so an das Donnern gewöhnt, dass sie es kaum noch wahrnahm. „Warum?"

Maria hatte immer die neusten Informationen. Woher sie diese hatte, wusste Anna nicht so genau, aber es war ihr egal.

„Das gibt uns kostbare Zeit. Wenn sie uns besiegen wollen, dann müssen sie es vor den Herbststürmen schaffen, ansonsten ist ihr Weg für Nachschub abgeschnitten. Die Deserteure haben gesagt, dass sie sich zuerst den Zugang zum Hafen erkämpfen wollen, um uns dann von allen Seiten zu beschießen, deshalb konzentrieren sie sich auf Elmo."

Anna brach sich ein Stück Brot ab. „Du meinst, wir müssen noch bis in den Herbst ausharren?" Das war einfach unvorstellbar. Es war doch erst Anfang Juni.

„Das kann gut sein, wenn sie uns nicht vorher einnehmen oder wir sie vertreiben."

Anna kratzte die letzten Reste aus ihrer Schüssel. Wie sollte sie es nur schaffen, so lange in der Ungewissheit auszuharren?

Vertraust du mir?

Manchmal machte sie Gottes Stimme auch wütend. Warum musste sie das alles erleben? Warum hatte Ed ihr seine Liebe gestanden? Um dann zu sterben? Was hatte sie davon?

Du bist kostbar in meinen Augen.

Sie schluckte, als sie die liebevolle Stimme hörte, und ihr Zorn war wie weggeblasen. Wer war sie, dass sie alles besser wusste? Sie fühlte sich wie der kleine David auf dem Bild. So klein … Aber hatte er nicht Goliat besiegt? Konnte sie ihre Furcht besiegen?

„Übrigens wird es dich sicher freuen, dass Pietro die Flucht gelungen ist", unterbrach Maria ihre Gedanken.

„Pietro? Du meinst den Bruder, mit dem ich in Gozo war?"

Maria lächelte. „Genau der."

Das war ein Lichtblick, ein Hoffnungsfunke. Anna hatte nicht mehr daran geglaubt, ihn je wiederzusehen.

„Außerdem hat er eine Frau und einen Jungen mitgebracht. Ich wollte dich bitten, dich um sie zu kümmern. Es wird zwar eng hier, aber wir können sie vorerst bei uns einquartieren."

Das schien ein guter Tag zu werden. Mal etwas anderes, als nur Verletzte zu betreuen.

Sofia drehte sich im Schlaf. Anna blickte zu ihrer kleinen Freundin, die sich zu einer Kugel zusammengerollt hatte. Vita hatte sich wieder zu den Füßen ihrer Herrin gelegt.

Sosehr sie Sofia und Maria auch mochte, fühlte sie sich doch einsam. Allein. Seit das Boot in jener Nacht mit Ed und ihren anderen Freunden in der Schwärze der Nacht verschwunden war, war es, als wäre ein Loch in ihrem Herzen. Ein dumpfer Schmerz. Die Angst ein schwarzes Tuch, durch das kaum Licht drang.

Glaubst du, dass ich größer als deine Angst bin?

Was war das für eine Frage? Sie wusste und glaubte, dass Gott größer war als alles, was im Universum vorhanden war.

Warum verhältst du dich dann nicht so?

Sie nahm den letzten Schluck Wasser aus ihrem Tonbecher. Wenn sie das wirklich glauben würde, würde sie sich dann Sorgen machen? Wenn sie das wirklich glauben würde, würde sie dann nicht einfach vertrauen? Friedlich schlafen wie Sofia? Stattdessen wälzte sie sich Nacht für Nacht unruhig hin und her.

Herr, du weißt um all meine Angst und alle meine Sorgen. Ich weiß, dass Ed und die anderen in deiner Hand sind, aber ich fühle mich so ohnmächtig. So hilflos. So schutzlos. Ich habe solche Angst um sie. Hilf mir, meine Angst zu besiegen und dir ganz zu vertrauen.

Vielleicht war das mit dem Vertrauen eine Sache, für die sie sich immer wieder entscheiden musste. Tag für Tag, Stunde um Stunde, Minute für Minute.

Sie stand auf, spülte ihre Schüssel und den Becher ab und band sich das Tuch um den Kopf. Schon lange hatte sie kein Bad mehr gesehen und sie ekelte sich selbst vor ihren fettigen Haaren. Zum Glück hatten sie hier in Birgu eine Quelle. Vielleicht würde sie es heute in der Abendpause schaffen, ein Bad zu nehmen und sich die Haare zu waschen.

Sie ließ Sofia weiterschlafen und folgte Maria in die Infermeria.

Im Ärzteraum traf sie auf Pietro. Es war eine fröhliche Begrüßung.

„Ihr habt es auch geschafft zu fliehen?" Die Augen des hageren Mannes tanzten. Er wirkte gestählter als noch vor einem halben Jahr.

„Ja, Edward und zwei seiner Freunde haben mich befreit. Ich habe gehört, dass Ihr eine Frau und einen Jungen mitgebracht habt?"

„Manuele. Vielleicht erinnerst du dich an ihn. Die Frau kenne ich nicht. Sie hat sich uns angeschlossen."

Monsieur Paré betrat den Raum und die fröhliche Begrüßung ging weiter.

„Bitte fülle ein Tablett mit etwas zu essen und bringe es der Frau und dem Jungen in den kleinen Raum", sagte Maria.

Anna tat, wie ihr geheißen, und ging mit dem Essen in der Hand zum kleinen Herbergszimmer.

Ab und zu schlief auch Monsieur Paré oder dienende Brüder darin, um schneller wieder bei den Patienten zu sein.

Sie klopfte und trat dann ein. Eine Frau mit schwarzen langen Haaren stand am Fenster, ihre Arme um ihren Oberkörper geschlungen. Das rote T-Shirt aus Seide bedeckte nur gerade ihren Busen. Tief auf ihren Hüften saß ein durchsichtiger Rock, unter dem sich die knochigen Hüftknochen abzeichneten. Eine Konkubine?

Auf der Matte lag zusammengerollt der Junge und schlief.

„Ich bin Anna." Sie stellte das Tablett auf ein kleines Tischchen.

Die Frau wandte sich um. Ihr Gesicht hatte feine Züge, aber ihre Augen waren stumpf. Leblos. „Ich muss nach Gozo zu meiner Tochter." Ihre Stimme war dunkel und ihr Französisch gebrochen.

„Stärkt Euch zuerst."

Was hatte diese Frau wohl durchgemacht? All jenes, wovon sie selbst verschont geblieben war?

„Wie ist Euer Name?"

Das Alter der Frau war schwer zu schätzen. Vielleicht einige Jahre älter als sie selbst?

„Man hat mir schon viele Namen gegeben. Meine Mutter nannte mich Glika." Die Frau starrte mit einem abwesenden Blick in die Leere.

„Es freut mich, Euch kennenzulernen. Ich teile mit Maria und meiner kleinen Schwester eine Wohnung ganz in der Nähe. Sie hat mich angewiesen, Euch dort unterzubringen."

„Macht Euch keine Umstände. Wir werden noch heute nach Gozo weiterreisen. Ich habe meine Tochter seit Jahren nicht gesehen."

Wusste sie nicht, dass das unmöglich war? Überall wimmelte es von den osmanischen Schiffen. Anna konnte sich nicht vorstellen, dass man auf normalem Wege irgendwie auf die kleine Insel gelangen konnte. Doch sie unterließ es, sie darauf hinzuweisen. „Soll ich Euch andere Kleider besorgen?"

Glika, die immer noch abwesend aus dem Fenster gestarrt hatte, schaute sie jetzt an und ein Hauch eines Lächelns umspielte ihren Mund. „Das wäre sehr nett."

Sie lächelte zurück und besorgte ihr in der Infermeria einfache Kleider.

Manuele war inzwischen aufgewacht und machte sich hungrig über das Essen her. Nur vage erinnerte sie sich an ihn. Als Pietro wenig später anklopfte, war Glika kaum wiederzuerkennen.

„Die einzige Möglichkeit, nach Gozo zu gelangen, ist nachts mit einem geheimen Kurierboot. Das nächste Boot verlässt die Insel aber erst in zwei Tagen. Ich muss Euch daher leider vertrösten", erklärte er der Frau.

Sie nickte und Anna sah, dass sie den Tränen nahe war. Obwohl sie neugierig war, wagte sie es nicht, sie nach ihrer Geschichte zu fragen.

Sie führte die zwei Überlebenden in die kleine Wohnung. Sofia und Vita waren weit und breit nicht zu sehen.

„Ihr habt auf Gozo gewohnt?", fragte Anna, während sie den beiden den Hinterhof zeigte.

„Ja." Die Augen der Frau verdunkelten sich. „Aber das ist lange her. Ich wurde nach Konstantinopel verschleppt. Doch ich hoffe, dass meine Mutter und meine Tochter noch dort wohnen. Sie konnten sich damals verstecken. Nur mein Mann und ich wurden entdeckt …" Ihre Stimme brach.

Manuele, der Anna noch kein einziges Mal angesehen hatte, kickte abwesend einen Stein über den Boden, während die Augen der Frau unruhig hin und her wanderten.

Die dunklen Bilder ihrer eigenen Verschleppung stiegen wieder in Anna auf. „Das tut mir sehr leid. Ich wurde vor einem halben Jahr auch von Gozo verschleppt."

Glikas Augen wurden groß. „Aber Ihr seid hier?"

„Ja, mein Mann und ein paar Ritter befreiten mich. Ich war im Auftrag des Ordens auf Gozo, um den Pilz zu pflücken."

Ein wehmütiges Lächeln glitt über Glikas Gesicht. „Ja, der Pilz …

wie oft haben wir Brüder beherbergt, die ihn gesammelt haben …"
Anna meinte, eine Röte über ihr Gesicht huschen zu sehen, aber dann war sie sofort wieder weg.

„Und wie habt Ihr es geschafft, hierherzukommen?", wagte sie nun doch zu fragen.

„Mein Weg war ein weniger ruhmreicher. Zuerst wurde ich als Sklavin verkauft, und als ich vom Angriff gehört hatte, den die Osmanen planten, habe ich mich als Konkubine auf ein Schiff geschlichen. Die einzige Art, als Frau mitzugehen. Als ich auf der Galeere zufälligerweise von einem Fluchtplan erfahren habe, habe ich mich angeschlossen."

„Ihr seid eine mutige Frau."

Glika lächelte müde. „Das Einzige, was mich am Leben hielt, war der Gedanke an meine Tochter. Sie sollte nicht ohne Eltern aufwachsen. Meine Mutter ist schon alt …"

„Und Euer Mann?"

„Er starb auf den Galeeren." Ihr Gesicht war ausdruckslos.

„Anna!"

Sofia stürmte in den Hinterhof, dicht gefolgt von Vita. Doch sie blieb wie angewurzelt stehen, als sie den Jungen erblickte, und auch er starrte sie mit offenem Mund an. Doch er fing sich schnell wieder und ein breites Grinsen trat auf seine Lippen, während Sofias Kinnlade nach unten geklappt war.

„So…", begann der Junge.

„Ma… Manuele?", fiel Sofia ihm ins Wort.

„Wie ich sehe, wurdest du auch gerettet."

Sofia nickte eifrig. „Die Ritter haben mich gerettet."

Vita schnüffelte neugierig an dem Jungen, der sich nun bückte, um den Hund zu streicheln.

„Das ist Vita." Sofia kniete sich neben ihn und streichelte die Hündin hinter den Ohren.

„Wer hat dich gerettet?"

„Pietro."

„Pietro? Er ist auch hier? Ich muss ihn sehen. Wo ist er?"

Anna lächelte über die Freude des Mädchens.

„Wir werden ihn nachher suchen, Sofia. Begrüße erst unseren anderen Gast, Glika."

Anna blickte zu der Frau. Irgendetwas stimmte nicht mit ihr. Sie starrte Sofia unverwandt an, war kreidebleich und ihre Hände zitterten.

✠

„Zu den Waffen! In die Bresche!"

Im Rennen schnappte sich Ed den Helm, den er im Gegensatz zur Rüstung zum Schlafen ausgezogen hatte, und stülpte ihn über.

„Sie haben das Außenwerk!", schrie Abel zu ihm hinüber.

Dieses Bollwerk war noch kurz vor der Ankunft der Osmanen als zusätzlicher Schutz aufgebaut worden. Es war durch eine Brücke mit dem Fort verbunden.

Die ersten Sonnenstrahlen ließen die wehenden Gewänder der Janitscharen auf der Brücke wie weiße Fahnen leuchten. Nur dass sie alles andere als Frieden brachten.

Ohne darüber nachzudenken, stürmte er hinter Abel und Pierre auf die Brücke, zückte sein Rapier und versperrte einem Soldaten den Weg.

Die dunklen Augen des Janitscharen loderten wie Feuer und sein Krummsäbel verfehlte Eds Kopf nur knapp. Er duckte sich und stach nach seinen Beinen, aber mit einer Drehung war der andere weg und sein Säbel prasselte auf das Metall, das Eds Rücken schützte. Beinahe verschlug es ihm den Atem. Er zog sein Rapier von unten in einer schnellen Bewegung hoch, griff mit der linken Hand nach einem Dolch und schleuderte ihn in Richtung des Angreifers. Damit hatte dieser offensichtlich nicht gerechnet, denn mit seinem runden Schild hatte er lediglich seine linke Seite gegen das Rapier geschützt. Der Dolch traf ihn in den rechten Brustkorb. Er schnappte nach Luft, führte aber mit seinem Krummsäbel weitere Hiebe gegen Ed aus, die dieser nur knapp abwehren konnte. Doch dann wurde sein Gegner langsamer und brach zusammen.

„Rückzug! Wir schließen das Tor!"

Der Befehl kam von den Kanonieren oberhalb des Tores.

Aus dem Augenwinkel sah Ed Abel gegen einen Riesen von einem Mann kämpfen. Er wich ihm geschickt aus, während er sich zum Rückzug wandte. Ed rannte zum Tor, als er ein zischendes Geräusch neben seinem Ohr wahrnahm. Ein Pfeil flog an ihm vorbei und bohrte sich direkt in Abels Brust vor ihm. Im selben Moment holte der Hüne aus, aber Ed war schneller. Von hinten rammte er ihm mit aller Kraft das Rapier zwischen die ungeschützten Schulterblätter. Er zog seine Waffe heraus, während der Mann sich stöhnend umdrehte. Aber Ed war schon bei Abel und schleppte ihn Richtung Fallgitter, das schon zur Hälfte heruntergelassen war.

Er bückte sich und zog seinen Freund hindurch und weiter hinter die Mauer, wo sie vor den Pfeilen sicher waren. Abels Gesicht war bleich, sein Atem ging stoßweise.

„Wir müssen den Pfeil da rauskriegen." Seine Stimme war bestimmt eine Oktave höher. Plötzlich war Pierre neben ihm.

„Abel, wir bringen dich in Sicherheit! Ed, pack an."

Ed wollte seinem Freund aufhelfen, als Abel abwinkte.

„Rechnet … rechnet mich nicht mehr … zu den Lebenden. Ihr nutzt eure Zeit … besser …, wenn ihr euch um … unsere anderen … Brüder kümmert." Sein Atem ging rasselnd und er hatte Mühe zu sprechen.

„Nein, Abel, du stirbst uns nicht!" Ed konnte kaum atmen vor Panik. Nicht Abel. Er kniete sich neben ihn.

Abel nahm seine Hand und blickte ihn mit einem seltsam ruhigen und friedlichen Blick an.

Nicht Abel. Übelkeit stieg in ihm hoch.

„Griechisches Feuer!"

Jemand riss Ed hoch.

„Abel! Nein!"

Aber die anderen Ritter zerrten ihn mit und er fand sich in einer Schlange Männer wieder, die das griechische Feuer, Trompeten und Feuerreifen weiterreichten zu den Männern oberhalb des Tores, welche die Angreifer damit überschütteten. Das Holztor hinter dem Fallgitter war nun ebenfalls geschlossen, sodass kein Pfeil mehr durchdringen konnte. Der Torbogen war dicht gedrängt mit Männern, die mit ihren Arkebusen und anderen Geschützen die Osmanen bedrängten.

Eds Augen waren blind vor Tränen. Er wollte noch nicht so schnell aufgeben. Pierre stand neben ihm und reichte ihm in schneller Folge ein Fass nach dem anderen, gefüllt mit den Vasen, die Abels Hände gemacht hatten. Er hatte keine Chance, sich um seinen Freund zu kümmern. „Wir müssen Abel helfen. Wenn wir die Blutung stoppen, dann kann er weiterleben!"

Pierre schüttelte bedauernd den Kopf, Traurigkeit in seinen Augen. „Wir müssen hier helfen, sonst werden wir auch bald im Himmel mit ihm sein."

Er konnte nichts tun. Oder doch? Gott. Gott war seine einzige Hoffnung.

Gott, bitte lass Abel nicht umkommen.

Als die Fässer leer waren, wurden Steine weitergereicht, um sie den Osmanen auf den Kopf fallen zu lassen.

Eds Hände waren taub, sein Kopf brummte vom Lärm und sein Herz war dumpf vor Schmerz.

Wie in Trance befolgte er sechs Stunden lang Befehle und half den Brüdern oben auf der Mauer. Dann ebbte der Lärm endlich ab.

„Sie haben sich zurückgezogen. Wir haben sie besiegt!"

Ed blickte zu Pierre. Sein Gesicht war über und über mit Steinstaub bepudert und seine Augen rot gerändert und stumpf. Gesiegt? Das Außenwerk war immer noch im Besitz der Feinde, aber wenigstens hatten sie das Innere verteidigt.

„Lass uns Abel helfen."

Doch Pierre hielt ihn zurück. „Der Pfeil hat seinen Brustkorb durchbohrt. Er wird nicht mehr unter den Lebenden sein."

Das konnte einfach nicht wahr sein.

„Vielleicht steckt er nicht so tief."

Man hatte damit begonnen, die Toten in die Mitte des Hofes zu legen.

Die Kommandanten schrieben die Namen der Gefallenen auf ein Stück Pergament. Ed entwand sich Pierres Griff und suchte die Reihe der Toten nach seinem Freund ab. Kein Abel. Ein leiser Hoffnungsfunke flammte in ihm auf.

„Du musst etwas trinken, bevor du ihn weitersuchst." Pierre reichte ihm einen Krug Wein, der in einer Nische gestanden hatte.

Ed spülte ihn in einem Zug hinunter und hoffte, dass die dämpfende Wirkung bald einsetzte. Dann ging er zu den Verletzten, die sich von dienenden Brüdern notdürftig verbinden ließen. Aber auch dort fand er seinen Freund nicht.

Pierre wich nicht von seiner Seite. Eine helle Glocke läutete.

„Lass uns zum Gottesdienst gehen."

Gottesdienst? Hatten sie jetzt nichts Besseres zu tun? Aber er war zu abgekämpft, um sich gegen Pierres kräftigen Griff zu wehren.

So ließ er sich in die kleine Kapelle schleifen, die in der Außenmauer eingebaut war. Von allen Seiten strömten die Männer herbei, viele humpelten oder wurden von Freunden gestützt.

Abel hatte hier viel Zeit verbracht. Er war immer der Meinung gewesen, dass Gott ihn hörte und dass durch ein Gebet eine ganze Schlacht gewendet werden könne. Vielleicht hatte Gott auch sein Gebet erhört?

Weihrauch empfing sie im kühlen Raum. Nur ein kleines, rundes Fenster über dem Altar spendete Tageslicht. Fackeln erhellten den Raum, dessen Decke sich in einem Halbrund über ihnen ausbreitete. Vorne stand ein Tisch als Altar und davor lag ausgestreckt – Abel.

Sein Gesicht zum Boden, seine Arme rechts und links von sich gestreckt, lag er wie ein menschliches Kreuz in einer Blutlache.

„Abel!" Ed schrie auf und wollte nach vorne rennen, aber Pierre hielt ihn immer noch eisern am Arm fest.

„Nicht, es ist zu spät. Er hat den Kampf hier im Gebet mit uns beendet."

Ein Priester kniete sich vor Abel hin, betete über ihm und machte das Kreuzzeichen. Die Kapelle füllte sich und Abel wurde hinausgetragen in den Hof. Ed sank an die Wand, zog die Knie an und legte seinen Kopf darauf. Er schluckte gegen den Kloß in seinem Hals an, der so schmerzte, dass er allein davon beinahe Tränen in den Augen hatte. Gott hatte sein Gebet nicht erhört.

„Wir danken Gott dem Allmächtigen. Als wir dachten, es sei schon alles verloren, hat uns der Herr den Sieg geschenkt. Dieser Bruder, Abel de Bridiers de la Gardampe, hat verstanden, was es heißt, mit seinen Brüdern bis zum Ende zu kämpfen. Als er gewusst hat, dass er nicht mehr kämpfen konnte, hat er mit und für uns die Schlacht im Gebet geschlagen. Brüder, vergesst nie, dass das Gebet eine so mächtige Waffe wie das Schwert selbst ist. Lasst uns danken und beten."

Neben ihm stand Pierre auf, als das Gemurmel des Vaterunsers einsetzte, doch Ed blieb wie betäubt sitzen. Sein Herz fühlte sich wie ein einziges, großes Loch ohne Boden an.

Das Gebet so mächtig wie ein Schwert? Wer's glaubt. Sein Gebet offensichtlich nicht. Es hatte Abel nicht gerettet.

Ein Lied, gesungen aus vielen kehligen Männerstimmen, erfüllte den Raum. Eine Melodie der Hoffnung und des Friedens. Aber er fühlte keinen Frieden, keine Hoffnung.

Wenn Abel gewusst hatte, dass Gott ihn erhörte, warum hatte er ihn dann nicht um sein Leben angefleht? Oder hatte er das und Gott hatte nicht geantwortet? War ihm Abel etwa nicht wichtig? Aber wenn ihm dieses Vorbild an Ritter, Glauben und Rechtschaffenheit schon nicht wichtig war, dann hatte Ed selbst erst recht keine Chance bei Gott. Nie und nimmer.

Die Männer verließen einer nach dem anderen den Raum. Pierre reichte ihm die Hand und er ließ sich widerstandslos aufhelfen.

Er dachte an sein Versprechen, das er Anna gegeben hatte. *Mir geschieht schon nichts.* Insgeheim hatte er gehofft, dass Annas Gott ihn beschützen und wohlbehalten zu ihr zurückbringen würde. Wegen ihr. Aber nun war er sich da nicht mehr so sicher.

Das Sonnenlicht blendete ihn und die Hitze zwang ihn beinahe in die Knie. Im Hof war es seltsam still, als jeder auf seinen Posten zurückging.

Ed trottete neben Pierre zur linken, landseitigen Bastion.

Sie erreichten die Kammer, in der sie sich ausruhen konnten. Die Enge unter dem Metall war unerträglich. Aber er traute sich nicht, seine Rüstung auszuziehen. Auch wenn sie nur wenig Schutz bot, war sie doch der einzige Schutz, den er hatte.

Alles drehte sich. Sie tastete nach der Wand. Ihre Beine drohten unter ihr nachzugeben.

„Glika, geht es Euch gut?"

Annas Stimme drang nur gedämpft an ihre Ohren. Sie sank auf die Steinbank. Über sechs Jahre hatte sie auf diesen Moment hingelebt. Nun traf er sie unvorbereitet mit aller Wucht. Sie war so groß geworden. Und sie trug ihn unverkennbar im Gesicht.

Sofia hatte sich zu ihr umgedreht und musterte sie aufmerksam.

Dabei bildeten sich an der Nasenwurzel süße kleine Fältchen. Wie früher, als sie angestrengt etwas zu begreifen versucht hatte. Ihre Sicht verschwamm.

„Ist es Euch zu heiß? Sollen wir reingehen?"

Annas besorgte Stimme drang wie durch einen Nebel zu ihr. Hatte sie nicht gesagt, dass Sofia ihre Schwester war? Konnte es sein, dass sie sich so sehr nach ihrer Tochter sehnte, dass sie sich täuschte? Sie räusperte sich, um ihre zugeschnürte Kehle freizubekommen.

„Ist sie tatsächlich Eure Schwester?"

Anna zögerte. „Nun ja, nicht direkt. Als wir verschleppt wurden, gab ich mich als ihre Verwandte aus, damit wir zusammenbleiben konnten."

Ihr Herz zog sich schmerzhaft zusammen. Ihr kleines Mädchen war ebenfalls gefangen genommen worden?

Es war seltsam still im Innenhof. Als würden alle den Atem anhalten. Sogar die Hühner hatten aufgehört zu scharren. Sie musste es einfach genau wissen.

„Was ist mit deinen Eltern geschehen?"

Sie schaute in das Gesicht des Mädchens, fast schon das einer jungen Frau. Sie hatte die Hand im Fell des Hundes vergraben und starrte sie immer noch unverwandt an.

„Vor vielen Jahren wurden sie verschleppt. Aber dann rettete mich mein Vater und nun bin ich hier, weil er hier ist."

Sie runzelte die Stirn. Marcus war hier? Aber sein Freund hatte doch selbst gesehen, dass er über Bord geworfen worden war.

„Wie heißt dein Vater?"

Sofia schaute unsicher zu Anna.

„Warum wollt Ihr das wissen?", schaltete diese sich mit einem scharfen Unterton ein.

„Ich glaube, ich kenne Sofia und ihre Eltern."

Das Mädchen kam langsam näher. Der kleine Hund blieb liegen und ließ sich von Manuele weiterkraulen. Anna blieb stehen, ihre Arme vor der Brust gekreuzt.

„Ihr habt im selben Dorf gewohnt?"

Sie schaute Anna an. Offensichtlich versuchte sie, Sofia zu schützen.

„Ich bin Angelika, die Tochter von Roxani."

Das Donnern der Kanonen in St. Elmo setzte mit einem Schlag wieder ein. Die Hühner schreckten auf und flatterten herum. Der Hund hob den Kopf und peitschte mit dem Schwanz unruhig auf den Steinboden. Sofias Mund ging auf, dann klappte sie ihn zu. Würde sie sie wiedererkennen? Kaum. Sie war noch so klein gewesen. Aber vielleicht sagte ihr der Name etwas?

Als würde eine Erinnerung vor ihr lebendig werden, wurden Sofias Augen groß.

„Mu… Mutter?"

Sie nickte wortlos und streckte ihre Arme aus. Zögerlich machte Sofia einige Schritte auf sie zu. Dann blickte sie unsicher zu Anna, die genauso fassungslos dastand, aber mit dem Kopf nickte.

Langsam breitete sich ein Lächeln auf Sofias Gesicht aus. Es erreichte ihre Mundwinkel, ließ ihr Vitelleschi-Näschen kringeln und erreichte die Spitzen ihrer mandelförmigen Augen.

Mit zwei Schritten war sie bei ihr und sie schlang ihre Arme um sie. Sofia. Sie hatte es geschafft. Sie war wieder bei ihrem Mädchen. Tief atmete sie ihren Geruch nach Hund und frischer Seife ein. Am liebsten hätte sie sie für immer gehalten und nie mehr losgelassen. Sofia fand als Erste die Sprache wieder.

„Aber Großmutter hat gesagt, dass du tot seist. Sie haben deine Kette gefunden."

„Mir ging es so schlecht, dass ich dachte, dass ich sterben würde, deshalb schenkte ich die Kette meiner Freundin. Doch sie starb und ich überlebte. Aber sag mir: Marcus – er ist auch hier?"

Sofia schüttelte den Kopf, dann beugte sie sich zu ihrem Ohr und flüsterte: „Mein richtiger Vater ist hier. Vitellino Vitelleschi."

Angelikas Herz setzte einen Moment aus. Sie hatte dieses Geheimnis nie jemandem erzählt. Nicht einmal Marcus hatte daran gezweifelt, dass Sofia seine Tochter war.

Sie schluckte. „Wie …?"

Sofia lächelte schelmisch, doch noch bevor sie eine Erklärung abgeben konnte, sagte Anna: „Ich hole uns etwas zu trinken. Hilfst du mir, Manuele?"

Angelika schaute zu Anna, deren Augen ebenfalls feucht waren, und warf ihr einen dankbaren Blick zu. Während die zwei in die Wohnung gingen, hörte sie wie in Trance ihrer Tochter zu, die in übersprudelnder Freude von ihrer überraschenden Rettung erzählte, von der Flucht, der Ähnlichkeit und der Erkenntnis, dass Vitellino ihr Vater war.

„Mutter, es stimmt doch, nicht wahr?"

In den Augen ihrer Tochter wechselten sich Angst und Hoffnung ab.

Anna trat mit Manuele wieder in den Hof, Becher und einen Krug in den Händen.

„Ja Sofia. Es ist wahr. Vitellino ist dein richtiger Vater."

Ed ließ seinen Kopf an die Wand im Inneren der Bastion sinken. Die Steine strahlten noch die Hitze des Tages ab, obwohl es schon dunkel wurde. Der beißende Rauch aus dem Innenhof saß ihm immer noch in der Nase. Sie hatten die Toten alle verbrannt. Auch Abel.

„Wie geht es dir?"

Pierres heisere, leise Stimme schreckte ihn auf. In den Augen seines Freundes las er Sorge.

Er zuckte mit den Schultern. Sein Herz war so leer, dass er keine Worte mehr fand.

Pierre setzte sich neben ihn an die Wand. „Als ich meinen besten Freund in einer Seeschlacht verlor, dachte ich, mein Leben wäre ebenfalls vorbei. Ich konnte kaum noch essen und nicht mehr klar denken. Immer wenn ich die Augen schloss, sah ich das Bild meines Freundes vor mir." Er schwieg einen Moment.

Vit gesellte sich zu ihnen und ließ sich ebenfalls neben Ed nieder. Die Gegenwart seiner Freunde hatte etwas Tröstliches.

„Aber dann traf ich Vitellino", fuhr Pierre fort, „und er erklärte mir, dass Gott unsere Zeit bestimmt."

War es fair, dass Abel nur ein so kurzes Leben hatte? Eds Blick fiel auf die leere Matte seines Freundes. Zwei reich verzierte Dolche und sein Rapier zeugten stumm vom Mut und der Entschlossenheit eines Mannes, der für sein Land und den Glauben gestorben war.

Vits Blick war dem seinen gefolgt. „Wir sind alle Gäste auf dieser Erde. Abel hat seine Bestimmung erfüllt und hat seinen Auftrag bis zuletzt treu ausgeführt. Wir werden ihn einst in der ewigen Heimat wiedersehen."

Aber auch nur, wenn man gut mit Gott stand. So viel wusste Ed noch aus seinen Kindertagen. Er blickte um sich. Die anderen Ritter lagen auf ihren Matten oder saßen in Gruppen beisammen und redeten leise miteinander.

Er senkte die Stimme. „Warum könnt ihr so sicher sein, dass ihr in den Himmel kommt?"

Auch Pierre redete leise. „Kennst du die Heilige Schrift nicht?"

Heilige Schrift? „Die Bibel?", hakte Ed nach.

„Genau die."

„Ein wenig." Das war schon fast übertrieben. Aber er erinnerte sich an einige Geschichten aus der Sonntagsschule.

„Kennst du den Satz: ‚Denn so sehr hat Gott die Welt geliebt, dass er seinen einzigen Sohn gab, damit jeder, der an ihn glaubt, nicht verloren gehe, sondern das ewige Leben habe.'?"

War das nicht sein Konfirmationsspruch? Stumm nickte Ed.

„Dann kannst du dir doch sicher sein, dass du in den Himmel kommst, es sei denn, du glaubst nicht an Gott."

Ed kaute auf seiner Unterlippe. Das war nicht der Punkt. Er glaubte an Gott. Er glaubte nur nicht, dass dieser Gott etwas mit ihm zu tun haben wollte.

Pierre und Vit schauten ihn abwartend an.

„Ich glaube schon an Gott. Er hat uns geholfen, Anna zu retten. Aber ich bin ihm nicht wichtig. Warum sollte er mich dann erhören oder warum sollte ich dann in den Himmel kommen?"

„Wie kommst du darauf, dass du ihm nicht wichtig bist?", fragte Pierre leise mit hochgezogenen Augenbrauen.

„Ich war noch nie jemandem wichtig. Meinen Eltern nicht, meinen Freunden nicht ..." Seine Stimme brach. Darum hatte er den Mitgliedern seiner Gang zeigen wollen, dass sie ihm wichtig waren, dass er immer für sie da war. Sogar kriminelle Taten hatte er für sie verübt, weil sie ihm so wichtig waren. Und sie hatten es ihm gedankt, indem sie ihn nicht einmal im Knast besucht hatten. So wichtig war er ihnen.

„Und du glaubst deshalb, dass du Gott auch nicht wichtig bist?“, riss ihn Vit aus seinen düsteren Gedanken.

„Wenn ich nicht einmal Menschen wichtig bin, wie sollte ich dann einem Gott wichtig sein? Außerdem habe ich zu viele Dinge gemacht, die er nicht mag.“ Und von denen seine Freunde hier auch nicht zu wissen brauchten.

Pierre kratzte sich am Bart und schaute sich vorsichtig um, dann dämpfte er seine Stimme: „Ich weiß, dass die Kirche behauptet, dass wir bestimmte Dinge machen müssen, um die Vergebung zu erlangen, aber die Schrift sagt: ‚Wenn du ihm deine Sünden bekennst, dann ist er treu und gerecht, dass er sie dir vergibt und dich reinigt von aller Ungerechtigkeit.‘ Dann bist du sein Sohn.“

Vit nickte, ein Lächeln auf den Lippen.

Ed schaute vom einen zum anderen. „Ihr stellt euch gegen die Kirche?“

„Nein, aber wir hassen es, wenn Menschen das ewige Wort verdrehen oder zu ihrem Vorteil missbrauchen, wie bei den Ablassbriefen oder dem Versprechen, dass alle unsere Sünden vergeben sind, wenn wir das Leben hier lassen. Nur durch Jesus haben wir Zutritt zu Gott. Und nur er kann Sünden vergeben und uns das ewige Leben schenken.“

Ed schwieg. Ein Geschenk. Wann hatte er das letzte Mal ein Geschenk bekommen? Die Stiefel, die Anna ihm geschenkt hatte. Anna. Sie hatte ihm so viel mehr geschenkt. Ihre Liebe, ihr Herz. Obwohl er es nicht wert war. Konnte es sein, dass Gott ihm ebenfalls seine Freundschaft anbot, auch wenn er es nicht wert war?

„Jesus hat sein Leben für uns gelassen, als wir noch Sünder waren“, erklärte Vit weiter. „Wir können nichts dazu tun und nichts erbringen für dieses Geschenk. Es ist frei. Das Einzige, was du tun musst, ist, es anzunehmen.“

Er hatte Annas Liebe auch angenommen. Und sie hatte ihn verändert. Besser gemacht. Würde Gottes Geschenk, seine Liebe, ihn auch verändern?

„Bitte erzähl niemandem davon. Das wird hier nicht gerne gehört, es ist zu reformatorisch. Aber Vit und ich haben das kostbare Buch.“ Pierres Stimme war nur ein Flüstern und er zwinkerte ihm zu.

Die Wärme des Fackelscheines füllte Eds leeres Herz immer mehr. Als sie sich zur Ruhe legten, lag er noch lange wach. Was hielt ihn zurück, dieses Geschenk anzunehmen? War es die Angst, wieder enttäuscht zu werden? Abels letzte Augenblick flackerten in seiner Erinnerung auf. Augen, aus denen tiefer Friede sprach. So ganz anders als Johns Augen, aus denen die Angst geschrien hatte. Dieses Geschenk musste diesen Frieden beinhalten. Und er brauchte diesen Frieden mehr als je zuvor. Er brauchte es zu wissen, dass er jemandem wichtig war. Vor allem jetzt, da Anna nicht mehr bei ihm war. Im flackernden Schein des Feuers schwanden auch die letzten Reste seines Widerstandes.

Wie redete man mit Gott?

Wie zu einem Freund …

Annas Worte fanden in seine Gedanken.

„Also Gott. Mmhh, ich weiß jetzt nicht, wie ich das sagen soll. Aber Pierre und Vit haben gesagt, dass ich dir meinen Mist sagen kann und dass du mir dann vergibst. Na ja, da ist so vieles. Die Sache mit den Drogen, mit John, mit den anderen Straftaten, mit den Frauen …" Er hielt inne, als er sich sein Leben vor Augen hielt. Aber da waren nicht nur die offensichtlichen Dinge. „… ich war stolz, wollte mein Leben besser leben. Aber es hat nichts gebracht. Ich wollte ohne dich leben."

Die Erkenntnis überwältigte ihn. Er hatte für die Gangmitglieder gesorgt und sie hatten ihn fallen lassen. Hatte er nicht dasselbe mit Gott gemacht? Er hatte ihm dieses Geschenk gemacht. Das Leben von Jesus. Er hatte für ihn gesorgt. Und er hatte es ignoriert. Musste das Gott nicht auch schmerzen?

„Oh Mann, es tut mir wirklich leid. Ich nehme dein Geschenk an. Dass Jesus gestorben ist, damit ich das Leben habe."

Augenblicklich füllte ihn ein tiefer Frieden aus. Ein Friede, den er noch nie gespürt hatte. Es war, als würden zentnerschwere Lasten von ihm abfallen. Er fühlte sich frei. Wirklich frei. Er hielt den Atem an, als erwartete er, dass der Friede ihn wieder verlassen würde, wenn er sich bewegte. Doch er blieb. Staunend lag er da. War er jetzt ein Sohn von Gott, wie Pierre es genannt hatte?

„Danke für das Geschenk. Ich hoffe, ich enttäusche dich nicht. Aber versprechen kann ich es nicht."

KAPITEL 25

Vitellino schaute in die ausgemergelten Gesichter der vielen Männer, die dicht gedrängt im Essraum des Forts saßen, das täglich immer mehr zu einer Ruine zerfiel, obwohl sie unermüdlich neue Mauern bauten.

Die Vorräte wurden langsam knapp und das Eingesperrtsein zehrte an ihrer aller Nerven, deshalb fand nun diese geheime Versammlung statt. Entgegen der Truppenführer waren sich viele sicher, dass das Fort keine drei weitere Tage standhalten könnte. Die Debatte darüber war in vollem Gange. Viele waren dafür, die Stellung aufzugeben.

Nun ergriff Pierre das Wort: „Stellt euch vor, dass unsere Länder von den Osmanen überflutet werden. Ihr einziges Ziel ist es, den Islam in unsere Länder zu tragen. Niemand wird je wieder frei sein, unseren Gott anzubeten. Die Kirchen werden abgerissen. Die Schätze, die unserem Gott gehören, verschwinden in den Moscheen oder in den Schatzkammern des Sultans. Die Frauen und Kinder – alle werden umgebracht werden, wenn sie nicht zum Islam übertreten. Aber wenn wir ihnen bis zuletzt widerstehen und sie besiegen, können die nachfolgenden Generationen weiterhin in Freiheit leben."

Die meisten der Männer waren spanische Söldner, die nach dem ersten Sturmangriff zur Verstärkung gekommen waren und die nicht an ein Gelübde gebunden waren, den Glauben notfalls mit dem Leben zu verteidigen.

„Wir können wenigstens einen Brief schreiben. Es hat keinen Sinn, das Fort weiter zu verteidigen. Wir dienen dem Orden besser, wenn wir unser Leben schonen und es in Birgu weiter einsetzen." Der Mann, der das Wort ergriffen hatte, war ein älterer Herr, dessen beide Hände in dicken Verbänden steckten.

Ein junger Ritter, dessen Arm in einer Schlinge hing und über dessen eines Auge ein blutiger Verband gewickelt war, ergriff das

Wort: „Ihr habt alle gehört, was de Medran uns vom Großmeister ausgerichtet hat. Wir haben den Ritterschwur abgelegt, unser Leben für den Glauben hinzugeben, wann und wo immer uns der Ruf dazu ereilt. Wir müssen nun dieses Opfer bringen."

„Was bringt unser Tod, wenn sie in Birgu zu wenige Leute haben, um St. Angelo und St. Michael zu verteidigen? Wir können unser Leben auch dort niederlegen. Ich jedenfalls bin auch der Meinung, dass de Valette unsere Situation hören muss."

Stimmengewirr erhob sich. Vit, der sich bereit erklärt hatte, die Versammlung zu leiten, bat um Ruhe. Obwohl er Pierres Meinung teilte und bereit war, hier sein Leben zu lassen, war es besser, Parisot einen Brief zu überbringen mit der Bitte um Ablösung, als eine offene Meuterei zu riskieren. „Ich werde einen Brief aufsetzen. Wer will, kann ihn unterschreiben. Und ich werde ihn noch heute Nacht dem Großmeister überbringen."

Zustimmendes Gemurmel setzte ein. Jemand brachte ihm ein Pergament und eine Feder. Pierre, Ed und einige andere Ritter berieten ihn in der Wortwahl.

Er tauchte die Feder ins Fass und begann zu schreiben:

„Erlauchtester und ehrwürdiger Herr. Als die Osmanen hier landeten, befahlen Eure Hoheit allen hier gegenwärtigen Rittern, herbeizueilen und diese Festung zu verteidigen. Das haben wir mit größtem Mut getan und bis zu diesem Augenblick ist von unserer Seite alles geschehen, was geschehen konnte. Eure Hoheit wissen das, auch dass wir uns weder Strapazen noch Gefahren entzogen haben. Doch nun hat uns der Feind bis zu einem solchen Grad geschwächt, dass wir weder etwas gegen ihn auszurichten noch uns zu verteidigen vermögen (da er die Hauptbastion und den Wallgraben besetzt hält)."

Vit blickte seine Mitstreiter abwartend an.

„Schreib alle Dinge auf, damit er sich ein klares Bild von unserer Situation machen kann", riet Pierre.

Die Feder kratzte auf dem rauen Pergament, als Vit sich das Fort vor Augen hielt und die heiklen Punkte aufzählte. Aus menschlicher Sicht gab es wirklich kaum mehr Hoffnung. Die Feinde waren zu stark und hatten eine Unmenge an frischen Truppen.

„Er hat auch eine Brücke geschlagen und Stufen zu unseren Wällen hinauf in den Fels gehauen, den Wall unterminiert, sodass wir stündlich erwarten müssen, in die Luft zu fliegen. Das Vorwerk haben sie so weit höher geführt, dass man nicht auf seinem Posten ausharren kann, ohne getötet zu werden. Wir können keine Wachtposten aufstellen, um den Feind im Auge zu behalten, da sie – Minuten nach dem Aufziehen – von Scharfschützen erschossen werden."

War es nicht diese Ohnmacht, die die Männer nun veranlasst hatte zu meutern? Die Angst, nie zu wissen, wo der Feind als Erstes durchbrechen oder wen er als Nächstes treffen würde?

„Schreib, dass wir keinen Schutz mehr haben außer der Kapelle." Dies kam von Ed. Vit blickte ihn kurz an. Hatte er früher die Kapelle gemieden, so war er nun häufig dort anzutreffen und das nicht nur, weil es der einzige Schutzraum war. An jenem Tag, an dem Abel gestorben war, schien Ed Frieden mit Gott gemacht zu haben.

Er schrieb weiter. „Wir sind so bedrängt, dass wir den offenen Platz im Mittelpunkt des Forts nicht mehr länger betreten können. Mehrere unserer Männer sind dabei schon getötet worden und wir haben dort keinen Schutz außer der Kapelle."

„Bitte ihn um die Erlaubnis eines Ausfalles, dass wir wenigstens ehrenhaft sterben können."

„Oder uns Boote zu schicken, damit wir Birgu verteidigen können."

Die Ratschläge prasselten von allen Seiten. Vit hob beschwichtigend die Hände. „Eins nach dem anderen."

Die Männer verstummten, als er weiterschrieb, und beugten sich über seine Schultern, um mitlesen zu können. Hier und da unterbrach ihn einer. Der Gestank von zu vielen ungewaschenen Männern in einem zu kleinen Raum hüllte ihn wie eine Wolke ein.

„Unsere Soldaten haben den Mut verloren und selbst unsere Offiziere können sie nicht mehr dazu bringen, ihre Stellung auf den Wällen zu beziehen. Sie sind überzeugt, dass das Fort unausweichlich fallen wird, und bereiten sich darauf vor, sich durch Schwimmen zu retten und in Sicherheit zu bringen. Da wir den Pflichten unseres Ordens nicht mehr wirkungsvoll nachkommen können, sind wir gewillt – wenn Eure Hoheit uns heute Nacht keine Boote schicken, damit wir uns zurückziehen können –, einen Ausfall zu machen und zu sterben, wie es Rittern geziemt. Schickt keine weiteren Verstärkungen, denn sie sind von vornherein tote Leute. Dies ist der feste Entschluss aller, deren Unterschriften Eure erlauchte Hoheit hier unten lesen können. Wir setzen Eure Hoheit weiter davon in Kenntnis, dass osmanische Galeeren am Ende der Halbinsel tätig geworden sind. Und nun küssen wir, festen Willens, unser Vorhaben auszuführen, Eure Hände. Gegeben zu St. Elmo, am 8. Juni 1565."

War es nicht wirklich besser, das Fort aufzugeben?

Vit stand auf und räusperte sich. Eine andächtige Stille legte sich über die Gesichter, die von Steinstaub, Blut und Schmutz gekennzeichnet waren. Pierre hielt ihm die Fackel, während er den Brief vorlas.

Einer nach dem anderen unterzeichnete. Sofias Bild drängte sich ihm auf. Er nahm zögernd die Feder in die Hand. Machte er das Richtige?

Pierre schaute ihn mit hochgezogenen Augenbrauen an. „Du unterschreibst?"

Für Sofia. „Ja, es ist einen Versuch wert. Immer noch besser, als wie Schafe auf einer Schlachtbank abgeschlachtet zu werden."

Pierre und Ed nickten nachdenklich. Als er die Feder zurücklegte, ergriff Ed sie entschlossen. Pierre setzte seinen Namen als Letzter auf das Papier.

Dann begleiteten ihn seine Freunde zum östlichen Ausgang, wo Steinstufen direkt in einen kleinen, versteckten Hafen führten.

Das Boot glitt lautlos ins schwarze Wasser. Die Dunkelheit bedeckte sie wie ein schützender Mantel. Die leichte Brise kühlte seine heiße Stirn. Vit blinzelte den Schweiß weg, der ihm in die Augen tropfte.

Es war ein Wunder, dass die Osmanen die nächtlichen Transporte noch nicht bemerkt hatten. Noch immer kamen jede Nacht Freiwillige, um sie zu verstärken, und die Verletzten wurden nach Birgu gebracht.

Als sie sich Birgu näherten, wies ihnen eine kleine einsame Fackel den Weg zur Infermeria. Sie legten an und er machte sich auf den Weg zu St. Angelo, in das sich de Valette nun zurückgezogen hatte, nachdem das Großmeisterpalais abgerissen worden war.

Er passierte das Hospital und dachte an die Schwerverwundeten von St. Elmo, die sich während der Angriffe in die Breschen tragen ließen, um mit ihren Körpern ein Hindernis mehr für den Feind zu sein, auch wenn sie kaum noch eine Waffe halten konnten.

Er überquerte die Brücke zur Festung.

„Wer da?"

Die Wachen am Tor musterten ihn.

„Vitellino Vitelleschi, Ritter der italienischen Zunge aus St. Elmo. Ich überbringe dem Großmeister einen versiegelten Brief und bitte um Einlass."

Sie gaben das Tor frei und er betrat die Festung.

Der Boden war sauber und es roch angenehm. Eine Wohltat nach dem Leichengestank und dem Brandgeruch in Elmo. Er klopfte an den Ratssaal.

„Herein!"

Der Großmeister saß im Schein einer Kerze an einem Tisch, sein Kopf tief über Dokumente gebeugt. Als Vit eintrat, sah er auf.

Nicht nur die Verteidiger von Elmo waren gezeichnet. Das Gesicht seines Oberhauptes wirkte um Jahre gealtert, tiefe Furchen gruben sich in seine Stirn und dunkle Augenringe zeugten von schlaflosen Nächten.

„Eure Eminenz. Ich überbringe Euch eine Botschaft aus Elmo."

„Bruder Vitellino. Ich hoffe, es ist eine gute Nachricht."

Vit antwortete nicht, sondern streckte ihm die versiegelte Rolle entgegen. Wo seine Mitbrüder den Siegelwachs aufgetrieben hatten, wusste er nicht.

Der Großmeister nahm ihm die Rolle aus der Hand, während seine Augen einen Moment auf ihm ruhen blieben. Dann brach er das Siegel und las schweigend, ohne auch nur eine Miene zu verziehen. „Wartet hier."

Er ging in ein Nebenzimmer und redete leise mit einer Person, aber Vit konnte die Worte nicht verstehen. Als der Großmeister zurückkam, war sein Gesicht ernst.

„Ihr werdet mit drei Abgesandten aus den einzelnen Zungen zurückgehen. Sie werden mir Eure Lage aus ihrer Sicht schildern."

Was wussten Außenstehende schon, was sie täglich durchmachen mussten? Aber er hatte nicht das Recht, die Entscheidungen Parisots anzufechten. Vit blickte zu Boden. „Ja, Eure Hoheit."

„Vitellino, schaut mich an.“

Er blickte in die klaren, ernsten Augen seines Gebieters. Sie waren einen Moment voller Sorge und Trauer, bis sie hart und entschlossen wurden.

„Dem Gesetz der Ehre kann unmöglich dadurch Genüge getan werden, dass man sein Leben fortwirft, wenn es einem so passt. Es ist die Pflicht des Soldaten zu gehorchen. Ihr werdet Euren Kameraden sagen, dass sie auf ihrem Posten zu bleiben haben. Sie haben dort zu bleiben und keinen Ausfall zu machen. Wenn meine Abgesandten zurückkehren, werde ich entscheiden, was geschehen muss. Haltet Euch in zwei Stunden bereit, mit meinen Männern wieder überzusetzen.“

„Ja, Eure Eminenz.“

„Und nun geht und ruht Euch aus.“

Ein kühlender Wind wehte angenehm über Annas schweißgebadete Schläfen. Sie stützte sich auf die Mauer vor der Infermeria und starrte nach St. Elmo hinüber. Sie glich einer Burg – oder eher einer Ruine –, die man für ein Fest kunstvoll beleuchtet hatte. Unzählige kleine, tanzende Lichter erhellten die Mauern. Auf den Plattformen glommen ebenfalls Feuer und Fackeln. Und immer wieder tauchten lang gezogene Feuerschleier über der Burg auf. Ed war nun seit beinahe zwei Wochen im Fort. Ihre Brust zog sich schmerzhaft vor Sehnsucht zusammen, als sie an ihren letzten Kuss dachte.

Herr, lass ihn leben.

Vor zwei Tagen hatte sie Vit auf einem Botengang gesehen. Wenigstens wusste sie nun, dass es Ed gut ging. Ein Donner krachte ganz in der Nähe. Sie zuckte zusammen. Elmo musste dem ersten Nachtangriff standhalten und Fort Angelo hatte begonnen, die Brüder in Elmo zu unterstützen, indem sie Kanonenkugeln weit über die Bucht ans andere Ufer abfeuerten. Sie sah, wie sich die Hänge zum Fort Elmo hin zu bewegen schienen. Waren das Menschen?

Die Kugel traf auf den Hang und ein schwarzes Loch entstand in der Bewegung, das sich aber schnell wieder schloss. Es mussten wirklich unzählige Menschen sein, die das kleine sternförmige Fort angriffen.

Herr, lass sie leben.

Gab es überhaupt Hoffnung?

„Es scheint, als hättest du heute Nacht Zeit zum Schlafen."

Anna zuckte zusammen, als sie die Stimme neben sich wahrnahm. Angelika hatte sich unauffällig zu ihr gesellt. Sie sahen sich nicht so oft, da Glika tagsüber die Kinder bei der Herstellung der Brandwaffen beaufsichtigte, aber sie fühlte eine tiefe Verbindung zu dieser Frau. Vielleicht, weil sie beide Sofia liebten?

„Ich weiß nicht, ob ich bei diesem Lärm überhaupt schlafen kann." Schweigend blickte sie weiter über das Wasser und stellte sich vor, wie Ed und andere erschöpfte Soldaten nun auch noch nachts kämpfen mussten.

„Du vermisst Edward."

Es war mehr eine Feststellung als eine Frage.

Anna nickte. Der Kloß war nie weit weg von ihrem Hals. Die Luft war erfüllt von Rauch und die Nebelschwaden zogen über den Hafen zu ihnen hinüber. Ed war ständig in ihren Gedanken. Sie versuchte, sich abzulenken, indem sie sich in der Infermeria beschäftigte, aber in den wenigen Stunden, die sie ruhte, stand sein Bild ihr lebhaft vor Augen. Es war einfach nicht fair, dass der erste Mann, dem sie ihr Herz gegeben hatte, ihr weggenommen werden würde. Wenn das Fort fiel – und das war wahrscheinlich diese Nacht der Fall –, dann würden die verbliebenen Kämpfer mit Sicherheit nicht geschont werden.

„Vermisst du Marcus nicht?"

„Nicht mehr."

„Hast du ihn geliebt?"

In den letzten Tagen hatten sie sich ihre tiefsten Geheimnisse anvertraut in den freien Stunden, wenn sie nicht schlafen konnten. Zusammen hatten sie vor dem Haus auf der Gasse gesessen und hatten einander von ihrem Kummer erzählt. Beide waren sie einsam, beide hatten sie ihre Albträume. Anna hatte Angelika sogar erzählt, dass sie aus der Zukunft kamen.

„Mein Herz habe ich Vitellino geschenkt. In ihm habe ich eine Leidenschaft und Stärke gesehen, von der ich dachte, dass sie mir galten. Aber ich habe mich getäuscht. Marcus war ein netter, ruhiger Mann und er hat mich bestimmt geliebt.“ Glikas Stimme verebbte. Die Wolke über dem Wasser wurde dichter.

Anna schloss die Augen gegen das Brennen des Rauches, aber er drang in ihren Hals und löste einen Hustenreiz aus.

„Komm, wir gehen hinein.“

Sie folgte ihrer Freundin den gepflasterten Weg in das große Gebäude, das selbst wie eine stille Burg in den Himmel ragte, und blickte noch einmal nach St. Elmo hinüber.

Ich vertraue dir.

Ihr Sekundengebet. Sie versuchte, gegen den Druck auf ihrer Brust einzuatmen, und blinzelte die Tränen weg. Glika hielt ihr die Tür auf und ihre Augen trafen sich.

„Ich weiß nicht, ob du dich wirklich getäuscht hast“, nahm Anna den Faden wieder auf. „Vit hätte dich geheiratet, wenn du ihm von Sofia erzählt hättest. Er ist ein Ehrenmann und hat sich große Vorwürfe deswegen gemacht.“

Angelika seufzte. „Ich weiß. Aber er wäre sein ganzes Leben lang unglücklich gewesen. Ich liebte ihn zu sehr, als dass ich das mit ansehen konnte. Mein Bruder wollte immer ein Ritter werden, aber meine Mutter war dagegen, also hat er meine Freundin geheiratet und ist der Fischerei nachgegangen.“

„Was ist aus ihm geworden?“

„Irgendwann hat er sie mit zwei kleinen Kindern einfach verlassen und ist nach Italien gegangen. Er heuerte dort irgendwo an. Bei einer unbedeutenden Schlacht ist er ums Leben gekommen.“

„Das tut mir leid.“

Vor dem Davidbild im Flur blieben sie stehen.

„Ich habe gesehen, wie mein Bruder verkümmert ist. Und ich habe das Leid meiner Freundin gesehen, die ihn über alles geliebt hat. Das wollte ich nicht. Niemand außer mir wusste von Sofia. Und Marcus hatte schon immer ein Auge auf mich geworfen. Wir haben schnell geheiratet und niemand ist auf den Gedanken gekommen, dass Sofia nicht von ihm sein könnte. Nicht einmal er selbst, obwohl sie zu früh auf die Welt kam. Sie war immer sein lebendes Wunder.“

Sie traten auf die schmale Hintergasse hinaus und in ihre Wohnung.

Sofia und Manuele schliefen bei der Feuerstelle auf ihren Matten, Vita lag zwischen ihnen, den Kopf auf den Vorderpfoten. Sie hob ihn kurz, als die zwei Frauen eintraten, legte ihn dann aber wieder müde ab.

„Gute Nacht", flüsterte Angelika ihr zu.

Anna gähnte und lächelte, dann schlüpfte sie in das Nebenzimmer, das sie sich mit Maria teilte, seit Glika und Manuele hier eingezogen waren.

Der wochenlange Schlafentzug zollte seinen Tribut. Nach einem kurzen Gebet um Schutz für ihre Lieben schlief sie trotz des unaufhörlichen Donnerns sofort ein.

Ed lag auf der einen Hauptbastion hinter dem Wall und spähte auf das schwarze Land hinaus. Die Hitze des Tages lagerte immer noch in seiner Rüstung. Es war unheimlich still. Zu still. Fünf Tage waren seit dem ersten Nachtangriff vergangen. Fünf lange Tage, an denen sie fast ununterbrochen die Osmanen daran gehindert hatten, ihre Wälle zu erobern.

Pierre lag neben ihm und stöhnte im Schlaf. Sein linker Arm war dick verbunden, eine üble Verbrennung durch die Sacchetti, die osmanische Form von Handgranaten. Seine eigene Rüstung wies dunkle Brandspuren auf, dort, wo die heimtückischen Dinger geklebt hatten. Nur der Sprung in eine der Wassertonnen auf dem Wall hatte ihn davon abgehalten, bei lebendigem Leibe geröstet zu werden.

Sein Freund murmelte und stöhnte wieder, seine rechte Hand zuckte. Albträume. Das war der Grund, weshalb Ed wach war. Kaum dass er die Augen schloss, verfolgten ihn die grässlichen Szenen von brennenden und verblutenden Männern.

Er wandte seinen Blick von Pierre ab und ließ ihn über die Konturen der stillen Landschaft gleiten. Sterne blinkten verheißungsvoll und friedlich am Himmel.

Für die jungen Ritter, die mit Vit gekommen waren, war ihre Situation weit entfernt von „hoffnungslos verloren".

Doch auch sie hätten nicht gedacht, dass sie dem Nachtangriff standhalten würden. Doch hier waren sie immer noch, wenngleich der Geruch des Todes sich mit jedem Tag verstärkte.

„Kehrt, meine Brüder, zum Konvent und nach Birgu zurück, wo ihr in größerer Sicherheit seid. Ich werde ruhiger sein, wenn ich weiß, dass das Fort – von dem das Schicksal der Insel so entscheidend abhängt – von Männern verteidigt wird, denen ich bedingungslos vertrauen kann." Diese Antwort de Valettes auf ihren Brief hatte den Stolz der Männer deutlich angekratzt. Noch in derselben Nacht hatten sie Toni, den Schwimmer, beauftragt, den Großmeister zu bitten, sie doch nicht abzulösen.

Ed hatte sich durch den Heldenmut anstecken lassen, aber nun, in der Kühle der Nacht, war er sich nicht mehr sicher, ob es der richtige Mut war, der ihn dazu veranlasst hatte, hier auszuharren.

Annas lachendes Gesicht tauchte vor seinem inneren Auge auf. Wie gerne wollte er sie in den Armen halten und ihr von dem Frieden erzählen, den er gefunden hatte. Er wollte ihr danken für ihre Liebe, die durch seine Maske hindurchgesehen hatte. Er wollte ihr danken, dass sie ihm das Gefühl gegeben hatte, wichtig zu sein. Und er wollte das Versprechen einlösen, sie heil zurückzubringen. Damit sie ihren Berufstraum verwirklichen konnte.

Eine Fackel tanzte in der Nähe, dann noch eine. Er sah das Aufblitzen weißer Gewänder und das Gold der Schilde. „Zu den Waffen!" Seine Stimme gellte durch die Nacht und im Nu waren die Männer auf den Beinen und nahmen ihre Stellungen ein. Er beugte sich über Pierre, der noch am Boden lag, und hielt seine Hand an seine Wange. „Pierre, aufwachen!"

Die Wange war glühend heiß. Ed biss sich auf die Unterlippe. Fieber. Sein Freund öffnete die Augen und Ed gab ihm zu trinken. Eine Amphore war immer in der Nähe. Sie hatten schon lange keine Zeit mehr, das Essen im Saal einzunehmen.

Pierre stöhnte erneut, dieses Mal vor Schmerzen, und drehte sich auf den Bauch, um ebenfalls zwischen den Barrikaden hinauszuschauen.

Ed wandte seine Aufmerksamkeit den fliegenden Sacchettis zu, die aber in der Dunkelheit ihre Ziele verfehlten. Stand ihnen ein weiterer zermürbender Nachtkampf bevor?

Doch nach kurzer Zeit gaben die Feinde wieder auf. Er hörte ihr Johlen. Bildete er es sich nur ein oder klangen sie siegessicher? Wollten sie ihnen nur Angst machen und den Schlaf rauben, um sie langsam zu zermürben?

Sein Blick glitt wieder sorgenvoll zu Pierre. Zusammengerollt lag er auf der Seite. Ed tauchte einen Lappen in die Tonne und kühlte damit seine Stirn. Mehr konnte er nicht tun.

„Fieber?" Vit hatte seine Bewegungen verfolgt.

„Ja, scheint so."

„Das ist ein schlechter Zeitpunkt. Ich habe gehört, dass die Flotte sich um die Halbinsel aufgestellt hat."

„Was führen sie im Schilde?"

„Sie werden das Fort nun auch mit den Schiffskanonen von der Seeseite her unter Beschuss nehmen."

Der Wind trieb Ed den Verwesungsgeruch unzähliger Leichen des Gegners in die Nase, die sich rund um das Fort in den Gräben auftürmten. Sein Magen krampfte sich zusammen. Er wandte sich ab, sodass der Wind von hinten kam. „Du glaubst, sie planen einen Großangriff?"

„Kann gut sein."

Er ließ seinen Blick über die Freunde in seiner Nähe gleiten. Ja, Freunde waren sie geworden, echte Freunde, die Ritter, Malteser und auch Spanier. Es gab keinen, der nicht eine Verwundung hatte. Und die Schwerverletzten saßen als lebende Barrikaden in den Breschen. Würde er den Mut aufbringen, so zu sterben, wenn es sein musste? Er dachte an Annas Tränen, an ihre samtweichen Lippen, an ihre stumme Bitte, nicht zu gehen.

„Denkst du an Anna?"

Vit hatte ihn ertappt. Ed lehnte seinen Kopf an die Brüstung. „Es ist ihr Gesicht, ihre Stimme, die mich davon abhält, aufzugeben."

Im flackernden Licht konnte er das wehmütige Lächeln seines Freundes erkennen.

„Manchmal stelle ich mir vor, wie ich Angelika treffe. Das macht die Aussicht auf den Himmel nur noch süßer …"

Seine Stimme verflog in der Nacht und eine Vorahnung schlich sich in Eds Herz.

„Du glaubst, dass wir hier alle umkommen?"

Irgendwie hatte er immer gedacht, dass sie es schon lebend herausschaffen würden. Wenn er doch Gott wichtig war …

„Ja. Die versprochene Entsatztruppe von de Robles ist nicht gekommen. Es ist fraglich, ob sie uns überhaupt verstärkt. Nach dem gestrigen Kapitulationsangebot, das de Valette ausgeschlagen hat, werden unsere Gegner kein Leben schonen. Wir sind dazu bestimmt, unsere Leben niederzulegen und damit unseren Freunden drüben kostbare Zeit zu verschaffen. Vielleicht gelingt ihnen dann der Sieg. Immerhin sind unsere Länder in deiner Zeit christlich. Was ist schon mein Leben für die Generationen von Menschen, die nach mir in Freiheit aufwachsen dürfen?“

Ed schluckte. Diese Haltung war keine Ausnahme. Die meisten Männer hier sahen sich als einen kleinen Teil vom großen Bild. Lebendig oder tot. Das war nicht wichtig. Sie taten nur ihre Pflicht. Sie wussten, dass sie für Gott wertvoll waren. Hier auf der Erde oder dann bei ihm. „Was ist mit Sofia?“

„Sie wird ihren Weg finden. Sie ist, wie Anna und wir alle, in Gottes Hand.“

Ein Wind strich ihm über die Stirn wie der Hauch eines Kusses. „Wenn du wählen könntest, würdest du dann nicht woanders sein wollen?“

„Nicht, wenn es meine Bestimmung ist, mit meinem Leben die Freiheit vieler zu erkaufen. Das ist es, was Jesus für uns getan hat. Es ist eine Ehre, ihm in dieser Sache ähnlich zu sein.“

Eds Herz zog sich zusammen. Konnte es sein, dass es auch seine Bestimmung war, hier zu sterben? Aber warum war er dann 450 Jahre später geboren worden? Er versuchte, sich durch den Dschungel der Fragen zu kämpfen, der sich in seinem Kopf ausgebreitet hatte, aber er fand keine Antwort. Durfte er entgegen jeder Logik hoffen oder musste er sich mit dem Unausweichlichen abfinden?

Die Männer in seiner Nähe schnarchten leise. Auch Vit lehnte mit geschlossenen Augen an der Brüstung. Schlief er? Betete er?

Ed versuchte zu beten, wusste aber nicht wie. War es egoistisch, Gott um sein Leben anzuflehen?

Er musste eingenickt sein, denn ein Kanonendonner riss ihn aus dem Schlaf.

Das fahle Licht der ersten Morgendämmerung ließ die Gesichter seiner Freunde mehr tot als lebendig wirken.

Eine weitere Kugel donnerte mit riesigem Getöse vom Meer her in den Innenhof. Vit hatte recht behalten. Es war nur noch eine Frage der Zeit, bis das ganze Fort in Schutt und Asche liegen würde.

Ed äugte durch die Steine auf die Landseite und das Blut gefror ihm in den Adern.

Menschen in Tierfellen und vergoldeten Helmen rannten mit bronzenen Rundschilden und Säbeln bewaffnet auf sie zu. Sie stießen hohe, unmenschliche Töne aus und an ihren Fellkleidern blitzten metallene Plättchen in der aufgehenden Sonne auf.

„Das sind die Iayalaren." Vits Gesicht trug einen grimmigen Ausdruck. „Sie schicken sie zuerst, um uns müde zu machen, bevor sie die Janitscharen senden."

War dies der letzte Großangriff? War das der Tag, an dem er sterben würde? Eine weitere Kanonenkugel ließ die Festung erzittern.

„Allah!", gellte es von den Hängen.

„Allah!", riefen die Malteser zurück. Zu Beginn hatte dieses Wort Ed verwirrt, bis Vit ihm erklärt hatte, dass es das maltesische Wort für den christlichen Gott sei.

Ed nahm die Arkebuse, legte das schwere Ding auf die Brüstung, zielte und feuerte mitten in die heranstürmende Menschenmenge. Vier Männer stürzten getroffen zu Boden.

Griechisches Feuer regnete auf die Angreifer herunter. Der Geruch von verbranntem Fell drang in seine Nase. Einer nach dem anderen stürzte, Schreie erfüllten die Luft zwischen dem Getöse der Kanonen. Er lud seine Waffe neu, was jedes Mal eine Ewigkeit zu dauern schien, bis er all die Pulver hineingeleert und hinuntergestampft hatte.

Ein dienender Bruder stapelte hinter ihm Nachschub an Steinen, griechischem Feuer und anderen Geschossen auf.

Langsam zogen sich die Iayalaren zurück, nur um von den Derwischen, einer anderen Gruppe Kämpfender, abgelöst zu werden. Stunden waren vergangen, als endlich die Janitscharen – frisch ausgeruht – mit ihren weißen Gewändern über die Hänge stürmten. Aber sie wurden wie alle anderen vor ihnen mit Kanonen, Arkebusen und anderen Geschützen empfangen.

„Ich hole noch mehr griechisches Feuer!"

Ed hörte Vit kaum durch den Lärm, aber er sah aus den Augenwinkeln, wie sein Freund den Posten verließ.

Einem weiß gekleideten Mann gelang es, die Mauer zu stürmen. Ed zog sein Rapier. Es war gefährlich, hinter dem Wall aufzustehen, da man dann leicht das Ziel einer Arkebuse oder Kanone wurde. Aber der Janitschar hatte Pierre fixiert, der trotz des Fiebers auf den Knien Steine nach unten warf. War das ein Feigling, der zuerst auf die Schwächsten losging?

Entschieden stellte Ed sich ihm in den Weg und stieß seine Waffe in seine Seite.

Der Angreifer wirbelte herum, fixierte ihn mit seinen dunklen, stechenden Augen und schlug mit dem Säbel nach seinem Hals. Ed duckte sich und schützte sein Gesicht mit seinem Arm. Ein brennender Schmerz durchzuckte seinen Unterarm. Doch er hatte keine Zeit nachzuschauen, denn der Janitschar drängte ihn auf die Brüstung zu. Wenn er nicht aufpasste, dann würde er tot auf dem Leichenberg im Wallgraben landen.

Er konzentrierte sich darauf, was Vit und Pierre ihm beigebracht , und sprang in Deckung, gerade noch rechtzeitig vor einer Kugel. Sie schlug dort ein, wo er vorhin noch gelegen hatte, und zerplatzte. Ein Splitter traf den Janitschar in den Rücken und er brach zusammen.

Ed blickte zu Pierre. Ein Splitter musste auch ihn getroffen haben. Sein Helm wies eine dicke Delle auf und er lag bewusstlos am Boden.

Sein Arm brannte, aber er ignorierte es und zog seinen Freund aus der Gefahrenzone zu einer geschützteren Stelle, bevor er sich dem Stapel von Geschossen zuwandte. Wenn der Feind so nahe war, war sein Gewehr nutzlos. Es war viel zu langsam.

Das griechische Feuer war alle. Nur noch einige kleinere Steinbrocken lagen herum. Wo nur blieb Vit?

Er lehnte sich an die Mauer und besah sich seinen Arm. Der Schnitt war genau zwischen den Metallplatten. Er schnitt ein Stück von seiner Hose ab und wickelte es darum. Nur kein unnötiger Blutverlust. Mit den Zähnen zog er den Knoten zusammen, während seine Augen die Brüstung aufmerksam nach Gegnern absuchten.

Die Sonne hatte den Zenit schon lange überschritten und die Hitze wurde immer unerträglicher.

Und dann endlich kam Vit. Hinkend rollte er eine Tonne zu ihnen hinauf. Gott sei Dank, nun hatten sie wieder Nachschub. Ed schleuderte die letzten Steine auf die Gegner, die eifrig darauf bedacht waren, die Mauern des Forts zu erklimmen.

„Du kommst gerade zur rechten Zeit."

Vit erwiderte sein Grinsen nicht, sein Gesicht war aschfahl.

Ed öffnete die Tonne und griff nach einer der zerbrechlichen Tonvasen, zündete sie an und warf sie über die Mauer. Das weiße Gewand eines Mannes fing Feuer und er ließ sich schreiend fallen. Dann erst wandte Ed sich Vit zu und sein Mageninhalt wäre bestimmt hochgekommen, hätte er etwas darin gehabt. Das Bein seines Freundes lag seltsam verrenkt da, war eine einzige Fleischwunde. Er saß in der Bresche und schmiss weiter griechisches Feuer hinunter. Seine Bewegungen waren langsam.

Ed schluckte und schaute sich um. Ein toter Ritter lag in seiner Nähe. Er kroch zu ihm hin und schnitt einen Streifen von dessen Hose ab. Die würde der Mann sowieso nicht mehr brauchen. Dann robbte er zu Vit. Auch wenn es seine Bestimmung sein sollte zu sterben, hielt doch jede Stunde, die er länger lebte, den Feind auf. Und vielleicht geschah ein Wunder. „Das muss abgebunden werden, damit du nicht noch mehr Blut verlierst!"

Vit nickte kaum merklich und Ed sah, dass er am Rande der Bewusstlosigkeit war. Erste-Hilfe-Kurs. Druckverband. Er versuchte sich daran zu erinnern, was er gelernt hatte, damit er Auto fahren konnte. Er wickelte das Stück Hemd um Vits Oberschenkel, dort, wo das Bein noch unverletzt schien, und schnürte es fest zu.

„Ed!"

Hinter ihm stürzte ein Janitschar auf ihn zu.

Ed wirbelte herum, den Rücken zu Vit, bereit, ihn zu verteidigen. Das hämische Grinsen auf dem Gesicht des Osmanen versetzte ihm einen Adrenalinstoß. Er wartete auf eine Gelegenheit, als er ihn umkreiste, und stach dann zu. Im Gegensatz zu den Rittern hatten diese Kämpfer keine Rüstung. Sie waren dadurch weniger der Hitze ausgesetzt, hatten aber auch weniger Schutz. Der Mann ging in die Knie und Ed schubste ihn über die Mauer. Als er sich zu Vit umwandte, hatte dieser ebenfalls das Bewusstsein verloren. Er zog ihn neben Pierre in Deckung.

„Hey, Männer, sterbt mir nicht! Ich brauche euch!" Noch nie hatte er solche Freunde gehabt. Sie durften nicht sterben.

Zu spät sah er die Kugel, als er sich umdrehte, um seinen Platz wieder einzunehmen. Er duckte sich zur Seite, aber sie streifte dennoch seinen Kopf und alles wurde dunkel.

KAPITEL 26

Als er wieder zu sich kam, lag er neben Pierre und Vit hinter einem Wall, der nahe zur Seite des Hofes lag. Es war seltsam still. Und dunkel. Sein Kopf hämmerte und er hatte Mühe, klar zu sehen. Hatten sie es überstanden? War das Fort gefallen? Hatten sie gesiegt?

Vorsichtig drehte er den Kopf und ein Schmerz durchzuckte ihn, der ihn wieder in die Bewusstlosigkeit zurückstoßen wollte.

Er blinzelte, um klarer zu sehen. Geduckte Gestalten schleppten Kameraden herum.

Er setzte sich auf. Alles drehte sich und Übelkeit stieg in ihm auf. Sein Arm brannte immer noch. Doch durch den Nebel der Schmerzen drang plötzlich eine andere Sorge. „Pierre, Vit!"

Beide lagen neben ihm, offenbar viel schlechter dran als er selbst. Er musste ihnen helfen, koste es, was es wolle.

Er rüttelte Pierre. Seine Augen flatterten und er schlug sie auf. Ed atmete erlöst aus. Sein Freund lebte. „Kannst du gehen? Ich bring dich hier raus!"

Er stand auf und hielt sich an der Mauer fest, bis er sein Gleichgewicht gefunden hatte. Dabei schluckte er gegen die Übelkeit an. Dann half er Pierre die Treppe hinunter.

Nachts gingen die Verwundetentransporte. Vielleicht hatten sie Glück und er konnte seine Freunde auf das Boot bringen.

Als sie den Fuß der Treppe erreicht hatten, empfing sie ein geschäftiges, aber seltsam stilles Treiben. Die Toten wurden auf einer Seite aufgeschichtet, die Verletzten saßen oder lagen wartend vor dem kleinen Tor. Das Boot schien glücklicherweise noch nicht gefahren zu sein.

Plötzlich klappte Pierre zusammen. Nur mit Mühe und Not konnte Ed ihn halten. Sein Arm schmerzte und sein Kopf dröhnte. Er winkte einem Soldaten in seiner Nähe und gemeinsam trugen sie Pierre zu den Verwundeten.

„Dort oben liegt noch einer. Könnt Ihr mir helfen?"

Der Soldat, offenbar ein Malteser, verstand ihn nicht. Ed bedeutete ihm, dass er ihm folgen solle, und gemeinsam trugen sie auch Vit hinunter, der immer noch bewusstlos war.

Ein Kloß bildete sich in Eds Hals, als er in das fahle Gesicht seines Freundes blickte. War er schon tot? Sie legten ihn zu den anderen Verletzten und Ed fühlte nach seinem Puls. Schwach. Aber vorhanden.

Ein dienender Bruder schaute ihn zweifelnd an. „Es lohnt sich nicht, ihn auf das Boot zu laden. Er wird sterben."

Das durfte er nicht noch einmal zulassen. „Nein, er ist ein zäher Mann. Auf einen mehr oder weniger wird es auch nicht ankommen. Und wenn er wieder bei Kräften ist, kann er den Feind in Birgu drüben aufreiben."

Der dienende Bruder schüttelte den Kopf, lud Vit aber auf eine Bahre und trug ihn ins Boot hinunter.

„Wer meldet sich freiwillig zum Rudern? Wir brauchen sechs Männer."

Ohne zu zögern, meldete Ed sich. Er war besser dran als die meisten, auch wenn er dringend ein Aspirin bräuchte. Und er wollte seine Freunde nicht im Stich lassen. Sie selber in Sicherheit bringen. Unter den Verwundeten erkannte er auch den Kommandanten Miranda und wollte ihm die Treppe hinunterhelfen. Aber der Mann schüttelte nur den Kopf. „Ich bleibe. De Medran ist tot und es braucht Kommandanten hier."

Ed starrte ihn an. De Medran tot. Er blickte auf den Haufen Leichen. Wahrscheinlich waren es nicht so viele, wenn man bedachte, dass sie den ganzen Tag gekämpft hatten. Aber er hatte de Medrans Tapferkeit immer bewundert.

Er half einem anderen, jungen Ritter nach unten, der nur noch einen Arm besaß und wirres Zeug vor sich hinlallte. Wäre der Säbel schärfer gewesen oder der Schlag heftiger, könnte seine Verwundung genauso aussehen. Ed bestieg das zweite Boot und gemeinsam mit einem anderen Mann ruderten sie in die Nacht hinaus, den Blick auf die Fackel bei der Infermeria gerichtet. Der Schmerz in seinem Arm nahm mit jedem Paddelschlag zu und zog sich bis in seinen Kopf. Er biss die Zähne zusammen.

Als sie aus dem Schutz der Felsen fuhren, konnte Ed die gewaltigen Galeeren erkennen, die stolz und dunkel in den funkelnden Nachthimmel ragten. Hoffentlich wurden sie nicht entdeckt.

Ein Zischen ließ ihn aufhorchen. Er blickte hinter sich und sah gerade noch, wie eine Kugel das letzte Boot traf, in dem sich Vit befand. Das Splittern von Holz erfüllte die Luft und eine Welle erfasste ihr Schiff.

„Vit!" Ohne darüber nachzudenken, löste er die Schnallen seines Brustpanzers.

„Was macht Ihr da?"

Doch die panische Stimme des anderen Ruderers konnte ihn nicht aufhalten.

„Ich kann Vit nicht absaufen lassen!"

„Dann werdet Ihr selbst ertrinken!"

„Ich bin ein guter Schwimmer!"

Mit wenigen Zügen war er bei den Überresten des letzten Bootes. Es sank schnell, denn es war in der Hälfte auseinandergerissen. Vit hing auf einer Planke, aber die Welle einer weiteren Kugel, die platschend in der Nähe einschlug, schleuderte ihn herunter.

Bevor er ganz absackte, packte ihn Ed. Mit einer Hand hielt er sich am Holz fest, während er mit der anderen Hand seinen Freund umklammert hielt.

Er musste ihn aus der Rüstung herausbekommen, ansonsten hatte er keine Chance. Er fingerte nach den Schnallen der Brustplatte und der Schulterpatten, während er krampfhaft versuchte, nicht zu sinken. Das Gewicht seines Freundes zog ihn immer mehr in die Tiefe. Verzweifelt strampelte er mit den Beinen, um über Wasser zu bleiben. Endlich hatte er die Schnallen gelöst, aber die Rüstung schien auf dem Körper zu kleben. Sie hing irgendwo fest. Eds Mund kam unter die Wasseroberfläche, während er am Panzer zerrte. Sein Freund zog ihn unaufhaltsam weiter nach unten. Er atmete ein letztes Mal ein, bevor sein Kopf ganz unter Wasser geriet, und rüttelte gleichzeitig wie wild am Metall. Er musste es einfach schaffen. Er konnte seinen Freund nicht einfach sterben lassen.

Endlich löste sich die Rüstung. Ed kickte heftig, um wieder an die Oberfläche zu kommen und atmete erlöst ein, während er Vits Kopf über Wasser brachte. Sein Boot war weiter entfernt, aber mit nur einem Ruderer war es deutlich langsamer. Er drehte Vit auf den Rücken, wie er es in einem Rettungsschwimmkurs gelernt hatte, zu dem ihn sein Vater verdonnert hatte, und fasste den Ritter unter dem Kinn und an der Stirn. Er ruderte mit den Beinen, immer darauf bedacht, Vit weiter über Wasser zu halten.

Er musste es bis zum Boot schaffen. Zum Glück hatte er kaum noch Schmerzen. War das die Wirkung des Adrenalins?

In der Nähe schlugen erneut Kugeln ein und Ed kämpfte gegen die Wellen.

Nur langsam verringerte sich der Abstand zum Boot.

„Warte!", rief er dem Ruderer zu.

Er konnte seine Antwort nicht hören, mobilisierte aber seine letzten Kräfte, um ihn einzuholen. Der Ruderer schien seinen Ruf vernommen zu haben, denn er steuerte das Boot auf ihn zu.

„Schnell, wir sind noch nicht außer Schussweite!" Der Ruderer packte Vit unter den Achseln und zog ihn ins Boot.

Eine weitere Kugel verfehlte ihr Boot nur knapp. Ed hatte keine Kraft mehr, sich selbst ins Boot zu hieven, aber der Ruderer half ihm.

Nass und schwer atmend nahm Ed die Paddel. Vit musste so schnell wie möglich in die Infermeria kommen. Hoffentlich konnten sie ihn dort retten. Der Beschuss ging weiter, aber ihre Feinde landeten keinen Treffer mehr. Dennoch kosteten die Wellen sie wertvolle Zeit. Lebte Vit noch?

„Diesen hier zuerst!" Ed packte seinen Freund an der Schulter, dessen Bein unförmig herabhing, als sie an der Anlegestelle angekommen waren. Dienende Brüder nahmen ihn in Empfang und legten ihn auf eine Bahre. Während sie mit Vit zur Infermeria rannten, half Ed den anderen Verletzten.

Die Schmerzen kamen mit voller Wucht zurück, sein Kopf hämmerte unablässig und nicht selten musste er blinzeln, um eine klare Sicht zu bekommen. Sein Arm pochte und fühlte sich heiß und dick an. Er streckte dem letzten Mann seine Hand zur Hilfe entgegen, als seine Beine plötzlich ihren Dienst versagten und sich alles um ihn herum zu drehen begann, ehe er in tiefste Dunkelheit versank.

„Sie kommen!“

Anna wappnete sich innerlich gegen eine Flut von übel Verletzten. Den ganzen Tag hatten die Kämpfe gedauert. Zeitweilig war der Rauch so stark gewesen, dass man St. Elmo nicht mehr gesehen hatte.

Die ersten eiligen Schritte kamen in den Flur, ihnen folgten das Getrappel vieler Stiefel, Schreie, unterdrücktes Stöhnen.

Sie schlang die Arme um ihren Oberkörper und lehnte sich an den Türrahmen des Behandlungsraumes. Schlimmer als das Blut und die Verstümmelungen war die Furcht, einen ihrer Freunde unter den Schwerverletzten zu entdecken.

Philipp und Adrien rannten mit der ersten Tragbahre vorbei. Sie erhaschte einen Blick auf das graue Gesicht des Mannes und ihr Herz setzte aus.

„Mein Gott, Vit!“ Sie rannte ihm nach und legte ihre Hand auf seine Schulter. Automatisch tastete sie nach dem Puls an seiner Halsschlagader, während sie in Monsieur Parés Zimmer stürmten. Schwach, aber noch vorhanden. Die zwei Brüder legten ihn auf ein Bett und verließen den Raum sofort wieder, während Anna sich nicht von der Stelle rührte.

„Was macht Ihr hier?“ Der Arzt hatte sich schon über Vit gebeugt und begann, ihn auszukleiden.

„Bitte, darf ich Euch helfen? Er ist ein guter Freund von mir.“

„Wir brauchen Euch aber bei den anderen.“

„Bitte.“

Sie schaute ihn flehend an. Nicht, dass sie Vit groß hätte helfen können. Das Bein war so übel zugerichtet, dass sie bezweifelte, ob er es behalten konnte.

„Nun gut. Bruder Angelo, Ihr habt nun die nötigen Erfahrungen für Operationen. Sie kann mir zur Hand gehen und Ihr arbeitet heute selbstständig.“

Stolz flackerte im Blick des dienenden Bruders auf, der in den letzten Wochen treu an der Seite des großen Meisters gearbeitet hatte.

Vits Oberkörper war übersät mit blauen Flecken, die Arme und Hände wiesen unzählige Kratzer und Schnitte auf. Der linke Unterschenkel war bis über das Knie zertrümmert. Wo früher Fleisch gewesen war, hingen noch ein paar Fetzen Haut, der Knochen schimmerte weiß und zersplittert dazwischen heraus.

Anna schluckte gegen die aufsteigende Galle an. Oberhalb des Knies war ein Tuch fest um den Oberschenkel gewickelt.

Monsieur Paré holte eine Säge. Anna schloss die Augen und platzierte sich so, dass sie Vits Gesicht im Blick hatte.

„Ihr lehnt Euch über ihn, damit er sich nicht bewegen kann. Es ist nur eine Vorsichtsmaßnahme. Ich denke nicht, dass er aufwacht."

Anna vernahm den unausgesprochenen Hinweis, dass er vielleicht nie mehr aufwachte, aus der müden Stimme des Arztes, der schon zu viele Männer sterben gesehen hatte.

Anna lehnte sich über seine Brust, ihre Hände auf seinen Schultern. „Vit, halte durch. Du wirst wieder gesund, hörst du? Angelika ist da, hörst du? Deine Angelika lebt!" Sie kümmerte sich nicht darum, was der Arzt von ihr dachte, sie wollte nur, dass Vit lebte. Heiße Tränen fielen auf sein schmutziges Gesicht und hinterließen helle Spuren. Das sägende Geräusch ging ihr durch Mark und Bein.

„Fertig. Reicht mir die Kauterisation."

Anna blickte sich um und entdeckte die Klingen über dem Feuer. Sie brachte sie dem Arzt und er drückte sie auf die Wunde. Vits Bein war weg. Der Knochen schimmerte als weißer Fleck zwischen all dem Blut hervor.

Sie wandte ihr Gesicht wieder Vit zu. Seine Lippen waren noch grauer. Sie tastete nach seinem Puls. Er war weg.

Ihr Herz stoppte für einen Moment. Alles begann sich zu drehen. „Er atmet nicht mehr!"

Der Arzt legte eine Hand auf Vits Brustkorb, dann seufzte er. „Ich fürchte, wir können nichts mehr für ihn tun."

„Nein!" Adrenalin füllte ihre Venen und plötzlich war alles glasklar. Während ihres Praktikums im Toulouser Krankenhaus hatte sie einen CPR-Kurs belegt. Kardiopulmonale Reanimation. Sie hatte als eine der besten abgeschlossen. Keiner ihrer imaginären Patienten war gestorben. Die mochten das hier noch nicht kennen, aber sie würde nicht zulassen, dass Vit starb.

Herr, bitte hilf mir! Bring uns Vit zurück! Du hast Glikas Leben verschont. Nimm Sofia nicht ihren Vater!

Sie suchte die Position über dem Herzen, eine Handbreit unter dem Schlüsselbein, zwei Finger nach links, und begann mit der Herzmassage. „Eins, zwei , drei …"

Der Arzt schaute sie mit zusammengekniffenen Augen an. „Was macht Ihr da? Er ist tot."

„… sieben, acht …"

Er wollte sie wegzerren.

„Bitte – nicht – lasst mich – etwas – versuchen. Vierzehn, fünfzehn …"

Paré stand mit grimmigem Gesicht und verschränkten Armen neben ihr.

„… dreißig."

Sie brachte Vits Kopf in eine leicht nach hinten geneigte Stellung und blies zweimal in seinen Mund. Dann machte sie wieder mit der Herzmassage weiter.

„Nun gut, aber nicht mehr lange. Wir haben noch andere Patienten."

Anna kümmerte sich nicht darum, als eine weitere Bahre hineingetragen wurde und Paré sich einem neuen Patienten zuwandte.

Als sie bei der vierten Herzmassage angekommen war, merkte sie die Veränderung. Vits Brustkorb begann sich langsam wieder zu heben und zu senken.

„Ja!" Ihre Faust schnellte in die Höhe und sie hüpfte in die Luft.

Der Arzt unterbrach seine Arbeit und kam zu ihr. Das Grau wich langsam aus Vits Gesicht. Paré schaute sie misstrauisch an. „Seid Ihr eine Hexe?"

„Nein, mitnichten. Ich …"

Annas Gedanken rasten. Wie konnte sie ihm das in seiner Sprache erklären?

„Ich habe nur seine Säfte wieder zum Fließen gebracht, indem ich Druck auf sein Herz ausgeübt habe und ihm geholfen habe zu atmen. Mit meinem Atem."

Der Arzt schürzte seine Lippen. „Nun gut, ich weiß nicht, wo Ihr das gelernt habt, aber ich habe Euch sicher unterschätzt. Kauterisiert fertig und stülpt ihm eine Schweinsblase über den Stumpf. Morgen müsst Ihr mir dann alles über Eure Technik erzählen."

Anna strahlte über das ganze Gesicht. Endlich hatte sie sich nützlich machen können. Sie nahm den üblen Geruch des verbrannten Fleisches kaum wahr, als sie den Stumpf kauterisierte, vorsichtig darauf bedacht, keine Nerven zu treffen, wie sie es gelehrt worden war.

„Du hast mir einen schönen Schrecken eingejagt. Das wird nun ein wenig schmerzen. Aber wahrscheinlich merkst du es gar nicht. Du lebst, meine Güte, bin ich froh, dass du lebst. Habe ich dir schon gesagt, dass Angelika hier ist? Sie ist gar nicht tot, wie alle gemeint haben, und Sofia hat nun endlich wieder ihre Mutter. Und Vita ist gewachsen. Ach, das wirst du alles sehen, wenn du wieder bei Kräften bist.“ Vor lauter Erleichterung redete sie ununterbrochen, während sie ihre Tränen wegblinzelte.

Sie langte nach einem der ekligen, durchsichtigen Dinger, der Mittelalterform von Plastik, und stülpte die Schweinsblase über den Stumpf.

Der Arzt warf einen kurzen Blick darauf und nickte anerkennend.

Dann wusch sie Vits andere Wunden aus, schmierte die Salbe aus Olivenöl, Johanniskraut, Rose, Eigelb und Wachs auf die tiefen Schnitte und verband sie.

Sie neigte sich zu seinem Ohr und flüsterte: „Ich komme dich morgen mit Angelika und Sofia besuchen. Sei dann also wach!“ Anschließend rief sie die wartenden Brüder herein, die Vit zu einem Bett trugen.

Es war immer noch ein langer Weg bis zu Vits Genesung und das Risiko, dass er starb, war weiterhin sehr hoch – aber es war, als würde sie auf Wolken schweben. Er lebte.

In den nächsten Stunden lernte sie, Arme mithilfe eines langen Gestells einzurenken, eingesunkene Schädeldecken mit einem Dreibein, in dessen Mitte eine Art Bohrer befestigt war, zu heben, tiefe Brandwunden auszuschaben und Knochenbrüche mit Holz und Gipsverbänden zu stabilisieren. Ihre Hände waren immer noch klebrig vom Eiweiß-Mehl-Gemisch, mit dem sie die Gipsverbände gemacht hatte. Zweimal noch hatte sie ihre CPR-Kenntnisse anwenden können, wobei sie jedoch nur einen weiteren Mann hatte retten können. Nun, im Morgengrauen, war auch der letzte Patient versorgt. Anna war so erschöpft, dass sie kaum noch stehen konnte.

„Ruht Euch aus. Gerne komme ich auf Eure Hilfe heute Nacht zurück. Falls sich die Belagerung ausweitet, werden wir es nicht mehr so ruhig haben und über jede fachliche Hilfe froh sein."

Anna hob die Augenbrauen. Diese Nacht bezeichnete Paré als ruhig?

„Gut. Ich werde da sein", versprach sie und stolperte davon. Eigentlich wollte sie direkt ins Bett, aber sie brauchte noch kurz frische Luft. Deshalb ging sie durch das Haupttor nach draußen und bewunderte das goldene Morgenlicht, das sich im hellblauen Wasser spiegelte. Sie lehnte sich an die Mauer. Unter ihr war die Anlegestelle der Boote. In der Ferne donnerten die ersten Kanonen und sie konnte das Blitzen auf den Schiffen sehen, wenn sie die Kugeln abfeuerten.

Ed, wo bist du?

Sie hatte die ganze Nacht so fieberhaft gearbeitet, dass sie kaum an ihn gedacht hatte. Aber jetzt, im Morgengrauen, kroch die Angst um ihn wieder in ihr hoch.

Vertrauen. Einmal mehr.

Sie atmete tief ein und schloss die Augen.

„Anna, da bist du ja!"

Sie drehte sich um, als sie Marias Stimme hinter sich hörte. Ihr Gesicht war von der schlaflosen Nacht gezeichnet. Sie selbst sah bestimmt nicht besser aus.

„Edward war heute unter den Verletzten."

„Ed?!" Annas Augen weiteten sich. Ihre Hände begannen zu zittern, ihre Knie gaben nach. Sie sank an der Mauer zu Boden. „Wie geht es ihm?"

„Er hat eine tiefe Wunde am Arm, eine schwere Verbrennung am Unterschenkel und ist bewusstlos. Wahrscheinlich hat sein Kopf etwas abgekriegt. Als wir ihm den Helm auszogen, war die eine Seite voller Blut und aufgeschürft."

Annas Herz klopfte bis zum Hals. „Wo ist er?"

Maria reichte ihr die Hand. „Ich bringe dich zu ihm."

Ed lag bewusstlos in einem Bett. Das Haar nass und mehr schwarz als blond, die Schläfe verklebt mit Resten von Blut, das Gesicht blau und grün, die Lippen aufgeplatzt.

Anna kniete sich neben ihn. Sie nahm seine gesunde Hand und

strich darüber. „Oh Ed …“ Ihre Stimme war nur ein Flüstern. Das vereinzelte Schnarchen der anderen Patienten war zu hören und in der Ferne das Grollen der Kanonen. Sie legte ihren Kopf auf das Bett und ließ ihren stummen Tränen freien Lauf.

Alles war schwarz.

„Er ist ein zäher Mann …“

Wasser, Dunkelheit …

„Mein Gott, Vit! … Angelika … wach bist …“

Wärme, Geborgenheit, Gemurmel …

„Ich liebe dich …“

Eine warme Hand …

„Ich bin hier, alles wird gut …“

Pochender Schmerz im Bein …

„Wach auf!“

Er kämpfte gegen die zähe Dunkelheit an. Es war, als würde er sich durch ein schwarzes Moor kämpfen, aber je mehr er es versuchte, desto mehr zogen ihn die zähen Massen in die Tiefe. Und er war so müde …

Metallgeklirr, das Donnern der Kanonen, Abel am Altar, Blitze, Nacht. Angelika – der Wind spielte mit ihren Haaren und das Sonnenlicht ließ es wie schwarzes Gold leuchten. Sie streckte ihm die Hand entgegen. Er wollte sie fassen.

„Ich komme!“

Doch dann verschwand sie in gleißendem Licht und Dunkelheit umgab ihn einmal mehr.

„Bleib!“, rief er ihr zu.

„Ich bin hier.“

Ihre Stimme war so real. So echt. Etwas Kühles berührte seine Stirn. Er spürte, wie sein Brustkorb sich mit jedem Atemzug hob und senkte. Und dann sah er das Licht. Weit oben. Es war, als würde er aus der Tiefe des Meeres nach oben schwimmen.

Er blinzelte. Das Licht schmerzte, aber durch die Unschärfe erkannte er sie. Angelika. Und über ihr der purpurne Himmel.

Ihr Lächeln raubte ihm den Atem. Traurig und glücklich zugleich.

„Angelika …" Vit erkannte seine eigene Stimme kaum. Ein heiseres Flüstern.

Sie nahm seine Hand. „Vitellino. Ich bin hier."

Gemurmel drang von rechts und links zu ihm hindurch. War das der Himmel?

Angelika schien ihm seine Verwirrung anzumerken. „Weißt du, wo du bist?"

Er schüttelte langsam den Kopf. Angelikas Bild verschwamm wieder. Er wollte es festhalten, aber er war so müde … Seine Augen fielen wieder zu.

„Du bist in der Infermeria. In Birgu …"

Ihre Stimme klang weit weg.

Das andere, seltsame Geräusch drang erneut an sein Ohr. Gemurmel. Geklapper? Der Geruch von Weihrauch. Infermeria?

Infermeria?!

Er zwang sich einmal mehr, die Augen zu öffnen. Roter Baldachin. Infermeria.

Aber etwas stimmte nicht. Er blickte zur Seite. Angelika. Sie war doch tot? Halluzinierte er? War er so nah am Tode, dass er die Toten sah?

Sie versuchte ein Lächeln und nahm seine Hand. Es fühlte sich so echt an.

War sie gekommen, um ihn ins Totenreich zu holen?

„Ich komme …", flüsterte er.

„Bleib du nur schön hier und erhole dich", sagte sie ernst. Aber er wollte doch mit ihr zusammen sein. Warum war das alles so verwirrend?

„Vit!"

Angelika ließ seine Hand los. Sofias Stimme brachte Klarheit in den Nebel seiner Gedanken. Das Mädchen stürmte durch den Krankensaal zu ihm. „Du bist wieder da!"

Sie umarmte ihn und er stöhnte auf. Alles schmerzte. Er lebte. Erschrocken ließ sie ihn los.

„Er hat bestimmt starke Schmerzen, meine Kleine", hörte er Angelika sagen. Er schaute sie an. Er lebte. Sie lebte.

Er blinzelte. Wie konnte das sein?

„Du … du lebst?“, brachte er mühsam hervor.

Sie lächelte ein trauriges Lächeln und nickte. „Das ist eine lange Geschichte, aber ja, ich lebe. Und ich bin froh, dass du lebst.“

Sie lebte. Angelika lebte.

Er konnte keinen anderen Gedanken mehr fassen.

„Willst du etwas trinken?“ Angelikas Stimme war sanft.

Seine Kehle war ausgetrocknet und seine Lippen fühlten sich an, als wären sie in der Sonne geröstet worden. Er nickte.

Sie fasste ihn um die Schultern, um ihn aufzurichten. Er wollte die Beine aufstellen, um zu helfen, und stöhnte auf. Der Schmerz im linken Bein war unerträglich. Und etwas war anders. Fühlte sich anders an. Aber er konnte es nicht greifen.

„Vorsicht. Du hast viel Blut verloren.“

Vit stellte das rechte Bein auf und rutschte nach oben. Sie reichte ihm einen Becher und er nahm einen kleinen Schluck. Es war so köstlich wie selten etwas zuvor.

„Ich bin so froh, dass du lebst“, sagte Sofia und ihre Augen leuchteten.

Ja, er war auch froh. Angelika lebte. Sofia hatte wieder eine Mutter.

Sein Blick wanderte zu dem weißen Laken, unter dem sich seine Beine deutlich abzeichneten. Doch statt seines linken Beines war da – nichts.

Er schluckte leer und bewegte seinen rechten Fuß auf die linke Seite. Nichts.

Die Erinnerung kam mit voller Wucht zurück. Hatte er nicht das Fass mit griechischem Feuer gerollt? Und dann war da die Kugel, der Schmerz im Bein. Ed, der ihm das Bein abgebunden hatte, Kampfgetümmel, dann Schwärze.

Er drehte den Kopf weg von Sofia und Angelika. Statt sein Leben ehrenhaft für Gott einzusetzen, war er nun – ein Krüppel.

Angelika schien zu merken, dass er den Verlust realisiert hatte, denn sie nahm wieder seine Hand. Doch ihre Wärme erreichte sein Herz nicht.

„Alles, was zählt, ist, dass du lebst“, sagte sie leise.

Ihre Stimme war so lieblich, dass er am liebsten geweint hätte.

Ein Krüppel. Ein Nichtsnutz. Kein ehrenhafter Held.

„Lasst mich allein.“

Er spürte, wie Angelika sich zu seinem Ohr beugte und der Duft von Zitrone kitzelte seine Nase. „Wir lieben dich."

Sofias kleine Finger umschlangen seine kraftlose Hand. Er spürte einen warmen Tropfen auf seiner Hand.

„Werde schnell wieder gesund", sagte sie mit erstickter Stimme.

Ein Krüppel. Auf Almosen und Hilfe angewiesen. Nie mehr würde er gesund werden.

Er hörte, wie Sofia aus dem Saal stürmte. Das Rascheln eines Gewandes entfernte sich. Er war allein. Allein und hilflos. Nutzlos.

„Bruder, Ihr seid wach!"

Ließ ihn hier denn niemand in Ruhe?

„Ich bin Monsieur Paré, der Arzt. Wie geht es Euch heute?"

Widerstrebend wandte Vit sein Gesicht dem kleinen Mann zu, dessen dunkle Knopfaugen ihn aufmerksam musterten.

„Wie kann es einem schon gehen, wenn man ein Krüppel ist?" Seine Worte waren harscher, als er es beabsichtigt hatte.

Der Arzt schlug das Laken zurück. Schnell schloss Vit die Augen. Er wollte sein Bein oder das, was davon noch übrig geblieben war, gar nicht sehen.

„Euer Auftrag auf der Erde ist offensichtlich noch nicht zu Ende."

Oh doch, das war er. Ohne Bein konnte er nie mehr eine Schlacht schlagen, nie mehr ein Schwert führen. Eine andere Bestimmung gab es für ihn nicht, auch wenn seine Schwester ihm wiedersprochen hätte. „Es wäre besser gewesen, ich wäre gestorben."

„Ihr wart tot."

Vit öffnete wieder die Augen.

„Schmerzt das?"

Er merkte, wie der Arzt an seinem Bein herumdrückte. Ein stechender Schmerz fuhr ihm in den Oberschenkel.

„Ja, ein wenig." Er biss die Zähne zusammen. „Was meint Ihr damit, dass ich tot war?"

„Es waren schon einige Wunder nötig, Euch am Leben zu erhalten. Jemand hat Euch das Bein abgebunden, um die Blutung zu stoppen. Ihr habt dennoch sehr viel Blut verloren. Und dann, nach der Amputation, atmetet Ihr nicht mehr. Wäre Anna nicht gewesen mit ihrer Kenntnis, wie man die Säfte wieder in Wallung versetzt, Ihr wäret nicht mehr hier. Ach ja, und Ihr wart von Kopf bis Fuß nass. Gut möglich, dass Euch jemand aus dem Wasser gezogen hat." Paré schaute ihm ernst in die Augen. „Verachtet die Gnade nicht, die Euch geschenkt wurde." Er zog das Laken wieder über seine Beine.

Ein Sonnenstrahl drang durch das Fenster und blendete Vit.

„Ruht Euch aus und esst etwas, damit Ihr schnell wieder zu Kräften kommt. Ich werde morgen wieder nach Euch sehen." Damit ging der Arzt zu einem anderen Patienten.

Der Sonnenstrahl wärmte sein Gesicht. Aber er wollte keine Wärme. Gnade? Den Rest des Lebens ein Krüppel zu sein, bezeichnete der Arzt als Gnade?

Er schloss die Augen. Wenn nur das starke Licht nicht wäre.

Die Belagerung war noch lange nicht zu Ende. Die Osmanen schienen über eine grenzenlose Menge an Menschen zu verfügen, die sie immer wieder frisch in den Kampf schickten. Wenn sie auch nur den Hauch einer Chance haben wollten, ihr Land zu halten, dann musste jeder Mann an die Front. Krüppel hin oder her. Er würde sich wie andere vor ihm in eine Bresche tragen lassen, sobald er so weit war, und den Feind sitzend und kämpfend so lange aufreiben, wie es sein nutzloser Körper nur irgendwie zuließ. Seine Tage als Krüppel waren somit gezählt. Erleichtert atmete er auf und starrte auf seine Hände, die auf der Decke lagen. Seine Bestimmung war es, mit dem Schwert in der Hand zu sterben.

Die Sonne drang hell durch das Fenster. Ed hasste es, ans Bett gefesselt zu sein. Nicht, dass er sich bis jetzt stark genug gefühlt hätte aufzustehen. Alles schmerzte – sogar sein Gesicht, wenn er sprechen wollte. Aber sich von den dienenden Brüdern waschen, kämmen und rasieren zu lassen, das war irgendwie demütigend. Als sei er ein alter Opa.

Anna kam ins Zimmer. Sie strahlte und sah frisch aus. Ausgeruht.

Zwei Tage war er bewusstlos gewesen. Als er dann endlich eines Nachts erwacht war, hatte Anna schlafend neben ihm gesessen, den

Kopf auf dem Bett an seiner Seite. Sie hatte bei ihm gewacht, hatte ihn nicht verlassen.

„Wie geht es dir?“

Er versuchte ein Grinsen, bereute es aber sogleich, als der Schmerz in seine Wangen fuhr. „Gut. Ich weiß gar nicht, weshalb ich noch hier bin.“ Im Gegensatz zu Vit ging es ihm blendend.

„Mach mal langsam, du bist erst vier Tage hier.“

Ed zog die Augenbrauen hoch. „Erst? Das ist eine halbe Ewigkeit.“

Anna verdrehte die Augen und schüttelte den Kopf. „Müsst ihr immer den Macho raushängen?“ Sie hatte so leise gesprochen, dass nur er es hören konnte.

„Wenn nicht wir, wer dann?“, gab er zurück.

Sie setzte sich auf die Bettkante. „Hast du noch Kopfschmerzen?“

„Ein wenig, Frau Ärztin, aber das ist vernachlässigbar.“ Das war gelogen, denn sein Kopf hämmerte unablässig. Was gäbe er nicht alles für eine Schmerztablette! Doch stattdessen kriegte er Veilchensalbe, von der ihm beinahe schlecht wurde.

Er begegnete ihrem zweifelnden Bick. Wie schaffte sie es nur immer, ihn zu durchschauen?

„Hast du Lust auf einen kleinen Spaziergang?“

„Warum nicht?“ Hauptsache, er kam aus diesem Zimmer hier raus.

„Gut, dann setz dich mal auf, aber langsam, dir könnte schwindlig werden.“

Er atmete tief ein und stellte seine Füße auf den Boden, dessen angenehme Kühle wohltuend war im stickigen Zimmer.

Die Welt begann sich tatsächlich zu drehen und er spürte kleine Schweißtropfen auf seiner Stirn.

„Geht's?“

„Mhmm-mhmm.“ Keine Ahnung, wie er aufstehen sollte, aber er wollte nicht, dass Anna sich Sorgen machte.

Sie reichte ihm ein Paar Hosen. Zu gerne wäre er einfach in den leichten Shorts und dem kurzen Hemd herumgelaufen. Aber die nannten das hier Unterwäsche. Also schlüpfte er in die Hose, diejenige mit den goldenen Streifen, die er bei Vits Eltern erhalten hatte und die nun am Ende ausgefranst war, weil er den Stoff gebraucht hatte. Aber wenigstens war sie sauber. Jemand musste sie gewaschen haben.

Sie kniete sich vor ihn hin und zog ihm die Schuhe an. Das war so peinlich. Aber er schaffte es nicht, sich vornüberzubeugen. Es kostete ihn schon genug Kraft, sitzen zu bleiben.

Als Anna aufblickte, versank er in ihren dunklen Rehaugen. Sie umfasste seinen Arm und er stand auf. Sein Knöchel schmerzte brutal, aber er humpelte durch die Tür in den Flur. Dabei stützte er sich schwer auf sie. Offensichtlich befand er sich im ersten Zimmer beim Hintereingang.

Als sie das Wandbild passierten, glitt sein Blick zu David, der nach dem Sieg dankbar zum Himmel blickte. Dankbarkeit erfüllte auch sein Herz. Alle seine Freunde lebten. Pierres Fieber war gestern endlich gesunken.

Anna führte ihn an David vorbei zur Hintertür und über die Straße zu ihrer Wohnung.

Fühlte man sich so nach einem Marathon? Ed keuchte und Schweiß klebte ihm auf der Oberlippe, als er sich auf einen Stuhl fallen ließ.

Anna reichte ihm ein Glas Wasser. In einem Zug trank er es leer.

„Hier können wir ungestört reden."

Sie hatte ein schelmisches Lächeln und er ahnte, dass nicht nur er sich danach gesehnt hatte, sie zu küssen. Wenn nur sein Gesicht nicht so schmerzen würde.

„Hast du was Neues von St. Elmo gehört?" Er nahm ihre Hand und streichelte über ihren Handrücken. Mein Gott, er war so froh, dass er noch lebte.

„Die Versorgung ist abgeschnitten. Sie lassen keine Boote mehr passieren. Mehr wissen wir nicht. Aber du hörst das Bombardement selbst."

Das Donnern und Grollen war nicht zu überhören. In seinen Gedanken war er oft in der alten Festung. Bei Miranda und den anderen, die geblieben waren. Die Albträume verfolgten ihn immer noch. Er schaute auf ihre Hand. „Sie werden alle sterben. Jeder Tag, den wir mehr ausharrten, war ein Wunder."

Annas Hand berührte seine Wange und forderte ihn stumm auf, sie anzublicken. In ihren Augen lag so viel Mitgefühl, dass er schlucken musste. „War es schlimm?"

Schlimm? Das war die Untertreibung des Jahrhunderts, aber das konnte er ihr nicht sagen. Deshalb nickte er einfach. „Wenn mir eins in den grausamen Stunden dort drüben klar geworden ist – in der stillen Nacht oder in der Kapelle oder wenn ich andere sterben sah –, dann war es, dass ich dich liebe. Dein Gesicht und dein Lächeln haben mich durchgetragen. Und Gott."

„Gott?"

Ihr erstauntes Gesicht entlockte ihm beinahe wieder ein Grinsen, dass er der Schmerzen wegen im letzten Augenblick unterdrückte.

„Wenn man nicht schlafen kann, hat man viel Zeit zum Nachdenken. Ich habe die Männer sterben sehen. Die einen mit mehr, die anderen mit weniger Frieden. Und ich habe darüber nachgedacht, was du gesagt hast von deinem Freund, der gestorben ist, damit du lebst."

„Jesus."

„Genau. Na ja, und da habe ich gemerkt, dass ich ziemlich vieles in meinem Leben verbockt habe. Vit und Pierre haben mir erklärt, dass ich all das Zeug einfach Gott sagen und ihn um Vergebung bitten kann. Das habe ich gemacht."

Annas Augen glitzerten und eine Träne rollte über ihre Wangen. Er fing sie mit seinem Daumen auf, unsicher, warum sie weinte.

„Habe ich was Falsches gesagt?"

Sie schüttelte heftig den Kopf und lächelte zugleich. „Es ist nur so überwältigend. Ist es nicht ein Wunder, dass du lebst? Ich wollte nie einen Freund, der nicht auch an Gott glaubt. Meine Freundin Melanie hat das und sie haben so viele Probleme und ich verstand nie, weshalb sie ihn nicht einfach aufgab. Aber dann lernte ich dich kennen und ich verstand plötzlich, dass man Liebe nicht steuern kann. Ich habe mir so gewünscht, dass du Gott kennenlernst."

Und dann lehnte sie sich nach vorne und küsste ihn. Ganz sanft, um ihm nicht wehzutun. Er nahm ihr Gesicht in die Hände und erwiderte den Kuss, seine Schmerzen vergessend. Sie roch nach Weihrauch und Seife und durstig trank er ihre Liebe.

Er musste es ihr einfach sagen. Sanft löste er sich von ihr. „Ich liebe dich."

Ihre Augen strahlten und tanzten um die Wette mit den Sonnenstrahlen, die durch das kleine Fenster fielen und den dunklen Raum erleuchteten.

„Ich liebe dich auch, Ed."

Nie hätte er gedacht, dass diese simplen Worte ihn so treffen würden. Er wurde geliebt.

KAPITEL 27

Das Dämmerlicht des hereinbrechenden Tages fiel durch das Fenster und das graue Licht erhellte allmählich den Raum.

Vit rutschte hoch und stützte sich auf die Ellbogen. Der Schmerz in seinem Bein zuckte hoch und er hielt den Atem an, bevor er langsam ausatmete und sich noch ein wenig weiter nach oben hievte.

Er legte den Kopf an die Sandsteinwand. Der Samt des Baldachins schmiegte sich weich gegen seine Wange.

Vater unser, der du bist im Himmel. Geheiligt werde dein Name, dein Reich komme …

Wenn er schon ans Bett gefesselt war, dann konnte er wenigstens dem Beispiel Abels folgen und beten.

… dein Reich komme, dein Wille geschehe, wie im Himmel, so auf Erden. Unser tägliches Brot gib uns heute und vergib uns unsere Schuld, wie auch wir vergeben unseren Schuldigern.

Ja, Brot und Vorräte benötigten sie immer. Und schuldig war er auch geworden. So oft. Aber sein Gewissen klagte ihn immer noch an wegen seiner größten Schuld, obwohl er sie schon so oft bekannt hatte. Die Liebe zu Angelika.

Wir lieben dich. Ihre Worte hatten die Macht, sein Herz schneller schlagen zu lassen. Wenn er damals eine andere Entscheidung getroffen hätte, dann wären sie nun eine glückliche Familie.

Vit starrte aus dem Fenster in den grauen Himmel, der sich langsam golden färbte. Er durfte den Gefühlen für Angelika keinen Raum geben. Es brachte nichts, sich Gedanken über Liebe und Familie zu machen. Seine Bestimmung war es, ein Ritter zu sein. Als ehrenhafter Held zu kämpfen und mit dem Schwert in der Hand zu sterben. Das jedenfalls hatte er vor langer Zeit entschieden, als er die Gelübde abgelegt hatte. Auch wenn er sich nicht mehr ganz so sicher war, ob es die richtige Entscheidung gewesen war. Aber sie war gefallen und nicht mehr rückgängig zu machen.

Das Gold des Himmels ging allmählich in ein helles Blau über.

Keine einzige Wolke. Ein weiterer Tag, an dem die Brüder in Elmo unter der Hitze leiden mussten. Er zog sein gutes Bein an und faltete seine Hände darum.

Und führe uns nicht in Versuchung, sondern erlöse uns von dem Bösen.

In der Ferne grollten die Kanonen gegen St. Elmo, das einem sturmumtobten Steinhaufen glich. Sieben Tage war es nun her, dass ihn Ed hierher gebracht hatte. Sieben Tage, in denen das Fort weiter ausgeharrt hatte. Konnte es sein, dass es die Gebete vieler gewesen waren, die dieses Wunder vollbracht hatten?

Denn dein ist das Reich und die Kraft und die Herrlichkeit in Ewigkeit, Amen.

Die Tür öffnete sich und dienende Brüder kamen mit Tabletts und frischen Tüchern herein. Sie gingen von Bett zu Bett, wechselten die Laken, gaben zu essen und zu trinken, stutzten die Bärte und wuschen die Männer.

Ein Bruder näherte sich ihm. „Guten Morgen."

Vit schaute in sein Gesicht. „Pietro?"

Der Bruder grinste. „So wahr ich lebe. Ihr seid nicht das einzige wandelnde Wunder." Er stellte ihm das Tablett auf den Schoß.

„Soll ich Euch helfen?"

„Danke, es geht." Vit nahm den Löffel, während Pietro zum nächsten Bett ging.

War er ein Wunder? Kaum. Ein einbeiniger Mann war kein Wunder. Warum war er noch hier?

Willst du ein Mann Gottes sein oder bist du ein Feigling?

Der Gedanke durchzuckte ihn unverhofft. Nie und nimmer war er ein Feigling. Er hatte in Elmo gekämpft, hatte wochenlang dem Feind und der Hitze getrotzt, hatte sich mutig in die Breschen gestellt, hatte gebetet, hatte seinen Glauben verteidigt und hätte sein Leben gelassen, wenn Ed nicht gewesen wäre, der ihm diese Ehre verwehrt hatte. Er war durch und durch ein Mann Gottes. Gewesen.

Sein Blick glitt zum leeren Ende seines linken Beines unter dem Laken. Jetzt nicht mehr. Ein Mann Gottes war stark und hatte beide Beine. Beides hatte er verloren. Trotzdem war er kein Feigling und würde sich kein zweites Mal der Ehre berauben lassen, als Held zu sterben.

Pietro kam zu seinem Bett zurück. „Laut Monsieur Paré soll ich Euch helfen, Euch anzuziehen, damit Ihr aufstehen könnt."

Er nahm ihm das Tablett mit der leeren Schüssel vom Schoß.

Aufstehen? Er würde nie wieder gehen können. Zumindest nicht ohne Krücken. Ein Krüppel eben. Kein Mann Gottes.

Aber er schwieg. Wenn er wenigstens etwas von seiner Kraft so schnell wie möglich zurückgewann, könnte er womöglich wieder nach Elmo.

Als Vit sich mit Pietros Hilfe angezogen hatte, war er schweißüberströmt. Seine Hose verdeckte das Ende des Stumpfes und er saß immer noch auf dem Bett und wartete auf den Arzt, als ihn eine bekannte Stimme aufschauen ließ.

„Vit!"

Ed trat an sein Bett, leicht humpelnd, sein Arm dick verbunden und die eine Gesichtshälfte in alle Farben getaucht.

Wut kroch in ihm hoch. Warum nur hatte er ihn nicht in Elmo gelassen? Er biss die Zähne zusammen und nickte ihm zu.

„Ich bin so froh, dass du lebst!"

Das konnte Vit nicht behaupten, also schwieg er. Aber Ed schien es nicht zu bemerken.

„Ich dachte zweimal, dass ich dich verliere", fuhr er fort. „Dein Bein sah so schlimm aus und das viele Blut … Und dann, als das Boot zerbombt wurde …"

„Das Boot?" Er konnte sich nicht an ein Boot erinnern.

„Ja, du warst ohnmächtig, schon den halben Tag. Ich ruderte das Boot vor dir, als wir unter Beschuss gerieten und dein Schiff getroffen wurde. Ich konnte dich nicht einfach absaufen lassen, also bin ich ins Wasser gesprungen und habe dich herausgezogen."

Wäre er nicht auf die Idee gekommen, ihn ins Boot zu schleifen, hätte er ihn auch nicht herausziehen müssen. Vit verschränkte die Arme und schwieg weiterhin.

Ed wirkte plötzlich zerknirscht. „Leider … leider musste ich deine Rüstung im Meer versenken, sonst hätte ich es nicht geschafft."

Na toll. Seine Ausrüstung war dahin. Aber konnte es ihm eigentlich nicht gleichgültig sein? So fand ihn der Tod in der Bresche schneller. Er schwieg weiter.

Ed trat von einem Bein aufs andere. „Hast du starke Schmerzen?"

„Geht so. Ich werde bald wieder auf den Beinen sein." Oder auf DEM Bein. Aber das war dasselbe. Beinahe.

Der kleine Arzt näherte sich seinem Bett und erlöste ihn von dem Gespräch, das er nicht führen wollte.

„Guten Tag, Bruder. Offensichtlich geht es Euch heute besser. Seid Ihr bereit zum Aufstehen?"

„Ich kann nicht für immer im Bett bleiben. Muss beim nächsten Angriff wieder bei Kräften sein."

Der Arzt sah ihn ernst an, sagte aber nichts.

„Ich werde mir erst einmal den Stumpf anschauen."

Ed wollte weggehen.

„Bleibt hier, Ihr könnt mir helfen, wenn er aufsteht", sagte der Arzt.

Vit schloss die Augen. Nun musste er auch noch die Peinlichkeit über sich ergehen lassen, dass Ed seine Schwachheit mitbekam. Die Wut in seinem Bauch schwoll an. Am liebsten hätte er mit seiner Faust gegen die Wand geschlagen. Aber er biss die Zähne einmal mehr zusammen, so sehr, dass sein Kiefer zu schmerzen begann.

Der Arzt wickelte die Bandage ab, während er stur aus dem Fenster starrte. Er wollte sich dem hässlichen Gesicht des Versagens nicht stellen. Oder hatte nicht vielmehr Ed versagt?

Er spürte, wie die letzte Schicht des Verbandes abgenommen wurde. Warme Luft strömte an seinen Oberschenkel.

Der Arzt drückte daran herum und der Schmerz raubte ihm beinahe die Sinne. „Tut das noch weh?"

„Ich kann es nicht leugnen."

„Nicht mehr lange und die Fäden können gezogen werden. Erstaunlich, wie gut es verheilt ist. Ihr habt wirklich ein Wunder erlebt."

Sollte er es doch Wunder nennen. Was auch immer. Er musste schließlich nicht damit leben.

Vit spürte, wie der Arzt Salbe auf die Wunde schmierte und das Bein wieder einpackte. „So, junger Mann, dann wollen wir mal aufstehen. Ihr habt viel Blut verloren, also seid vorsichtig. Edward, stellt Euch an die andere Seite und stützt ihn."

Er atmete tief ein und rutschte zum Bettrand, wobei er es vermied, in Eds Gesicht zu blicken. Langsam stand er auf. Sein Bein zitterte und er versuchte, das Gleichgewicht zu halten, verlor es aber und plumpste wieder auf das Bett.

So viel zur Kraft.

„Probiert es noch einmal. Euer Körper muss sich an die neue Gewichtsverteilung anpassen."

Er mahlte mit den Zähnen und schloss einen Moment die Augen. Dann atmete er noch einmal tief ein und stand auf. Diesmal schaffte er es, stehen zu bleiben, indem er sich widerwillig auf Eds und Parés Schulter stützte. Der Stumpf pochte und der Schmerz kroch das Bein hoch. Aber er stand, obwohl der Schweiß über seine Schläfen rann.

Er richtete sich ein wenig mehr auf.

„Geht doch. Du wirst schnell wieder auf den Beinen sein", ermutigte ihn Ed und er sah aus dem Augenwinkel sein freundliches Grinsen. Auf seine Freundschaft konnte er verzichten. Sah er denn nicht, dass er nur noch ein schwacher Krüppel war?

„St. Elmo ist gefallen!"

Der Ruf eilte durch den Saal von einem Bett zum anderen. Vit ließ sich auf das Bett fallen. Aber das hätte er besser lassen sollen, denn als sein linkes Bein die Bettkante berührte, zog der Schmerz bis in den Rücken hoch und er keuchte auf.

Elmo war gefallen. Und damit war seine einzige Möglichkeit, an seinem Platz mit seinen italienischen Brüdern zu sterben, dahin.

Hätte die Kugel nicht sein Bein zermalmt und hätte Edward ihn nicht gerettet, hätte Angelika ihn nie mehr gesehen. Nichts als die süße Erinnerung an seine Nähe, die sie seit Jahren in ihrem Herzen in eine Ecke gedrängt hatte, wäre ihr geblieben.

Aber nun war er da. Ärgerlich wischte sie eine Träne von ihrer Wange, während sie den Eintopf zubereitete. Er musste es ihr angesehen haben. Sie war unwürdig. Warum sonst hätte er sie wegschicken und nie mehr nach ihr fragen sollen?

Wie eine Ertrinkende klammerte sie sich an die Berichte, die ihr Anna und Sofia überbrachten. Er sei schweigsam und verschlossen.

Wie sehr sehnte sie sich danach, diejenige zu sein, die sein Herz erreichen und ihn über den Verlust seines Beines hinwegtrösten könnte. Aber sie war entehrt – und er war ein Ritter.

Sie zerkleinerte den Fisch, so gut das mit einem stumpfen Messer ging. Dann gab sie die unförmigen Stücke ins siedende Wasser zum Gemüse, sich nur halb dessen bewusst, dass die Tränen in Strömen über ihre Wangen flossen.

Einmal mehr musste sie loslassen. Konnte sie sich nicht glücklich schätzen, dass sie wieder bei ihrer Tochter war?

Die Tür öffnete sich und Anna betrat den Raum. „Mhmm, das duftet gut." Sie zog die Schuhe aus. Seit Elmo gefallen war, hatte ihre Freundin keine Nachtschichten mehr.

Schnell wischte Angelika sich über die Augen. Hörten die Tränen denn nie auf? Wo war ihr jahrelanges Training, ihre Emotionen zu verbergen, geblieben?

„Kummer?"

Sie zuckte mit den Schultern, während sie etwas Salz aus dem Leinensack entnahm.

Anna holte die Teller vom Regal. „Es ist Vit, nicht wahr?"

Sie rührte das Salz mit dem großen Holzlöffel unter die blubbernde Brühe.

„Es gibt für uns keine Zukunft, selbst wenn er mich noch lieben würde. Aber offensichtlich erinnere ich ihn nur an die Sünde, die er begangen hat."

Anna trat zu ihr. „Das glaube ich einfach nicht. Er liebt Sofia. Und es war deine Stimme, die ihn wieder in die Gegenwart geholt hat. Vielleicht kämpft er einfach damit, dass er nie mehr all das machen kann, was er vorher getan hat."

Ihre Wangen wurden erneut nass.

„Vertraue Gott, er wird es gut machen."

Angelika nickte, wagte dabei aber nicht, Anna anzuschauen. Wusste sie überhaupt, was das hieß? Sie kam aus einer besseren Welt und sie hatte einen Mann, der sie liebte und der lebte. Konnte sie nachvollziehen, wie viele Nächte sie damit verbracht hatte, zu diesem Gott zu schreien, nur um sich erneut in tiefster Finsternis vorzufinden?

Die Tür wurde jäh aufgerissen und ihre Tochter holte sie aus ihren schwarzen Gedanken. Sie war groß geworden, aber sie stürmte immer noch wie ein kleiner Wildfang ins Haus.

„Nein, das können sie nicht machen!"

Ehe sie sichs versah, hielt Angelika ihr Mädchen in den Armen. Heftige Schluchzer schüttelten sie. Sie strich ihr über den Kopf. Was hatte sie so aufgewühlt?

„Sie sagen, dass alle Hunde in Birgu und Senglea getötet werden müssen, weil sie bellen und Vorräte auffressen."

Angelikas Blick glitt zu Manuele, den sie wie einen eigenen Sohn liebte. Seine Hände fest ineinandergekrallt, senkte er schnell die Augen, aber das Glitzern darin war ihr nicht entgangen. Er hatte Vita ebenfalls ins Herz geschlossen.

Noch bevor sie etwas erwidern konnte, betrat Maria die Wohnung. Mit einem Blick hatte sie die Situation erfasst. „Schlimme Nachrichten?"

Maria war ihr in den letzten Wochen wie eine Mutter geworden. Sie schätzte ihre ruhige Art und ihre Weisheit.

„Alle Hunde sollen umgebracht werden."

„Davon habe ich gehört."

Die ältere Frau ging zum Herd und stellte den Topf auf den Tisch.

„Sie können mir Vita nicht wegnehmen! Sie ist alles, was ich von Vater habe!"

„Lasst uns erst einmal essen."

Sie setzten sich an den Tisch und Maria sprach das Dankgebet. Schweigend aßen sie die ersten Bissen, nur Sofia drehte den Löffel wahllos hin und her in ihrer Schale, die Augen dick und verquollen. Angelikas Herz schmerzte für ihre Tochter angesichts des nahenden Verlustes. Aber was konnten sie gegen die Anordnung schon tun?

„Ich habe eine Schwester in Mdina. Sie würde euch mit Vita bestimmt aufnehmen", sagte Maria in die Stille hinein.

„Das ist zu gefährlich. Die Osmanen sind überall. Das ist ein Hund nicht wert. Wir können nach der Belagerung wieder ein Tier haben", wandte Angelika sich entschieden dagegen.

Falls es ein „Danach" geben würde. Aber das behielt sie lieber für sich.

„Nein! Niemand ist wie Vita!"

Wie auf ein Zeichen strich der kleine Hund um ihre Beine und schnüffelte konzentriert unter dem Tisch nach Krumen.

Manuele nahm Sofias Hand und drückte sie.

„Ich kenne einige Männer, die beinahe täglich nach Mdina gehen. Sie wissen, wo die feindlichen Linien sind. Ihr könntet euch ihnen anschließen", versuchte Maria es noch einmal.

„Was, wenn man auch in Mdina keine Hunde mehr halten darf?" Sie schaute die ältere Frau an, die ihren Blick ruhig erwiderte.

„Diese Anordnung betrifft nur Birgu und Senglea."

Ihre Brust zog sich zusammen. Mit dem Feind war nicht zu spaßen. Wenn sie wieder in Gefangenschaft geriet, würde sie nicht mit dem Leben davonkommen. Nicht als eine Überläuferin, eine Verräterin. Obwohl sie sicher versuchen würden, zuerst möglichst viele Informationen aus ihr herauszubekommen, indem sie sie langsam und schmerzhaft folterten. „Wir haben keine Pferde." Ein besseres Argument fiel ihr nicht ein.

„Papa gibt uns bestimmt welche!"

„Er spricht nicht einmal mehr mit mir."

Anna, die bisher geschwiegen hatte, blickte auf. „Ich könnte ihn heute Nachmittag fragen."

„Der nächste Angriff ist auf Senglea und Birgu geplant. In Mdina wärst du mit den Kindern in Sicherheit." Marias Augen hielten die ihren.

Wie groß war das Risiko, in die Hände der Feinde zu fallen? Wenn sie in Begleitung einiger gewiefter Malteser wäre, könnten sie es dann möglicherweise doch schaffen? Aber wenn sie hierbliebe, dann wären die Kinder mitten im Kampfgetümmel. Es war nur noch eine Frage der Zeit, bis Birgu angegriffen wurde. Angelika seufzte. „Gut. Wenn Vitellino uns Pferde gibt, dann lasst es uns versuchen."

Stürmisch umarmte Sofia sie und ein dicker Kuss landete auf ihrer Wange. „Danke, Mama, danke."

Hatte sie die richtige Entscheidung getroffen? Sie hoffte es.

„Was könnte ein rechter Ritter sich glühender wünschen, als in Waffen zu sterben? Und was könnte es Angemesseneres für ein Mitglied des Ordens vom heiligen Johannes geben, als sein Leben in der Verteidigung seines Glaubens aufzuopfern?"

De Valettes kräftige Stimme hallte von den engen Gassen wider. Ed hatte seine Daumen in den Waffengürtel eingehängt und lehnte an einer Hauswand, die den Dorfplatz umgab. Alle kämpfenden Männer, bis auf die Wachen, waren zum Platz beordert worden, in deren Mitte, auf einem erhöhten Podest, die stattliche Statur ihres obersten Kommandanten prangte.

„Wir sollten nicht erschrecken, weil es den Moslems schließlich gelungen ist, ihr verfluchtes Banner auf den zertrümmerten Brustwehren St. Elmos aufzupflanzen. Unsere Brüder, die für uns gestorben sind, haben ihnen eine Lektion erteilt, die in ihrer gesamten Armee Schrecken verbreiten muss. Wenn das arme, schwache, unbedeutende St. Elmo imstande war, ihren gewaltigen Anstrengungen über einen ganzen Monat zu widerstehen, wie können sie gegen die stärkere und zahlreichere Besatzung von Birgu auf Erfolg hoffen? Mit uns muss der Sieg sein!"

Ed verlagerte sein Gewicht auf das gesunde Bein. Die Verbrennung am linken Unterschenkel schickte ihm immer noch ab und zu heftige Stiche durch seinen ganzen Körper.

„Die Spione und Überläufer berichten von verheerenden Krankheiten im Lager unseres Feindes. Außerdem werden ihnen die Vorräte knapp. Die Schiffe, die sie zum Herbeischaffen zusätzlicher Lebensmittel nach Afrika, Griechenland und der Ägäis entsandt haben, kehren nicht zurück."

Ed begegnete dem Blick Pierres, der neben ihm stand. Außer dem Verband um seinen Arm zeugte nichts mehr davon, dass er am Rand des Todes gewesen war. Seine Mundwinkel gingen triumphierend nach oben und seine Augenbrauen zuckten belustigt. Er lehnte sich zu ihm und flüsterte: „Unsere Verschmutzung des Wassers zeigt Wirkung."

Ed nickte und grinste zurück.

„Ihr, meine Malteser Brüder, habt schon jahrhundertelang unter den jährlich wiederkehrenden Beutezügen der muslimischen Piraten leiden müssen. Ich brauche Euch kaum zu erklären, welches Schicksal Euch erwartet, solltet ihr in Ihre Hände fallen."

Ed wischte sich mit dem Handrücken den Schweiß vom Gesicht, während er der Rede de Valettes weiter lauschte. Es war gegen Ende Juni und die Sonne brannte unbarmherzig nieder. Seit einigen Tagen herrschte eine trügerische Ruhe, eine kurze Verschnaufpause. Nachdem Elmo gefallen war, machten sich die Osmanen daran, ihre Geschütze gegen Birgu in Stellung zu bringen.

Er versuchte die Bilder zu verdrängen, die ihn immer wieder einholten. Die Köpfe der Kommandeure, hoch aufgerichtet am Ende der besiegten Halbinsel. Le Mas, Miranda, de Gueras. Obwohl sie in einiger Entfernung waren, hatte er sie gesehen. Er strich sich mit Daumen und Mittelfinger über die Augen, als könnte er dadurch die Bilder vertreiben. Und dann die Leichen vor St. Angelo. Zum Glück hatte er die Ritter nicht gesehen, die kopflos auf Kreuze genagelt worden waren. Aber er hatte die Schreie der osmanischen Gefangenen gehört, die als Vergeltung enthauptet worden waren, Hunderte Gefangene. Und ihre Köpfe wurden als Kugeln mit den Kanonen zu den Osmanen geschossen. Schon allein die Vorstellung löste in Ed einen Würgereiz aus.

Unglaublich, die Brutalität dieser Zeit. Es schien, als hätten alle, Freund und Feind, vergessen, was es hieß, menschlich zu sein. Zum Glück war das in seiner Zeit anders. Aber war es das wirklich? Oder blieb Krieg nicht immer Krieg? Brutal?

Er atmete tief ein und versuchte, sich auf die Worte des Großmeisters zu konzentrieren.

„Wir alle sind Soldaten unseres Herrn. Und solltet ihr durch ein böses Geschick uns und alle eure Offiziere verlieren, so werdet ihr, dessen bin ich sicher, deshalb nicht weniger entschlossen kämpfen."

Das war klar. Wenn ihn die grausamen Bilder eines lehrten, dann dass es in dieser Zeit besser war, kämpfend zu sterben, als lebendig in die Hände des Feindes zu fallen.

Die Versammlung löste sich auf und ein jeder ging an seine Arbeit zurück. Pierre und Ed waren zu Botengängen und zur Wache eingeteilt. Eine kräftesparende Arbeit, bei der sie weiter genesen konnten. Doch nun hatten sie ein wenig Zeit, ihren Freund in der Infermeria zu besuchen.

Die Kälte und Distanz von Vit befremdeten Ed. Er hatte ihm nicht einmal für die Rettung gedankt. Er versuchte es zu ignorieren, aber es schmerzte dennoch. Wie ein kleiner Stachel im Fuß, der sich bei jeder Belastung bemerkbar machte. War es der Verlust seines Beines, der Vit so zu schaffen machte?

Was könnte ein rechter Ritter sich glühender wünschen, als in Waffen zu sterben?

Die Worte de Valettes klangen in seinen Ohren nach. War es das, was Vit sich insgeheim gewünscht hatte? Das würde die Kälte ihm gegenüber natürlich erklären, denn dann hätte er ihn um seinen Traum gebracht.

Als sie Vits Zimmer betraten, saß er bereits in seinem „Rollenstuhl".

Nach Annas Zeichnungen waren für ihn ein „richtiger" Rollstuhl und „richtige" Krücken angefertigt worden. Die Handwerker hatten gute Arbeit geleistet, sodass Vit nun mit seinen Händen die großen Räder selbstständig bedienen konnte.

„Ich muss zur italienischen Auberge. Begleitet ihr mich?", kam Vit nach der Begrüßung gleich zur Sache.

Ed und Pierre sahen sich an. Der entschlossene Ausdruck auf Vits Gesicht ließ keine Widerrede zu.

„Gut, lass uns gehen."

Sie gingen durch den Hinterausgang auf die Gasse. Vit brauchte Kraft, um die einfachen Holzräder zu bewegen, doch er wollte sich nicht helfen lassen. Die gepflasterten Straßen machten die Arbeit nicht einfacher. Er mühte sich und sein Atem ging rasselnd, aber er schüttelte verbissen den Kopf, als Ed ihm zu Hilfe kommen wollte.

„Nein. Ich kann das. Ich muss wieder zu Kräften kommen."

Ed und Pierre gingen schweigend neben ihm her. Eine Gestalt bog weiter unten in die Gasse ein. Vit langte tiefer ins Rad, verdoppelte das Tempo und bog in eine Seitengasse ein. Im Schatten eines Hauses hielt er keuchend an.

„Stellt euch … hinter mich …"

Ed runzelte die Stirn und Pierre zuckte mit den Schultern, aber sie taten, was Vit sagte.

„Vielleicht kannst du uns einweihen, warum du so merkwürdig reagierst?"

„Die Frau … das ist Angelika."

„Was ist das Problem?" Ed hätte schwören können, dass Vit sie immer noch liebte. Hatte er in Elmo nicht gesagt, dass er es kaum erwarten konnte, sie zu treffen? Damals hatte er noch geglaubt, sie im Himmel wiederzusehen. Aber war es nicht besser, dass sie beide lebten? Oder war es sein Gelübde, das ihn davon abhielt, ihr zu begegnen? Oder Schuldgefühle?

Vit schwieg.

Pierre warf Ed einen seltsamen Blick zu und senkte die Stimme. „Sie kam mit den Kriegsschiffen."

Das wusste er. „Na und?"

„Nur eine Sorte Frauen sind in der Schlacht erlaubt …"

Ed runzelte die Stirn. „Krankenschwestern?"

Pierre rollte mit den Augen. „Nein, Dirnen."

Ohhkay. Und das hielt Vit davon ab, mit ihr zu reden? War sie dadurch so etwas wie gebrandmarkt?

Vits Schultern waren nach vorne gesackt.

„Na ja, ich weiß ja nicht viel von den Dingen in eurer Zeit, aber wenn das der einzige Weg zurück zu Sofia war, dann war sie ganz schön stark", wandte er ein.

Nun war es Pierre, der die Stirn runzelte. Ed blickte über seine Schulter zur Gasse. Die Frau passierte die Straße, ohne einen Blick in ihre Richtung zu werfen.

„In unserer Zeit gilt sie als unwürdig, entehrt, egal, warum sie so etwas getan hat."

„Hört auf, alle beide." Vits Stimme war mehr ein Zischen.

Ed stellte sich vor den Ritter. Bitterkeit zeichnete das Gesicht seines Freundes.

„Ich bin ein Ritter. Oder zumindest war ich einer, bis Ed mich ‚gerettet' hat."

Vits Augen sprühten vor Zorn, als er ihm das Wort „gerettet" an den Kopf schleuderte. Unmissverständlich sah er darin nichts Positives. Hatte er richtig geraten, dass Vit lieber gestorben wäre?

Er hob abwehrend die Hände. „Tut mir leid, dass ich dich ‚gerettet' habe. Für mich bist du wichtig."

Vit fixierte ihn immer noch mit einem wütenden Blick.

„Meine Bestimmung ist es, in den Waffen zu sterben, und du hast mir verwehrt, an der Seite meiner Zunge meinen Platz einzunehmen."

Ed verschränkte seine Arme und starrte zurück. Der Stachel, der ihn immer wieder gequält hatte, meldete sich zurück und verstärkte seine Wut. „Du selbst hast mal gesagt, dass das Leben und der Tod in der Hand Gottes sind. Wenn er gewollt hätte, dass du stirbst, hätte er mehr als eine Gelegenheit dazu gehabt. In Elmo haben sie dich nicht mehr zu den Lebenden gezählt, dein Boot wurde abgeschossen, aber ich konnte dich aus dem Wasser ziehen. Dein Herz setzte aus, aber Anna konnte es wieder zum Schlagen bringen. Meinst du wirklich, dass wir auch nur den Hauch einer Chance gehabt hätten, dich zu retten, wenn Gott es nicht gewollt hätte?" Seine Stimme war zu laut, aber das war ihm egal. Sie waren allein in der Gasse und er musste seinem Zorn endlich Luft machen. Er hatte sein eigenes Leben riskiert, um Vit zu retten.

„Er hat recht", mischte sich Pierre ein. „Dein Auftrag auf dieser Erde ist noch nicht vorüber."

Vit wendete den Rollstuhl so heftig, dass er mit den Rädern an einem Stein hängen blieb und vornüber auf die Straße kippte.

Er wollte ihm zusammen mit Pierre aufhelfen, aber Vit hielt sie auf, indem er eine Hand hob.

„Nicht – ich kann das selbst."

Ed atmete tief ein und beobachtete, wie sein Freund sich mühsam wieder in den Rollstuhl zurückkämpfte. Seine schwarzen Haare klebten ihm an den Schläfen und seine Hände zitterten leicht, als er das Gefährt wieder in Bewegung setzte.

Pierre und er begleiteten ihn schweigend rechts und links.

„Wenn … Gott wollte … dass ich lebe … dann nur … um auch Birgu … zu … verteidigen … als lebendes … Breschenmaterial." Vit hielt an. Etwas von seiner Wut war gewichen. Seine Kraft war offensichtlich aufgebraucht.

Pierre begann, ihn zu schieben, und Vit ließ es erstaunlicherweise widerstandslos zu.

„Er könnte auch noch eine andere Aufgabe für dich haben, jetzt, da Angelika und Sofia auch hier sind", wagte Ed entgegenzusetzen.

„Ich habe Gott vor langer Zeit um ein Zeichen gebeten und er hat mir keines gegeben. Darum bin ich ein Ritter geworden. In meinem Leben gibt es keinen Platz für eine Familie, wenn du das meinst."

„Oder du willst ihr keinen Platz geben." Er wusste, dass er sich mit dieser Aussage auf dünnes Eis begab, aber er musste dieser Lebensverachtung einfach etwas entgegensetzen. Auch wenn er noch nicht viel über Gott wusste, so doch, dass er gekommen war, damit sie das Leben hatten.

„Er ist ein Ritter und als Ritter sind wir ans Keuschheitsgelübde gebunden – nur so als kleine Erinnerung", schaltete sich Pierre mit sarkastischer Stimme ein.

„Und wenn das Auftauchen von Angelika und Sofia ein Zeichen ist, den Orden zu verlassen?"

Vor ihnen kamen die stattlichen Gebäude der italienischen Auberge in Sicht.

„Das geht nicht so einfach. Außerdem – wer kann schon sagen, was nach der Belagerung sein wird? Wir werden vielleicht alle tot sein oder gefangen."

Sie waren bei den Ställen angelangt, als Ed ein ungewöhnlicher Gedanke durchzuckte. „Vielleicht. Aber stell dir vor, wir siegen, du lebst und er hat dich dazu bestimmt, mit Angelika zusammen zu sein. Ihr habt Kinder und in meiner Zeit – 450 Jahre später – gibt es eine Menge wertvoller Menschen, die dank dir und deiner Entscheidung leben. Weil deine Kinder wieder Kinder haben und die wiederum Nachkommen haben. Eine ganze Armee, die sich für den Glauben einsetzen kann." Zugegeben, den letzten Teil hatte er gesagt, weil er seinen Freund kannte. Weil es für ihn offensichtlich nichts Größeres gab, als sich für Gott zu opfern.

Vit erwiderte nichts, aber aufgrund der weißen Knöchel, die aus seinen im Schoß geballten Fäusten hervortraten, mutmaßte er, dass seine Worte getroffen hatten.

„Ich will meine Pferde wieder einmal sehen", wechselte sein Freund das Thema.

Pierre schob ihn in den Stall und der Geruch von Pferdemist begrüßte sie. Das Surren von Fliegenschwärmen wechselte sich mit dem schnauben der Pferde ab.

„Von hier gehe ich zu Fuß", entschied Vit.

Pierre reichte ihm die Krücken. Er stand langsam auf und suchte das Gleichgewicht. Dann machte er vorsichtige Schritte. Sein Gesicht war rot und der Schweiß lief ihm in kleinen Bächen die

Schläfen hinunter. Ed ging neben ihm her, vorsichtig darauf bedacht, ihn aufzufangen, sollte er stürzen, und Pierre folgte mit dem Rollstuhl.

Doch sein Freund biss sich eisern durch, bis er bei seinem Pferd angekommen war. Ed öffnete das Tor und das Tier wieherte leise zur Begrüßung.

Vit näherte sich dem Pferd, ließ eine Krücke los, krallte seine Hand in die Mähne des Tieres und legte seinen Kopf an seinen Hals. Ed lehnte sich an die Stallwand und schaute zu. Pierre trat ebenfalls hinein. Den Rollstuhl hatte er draußen stehen lassen.

„Meint ihr, ich kann reiten?" In Vits Blick lag ein Funke Hoffnung.

„Klar, warum nicht? Ich hole dir einen Sattel", sagte Pierre.

„Nein, keinen Sattel. Aber könnt ihr mir helfen?" Vit packte die Mähne des Tieres und ging leicht in die Knie. „Eins, zwei, drei!"

Pierre half ihm nach, indem er ihn am Knöchel haltend nach oben stieß.

Ed stand auf der anderen Seite, bereit, seinen Freund auf den Rücken zurückzuschieben, sollte er das Gleichgewicht nicht halten können.

Doch der Ritter fand die Mitte und richtete sich langsam auf. Tief atmete er aus.

„Und? Wie fühlst du dich da oben?"

„Hoch zu Ross." Er deutete ein Grinsen an.

Ed fühlte sich erleichtert. Vielleicht schaffte es das Pferd, ihn aus der engstirnigen Lebensverachtung zu reißen.

Das Pferd tänzelte nervös. „Ja, ich weiß, es fühlt sich anders an, mein Guter, aber ich bin es, Vitellino, der Gleiche wie vorher." Er tätschelte beruhigend den Hals seines Tieres. „Ich mache eine Stallrunde."

Pierre hielt ihm das Tor auf und Vit lenkte das Pferd langsam in den langen Gang. Als er wieder bei der Box angekommen war, glitt er vom Rücken herunter. Erstaunt bemerkte Ed, dass Vits Bewegungen viel kontrollierter waren.

„Das ist eine gute Sache mit dem Reiten", bemerkte sein Freund, als er die Krücken wieder entgegennahm, die er ihm hinstreckte. Dann humpelte er zum Rollstuhl und Ed schob ihn zusammen mit Pierre zurück in die Infermeria.

„Danke, dass ihr mich begleitet habt", sagte Vit, als er am Bettrand saß.

Ed begegnete seinem Blick. Es lag mehr als nur Dank für den Ausflug darin. Hoffnung, Leben. Meinte er auch den Dank, dass er ihn gerettet hatte?

Ed nickte. „Gern geschehen."

Als er aus der Infermeria trat, stellte er erleichtert fest, dass der Stachel des Schmerzes verschwunden war.

Gott, bitte kümmere du dich um meine Freunde. Du weißt schon, wie du das machen musst.

KAPITEL 28

Sein Auftrag auf Erden war noch nicht zu Ende. Diese Wahrheit konnte Vit nicht länger leugnen. Darum war sein Zorn auf Ed auch verraucht. Er sollte froh sein, dass Ed Gottes Plan ausgeführt hatte, aber er hatte es nicht über die Lippen gebracht, ihm für seine „Rettung" zu danken.

Vit gab sich den rhythmischen Bewegungen seines Pferdes hin. Wie gut tat es, wieder auf seinem Tier zu sitzen. Es ließ ihn den Verlust seines Beines beinahe vergessen, wenn da nicht die Schmerzen gewesen wären, die ihn immer noch quälten.

Es war noch vor Sonnenaufgang und der Dunst, den der Schirokko, ein Wind aus Afrika, mitgebracht hatte, breitete seine Decke über das Land und verbarg die heimlichen Reiter zusätzlich. Ungewöhnlich, diese Wetterlage Ende Juni, die nur im Mai bekannt war.

Vits Herz klopfte, als er zusammen mit Ricardo, einem jungen Malteser, den Weg nach Mdina suchte.

Weil deine Kinder wieder Kinder haben und die wiederum Nachkommen haben. Eine ganze Armee, die sich für den Glauben einsetzen kann.

Dieser Satz von Ed hatte ihn nicht mehr losgelassen. Dieser Satz war es, der ihn dazu ermutigt hatte, Angelika und Sofia in Sicherheit zu bringen.

Vielleicht wurde er noch als Breschenmaterial gebraucht, aber zuerst würde er die beiden Frauen begleiten und dafür sorgen, dass sie sicher in Mdina ankamen. Damit Sofia eines Tages ebenfalls Kinder haben und ein glückliches Leben führen konnte.

Obwohl er weit davon entfernt war, seine frühere Kraft wiedererlangt zu haben, könnte er im Notfall seine Familie verteidigen. Seine Familie. Vit schluckte. Er durfte nicht so denken. Er war Ritter. Er würde wieder zurückreiten und seinen neuen Posten wo auch immer einnehmen. Er hatte seine Pflichten und die sahen kaum danach aus, dass er die Belagerung überlebte. Und falls doch, war er nur ein schwacher Krüppel. Einer Familie nicht würdig.

Er schüttelte die Gedanken ab und kniff seine Augen zusammen, um weiter in die Dunkelheit zu sehen. Der Mond musste ziemlich voll sein, denn das fahle Licht ließ den Dunst aus dem Boden aufsteigen und tauchte es in gespenstische weiße Schatten. Die Weinberge glitzerten und trieften von der Feuchtigkeit. Hinter ihm ritten Sofia, Manuele und Angelika, die Vita in einem Tuch vor sich auf dem Pferd liegen hatte.

Weißer Dampf stieg aus den Nüstern seines Pferdes. Da! Er hörte es zuerst, bevor er es sah. Ein Rascheln, als würde der Wind die Blätter streicheln, nur dass er keinen Lufthauch verspürte. Vit hielt an und warf einen Blick über seine Schultern. Angelikas Augen waren geweitet und Sofia klammerte sich an Manuele. Sie teilten sich ein Pferd, da er nicht mehr zur Verfügung hatte.

Er legte einen Finger an die Lippen. Wenn sie sich ganz still verhielten, blieben sie vielleicht unentdeckt. Wie aus dem Nichts tauchten sie auf. Nur eine kleine Nebelwand trennte sie von ihnen. Viele Männer. Hunderte. Vits Herz setzte einen Moment aus. Das war es dann wohl gewesen. Eine Truppe auf dem Weg nach Birgu.

Der Anführer schien ihn ebenfalls bemerkt zu haben. Er hob die Hand.

Und da sah er es. Die schwarze Kutte mit dem weißen Kreuz. Sein Herz begann wieder zu schlagen. Wer war das?

Der Mann kam allein zu ihnen herüber. Er wäre ja abgestiegen, aber er wusste, dass er nicht mehr so schnell aufsitzen konnte, also blieb er auf dem Pferd. Zum Glück hatte er ebenfalls seine schwarze Kutte an, um in der Dunkelheit besser geschützt zu sein – auch wenn ihm der Schweiß darunter in Bächen den Rücken hinunterrann. Gut möglich, dass das nicht nur an der Hitze lag.

„Chevalier de Robles."

Das war de Robles? Die lang ersehnte Verstärkung?

„Ich komme mit der Piccolo soccorso, der kleinen Entsatztruppe. Könnt Ihr uns den besten Weg weisen?"

Ein Grinsen trat auf sein Gesicht. „Vitellino Vitelleschi, Ritter der italienischen Zunge. Wie viele Mann habt Ihr bei Euch?"

„Siebenhundert Mann, darunter zweiundvierzig Ritter, sechundfünfzig gut ausgebildete Kanoniere, zwanzig edle Freiwillige und sechshundert Mann Infanterie aus Sizilien und Süditalien."

Das waren zwar nicht die versprochenen zwanzigtausend Mann, aber immerhin.

„Ihr seid uns höchst willkommen. Weiß der Großmeister von Eurem Kommen?

„Noch nicht. Wir sind seit sechs Tagen unterwegs. Ungesehen über die Insel zu kommen, ist ein zeitintensives Unterfangen." De Robles packte ein Pergament aus, das umrisshaft die Insel zeigte. Vit beugte sich vom Pferd und deutete mit dem Finger auf den Festungsabschnitt, der den Provenzalen unterstand.

„Die Osmanen befinden sich vor dem Festungswall und auf der Spitze der Kalkarahalbinsel. Doch die Kalkarabucht direkt gegenüber Birgu ist nicht besetzt. Schickt einen Mann durch die feindlichen Linien zum Festungswall, um unsere Leute über Euer Kommen zu unterrichten. Dann werden sie Euch mit Booten abholen. Der Nebel heute Nacht ist sicherlich zu Euren Gunsten."

„Gut, ich mache es so, wie Ihr mir geraten habt. Wo führt Euch Euer Weg hin?"

„Ich bringe eine Familie in Sicherheit nach Mdina. Der nächste Schlag wird gegen Birgu fallen."

Es war nur eine Familie. Nicht seine Familie. Daran würde sich nie etwas ändern.

Der Ritter lächelte wohlwollend. „Gott mit Euch."

„Mit Euch ebenfalls."

De Robles stieß wieder zu seiner Truppe, die sich fast geräuschlos in Bewegung setzte. Als sie nicht mehr zu sehen waren, kreuzte er ihren Pfad und führte seine kleine Schar weiter den Hügel hinauf Richtung Mdina.

Die Begegnung mit de Robles ließ neue Hoffnung in ihm aufkeimen. Hoffnung, dass diese Belagerung nicht so enden musste wie die auf Rhodos. Oder die Elmos. Hoffnung, dass seine Tochter eine Zukunft auf der Insel hatte.

Das änderte jedoch nichts an seiner Bestimmung. Er würde wieder zurück nach Birgu gehen, sich dort in die nächste Bresche schleppen und als Ritter ehrenhaft sterben.

Und wenn das Auftauchen von Angelika und Sofia ein Zeichen ist, den Orden zu verlassen?

Seine Erinnerung zerrte ungebeten Eds Worte hervor, aber er

wischte das Argument beiseite. Er glaubte nicht daran, dass Gott sein Leben verschont hatte, damit er aus dem Orden austrat und Angelika heiratete. Er hatte ihn verschont, damit er dem Orden „zweimal" diente. In Elmo und in Birgu. Als Ritter. Mit seinem Leben.

Die ersten Strahlen der Dämmerung suchten sich einen Weg durch den Nebel und versuchten, sich mit breiten Streifen in sein Herz zu schleichen.

Schemenhaft tauchte die dicke Umwallung von Mdina vor ihm auf. Er konnte es kaum erwarten, in den Schutz dieser Mauern zu kommen. Hinter diesen Mauern waren Angelika, Sofia und Manuele endlich in Sicherheit.

Wie so oft an den nun ruhigen Abenden saß Anna mit Monsieur Paré und Bruder Angelo zusammen. Der kleine Mann hatte sich in den Kopf gesetzt, aus ihr die beste Ärztin zu machen. Er erklärte ihr die Instrumente und sie hatte ihm als Gegenleistung ihre CPR-Kenntnisse beigebracht.

Mitten in einem Gespräch über die verschiedenen Wunden klopfte es an der Tür und Ed trat ein. Sein breites Grinsen verursachte bei ihr immer noch Magenflattern.

„Monsieur Paré, ich bitte Euch um Erlaubnis, meine Gemahlin für einen Abendspaziergang entführen zu dürfen."

Der Arzt zögerte erst, begann dann aber zu lächeln. „Erlaubnis erteilt."

Anna stand auf und folgte Ed nach draußen. Es kam nicht oft vor, dass er in der Infermeria auftauchte, da er überall eingesetzt wurde und in der Regel keine Zeit für Gemeinschaft mit ihr hatte. So folgte sie ihm verwundert nach draußen.

„Ich muss dir was Unglaubliches zeigen."

Er nahm sie an der Hand und sie gingen schnellen Schrittes zum Hafen. Dort angekommen, zeigte er zum Monte Sciberras hinüber, wo die Ruinen von Fort St. Elmo sich dunkel vom Abendhimmel abhoben. Ein ganzes Stück weiter links erleuchteten Fackeln eine

Reihe von Gestalten, die vornübergebeugt etwas hinter sich herzogen.

„Was ist das?“ Anna schlang ihre Arme um ihren Oberkörper. Ein leichter Wind war aufgekommen.

„Sie ziehen die Schiffe hinüber.“ Ed legte ihr den Arm um die Schultern und zog sie an sich. Seine Wärme stahl sich direkt in ihr Herz.

„Was? Du meinst, sie ziehen die Galeeren über den Hügel?“

„Mhmm-mhmm. So können sie uns auch vom Wasser aus beschießen.“

„Warum fahren sie dann nicht direkt in den Hafen?“

„Die Kanonen von St. Angelo sind so ausgerichtet, dass sie Elmo unterstützen konnten und die Hafeneinfahrt im Blick haben. Im Nu wären alle Schiffe zerbombt.“

„Ach so, und wenn sie sie weiter hinten rüberziehen, kommen sie nicht in die Nähe der gefährlichen Kanonen?“

„Genau. So können sie unsere beiden Halbinseln auch vom Wasser aus angreifen.“

Anna schluckte. Die Osmanen zogen die Schiffe in den hinteren Teil des natürlichen Hafenbeckens. Die große Kette zwischen den Halbinseln würde keines der Schiffe durchlassen, aber was, wenn sie weiter hinten an Land gingen?

Als hätte er ihre Gedanken erraten, zeigte Ed auf das emsige Treiben am Ende ihrer Halbinsel. „Unsere Männer bauen diese Palisaden, damit die Feinde nicht an Land gelangen können.“

Die nackten Oberkörper der Männer glänzten im Schein der Fackeln. Platschen von Wasser und dumpfe Schläge zeugten von den Anstrengungen, die Pfähle ins Wasser zu hauen.

Annas Blick wanderte wieder zum Sciberras hinüber. Im flackernden Feuer tauchte der Bug einer riesigen Galeere auf. Schreie und das Knallen von Peitschen drangen über das stille Wasser bis zu ihnen hinüber. Langsam senkte sich der Bug über die Spitze und die Galeere wurde den Hang zum Wasser hinuntergelassen, dicht gefolgt von einem weiteren Schiff.

Ed drehte sie zu sich und zog sie eng an sich. Die Fackeln spiegelten sich als goldene Flecken in seinen Bergseeaugen und sie versank einmal mehr darin. Für immer hätte sie hier stehen bleiben können. Sicher in seinen Armen. Doch der Lärm dieser Nacht brachte sie zurück in die Wirklichkeit.

„Dann greifen sie Birgu an?"

„Laut einem Deserteur werden sie zuerst versuchen, Senglea einzunehmen, und sich erst dann nach Birgu wagen."

Sie senkte den Blick, vergrub ihren Kopf an seiner Schulter und sog seinen maskulinen Duft ein, gemischt mit Meer und Thymian.

„Das ist eine echte Glücksache mit den Überläufern, nicht wahr?"

Ed lachte leise. „Allerdings. Besonders, wenn er direkt aus dem Kriegsrat kommt."

„Was? Ein so hohes Tier läuft denen einfach davon?"

„Ja, er gehörte einer byzantinischen Kaiserfamilie an, wurde aber als Junge gefangen genommen und machte eine Militärkarriere. Als er uns so heldenhaft in Elmo kämpfen sah, wurde ihm plötzlich bewusst, dass er eigentlich auf der Seite der Männer kämpfte, die für den Tod der meisten fürstlichen Mitglieder seiner Familie verantwortlich waren."

Der Himmel war nun beinahe schwarz und die Sterne funkelten über ihnen. Ein plötzliches Heimweh packte Anna. „Ich hoffe, es ist bald vorbei."

Ed strich ihr über den Rücken, eine einfache Geste des Trostes, die das schwere Gefühl auf ihrer Brust erleichterte.

„Das hoffe ich auch."

In der Stadt auf dem Berg schien die Zeit stehen geblieben zu sein. Als würden die dicken Mauern in dem Wissen, dass sie schon Hunderte von Jahren überstanden hatten, nur müde lächeln über das Gedröhne im Juli am Meer.

Angelika saß in ihrem kühlen Zimmer, das sie sich mit Sofia und Manuele teilte, und arbeitete an einer Stickerei, die ihr Gabriella gegeben hatte. Die Kinder waren mit Vita unterwegs.

Vitellino war entgegen ihrer Erwartung immer noch im Haus. Sie hatte gedacht, dass er sofort wieder zurückgehen würde, aber er war zu erschöpft gewesen, einem Zusammenbruch nahe.

Gabriella hatte darauf bestanden, den Arzt zu holen. Seitdem hatte er das Zimmer kaum verlassen. Sie sah ihn nur zu den Mahlzeiten und da war er äußerst schweigsam und in sich gekehrt. Auch wenn sie die heimlichen Blicke bemerkte, mit denen er sie musterte. War ihre Unreinheit so offensichtlich?

Sie starrte aus dem Fenster, die Stickerei unbeachtet in ihrem Schoß. Der Garten im Innenhof war in den letzten Tagen zu ihrem heimlichen Paradies geworden. Mit seinen verträumten Wegen und lauschigen Sitzgelegenheiten war er ein Zufluchtsort geworden, an dem ihre geschundene Seele ein wenig Frieden fand. Sie hatte sogar wieder zu beten begonnen. Vielleicht hatte Gott sie doch nicht verstoßen. Erste dunkle Wolken brauten sich über dem Himmel zusammen und warfen ihre Schatten auf die rissige Erde.

Angelika seufzte und wandte sich wieder der Arbeit zu, doch sie konnte sich nicht konzentrieren. Die Unruhe, die sie seit Tagen verspürte, war heute besonders quälend. Sie wohnte im selben Haus wie Vitellino, dem ihr Herz nach wie vor gehörte, aber sie sprachen nicht miteinander.

Entschlossen legte sie die Arbeit beiseite, stand auf und glättete ihr hellgrünes Kleid. Das Mindeste, was sie machen konnte, war, sich bei ihm zu bedanken. Ihr Herz klopfte laut, als sie die Steintreppe ins Untergeschoss hinunterging, wo sich Vitellinos Zimmer befand.

Im Gegensatz zu ihrer Tochter, die öfter bei ihm war, hatte sie es bislang nicht gewagt, ihn zu besuchen, obwohl sie als seine Schwester galt. Sie hielt vor der Tür einen Moment inne und klopfte dann an.

„Herein!“

Zaghaft trat sie ins Zimmer. Vitellino lag angekleidet auf dem Bett, den Stumpf auf einem Kissen gelagert. Sein Blick war undurchdringlich. War das eine gute Idee? Er war ein ehrenhafter Ritter und sie nicht viel mehr als eine kleine, schmutzige Dirne. Und das wusste er. Warum sonst hätte er so schweigsam und distanziert sein sollen?

Angelika nahm all ihren Mut zusammen und zog die Tür hinter sich zu. Ihr entging nicht, dass er sein Bein schnell unter einem Laken versteckte. Schämte er sich etwa?

„Darf ich mich einen Moment zu dir setzen?“

Seine steinerne Miene verriet nichts, aber er nickte und zeigte mit der Hand auf einen Stuhl. Sie griff danach und stellte ihn an sein Bett.

Wo war der Mann geblieben, der mit einem Blick aus seinen dunklen Augen ihr Herz gestohlen hatte? „Hast du noch Schmerzen?"

Er zuckte mit den Schultern. „Es geht schon. Was willst du hier?"

Die Kälte in seiner Stimme schnitt ihr ins Herz. Sie blickte auf ihre Hände, die sie in ihrem Schoß gefaltet hatte, und nahm ihre Oberlippe zwischen die Zähne.

„Ich … ich wollte dir einfach danken, dass du uns begleitet hast. Sofia bedeutet es sehr viel, dass sie Vita behalten kann."

„Ich tat nur meine Pflicht."

Seine Stimme hatte etwas vom schneidenden Unterton verloren. Sie begegnete seinem Blick und dachte an seine Nähe, die ihr das Glück auf Erden bedeutet hatte. Und plötzlich brachen die jahrelang unterdrückten Gefühle wie eine Wasserflut aus ihr heraus. „Ich weiß, dass wir nie eine gemeinsame Zukunft haben werden. Aber ich habe dich nie vergessen, ich habe nie aufgehört, dich zu lieben. Du warst immer mein Held und wirst es immer sein."

Ein heftiger Windstoß peitschte Zweige an sein Fenster. In der Ferne grollte ein Donner.

Vitellinos Kiefermuskeln arbeiteten, aber seine Augen zeigten nicht die geringste Spur von einer Gefühlsregung. Warum hatte sie das nur gesagt? Für ihn war sie nichts mehr wert. Abschaum. Vermutlich ekelte er sich vor ihr. Trotz allem, was ihr zugestoßen war, hatte Angelika sich noch nie in ihrem Leben so elend gefühlt. Sie stand auf und wandte sich um. Er packte sie am Handgelenk und drehte sie zu sich. Auf einen Ellbogen aufgestützt, fixierte sie sein Blick einmal mehr.

„Warte. Ist … Sofia wirklich meine Tochter?"

Sie nickte stumm. Der Kloß in ihrem Hals wurde größer und sie merkte, wie die dummen Tränen wiederkamen.

Vitellino ließ sie los und setzte sich an die Bettkante. Eine plötzliche Müdigkeit überschattete sein Gesicht. „Wenn ich gewusst hätte, dass du ein Kind erwartest, hätte ich dich geheiratet."

„Ich weiß."

Ein weiterer Blitz zuckte und gleich darauf folgte der Donner, wild und laut. Sie zuckte zusammen. Vor Gewitter hatte sie sich schon als kleines Kind gefürchtet.

Sie verschränkte ihre Arme, um das Frösteln zu unterdrücken.

Vitellino war ein Mann der Ehre – auch wenn ihre junge Leidenschaft sie überwältigt hatte. Darum hatte sie ihn auch geliebt.

Sie versuchte ein Lächeln. „Deine Bestimmung war schon immer der Orden."

Er schwieg, bevor er, ohne sie anzusehen, antwortete: „War er das? Ich flehte Gott um ein Zeichen an, darum, mir das zu zeigen. Deine Worte waren es, die mich glauben ließen, dass ich das Gelübde ablegen sollte. Wenn ich gewusst hätte, dass du … bestimmt wäre dann alles anders gekommen."

Angelika schluckte einmal mehr gegen die Enge in ihrem Hals an und vermied es ebenfalls, ihn anzusehen. Erste Regentropfen platschten auf den ausgedörrten Boden. Es hatte sie alles gekostet, ihn loszulassen. Oh, wie sehr hatte sie sich danach gesehnt, dass er sich aus freien Stücken für sie entscheiden würde. Stattdessen hatte sie ihn in die Flucht geschlagen. „Ich wollte dir nicht im Wege stehen und dich zu etwas zwingen, zu dem du nicht bereit warst." Denn das war damals offensichtlich gewesen. Seine Leidenschaft für den Orden. Seine innere Unruhe, wenn sie zusammen waren. Oder hatte sie sich das alles falsch zusammengereimt?

Er strich sich die Haare aus der Stirn und seufzte. „Und wenn Sofia das erbetene Zeichen war?"

Sie schaute auf ihre Füße und blinzelte, um die Feuchtigkeit aus ihren Augen zu vertreiben. Ein weiterer Blitz zuckte über den Himmel und tauchte das dunkle Zimmer kurz in helles Licht. Ein rumpelnder langer Donner folgte wie das Knurren eines ausgehungerten Magens.

„Das macht nun auch keinen Unterschied mehr. Wir haben gewählt und ein Zurück gibt es nicht mehr. Du gehörst dem Orden und ich bin …" Unwürdig, schmutzig. Aber sie brachte es nicht über die Lippen.

Vitellino schwieg und sie warf ihm einen kurzen Blick zu. Seine ugen blickten aus dem Fenster an einen weit entfernten Ort, zu ie keinen Zutritt hatte. Nie gehabt hatte.

uälte sie sich mit der Vergangenheit?

Die Schleusen des Himmels öffneten sich und der Regen trommelte an die Fensterscheiben. Das Wasser sammelte sich in kleinen Pfützen und Bächen entlang der Wege. Genauso wie sich die Tränen den Weg an die Oberfläche bahnten, entgegen allen Versuchen, sie aufzuhalten. Sie suchten sich den Weg an Angelikas Wangen hinunter in den Ausschnitt ihres Kleides.

„Du hast recht. Wir können die Entscheidung nicht mehr rückgängig machen. Ich wünschte …“ Seine Stimme brach ab und er atmete tief ein.

Sie blickte ihn durch ihren Tränenvorhang hindurch an. Seine Augen waren immer noch in die Ferne gerichtet, sein Gesicht eine undurchdringliche Mauer, die Mdinas Bollwerke nichtig erscheinen ließ. Was gäbe sie nicht alles dafür her zu wissen, was er sich wünschte. Wirklich wünschte.

„Du bist eine unglaublich mutige und kluge Frau. Du warst in der Vergangenheit ohne mich besser dran und wirst es auch in Zukunft sein. Du tust gut daran, mich ein für alle Mal zu vergessen. Bitte geh.“

War es das, was er sich wirklich wünschte? Dass sie ging? Aus seinem Leben verschwand?

Das konnte sie ihm geben. Angelika drehte sich ruckartig um und verließ den Raum, ohne noch einmal zurückzublicken. Dann stürmte sie in ihr Zimmer hinauf und erlaubte sich dort ein letztes Mal zu weinen. Zu weinen über die Vergangenheit, zu weinen über ihr verlorenes Herz, zu weinen über die Liebe, die niemals blühen konnte. Die Verlassenheit schlang sich wie ein Mantel um ihr Herz. Nur der Regen und der Wind begleiteten ihr einsames Lied.

Er hatte alles verloren. Alles. Sein Bein, seine Bestimmung, sein Leben, seine Liebe. Alles.

Vit saß auf dem Bett, das Tablett mit dem Essen unangerührt. Seit drei Tagen hatte er das Zimmer nicht mehr verlassen. Drei Tage war es her, dass Angelika ihn besucht hatte. Drei Tage war es her, dass er sie endgültig aus seinem Leben gestoßen hatte.

Er hatte gedacht, dass der dumpfe Schmerz darüber mit der Zeit nachlassen würde. Aber genau wie sein elendes Bein quälte er ihn Tag und Nacht.

Warum nur hatte Gott sein Leben verschont? Um ihn als elenden Krüppel enden zu lassen?

Sein Plan, sofort nach Birgu zurückzugehen, war gescheitert. Gescheitert an seiner Kraftlosigkeit. Gescheitert an seiner Feigheit. Nur eine Woche hatte er sich ausruhen wollen. Doch dann hatte das Bombardement in Birgu angefangen und es war unmöglich geworden, in die Festung zu gelangen, ohne vom Feind gesichtet zu werden.

Hätte er sich weniger lange ausgeruht, wäre er nun an der Seite von Pierre und Ed und würde eine Bresche verteidigen und damit sein Versprechen einlösen, ein für alle Mal aus Angelikas Leben zu verschwinden.

Ich habe nie aufgehört, dich zu lieben.

Dieser Satz hatte der Mauer, die er sorgsam um sein Herz gebaut hatte, empfindliche Risse zugefügt.

Und wenn das Auftauchen von Angelika und Sofia ein Zeichen ist, den Orden zu verlassen?

Er stöhnte. Warum ließ ihn dieser Satz nicht in Ruhe?

Vitellino stand auf, biss die Zähne zusammen und griff nach seinen Krücken. Die Enge seines Zimmers erdrückte ihn beinahe. Entschlossen humpelte er nach draußen.

Das Haus wirkte an diesem Morgen verlassen. Er ließ sich von einem Diener auf sein Pferd helfen und ritt aus den Stadttoren, die Warnrufe der Wachen ignorierend.

Er ritt über die Höhe. Ein strahlend blauer Tag. Schmetterlinge schwangen sich von Blüte zu Blüte, aber er hatte keine Augen für die Schönheit um sich herum. Die Stadt hinter sich lassend, ritt er an einer Mauer entlang, die als Umzäunung einer Schafherde diente.

„Warum, Gott, hast du mich am Leben gelassen?“, schrie er heraus, als er sich sicher war, dass keiner ihn hören konnte.

Aber nur das Donnern der Kanonen war zu hören, ein Rumpeln, [illegible] an ein aufgewühltes Meer erinnerte, dessen Wogen an die [illegible]chten.

„Du hast mir alles genommen!“ Sein Pferd hielt an und tänzelte nervös. Es war nicht daran gewöhnt, dass sein Meister so schrie. Aber er musste es einfach tun. Der Schmerz in seinem Inneren war zu groß.

Bist du ein Mann Gottes?

„Nein, bin ich nicht mehr! Du hast mir mein Bein genommen und du hast mir die Gelegenheit genommen, in einer Bresche ehrenhaft zu sterben. Ich kann kein Mann Gottes mehr sein!“

Nicht?

„Nein!“ Sein Schrei ging in ein Schluchzen über. Er verbarg seinen Kopf in seinen Händen. „Ich bin nur noch ein elender Krüppel.“

Willst du ein Mann Gottes sein?

„Wollen schon, aber ich habe keine Möglichkeit dazu. Du hast mir alles genommen.“

Dann verhalte dich wie einer.

Für einen Moment hörte das Donnern auf. Vit blickte auf Birgu hinunter, das mehr einem rauchenden Felsen nach einem Vulkanausbruch glich als einer Stadt.

Es war, als hielte das Universum zusammen mit ihm die Luft an. Sich wie ein Mann Gottes verhalten?

Ein neuer Kanonenschuss durchbrach die Stille. Er gab seinem Pferd mit seinem Schenkeldruck zu verstehen, dass es weitergehen sollte.

Der Pferch war zu Ende. Er lenkte es auf das offene Land. Weit und breit war nichts zu sehen als das spärliche Gras und Felsen.

Wie verhielt sich ein Mann Gottes?

Vitellino hielt sich am Knauf seines Sattels fest und schnappte nach Luft, als ein plötzlicher Schmerz sein linkes Bein hochzog. Langsam verlagerte er sein Gewicht, bis er eine schmerzfreiere Stellung gefunden hatte.

Er meinte, den Geruch der Kanonen, den Rauch bis hier oben zu riechen. Aber vielleicht waren das auch nur Erinnerungen an Elmo.

„Bist du bereit, dich an Plätze zu begeben, wo es dir nicht gefällt und es angebracht sein wird, dass du deinen Willen, etwas anderes zu tun, ganz fallen lässt und bereit bist, mehr Härten im Orden auf dich zu nehmen, als man dir sagen kann?“

Die Worte de Valettes, gesprochen am Tag seiner Aufnahme in den Orden.

„Willst du diese Dinge erleiden?“

„Ja, wenn es Gott gefällt“, wiederholte Vit laut seine Antwort, die er dem Großmeister damals vor allen Brüdern gegeben hatte.

Elmo hatte mehr Härten für ihn bereitgehabt, als er sich je hätte vorstellen können. Aber es war der Platz gewesen, an dem er sein wollte. Es war der Platz seiner Bestimmung gewesen. Er war bereit gewesen, dort zu sterben.

Bist du auch bereit zu leben?

Vit hielt inne. Sein Pferd merkte es und blieb stehen. Mdina war ein Ort, an dem er nicht sein wollte. Ein Ort der Sicherheit, der Feigheit. Verlangte Gott tatsächlich von ihm, dass er seine Vorstellung – seinen Willen – aufgab, in der Bresche zu sterben?

Eine Möwe zog ihre Kurven über seinem Kopf, als wartete sie auf eine Antwort.

Er wollte ein Mann Gottes sein. Sich wie einer verhalten. Wenn Gott von ihm verlangte, dass er hier in Mdina blieb, dann würde er es tun.

Die Möwe kreischte und flog in den blauen Himmel, als trüge sie seine Antwort direkt zu Gott.

Ein Friede durchströmte Vitellino, den er lange vermisst hatte. Vielleicht war Mdina doch kein Platz der Feigheit. Vielleicht war es wirklich Gnade, dass er noch lebte. Er wendete sein Pferd und ritt gemächlich wieder zurück. Vielleicht hatte Gott trotz seines Beinverlustes hier eine Aufgabe für ihn.

Als er durch das Stadttor ritt, hielt ihn ein Mann an.

„Wer seid Ihr?“

„Vitellino Vitelleschi, Ritter der italienischen Zunge.“

So etwas wie Ehrfurcht breitete sich auf dem Gesicht des jungen Mannes aus.

„Habt Ihr in St. Elmo gekämpft?“

„Das habe ich.“ Er wollte an ihm vorbei, aber der Mann hielt ihn auf.

„Ihr müsst Euch unbedingt unserem Kommandanten, Don Mesquita, vorstellen.“

„Ich wüsste nicht warum.“

„Ihr kennt den Feind besser als wir. Er kann Eure Hilfe und Einsichten sicher gut gebrauchen."

Vitellino bezweifelte das, aber er wollte den übereifrigen jungen Mann nicht enttäuschen. „Nun gut, wo finde ich ihn?"

„Gleich hier, im Stadttor." Er zeigte auf eine Tür, die sich an der Innenseite der Mauer befand.

Vit stieg ab und der junge Ritter nahm sein Pferd, band es an einen Strick, der aus einem Loch in der Mauer baumelte, und reichte ihm dann die Krücken, die er an den Sattel gebunden hatte. Nur für alle Fälle.

„Ihr wünscht?", fragte ein dienender Bruder, nachdem er an die Tür geklopft hatte.

Sein Blick war musternd und blieb an Vits nicht vorhandenem Bein hängen.

„Er hat in Elmo gekämpft und kann Don Mesquita sicher wertvolle Informationen zuspielen", antwortete der junge Ritter an seiner Stelle eifrig.

Der Bruder schürzte die Lippen und hob die Augenbrauen, aber er sagte: „Kommt herein. Ich melde Euch Mesquita."

Vit wartete im kleinen Vorraum und lehnte sich an die kühle Mauer.

„Vitelleschi?" Ein Mann um die fünfzig Jahre mit einem schmalen Gesicht und einem grau melierten Spitzbart erschien im Türrahmen. Er hielt ihm die Tür in einen fensterlosen Raum auf. Fackeln brannten an den dunklen Mauern. An einem Tisch in der Mitte des Raumes saß ein weiterer Mann. „Das ist Chevalier de Lugny, der Kommandant der Kavalleriestreitmacht."

Vit begrüßte ihn und setzte sich auf den freien Stuhl.

„Immerhin einen Mann mehr", scherzte Lugny.

„Wir haben hier in Mdina nicht mehr viele Soldaten und Ritter. Die meisten sind nach Birgu abkommandiert worden", erklärte Mesquita.

„Sie werden dort unten auch jeden Mann brauchen."

„Das ist wahr. Wir überlegen uns, ob es einen Weg gibt, unsere Brüder zu unterstützen." De Lugny war um die dreißig Jahre, hatte blonde, wellige Haare und hellblaue Augen, aus denen Vorwitz sprühte. Er war Vit auf Anhieb sympathisch.

„Wisst Ihr etwas über die Lage des Feindes?“, wollte der Mann von ihm wissen.

„Das Letzte, was ich gehört habe, war, dass der Feind nicht gerade ermutigt ist und unter diversen Krankheiten leidet. Aber diese Information ist schon einen Monat alt.“

„So viel wissen wir auch“, sagte Don Mesquita und strich sich nachdenklich über den Bart.

Mit der zunehmenden Hitze ging es ihnen sicher nicht besser. Das Donnern der Kanonen, das bis hierher zu hören war, wurde allmählich schwächer, bis es aufhörte.

Auch Mesquita schien das bemerkt zu haben, denn er sagte: „Das Bombardement hat das erste Mal seit sechs Tagen nachgelassen, obwohl es erst früher Nachmittag ist. Das kann nur bedeuten, dass die Osmanen einen Hauptangriff unternehmen. Ich frage mich, ob wir ihr Lager zerstören könnten, wenn sie alle unterwegs sind.“

De Lugnys Augen hellten auf. „Meint Ihr, sie lassen so wenige Männer im Lager zurück, dass wir ihnen mit unseren wenigen Leuten begegnen können?“

„Das ist schwer abzuschätzen.“

„Wenn sie alle Stellungen gleichzeitig bombardiert haben, dann werden sie auch alle zugleich angreifen. Elmo hat sie viel Zeit und Männer gekostet. Ich denke nicht, dass sie diesen Fehler wiederholen“, beteiligte Vitellino sich am Gespräch.

„Was meint Ihr damit?“ Der alte Kommandant starrte ihn mit seinen beinahe schwarzen Augen an.

„Es kann sein, dass sie alle zur Verfügung stehenden Truppen in den Angriff schicken, in der Hoffnung auf einen Sieg, damit ihre Armee wieder ermutigt ist.“

„Dann wäre das Lager beinahe leer.“

Die drei Männer schauten sich an. Konnte es sein, dass Gott ihnen eine Möglichkeit gegeben hatte, den Feind empfindlich zu schwächen und so ihre Brüder zu unterstützen?

„Macht das Lager dem Erdboden gleich. Aber schickt erst einen Späher voraus. Sollten sich dort wider Erwarten mehrere Truppen befinden, dann wagt keinen unüberlegten Vorstoß“, gab Mesquita dem Kommandanten der Kavalleriestreitmacht den Befehl.

De Lugny nickte, in seinen Augen blitzte es. Er stand auf und wandte sich an Vit.

„Wollt Ihr uns begleiten?“

Er verspürte das alte Kribbeln, das Adrenalin vor einem Angriff. Sollte er es wagen? Doch das Pochen in seinem Stumpf war heftig und er fühlte sich dick an. Er war heute schon zu lange unterwegs. Seine Kraft reichte noch nicht aus für einen Angriff. Er wäre nur ein Hindernis. Daher schüttelte er den Kopf. „Ich danke Euch für das Angebot, aber ich denke, ich wäre Euch keine große Hilfe.“ Er stand auf und wandte sich zum Gehen.

„Ich kann Eure Beratung gut gebrauchen. Gerne zeige ich Euch die Festung.“ Mesquita machte eine einladende Geste.

Hatte ihn Gott darum nach Mdina beordert? Damit er die Brüder hier unterstützen konnte? Waren die Truppe der Stadt und die Kavalleriestreitmacht etwa Gottes geheime Waffe?

In den nächsten Stunden wurde Vit mit Mdinas Gegebenheiten vertraut gemacht. Und dann hörte er es. Ganz schwach, aber eindeutig. Der hohe Ton eines Hornes. Das Zeichen für die Osmanen, sich zurückzuziehen. Und wenige Minuten später ritt die Kavalleriestreitmacht lachend, johlend und siegestrunken in die Stadt. Der Plan war aufgegangen. Sie hatten das gegnerische Lager komplett zerstört, was den Feind zu einem sofortigen Rückzug veranlasst hatte, sobald er die Nachricht von einem fliehenden Mann erhalten hatte.

Zusammen gingen sie in die alte Kathedrale und feierten einen Dankgottesdienst.

Doch größer als der Sieg war für Vit das Wunder, dass Gott ihn immer noch gebrauchen konnte. Trotz seines einbeinigen Zustandes. Das war echte Gnade.

KAPITEL 29

Zu oft hatte Anna die CPR angewendet. Und zu oft hatten die gravierenden Verletzungen ihren Tribut gefordert. Sie deckte das Laken über das Kind und rief die dienenden Brüder herein, die die Toten bestatteten.

Dem Wunder des plötzlichen Rückzugs waren wieder heftige Kämpfe gefolgt. Lange hatte niemand gewusst, warum die Osmanen sich zurückgezogen hatten, obwohl der Sieg für sie zum Greifen nahe gewesen war. Sie hatten sogar schon das Banner auf den Zinnen gehisst gehabt. Später hatten sie erfahren, dass die Brüder in Mdina das verlassene Lager der Osmanen zerstört hatten.

Sie stützte sich auf den Tisch. Tränen hatte sie schon lange keine mehr, auch wenn die Trauer sie wie ein dickes Tuch einhüllte. Als das Kind nach draußen gebracht wurde, hörte sie das Weinen der Mutter. Wie so viele andere war es schwer verwundet worden, als es Vorräte an die Front brachte. Dieses Mädchen hier war vielleicht sieben Jahre alt gewesen. Die Kanone hatte ihm den linken Arm abgerissen und offensichtlich auch das Herz oder die Lunge in Mitleidenschaft gezogen.

Anna wischte sich über die nasse Stirn. Es war unerträglich heiß in den Räumen, aber immer noch kühler als draußen. Das Wetter brachte unweigerlich ein weiteres Problem mit sich. Nicht wenige Ritter erlitten in ihren Rüstungen Hitzschläge. Einige waren daran gestorben, vor allem ältere Männer.

Sie goss etwas Wasser aus einem Krug in ihr schon wieder leeres Glas. Dann rief sie den nächsten Patienten herein.

Sie arbeitete Hand in Hand mit Monsieur Paré und Bruder Angelo. Wenn der Ansturm heftig war, führte sie auch Amputationen durch oder entfernte tief liegende Geschosse aus dem Unterleib. Doch den Hauptteil der großen Operationen übernahmen nach wie vor die zwei Männer, während sie kauterisierte und die Kinder behandelte. Unfassbar, dass sie sich zu Beginn Sorgen gemacht hatte, dem praktischen Teil des Berufs nicht gewachsen zu sein. Konnte es Wunden oder Verletzungen geben, die grausiger waren als das, was sie hier zu Gesicht bekam? Wohl kaum. Nichts in ihrem Studium würde sie mehr schocken können. Falls sie je wieder zurückkommen sollte, um es zu beginnen.

Ein kleiner Junge, etwa sechs Jahre alt, trat weinend mit einer blutenden Hand ein.

Zu Beginn hatte sie sich manchmal gewünscht, Handschuhe zu besitzen. Aber mittlerweile hatte sie den Gedanken an Infektionskrankheiten verdrängt. Der Junge setzte sich auf den Behandlungsstuhl. Tränen verschmierten sein von Blut und Schmutz verkrustetes Gesicht, dennoch wirkte er tapfer.

„Zeig mir mal deine Hand."

Er streckte sie ihr entgegen. Drei Finger fehlten.

„Ich kauterisiere nun die Wunden. Weil das sehr schmerzhaft ist, werde ich dir etwas zum Einatmen geben." Anna ließ die Hand des Jungen los und wusch sich selbst die Hände, bevor sie an den Schrank ging und einen Schwamm herausholte. Eine Detonation erschütterte das Gebäude und eine feine Staubschicht rieselte herunter. Sie tränkte den Schwamm in Opium und hielt ihn vor die Nase des Kindes. „Atme tief ein. Du wirst davon müde und schläfst ein und wirst nichts mehr spüren."

Der Junge tat wie geheißen. Aufmerksam beobachtete sie, wie seine Augen langsam zufielen und sein Kopf nach hinten in ihre Hand kippte. Sie hielt den Schwamm noch ein wenig länger an seine Nase. Eine alte Form der Narkotisierung. Sie mussten sparsam damit umgehen und die Dosierung war nicht einfach. Aber Monsieur Paré war ein Meister der Narkotisierung. Er vertrat die Meinung, dass es besser war, geringer zu dosieren und damit zu riskieren, dass die Patienten zu früh erwachten, als dass sie das Zeitliche segneten.

Sie wählte das schmalste Eisen und begann mit der Kauterisierung. Auch wenn sie das noch vor über einem Monat für unmöglich gehalten hatte, hatte sie sich inzwischen an den Geruch gewöhnt und er machte ihr nichts mehr aus.

Die Glocke der Konventskirche läutete. Anna hob den Kopf. Was mochte das bedeuten?

Angelos Blick begegnete dem ihren. Seine Stirn lag in tiefen Falten.

„Der Feind ist innerhalb der Mauern", beantwortete er ihre unausgesprochene Frage.

Ihr Herzschlag verdoppelte sich, während sie versuchte, normal weiterzuarbeiten, wie das die anderen ebenfalls taten. Musste sie damit rechnen, dass die Osmanen gleich die Infermeria stürmten und alles niedermachten? Musste sie damit rechnen, selber wieder Menschen umzubringen?

Das Blut rauschte ihr in den Ohren und ihr Magen fühlte sich wie ein einziger Knoten an. Sie versuchte, ruhig zu atmen. Einmal mehr zu vertrauen.

Nachdem sie Salbe auf die Fingerstumpfe gegeben hatte, wickelte sie einen Verband darum. Dieser Junge würde vieles neu lernen müssen. Aber bliebe ihm Zeit dazu? Oder würde er vorher niedergemetzelt werden oder in Gefangenschaft kommen?

Sie hasste diesen Krieg. Waren zehn Wochen nicht schon mehr als genug? Gab es denn nie ein Ende?

Zu Hause würden sich alle Parteien an einen Tisch setzen und verhandeln. Meistens jedenfalls.

Der noch schlafende Junge wurde nach draußen gebracht und sein Platz von einem Mann eingenommen, der Verbrennungen am halben Körper hatte. Anna half ihm, die Überreste seines Hemdes auszuziehen. Der Brustbereich war fast vollständig verbrannt. Der Mann starrte sie mit glasigen Augen an. Sie fühlte seine Temperatur. Er glühte. Das Fieber hatte schon eingesetzt. „Wie lange habt Ihr diese Verbrennung schon?"

„Ein paar Tage …" Seine Stimme war kaum mehr als ein heiseres Flüstern, bevor er in einer erlösenden Bewusstlosigkeit versank.

Etliche Patienten später war Anna gerade dabei, eine Wunde auszuwaschen, als die Tür mit Gepolter aufgerissen wurde.

„Eure Eminenz, der Großmeister."

Sie schaute auf. Blut bedeckte sein linkes Bein. Monsieur Paré war sofort zur Stelle.

„Das ist eine tiefe Wunde. Wann habt Ihr Euch diese zugezogen?"

„Vor ein paar Stunden."

„Ihr hättet früher kommen sollen."

„Es ist doch nur ein Kratzer. Ich konnte die Stellung nicht verlassen. Sie befanden sich schon innerhalb der Mauern, aber nun haben wir sie einmal mehr vertrieben."

Obwohl die Hoffnung und der Siegesstolz in seiner Stimme fehlten, atmete Anna innerlich auf. Sie waren wieder sicher. Vorerst. Sie schmierte Salbe auf die Wunde und holte Verbandsmaterial.

Die Tür wurde ein weiteres Mal aufgerissen und zwei Ritter trugen einen Mann in einer prachtvollen Rüstung herein, in deren linken Brustseite drei Pfeile steckten.

„Eure Eminenz, wir haben alles getan, um ihn zu retten."

Sie legten ihn auf den Boden und verneigten sich. Ein Schweigen legte sich über den Raum. Der Schatten auf de Valettes Gesicht verstärkte sich. War das ein berühmter Kommandant oder ein Verwandter?

Die Ritter schauten verlegen zu Boden. Schließlich sagte einer: „Es tut uns sehr leid, dass Euer Neffe gestorben ist."

Anna wickelte eine Bandage um die Wunde am Oberarm ihres Patienten. Die nächsten Tage würden zeigen, ob es seinem Körper gelingen würde, die Infektion zu bekämpfen.

Sie hörte den tiefen Seufzer des Großmeisters.

„Alle Ritter sind mir gleich teuer. Ich betrachte sie als meine Kinder. Der Tod Polastrons bewegt mich ebenso wie der meines Neffen. Diese beiden jungen Männer sind uns anderen nur um wenige Tage vorausgegangen. Denn wenn der Entsatz von zwanzigtausend Mann aus Sizilien nicht kommt und wir Malta nicht retten können, müssen wir allesamt sterben. Bis zum letzten Mann müssen wir uns unter den Trümmern begraben lassen."

Anna steckte das letzte Stück Verband fest. Wie schlimm war es wirklich, wenn schon der Großmeister seine Verzweiflung nicht verbarg? In ihrem Magen bildete sich der bekannte Angstknoten. Mit einem Mal war es im Raum unerträglich stickig. In der Hoffnung, dass die Abendbrise schon eingesetzt hatte, ging sie zum Fenster und öffnete es. Der Wind streichelte ihr erhitztes Gesicht und sie schloss die Augen. Sie konnte nichts anderes tun, als einmal mehr zu vertrauen. Und zu beten.

Der übernatürliche Friede und die Hoffnung, die sie überkamen, überraschten sie einmal mehr. Friede und Hoffnung, die jeder menschlichen Sicht und Aussage entgegenstanden.

Ed setzte sich in den Schatten einer Nische und tauchte das harte Brot in den mit Wasser vermischten Wein. Die Dunkelheit brach herein und die Angreifer hatten sich zurückgezogen.

Obwohl weiterhin die Kastilier den Hauptangriff tragen mussten, war auch in ihrem Bereich immer wieder der Versuch gewagt worden, durch die Bresche einzudringen.

Das Brot schmeckte alt und der Wein war warm, aber zumindest füllte es den Magen ein wenig. Er lehnte den Kopf an die Wand und schloss einen Moment die Augen. Immer wieder detonierte etwas in der Dämmerung der untergehenden Sonne. Er wusste nicht, wann er das letzte Mal wirklich Ruhe gehabt hatte.

„Wir haben den Turm."

Pierre ließ sich neben ihm nieder. Seine blauen Augen leuchteten aus dem mit Schmutz und Staub überzogenen Gesicht.

„Den Turm?"

„Den Belagerungsturm, den die Osmanen gegen Kastilien gestellt haben. Wir haben ihn erobert. Er gehört uns."

Nun, das war zur Abwechslung mal eine gute Nachricht.

„Sie sind wie Hasenfüße geflohen, aber nicht ohne dass wir sie mit den Arkebusen verfolgt hätten."

Ed streckte seinem Freund den Weinkrug entgegen und dieser tunkte das harte Brot ebenfalls hinein.

„Wir konnten ihn nicht zerstören wie den vorigen?" Er dachte an den ersten großen Holzturm, den die Osmanen vor zwei Tagen gegen Kastilien gestellt hatten. Eine komplizierte, hölzerne Struktur hatte eine Plattform gestützt, die auf gleicher Höhe gewesen war wie die Mauern um Birgu – oder was von ihnen noch übrig war. Die Janitscharen waren so auf Augenhöhe gewesen und hatten ihnen empfindliche Verluste zufügen können. Aber die Kastilier hatten eine Kanone durch ein Loch in der Mauer geschoben und den Turm zerschossen. Leider besaßen die Osmanen noch mehr dieser Exemplare, sodass am nächsten Tag ein neuer Turm vor der Mauer gestanden hatte.

„Nein, dieses Mal hatten sie den unteren Teil verstärkt, sodass wir ihn nicht mehr zerstören konnten. Aber wir haben ihn gestürmt."

„Und die haben den einfach preisgegeben?" Ed schob sich ein weiteres Stück aufgeweichtes Brot in den Mund.

„Ja, sie sind geflohen. Ich glaube, ihre Kampfmoral ist nicht mehr sehr hoch. Zu viele Krankheiten, zu wenig Essen und immer noch kein Sieg in Sicht."

Ein Ritter zündete die Fackeln an und die unruhige Flamme verstärkte das gespenstische Aussehen der Soldaten um ihn herum. Da war keiner, der nicht irgendwo eine Verletzung hatte. Ed befühlte seinen verbundenen Arm, in den sich ein tiefer Splitter eingegraben hatte. „Meinst du, es geht noch lange?"

Pierre zuckte mit der Schulter. „Keine Ahnung. Wir hoffen immer noch auf die Verstärkung. Die würde uns bestimmt den Sieg schenken."

Eine Explosion ließ den Boden erzittern. Dann zog eine Bewegung am Rand der Treppe Edwards Aufmerksamkeit auf sich.

„Ich bringe euch Kunde vom Großmeister." Der Ritter faltete ein Pergament auf und las vor: „Ich will euch, meine Brüder, jetzt offen mitteilen, dass wir auf nichts anderes hoffen können, als auf die Hilfe des allmächtigen Gottes – die einzig wahre Hilfe. ER, der uns bis jetzt bewahrt hat, wird uns nicht verlassen noch in die Hand der Feinde unseres heiligen Glaubens geben. Wir sind alle Diener des Herrn und ich weiß wohl, dass ihr, wenn ich und alle, die den Befehl führen, fallen sollten, weiter für die Freiheit, für die Ehre unseres Ordens und für unsere heilige Kirche kämpfen werdet. Wir sind Soldaten, und wir werden kämpfend sterben. Und wenn, durch ein böses Geschick, der Feind über uns Herr werden sollte …" Der Mann hielt kurz inne und atmete tief ein. „… können wir keine bessere Behandlung erwarten, als sie unseren Brüdern in St. Elmo zuteilwurde. Wenn wir geschlagen werden, wird man uns alle töten. Es ist besser, in der Schlacht zu sterben, als auf schreckliche und schändliche Weise in der Hand der Sieger."

Der Ritter ließ die Hände sinken und rollte das Papier zusammen. Dann drehte er sich wortlos um und ging zur nächsten Truppe.

Ähnliche Worte wie vor dem Ende Elmos. Hätte er sie nicht schon einmal gehört, würde er sich durch sie vielleicht ermutigt fühlen. Nun aber schlich sich die Angst wie ein Strahl der untergehenden Sonne in sein Herz. Warum nur hatte er sich nicht mehr für Geschichte interessiert? Dann wüsste er nun, wann und wie diese Belagerung enden würde.

Er fuhr sich durch seine klebrigen, fettigen Haare und blickte zu seinem Freund. Dieser kratzte sich an der Wange und seine Augen sprachen vom Gleichen, was auch er erahnte. „Die Verstärkung wird nicht kommen. Nun heißt es einmal mehr, treu zu sein bis in den Tod. Für unseren Herrn."

Ed atmete tief ein, bereute es aber zugleich. Der Gestank Tausender vor sich hin verwesender Leichen hing so schwer in der Luft, dass er sich beinahe übergeben musste. Durch die Dämmerung flog etwas über die Brüstung und landete zu ihren Füßen. Sofort sprangen sie in Deckung. Erst als sich nichts rührte, äugte Ed vorsichtig hinter dem Wall hervor. Etwas Weißes schimmerte am Ende eines Pfeiles. Doch keine Granate? Pierre war schon vorne und entfernte das Anhängsel vorsichtig.

„Eine Botschaft. Wir müssen sie de Valette überbringen."

Ed schaute ihm über die Schulter und entzifferte die unsicher wirkende Handschrift als „Donnerstag".

Er begleitete seinen Freund zum Marktplatz, wo sich de Valette für gewöhnlich aufhielt.

Es war das erste Mal seit Wochen, dass Ed seine Bastion verließ, und erst jetzt erkannte er das ganze Ausmaß der Zerstörung. Kein einziges Haus war noch in einem intakten Zustand. Überall klafften Löcher und die Mauern ragten dunkel und ruinenhaft in den Himmel. Frauen und Kinder, ausgemergelt und erschöpft, schleppten Proviant und Munition über die verschütteten Straßen.

Ein Kind mühte sich mit einem großen Sack, der sich jedoch in einem Stein verfangen hatte. Ed löste ihn und trug ihn über die Steine.

Das Kind, ein Junge von knapp zehn Jahren, bedankte sich mit einem Lächeln, nahm die Zipfel und schleppte seine bestimmt zwanzig Kilo schwere Last keuchend in die hereinbrechende Dunkelheit.

Nachdenklich schaute Ed ihm nach. Ohne diese Helfer im Hintergrund wären sie an der Front aufgeschmissen. Sie bogen auf den Platz ein.

Der Großmeister saß zusammen mit seinem englischen Freund Oliver auf dem Gefechtsstand. Er schaute auf, als sie sich näherten. Sein Gesicht war undurchdringlich, aber er schien um Jahre gealtert zu sein, seit Ed ihn das letzte Mal gesehen hatte.

„Eure Eminenz, dieses Stück Pergament ist gerade mit einem Pfeil über die Mauer geschossen worden."

De Valette nahm den Zettel entgegen, las ihn und reichte ihn an Oliver weiter.

„Ich danke Euch."

Er hieß sie mit einer müden Handbewegung wieder zu gehen. Ed und Pierre wandten sich um und bahnten sich schweigend den Weg durch die Trümmer zurück zur Bastion.

Als sie die Gasse zur Infermeria kreuzten, durchzuckte Ed plötzlich ein erschreckender Gedanke. Vielleicht war es das letzte Mal, dass er die Gelegenheit hatte, Anna zu sehen. Seit Wochen hatte er seinen Platz nicht mehr verlassen dürfen. Trotzdem hatte er immer wieder einige Worte mit dem Versorgungstrupp mitgeschickt, damit sie wusste, dass er noch lebte. „Geh du schon mal voraus. Ich muss Anna noch einmal sehen."

Pierre grinste. „Wir sehen uns dann wieder oben."

Ed musste über Sandsteinschutt und Mauerteile klettern, um die Tür zur Wohnung zu erreichen. Der Mond war aufgegangen und warf seinen silbernen Schein in die Gasse. Der Wind bewegte etwas am Rand der Mauer. Als er genauer hinschaute, wog sich eine einsame Blume im Nachtwind. Einem spontanen Impuls folgend pflückte er sie und klopfte dann an die Tür.

Als er keine Antwort erhielt, öffnete er sie leise. Vielleicht arbeitete Anna noch. Das Licht des Mondes fiel auf eine schattenhafte Gestalt, die sich vor der kalten Feuerstelle auf einer Matte zusammengerollt hatte.

Leise schlich er näher. Annas Haare hingen ihr wirr ins Gesicht, ihre Wangen waren eingefallen. Ihre Hände umklammerten ihre Knie, die sie bis zum Bauch hochgezogen hatte. Er ließ sich auf den Boden gleiten, unsicher, ob er sie wecken sollte. Vielleicht bekam sie auch so wenig Schlaf wie er selbst.

Behutsam strich er ihr die Haare hinter die Ohren. Sie bewegte sich leicht und ein warmer Laut, wie ein wohliger Seufzer, entwich ihrem halb geöffneten Mund. Er lächelte und küsste sie auf die Stirn, dann legte er die Blume neben ihre Matte und schlich leise wieder hinaus.

Hastig stopfte Anna sich im Stehen das Ei in den Mund. Maria hatte darauf bestanden, dass sie aß, denn es konnte die letzte Mahlzeit für heute sein.

Ihr Blick fiel auf die welkende Akelei, die sie vor drei Tagen an ihrem Bett vorgefunden hatte. Also war es nicht nur ein süßer Traum gewesen, dass Ed zu ihr gekommen war?

Das Violett der Blume verblasste langsam, aber sie kämpfte tapfer in der schmalen Vase um ihr Leben.

Anna schnappte sich noch ein Ei und schälte es. Ihr Vater hätte sie dafür getadelt, dass sie so viele Eier aß. Schnell schob sie den Gedanken an zu Hause beiseite. Heute musste sie alle Sinne beieinander haben, denn die Osmanen hatten einen Großangriff geplant. So zumindest hatte de Valette die Nachricht „Donnerstag" interpretiert und alle zu den Waffen gerufen. Statt zu verarzten, musste sie heute das Gebäude verteidigen.

Sie streute ein wenig Salz auf das Ei, aß es, und noch während sie kaute, schnappte sie sich den Bogen, den sie gestern erhalten hatte, und die Köcher und hastete über die verschüttete Straße.

Eine heftige Detonation ließ den Boden unter ihren Füßen erzittern. War das die angekündigte Sprengung der Brücke? Die Staubwolke, die in der Richtung von St. Angelo aufstieg, bestätigte ihre Befürchtungen.

Sie schluckte leer, als sie die Tür zur Infermeria aufstieß und daran dachte, dass der letzte Zufluchtsort, den sie gehabt hatten, nun wegfiel.

Auch wenn es einleuchtend war, dass man den Feind auf so viele Fronten wie möglich zerstreuen wollte, war es doch ein unangenehmes Gefühl hier in Birgu auf sich allein gestellt zu sein.

Bitte schütze uns. Mach ein Wunder. Hilf uns, wie du den Israeliten geholfen hast. Erbarme dich.

Die Eier lagen ihr schwer im Magen. Wenn sie nun starben, würden sie dann wieder in der Zukunft landen oder wären sie tatsächlich tot?

Während sie den langen Flur entlangeilte, gingen die Türen zu den Krankenzimmern auf. Die Verletzten strömten heraus, gestützt von Mitpatienten, die weniger verwundet waren, oder den dienenden Brüdern, und stellten sich vor dem Haupteingang auf.

Die Schwerverletzten lehnten halb liegend an den Mauern unterhalb der Fenster.

Sie entdeckte Maria, die einem Mann nach draußen half.

„Die brauchen doch Ruhe, die können doch nicht kämpfen!", rief Anna ihr entsetzt zu.

Der alte Mann, dessen ganzer Oberkörper und ein Bein verbunden waren, sah sie väterlich an. „Als Ritter haben wir eingewilligt, dass Gott uns an Plätze schicken darf, die uns nicht gefallen, und dass er uns mehr Härten zumuten darf als uns lieb sind. Wir erfüllen nur unsere Gelübde dem Allmächtigen gegenüber. Außerdem gibt es keine Truppen mehr, die für uns kämpfen könnten."

Sie starrte den Mann an, doch die Angst schnürte ihr die Kehle so stark zu, dass sie nichts erwidern konnte. War es wirklich möglich, dass sie heute sterben würde?

„Madame, helft mir!"

Die flehende Männerstimme ließ Anna hinter sich schauen. Ein Ritter mit nur einem Bein klammerte sich an den Türrahmen.

Sie schluckte und half ihm dann neben den alten Mann.

Bitte Gott, hilf uns.

Kleine Boote näherten sich von der gegenüberliegenden Seite. Sie schloss kurz die Augen und atmete tief ein. Als sie sie wieder öffnete und in die entschlossenen Gesichter ihrer Patienten starrte, stieg in ihr etwas auf, von dem sie nicht gewusst hatte, dass es in ihr schlummerte. Todesmut?

So wahr sie lebte, sie würde ihre Patienten verteidigen und es dem Feind so schwer wie nur irgend möglich machen, das Gebäude einzunehmen! Sie rannte auf das Dach des Hospitals, den Bogen fest in der Hand, und verbarg sich hinter einem Wall aus Steinen. Neben ihr kauerten Frauen und Kinder, Steine griffbereit in den Händen. Sie nahm einen Pfeil aus dem Köcher an ihrer Hüfte, legte den Bogen an ihre Wange, zielte und schoss.

„Das wird nur ein Ausdruck der Verzweiflung sein. Sie können Birgu nicht einnehmen und versuchen nun, hier einen leichten Sieg zu erringen."

Don Mesquita ging unruhig im Zimmer auf und ab. Vit saß auf einem Stuhl, den Kopf in die Hände gestützt.

Vor Kurzem war ein Malteser, der die feindlichen Truppenbewegungen beobachtete, mit der Botschaft gekommen, dass sich eine Abteilung der Osmanen auf dem Weg nach Mdina befinde, im Schlepptau eine Batterie Kanonen.

„Warum sie nicht alle ihre Truppen für den Großangriff einsetzen, ist mir ein Rätsel." De Lugny saß ebenfalls auf einem Stuhl, die Beine weit von sich gestreckt, die Arme hinter seinem Nacken verschränkt.

Die Luft im kleinen Raum war stickig. Man schrieb schon den 23. August. Vit hob den Kopf. „Vielleicht hoffen sie auf einen leichten, schnellen Sieg, um die Moral der Truppen unten zu stärken."

Mesquita nickte und schürzte die Lippen. Seine Stirn war unter dem buschigen Haar gerunzelt. „Damit haben sie nicht unrecht. Wir sind zu wenige, um sie lange in Schach zu halten."

Vit griff nach dem Becher Wein und nahm einen Schluck. „Dann müssen wir sie eben vom Gegenteil überzeugen."

Mesquitas und de Lugnys Augen waren nun auf ihn gerichtet. „Wie meint Ihr das?"

„Falls die Kampfmoral wirklich so schlecht ist, wie uns berichtet wurde, und wir sie glauben machen können, dass hier eine gut ausgeruhte Truppe und viel Munition vorhanden sind, werden sie umkehren, weil sie keinem zweiten St. Elmo trotzen wollen."

„Und wie wollt Ihr das bewerkstelligen?"

Vit lächelte. Sofia hatte ihn auf die Idee gebracht, als sie mit Manuele, Isabelle und anderen Kindern „Ritter" gespielt hatte.

„Wir stecken die Bevölkerung in Rüstungen und lassen sie dicht an dicht auf den Zinnen patrouillieren."

De Lugnys Augen blitzten auf und seine Mundwinkel kräuselten sich zu einem Lächeln. „Und wenn wir alle unsere Kanonen in ihr

Blickfeld setzen können und sie damit empfangen, dann können wir sie vielleicht davon abhalten, uns zu nahe zu kommen", ergänzte er.

Der alte Kommandant strich sich über den Bart, wie er es immer machte, wenn er nachdachte. „Gut, wir versuchen es. Lasst die Bevölkerung holen. Wir öffnen die zwei großen Lager und sie sollen sich bedienen. Lasst die Kanoniere und Arkebusiere auf mein Zeichen hin schießen. Wir wollen sie denken lassen, dass wir einen großen Vorrat an Munition haben."

Vit stand auf seinen Krücken bereit. „Ich werde mit dem Pferd durch die Stadt reiten und die Bevölkerung rufen." Dann hielt er inne und wandte sich dem alten Kommandanten zu. „Könntet Ihr mir einen Stuhl auf die Brustwehr hochbringen lassen? Ich will selbst dazu beitragen, dass sie einen gewaltigen Schrecken bekommen."

Don Mesquita lächelte. „Das lässt sich machen."

Vit bestieg sein Tier mithilfe eines Bruders und ritt durch die Straßen. „Es ist Zeit, dem Feind ein Schauspiel zu bieten! Wir brauchen alle Männer und Frauen sowie die größeren Kinder. Kleidet Euch beim Lagerhaus ein! Der Feind ist im Anmarsch!"

Bald rannten Kinder hinter ihm her und verbreiteten die Nachricht in der ganzen Stadt. In den stillen Gassen erwachte das Leben. Menschen strömten aus allen Häusern und fanden sich in zwei langen Schlangen vor dem Magazin ein.

Als Vit sich ihnen näherte, erblickte er unter ihnen auch Angelika, Sofia, Manuele, Isabelle und Gabriella. Ein mulmiges Gefühl beschlich ihn und er widerstand dem Drang, sie zurück ins Haus in Sicherheit zu schicken.

Glika, wie er sie heimlich wieder zu nennen begonnen hatte, scheute die Gefahr nicht, ihre Stadt und ihr Land zu verteidigen. Was für eine unglaublich mutige Frau.

Seit er sich mit Gott versöhnt hatte, war auch die Beziehung zu Angelika besser geworden. Sie sprachen wieder miteinander, auch wenn sie sich mehr oder weniger auf das Nötigste beschränkten.

Mein Herr, lass diesen Plan aufgehen und schütze sie.

Als Vitellino zum Haupttor zurückritt, war aus der stillen Stadt ein Bienenstock geworden. Munition wurde auf die Mauern gebracht, Wurfgeschosse und Steine aufgeschichtet und die Kanonen alle auf eine Seite gerollt, sodass ihre dunklen Rohre den kommenden Truppen dicht an dicht aus den Schießscharten entgegenblickten.

Vit erklomm die schmale Treppe über dem Tor zum Wehrgang. Mesquita hatte Wort gehalten und ihm einen Stuhl bereitstellen lassen. Eine Arkebuse lehnte an der Wand. Seine Gedanken schweiften zu Ed, der ein natürliches Talent besaß, mit einem Gewehr umzugehen. Wie es ihm wohl erging? Lebten er und Pierre noch? Was war aus Anna geworden? Er starrte aus der Schießscharte auf den abflachenden Hügel vor ihm. Die flimmernde Hitze ließ das verdorrte Gras wie Gold schimmern.

Eifriges Fußgetrappel war nun auf der Treppe zu hören und die verkleideten Menschen strömten auf die Mauer. Vit unterdrückte ein Grinsen, als er die ärmlichen Kostüme sah. Schilde der Feinde waren um ihre Brust gebunden, schlecht sitzende Helme verbargen die Haarpracht der Frauen und viele hielten stumpfe, unbrauchbare Schwerter in den Händen. Aber aus der Ferne würde all dieses Metall glänzen und glitzern und den Feind im wahrsten Sinne des Wortes blenden. Das zumindest hoffte Vitellino. Spannung lag in der Luft. Ab und zu sah er ängstliche Gesichter, aber auch verstohlenes Grinsen, wenn die Nachbarin in ihrer Verkleidung erkannt wurde.

Eine Hand legte sich ihm auf die Schulter. Als er sich umwandte, standen Angelika und Sofia hinter ihm. Ihre Helme bedeckten beinahe ihre ganze Stirn. Ein Harnisch ging Sofia bis zu den Knien und sie konnte sich nur staksig darin bewegen. Manuele wuchtete ein großes Schwert die schmale Treppe hinauf. Ein altes, schweres Kettenhemd ließ ihn keuchen. „Haben die früher wirklich darin gekämpft?"

Vit grinste ihm zu. „Ja, aber dieses hier hat sicher einem Mann gehört, der doppelt so groß war wie du."

Manueles Augen leuchteten und Vit zwinkerte ihm zu. Der Junge hatte die versteckte Botschaft gehört, dass er ihn für einen Mann hielt.

Angelikas Lächeln stahl sich in sein Herz. Längst konnte er die Mauer, die er um seine Gefühle für sie aufgerichtet hatte, nicht mehr intakt halten. Mit jedem Blick aus ihren Augen, jedem Lächeln, jeder liebevollen Geste wurde ein Stein nach dem anderen abgetragen.

„Aufstellen, sie kommen!"

Der Ruf scholl durch die Wehrgänge. Vitellino wandte den Blick ab und spähte durch den Schlitz. Langsam mühte sich eine beachtliche Truppe den Hang zur Stadt hoch, die schweren Kanonen im Schlepptau.

Es sah nicht wie eine wild entschlossene Truppe aus.

Und sie geriet ins Stocken.

„Jetzt!" Das Kommando Mesquitas hallte von den Wällen und Kanonenfeuer und Arkebusendonner waren die Antwort. Vit lud seine Arkebuse neu. Natürlich waren die Angreifer zu weit weg, als dass sie getroffen hätten. Aber nur eine Festung, die mehr als genug Munition hatte, konnte es sich erlauben, verschwenderisch und wahllos damit umzugehen.

Er erspähte drei Personen, die sich aus der Armee lösten und sich der Stadt näherten, jedoch in sicherer Schussdistanz blieben. Die Rüstungen der Heerführer glänzten golden in der Sonne. Ihre Pferde tänzelten nervös.

Auf den Mauern war es nun so still, dass man eine Stecknadel hätte fallen hören können. Nur die Augen folgten stumm den drei Kundschaftern um die Stadt herum. Unter erneutem Kanonendonner kehrten sie zurück zur Truppe.

Und dann geschah tatsächlich das Wunder. Die ganze Armee drehte Mdina den Rücken zu und blies den Angriff ab.

Als sie schon lange nicht mehr in Hör- und Sichtweite waren, brach der Jubel los. Die Menschen tanzten auf den Zinnen und begannen zu singen.

Angelika nahm mit leuchtenden Augen seine Hand. „Du hast es geschafft!" Stolz blitzte ihm aus ihren Augen entgegen.

Die Wärme ihrer Hand erreichte Vitellinos Herz und es begann, wild zu schlagen. Der Welt konnte er schon etwas vormachen, aber seinem Herzen? Konnte er wirklich noch länger leugnen, dass er immer noch Gefühle – starke Gefühle – für diese Frau hegte? Schnell schob er den Gedanken beiseite. Nun war nicht die Zeit, über Liebe nachzudenken. Zudem durfte es nicht sein. „Sofia hat mich auf die Idee gebracht, indem sie gestern Ritter gespielt hat", lenkte er ab.

Das kleine Mädchen hatte ihn nicht gehört. Es hüpfte von einem Fuß auf den anderen und warf seine Hände in die Luft. Manuele stützte sich auf sein Schwert, Stolz im Gesicht, als sei er ein erfahrener Soldat. Vit unterdrückte einmal mehr ein Grinsen.

Angelika schüttelte lachend den Kopf.

Don Mesquita näherte sich ihnen, woraufhin Angelika ihn schnell losließ und sich Sofia zuwandte. Seine Hand fühlte sich seltsam leer an.

Der alte Kommandant schlug ihm auf die Schulter. „Das muss gefeiert werden!"

Die Glocken der alten Kathedrale riefen sie zum Dankgottesdienst. Außer einigen Wachen begaben sich alle in die Kirche.

Der Priester schwenkte murmelnd ein Weihrauchgefäß zum Altar hin. Dann wandte er sich an die Stadtbevölkerung. „Hier in dieser Kathedrale ruht der Normannengraf Roger, der uns vor fast fünfhundert Jahren von der Macht der Araber befreit hatte. Und heute haben wir wieder einen Grund, Gott für einen wunderbaren Sieg über unsere Feinde zu danken. Der gute Apostel Paulus, der einst an dieser Stelle, als die Kirche noch das Haus des Publius war, Zuflucht gefunden hatte, wacht über unsere gute Stadt. Lasst uns Gott danken für den Sieg und beten, dass unsere Brüder in Christo ebenfalls den Sieg erringen und die ganze Insel von der Macht der Feinde befreit wird, wie wir es heute mit unserer Stadt erlebt haben."

KAPITEL 30

Die Männer neben Ed luden die Kanone. Sie stopften das Zündmaterial mit den Kugeln hinein, steckten sie mit der Fackel in Brand und feuerten ab. Schwarzer Rauch hing in der Luft und die Gesichter der Männer waren mit Ruß bedeckt. Dennoch arbeiteten sie unermüdlich weiter. Stopfen, schießen, stopfen, schießen.

Ed saß mit dem Rücken zur Mauer und lud seine Arkebuse neu. Er spähte durch ein Loch in der Mauer und zielte gleichzeitig mit dem Kanonenschuss. Er spürte das Vibrieren des Bodens durch die dünnen Sohlen seiner Stiefel. Nachdem sie dem Großangriff vor einer Woche durch ein Wunder mehr standgehalten hatten, wagten die Osmanen nun noch einmal einen Angriff. Nicht, ohne zuvor die Mauern eine Woche lang unter weiteren schweren Beschuss genommen zu haben.

Doch die Feinde kämpften weit weniger entschlossen als in Elmo. Viele schienen langsamer zu sein. Vielleicht lag es an der Hitze, vielleicht waren sie krank, er wusste es nicht.

Er stopfte seine Arkebuse neu, aber ein markerschütternder Schrei ließ ihn auffahren. Den kleinen Ritter mit dem lustigen Grinsen – Ed wusste seinen Namen nicht mehr – hatte es erwischt. Die Rüstung war in Brusthöhe tief eingedrückt.

Ed feuerte seinen Schuss ab, kroch zu ihm hinüber und zog ihn in die Sicherheit der Mauer. Seine Augen waren furchtsam geöffnet und sein Atem ging kurz und schnell.

„Halte durch. Es wird alles gut." Das war eine Lüge, aber Ed wusste nicht, was er sonst hätte sagen sollen.

Der Ritter, der in seinem Alter war, schüttelte den Kopf. Er öffnete den Mund, um etwas zu sagen. Blut strömte heraus. Eds Kehle war wie zugeschnürt. Der junge Mann streckte seine Hand nach ihm aus. Er ergriff sie und schaute in die gequälten Augen des Schwerverletzten. Er hatte schon viele Männer aus der Distanz sterben sehen, aber hier konnte er nicht weg. Die Lippen des

Ritters bewegten sich und Ed beugte sich dicht über ihn, um ihn zu hören.

„Hat sich mein Leben gelohnt?“ Sein Atem kam nun stoßweise und Schweiß rann ihm über das ebenmäßige Gesicht, das noch so jungenhaft wirkte.

Ed strich ihm über die Stirn. „Ja. Ja, es hat sich gelohnt. Du hast mutig gekämpft und hast deinen Platz verteidigt. Du hast dazu beigetragen, dass wir den Sieg davontragen werden. Malta und unsere Länder werden für immer Gott gehören. Du hast Geschichte geschrieben.“

Er dachte an das christlich geprägte Europa. Soweit er sich erinnern konnte, hatte es tatsächlich nie unter islamischer Herrschaft gestanden.

Der kleine Ritter hielt seinen Blick. Langsam verwandelte sich die Furcht in ein Staunen. „Alles … voller … Licht …“ Sein Blick ging an Edward vorbei in die Luft und dann brachen seine Augen.

„Ed, zur Seite!“

Instinktiv rollte er sich zur Seite, Millisekunden, bevor die Kugel dort einschlug, wo er eben noch neben dem Bruder gekniet hatte. Pierre robbte zu ihm hinüber und zog ihn mit sich. Seine Gefühle verblassten, der Lärm ebbte ab und er spürte nichts mehr. Er sah nur noch den Blick des Jungen vor sich und die Frage echote in seinen Ohren: Hat sich mein Leben gelohnt?

Sein Herz begann zu brennen.

„Ed! Ed!“

Pierres Stimme drang nur langsam in sein Bewusstsein. Ein Schlag auf seine Wange holte ihn in die Wirklichkeit zurück.

Erleichterung breitete sich auf dem Gesicht seines Freundes aus. „Du musst stark sein – für Anna. Ihr müsst doch wieder zurück!“

Stark sein … Eds Schultern sackten nach vorne, als wollten sie ihm nicht mehr gehorchen, und ein Schluchzen bahnte sich den Weg aus der Tiefe seiner Seele.

Pierre rüttelte ihn. „Bitte. Für Anna. Für mich. Gott wird dir Kraft geben. Gib nicht auf.“

Gott, ich kann nicht mehr.

Meine Kraft ist in den Schwachen mächtig.

Hatte Gott so etwas gesagt? Ed hatte den Kopf in den Händen

vergraben, aber es war, als würde ein erfrischender Wind sein Innerstes fluten. War das Gottes Kraft?

Pierres blaue Augen verrieten die Sorge um ihn. Er nickte ihm zu und kroch zu seiner Arkebuse zurück. Sein Freund blieb dicht neben ihm.

Später wusste er nicht mehr, wie lange der Angriff gedauert hatte. Als der kühle Nachtwind durch die erschöpften Ruinen strich und seine Wangen streichelte, dachte er an den Ritter ohne Namen.

Hat sich mein Leben gelohnt?

Waren die vielen Menschen, die hier kämpften, als gäbe es kein Morgen, der Preis dafür, dass er Hunderte von Jahren später in einem freien, christlichen England aufwachsen durfte? Wenn sie sich nicht eingesetzt hätten, was wäre dann geschehen? Gemeinsam schrieben sie hier Geschichte, indem jeder an seinem Platz seinen Teil dazu beitrug. Diese Erkenntnis überwältigte ihn. Es kam auf jeden an. Auch auf ihn.

Drei ungewöhnlich kurz nacheinander abgeschossene Kanonendonner ließen Anna aufhorchen. Sie hatte den Bogen längst wieder gegen die Operationsinstrumente eingetauscht. Obwohl noch einmal ein ähnlich großer Angriff stattgefunden hatte, war die Infermeria nicht mehr unmittelbar bedroht. Sie rieb sich die Augen. Nachts schlief sie kaum mehr als vier Stunden und nun, am frühen Morgen, wechselte sie die Verbände in den Krankenzimmern. Sie konzentrierte sich wieder auf die Armwunde eines Ritters. Die Sehnen waren wahrscheinlich durchtrennt.

„Die Armada! Der Entsatz aus Sizilien ist gelandet!"

Der Ruf ließ sie ans Fenster des Krankenzimmers stürzen. Drei große Galeeren mit dem Malteserkreuz fuhren unbehelligt nahe dem Hafen vorbei.

Auf den erschöpften Gesichtern um sie herum breitete sich Freude aus. Der blasse Mann mit dem leblosen Arm versuchte ein Lächeln, das aber in einer verzerrten Grimasse endete.

„Wir können es schaffen!"

„Ein Wunder!“
„Das wurde aber auch Zeit!“
„Don García hat sich an sein Versprechen gehalten!“
„Das hätte ich nicht gedacht.“
Sie schaute in die Gesichter der tapferen Männer, die in ihren Betten lagen, und lauschte ihren Sätzen. Mehr als alles andere wünschte sie sich, dass dieser Albtraum endlich zu Ende war und sie nach Hause konnte.

Die Glocken der Konventskirche weckten ihn aus seinem unruhigen Schlaf. Automatisch griff Ed nach seinem Schwert und rappelte sich auf.

Noch den letzten Schlaf abschüttelnd, blickte er um sich, ein Kommando oder den Ruf zu den Waffen erwartend.

Aber etwas war anders. Eine andächtige Stille umgab ihn, die nur durch den reinen, hellen Klang der Glocke durchbrochen wurde. Die Blicke der meisten Männer gingen gen Himmel, andere knieten am Boden, das Gesicht in den Händen vergraben.

War das das Ende? War der Feind innerhalb der Mauern und bereiteten sich seine Freunde auf den Tod vor? Die Angst umfing sein Herz wie Krakenarme.

Doch dann begegnete er dem grinsenden Gesicht von Pierre. „Nie hat diese Glocke schöner in meinen Ohren geklungen.“

Ed runzelte die Stirn. „Was bedeutet sie?“

Pierre legte eine Hand auf seine Schulter und schaute ihm tief in die Augen. „Es ist die Siegesglocke. Mein Bruder, die Belagerung ist aufgehoben, der Feind flieht. Und wir gehen zum Dankgottesdienst.“

Und dann fiel es ihm wieder ein. Woran niemand mehr geglaubt hatte, war gestern eingetroffen. Die Armada war gelandet.

Er starrte Pierre ungläubig an. Auf diesen Augenblick hatte er seit Monaten gehofft und nun, da er da war, konnte er es kaum fassen.

Sein Freund lachte. „Glaub mir, es ist vorbei!“

„Wir haben es geschafft.“ Es war eine eher tonlose Feststellung, die seine emotionale Dumpfheit widerspiegelte, die sich seit dem Tod des Ritters ohne Namen eingestellt hatte.

„Wir haben es geschafft!"

Andere Männer kamen herzu, beglückwünschten sich, schlugen sich auf die Schultern und machten sich auf den Weg zur Kirche.

Zusammen mit Pierre trat Ed zum ersten Mal seit zweieinhalb Wochen wieder auf die Gasse hinaus. Sie schlossen sich den mehr tot als lebendigen Männern, Frauen und Kindern an, die sich den Weg über die unzähligen Schutthaufen und Trümmer zur Konventskirche bahnten.

Eine alte, nur wenige Tonhöhen umfassende Melodie erhob sich aus den Gassen und erfüllte die Luft wie ein erfrischender Sommerregen.

„Te deum …"

Eine ungewohnte Feierlichkeit, ja eine Art Heiligkeit erfüllte das vom Weihrauch geschwängerte Gotteshaus. Pierre kniete auf einer Bank in den vorderen Reihen nieder und Ed gesellte sich zu ihm. Sein Blick wanderte zu den Gemälden an den Wänden, die die Schlacht von Jericho darstellten. Die Mauern des Feindes waren gefallen. Wie viel Ähnliches hatte er in den letzten Monaten gesehen. Das goldene Kreuz, hoch aufgerichtet hinter dem Altar, nahm ihn gefangen.

Jesus hatte alles gegeben – und er lebte. Immer noch.

Jemand schlüpfte neben ihm auf die Bank und ergriff sachte seine Hand, die sich immer noch um den Griff seines Rapiers klammerte.

Anna. Er löste den Blick vom Kreuz. Ihre Augen lagen in tiefen Höhlen und ihre Gestalt wirkte zerbrechlich, aber trotzdem strahlte sie Hoffnung aus.

Er konnte seinen Blick nicht von ihr wenden.

Sie hatten die Belagerung überlebt. Beide.

„Meine Brüder, ich erinnere euch daran, dass wir diesen Sieg nicht Menschen, auch nicht den neu eingetroffenen Truppen zu verdanken haben, sondern alleine unserem Gott. Lasst uns ihm ein Danklied singen." De Valette stand vorne und stimmte ein weiteres Te deum an.

Die Leute standen auf. Auch Ed und Anna erhoben sich. Er spürte ihre warme Hand in der seinen. Sie hielt seine Finger fest umschlossen. War das noch dieselbe ängstliche Frau, die er vor einem Jahr kennengelernt hatte? Nun war sie es, die stark war, die ihm Kraft gab.

Er schloss die Augen und sog die einfache Melodie wie ein Verdurstender ein.

Te deum. Dir, meinem Gott.

Danke, dass du dein Leben für mich gelassen hast. Danke, dass ich lebe. Danke, dass Anna lebt, dass Pierre und Vit leben.

Wie normal solche Gebete inzwischen aus seinem Herzen zu Gott aufstiegen, wurde ihm erst jetzt bewusst. Er hatte diese Angewohnheit wohl in den vergangenen Wochen begonnen, inmitten von Erschöpfung, Hoffnungslosigkeit, Lärm und Dunkelheit.

Während viele der Einwohner nach dem Gottesdienst zum ersten Mal seit über drei Monaten die Mauern von Birgu verließen, um die eilig verlassenen Schlachtfelder zu plündern, zogen sich Anna und Ed in den Hinterhof von Marias Haus zurück.

Ed legte den Arm um Annas Schultern und sie legte ihren Kopf an seine Brust. Keiner von ihnen sagte etwas.

Die Hühner scharrten und gurrten vor sich hin, als wäre nie etwas gewesen. Keine sterbenden Männer, kein Blut, keine Leichenteile. Einfach nur Hühner.

Und da brach sich etwas in ihm wie eine Flutwelle. Ein tiefer Schmerz bahnte sich ungefragt und in unbeholfenen Schluchzern den Weg aus seinem Herzen. Er schämte sich, aber er konnte es nicht stoppen. Anna schlang ihre Arme um ihn und er vergrub seinen Kopf an ihrer Schulter. Sie hielt ihn einfach fest.

Er weinte um Abel, um den kleinen Ritter ohne Namen, um den Jungen, den eine Kugel zur Unkenntlichkeit zerstört hatte, um all die Männer, die nicht mehr aufgestanden waren.

Und hier bei Anna fand er Trost. Bei der Frau, die für ihn zu Beginn nicht mehr als eine fromme, graue Maus gewesen war, ein ängstlicher Hasenfuß. Unscheinbar, nicht wichtig. Und doch schenkte sie ihm bedingungslos ihre Liebe und ihren Trost. Hielt zu ihm. Das war einfach zu überwältigend. Er hatte sie nicht verdient.

„Ich bin so froh, dass du lebst. Bist du verletzt?"

Aus dem Flur drangen Stimmen durch seine angelehnte Tür. Vit hatte sich kurz hingelegt, damit die Schmerzen in seinem Stumpf etwas nachlassen konnten. Dieser war die Belastung mit dem Holzbein, das Simon, der Arzt, ihm vor einer Woche angepasst hatte, noch nicht gewohnt.

„Nichts Schlimmes. Nur ein Kratzer. Wie geht es dir und Isabelle?"

Diese Stimme kannte er doch? Vit stand auf, schnappte sich die Krücken und ging näher zur Tür.

„Uns geht es gut. Wir waren nie in Gefahr, dank der umsichtigen Leitung Mesquitas, Vitelleschis und de Lugnys."

„Vitelleschi?"

„Ja, ein Ritter der italienischen Zunge."

„Ich kann mich nicht erinnern, dass ich ihn hierhergesandt habe."

Der unverkennbare, schneidende Ton de Valettes! Was machte er hier in diesem Haus? Es war sehr ungewöhnlich, dass der Großmeister eine Witwe und deren Tochter persönlich aufsuchte, es sei denn …

„Er brachte seine Schwester und ihre Kinder hierher in Sicherheit. Als er wieder zurückkehren wollte, wart ihr schon umzingelt, also hat er uns hier mit seinem weisen Rat unterstützt."

Vit hielt die Luft an. Er hatte nicht um Erlaubnis gebeten, gehen zu dürfen. Das war ein grober Verstoß.

„Nun gut. Wir wollen in diesen Tagen nicht kleinlich sein. Ich bin froh, dass einer mehr überlebt hat."

Vit atmete langsam aus. Draußen raschelte es.

„Ich habe dir etwas mitgebracht."

Er hörte Gabriellas entzückte und bewundernde Ausrufe.

„Ich habe noch nie so etwas Schönes gesehen."

Vit runzelte die Stirn. Was das wohl war? Etwas von den Plünderungen?

„Du siehst wunderbar darin aus. Wie immer, meine Liebe."

„Ach Jean, du bist zu gut."

Eine Weile war es still und Vitellino versuchte, das Gehörte einzuordnen. Konnte es sein, dass Parisot tatsächlich eine Beziehung hatte, wie gemunkelt wurde? Mit Gabriella? Er, der immer so auf das Einhalten der Gelübde bedacht war? Der keinen Gottesdienst versäumte? Der die Belagerung mit so strenger und weiser Hand geführt hatte?

„Ich liebe dich."

Diese Worte aus dem Mund seines Meisters zu hören, ließ das Blut in seinen Adern gefrieren.

„Ich liebe dich auch."

Schritte entfernten sich. Er konnte es immer noch nicht fassen. Verachtung stahl sich in sein Herz. Aber war er denn besser?

Er hatte eine Tochter und war nicht einmal bereit, sich zu seinen Gefühlen für Angelika zu bekennen. Sie wusste nichts davon. Warum sollte er es ihr auch sagen? Er war ein Krüppel. Sie war besser dran ohne ihn, denn was konnte er mit einem Bein schon machen?

Bücher abschreiben im Orden. Eine Arbeit, die er zutiefst verabscheute und vor der er sich in der Ausbildungszeit immer wieder zu drücken versucht hatte.

Herr, zeige mir deinen Weg. Schenk mir ein Zeichen.

Er ging wieder zurück, ließ sich auf das Bett fallen und lagerte seinen Stumpf hoch. Wie sollte er als Mann Gottes leben, jetzt, da die Belagerung vorbei war und er lebte?

Und wenn das Auftauchen von Angelika und Sofia ein Zeichen ist, den Orden zu verlassen?

Eds Worte kamen ihm wieder in den Sinn. Waren Angelika und Sofia wirklich ein Zeichen? Es war mehr als ein Wunder, dass er beiden begegnet war. Aber das Gelübde brechen, das er vor den Brüdern und Gott abgelegt hatte? War es dafür nicht zu spät?

Es klopfte an seiner Zimmertür und auf sein „Herein" erschien Angelika.

Gänsehaut breitete sich auf seinen Armen aus. War sie das Zeichen?

„Störe ich dich gerade?"

„Nein. Bitte setz dich."

Sie nahm einen Stuhl und setzte sich an sein Bett. Dann blickte sie auf ihre Hände, die sie im Schoß gefaltet hatte und die sich unruhig bewegten. Schließlich blickte sie auf.

„Ich wollte mich verabschieden. Sofia, Manuele und ich werden das nächste Boot nach Gozo nehmen."

Sein Herz setzte einen Schlag aus. Sie ging. War das das Zeichen?

„Könnt ihr nicht hierbleiben?“ Er wollte Sofia weiterhin sehen, er wollte sie glücklich wissen, ihre Kinder sehen.

Angelika schüttelte den Kopf und ihre Augen glänzten verräterisch. Wie damals, als sie ihn gedrängt hatte zu gehen. Versuchte sie gerade wieder, ihn aus ihrem Leben auszuschließen?

Du bist ohne mich besser dran. Geh. Seine eigenen Worte kamen ihm in den Sinn. Er hatte sie ausgeschlossen. Sie hielt sich nur an seine Worte.

„Hier hält mich nichts.“ Ihre Worte klangen unsicher, beinahe wie eine Frage. Sie senkte den Blick.

Würde sie bleiben, wenn er …

„Außerdem ist Gozo meine Heimat“, unterbrach sie seine Gedanken.

Jetzt blickte sie ihn wieder an. Entschlossenheit stand in ihr wunderschönes Gesicht geschrieben. Ein Gesicht, das ihn in Elmo immer wieder ermutigt hatte. Ein Gesicht, das sich unwiderruflich in sein Gedächtnis gebrannt hatte. Ein Gesicht, das er für den Rest seiner Tage anschauen wollte.

Der Gedanke überwältigte ihn so sehr, dass er kein Wort über die Lippen brachte. Sie stand auf.

„Ich wünsche dir alles Gute. Ich schicke die Kinder nachher noch zu dir, damit sie sich von dir verabschieden können.“

Er war immer noch unfähig, etwas zu sagen. Angelika verließ den Raum und erst das Klicken der Tür in ihrem Schloss ließ ihn aus seiner Erstarrung aufschrecken.

Nein. Geh nicht. Heirate mich.

Aber es war zu spät.

Er stöhnte auf und ließ seinen Kopf an die Wand plumpsen.

Herr, zeige mir den Weg.

Angelika hatte so gehofft, dass Vitellino sie aufhalten würde. Stattdessen war er einfach still gewesen. Ließ sie gehen. Bestimmt war er froh, dass sie bald ganz aus seinem Leben verschwunden war.

Auch wenn sie hätte schwören können, dass er etwas für sie empfand. Ihr waren seine liebevollen und bewundernden Blicke nicht entgangen, die er ihr heimlich zuwarf. Immer dann, wenn er meinte, dass sie sie nicht bemerkte.

Sie wischte sich über die Augen. Das war ihre Vergangenheit und sie hatte sich geschworen, nicht mehr darüber zu weinen. Es war mehr als genug Gnade, dass sie lebte, dass Sofia lebte und dass sie gemeinsam ein neues Leben in Gozo beginnen konnten.

Sie band sich eine Schürze um und ging in den Garten. Sie liebte es, die Pflanzen zu hegen und zu pflegen, auch wenn Gabriella es nicht gerne sah.

„Dafür haben wir Sklaven", sagte sie dann immer mit Missfallen in der Stimme.

Angelika zog sich in eine der versteckteren Ecken des Gartens zurück und widmete sich den gelben Blumen. Unkraut wucherte dazwischen und sie zog an dem Grün.

Als das Beet sauber war, ging sie zum nächsten. Ihr Puls hatte sich wieder beruhigt. Morgen ging das Boot. Morgen war sie in Gozo. Ihrer Heimat. Sie wusste, dass dort nicht mehr viele Menschen lebten, die sie kannte. Und trotzdem war es ihre Heimat. Der Abstand zu Vitellino würde ihr guttun. Ihre Seele würde heilen. Endlich heilen.

„Glika?"

Ihr Herz machte unwillkürlich einen Satz, als sie Vitellinos Stimme hörte. Verräterisches Herz. Aber konnte es anders sein, wenn er ihren Kosenamen gebrauchte?

Sie richtete sich auf und wischte ihre braunen Finger an der Schürze ab.

Er sah sie an und kam auf sie zu. „Können wir einen Moment reden?"

„Sicher."

Vor ihnen bewegten sich die hellen Blätter eines Olivenbaumes im leichten Wind, die Früchte prall an den Ästen. Bald war Erntezeit.

Sie setzten sich auf die Steinbank unter dem Baum. Die Kühle des Steines war an diesem heißen Septembertag angenehm.

„Ich habe lange nachgedacht." Seine Stimme war leise, klang beinahe verloren.

Sie wartete, während er ein Blatt von einem Busch in der Nähe abzupfte und es zwischen seinen Fingern zerrieb.

„Ich sagte dir, dass ich um ein Zeichen gebetet habe. Damals."

Sie nickte. Worauf wollte er hinaus?

„Die Belagerung ist zu Ende, ich lebe, allerdings als Krüppel."

„Du bist kein …"

Er schnitt ihr mit einer Handbewegung das Wort ab.

„Lass mich zu Ende reden. Ich kann und will meine Gefühle für dich nicht länger leugnen und ich frage mich, ob ich nicht im Begriff bin, gerade das größte Zeichen Gottes zu ignorieren. Kann es sein, dass Gott uns zusammengeführt hat, weil er will, dass wir zusammen sind?"

Sie hielt den Atem an und starrte in seine dunklen Augen. Ehrliche Augen. Augen, die ihr die Welt bedeuteten.

„Willst du wirklich wieder zurückgehen?"

Sie senkte den Blick und klaubte weiter den Schmutz von ihren Händen. „Geht es denn darum, was ich will?" Es war nie darum gegangen, was sie wollte. Ihr Leben war immer von den Umständen bestimmt gewesen. Das Einzige, was sie je in ihrem Leben gewollt hatte, war Vitellino.

Er warf die Blattreste weg und nahm ihre schmutzige Hand in die seine. „Ich will wissen, was du dir wünschst. Für dich, für uns. Auch wenn es dir vermessen vorkommt."

Durfte sie – sollte sie es ihm sagen? Ihr Hals war eng. Letztes Mal hatte sie nichts gesagt. Und verloren. Wenn sie etwas sagte und wieder verlor, dann wusste sie wenigstens, dass sie es versucht hatte. Außerdem … hatte er nicht gerade gesagt, dass er Gefühle für sie hatte?

Sie nahm allen Mut zusammen. „Ich will mit dir zusammen sein. Verheiratet sein. Aber …" Ihre Stimme war kaum mehr als ein Hauch. Sie hatte Angst, dass ihre ausgesprochenen Wünsche sich wieder in Luft auflösen könnten.

Vitellino hob ihr Kinn. Nichts als Liebe lag in seinem Blick. Liebe, die ihr Mut gab. Hoffnung gab.

„Du weißt, dass ich ein Krüppel bin und unser Leben nicht einfach sein wird."

Er ließ ihr Kinn los.

„Das macht mir nichts aus.“ Sie hielt inne. Er war gekennzeichnet – so wie sie. Nur dass man ihre Narben nicht sah. Er hatte ein Recht, aus ihrem Mund zu erfahren, was sie getan hatte, bevor er einen unüberlegten Schritt machte.

„Ich …“ sie schluckte und räusperte sich dann. Die Erinnerung und die Scham machten ihren Hals eng. „Um hierherzukommen, arbeitete ich als … als Dirne.“

Es war heraus. Sie zwang sich, in Vitellinos Augen zu blicken. Unverändert spiegelte sich nichts als Liebe darin.

„Ich weiß und es macht mir nichts aus.“

Sie blinzelte gegen die Tränen an. Hatte sie jemals eine so starke Liebe kennengelernt? Gab es für sie am Ende doch noch Glück? Liebe?

Und noch bevor sie einen anderen Gedanken fassen konnte, ließ er ihre Hand los, glitt von der Bank und kniete sich auf sein gesundes Bein, sodass der Stumpf den Boden streifte.

„Glika, willst du mir die Ehre erweisen, mich zu heiraten?“

Eine Träne löste sich aus ihren Augen und sie spürte die nasse Spur auf ihrer Wange. Gott hatte sie weder vergessen noch verstoßen. „Ja, Vitellino, das will ich.“

„Mich dünkt, das könnt Ihr nicht bestimmen.“

Ein alter Mann trat aus dem Schatten. Er strahlte eine solche Autorität aus, dass Angelika sich unweigerlich klein und unbedeutend vorkam.

Vitellino sog scharf die Luft ein und hievte sich wieder auf die Bank.

„Glika, das ist Eure Hoheit, der Großmeister de Valette.“

Vitellino griff nach seinen Krücken und erhob sich. Wie sehr wünschte er sich, dem Großmeister als ganzer Mann entgegentreten zu können.

Glika hatte sich verbeugt und war dann ins Haus geflohen.

Noch nie zuvor war er sich in einer Entscheidung so sicher gewesen. Und er wusste, dass jetzt alles davon abhing, wie de Valette entschied.

„Eure Eminenz, ich bitte Euch um Erlaubnis, aus dem Orden

auszutreten. In meiner Verfassung werde ich Euch nicht mehr groß zu Diensten stehen können."

„Viele von uns werden für den Rest ihres Lebens verkrüppelt sein, aber das heißt noch lange nicht, dass sie ihren Dienst nicht weiterhin treu verrichten werden. Ihr habt dem Orden lebenslange Treue geschworen." De Valettes Augen waren undurchdringlich.

Wut schlich sich in Vits Herz. Nun, da er endlich den Mut gefunden hatte, zu seinen Gefühlen zu stehen, wollte er die Frau seines Lebens auch rechtmäßig ehelichen. Im Gegensatz zum Oberhaupt.

Herr, ich meinte, dein Zeichen verstanden zu haben. Hilf mir. Lass deinen Willen geschehen. Gib mir Mut.

„Mama, Papa ..."

Sofia stürmte um die Ecke und blieb abrupt stehen, als sie den Großmeister erblickte. Sie hielt sich erschrocken die Hand vor den Mund. „Ich ... ich suche meine Eltern. Bitte verzeiht mir."

Sie knickste artig und wollte wieder verschwinden. Aber nun war es an der Zeit, ganze Sache zu machen.

„Eure Eminenz, das ist meine Tochter Sofia."

Sofia starrte ihn mit großen Augen an, dann machte sie einen erneuten Knicks in Richtung de Valettes. Als Vit ihr zunickte, rannte sie davon.

Er begegnete dem harten Blick Parisots und erwiderte ihn.

„Eure Tochter?"

„Ihr sagt es. Sie entstand, bevor ich meine Gelübde abgelegt hatte, und ich wusste bis vor einigen Monaten nichts von ihr. Nun möchte ich die Pflichten eines Ehemannes und Vaters antreten, weil ich glaube, dass dies der Weg Gottes für mich ist. Deshalb bitte ich Euch, mich vom Gelübde zu entbinden."

„Dann müsst Ihr einen Antrag stellen und ihn vor dem Rat begründen."

Vor dem Rat? Er war bereit dazu. Auch wenn er wusste, dass es nicht einfach werden würde.

Er richtete sich noch ein wenig größer auf und streckte das Kinn nach vorne. „Wenn es das ist, was Ihr von mir verlangt, dann werde ich es tun. Ich bin ein Mann der Ehre, der keine versteckten Beziehungen leben will." Damit provozierte er vielleicht den Zorn des

Großmeisters, aber er hoffte, dass er ihm damit vermittelte, dass er über seine versteckte Liebschaft Bescheid wusste.

Für einen kurzen Moment flackerten Parisots Augen, aber vielleicht war es auch nur die Sonne, die sich für einen Moment hinter einer Wolke versteckt hatte. „Dann sehe ich Euch Ende der Woche vor dem Rat." Damit drehte er sich um und verschwand in Richtung Haus.

Vit atmete tief aus und ließ sich auf die Bank sinken.

Das war einfach nicht gerecht. Ihr größter Traum war so kurz davor, in Erfüllung zu gehen, aber der Großmeister hatte die Macht, ihn platzen zu lassen. Was machte er überhaupt hier? Angelika wischte sich verstohlen über die Augen.

„Sofia, da bist du ja. Ich muss dir etwas zeigen!", rief Isabelle und winkte ihrer Tochter zu, die sie fragend anschaute.

„Geh nur, meine Liebe."

Sie blickte ihnen nach, als sie aufgeregt nach draußen stürmten. Die zwei jungen Mädchen waren gute Freundinnen geworden, die sich langsam ans Erwachsenwerden herantasteten. Wie schnell die Zeit verflog …

„Habt Ihr Isabelle gesehen?"

Gabriella kam die Treppe hinunter. Ihr dunkelgrünes Samtgewand füllte beinahe die ganze Breite des Aufgangs aus. Um ihren Hals hing ein goldenes Geschmeide in orientalischer Machart.

„Sie sind gerade auf die Straße gegangen."

Gabriella warf die Hände in die Luft. „Wenn man einmal nicht aufpasst …" Aber sie lächelte. Angelika mochte die vornehme Witwe. Sie waren sich in den letzten Wochen nähergekommen. Dennoch wirkte die Frau immer ein wenig distanziert, als umgäbe sie ein unsichtbares Geheimnis.

Angelika spürte ihren musternden Blick auf sich.

„Geht es Euch gut?"

Sie schüttelte stumm den Kopf, wieder einmal gegen die Tränen ankämpfend.

Gabriella kam die letzten Stufen hinunter und legte ihr fürsorglich die Hand auf den Arm. „Kommt in den Salon, dort können wir ungestört reden."

Verwundert, ein so offenes Herz vorzufinden, folgte Angelika ihrer Gastgeberin in den Raum mit den edlen dunkelblauen Stühlen.

Als sie Platz genommen hatten, fragte Gabriella: „Was bewegt Euch? Vielleicht kann ich helfen."

Sie sehnte sich danach, ihr Herz auszuschütten. Die freundlichen Augen ihrer Beschützerin luden sie dazu ein, auch wenn sie bisher noch nichts so Persönliches miteinander geteilt hatten.

Und so erzählte sie ihr von Vit, der Schwangerschaft, von Sofias Entdeckung, dass er ihr Vater war, und schließlich auch davon, wie sie ihn wiedergefunden hatte.

„Und dann hat er mir einen Antrag gemacht. Mein größter Traum war kurz davor, in Erfüllung zu gehen, aber wir wussten nicht, dass der Großmeister alles mit angehört hat. Er stellt Vitellino draußen zur Rede und wie es scheint, ist er nicht so einfach bereit, ihn von seinem Gelübde zu entbinden."

Gabriella schwieg. Als Angelika in ihr Gesicht blickte, war es voller Mitgefühl und Barmherzigkeit. Jede Unnahbarkeit war verschwunden.

„Glaubt mir, ich weiß sehr wohl, wie Ihr Euch fühlt. Ich hatte den gleichen Traum …" Ihr Blick wanderte in die Ferne. „Ich werde mit ihm reden."

Angelika runzelte die Stirn. Mit wem wollte Gabriella reden? Mit de Valette? Doch noch ehe sie fragen konnte, überzog ein trauriges Lächeln das Gesicht der Frau.

„Ich kenne den Großmeister und werde mit ihm reden. Was für uns nie möglich gewesen ist noch je möglich sein wird, soll wenigstens Euch zuteilwerden."

Für einen Moment vergaß Angelika ihren eigenen Schmerz, als sie einen Funken dessen wahrnahm, was es hieß, eine verbotene und verborgene Beziehung zu führen. „Eure Großzügigkeit überwältigt mich und Euer Geheimnis ist bei mir sicher."

Gabriella glättete sich ihren Rock und stand auf. Eine Madame, die gelernt hatte, über den nicht zu ändernden Tatsachen zu stehen.

„Ich danke Euch. Aus Gottes Vorsehung habt Ihr hier Unterschlupf gefunden. Wenn ich Euch helfen kann, dann tue ich das gerne. Und unter uns gesagt, habe ich Euch von Anfang an nicht geglaubt, dass Ihr Geschwister seid." Damit wandte sie sich um und verließ den Raum.

Angelika blieb noch einen Moment sitzen. Konnte es sein, dass Gott ihr so gnädig war? Dass sie ihm nicht egal war, auch wenn sie ihren Leib so entehrt hatte?

Mein Gott, es tut mir so leid …

Stimmen aus dem Korridor zogen ihre Aufmerksamkeit auf sich.

„Ich hätte mir das auch gewünscht."

Gabriellas Stimme war leise und Angelika schlich sich an die angelehnte Tür.

„Ich konnte nicht." Die Stimme de Valettes war voller Wehmut.

„Das weiß ich doch. Aber ist nun nicht eine andere Zeit angebrochen? Haben sie es nicht verdient, ihre Beziehung frei zu leben?"

„Verdient? Er hatte eine Beziehung. Er hat eine Tochter." Seine Stimme bebte, als fiele es ihm schwer, sie unter Kontrolle zu halten.

„Genau wie du." In Gabriellas Ton schwang Liebe, aber auch Entschlossenheit mit.

„Es darf nie jemand etwas davon erfahren."

„Warum? Weil es deine Ehre und das vollkommene Bild des Großmeisters antastet?"

Angelika hielt den Atem an. Durfte Gabriella so mit ihm reden?

„Du weißt, es geht nicht um meine Ehre. Aber wenn das herauskommt, dann machen es alle."

„Ich kenne einige ‚Patenkinder', die der Fürsorge des Ordens unterstehen. Aber keiner ihrer Väter hatte den Mut, den Vitelleschi vorhin bewiesen hat. Er will die Verantwortung übernehmen, sich zu seiner Familie bekennen, und sein Leben in Ordnung bringen. Versage ihm seine Bitte nicht."

Eine Weile war es still. Angelika hielt den Atem an.

„Er muss seine Bitte vor den Hohen Rat bringen."

„Das ist deine Entscheidung. Aber meinst du nicht, dass er Verdacht geschöpft hat, als er dich hier gesehen hat? Oder vielleicht hat er dich auch in Isabelle erkannt? Glaube nicht, dass du ihn öffentlich verurteilen kannst und deine eigene Sache verborgen bleiben wird."

„Ich werde es mir überlegen."

Sie stellte sich vor, wie Gabriella lächelte und vielleicht sogar ihre Hand an sein Gesicht hielt. „Ich liebe dich und ich kenne dich. Ich helfe dir nur, deinem Herzen zu folgen", erwiderte sie so leise, dass Angelika es kaum verstand.

KAPITEL 31

„So gebe ich Euch, Vitellino Vitelleschi, Angelika zu Eurer rechtmäßig angetrauten Ehefrau."

Eds Gedanken schweiften kurz zu jenem Weihnachtstag zurück, an dem er Anna den Ring übergestreift hatte. Die goldene Abendsonne tauchte die Hänge hinter Mdina in eine orange Glut und hüllte die einfache Zeremonie in eine Feierlichkeit ein, die in einer Kirche nicht hätte größer sein können.

Während der Priester die Hände von Angelika und Vit nahm und einen lateinischen Segen murmelte, glitt Eds Blick über die kleine versammelte Schar. Zu seiner Linken stand seine geliebte Anna in ihrem leuchtend roten Kleid, das in der Sonne mit ihren strahlenden Augen wetteiferte.

Neben ihr stand Pierre, seine Hand lässig an seinem Rapier, ein breites Grinsen auf dem Gesicht. Daneben Maria mit ihrer Schwester Gabriella und dann die Kinder Isabelle, Manuele und Sofia, die kaum still stehen konnte und mit Vits Krücke spielte, die sie für ihn hielt.

„Ihr dürft die Braut nun küssen."

Sein Blick glitt wieder zum Hochzeitspaar. Ein schmales Holzbein ersetzte Vits linkes Bein. Er trug eine aufwendige dunkle Hose. Goldener Stoff blitzte zwischen den Falten hindurch und das grüne Wams passte zu Angelikas hellgrünem Kleid, das in der Brise flatterte. Vits Augen wetteiferten mit der Abendglut, als er seine Braut in den Arm nahm und sie küsste.

Annas Hand fand die seine. Ed drückte sie und warf ihr ein Lächeln zu, während um sie herum Jubel losbrach.

„Lasst uns feiern!" Gabriella klatschte in die Hände und der Zug der Leute folgte ihr in die Stadt zurück. Weit unten in Birgu ragten die ruinenhaften Mauern der Burgen in den blassblauen Himmel empor.

„Ist das nicht ein Wunder?"

Annas Stimme riss Ed aus seiner Betrachtung.

Sie machte eine ausladende Geste über die kleine Gruppe, angeführt von Vit und Angelika. Sie alle lebten und feierten trotz der Schatten der Ruinen. Parisot hatte Vit letzten Endes doch ohne den Großen Rat aus dem Orden entlassen.

„Ja, das ist es fürwahr."

Waren das seine Worte? Sie sahen sich an und prusteten los. Wie mühelos diese Sprache nun über seine Lippen floss.

Dieses Jahr hatte so viel verändert. Er hatte sein Herz nicht nur einer Frau geöffnet, sondern auch Gott – Dinge, die er nie für möglich gehalten hätte.

„Ist es nicht komisch, dass wir morgen wieder nach Hause gehen?", fragte Anna, während sie ihren Schritt verlangsamte, sodass sich ihr Abstand zur Gruppe vergrößerte.

„Ich will lieber nicht daran denken."

„Warum nicht?"

„Ich habe gegen die Bewährungsauflagen verstoßen. Könnte sein, dass sie mich deiner Entführung bezichtigen und ich noch länger sitzen muss."

Er sah, wie Anna auf ihrer Unterlippe kaute, dann schaute sie ihn an. „Wie bist du eigentlich in all das reingerutscht?"

Konnte er es wagen, ihr seine Geschichte zu erzählen? Würde sie ihn dann verachten und fallen lassen? Aber war er es ihr nicht schuldig, dass sie auch seine Vergangenheit kannte, jetzt, nachdem sie gemeinsam so vieles durchgestanden hatten?

Er wandte den Blick von ihren Rehaugen ab, die stumm um sein Vertrauen baten.

Die anderen waren schon ein Stück voraus. Sofia rannte Manuele lachend voraus und Vit hatte seinen Arm zärtlich um die Schultern seiner Geliebten gelegt.

Ed atmete tief ein. Warum brauchte Liebe so viel Mut?

„In der Schule war ich ein Einzelgänger und hatte kaum Freunde. Als ich zwölf Jahre alt war, nahm mich John, von dem ich dir schon erzählt habe, mit in seine Gang. Er war zwei Jahre älter als ich und galt in der Schule als ‚gefährlich'."

Er malte mit seiner rechten Hand die Anführungszeichen des letzten Wortes in die Luft. John der Rebell, der sich nirgends einordnete. Genau wie er. Nur mit dem Unterschied, dass John seinen Unmut lautstark äußerte und er nur im Herzen rebellierte.

Annas Hand drückte aufmunternd die seine, während sie weiter den grasbewachsenen Pfad in Richtung Mdina schlenderten.

„John war der Chef der Gang. Ich war sein persönlicher Schützling und wurde plötzlich beachtet, war etwas wert. Die Gang wurde mein Zuhause. Wir besetzten Häuser oder pennten unter Brücken. Ich lernte Drogen kennen, stahl Alkohol, knackte Autos – die ganze Palette."

„Und deine Eltern?"

„Die haben das lange nicht mitgekriegt. Meine Mutter hatte einen neuen Job und mein Vater war meistens unterwegs. Die waren froh, dass ich endlich Freunde gefunden hatte. Sie drängten mich, eine weiterführende Schule zu besuchen, aber ich sagte, dass ich lieber eine Weile arbeiten wolle."

Er blieb stehen und schaute Anna an. Diese Welt musste ihr total fremd sein. Und doch blickte sie ihn mit so viel Offenheit an, dass er schlucken musste. Kein falsches Mitleid, keine Abscheu.

Sie trat einen Schritt näher und schmiegte sich an seine Brust. Er stützte sein Kinn auf ihren Kopf, während sein Blick über die Weiten des tiefblauen Meeres glitt.

Komisch, wie sicher er sich in ihrer Nähe fühlte.

„Sie kauften mir das alles ab. In der Gang waren wir an die dreißig Leute zwischen zwölf und zwanzig Jahren. Als ich achtzehn wurde, ernannte mich John zu seinem Stellvertreter. Kurz darauf starb er."

Er schloss die Augen und spürte Annas Arme, die fest um seinen Oberkörper geschlungen waren.

„Ich hatte einen Deal verbockt und John wollte mich der feindlichen Gang nicht ausliefern. Dafür wurde er erschossen. Er starb neben mir." Plötzlich wurde ihm die Nähe zu Anna zu viel. Er löste sich sanft von ihr und sie setzten ihren Weg fort. Die anderen waren schon beim Stadttor. Pierre schaute zurück und winkte ihnen zu. Ed hob ebenfalls die Hand.

„Wow. Das muss hart gewesen sein."

Er spürte ihren Blick, wagte es aber nicht, sie anzuschauen. Inzwischen wusste sie selbst, wie es war, einen Menschen in den letzten Minuten zu sehen.

„Ich hatte die einzige Person, der ich je etwas bedeutet hatte, verloren. Er war für mich wie ein Bruder oder Vater. Diesen Verlust und meine Schuldgefühle versuchte ich in Alkohol und Drogen zu ertränken. Das kriegten dann meine Eltern irgendwann doch mit, weil sie mir nachspionierten. Sie brachten mich zu einem Entzug, aber ich haute nach einer Woche ab. Ich musste mich um die Leute in der Gang kümmern. Schließlich hatte ich nun die Verantwortung. Ein Jahr lang habe ich mich entweder versteckt oder war in einer Entzugsklinik, wenn meine Eltern mich gefunden hatten. Dann wurde ich bei einem Überfall geschnappt und kam in den Knast. Mein Vater handelte mit der Staatsanwaltschaft einen Deal aus, sodass ich den Rest meiner Strafe unter strengen Auflagen bei meinen Großeltern abarbeiten konnte. Ich willigte ein, weil ich das immer noch besser fand, als in der Zelle zu hocken. Und gegen diese Auflagen habe ich nun mehr als nur ein bisschen verstoßen, indem ich beinahe ein Jahr weg war."

Mittlerweile waren sie ebenfalls beim Stadttor angekommen und sahen die fröhliche Gesellschaft um die Ecke in eine Gasse biegen.

Anna nahm seine Hand. „Danke, dass du es mir erzählt hast."

Er blickte in ihre dankbaren wunderschönen Rehaugen. „Du freust dich bestimmt schon, wieder nach Hause zu gehen, nicht wahr?"

Sie nahm ihre Unterlippe zwischen die Zähne und schaute an ihm vorbei, während sie den anderen in die Gasse folgten. „Ja, schon …"

„Aber?"

Sie blieb stehen. Ihre Hand klammerte sich an ihn und sie holte tief Luft. Ihr Blick war immer noch in die Ferne gerichtet, als würde sie nach Hause blicken. „Ich bin so froh, dass dieser Krieg hier zu Ende ist. Dass ich all die schlimmen Verletzungen nicht mehr sehen muss, all die Toten. Dennoch träume ich jede Nacht davon. Dass einer nach dem anderen unter meinen Händen stirbt. Vielleicht hören diese Albträume ja irgendwann auf. Aber ich weiß nicht, ob ich bereit bin, als Ärztin weitere Menschen sterben zu sehen. Ich weiß nicht, ob ich der Belastung auf Dauer gewachsen bin. Ich weiß nicht …" Sie schluckte und schaute ihn an. „Ich weiß nicht, ob ich das Studium beginnen soll, ob ich wirklich Ärztin werden will."

Ed schwieg. Er wurde selbst von Albträumen verfolgt und wusste nicht, wohin mit seinem Leben. Aber er hatte Annas Leidenschaft gesehen, ihre leuchtenden Augen vor dem Krieg, als sie seine Hand verbunden hatte. Alles oder nichts. Vielleicht kam ihr diese Haltung, die er so sehr an ihr bewunderte, in diesem Beruf in die Quere.

„Du hast so vielen Menschen das Leben gerettet, hast so vielen geholfen. Aber du musst akzeptieren, dass du nicht immer jedem helfen kannst. Du bist nicht Gott." Er hatte sich auch nicht von ihr helfen lassen wollen. Erst die Konfrontation mit dem Krieg, mit Leben und Tod hatte ihn offen gemacht für Gott, für die Liebe, letztlich auch für das Leben.

Aus dem Augenwinkel sah er, wie die Gesellschaft in einem Haus verschwand. „Du hast mir einmal gesagt, dass Gott für jeden einen Plan hat", fuhr er fort. „Eine Gabe, die er ihm gegeben hat. Du hast die Anerkennung des besten Arztes dieser Zeit gewonnen. Ist das nicht Beweis genug für deine Gabe?"

Anna nagte wieder an ihrer Unterlippe. Er hatte bemerkt, dass sie das immer machte, wenn sie etwas sehr beschäftigte.

„Ja, vielleicht. Trotzdem – ich weiß nicht, ob ich die Belastung auf Dauer hinnehmen will."

„Na ja, es gibt ja Fachrichtungen, in denen du weniger mit dem Tod konfrontiert bist als in anderen. Vielleicht musst du es einfach auf dich zukommen lassen?"

Sie strich sich eine Haarsträhne hinter die Ohren. Dann atmete sie tief ein. „Du hast recht. Es fällt mir einfach nur so schwer, ohne Plan nach Hause zu gehen. Ich weiß nicht, wie meine Eltern reagieren, wenn ich nach einem Jahr wieder auftauche, ich weiß nicht, wie ich ihnen das hier erklären soll, ich weiß nicht, wie es mit uns weitergeht …"

Sie blickte ihn so verloren an, dass er sie in den Arm nahm. Sie barg ihren Kopf an seiner Schulter und schlang ihre Arme um seine Taille.

„Vielleicht brauchst du einfach ein bisschen Vertrauen in Gott. Dass er das alles irgendwie schon auf die Reihe kriegt. Schließlich hat er dir das Leben gegeben."

Anna hob den Kopf. Verwunderung stand ihr ins Gesicht geschrieben. „Das sagst du?"

„Na ja, das habe ich erlebt." Er grinste und sie lächelte zurück.

Ein Lächeln, das sich bis in die Wangen ausbreitete und sich in ihren wunderschönen Augen widerspiegelte.

„Du bist ein weiser Mann."

Weise? *Lebe dein Leben weiser …* Hatte er es geschafft, der letzten Aufforderung Johns gerecht zu werden? Hatte die Beziehung zu Gott ihn weiser gemacht? Ja, sein Leben fühlte sich anders an. Nicht einfacher, aber besser. Tief in ihm drin viel besser. Er war Gott wichtig. Und mit ihm zusammen konnte er Geschichte schreiben. Auch zu Hause.

„Kommt ihr, ihr Turteltauben? Das Essen hat begonnen!"

Ed zuckte zusammen, als er Pierres Stimme hörte.

Anna grinste. „Also, lass uns feiern! Heute ist heute und morgen ist morgen. Wenn Gott es mit Vit und Glika geschafft hat, dann kann er auch mit uns ans Ziel kommen, nicht wahr?", sagte sie, während sie sich beeilten, zum Haus zu gelangen.

„Ein weises Wort aus dem Mund meiner starken Gemahlin", gab er grinsend zurück. Sie stupste ihn an und schüttelte den Kopf.

Pierres breites Grinsen empfing sie am Tor zum Haus.

„Wann feiert ihr eure Hochzeit?"

Die Frage ließ Eds Herz einen Schlag aussetzen, aber er fing sich schnell wieder. Aus dem Augenwinkel sah er, wie Annas Wangen sich rosa färbten.

„Wir werden sehen", gab er eine ausweichende Antwort. Wer wusste, wie viele Jahre er bekam, weil er „abgehauen" war? Und dieses Mal wollte er sich seiner Verantwortung nicht entziehen. Er wollte keinen weiteren Mist mehr bauen. Anna hielt zu ihm, aber ob sie so lange auf ihn warten würde? „Ich schick dir dann eine Einladung als Ehrengast", witzelte er und grinste seinen Vorfahren an.

Anna entzog sich der peinlichen Situation, indem sie ins Haus schlüpfte, doch als Ed ihr folgen wollte, hielt Pierre ihn am Arm fest.

In seinen Augen lag ein ungewohnter Ernst. „Lass sie nicht zu lange warten und mach nicht den gleichen Fehler wie Vit."

„Wird gemacht, Herr Ritter", feixte Ed zurück und machte eine halbherzige Verbeugung.

Pierre boxte ihm in den Oberarm. „Nimm dir meine Worte zu Herzen."

Er nickte und hatte plötzlich einen Kloß im Hals, den er schnell hinunterschluckte. Wenn es nach ihm ging, würde er sie nicht mehr lange warten lassen. Aber waren sie beide bereit, ein Leben miteinander zu teilen? In der Gegenwart? Oder waren die Gefühle, die sie füreinander empfanden, einfach aus der Situation entstanden, die Grenze zwischen Tod und Leben so hautnah zu erleben?

Lachen und fröhliches Geplauder empfing ihn am großen Tisch, als er den Saal betrat. Er setzte sich neben Anna, schob die schweren Gedanken beiseite und ließ sich in das ausgelassene Feiern mit hineinnehmen.

Anna schaute ein letztes Mal zurück in den kleinen, dunklen Raum, der in den letzten Monaten ihr Zuhause gewesen war. Die kalte Feuerstelle, die Küche mit dem Herd und der einfache Tisch. Die Netzkörbe für den getrockneten Fisch, die Tongefäße entlang der Wände.

„Bereit?“, erklang hinter ihr Eds Stimme.

War sie es? Sie hatte mit den Menschen hier so vieles durchgestanden, dass sie sich mit diesem Ort fast mehr verbunden fühlte als mit Onet-le-Château. Deshalb hatte sie auch keinen Druck gemacht, nach Hause zu gehen.

Sie atmete tief ein und kehrte dem Raum den Rücken zu. Ed stand im Türrahmen.

Sein frisch rasiertes Gesicht machte ihn so attraktiv. Trotz der Schwere, die sich auf ihre Brust gelegt hatte, zwang sie sich zu einem Lächeln. Er nahm ihre Hand in die seine, als sie schweigend durch die Gasse zum Außentor gingen. In den letzten Wochen war viel Aufräumarbeit geleistet worden, dennoch waren die Zeichen der Verwüstung unbeschreiblich. Es gab kein Haus, an dem nicht gearbeitet wurde. Schutt wurde entfernt. Eselkarren brachten viereckig behauene Steine und Handwerker setzten sie ein.

Überall grüßten sie Leute und lächelten ihnen zu. Viele von ihnen hatte sie verarztet und gepflegt.

Anna atmete tief aus, konnte aber das leichte Zittern darin nicht unterdrücken.

„Geht's dir gut?"

Eds Händedruck und seine sanfte Stimme beruhigten ihre Nerven ein wenig.

„Ja, es ist nur ... so endgültig."

Sie kletterte über einen Schutthaufen und blieb oben stehen. Ihre Brust zog sich zusammen, als sie zu den Mauern hochsah, die bestenfalls Ruinen waren. „Der Preis für die Insel war so hoch. Hat sich das wirklich gelohnt? Hätte man das nicht anders lösen können?"

Ed blieb stehen und schaute sie mit hochgezogenen Augenbrauen an. „Wenn sie kapituliert hätten, wäre der Blutzoll geringer gewesen. Vielleicht. Aber der Preis dafür wäre der christliche Glaube gewesen, ihre Werte. Und der war ihnen wichtiger als ihr eigenes Leben."

Sie nickte. Der Kloß in ihrem Hals war dick. Sie konnte sich einfach schwer damit abfinden, dass es hier keine andere Möglichkeit gegeben hatte, als mit Waffen, mit seinem eigenen Leben das zu verteidigen, was einem wichtig war.

Zwei Kinder rannten einander nach und das hintere fing das vordere. Ihr helles Lachen perlte über das Wasser, begleitet vom hohen Bellen eines Welpen, der schwanzwedelnd um sie herumsprang.

Hoffnung.

Hoffnung über den Trümmern.

„Anna?" Ed hielt ihr seine Hand entgegen, um sie von den Schutthaufen nach unten zu geleiten.

Ihr Gentleman. Unglaublich, wie sehr er sich verändert hatte. Sie lächelte wehmütig. Schmerz und Hoffnung – so nah beisammen.

Schweigend gingen sie weiter.

„Da war ein Ritter. Ich weiß nicht mal seinen Namen", nahm Ed den Gesprächsfaden mit seltsam heiserer Stimme wieder auf. „Er fragte mich, ob sich sein Leben gelohnt habe. Diese Frage geht mir nicht mehr aus dem Kopf. Wir gehen zurück ins christlich geprägte Europa. Aber was machen wir mit diesem Erbe, das so teuer erkauft worden ist?"

Seine Hand gab ihr Sicherheit, als sie sich den Weg durch weitere Schutthaufen bahnten. Ehrte sie das Erbe? War sie sich vorher bewusst gewesen, dass andere dafür gekämpft hatten? Ihre Leben dafür niedergelegt hatten? Nein. Nicht wirklich. Dennoch hatte sie sich dafür eingesetzt. „Wir können für unseren Glauben und unsere Werte einstehen, indem wir sie leben. Die Liebe leben. Vergeben. Menschen die Freiheit lassen, sich zu entscheiden. Wie oft hatte ich an meiner Schule Diskussionen mit anderen, denen diese Werte nichts bedeuteten oder die sie nicht einmal kannten." Es war eine schwierige und oft einsame Zeit gewesen und sie dachte nicht gerne daran zurück.

Das Stadttor kam in Sicht und mit ihm ihre Freunde, die auf sie warteten.

Ed blieb stehen und blickte sie an. „Die Liebe verändert wirklich. Deine Liebe und Gottes Liebe haben mich verändert."

Ihr Herz begann zu klopfen. Ihre Liebe hatte einen Teil dazu beigetragen, dass Ed zu Gott gefunden hatte? Wenn sie diese Liebe auch anderen Menschen gewährte, könnte sie dadurch das Erbe, das ihnen ihre Freunde hinterlassen hatten, ehren, wirklich ehren und sogar aufblühen lassen?

„Kommt ihr?"

Sie löste ihren Blick von Ed und Hand in Hand legten sie die wenigen Meter zu ihren Freunden zurück.

Zusammen schlugen sie den Pfad zur Höhle ein. Gegenüber ragte stumm die Infermeria in den hellblauen Himmel. Die Wehmut angesichts des bevorstehenden Abschieds überschattete die Gespräche. Annas Blick glitt zu Vit und Angelika, die in ihrer neuen Liebe erblühten, zu Sofia und Manuele, der nun bei den Vitelleschis ein neues Zuhause gefunden hatte.

Sie hatten die Höhle erreicht. Nun fehlte nur noch de Valette mit dem Schwert. Er wollte sich dieses Mal vergewissern, was mit seinem Rapier geschah.

Die langen Schatten des späten Nachmittags malten zusammen mit dem Gold der Sonne ein Muster auf das Wasser und ließen es tanzen.

Während Pierre und Ed mit Vit zusammen die Höhle inspizierten, gesellte sich Angelika zu ihr. „Ich habe hier noch eine Erinnerung an uns." Sie holte eine kleine Holzschatulle aus ihrem Gewand hervor und reichte sie ihr.

Der Kloß in Annas Hals wurde dicker. Sie hatte nichts zum Schenken.

Vorsichtig öffnete sie die Schatulle und ein silbernes Malteserkreuz kam zum Vorschein. Die filigrane Kunst, so einzigartig für die Insel, hatte sie schon immer fasziniert. Vorsichtig nahm sie den Anhänger in die Hand. „Danke, er ist wunderschön!“

„Die vier Spitzen des Kreuzes stehen für Ausdauer, Mut, Gerechtigkeit und Enthaltsamkeit. Du bist eine mutige Frau, vergiss das nie. Du hast Ausdauer bewiesen und dich für die Gerechtigkeit eingesetzt.“

Anna blickte in die tiefschwarzen Augen ihrer Freundin. Diese zwinkerte ihr zu.

„Und die Enthaltsamkeit musst du sicher nicht mehr lange unter Beweis stellen.“

Anna merkte, wie ihr die Hitze in die Wangen stieg. „Vielen Dank. Ich werde es in Ehren halten.“

Hufgetrappel näherte sich und de Valette sprang behände von seinem Pferd. In seinem Gesicht war etwas von den über siebzig Lebensjahren und den Sorgen der vergangenen Monate zu lesen, aber die Kraft war die eines Vierzigjährigen.

Die Männer kamen aus der Höhle. Ed hielt das Handy in der Hand. „Die Jeans sind leider weg.“

„Außer der leeren Kiste ist nichts mehr drin“, sagte Pierre.

Dieses Mal würde niemand sie mehr aufhalten.

Ed wedelte mit seinem Handy, in seinen Augen ein spitzbübischer Glimmer. „Wahrscheinlich ist es nicht mehr brauchbar, aber vielleicht kann ich das Foto retten.“

„Bereit?“ De Valettes tiefe Stimme durchbrach das Schweigen.

Annas Sicht verschwamm, als sie nacheinander ihre Freunde umarmte.

„Vergesst uns nicht!“

„Nein, bestimmt nicht. Wir werden die Menschen daran erinnern, was ihr für sie getan habt.“

Ed und sie traten in das Dunkel der Höhle, gefolgt von ihren Freunden.

„Ich schulde Euch meinen Dank für Eure Hilfe.“ De Valette streckte ihnen das Rapier entgegen.

Eds warme Hand an ihrer Taille und seine Nähe gaben ihr Sicherheit und doch wusste Anna, dass es nur einen gab, dem sie immer und überall vertrauen konnte und der sie nie enttäuschen würde. Jesus.

Ich vertraue dir.

Durch den Schleier ihrer Tränen sah sie, wie Ed seine andere Hand nach dem Rapier ausstreckte und ein Blitz aufleuchtete.

Ihre Freunde verschwammen im immer heller werdenden Licht. Sie schloss die Augen, spürte den Wind und hörte das Rauschen, bis es langsam wieder dunkler wurde. Muffiger Geruch schlug ihr entgegen und eine ungewohnte Stille umgab sie.

Sie öffnete die Augen. Die Dunkelheit einer geschlossenen Höhle umgab sie. Nur durch die Luke in einiger Entfernung fiel mattes Licht.

Ed fand als Erster die Sprache wieder. „Das Rapier ist weg."

Anna schmunzelte. „Irgendwie kommt mir das bekannt vor …"

Er stieß sie spielerisch an. „Dann komm, meine Gemahlin, wir wollen dieses fremde Land erkunden und vielleicht finden wir heraus, in welcher Zeit wir gelandet sind."

Sie lächelte zurück und Hand in Hand gingen sie zur Luke. Anna hatte einige Mühe, mit dem Rock das Seil hochzuklettern, aber schließlich standen sie in der Scheune, die noch genauso aussah, wie sie sie verlassen hatten.

Sommerhitze schlug ihnen entgegen.

Hatten sie die Bauarbeiten nicht weitergeführt?

Ein Piepsen unterbrach ihre Gedanken. Ed starrte auf sein Handy.

Was war das? Der Akku müsste nach einem Jahr doch mehr als tot sein?

„Da haben wir es schon. 20. Juli 2017, 16 Uhr", sagte er, während er aufblickte.

„Dann ist hier nur eine Stunde vergangen?"

Über Eds Gesicht breitete sich unglaubliche Erleichterung aus, als er grinste und nickte. „Scheint so."

Er hatte nicht gegen die Bewährungsauflagen verstoßen. Er musste nicht wieder ins Gefängnis. Sie konnten die Zeit als Verliebte genießen. So wie sie es sich gewünscht und ausgemalt hatte. Die Schmetterlinge in Annas Bauch vollführten einen Freudentanz. Sie schlang ihre Hände um Eds Taille und blickte zu ihm auf. Er zog sie nah zu sich. Seine Augen sprühten vor Freude. Sein Kopf neigte sich und ihre Lippen trafen sich. In seinem Kuss lag all die Erleichterung, die Freude, aber auch das Verlangen nach mehr. Nach einer Zukunft mit ihr? Sie erwiderte den Kuss und legte ihre eigene Sehnsucht hinein, nach einem unbeschwerten, glücklichen Leben.

Er löste sich von ihr. Dann streckte er eine Faust in die Luft. „Yeah! Ist das zu fassen? Gott meint es wirklich gut mit uns!"

Sie grinste zurück. Ihr Herz raste vom Kuss.

Gott meinte es gut mit ihnen. Mit ihr. Es würde alles gut werden.

Ein weiteres „Pling" erinnerte sie daran, dass sie sich in der Gegenwart befanden. Sie schaute Ed über die Schulter, als er die Nachricht öffnete.

„Hey man, W-A-Y? We need you!"

Ed seufzte und fuhr sich über die Stirn.

„Was bedeutet das?"

„Die Gang. Sie suchen mich. Gibt wohl ein Problem. Aber das kann warten."

Er schaltete das Gerät aus und legte es auf einen zerbrochenen Stuhl in der Nähe. Dann zog er sie nah an sich, sodass sie sein aufgeregt schlagendes Herz spüren konnte. Sie war wieder zu Hause. Wirklich zu Hause. Tief sog sie seinen Duft ein. Es war der Duft nach Meer, nach Pinien, nach Thymian. Der Duft der Vergangenheit. Der Duft eines Erbes. Der Duft einer Zukunft.

BEGRIFFSERKLÄRUNGEN

Rapier:
Ein Rapier ist eine Zwischenform zwischen Schwert und Degen. Es hat eine schmalere Klinge als ein Schwert, ist aber breiter als der spätere Fechtdegen.

Arkebuse/Hakenbüchse:
Bezeichnung der ersten Gewehre, deren Treffgenauigkeit nicht sehr groß war. Sie wurden durch eine Gabel gestützt, da ihr Gewicht um die 25 Kilogramm betrug. Sie war kompliziert und nicht ungefährlich zu laden und zu feuern.
Die osmanischen Gewehre waren um einiges besser, sowohl was die Treffsicherheit als auch die Munition anbelangte.

Ordenszungen:
Der Orden bestand aus den acht einzelnen Abteilungen der Länder, Zungen genannt. Provence (Süden Frankreich, Toulouse, Saint Gilles), Auvergne (Zentralfrankreich), Frankreich (Nord- und Westfrankreich), Italien, Aragon (mit Amposta, Katalonien, Navarra), Kastilien (mit Kastilien, Portugal), Deutschland (mit Böhmen, Dänemark, Schweden, Polen), England (mit Irland, Schottland). Diese sind auch in den acht Spitzen des Malteserkreuzes repräsentiert.

Historische Anmerkungen

Ich habe versucht, mich möglichst genau an die historischen Beschreibungen und Gegebenheiten zu halten.

Die Namen der Ritter stimmen bis auf Pierre de la Martignière und Pietro mit historischen Überlieferungen überein. Die Charaktere sind hingegen frei erfunden. Von Vitellino Vitelleschi wissen wir nur, dass er der Ritter war, der den Brief aus St. Elmo an den Großmeister überbracht hat mit der Bitte, einen Ausfall machen zu dürfen. Abel starb wirklich zu den Füßen des Altars. Seine letzten Worte sind uns überliefert. Ebenso entsprechen die öffentlichen Reden und Schreiben de Valettes historischen Quellen.

Neuste Untersuchungen von Giovanni Bonello von verschiedenen historischen Quellen haben ergeben, dass de Valette mindestens zwei Kinder gehabt hat, obwohl man ihn gerne als den „unfehlbaren Helden" dargestellt hat. Einen erwachsenen Sohn hat er kurz nach der Schlacht anerkannt, die Tochter, Isabelle, wurde zwei Jahre nach der Schlacht von ihrem Ehemann ermordet. De Valette kümmerte sich persönlich um den Fall, was nicht Sache des Ordens gewesen wäre, und starb aus Kummer über ihren Verlust. Man kann davon ausgehen, dass sie seine Tochter gewesen ist. Ich habe mir jedoch die dichterische Freiheit genommen, sie ein wenig jünger zu machen, als sie wahrscheinlich war.

Toni Bajada, der Schwimmer, wird heute noch in Maltas Folklore besungen.

Auch Suleiman und seine im Harem erwähnten Leute sowie den Piraten Dragut gab es tatsächlich.

Gozo war zwischen 1540 und 1565 sechsmal das Ziel von Piratenübergriffen. 1551 war es besonders schlimm, als 500 Männer und 500-600 Frauen und Kinder in die Sklaverei verschleppt wurden. Der geschilderte Überfall im Herbst 1564 ist historisch nicht belegt.

Die Entdeckung des blutstillenden Pilzes in Gozo ist nicht genau bekannt. Aber erst um 1700 erreichte er den Höhepunkt seiner Bekanntheit als Wunder-Allheilmittel. Zu seiner Gewinnung wurde extra eine „Seilbahn“ gebaut und ein Wachturm aufgestellt, damit kein Fremder das Gewächs pflücken konnte. Es war ein großes Luxusgut und später in ganz Europa bekannt. Neue Untersuchungen zeigen jedoch, dass dem Pilz keine der beschriebenen Wirkungen zugeordnet werden können.

Sir Francis Drake hat wirklich auch zur gleichen Zeit gelebt – es ist jedoch frei erfunden, dass er zu jener Zeit in Malta überwintert hat.

Ich habe im vorliegenden Roman nur einige der Details rund um die Belagerung dargestellt – wer noch mehr wissen möchte, dem sei das Buch „Der Schild Europas“ von Ernle Bradford empfohlen.

DANKSAGUNG

An erster Stelle danke ich Gott, der mir die Sehnsucht, Bücher zu schreiben, schon als ganz kleines Mädchen gegeben hat. Es hat eine Weile gedauert, diesem Traum zu folgen, aber ER hat es geschafft, mich immer wieder zu ermutigen, mich durchzutragen und mich zu unterstützen. Jesus, du bist einfach der Beste!!!

Folgende Menschen hat er unter anderen dazu gebraucht, damit dieses Buch entstehen konnte:

Mein lieber Mann Mark: Du hast meinen Fokus immer wieder auf das Wesentliche gelenkt, wenn ich mich in stundenlangen Monologen verheddert hatte. Dank dir sind meine Helden glaubwürdiger geworden. („… mit Gehirnerschütterung, einem gebrochenen Arm und Verbrennungen fünf Kilometer schwimmen?! – Unwahrscheinlich …“). Danke für jeden Tee, den du mir gebracht hast! Und danke für alle kulinarischen Opfer, die du während meiner Arbeitsphasen erbracht hast!

Meine Tochter Hannah-Joy: Mit dir zusammen am Titel zu basteln, hat Spaß gemacht! Deine Begeisterung für Bücher war ansteckend und eine der Initialzündungen für die Entstehung dieses Buches. Deine Freude darüber, eine Schriftstellerin als Mami zu haben, ist für mich das größte Lob!

Meine Eltern: Danke für alle Unterstützung und Ermutigung! Mami, unendlich viele Stunden hast du mir als Kind Bücher vorgelesen und mich immer wieder ermutigt zum Schreiben. Das Büchlein, das du aus meinen alten Geschichten drucken ließest, war wie eine Zusage und Ermutigung Gottes an mich und kam zur richtigen Zeit!

Irene: Ohne dich hätte ich die Reise nach Malta nicht gewagt und vieles in diesem Buch hätte ich nicht so erzählen können, wie es nun dasteht. Tausend Dank dir!

Giovanni Bonello: Es war mir eine Ehre, Sie zu treffen. Herzlichen Dank für die Beantwortung meiner Fragen. Dank Ihnen habe ich wertvolle Einsichten in den Orden und die damalige Zeit erhalten.

Claudia Greb von der Pasofinofarm, die mir geduldig meine Fragen rund um Pferde beantwortet hat. Pferdefehler sind allein meine Verantwortung.

Gladius et Codex, dem Verein für historischen Schwertkampf Zürich, der mir einen wertvollen und praktischen Einblick in die Handhabung eines Schwertes vermittelt hat.

Mona und Stefan: „Hilfe! Ich bin seit Stunden an der Szene und ich krieg es einfach nicht hin!" Und ihr habt gebetet und innerhalb von fünf Minuten wusste ich weiter und es floss. Danke für alle eure (spontanen) Gebete!!! Danke für alles Mitfiebern und Anspornen! Danke für alle Hilfe mit Facebook und Homepage! Ihr seid Schätze!

Anina, Jonas und Beni: Ihr wart mir eine große Ermutigung und habt das Projekt mit eurer Zeit unterstützt, als vom fertigen Buch noch nichts zu sehen war. Ihr habt eine nicht unwesentliche Rolle gespielt bei der Entscheidung des Verlages, das Buch zu veröffentlichen, als sie eure Gesichter und das super Cover gesehen haben!

Simon und Priscilla, Renate, Jeannine: die Erstleser meines Manuskriptes: Zitternd gab ich euch mein Manuskript und ihr seid so sanft und dennoch klar damit umgegangen. Danke! Danke für euer wertvolles Feedback, eure Begeisterung und eure Ermutigung! Eure Ideen und Korrekturen sind mit eingeflossen!

Mario, Elisabeth, Christoph, Jeannette, Myriam, Donat, Tina, Markus, Jeannine, Irene, Patrick, Annette, Stefanie, Anne, Christina, Daniela, Marianne, Ute, Hermi, Rosmarie, Claudia, Dani – und alle anderen „heimlichen" Beter und Freunde: Das ist auch die Frucht eurer Gebete!

Kathrin vom Verlag der Francke-Buchhandlung: Es ist mir eine große Freude und Ehre, mit einer so begabten Frau zusammenzuarbeiten, die voll in ihrer Berufung steht! Danke für deine Begeisterung, dein Herz, deine Zeit und deine Arbeit, die du in dieses Buch investiert hast! Du hast es „adoptiert" und durch dich ist dieses Buch tiefer, klarer und verständlicher geworden! Danke!!!

Weitere spannende Romane

Lisa T. Bergren
Waterfall
Im Fluss der Zeit – Band 1
ISBN 978-3-86827-359-5
336 Seiten, Paperback

Die meisten Jugendlichen wären begeistert, wenn sie die Ferien in der Toskana verbringen könnten, aber die Betarrini-Schwestern verbringen jeden Sommer in Italien – dank ihrer Eltern, die Archäologen sind. Gabi langweilt sich zu Tode ... bis sie Hals über Kopf im 14. Jahrhundert landet und eine komplett neue Welt entdeckt. Eine Welt voller Intrigen, Machtkämpfe, Burgen, Schwerter und gutaussehender junger Ritter in glänzender Rüstung ... Wenn sie nur googeln könnte, welche Seite den Kampf gewinnen wird und wie sie da wieder rauskommt! Aber will sie das überhaupt?

Lisa T. Bergren
Cascade
Im Fluss der Zeit – Band 2
ISBN 978-3-86827-398-4
320 Seiten, Paperback

Zurück in ihrer Zeit hat Gabi nur einen Wunsch: Sie will wieder zu Marcello, ihrem Ritter in glänzender Rüstung. Dabei weiß sie nur zu gut, welche Gefahren sie im mittelalterlichen Italien erwarten. Sie hat sich bei ihrem letzten Besuch Feinde gemacht. Und die sind auf Rache aus. Trotzdem überredet sie ihre Schwester Lia zu einer weiteren Zeitreise ins 14. Jahrhundert. Ihre Mutter nehmen sie diesmal kurzerhand mit. Doch kann das gutgehen? Haben Gabi und Marcello wirklich eine Chance?

Lisa T. Bergren
Torrent
Im Fluss der Zeit – Band 3
ISBN 978-3-86827-431-8
320 Seiten, Paperback

Zweimal waren Gabi und Lia Betarrini jetzt schon im Italien des 14. Jahrhunderts. Sie haben dort in Burgen gewohnt, sind in gefährliche Kämpfe verwickelt worden … und haben sich in gutaussehende Ritter verliebt, die jederzeit ihr Leben für sie aufs Spiel setzen würden.

Nun kehren sie zum dritten Mal ins mittelalterliche Italien zurück – diesmal mit der ganzen Familie. Aber für immer dortzubleiben wäre ein großes Risiko. Um sie herum toben Kämpfe und der Ausbruch der Pest steht unmittelbar bevor. Die Betarrinis stehen vor der Entscheidung ihres Lebens: Sollen sie wirklich ihre sichere Zukunft für eine ungewisse Vergangenheit opfern?

Lynn Austin
Wüstenschwestern
ISBN 978-3-96362-000-3
447 Seiten, gebunden
mit Schutzumschlag

Chicago / Wüste Sinai, 1892: Rebecca und Flora Hawes sind Schwestern, wie sie unterschiedlicher nicht sein könnten. Während Rebecca von einem unstillbaren Wissensdurst getrieben wird, ist Flora von dem Wunsch beseelt, die Not der Armen zu lindern. Doch eines verbindet sie: ihre Leidenschaft fürs Reisen. Amerika, Europa, den Orient – unzählige Orte haben sie bereits gemeinsam bereist. Doch noch nie standen sie vor so großen Herausforderungen wie bei ihrer aktuellen Reise. Die Wüste Sinai verlangt ihnen alles ab.

Trotzdem ist Aufgeben keine Option. Denn sie sind einer verschollenen Schriftrolle auf der Spur, die ein für alle Mal beweisen könnte, dass die Bibel wahr ist. Und mit der Rebecca den Mann ihres Herzens endlich für sich gewinnen könnte.

Lynn Austin
Bibliothek der Träume
ISBN 978-3-86827-602-2
432 Seiten, Taschenbuch

Illinois 1936. Alice Ripley lebt in einer Traumwelt. Sie liebt es, in Büchern zu schwelgen und dem Happy End entgegenzufiebern. Doch ihr persönliches Glück rückt vollkommen unvermittelt in weite Ferne. Ihr Freund Gordon trennt sich von ihr, weil ihr angeblich jeder Realitätssinn fehle, und dann verliert sie auch noch ihre Anstellung in der örtlichen Bibliothek.

Alice flüchtet sich in die Berge Kentuckys. Eigentlich wollte sie in der Bücherei des winzigen Bergarbeiterdorfs Acorn eine Weile aushelfen, doch der Bibliotheksleiter ist ganz anders, als sie erwartet hat. Und auch die vier „Bücherbotinnen", zu deren Stellenbeschreibung es gehört, allein in die entlegensten Gegenden zu reisen, entsprechen so gar nicht ihren Vorstellungen.

Doch Alice sitzt in Acorn fest, hat keine Chance, diesem Albtraum zu entkommen. Und bald muss sie feststellen, dass die Abenteuer, die das wahre Leben schreibt, tausendmal besser sind als die, die sie sich in ihren kühnsten Träumen ausgemalt hatte.

Lynn Austin
Ein Fenster ins Leben
ISBN 978-3-86827-213-0
432 Seiten, Paperback

1893: Violet Hayes träumt vom großen Abenteuer, von der wahren Liebe, vom echten Leben. Die Weltausstellung in Chicago liefert der Tochter aus gutem Hause den perfekten Vorwand, der Obhut ihres Vaters zu entkommen und ihre Zukunft selbst in die Hand zu nehmen. Zumal sie gerade herausfinden musste, dass ihr gesamtes Leben auf einer Lüge basiert.

Doch gänzlich frei ist Violet auch in Chicago nicht. Sie wohnt bei ihrer tiefgläubigen Großmutter, die ganz eigene Vorstellungen davon hat, wie ihre Enkelin ihr Leben gestalten sollte. Und auch ihre drei Großtanten, die unterschiedlicher kaum sein könnten, versuchen Violet für ihr jeweiliges Lebenskonzept zu begeistern. Violet hat die Qual der Wahl. Was möchte sie werden: Heilige, Suffragette, Dame der Gesellschaft? Oder doch lieber Detektivin? Und welchem ihrer Verehrer soll sie ihr Herz öffnen? Chicago eröffnet Violet eine Vielzahl an Möglichkeiten. Doch ihren eigenen Weg zu finden, erweist sich als das größte Abenteuer ...

Karen Witemeyer
Selbst ist die Frau!
ISBN 978-3-86827-662-6
326 Seiten, Paperback

Texas, 1894: Die lebensfrohe junge Bankerin Emma leitet eine Kleinstadt, in der Frauen Zuflucht finden, mit denen es das Leben nicht gut gemeint hat. Doch die Unabhängigkeit der Frauen und die Zukunft von »Harpers Station« gerät unter Beschuss: Banditen versuchen, die Gemeinschaft zu vertreiben. Da greift Emma zu ihrer Geheimwaffe, dem Sprengstoffexperten Malachi, dem sie als Kind einst das Leben rettete. Dieser nimmt einen weiten Weg und viele Gefahren auf sich, um dem Engel seiner Kindheit zu helfen und die Frauenkolonie zu schützen.

Während sie gemeinsam für das Gute kämpfen, fühlen Emma und Malachi sich mehr und mehr zueinander hingezogen. Doch die Welten, in denen sie leben, scheinen einfach zu verschieden zu sein …

Karen Witemeyer
Herz auf Empfang
ISBN 978-3-96362-002-7
288 Seiten, Paperback

Für die junge, introvertierte Telegrafistin Grace ist die Frauenkolonie von „Harpers Station" Heimat und Zufluchtsort zugleich. Als sie über die Telegrafenleitung die Bekanntschaft von Amos, einem netten Kollegen, macht, gerät ihr zurückgezogenes Leben in Bewegung.

Doch gerade, als Grace zu hoffen beginnt, dass das Leben noch etwas Glück für sie bereithält, zieht eine ernstzunehmende Bedrohung am Himmel über „Harpers Station" auf: Ein alter Feind nimmt ihre Spur wieder auf und bedroht das Leben von Grace und ihren Freunden. Als Amos davon erfährt, macht er sich auf den Weg, um der Frau, die er noch nie gesehen hat, beizustehen. Aber kann er, der brillentragende, fahrradfahrende Telegrafist, der mehr Intelligenz als Muskeln besitzt, Grace der Helfer sein, den sie jetzt braucht?

Jody Hedlund
Wenn du für mich bist
ISBN 978-3-96362-005-8
329 Seiten, Paperback

New York & Illinois, 1857: Elise Neumann, Tochter einer Hamburger Bäckersfamilie, steht vor großen Herausforderungen. Nach dem Tod ihrer Eltern, die mit ihnen in die USA immigriert sind, muss sie sich um ihre jüngeren Schwestern kümmern. Doch New York wird von einer Finanzkrise erschüttert und Arbeitsplätze sind rar. Schließlich bleibt Elise keine andere Wahl, als Näherin zu werden und in den Westen zu gehen. Dort werden Arbeitskräfte händeringend gesucht.

Als sie den sympathischen Städteplaner Thornton trifft, scheint sich das Blatt für Elise endlich zu wenden. Sie ahnt nicht, dass Thorntons Vater ihn und seinen Bruder zu einem aberwitzigen Wettstreit angestiftet hat. Und dass Thornton fest entschlossen ist, diesen zu gewinnen. Koste es, was es wolle …